GOLDMANN

W0014246

Buch

Mit Augen, so funkelnd wie Saphire, ist Prinzessin Eleanor eine überwältigende Schönheit – das Kleinod der königlichen Familie. Doch standhaft hält sie an ihrem Gelübde fest, sich niemals wieder zu verheiraten, da sie schon einmal, als sie fast noch ein Kind war, gegen ihren Willen vermählt wurde. Ihre Erfahrungen damals waren so bitter, daß sie nun alle Männer verachtet. Da taucht eines Tages der gefürchtete Simon de Montfort in England auf und fordert ihr Land – und ihr Herz. Verwegen, arrogant und unverschämt attraktiv, so tritt dieser normannische Ritter in Eleanors Leben und erobert es beileibe nicht im Sturm, doch mit skandalöser, hartnäckiger Leidenschaft…

Autorin

Virginia Henley ist die Autorin mehrerer höchst erfolgreicher Liebesromane. Für ihr schriftstellerisches Werk wurde sie bereits mehrfach ausgezeichnet. Sie lebt in Kanada und Florida.

Bei Goldmann liegen von Virginia Henley bereits vor:

Trügerische Herzen. Roman (42938)
Namenlose Versuchung. Roman (42937)
Der Falke und die Taube. Roman (42995)
Der Rabe und die Rose. Roman (42996)

Virginia Henley

GLÜHENDER SAPHIR

ROMAN

Aus dem Amerikanischen
von Elke Iheukumere

GOLDMANN VERLAG

Originaltitel: The Dragon And The Jewel
Originalverlag: Dell Publishing, a division of Bantam Doubleday
Dell Publishing Group, Inc., New York.

*Für meine Enkelsöhne Michael und Daryl –
meine kostbaren Juwelen ...*

Umwelthinweis:
Alle bedruckten Materialien dieses Taschenbuches
sind chlorfrei und umweltschonend.
Das Papier enthält Recycling-Anteile.

Der Goldmann Verlag
ist ein Unternehmen der Verlagsgruppe Bertelsmann

Deutsche Erstveröffentlichung Oktober 1996

Umschlaggestaltung: Design Team München
Umschlagillustration: Daeni / Schlück, Garbsen
Satz: Uhl + Massopust, Aalen
Druck: Elsnerdruck, Berlin
Verlagsnummer: 42993
Lektorat: SK
Redaktion: Barbara Gernet
Herstellung: Stefan Hansen
Made in Germany
ISBN 3-442-42993-5

1 3 5 7 9 10 8 6 4 2

Prolog

Eleanor Plantagenet Marshal, Prinzessin von England und Gräfin von Pembroke, war bekannt für ihre dunkle, erlesene Schönheit. Wenn sie ihr Haar löste, fiel es wie eine herrliche schwarze Wolke bis zu ihrer Taille. Mit den großen, tiefblauen Augen wie persische Saphire war sie im ganzen Land bekannt als des Königs kostbarstes Juwel. Ihre Kleider und Kleinodien erregten den Neid des ganzen Hofes von Windsor, wo sie lebte und eine große Schar von Dienern und Mägden sie umsorgte.

Wie bei den meisten siebzehnjährigen Fräulein wurden auch ihre Gedanken beherrscht von der Liebe zu einem Mann. Ihre Leidenschaft kannte keine Grenzen, sie würde ihm ergeben sein bis in alle Ewigkeit. Eine sanfte Röte stieg in ihre Wangen, wenn sie an das warme, einladende Bett dachte und an den nackten Körper des Oberhofmarschalls von England. Es war der Körper eines Kriegers, mit breiten Schultern und einem muskulösen Brustkasten, tief gebräunt, im Schein des Feuers trat jeder Muskel kräftig hervor. Es schien, als hätte sie ihr ganzes Leben lang auf diesen Mann gewartet, damit er den Hochzeitsritus vollzog, sie die Geheimnisse ihrer eigenen Sinnlichkeit lehrte und sie zu einer Frau machte.

Doch das Schicksal hatte unerbittlich zugeschlagen! William Marshal, der Graf von Pembroke, war tot und Eleanor von Schuldgefühlen überwältigt. Die Ärzte gaben ein einhelliges Urteil ab: Williams Herz hatte versagt, als er versuchte, die unersättliche Lust seiner jungen Frau zu befriedigen. Der Skandal schlug hohe Wellen. Die Gerüchte verbreiteten sich schnell und waren verheerend. Dieses Gesprächsthema hielt den ganzen Hof, die Stadt, das ganze Land in Atem. Es war außerordentlich anregend, sich darüber auszulassen, wie lüstern die Prinzessin wohl gewesen sein mußte, damit ihr Ehemann, der virile Oberhofmarschall von England, bei dieser Ausschweifung sein Leben ausgehaucht hatte.

Wieder und wieder erlebte sie in Gedanken all die geheimen Einzelheiten, die die Gewissensnot in ihr nur noch verstärkten. Sie erinnerte sich an das Gefühl der Anspannung, als er ihr das Nachthemd ausgezogen hatte, beinahe war sie vor Erwartung ohnmächtig geworden. Seine Finger und seine Zunge hatten ihre Brustspitzen gestreichelt, und sie hatte vor Wonne aufgeschrien. Und als dann seine Finger die sanften Falten ihres intimsten Körperteils auseinandergeschoben hatten, konnte sie ihre Neugier auf seine Männlichkeit nicht mehr bezähmen. Dann hatte er sich über sie geschoben, um sie mit seinem harten, festen Glied ganz auszufüllen, und sie hatte geglaubt, vor Erregung zu vergehen. Doch nicht sie, sondern William war gestorben. Eleanor hatte sofort das Gelübde der Keuschheit und ewigen Witwenschaft abgelegt, doch auch das hatte ihre Schuldgefühle nicht lindern und nicht den Schmerz aus ihrem Herzen nehmen können.

Die Gräfin von Pembroke wurde nur noch selten bei Hofe gesehen. Sie war still und abwesend, sprach mit niemandem außer mit ihrer Dienerschaft. Es sah so aus, als wäre sie nach dem Tod ihres Mannes in Trance gefallen – eine Trance, aus der sie, wie es den Anschein hatte, nie wieder erwachen würde.

Eleanor nahm ihr Buch und ging langsam zu ihrem von einer hohen Mauer umgebenen Garten. Sie entriegelte die einzige Tür, dann schob sie den Schlüssel in ihre Tasche und genoß die Gewißheit, daß niemand sie hier stören würde. Diesen dicken Kloß in meinem Hals werde ich nie wieder verlieren, dachte sie erschöpft. Ich frage mich, ob ich wohl für den Rest meines Lebens ständig Tränen in meinen Augen verspüren muß. Sie seufzte und dachte dann geduldig, schließlich ist es ja erst ein Jahr her. Vielleicht werden in zwei oder drei Jahren meine Augen ausgetrocknet sein.

Die Oberin des Klosters hatte sie gedrängt, sich zu entscheiden, doch Eleanor wollte sich nicht drängen lassen. Ich habe noch den Rest meines Lebens vor mir, ich werde nichts übereilt entscheiden, nur damit ich später alle Zeit der Welt damit verbringe, meinen Entschluß zu bereuen. Sinnend tastete sie nach ihren Zöpfen, die

Nonnen hatten sie gelehrt, sie an jeder Seite des Kopfes zu drei Knoten aufzustecken. Die Knoten auf der linken Seite standen für die Dreieinigkeit: Gott der Vater, Gott der Sohn und Gott der Heilige Geist. Die drei Knoten auf der rechten Seite bedeuteten Keuschheit, Gehorsam und Armut. Das erste dieser Gelübde fällt mir nicht schwer, sagte sie sich, und mein Gehorsam bessert sich, wenn ich mich darum bemühe. Doch hege ich hinsichtlich der Armut meine Zweifel. Auch wenn ich versucht habe, jeden Luxus aus meinem Leben zu verbannen, so liebe ich immer noch hübsche Kleider und Juwelen. Wenn ich ehrlich bin, habe ich mich noch keinen Deut geändert. In meinem Inneren bin ich noch immer die wilde, eigensinnige, leidenschaftliche Kreatur, die ich mit fünf Jahren schon war. Ich habe nur gelernt, alles in mir zu verschließen und der Welt eine Fassade sanfter Anmut zu zeigen.

William hatte dem Orden des Klosters von St. Bride in der Nähe von Windsor Land übereignet und Geld zur Verfügung gestellt. Und Eleanor wußte, wenn sie wirklich den Schleier nehmen wollte, so müßte sie über Nacht in einer der Zellen bleiben, um festzustellen, wie weit ihre Demut reichte. Sie war beinahe davon überzeugt, daß sie es schaffen würde, denn zu welch irdischem Nutzen brauchte sie noch die Freiheit?

Am Abend ermahnte sie sich, nicht die siebente und letzte vorgeschriebene Gebetsstunde des Tages zu versäumen. Wenn sie jetzt in den heiligen Orden eintrat, wie würde sie es schaffen, jeden Tag sieben Gebetsstunden durchzustehen? Sie fragte sich wohl schon zum tausendsten Mal, warum sie überhaupt daran dachte, in den Orden einzutreten, und die Antwort war wie immer die gleiche: Schuldgefühle! Die Mutter Oberin behauptete, daß diese ausgelöscht würden, weggewaschen, für immer, und Eleanor wußte, daß sie nicht mehr lange mit dieser Last leben könnte.

Sie stand auf und nahm den juwelenbesetzten Dolch von dem Tisch neben ihrem Bett. Blicklos starrte sie aus den großen Fenstern des King-John-Turmes. Sie fuhr mit den Fingern über die scharfe Klinge des Messers. Tu es jetzt, tu es jetzt, drängte eine innere Stimme. Wenn sie wüßte, daß sie noch am heutigen Abend mit William wiedervereint würde, würde sie nicht zögern. Eine andere

Stimme flüsterte ihr zu: Er ist dir entkommen... er hat dich nicht wirklich gewollt... laß ihm seinen Frieden. Laut schrie sie auf: »Das ist nicht wahr! Das ist nicht wahr!« Dann sagte sie sich, ich kann so nicht weiterleben. Sie rief sich ins Gedächtnis, daß die Menschen, die Selbstmord begingen, dazu verdammt waren, die Ewigkeit im Fegefeuer zu verbringen. Was hatte es für einen Zweck, ein Fegefeuer gegen das andere einzutauschen? Gab es für sie überhaupt noch einen Sinn?

Sie schleppte sich zur Kapelle, wo sie eine ganze Stunde lang um Vergebung bat, und ließ sich danach todmüde auf ihrem Lager nieder. Am Morgen, als das Tageslicht in ihre Schlafkammer fiel, drehte sie das Gesicht zur Wand und zog die Decken über den Kopf, nochmals nahm der Schlaf sie in die Arme und entführte sie in einen Traum, in dem sie mit William auf Falkenjagd ging. Sie ritten immer Seite an Seite. Die frische Luft war so belebend, schmeckte förmlich wie Wein. Sie stellte sich in die Steigbügel, um ihren Zwergfalken aufsteigen zu lassen, als sie erschrocken aufwachte. Der Traum war so wirklich gewesen, so greifbar, er schien noch immer um sie zu sein. Was, um alles in der Welt, war nur los mit ihr? Seit mehr als einem Jahr hatte sie sich keine Bewegung mehr verschafft. Kein Wunder, daß sie immer mehr verfiel, daß es ihr gleichgültig war, ob sie lebte oder starb. Es mußte eine Ewigkeit her sein, seit sie mit ihrem Zwergfalken in ihrem geliebten Wales zum letzten Mal gejagd hatte. Der kleine Vogel hatte sie sicher längst vergessen. Sie brauchte vielleicht ein neues Reitkleid? In Gedanken stellte sie sich das kühne jadegrüne Kleid vor, das sie seit über einem Jahr nicht mehr getragen hatte. Die Trauerfarben haßte sie, die sie jetzt schon so lange anhatte.

Sie würde es wagen, entschied sie, das Reitkleid herauszusuchen und zum königlichen Marstall zu gehen. Als sie ungeduldig die Bettdecken beiseite warf, bemächtigte sich ihrer ein starkes Gefühl, alles schon einmal erlebt zu haben. Ihre Gedanken flogen zurück, über die Zeit hinweg, zu ihrem Hochzeitstag, an dem alles begonnen hatte. Sie konnte sich an jede einzelne Minute, an jede kleinste Einzelheit dieses schicksalhaften Tages erinnern, der Auftakt zu einem neuen Leben...

Teil Eins

1. Kapitel

Prinzessin Eleanor Katherine Plantagenet öffnete die Augen, als die Vögel die Morgendämmerung begrüßten. Ihr Herz schwoll vor Glück, als ihr klar wurde, daß der Tag endlich angebrochen war. Sie warf ungeduldig ihre Bettdecke zurück und lief barfuß zu dem polierten silbernen Spiegel.

Sie sah heute nicht anders aus als gestern. Ihr schwarzes Haar war eine Fülle von ungebändigten Locken, ihre zarte Haut gebräunt von zu viel Sonne, und ihr Mund zeigte noch immer diesen störrischen Schwung, der deutlich machte, daß sie im Leben ihren eigenen Willen durchsetzte. Und so wird es auch bleiben, sagte sie sich. Sich durchzusetzen, das war es doch, was das Leben so herrlich machte. Einige Dinge erreichte man nicht so leicht wie andere, doch mit beharrlicher Entschlossenheit und mit dem festen Vorsatz, den andern das Leben zur Hölle zu machen, hatte sie noch immer bekommen, was sie wollte.

Seit sie fünf Jahre alt war, hatte sie ihre Geschwister beherrscht. Sie war die jüngste im Geschwisterkreis und einer ihrer Brüder bereits König von England, aber mit fairen Mitteln oder auch mit unfairen unterwarf sie sich alle. Ihre Mundwinkel zogen sich hoch, als sie an den Tag dachte, der ihr Schicksal besiegelte.

Ihre Brüder Henry und Richard, die damals vierzehn und zwölf Jahre alt gewesen waren, hatten ein Frettchen in einem Sack und wollten sich damit auf Kaninchenjagd machen.

»Wartet auf mich!« hatte sie gebieterisch befohlen und sich bemüht, die Schuhe über ihre Füße zu ziehen, die noch naß waren vom Waten im Fischweiher.

»Du wirst nicht mitkommen, du kleine Laus!« hatte König Henry gerufen.

»Das ist eine verdammte Gemeinheit! Hör auf, mich so zu nennen!« hatte sie gekeift.

»Ich werde der Kinderfrau verraten, daß du fluchst«, piepste die sechsjährige Isabella.

Eleanor sah ihre Schwester verächtlich an. »Sie weiß, daß ich fluche... und du machst noch in die Hose.«

Joanna hatte mit all der Umsicht ihrer zehn Jahre gemeint: »Wir dürfen den Garten nicht verlassen. Wenn du wieder mit den Jungen wegläufst, verpetze ich dich.«

Eleanor ergriff den Sack mit dem Frettchen und warf damit nach Joanna. Sie schnitt eine bedrohliche Grimasse: »Wenn du mich verpetzt, kriecht eines Nachts ein Frettchen durch dein Bett.«

Joanna schrie auf, dann nahm sie die Hand der kleinen Isabella: »Komm weg, sie ist böse.«

Richard, Herzog von Cornwall, versetzte Eleanor eine Ohrfeige und nahm ihr dann den Sack ab. »Geh und spiel mit den Mädchen, kleine Laus, du kommst nicht mit uns mit!«

Sie stemmte kriegerisch die Fäuste in die Hüften und schob störrisch ihr Kinn vor. »Wenn ich nicht mitdarf, dann werde ich verraten, daß du hinter den Dienerinnen herläufst und sie mit deinem frisch gewachsenen Bart ärgerst.«

»Du kleines Luder«, fluchte der heranwachsende Henry.

Obwohl jünger als der König, war Richard stärker und auch bestimmender. Er warf den Kopf zurück und lachte laut auf. »Sie ist nicht größer als eine Ameise, und dennoch gibt sie hier den Ton an. Komm schon, du Laus. Ich wette, du hast sowieso für diesen Sport nicht das nötige Durchhaltevermögen.«

In der Tat besaß sie das Durchhaltevermögen nicht. Sie beobachtete mit fasziniertem Entsetzen, wie ihre Brüder das Frettchen in ein Kaninchenloch schoben und dann mit dem Sack am anderen Ende des unterirdischen Ganges darauf warteten, daß das verängstigte Kaninchen herauskam. Ihre ganze Sympathie galt den Kaninchen, und ihr Herz tat weh, als sie sah, wie die pelzigen kleinen Tiere vor Angst einen Schock bekamen.

Ihre Brüder lachten über ihre Tränen, die sie mit schmutzigen Händen wegwischte, so daß dicke Schmutzstreifen auf ihrem Gesicht entstanden. Ihr war richtig schlecht, und sie lief in Richtung Schloß davon, damit ihre Brüder das nicht sahen. Zu ihrem Entsetzen folgten ihr die beiden, sie lachten, neckten und verspotteten sie wegen ihres weichen Gemüts.

Henry hatte goldenes Haar wie sein Großvater, der große König Henry der Zweite, und Richards Haar war rotbraun wie das seines Namensgebers, seines Onkels Richard Löwenherz. Eleanor, das Nesthäkchen der Familie, war die einzige, die die dunklen Locken ihres Vaters und ihrer Mutter geerbt hatte, des verhaßten Königs John und der Königin Isabella von Angoulème. Auch deswegen wurde sie immer wieder gnadenlos gehänselt.

Richard meinte: »Ist euch eigentlich schon einmal aufgefallen, daß dieses Kind einer schwarzen Laus äußerst ähnlich sieht?«

Henry lachte. »Der Letzte eines Wurfes pflegt immer ein Kümmerling zu sein – vermutlich ist sie ein Zwerg.«

Eleanor hatte sich nie zuvor so elend gefühlt. Ihr war übel, heiß und sie war müde, jetzt schmerzte obendrein ihre Ferse. Sie blieb stehen, zog ihren Schuh aus und entdeckte eine dicke Blase am Fuß. »Oh, Mist!« murmelte sie und warf den Schuh in einen Brombeerstrauch.

Die beiden Jungen überholten sie, als sie in Sichtweite des Schlosses waren. »Es ist Besuch gekommen«, stellte Richard fest.

»Der Oberhofmarschall!« rief Henry erfreut, als er das Wappen des aufgerichteten roten Löwen auf dem weißen Feld erspähte.

Eleanors Elend schwand wie Schnee in der Sonne. Der Ankömmling hatte sie gerettet. Oh, wie sehr sie ihn liebte!

Der König und der Herzog von Cornwall begrüßten William Marshal, ihren geliebten Vormund, ausgiebig, bevor Eleanors kleine Beine sie zu ihm getragen hatten. Sie zupfte an seinem Überrock. »Mein Herr Graf! Mein Herr Graf!«

Er beugte sich zu ihr und hob sie hoch, dann setzte er sie auf eine der Steinbänke im Hof. Ihr schmutziges Gesichtchen strahlte ihn an. »Kleines Mädchen, du hast ja geweint! Sag William, was geschehen ist.«

Henry und Richard warfen einander einen ungeduldigen Blick zu. Sie wollten William Marshals Aufmerksamkeit ungern teilen:

Er war ihre Vaterfigur, ihr Lehrer und gleichzeitig auch ihr Held.

»Ich bin häßlich wie eine schwarze Laus«, flüsterte Eleanor.

Ihre Worte verwirrten Will Marshal für einen Augenblick, und er suchte in seiner Tasche nach irgendeiner Nettigkeit, während er überlegte, wie er das Kind trösten sollte. Ihre Augen leuchteten auf beim Anblick der Zuckermaus, die er ihr reichte, und sie lutschte zufrieden daran, während sie sich in seinen Arm schmiegte und seiner beruhigenden Stimme lauschte.

»Es waren einmal ein gutaussehender König und eine wunderschöne Königin, die eine ganze Anzahl Kinder mit flachsblondem Haar hatten. Schließlich bekamen sie das letzte Kind, und wie das so oft vorkommt, war das letzte auch das beste. Als der König ihren Liebreiz sah, war er erfreut. Sie hatte schwarze seidige Locken und Augen so dunkelblau wie Saphire. Er sagte zur Königin: ›Sie ist mein kostbarstes Juwel‹, und seit dieser Zeit kennt sie jedermann unter diesem Namen.«

»Ich!« sagte Eleanor, die diesen Ausdruck schon so oft in ihrem Leben gehört hatte. An Henry gewandt erklärte sie ernst: »Und ich werde den Oberhofmarschall heiraten und glücklich leben, bis an mein Lebensende.«

Eleanors Gedanken kehrten in die Gegenwart zurück, sie starrte in ihr Gesicht im Spiegel. Trotz des zerzausten Haares und der von der Sonne gebräunten Haut wußte sie, daß sie eine Schönheit war. Vier lange Jahre hatte es gedauert, bis sich ihr Herzenswunsch erfüllt hatte. Vier Jahre lang hatte sie gebraucht, ihren Bruder Henry dazu zu bringen, William Marshals Einwilligung zu erreichen. Ein altes Sprichwort kam ihr in den Sinn: »Sei vorsichtig mit dem, was du dir wünschst, denn dein Wunsch könnte in Erfüllung gehen.« Sie lachte über ihre dummen Gedanken. Sie liebte William Marshal von ganzem Herzen, aus tiefster Seele und mit all ihrem Verstand. Nach dem heutigen Tag würde er für immer ihr gehören.

Die Tür zu ihrer Schlafkammer flog auf, und eine schnatternde Herde Dienerinnen betrat den Raum, um sie für die Hochzeit vorzubereiten. Prinzessin Eleanor Katherine Plantagenet war neun Jahre alt.

Will Marshals Augen verrieten nichts von seinen wahren Gefühlen an diesem Hochzeitstag. Er fand sein schwarzes Samtwams mit dem Wappen des roten Löwen auf Brust und Rücken lächerlich prunkhaft. Sein Geschmack bevorzugte die Kleidung des gewöhnlichen Kriegers, dennoch war ihm klar, daß man das von ihm als Oberhaupt einer der reichsten Familien Englands erwartete. Alle Marshals, die sich zu dieser Zeremonie eingefunden hatten, waren ranghohe Verbindungen eingegangen. Seine Brüder hatten in die edelsten Familien eingeheiratet, seine Schwestern waren mit den Grafen von Gloucester, Derby und Norfolk verehelicht.

Er seufzte. Es wurde von ihm – dem Oberhaupt der Marshals – erwartet, in die königliche Familie einzuheiraten. Und dennoch, als Henry ihm Prinzessin Eleanor angeboten hatte, war er erschrocken zurückgewichen. Er hatte als Entschuldigung vorgebracht, daß sie noch ein Kind war und daß es viele Jahre dauern würde, ehe er sie zu seiner Frau machen könnte; doch die Wahrheit war, daß er die Mutter des kleinen Mädchens verachtete und sich davor fürchtete, daß die Prinzessin ein wunderschönes, unmoralisches Ebenbild ihrer Mutter werden würde.

Armer kleiner Knirps, dachte er traurig. Was für ein beängstigender Gedanke, als Abbild ihres Vaters und ihrer Mutter geboren zu sein. Alle hatten König John gehaßt, sowohl wegen seiner Bestechlichkeit als auch seiner Niedertracht; und die ganze Welt freute sich über seinen Tod. Königin Isabella war schon im zarten Alter von vierzehn wollüstig gewesen. Als Williams Pflichten ihn auch ins Schlafzimmer des Königs führten, hatte die Sinnlichkeit der Königin ihn abgestoßen. Von Mutterpflichten nahm sie weiten Abstand. Noch ehe John in seinem Grab kalt und Eleanor ein Jahr alt war, hatte sie ihre Kinder im Stich gelassen und ihren früheren Liebhaber geheiratet, Hugh de Lusignan; des weiteren hatte Isabella, ehe die kleine Eleanor vier Jahre alt war, wie eine läufige Hündin drei Söhne geboren: William, Guy und Aymer de Lusignan. Er flehte den Himmel an, daß Isabellas Charakter sich nicht auf ihre Kinder vererbt hatte. Was für ein Nest von Vipern könnten sie werden, wenn ihnen erst einmal klar war, welch korrumpierende Macht das königliche Blut sein konnte.

Er nahm zwei silberne Bürsten und fuhr sich damit durch sein dichtes braunes Haar. Zum ersten Mal bemerkte er die grauen Strähnen darin. Er war erleichtert gewesen, als Henrys Ratsversammlung diese Liaison abgelehnt hatte. Da Prinzessin Isabella den Kaiser von Deutschland geheiratet hatte und Prinzessin Joanna Königin geworden war an der Seite des Königs Alexander von Schottland, wollte der Rat auch für Eleanor eine königliche Partie. König Henry erzürnte sich sehr über diesen Entschluß. Nie war er mit den Entscheidungen der Versammlung einverstanden, immer wieder ärgerte ihn seine jugendliche Ohnmacht. Doch ein paar Wochen vor seiner Volljährigkeit mit achtzehn Jahren legte er der Ratsversammlung den Vorschlag noch einmal vor und erklärte offiziell, daß er seinem geliebten Oberhofmarschall von England des Königs kostbarstes Juwel Eleanor zur Frau geben wolle. Gleichzeitig machte er ihnen klar, daß er bei Ablehnung seines Vorschlags sie in dem Augenblick überstimmen würde, sobald er achtzehn war.

Henry konnte an diesem Tag sehr mit sich zufrieden sein. Die Eheverträge waren aufgesetzt und unterschrieben worden, und der Anteil, den Eleanor von William Marshal bekommen würde, war mehr als großzügig bemessen: Es handelte sich um ein Fünftel der riesigen Besitztümer der Marshals in England, Wales und Irland. Henry hatte William Marshal schon immer sehr gern gehabt, doch noch mehr liebte er dessen riesigen Reichtum.

Henrys Bruder Richard kam und riß unversehens die Tür zu des Königs Privatgemächern auf. Ein halbes Dutzend seiner Diener folgten ihm in den Raum. Richard war bereits alt genug für eine eigene Residenz und soeben von seinem Herzogtum in Cornwall zurückgekehrt. Neben ihm erschien der König als ein Schattenbild, in jeder Beziehung. Richard war nicht nur viel attraktiver, größer und stärker, auch die Einkünfte der großen Zinnminen in Cornwall hatten ihn bereits zu einem sehr vermögenden Mann gemacht.

Der Bruder stieß Henry liebevoll gegen die Schulter. »Nun, die kleine Laus bekommmt also heute wieder einmal ihren Willen«, meinte er.

Henry, dessen eines Augenlid herunterhing, blinzelte: »Du

glaubst doch wohl etwa nicht, daß ich ein solcher Dummkopf bin, mir den Reichtum des Oberhofmarschalls entgehen zu lassen?«

Richard grinste, dann streckte er die Hand aus und befühlte den goldenen Stoff, den der König trug. »Ist es denn Marshal, der für all diesen überschwenglichen Pomp und die Zeremonie bezahlt?«

»Nein.« Henry lachte. »Das ist deine Angelegenheit. Ich werde dir erlauben, mir einen Kredit zu geben, jetzt, wo du so stinkreich bist.«

»Danke für deinen Großmut!« Richard, der eigentlich gar nicht so freigiebig war, lachte.

Henry wurde ernst. »Himmel, Richard, ich weiß überhaupt nicht, was, zum Teufel, ich tun soll. Ich habe doch nicht einmal einen Nachttopf, in den ich pinkeln kann. Es ist so verdammt ungerecht – ganz zu schweigen von den Sünden der Väter, die auf die Söhne geladen werden! Wir hatten einen schrecklichen Vater, Richard. Der Schuft hat England zum Lehen Roms erklärt, ehe er starb, und das bedeutet, daß ich Rom jährlich einen Tribut von tausend Kronen schulde, siebenhundert für England und dreihundert für Irland. Seit neun verflixten Jahren habe ich diesen Tribut nicht mehr bezahlt, denn als ich inthronisiert wurde, besaß ich kein einziges Goldstück. Zu schade, daß nicht Vater im Meer ertrunken ist anstatt unserer Kronjuwelen, als die Karossen mit seinen Schätzen in den Wassern des Wash untergingen.«

Richard goß sich Bier ein, doch Henry schnippte nur mit den Fingern, und einer seiner Diener servierte ihm sofort den besten importierten Wein aus der Gascogne.

»Hast du Isabellas Aussteuer schon bezahlt?« fragte Richard.

»Du erlaubst dir wohl einen Scherz! Wie kann ich Geld nach Deutschland schicken? Ich bin nicht derjenige mit dem Pinkelpott voll Geld, der gehört doch meinem Bruder!«

»Aber nur, weil ich es nicht mit beiden Händen ausgebe, so wie du. Nimm zum Beispiel diese Hochzeit. Es hätte eine erhebende, schlichte Feier werden können. Immerhin wird Eleanor noch auf Jahre hinaus nicht Williams Frau sein können. Nach der religiösen Zeremonie hätte man den kleinen Wildfang wieder ins Kinderzimmer zurückschicken können, und William wäre nach Hause zu seiner Geliebten gereist. Doch statt dessen mußtest du ein ausschweifendes Fest daraus machen, das Tausende kostet.«

Henrys Brauen zogen sich zusammen, und seine Stimme klang unnatürlich hoch. »Ich bin mit einem schlichten Goldreif unserer Mutter gekrönt worden und habe danach ein Stück zähes Rindfleisch vorgesetzt bekommen. Die loyalen englischen Barone hatten die französischen Grundherren aufgefordert, meinen Vater zu stürzen. Die Franzosen nahmen jedes Schloß ein, von Winchester bis Lincoln, und ich kann an einer Hand die Männer abzählen, die mir ergeben waren.« Er hielt den Daumen hoch. »William Marshal.« Er hob einen Finger. »Hubert de Burgh.« Ein zweiter Finger folgte. »Ranulf de Blundeville, Graf von Chester.« Er deutete auf den dritten Finger. »Peter des Roches, Bischof von Winchester.« Der letzte Finger kam hoch. »Falkes de Bréauté, der Söldner.«

Richard hatte das alles schon zuvor gehört, und er wußte, daß Henry davon besessen war.

»Diese loyalen Männer und vier Jahre habe ich gebraucht, um England von den Franzosen zu befreien. Marshal, de Burgh und Chester haben dafür aus der eigenen Tasche bezahlt, weil ich kein einziges Goldstück besaß. Ich habe geschworen, wenn ich großjährig würde, würde ich es ihnen vergelten. Ich bin der hochwohlgeborene König von England! Wenn ich ein Bankett ausrichte, dann soll es ein großartiges Fest werden, wo die großartigsten Männer des Reiches ihre herrlichsten Gewänder und Orden tragen.«

Richard legte ihm liebevoll einen Arm um die Schultern. »Dann mußt du es eben all den anderen intelligenten Männern gleichtun und eine Erbin heiraten. Nimm dir ein Beispiel an Hubert de Burgh, ich wenigstens werde ihm nacheifern. Sieh dir doch nur einmal den Reichtum und die Ländereien an, die Avisa ihm eingebracht hat, und in dem Augenblick, als man sie in das Leichentuch hüllte, hat er der kleinen Prinzessin Margaret von Schottland, die seinem Gewahrsam anvertraut war, schöne Augen gemacht. Und um auch ganz sicherzugehen, daß er sie bekam, hat er sie sich so lange vorgenommen, bis sie ein Kind von ihm erwartete.«

»Was mir ganz schön geschadet hat. Denn ich hatte vor, ihre

Schwester Prinzessin Marion zu heiraten, bis mir meine Reichsversammlung erklärt hat, das sei unmöglich, weil auf diese Weise Hubert de Burgh mein Schwager würde. Sie sind ganz einfach eifersüchtig, weil er regiert hat, während ich minderjährig war und ich ihn damit ehrte, daß ich ihn zum Grafen von Kent machte. Das Volk liebt Hubert, und ich liebe ihn auch.«

»Und Hubert liebt sich auch.« Richard lachte. Doch als er sah, daß Henrys Miene sich ärgerlich verzog, lenkte er ein. »Das war doch nur ein Scherz, Bruder. Du weißt, wieviel ich Hubert schuldig bin. Er hat mich unter seine Fittiche genommen und einen Soldaten aus mir gemacht. William Marshal und er haben es mir ermöglicht, den kirchlichen Zwängen des Bischofs von Winchester zu entkommen.«

Henry meinte: »Ich finde, Peter des Roches war ein wundervoller Lehrer. Er ist einer der aufgeklärtesten Männer unseres Jahrhunderts.«

Richard machte ein unanständiges Geräusch. »Nun, auf dich übt er ganz gewiß einen bestimmenden Einfluß aus, während er gleichzeitig all seinen Verwandten und Vertrauten wichtige Posten in deinem Hofstaat zugeschanzt hat.«

»Jetzt nicht mehr. Hubert und der Bischof sind einander an die Kehle gegangen. Ich denke, es war eine weise Entscheidung von mir, meine Minister in zwei Lager zu spalten. Und wenn einer von ihnen glaubt, er kann mich an der langen Leine führen, nachdem ich erst einmal meine Volljährigkeit erreicht habe, dann wird er mich erst richtig kennenlernen.« Er trank seinen Becher aus. »Nun brauche ich nur noch Geld. Und sobald die Verhandlungen mit dem Grafen der Bretagne wegen seiner hübschen österreichischen Prinzessin abgeschlossen sind, werde ich auch welches bekommen.«

Richard zog ihn auf: »Aber nicht, wenn sie erst einmal meinen Brief gelesen hat, in dem ich ihr geschrieben habe, daß du schielst und impotent bist.«

Henry rannte hinter Richard her, und seine Diener liefen ihm nach, mit der herrlichen neuen Krone, die er gerade erst für sich selbst entworfen hatte.

2. Kapitel

Als Prinzessin Eleanor zum Altar in der Kapelle von Westminster geführt wurde, schwebte sie vor Glück im siebten Himmel. Ihr Kleid war aus weißem Samt, die kleine Schleppe mit Hermelin eingefaßt, auf der Wolke ihres dunklen Haars saß eine Krone mit Schneeglöckchen besteckt, und in der Hand hielt sie eine kleine weiße Bibel.

Als sie neben den Oberhofmarschall trat, blickte er mit einem ernsten Lächeln auf sie hinunter. Ihre dunkelblauen Augen leuchteten wie Saphire, und sie blickte voller Verehrung zu ihm auf. Er war der bestaussehende, stärkste Mann im ganzen Königreich. Wenn er lächelte, verzogen seine Augen sich jungenhaft, und ihr Herz machte einen Satz. Sie öffnete den Mund, um seinen Namen zu flüstern, doch er runzelte leicht die Stirn, um sie daran zu erinnern, daß sie schweigen mußte, bis sie die Eheschwüre wiederholt hatte. Sie gehorchte ihm, dann beugte sie die Knie und senkte den Kopf, während der Bischof eintönig ein lateinisches Gebet murmelte.

Länger als zehn Sekunden jedoch konnte sie ihre Augen nicht geschlossen halten. Sie hob den Blick und entdeckte eine schwarze Spinne, die über ihre weiße Bibel krabbelte. Fasziniert beobachtete sie das Insekt mit seinen acht Beinen, doch als es ihren Daumen erreichte, biß es zu. Ohne zu zögern erschlug sie es. »Du gemeines Vieh!«

Der Bischof starrte sie mit offenem Mund an, und William öffnete die Augen, um zu sehen, was geschehen war. Er griff nach Eleanors kleiner Hand und hielt sie fest in seiner. Sie war eiskalt, und seine langen braunen Finger hielten sie freundlich fest, um sie zu trösten und zu wärmen. Danach gab es keine Zwischenfälle mehr. Sie antwortete dem Bischof ernst, die Worte kamen ihr aus dem Herzen.

William schob ihr den schweren goldenen Ring an den Finger, und sie ballte die kleine Hand zur Faust, damit sie ihn nicht verlöre. Als der langatmige Bischof sie endlich zu Mann und Frau erklärte, warf sie William einen jubelnden Blick zu. »Ich bin die Gräfin von Pembroke.«

Er lächelte auf sie hinunter. »Nie zuvor habe ich jemanden gesehen, der mit so viel Anmut einen so bescheidenen Rang einnimmt.« Bei seinem Kompliment zersprang beinahe ihr Herz aus Liebe zu ihm.

Die Hochzeitsgeschenke waren auf langen Tischen in der Festhalle ausgestellt. Die große Familie der Marshals, deren unermeßlicher Reichtum ihnen Ehen mit den edelsten Familien des Landes ermöglicht hatten, schenkte ihnen eine herrliche Silberplatte mit dem Initial M, feinstes venezianisches Kristall, einhundert Gabeln aus echtem Gold und einhundert Garnituren feinst bestickter Leinenbettwäsche aus Irland.

Da William der oberste Richter Irlands war und ihm ganz Leinster gehörte, waren als Geschenk fünfundzwanzig reinrassige Hengste und fünfundzwanzig Zuchtstuten über die Irische See geschickt worden. Der Graf von Chester hatte ihnen zehn orientalische Seidenteppiche geschenkt, die er von seinem letzten Kreuzzug mitgebracht hatte. Und Hubert de Burgh, der oberste Richter von England, der sich von niemandem übertreffen lassen wollte, hatte ein luxuriöses Vergnügungsschiff bauen lassen, in den Farben der Marshals, das ein paar hundert Meter themseaufwärts vor Anker lag.

Auch die Barone waren sehr großzügig gewesen. Ihren jungen König liebten sie vielleicht nicht sehr, aber ihr Respekt vor dem Oberhofmarschall von England ging tief.

Der Graf und die Gräfin von Pembroke saßen im geschnitzten und gepolsterten Chorgestühl der Empore, gleich neben König Henry. Alle Augen richteten sich auf die junge Braut zwischen den beiden großen Männern, die jedem Paar, das vortrat, um ihr zu gratulieren, anmutig dankte. Die Leute erregten ihre Aufmerksamkeit mehr als die teuren Geschenke, sie interessierte sich vor allem dafür, Graf und Gräfin Derby von Graf und Gräfin Norfolk zu unterscheiden. Die Marshals waren gutaussehende Menschen mit ihren kastanienbraunen Locken und den lachenden braunen Augen.

William Marshal staunte insgeheim über die Haltung, die dieses

Kind darbot, als es sich bei seinen Gästen bedankte. Es bestand also doch Hoffnung, daß sie eine vornehme Dame werden könnte. Noch immer nagte die Furcht an ihm, daß sie ihrer Mutter nachschlüge, und ehe er seine Zustimmung gab, hatte er in den Eheverträgen genau festgelegt, wie sie von jetzt an erzogen werden sollte. Bis dahin war sie in alarmierender Weise vernachlässigt worden, sie wuchs heran wie ein Junges in der Wildnis. Vornehmlich ihre Unschuld mußte Tag und Nacht bewacht werden. Sie sollte im Schloß Windsor leben, in einem Flügel des Schlosses, in dem sich nur Frauen aufhalten durften. Sie sollte ihre eigenen Dienerinnen und Mägde bekommen, und er hatte die Mutter Oberin des Ordens von St. Bride gebeten, zwei Nonnen abzustellen, die sich dauerhaft in ihrem Haushalt aufhielten.

Sie würde Lehrer bekommen, die ihren wachen Geist unterrichten sollten, die sie lesen und schreiben lehrten, fremde Sprachen zu sprechen, Etikette zu lernen, Benehmen und die weiblichen Künste, die eine Frau als zukünftige Herrin der ausgedehnten Ländereien des Oberhofmarschalls besitzen mußte.

William glaubte nicht, daß sie den langen, ermüdenden Tag durchstehen würde, obwohl das Festmahl um zehn Uhr aufgehoben werden sollte, mit Rücksicht auf ihre Nachtruhe. Doch als sie erst einmal an der Tafel saßen, verschwand ihre reservierte Haltung und sie war wieder das wißbegierige, munter plappernde Energiebündel.

Der Lärm der Zecher um sie herum trat in den Hintergrund, weil für Eleanor nur ein einziger Mensch in diesem Raum, ja auf der ganzen Welt, wichtig war.

»Mein Herr Graf, Ihr reitet in Turnieren auf der ganzen Welt, doch seid Ihr noch nie besiegt worden. Darf ich bitte an einem Turnier teilhaben und Euch zusehen?«

Will zog die Brauen hoch. »Mein Herzenskind, ich bin schon sehr oft besiegt worden. Turniere sind in England seit einiger Zeit verboten, wegen der damit verbundenen Gefahren. Unser Land braucht all seine Männer für die richtigen Schlachten.«

»Dann ist es höchste Zeit, daß wir ein Turnier ausrichten. Ich werde es anordnen.« Ohne eine Pause sprach sie weiter: »Mein

Herr Graf, Ihr seid zu bescheiden. Ich bin überzeugt, daß Ihr der unbesiegte Meister seid. Ihr wißt ganz genau, wohin Ihr die Lanze stoßen müßt. Werdet Ihr mir die Stelle zeigen, an der ein Mann am verwundbarsten ist?« Sie legte ihre kleine Hand auf seine Brust. »Ist es hier?« fragte sie mit weit aufgerissenen Augen.

William war alarmiert. Sicher war das kein Thema für ein Kind. Sanft schob er ihre Hand beiseite. »Die Stelle ist mehr an der Seite«, nuschelte er.

Sie legte die Hand in seine Achselhöhle. »Hier?«

»Ich werde dir die Stelle einmal zeigen, wenn wir allein sind.«

Ihre Augen leuchteten auf, und er sah ihr erstaunt zu, als sie eine hochbepackte Gabel zum Mund führte. »Mein Herr Graf, Ihr habt mehr Schlösser als jeder andere Mann der Welt.«

»Nun, vielleicht nicht gerade der ganzen Welt, Eleanor«, wiegelte er ab.

»Auf jeden Fall in England, Irland und Wales«, meinte sie mit Ungeduld in der Stimme. »Ich möchte sie alle sehen. Werdet Ihr mich mitnehmen nach Irland und Wales?«

Er versuchte, sie zu dämpfen. »Normalerweise reise ich dorthin nur, wenn es Unruhen gibt. Ich kämpfe dann dort.«

»O ja!« rief sie voller Leidenschaft. »Werdet Ihr mich mit in den Krieg nehmen, mein Herr Graf, damit ich sehen kann, wie Ihr in die Schlacht reitet? Werdet Ihr mir zeigen, wohin man mit dem Schwert stoßen muß, um einen Mann zu töten?«

William öffnete den Mund, um etwas zu sagen, doch dann schloß er ihn wieder und ging gegen die Bestürzung in seinem Inneren an. »Ich kann dich nicht mit in den Krieg nehmen, Kleines. Aber ich werde dich auch nicht anlügen.«

»Wirklich nicht, mein Herr Graf? Danke«, sagte sie von ganzem Herzen. »Alle anderen lügen mich an, müßt Ihr wissen. Wenn ich verspreche, nicht mit Euch in den Krieg zu ziehen, werdet Ihr mir dann versprechen, mir ganz genau zu zeigen, wohin man das Schwert stoßen muß, um einen Mann zu töten?«

»Ich … ich denke, das wäre möglich«, antwortete er leise.

»Versprecht Ihr es mir?« verlangte sie zu wissen.

»Ja.« Er nickte.

»Mein Herr Graf, gibt es Mordlöcher in Euren Schlössern in Wales, aus denen Ihr kochendes Öl auf Eure Feinde gießen könnt? Stimmt es, daß die Waliser so wild und so böse sind, daß sie nackt kämpfen?«

»Das sind die Schotten«, wehrte er matt ab und fragte sich, worauf, um alles in der Welt, er sich da eingelassen hatte. Gütiger Himmel, er würde mehr brauchen als nur Lehrer und Nonnen, um aus Eleanor Plantagenet eine zivilisierte Frau zu machen. Unruhig rutschte er auf seinem Stuhl hin und her, doch zu seinem Entsetzen stellte er fest, daß alles an diesem Kind ihn faszinierte. Aus ihren großen saphirblauen Augen leuchtete ihm die Anbetung entgegen, und sie hing an seinen Lippen. Er räusperte sich und nahm dann seinen Becher. Diese Arbeit machte durstig.

Eleanor griff nach einem großen Krug auf dem Tisch und goß sich davon in ihren Becher. Der rote Wein spritzte auf den weißen Samt, und William traute seinen Ohren nicht. »Oh, Mist«, schimpfte sie, rieb über den Fleck und machte ihn dadurch natürlich noch größer.

»Eleanor«, begann er entschlossen.

Sie blickte auf. »Oh, vergebt mir, mein Herr Graf, ich habe gar nicht bemerkt, daß der Tanz bereits begonnen hat. Ja, das ist mein Lieblingstanz, ein Menuett. Ihr werdet mir doch einen Tanz erlauben, nicht wahr, mein Herr Graf, bitte?« drang sie in ihn.

Er konnte nicht anders, er mußte lächeln. »Ich könnte nie einem Mädchen mit einem sehnsüchtigen Herzen etwas abschlagen.«

Als die anderen Gäste sahen, daß der gutmütige Bräutigam es wagte, mit seiner kleinen Braut zu tanzen, begannen sie zu jubeln. William wirbelte Eleanor herum in einem großen Kreis, dann hob er sie hoch in die Luft und schwang sie über seinem Kopf, bis ihr vor Erregung ganz schwindlig wurde. Alle anderen kamen auf die Tanzfläche, und jeder Mann tanzte mit ihr. Sie wirbelte von Arm zu Arm, jeder neue Tänzer schwang sie durch die Luft und versuchte seinen Vorgänger zu übertrumpfen. Sie jauchzte vor Glück, als William wieder an der Reihe war.

Er schüttelte den Kopf, als ihr Bruder Richard auf sie zusteuerte. »Genug jetzt, sonst wird sie uns noch ohnmächtig.«

Richard grinste. »Ihr kennt Eleanor nicht. Eher wird sie dafür sorgen, daß Ihr ohnmächtig werdet.«

Der Bräutigam trug sie zu ihrem Stuhl zurück und sah dann in ihr errötetes Gesicht, in ihre funkelnden Augen. Die Schneeglöckchen waren verwelkt, und ihre kleine Krone saß schief, dennoch war sie das hübscheste Kind, das er je gesehen hatte. »Sollen wir einfach nur den anderen zusehen?« schlug er vor.

»Ja«, stimmte sie ihm glücklich zu. »Ich sitze viel lieber hier als an irgend einem anderen Platz der Welt.«

William sah, daß sie wieder nach dem Wein griff. Gerade noch rechtzeitig entzog er ihr den Krug und stellte ihn ein Stück weit weg. »Vom Tanzen bekommt man Durst«, meinte er. »Ich werde uns etwas Apfelmost holen, der soeben aus den Obstgärten Cornwalls eingetroffen ist. Oder möchtest du lieber Ambrosia, ein Fruchtgetränk mit Honig? Ich denke, es würde dir ganz besonders gut schmecken.«

»Danke, mein Herr Graf, aber ich will Euch keine Mühe machen«, versicherte sie ihm mit ernstem Gesicht.

William seufzte. Mühe würde er mit Eleanor Plantagenet noch genug haben.

Als William gegangen war und Henry entdeckte, daß Eleanor allein dasaß, kam er zu ihr herüber und brachte eine Frau mit, deren Alter sich nicht gleich bestimmen ließ. Obwohl sie alt aussah, war ihr Haar noch ganz schwarz, und sie hatte keine Falten im Gesicht. »Dame Margot hat mir mein königliches Horoskop gestellt. Sie sagt vorher, daß ich der nächste bin, der heiratet, und daß ich um eine wunderschöne Prinzessin freien werde, aus einem Land voller Sonnenschein. Möchtest du, daß sie auch dir die Zukunft vorhersagt, mein Schwesterherz?«

Eleanor dachte einen Augenblick nach und legte den Kopf ein wenig schief. Ihre Pläne hatten sich nur bis zu ihrer Hochzeit erstreckt. William Marshal zu heiraten war ein Ziel für sich gewesen. Die Augen der Frau hatten einen eigenartigen Ausdruck, sie schienen umwölkt, wie Opale. Als sie dann sprach, klang ihre Stimme tief und so, als dulde sie keinen Widerspruch. »Ihr liebt nicht mit halbem Herzen. Die Liebe wird Euer Leben bestimmen, sie wird zu einer Besessenheit werden. Die Liebe wird Euch dazu treiben, heilige Schwüre auszusprechen, die Liebe wird Euch zwingen, zwischen ihr und dem lebendigen Tod zu wählen. Euer Weg wird Euch an einen gähnenden Abgrund führen. Auf der anderen Seite steht ein Kriegsherr mit oberster Befehlsgewalt. Er ist ein Gigant, der über andere Männer herrscht, in allen Belangen. Er wird Englands Held sein, einem Gott ähnlich. Wieder und wieder werdet Ihr Euch ihm verweigern, doch er wird über Euren Protest nur lachen. Er wird sich mit dem Schicksal verbünden, um Euer Geliebter zu werden. Der Sieg gehört ihm! Er wird Eure Stärke und Eure Schwäche sein, Eure Weisheit und Eure Dummheit, Euer Held und Euer Gott! Sein Haar wird so schwarz sein wie die Katze einer Hexe, seine Augen so schwarz wie Obsidian.«

Der Bann der Wahrsagerin wurde erst gebrochen, als Eleanor zu kichern begann. »Dame Margot, alles, was Ihr gesagt habt, entspricht der Wahrheit, nur nicht die Haarfarbe meines Liebsten.« Eleanor deutete mit der Hand auf den Mann, der sich mit einem großen silbernen Krug in der Hand näherte. »Mein Herr Graf, Ihr kommt gerade recht, um Euch die Zukunft weissagen zu lassen.«

William runzelte die Stirn und fragte sich, was dieser verflixte Henry ihr jetzt wieder in den Kopf setzte.

Dame Margot sah den Oberhofmarschall an und glaubte, den Finger des Todes zu sehen, der sich aus dem Grab reckte und ihm sein Zeichen aufdrückte. Ihre eigenartigen Augen wurden ausdruckslos, sie ging hinüber zum nächsten Tisch, an dem eine Gruppe Witwen in kostbarer Kleidung ihre Prophezeiungen mit dem nötigen Respekt behandeln würde.

William füllte zwei Becher mit Most und toastete dann seiner Braut zu. Er lächelte, als seine jüngste Schwester Isabella an ihrem Tisch vorbeitanzte.

»Isabella ist die Gräfin von Gloucester, aber wo ist der Graf?« fragte Eleanor.

»Der junge Graf de Clare kämpft in Irland. Ich werde mich ihm schon bald anschließen müssen.«

Eleanor betrachtete Williams Schwester eingehend. »Sie ist die schönste aus Eurer Familie, sie mag ich am liebsten.«

»Wirklich?« fragte Will, und es kam ihm ein Gedanke. Was für ein wundervolles Vorbild würde Isabella für Eleanor sein. Seine Schwestern waren streng erzogen worden. Obwohl kaum zwanzig Jahre alt, so war Isabella doch eine erwachsene junge Frau mit allen Tugenden – lieblich, fromm, bescheiden, sanftmütig, gehorsam und uneigennützig. Er entschloß sich, sie zu bitten, so lange in Eleanors Haushalt zu leben, bis ihr Ehemann aus Irland zurückkam.

Eleanor war nicht die einzige der Plantagenets, der die Schönheit Isabellas aufgefallen war. Richard, der Herzog von Cornwall, bat sie um einen Tanz und ließ sich nicht abwimmeln. Während er sie im Kreise drehte, war er bezaubert von der Art, wie ihre kastanienbraunen Locken auf ihre nackten Schultern fielen, wie sich die lieblichen Rundungen ihrer Brüste unter dem dünnen Stoff des Kleides abzeichneten. Richards Blicke machten sie ganz atemlos. »Ich würde gern noch mehr von Euch sehen«, meinte er mit unterdrückter Leidenschaft in der Stimme, und sie wurde über und über rot ob der Zweideutigkeit seiner Worte.

»Euer Hoheit, ich bin eine verheiratete Frau«, hauchte sie und senkte den Blick, damit er nicht sah, wie seine Worte sie erregt hatten.

»Darf ich erfahren, was das mit uns zu tun hat, Isabella?« fragte er rauh.

Ein kleiner Seufzer kam über ihre Lippen, und dann keuchte sie erschrocken auf, als seine Daumen sanft über ihre Brüste strichen und er seine Hände um ihre Taille legte. Er versuchte, sie in einen Alkoven in der großen Halle zu manövrieren.

»Das dürfen wir nicht!« protestierte sie erstickt.

»Wir dürfen, meine Schöne.« Er ließ sich nicht beirren.

Isabella fand den Bruder des Königs heute abend unwiderstehlich. Er war noch sehr jung, doch bewies er soeben seine Eroberungskraft; sie senkte den Blick, denn sie fühlte, wie erregt er war.

Er wußte, daß sie es bemerkt hatte. »Jede einzelne Faser meines Leibes liegt Euch zu Füßen«, flüsterte er voller Inbrunst.

Ein leises Stöhnen kam über ihre Lippen, und schnell beugte er sich zu ihr und küßte sie. Für einen Augenblick schmiegte sie sich in seine Arme bei dieser intimen Geste, sie konnte nicht anders. »Euer Hoheit, so etwas dürft Ihr in der Öffentlichkeit nicht wagen.« Sie bemühte sich um Abstand.

»Aber wenn wir allein sind?« drängte er.

»Es ist unmöglich«, widersprach sie leise.

»Schwierig vielleicht, aber nicht unmöglich«, beteuerte er. »Ich kenne Westminster ganz genau. Ihr könnt mir vertrauen, daß ich irgendwo einen Platz für uns beide finden werde.«

Auf der Stelle erstarrte sie und trat betroffen einen Schritt zurück. Mit ihm zu tändeln, war wagemutig gewesen, es hatte sie sogar erregt, aber jetzt drückte ihr hübsches Gesicht Erschrecken aus. »Euer Hoheit, Ihr irrt Euch in mir. Es ist unmöglich, weil ich verheiratet bin... und eine Dame... nicht etwa eine Küchenmagd, die Euch von Eurer Bedrängnis erlöst.«

»Vergebt mir, Isabella, aber ich weiß nicht genau, ob meine augenblickliche Stimmung mit Bedrängnis zu tun hat. Fühlt Ihr etwas in der Richtung für mich?« fragte er kühn.

»Aber nein, natürlich nicht!« wehrte sie entrüstet ab.

Sein Daumen strich über ihr Handgelenk. »Euer Puls hämmert, Eure Wangen haben die Farben der frühen Rosen... Ihr atmet schwer, Isabella.«

Sie senkte den Blick, erschrocken über ihre eigene Unsittlichkeit, und Richard zog sie schnell in eine der dunklen Fensternischen. »Richard...«

»Ah, endlich habt Ihr meinen Namen ausgesprochen.« Wieder küßte er sie.

Ein leises Schluchzen kam über ihre Lippen, und sie stieß mit beiden Händen gegen seine muskulösen Schultern. Es war eine Qual, etwas zu wollen und gleichzeitig nicht zu dürfen. Seine starken Hände strichen über ihren Rücken, dann zog er sie an sich, so daß ihr Unterleib gegen den seinen gedrückt wurde. Seine harte Männlichkeit drängte sich gegen ihren Bauch, und er rieb sich langsam und rhythmisch an ihr.

Sie wagte es nicht, ihre Hände auf diesen Teil seines Körpers zu legen, um ihn von sich zu stoßen, statt dessen drückte sie beide Fäuste gegen seinen Oberkörper. Seine Erregung näherte sich mittlerweile einem wundervollen Höhepunkt, und als er sah, wie sie die Lippen öffnete, wußte er, daß sie begann, auf ihn zu reagieren.

Wegen des zarten Alters der Braut hatte es keine versteckten Anspielungen, keine zweideutigen Bemerkungen und auch keine anzüglichen Blicke gegeben, wie bei den meisten Hochzeitsfeierlichkeiten. Und die Feier war auch nicht zu einem Trinkgelage ausgeartet. Pünktlich um neun Uhr kam Eleanors alte Kinderfrau, um sie abzuholen. Sie war erstaunt, daß das Kind nicht protestierte, denn aus Erfahrung wußte sie, daß es oft ein Kampf war, Eleanor ins Bett zu schaffen.

William zog die Finger seiner Braut an seine Lippen. »Gute Nacht, Gräfin«, sagte er ernst.

Sie verbeugte sich vor ihm. »Gute Nacht, mein Herr Graf.« Sie war schon halbwegs die Treppe hinaufgestiegen, an der zwei Dienerinnen mit Kerzen in der Hand auf sie warteten, um sie in ihr Zimmer zu bringen, als sie sich an ihre Kinderfrau wandte. »Werden wir in meinem Zimmer schlafen, oder ist ein besonderes Zimmer für den Bräutigam und seine Braut vorbereitet worden?«

Der erschrockene Ausdruck auf dem Gesicht ihrer Kinderfrau erstaunte sie, doch ihre nächsten Worte trafen sie wie eine Ohrfeige. »Solch lüsterne Worte aus dem Mund eines Kindes!« meinte die alte Dienerin, nur mühsam beherrscht. »Der Oberhofmarschall wird zu einem seiner eigenen Wohnsitze abreisen.«

»Nein!« rief Eleanor, wirbelte herum und lief schnell die Marmorstufen wieder hinunter. Mit eigenen Augen sah sie, daß der Oberhofmarschall sich gerade verabschiedete. Aus Leibeskräften rief sie: »Mein Herr Ehemann, verlaßt mich nicht!«

Alle Augen richteten sich auf sie, und die Kinderfrau versuchte, sie festzuhalten. Eleanors kleine Zähne bissen fest in die Hand, die sie hielt, dann lief sie die restlichen Stufen hinunter, geschickt wich sie Henrys Armen aus und bahnte sich einen Weg durch die Menge der erstaunten Gäste. »William! William!«

Henry war ihr nachgelaufen, nach drei Schritten hatte er sie eingeholt und hob sie hoch. »Still jetzt, du kleine Laus«, zischte er ihr ins Ohr.

Sie wehrte sich verzweifelt gegen ihn. »William, wenn Ihr geht, dann komme ich mit Euch!«

William hatte diese Szene völlig aus der Fassung gebracht. Henry reichte sie einem halben Dutzend Dienern, und er dachte, es sei das beste, sich nicht weiter einzumischen. Eleanor schluchzte jetzt hemmungslos. Sie war kurz davor, hysterisch zu werden, weil so viele Hände versuchten, sie festzuhalten.

»William, Ihr habt es mir versprochen«, schrie sie. »Ihr habt mir versprochen, daß Ihr mir zeigt, wie man es hineinstößt!«

Ein entsetztes Schweigen senkte sich über die Menge, dann hörte man vereinzeltes Kichern. William Marshal war jetzt mehr als ärgerlich. Er ging durch den Saal auf die verzweifelte Eleanor und ihren Bruder, den König von England zu. »Hat niemand den Anstand besessen, diesem Kind zu erklären, was geschieht?« bellte er.

Henry zuckte die Schultern, und die alte Kinderfrau sah ihn verständnislos an. William warf den beiden einen verächtlichen Blick zu, dann befreite er Eleanor aus den Griffen zweier Diener. Er stellte sie auf die Füße, legte ihre kleine Hand auf seinen Arm und wandte sich ihr zu. »Kommt, Gräfin, ich werde Euch in Euer Zimmer führen.«

Tränen hingen an Eleanors Wimpern, sie glänzten wie Diamanten, als sie schließlich auf ihrem Bett saß und zu William aufblickte.

»Mein Herzenskind, wegen deines Alters kannst du noch nicht mit mir zusammenleben. Das geht erst, wenn du älter bist«, erklärte er sanft.

»Ihr meint im nächsten Monat, wenn ich zehn werde?« fragte sie mit einem hoffnungsvollen Blick.

»Nein... erst, wenn du eine Frau geworden bist... frühestens mit sechzehn.«

Sie sah ihn unglücklich an. »Ihr liebt mich nicht. Ihr wollt mich gar nicht haben«, flüsterte sie.

»Eleanor, natürlich will ich dich haben. Die Zeit wird sehr schnell vergehen. Du lebst hier in Windsor und hast deinen eigenen Haushalt. Es gibt noch so vieles, was du lernen mußt, ehe du eine Ehefrau sein kannst. Deine Tage sind angefüllt mit Unterrichtsstunden. Du wirst von Lehrern umgeben sein, von Hofmeistern und Nonnen.«

Entsetzt blickte sie zu ihm auf. »Genau wie meine Großmutter Eleanor... ihr Mann hat sie auch gefangengehalten. Mein Name ist ein Fluch!«

»Eleanor...«

Sie zuckte zurück. »Nennt mich nicht so!«

William biß sich auf die Lippen, um nicht die Geduld zu verlieren. »Deine Großeltern, König Henry und Eleanor von Aquitanien, verband eine großartige Liebe. Ich werde deine Hofmeister bitten, dich genauestens mit ihrer Geschichte vertraut zu machen.« Er kniete vor ihr nieder. »Du bist die Gräfin von Pembroke... meine Gräfin. Und ich möchte, daß du die gebildetste Gräfin wirst, die England je gesehen hat. Ich möchte, daß du eine großartige Figur auf einem Pferd machst, daß du dich in fließendem Französisch unterhalten kannst, daß du die gekrönten Häupter Europas in deinem Haus empfangen kannst. Ich möchte, daß du dich in Rechtsdingen auskennst, damit du neben mir sitzen kannst, wenn ich Gericht halte. Du sollst die gälische Sprache lernen, damit die Menschen dich lieben und respektieren, wenn wir nach Wales und Irland reisen.« Er hielt inne und sah sie eindringlich an, um an ihr Verständnis zu appellieren.

Sie hatte verstanden. »Oh, mein Herr Graf, ich werde mich bemühen, perfekt zu werden, damit ich mich Eurer würdig erweise. Zuerst werde ich meine Fertigkeiten im Lesen und Schreiben üben, damit wir korrespondieren können und Ihr selbst Euch ein Urteil bildet über meine Fortschritte«, versprach sie hoch und heilig.

Gütiger Himmel, wie leidenschaftlich dieses Kind war. »Deine älteren Schwestern werden beide Königinnen werden, und ich möchte nicht, daß sie dich übertreffen. Du mußt Windsor nicht als dein Gefängnis sehen. Es ist ein wunderschönes Schloß mit ummauerten Gärten und einem herrlichen Park, in dem man jagen kann. Henry baut unentwegt an dem Komplex; wenn er einmal heiratet, wird es die Residenz eines großen Königs sein. Du lebst hier nicht isoliert und einsam.«

»Aber ich werde nur von Erwachsenen umgeben sein, die mir sagen, was ich zu tun habe – von dem Augenblick an, wenn ich morgens die Augen öffne, bis ich um neun Uhr zu Bett gehen muß.«

Er dachte einen Augenblick nach. »Ich werde meine Schwester Isabella bitten, dir hier Gesellschaft zu leisten, bis ihr Ehemann wieder da ist.«

Eleanor schniefte und wischte sich mit dem Ärmel über die Nase. »Sie sieht sehr hübsch aus, aber auch schon ziemlich alt.«

»Sie ist doch erst zwanzig.« Gütiger Himmel, wenn schon Isabella in ihren Augen alt war, dann mußte sie ihn ja für einen Greis halten. Ein Mann von vierzig, der ein Kind heiratete, das kaum zehn Jahre zählte! Die ganze Sache war eine Farce. Entschlossen sagte er: »Du wirst Kameradinnen in deinem Alter bekommen. Ein paar kleine Gefährtinnen aus guten Familien.«

»Darf ich sie mir selbst aussuchen?« bat sie.

»Nun ja ...« Er zögerte. »Ich werde sechs oder acht geeignete Familien auswählen, und du kannst dir dann davon drei aussuchen, die dir am besten gefallen.«

»Oh, eine gemeinsame Entscheidung! Seht Ihr, wie wir miteinander umzugehen verstehen, William?«

Er seufzte erleichtert auf. Eleanor Plantagenet konnte geführt werden, wenn man es mit einem Samthandschuh tat. Seine Augen verzogen sich zu einem nachsichtigen Lächeln. Er knöpfte sein schwarzes Wams auf und entblößte seine Brust. Dann hob er sie hoch und stellte sie auf das Bett, so daß ihre Gesichter auf gleicher Höhe waren. Er nahm ihre Finger in seine große Hand und führte sie über seine Rippen. »Genau hier, zwischen der dritten und vierten Rippe, ist eine sehr gute Stelle, um das Schwert hineinzustoßen. Es dringt ein und verletzt die Lunge.« Er schob ihre Finger unter seinen Arm. »Fühlst du hier das zarte Fleisch in der Achselhöhle? Wenn du das Schwert von oben hereinstößt, wirst du deinem Gegner beinahe immer eine tödliche Verletzung beibringen.«

Er sah, wie sie die Zungenspitze zwischen ihre kleinen weißen Zähne schob, um sich auf das zu konzentrieren, was er sagte. Und dann zog er ihre Hand an seine breite Brust, bis sie den starken

Herzschlag spürte. »Und wenn du dein Schwert hier hineinstößt, ist es immer tödlich«, erklärte er ernst.

»Oh, mein Herr Graf, ich liebe Euch!«

3. Kapitel

William Marshal konnte ein Gefühl von – was war es, Schuld, Betrug? – Unruhe wegen dieser Ehe nicht unterdrücken. Er hatte seit Jahren die gleiche Geliebte, beinahe waren sie schon ein altes Ehepaar, unauffällig und doch bequem. Die Treulosigkeit, die er jetzt verspürte, galt jedoch nicht dieser Dame, sondern dem kostbaren kleinen Mädchen, in das er sich schon als Jugendlicher am Hofe König Johns verliebt hatte: Jasmine de Burghs zarte Schönheit und ihre Unschuld hatten sein Herz bezaubert, und wenn er ehrlich war, so war sie wahrscheinlich der Grund dafür, daß er nie geheiratet hatte. Inzwischen lachte er über seine Dummheit. Er war nicht mehr als ein junger Mann gewesen und hatte keine Chance gehabt gegen den kühnen Krieger Falcon de Burgh, der diese Blume umgehend gepflückt hatte, als er sie zum ersten Mal mit seinen lüsternen Blicken entdeckt hatte.

In seinem Herzen war Will ihr all diese Jahre treu geblieben. Immer, wenn er nach Irland reiste, besuchte er die de Burghs und freute sich über das enge Freundschaftsband, das zwischen ihnen gediehen war. Er seufzte. Falcon de Burgh hatte sie vollkommen glücklich gemacht, und sie hatte ihm stämmige Zwillingssöhne geschenkt, auf deren starke Schwertarme er sich stets verlassen konnte, wenn es auf der entfernten Insel Aufruhr gab.

Auch jetzt verspürte er wieder den unwiderstehlichen Drang nach Jasmine, und es würde für ihn keinen Frieden geben, ehe er ihr nicht seine Ehe gestanden und erklärt hätte, daß die Beweggründe dafür beim König und der Politik gelegen hätten, nicht Liebe. Doch ehe er nach Irland abreiste, stattete er seiner Lieblingsschwester Isabella, der Gräfin von Gloucester und Hertford, einen Besuch ab.

»Mir scheint, du hast gestern einen sehr lobenswerten Eindruck hinterlassen, Isabella«, begann William vorsichtig, weil er wußte, daß er von ihr ein Opfer verlangte.

Isabella errötete und senkte die Lider. Ihr Benehmen war abscheulich gewesen, und jetzt stand das Familienoberhaupt vor ihr, um sie deshalb zu schelten. »Bitte, William, laß mich alles erklären. Ich habe die Absicht, mich nach Hause zu begeben. Wir werden einander nie wiedersehen.«

William konnte seine Enttäuschung nicht verbergen. »Ah, meine Liebe, das ist aber bedauerlich. Eleanor mag dich so sehr, daß ich ihr versprochen habe, du würdest bei ihr in Windsor bleiben, bis Gilbert aus Irland zurückkehrt. Wenn du jedoch lieber in deinem Heim weilst, dann lege ich dir nichts in den Weg.«

Isabella hob den Blick. »Windsor?« fragte sie überrascht. »Oh, das würde mir sehr gefallen!«

Will zog fragend eine Braue hoch, weil die sonst so besonnene junge Frau sich plötzlich merkwürdig gebärdete. Was für widersprüchliche Kreaturen die Frauen doch waren! »Eleanor besteht darauf, ein paar Kameradinnen ihres Alters zu bekommen, ich dachte, ich könnte einige der Marshal-Kinder zusammenbringen und sie ihre eigene Wahl treffen lassen. Sie hat, gelinde gesagt, einen gewissen Starrsinn, fürchte ich.«

»Das ist ein Charakterzug der Plantagenets«, meinte Isabella, und ein geheimnisvolles Lächeln umspielte ihren Mund.

»Nun, ich dachte, da sie sich gerade alle in London aufhalten, könnte ich einige unserer Nichten hier versammeln, ehe die Bigods nach Norfolk abreisen und die de Ferrars' nach Derby«, unterbreitete Will ihr.

»Ich werde ihnen sofort Bescheid geben. Eve de Braose und Margery de Lacy haben genau das richtige Alter, aber wir dürfen auch Matilda nicht vergessen und Sybil oder die kleine Joan.«

»Du bist einfach wundervoll. Ich kann sie gar nicht alle auseinanderhalten«, gestand er ihr. »Wie schön, daß ich alles in deine fähigen Hände legen kann. Welche Botschaft soll ich denn deinem Ehemann überbringen?«

»Meinem Ehemann?« fragte sie und wurde wieder über und

über rot. »Willst du nach Irland reisen?« Sie warf ihre kastanienbraunen Locken zurück. »Er befindet sich schon so lange dort, daß ich ganz vergessen habe, wie er überhaupt aussieht.«

»Arme Isabella. Soll ich ihn dir zurückschicken?«

»Nein, nein«, wehrte sie ab, denn ihr Ehemann war von ihrer Familie ausgewählt worden, sie hatte sich ihn nicht ausgesucht. »De Clare wäre kaum erfreut, nach Hause zu seiner Frau zu müssen, und ich freue mich auf meinen Aufenthalt in Windsor.«

Eleanor stand in dem wunderschön ausgestatteten Empfangszimmer im Schloß Windsor, umringt von einer Gruppe kleiner Mädchen in ihren hübschesten Kleidern und mit perlenbesetzten Mützchen. Sie starrte eine nach der anderen ziemlich unfreundlich an, sehr schnell hatte sie eine von ihnen ausgeschlossen, eine dunkle Schönheit, und dann noch zwei andere, die jünger zu sein schienen als sie. Joan de Munchensi brach in Tränen aus, und Eleanor wußte, daß sie sich richtig entschieden hatte, denn sie wollte keine Kleinkinder dabeihaben, die ihr den wenigen Spaß verdarben, den man ihr noch zugestehen würde.

Sie bedankte sich liebenswürdig bei Lady Isabella; ohne jeglichen Hintergedanken sagte sie dann: »Würdest du dir nicht gern die neuesten Gemächer ansehen, die Henry und Richard entworfen haben? Ich glaube, mein Bruder ist soeben von seinem Ausritt zurückgekommen. Laß dir nur Zeit, während ich unterdessen meine Wahl treffe.« Eleanor wußte, daß sie nicht lang allein bleiben würde, ein Diener, ein Hofmeister oder eine dieser verflixten Nonnen bespitzelten sie jeden Augenblick des Tages.

Sie starrte die Nichten der Marshals an. »Könnt ihr fluchen?« wollte sie von ihnen wissen.

Die kleinen Mädchen schüttelten allesamt die Köpfe.

»Nun, das ist sehr schade... ich werde nämlich keine nehmen, die nicht fluchen kann«, erklärte sie nachdrücklich.

Zwei der Mädchen lachten nervös auf, die anderen sahen aus, als würden sie jeden Augenblick in Tränen ausbrechen.

Eleanor sah das Mädchen mit dem goldenen Haar an, das gelacht hatte: »Wie heißt du?«

Das Mädchen verneigte sich anmutig. »Eve de Braose.«

»Du sollst fluchen«, befahl Eleanor.

»Verdammt«, nahm Eve all ihren Mut zusammen.

Eleanors Blicke gingen zu einer anderen Bewerberin mit hellem Haar. »Und wer bist du?« wollte sie wissen.

»Matilda Bigod«, antwortete sie und verneigte sich nicht dabei.

Eleanors Augen zogen sich zusammen. »Die Tochter des Grafen von Norfolk? Kennst du keine Flüche?«

Das Mädchen schüttelte entschlossen den Kopf.

»Dann mußt du aber dumm sein. Dein Name ist doch schon ein Fluch. Matilda Bei Gott«, witzelte sie.

Sybil de Ferrars, Tochter des Grafen von Derby, kicherte.

Eleanor sah sie erwartungsvoll an. »Zur H-hölle«, brachte sie heraus.

Was für ein erbärmlicher Haufen, dachte Eleanor. Ihre Blicke maßen das größte Mädchen im Raum, die kupferrotes Haar hatte und ein rundes Gesicht. Sie wußte sofort, daß dieses Mädchen fluchen konnte. »Ich wähle dich«, sagte sie, ohne zu zögern.

»Das kannst du nicht«, zeterte ein kleines, mausgraues Ding. »Ich bin Margery de Lacy. Sie ist nur meine Dienerin Brenda.«

Eleanor machte drohend einen Schritt auf Margery zu. »Ich bin die Gräfin von Pembroke und stehe im Rang höher als du, auch wenn die de Lacys bekannt sind wegen ihrer Hochnäsigkeit.« Sie drehte Margery den Rücken zu und wandte sich an deren Dienerin. »Fluche«, befahl sie.

Das Mädchen, das aussah, als sei es schon mindestens zwölf, war eilig zu Diensten: »Scheißdreck!«

Eleanor keuchte erschrocken auf, dann betrachtete sie wieder Margery de Lacy. »Vermutlich muß ich dich auswählen, damit ich sie bekomme.« Sie entschied sich schnell. »Außerdem können noch Sybil und Eve bleiben.« Sie interessierte sich nicht sonderlich für die beiden, sondern nur für Brenda mit dem kupferroten Haar.

Matilda Bigod war erleichtert, weil sie nicht ausgewählt worden war, um dieser Tyrannin zu dienen. Als die Türen des Empfangszimmers sich öffneten und eine schnatternde Herde von Dienerinnen und Nonnen in den Raum rauschte, entschied sie sich, die

Damen darüber aufzuklären, welche Bosheit in der Brust des jüngsten Sprosses der Plantagenets wohnte.

Lady Isabella kam erst über eine Stunde später zurück, doch die frische Luft mußte ihr gutgetan haben, denn als sie die Kinder wieder abholte, die Eleanor abgewiesen hatte, waren ihre Wangen gerötet, und ihre Augen leuchteten wie Sterne.

William Marshal hatte ausgiebig gespeist im Schloß Portumna, dem Hauptsitz der de Burghs von Connaught. Sie beherrschten das ganze Land westlich des Flusses Shannon, während William der größte Teil von Leinster gehörte und er der oberste Richter des ganzen Landes war. Im Augenblick sonnte sich Irland in Frieden. Natürlich würde es immer wieder Kriege zwischen den Clans geben und große Widerstandsnester mußten ausgehoben werden, doch insgesamt kam man leidlich miteinander zurecht. Das war erstaunlich, wenn man die rebellischen Gemüter der Iren bedachte.

Will Marshal blickte über den Tisch hinüber zu Jasmine, wie immer war er bezaubert von ihrem anmutigen Gesicht, den lavendelfarbenen Augen und dem Haar in der Farbe der Mondstrahlen. Sie sah keinen Tag älter aus als damals, als er ihr zum ersten Mal begegnet war und sein Herz an sie verloren hatte. Das mußte wohl auf ihre Hexennatur zurückzuführen sein, und jetzt, wo ihre Großmutter, die Fürstin Estelle Winwood, gestorben war, hatte ihre Macht wahrscheinlich noch zugenommen.

Das Kerzenlicht hüllte sie in einen Heiligenschein und verstärkte ihre ätherische Schönheit noch mehr. Will erinnerte sich noch sehr gut daran, wie empört er gewesen war, als er hörte, daß sie Zwillingssöhne geboren hatte. Diese zarte Blume konnte eine solche Anstrengung doch gar nicht überstehen; doch jetzt beneidete er sie um die beiden wunderbaren jungen Männer und wünschte sich selber so prächtige Söhne. Sie ähnelten beide Falcon de Burgh mit ihren dunklen Haaren und der kräftigen Statur, doch ihre lachenden Gesichter waren hübscher, weil sie nicht die Züge ihres Vaters trugen. Es war beinahe unmöglich, die beiden auseinanderzuhalten, allerdings hatte Michael lavendelfarbene Augen, während die von Rickard das gleiche grüne Feuer besaßen wie die seines Vaters.

Ihr Drang nach Wissen über England war unersättlich, und sie hatten William mit Fragen über den König, den Hof, die Barone, die Politik und sogar die Frauen während der ganzen Mahlzeit geplagt. Endlich schritt Jasmine energisch ein. »Genug jetzt! Ihr benehmt euch wie zwei Lümmel, den ganzen Abend über habt ihr Will in Beschlag genommen. Es scheint beinahe so, als kämt ihr geradewegs aus dem Morast... ihr unzivilisierten Rangen.«

Rickard grinste verschmitzt. »Es liegt nur daran, daß wir noch nicht bei Hofe poliert worden sind, Mutter.«

Die Zwillinge verschwanden, weil sie wußten, daß William Marshal sich ihnen die ganze nächste Woche großzügig widmen würde.

»Diese Bemerkung hast du selbst herausgefordert, Jassy«, meinte Falcon de Burgh belustigt. Sie standen vom Tisch auf, und Jasmine nahm Wills Arm, während alle drei in das Sonnenzimmer gingen, von dem aus man einen Blick über den ganzen See hatte.

»Ich weiß, daß sie nicht länger in ihrer Arglosigkeit verbleiben können. Sonst werden sie mich eines Tages noch dafür hassen«, gab Jasmine zu.

»Wenn sie doch nur wüßten, was sie hier haben.« Will machte eine ausladende Handbewegung über die unvergleichliche Aussicht hin. »Es ist wie eine Pfalzgrafschaft. Sie leben hier wie junge Prinzen, in völliger Freiheit und ohne die Korruption des englischen Hofes. Seit sie im letzten Jahr mit mir in Offaly gekämpft haben, muß ich zugeben, daß sie besser ausgebildete Ritter sind als alle Söldner von Falkes de Bréauté.«

Falcon de Burgh goß William ein Horn Bier ein. »Man muß ihnen erlauben, die Flügel auszubreiten. Sie beneiden dich und mich, weil wir in Frankreich gekämpft und Schlösser in Wales erobert haben. Wir haben mit Königen und Königinnen diniert, und jetzt haben wir beide Prinzessinnen geheiratet.« Falcons Augen ruhten mit Besitzerstolz auf Jasmine. »Du brauchst keine Angst zu haben: Wenn sie erst einmal England und Wales gesehen haben, die Gier und den Neid des Hofes mit all seinen hohlen Eifersüchteleien und leeren Versprechungen, dann werden sie als bessere und weisere Männer zurückkehren.«

»Natürlich hast du recht«, meinte William. »Wenn sie die beiden verschiedenen Lebensformen vergleichen, werden sie sehr schnell herausfinden, daß eine davon weit weniger erstrebenswert ist. Natürlich werden sie in Huberts Dienste treten, nicht wahr?«

»Nein!« unterbrach Jasmine ihn schnell, dann wurde sie über und über rot, weil sie sich in die Entscheidungen der Männer eingemischt hatte.

Falcon neckte sie. »Sie hat wieder eine ihrer Visionen.«

Jasmines lavendelfarbene Augen waren ganz dunkel geworden. »Meine Gründe dafür sind vielschichtig! Hubert de Burgh ist zu ehrgeizig, er prahlt mit seinem Reichtum und seiner Stellung. Die Barone lehnen ihn alle ab. Peter des Roches, der Bischof von Winchester, ist sein Todfeind, und er wird nicht eher ruhen, als er ihn in die Knie gezwungen hat.«

»Aber ich war derjenige, der des Roches ausgeschaltet hat«, warf William ein. »Sein Einfluß auf den jungen König wurde zu groß, und er hatte all seine Verwandten und seine Gefolgsleute in wichtige Stellungen gebracht; mit der Absicht, das ganze Land zu dirigieren.«

Falcon de Burgh meinte: »Ich stimme Jasmine zu. Ich möchte meine Söhne nicht in den Dienst von Hubert stellen, wenn auch nicht aus den gleichen Gründen wie sie. Das Leben dort wäre für sie zu einfach, sie würden reich und verwöhnt. Ich möchte, daß sie sich ihre Beförderungen verdienen, daß sie ihre Ländereien und ihre Schlösser durch loyale Dienste erwerben und sie nicht als Geschenk von einem großzügigen Onkel erhalten.« Falcon verzog das Gesicht. »Ich höre, daß er Prinzessin Margaret von Schottland geheiratet hat, sie reisen mit einem langen Troß von Rittern, Soldaten, Schreibern, Beichtvätern, Dienern, Köchen, Frisören und sogar Jongleuren – alles Schmeichler.«

»Nun ja.« William lachte. »Vielleicht setzt sich dieser Troß ja nicht ausschießlich aus Hofschranzen zusammen. Sein Einfluß auf Henry und Richard ist dem von Peter des Roches vorzuziehen, dessen erste Loyalität schließlich noch immer Rom gehört. Wegen des Geldes, das wir dem Vatikan schulden, hat der Bischof von Winchester Vertretern des Papstes in England Zutritt verschafft, um die

Eintreibung der Gelder zu überwachen. Das Geld soll an italienische Banken gezahlt werden, Handelsherren aus Florenz haben in ganz London ihre Kontore als Geldverleiher eingerichtet. Schon beinahe zu spät habe ich herausgefunden, daß jedes Kirchenamt, das ein reichliches Einkommen abwirft, an einen Italiener gegangen ist. Darunter sind sogar Domherren, die sich nicht einmal die Mühe gemacht haben, Rom zu verlassen. Den Geistlichen zahlen sie Hungerlöhne, und meine Untersuchungen haben ergeben, daß über siebzigtausend Kronen bereits außer Landes geschmuggelt wurden... die Schatztruhen des Königs sind leer! England hat durch Kriegsschulden, Kreuzzüge und gierige Fremde sehr viel Geld verloren.«

»Was für ein Mann ist Henry geworden?« wollte Jasmine wissen.

»Da liegt, glaube ich, die Wurzel des Übels. Er ist noch kein Mann, auch wenn er schon beinahe achtzehn Jahre zählt. Man kann ihn viel zu leicht beeinflussen. Er ist völlig seinen Günstlingen verfallen, glücklicherweise bedeutet das im Augenblick Hubert. Oh, er ist weder grausam noch mutwillig destruktiv wie sein Vater, aber er neigt zu Selbstsucht, Eigensinn, Geringschätzigkeit gegenüber den Baronen und seinen Beratern, und als König verhält er sich unerfahren und unberechenbar. Schade, daß nicht Richard der älteste Sohn des Königs ist. Er eignet sich in jeder Beziehung besser für den Thron, ist ein guter Soldat, hochintelligent und hat einen natürlichen Charme, während der von Henry künstlich wirkt. Die Barone setzen auf Richard, damit der den König dazu bringt, die Verpflichtungen seines Amtes zu erfüllen. Richard ist auch ein Genie, wenn es ums Bauen geht...« Er hielt inne und lachte. »Ich rede euch in Grund und Boden. Sicher wollt ihr schon seit Stunden zur Ruhe gehen.«

Falcon de Burgh stand auf und streckte sich. »Ich ziehe mich zurück, wenn ihr gestattet. Ich bin sicher, daß Jasmine dir noch viele Fragen stellen möchte.«

Als sie beide allein waren, beugte Jasmine sich zu ihm. »Will, diese Ehe, hast du sie wirklich gewollt?«

»Nein«, gestand er ihr. »Oh, Jasmine, ich habe solche Angst, daß Eleanor so wird wie ihre Mutter, wenn sie erst einmal erwachsen ist.«

»Ich glaube, daß deine Angst unbegründet ist... sie hat den Einfluß ihrer Mutter nie zu spüren bekommen.« Sie sahen einander an, ihre Befürchtungen des befleckten Blutes und der Vererbung sprachen sie nicht laut aus.

Will seufzte. »Ich habe darauf bestanden, daß sie ihren eigenen Haushalt bekommt. Quartiere für ihre Dienerinnen sind eingerichtet worden, und sie steht unter ständiger Obhut. Ich habe die besten Hofmeister und Lehrer für sie eingestellt, sogar Nonnen und Franziskaner kümmern sich um sie.«

»Und zweifellos bezahlst du die Rechnungen für ihren Unterhalt im Schloß Windsor, nicht wahr?«

»Und für den Konvent von St. Bride.« Er zuckte die Schultern. »Ich würde jede Summe dafür aufbringen, damit sie keusch bleibt.«

Das arme kleine Mädchen, dachte Jasmine und griff nach Wills Hand. »Aber laß sie nicht zu lange dort. Den besten Einfluß auf sie würdest du selber haben, Will.« Sie hielt inne. »Ich möchte gern, daß du meine Söhne in deine Dienste nimmst!«

Er war überwältigt von dem großen Vertrauen, das sie in ihn setzte. »Ihr ehrt mich, Herrin«, murmelte er rauh.

»Immer.« Sie stellte sich auf Zehenspitzen und gab ihm einen Gutenachtkuß.

De Burgh lag ausgestreckt auf seinem Bett, die Arme hinter dem Kopf verschränkt. Er schlief nackt und hatte Jasmine dazu überredet, es ihm gleichzutun. Seine grünen Augen leuchteten auf, als sie sich vor ihm entkleidete. »Er ist verliebt in dich, weißt du das?« erkundigte er sich.

»Will? Mach dich nicht lächerlich. Wir sind Freunde, seit wir zusammen bei Hofe waren.« Ehe sie ihr Hemd auszog, nahm sie die Haarbürste zur Hand.

»Laß mich das machen«, befahl er. Sie kam zum Bett und reichte ihm mit abwesender Miene die Bürste. Im gleichen Augenblick, als seine Hände in ihr seidiges Haar griffen, fühlte er, wie sein Glied sich aufrichtete. »Er hat dich damals schon geliebt und tut es noch.«

Sie wandte sich halb zu ihm um und sah ihm tief in die Augen. »Du bist doch nicht etwa eifersüchtig?«

»Oh, natürlich bin ich das. Ich bin eifersüchtig auf jeden Mann, der dich ansieht, doch eigenartigerweise nicht auf Will. Der arme, ehrliche Kerl gibt sich solche Mühe, seine Liebe vor dir zu verbergen.«

»Er ist ganz anders als du, streckt nicht einfach die Hand aus, um sich zu nehmen, was er haben will.«

Falcon de Burgh zerrte ungeduldig an ihrem Hemd. »Gütiger Himmel, wenn ich an seiner Stelle wäre, würde es keine Minute dauern, bis ich dich umgarnt hätte.«

»Ach, wirklich? Wenn ich mich recht erinnere, hast du länger gebraucht als eine Minute, ehe du dein verderbtes Spiel mit mir treiben konntest.«

»Ich werde dir zeigen, wie verderbt.« Er senkte seinen Kopf zwischen ihre Schenkel, seine Zungenspitze strich über die Innenseiten.

»Du wirst dich schon etwas mehr anstrengen müssen, um mich aufzutauen«, flötete sie.

»Nein, werde ich nicht«, widersprach er mit all seinem männlichen Selbstvertrauen, dann schob er ihre Schenkel auseinander und streichelte mit seiner Zungenspitze den Quell ihrer Weiblichkeit.

Sie fühlte, wie heiße Erregung in ihr aufstieg, doch so schnell wollte sie sich nicht geschlagen geben. »Hör auf, ich glaube, ich werde ohnmächtig.«

»Ich will dich ja ohnmächtig machen«, bestätigte er und drang tief mit seiner Zunge in sie ein.

Nach wenigen Minuten dieses intimen Vorspiels konnte Jasmine nicht genug davon bekommen. »Falcon. Falcon.« Sie wußte, wenn sie seinen Namen rief, würde er zu ihr kommen. Er liebte es, seinen Namen von ihren Lippen zu küssen. Sie streichelte seinen muskulösen Körper, dann schlossen sich ihre Finger um sein Glied. Sie keuchte auf, weil es so groß war. Immer wieder erschrak sie darüber, und ein herrliches Gefühl von Angst überkam sie. Mit einem einzigen Stoß drang er tief in sie ein, füllte sie bis an ihre Grenzen aus, und sie glaubte zu vergehen. Seine Zunge schob sich in ihren Mund, bewegte sich im gleichen Rhythmus mit seinen Hüften, und sie schlang ihre langen, schlanken Beine um seinen Rücken. In all den Jahren hatten sie gelernt, ihr Liebesspiel auszudehnen und ihre Lust endlos zu genießen.

Als Jasmine dann endlich auf dem Höhepunkt der Erfüllung aufschrie, versuchte William Marshal in seinem Zimmer sich einzureden, daß es der Schrei eines Nachtvogels war, der über dem mondbeschienenen See dahinflog.

4. Kapitel

Eleanor Katherine entwickelte ein beinahe unstillbares Verlangen nach Wissen. Bis weit in die Nacht übte sie sich in der Kunst zu schreiben, bis ihre Kameradinnen sie baten, die Kerzen auszublasen. Die verschmierten Seiten, die sie dabei hervorbrachte, ärgerten sie so sehr, daß sie hartnäckig immer wieder von vorn begann, bis endlich ihre Wörter in einer wunderschönen Schrift die Seiten füllten. Erst dann begann sie, mit ihrem geliebten Gemahl zu korrespondieren.

Wegen ihres Namens war sie abergläubisch, sie zog es vor, als Gräfin von Pembroke angeredet zu werden, doch manchmal hörte sie wochenlang nur auf ihren zweiten Namen Kathe.

Mittels ihres natürlichen Talents für Sprachen beherrschte sie bald die französische Sprache; sie ließ ihre Kameradinnen weit hinter sich, während sie bereits mit einer der irischen Nonnen die gälische Sprache erlernte. Niemals wurde sie der Unterweisungen in Geschichte überdrüssig; sie war fasziniert von der Religion und begriff sehr schnell, daß diese eine wichtige Rolle in der Geschichte gespielt hatte, manchmal zum Guten und manchmal auch zum Schlechten. Die Mutter Oberin von St. Bride besuchte sie, lehrte sie Theologie und ließ sie teilhaben an ihren ausgedehnten Kenntnissen in der Versorgung von Kranken und ihrem Wissen über medizinische Kräuter. Sie war eine strenge Frau, die über die Ärzte und

Quacksalber spottete, die in Scharen die Stadt London bevölkerten. Sie erklärte Eleanor, daß diese nur aus ihrem Unwissen heraus rote Gardinen um die Betten der Pockennarbigen hängten, um Herzkrankheiten zu heilen den Patienten Korallen in den Mund legten, und den Gichtkranken zur Heilung die Hufe von Eseln ans Bein banden.

Die Reichen bekamen zerstoßene Perlen, Smaragdstaub oder fein gemahlenes Gold, und die Mutter Oberin ließ Eleanor nicht im Zweifel darüber, daß die Juwelen den Patienten viel mehr nützen würden, wenn sie diese der Kirche spendeten. Eleanor war nur in einem Punkt mit der Mutter Oberin nicht einig. Die Nonne glaubte, daß alle schweren Krankheiten von Gott kamen und daß es ein Sakrileg war, wirklich einzugreifen – aus diesem Grund verstrickten sie sich immer wieder in hitzige Diskussionen.

Schon bald wurde ihr erlaubt, von dem Franziskaner Adam Marsh zu lernen, wann immer dieser Henry besuchte. Der studierte Mönch stellte bald fest, daß Eleanors Intelligenz die des Königs bei weitem übertraf.

Sie lernte, Harfe zu spielen und Laute, und sie nahm sich die tadellosen Manieren und hübschen Gesten von Lady Isabella Marshal zum Vorbild. William Marshal schickte die herrlichsten Vollblüter aus Irland, und Falken und Sperber aus Wales; jedesmal wenn Richard aus Cornwall anreiste, ging Eleanor mit ihm auf die Jagd.

Als Richards Besuche immer häufiger wurden, hatte Lady Isabella Eleanor gebeten, sie nie mit ihm allein zu lassen. Eleanor begriff sehr schnell, daß Isabella Richard liebte, und sie hatte Mitgefühl mit der Zwangslage ihrer lieblichen Gesellschafterin. Wie ihre eigene Liebe zu William, so mußte auch diese unerwidert bleiben. Der Ruf einer Dame hatte makellos zu sein. Die allererste Lektion, die die Nonnen und ihre Anstandsdamen Eleanor eintrichterten, war die, daß ohne ihre Jungfräulichkeit ein Mädchen keinen Wert für einen Ehemann darstellte. Der Gatte würde sie zurückweisen, er könnte sie ruinieren, wenn er herausfand, daß sie nicht unberührt war.

Und so kam es, daß die Gräfin von Pembroke zu einer jungen

Frau heranwuchs, die zwar über ein weitgefächertes Wissen verfügte, aber dennoch sehr weltfremd war. Sie wuchs unschuldig heran, alle geschlechtlichen Zusammenhänge blieben ihr fremd. Sie war in der Tat das genaue Gegenteil ihrer Mutter. Als Erbschaft der Königin Isabella hatte ihr jüngstes Kind einzig und allein ihre atemberaubende Schönheit mitbekommen, sowie eine übermäßige Begeisterung für elegante, feine Kleidung in schillernden Farben, mit silbernen Fäden durchwirkt oder kostbaren Edelsteinen verziert. Glücklicherweise erlaubte der Reichtum ihres Ehemannes ihr den Luxus, sich all das zu kaufen, wonach ihr der Sinn stand.

An dem Tag, an dem Henry seinen achtzehnten Geburtstag beging, rief er eine besondere Versammlung des Rates ein, die er selbst leitete. Er erklärte, daß er alle Macht seines Amtes übernehmen werde. Hubert de Burgh, der bis zu diesem Tag die Regierungsgeschäfte geführt hatte, war weise genug, sich nicht den Haß des Königs zuzuziehen, indem er sich ihm widersetzte. Als Gegenleistung bekam er von Henry die Grafschaft Kent und wurde gebeten, die königlichen Schatztruhen zu füllen. Daher befahl er allen Besitzern von Ländereien und Schlössern, die sie mittels ihrer Herrschaftsprivilegien erworben hatten, den Nachweis dafür in Westminster vorzulegen. Daraufhin wurden Tributgebühren erhoben, und Henry hatte mit diesem Plan hunderttausend Pfund eingeheimst.

Die großen Barone von England waren nicht glücklich darüber und machten Hubert de Burgh für diese Steuerlasten verantwortlich. Der hatte lange im Tower von London residiert, doch jetzt baute er sich eine Residenz auf einem wertvollen Grund in der Nähe von Westminster, die er Whitehall nannte. Er war der Kastellan jedes bedeutenden Schlosses in England – Dover, Canterbury, Rochester und Norwich. Der König stellte die großen Städte Carmarthen, Cardigan und Montgomery an der walisischen Grenze unter seine Verwaltung. Er war der Vogt über sieben Grafschaften, der alles überwachte, von gerichtlichen Untersuchungen angefangen bis hin zum Einzug der Steuern, und die Einnahmen wanderten alle in seine von Reichtum bereits überfließenden Taschen.

Die Barone murrten lauter, doch Hubert ignorierte sie lächelnd und verschaffte Henry das Geld, mit dem er die Anbauten am Tower von London finanzieren konnte. Sie bauten das Water Gate, den Cradle Tower, in dem Huberts jüngste Tochter wohnte, und The Lantern, einen neuen Schlaftrakt für Hubert mit einer herrlichen Aussicht auf die Themse. Es lenkte den König ab von seinen Heiratsquerelen. Zuerst war er von der österreichischen Prinzessin abgewiesen worden und dann von der Prinzessin von Böhmen. Jetzt dachte er daran, die Prinzessin der Provence zu ehelichen, und er hatte seinen Bruder Richard gebeten, sich als Brautwerber zu ihr zu begeben, denn der kannte sich aus mit schönen Frauen.

Als ihm klar wurde, daß sein Ruf, geizig zu sein, seine Chancen auf eine Eroberung ruinierte, beeilte er sich, die Aussteuer zu zahlen, die er noch immer Deutschland schuldete. Als Gegengabe sandte ihm sein Schwager, der deutsche Kaiser, drei Leoparden. Mit ihnen erwachte in Henry die Idee, im Tower von London eine Menagerie einzurichten.

Da er der machthabende Lord von Wales war, hatte William Marshal viel zu tun, und die de Burgh-Zwillinge erfuhren baldigst, daß die Waliser genauso wilde Barbaren waren wie die Iren. William besaß große Ländereien in Wales. Seine wichtigste Grafschaft Pembroke, an der Irischen See, wurde von Walisern geführt, die ihm völlig ergeben waren. Die Zwillinge zeigten sich sehr beeindruckt von Williams ortsansässigen Bogenschützen, sofort nahmen sie Unterricht, um ebenso geschickt mit dem Langbogen umgehen zu lernen. Gleichfalls besuchten sie die Schlösser ihres Vaters in Mountain Ash, Skenfrith und Llantilio. Ihr Onkel Hubert, dem sie besonders gut gefielen, bat sie, seine neuesten Errungenschaften in Cardigan und Carmarthen zu besuchen und ihm einen eingehenden Bericht über die Festungen zu liefern.

Innerhalb eines Jahres war es den beiden gelungen, in den Ritterstand aufzusteigen, im zweiten Jahr besaßen sie schon ihre eigenen Burgen in Wales, die sie befehligten. Die hohen, zerklüfteten Klippen der Grafschaft Pembroke waren nur durch den schmalen St. Georges Kanal von William Marshals irischen Besitzungen in

Leinster getrennt, und für diese rauhen Männer stellte es eine Kleinigkeit dar, innerhalb desselben Monats einen Aufruhr in Irland sowie eine Rebellion in Wales zu unterdrücken.

Es hatte seine Zeit gebraucht, ehe Rickard und Mick de Burgh sich schließlich in London niederließen. Weil sie so eng mit Hubert verbunden waren und zu William Marshals besten Rittmeistern gehörten, hieß Henry sie mit offenen Armen willkommen, weil er hoffte, sie in seine Dienste locken zu können.

Der König bestand darauf, daß sein Oberhofmarschall, der nach jahrelanger Abwesenheit gerade erst zurückgekehrt war, die neuesten Umbauten am Tower von London begutachten sollte. Als William dort ankam, führten ihn Henry und sein alter Waffengenosse Hubert stolz überall herum. Hubert hatte ihm gerade seine kleine Tochter Megotta im Cradle Tower gezeigt und drängte ihn jetzt, sich die Menagerie anzusehen.

Als die Männer die steinernen Stufen hinuntergingen, entdeckten sie eine Barke, die gerade am Water Gate angelegt hatte. Richard, der Herzog von Cornwall, half dort einer atemberaubend schönen Dame in einem Kleid aus rotem Samt, besetzt mit Zobel, auf den Steg.

»Wer ist denn diese hinreißende Schöne, die Richard da umwirbt?« fragte William anerkennend.

Des Königs lautes Lachen ließ die beiden Neuankömmlinge aufblicken. »William«, Henry lachte noch immer, »das ist Eure Frau.«

Eleanor winkte Henry zu. »Wir sind gekommen, um den Elefanten kennenzulernen«, rief sie. Dann ging ihr Blick zu dem breitschultrigen Mann neben Henry, und sie griff sich mit der Hand an den Hals. »William«, flüsterte sie.

Der leichte Wind am Fluß riß ihr seinen Namen von den Lippen und wehte ihn dem erstaunten Betrachter zu. Alle anderen Menschen um sie herum schienen in den Hintergrund zu treten. Er bemerkte nur noch vage, daß Richard seiner Schwester Isabella Marshal aus der Barke half, doch er hatte nur noch Augen für Eleanor. Wie angewurzelt blieb er stehen, also kam sie zu ihm und versank vor ihm in einem anmutigen Hofknicks, wobei ihre Samtröcke sich auf den grauen Steinen ausbreiteten. Die rote Farbe machte sie zum Inbegriff von Lebensfreude; in diesem kalten grauen London wirkte sie wie ein exotischer Paradiesvogel, den man für Henrys Menagerie eingefangen hatte.

»Willkommen, mein Herr«, begrüßte sie ihn ergeben mit leiser Stimme, doch in ihren dunklen, saphirblauen Augen leuchtete die Freude.

»Gütiger Himmel, Marshal, ich wette, Ihr ärgert Euch darüber, daß Ihr Eure Zeit in Wales verschwendet habt, während Eure Braut in London nach Euch schmachtet.« Hubert de Burgh gab Eleanor einen herzhaften Kuß auf die Wange. »Ihr seid zu einer wunderschönen Frau herangewachsen, meine Liebe, Eurer Mutter wie aus dem Gesicht geschnitten, von der man damals behauptete, sie sei die schönste Frau der Welt.«

William unterdrückte den Wunsch, seinem alten Freund einen Schlag zu versetzen. Er hatte den erschrockenen Ausdruck auf Eleanors Gesicht gesehen, als de Burgh sie in seine Arme genommen hatte, und der Wunsch, sie zu beschützen, ergriff von ihm Besitz.

Doch Hubert ließ nicht locker. »Wie alt seid Ihr jetzt?« fragte er und betrachtete genüßlich die sanfte Rundung ihrer jungen Brüste.

»Fünfzehn, mein Herr, wenn es recht ist«, antwortete sie atemlos.

»Jedem Mann mit Blut in seinen Adern wäre das recht. Fünfzehn ist genau das richtige Alter für eine Braut, meiner Ansicht nach.« Er stieß William anzüglich in die Rippen.

Sie senkte die Blicke und hoffte, William möge genauso denken.

»Genau das gleiche Alter hat meine zukünftige Braut, Eleanor, Prinzessin der Provence«, erklärte der König. »Wir werden feiern. Heute abend werdet Ihr alle mit mir in Windsor speisen, und ich möchte Euch den neuen Schloßflügel zeigen, der für die Königin eingerichtet wird.«

William zog Eleanors Hand an die Lippen und hörte, wie Richard sagte: »Lady Isabella, auch Ihr müßt unbedingt dabeisein. Ihr hattet seit Jahren nicht mehr die Gelegenheit, Euren Bruder zu sehen.«

Isabella errötete und trat schnell vor, um William zu küssen. Er lächelte sie herzlich an, um ihr für das außergewöhnliche Werk zu danken, das sie an seiner Gattin vollbracht hatte.

Henry war voll jungenhafter Begeisterung, als er ihnen seine Menagerie zeigte. Er hatte eine Menge fremder, zottiger Tiere, einen Büffel, Berberaffen, Löwen, Leoparden und schließlich auch einen Elefanten aufgetrieben. Henry bestand darauf, in seinen Käfig zu steigen mit einem Apfel: »Seht nur! Seht nur, wie er ihn mit seinem langen Rüssel ins Maul schiebt.«

Hubert schien ebenso begeistert, doch Richard blickte zu dem Oberhofmarschall hinüber und zuckte entschuldigend die Schulter, als wolle er sagen: »Wann wird er endlich erwachsen?«

Hubert war freudig überrascht, daß auch er zum Dinieren beim König eingeladen wurde. Normalerweise war es immer umgekehrt: Von Henrys Adligen und den reicheren Londoner Familien wurde erwartet, daß sie den jungen Monarchen bewirteten und ihn unterhielten, damit seinem eigenen Haushalt diese Kosten erspart blieben.

William Marshal blickte mit belustigter Nachsicht auf das neue Diadem, das der König ihnen vorführte. Er hatte es für seine zukünftige Königin entworfen, es war mit kostbaren Juwelen besetzt und kostete viele tausend Pfund. Er hatte auch eine komplette neue Garderobe für sie bestellt, mit Rosenkränzen, Ringen und Perlengürteln. Henrys Unbeständigkeit war unglaublich, mit einer Hand kratzte er die Pfennige zusammen, mit der anderen warf er das Geld verschwenderisch hinaus.

Das Hochzeitsdatum war noch nicht festgesetzt worden, doch der Bischof von Lincoln hatte den Auftrag, die Verhandlungen abzuschließen, ganz gleich, wie klein die Mitgift auch sein mochte. Richard war soeben aus der Provence zurückgekehrt; er hatte Henry offen berichtet, daß die regierende Familie dort bettelarm war, jedoch ihre Prinzessinnen in Wirklichkeit genauso lieblich, wie die Mär ging. Er warnte seinen Bruder, daß die Provencalen habgierig waren und so verschlagen, daß sie gerade eine wunderschöne Prinzessin mit Louis von Frankreich verheiratet hatten, ohne überhaupt eine Mitgift zu zahlen.

Doch Henry hatte sich Eleanor in den Kopf gesetzt, die Prinzessin, die man »La Belle« nannte, und nichts würde daran etwas ändern. Die Plantagenets waren vor ihrem Justiziar und vor ihrem Oberhofmarschall sehr offen, weil sie wußten, daß die beiden Königsmacher sowieso jede Einzelheit aus ihrem Leben kannten, seit sie auf dieser Welt existierten.

»Woher hattest du denn das ganze Geld?« fragte Richard und deutete auf den luxuriös eingerichteten Speisesaal, in dem sie sich versammelten.

»Der ist noch nicht bezahlt, ich mußte Schulden machen«, erklärte Henry so nebenbei.

»Und wie willst du diese Schulden bezahlen?« hakte Richard nach, denn er hatte die Absicht, seine eigene Börse diesmal nicht zu öffnen.

»Das ist Huberts Aufgabe.« Henry wandte sich mit erwartungsvollem Blick an seinen Justiziar.

Hubert spülte seinen Bissen mit einem Glas Wein aus der Gascogne hinunter. »Nun ja, die Hochzeit und die Krönung der Königin sind völlig legitime Ausgaben. Ich denke, eine Abgabe von zwei Kronen auf jedes Landgut eines Ritters wäre da angemessen.«

Richard blickte schnell zu William Marshal, um seine Reaktion auf diese Ankündigung zu sehen, denn das Parlament mußte jeder Abgabe zustimmen. »Glaubt Ihr, der Rat wird eine Königin akzeptieren, die praktisch mit leeren Händen daherkommt?«

»Er wird zustimmen«, meinte William scharfsinnig. »Sie werden es äußerst vorteilhaft finden, mit Louis von Frankreich verschwägert zu sein.«

Eleanor warf ihm einen bewundernden Blick zu, und William vermochte nicht mehr der Unterhaltung um sich herum zu folgen. Er war bezaubert von der Verwandlung, die mit ihr vorgegangen war. Ein poetisches Sprichwort kam ihm ins Gedächtnis: Wo man eine Rose hegt, kann keine Distel wachsen. Freilich war sie ein hübsches Kind gewesen; aber auch eigensinnig wie ein wildes kleines Tier, das wenig Anlaß gegeben hatte zur Hoffnung auf eine entzückende Dame mit ausgezeichneten Manieren und königlicher Haltung, die sie jetzt neben ihm einnahm und sich mit seiner Schwester über die Provence unterhielt.

Als sie höflich den Wein ablehnte, gingen seine Gedanken zurück zu seinem Hochzeitstag. Er verzog amüsiert den Mund, als er daran dachte, daß sie sicher seither keinen Alkohol mehr getrunken hatte. Wieder und wieder mußte er zu ihr hinsehen. Allein sie zu beobachten, bereitete ihm Freude. Er sah, wie sie zierlich die Finger in eine Schale mit Rosenwasser tauchte und sie dann mit der Serviette trockentupfte.

Plötzlich wurde ihm bewußt, daß der König ihn angesprochen hatte, nur zögernd lenkte er seine Aufmerksamkeit von Eleanor auf Henry. »Der Bischof von Ferns in Irland hat mir geschrieben. Offensichtlich gibt es dort Unstimmigkeiten über ein Stück Land, von dem er behauptet, Euer Vater hätte es ihm weggenommen. Es ist wirklich nur eine unbedeutende Angelegenheit, es geht nur um zwei Güter, also denke ich, man überläßt ihm am besten die Verfügungsgewalt darüber, damit der alte Dummkopf Ruhe gibt.«

»Auf keinen Fall!« erklärte Eleanor, und ihre saphirblauen Augen blitzten.

Alle Augen richteten sich auf sie. »Wie kannst du es wagen, so etwas zu verlangen, Henry? Wenn du dem Bischof antwortest, dann wirst du ihm erklären, daß du die Verpflichtungen, die dein Amt dir auferlegt, nicht mißachten kannst. Du kannst nicht den Oberhofmarschall von England hintergehen, der wiederholt sein Leben für dich aufs Spiel gesetzt hat, dich auf den Thron gebracht hat, und du darfst auch nicht den Respekt vor seinem großartigen Vater außer acht lassen.«

Henry machte sofort einen Rückzieher, und William Marshal erkannte, daß Eleanor nicht nur hübsch war, sondern auch einen wachen Verstand besaß und mit dem König von England umging, als sei er ein unartiges Hündchen.

Noch ehe der Abend zu Ende war, bat die Gräfin von Pembroke die Herren, sie zu entschuldigen. William, der sich noch nicht von ihr trennen wollte, sagte: »Wenn Ihr es erlaubt, werde ich Euch zu Euren Gemächern begleiten.«

Sie warf ihm einen schelmischen Blick zu. »Oh, Sir, nur Franziskanermönchen ist es erlaubt, die Gemächer der Damen in Windsor zu betreten, Ihr selbst habt dieses Gesetz erlassen.«

»Gesetze sind dazu da, gebrochen zu werden«, gab er scherzhaft zurück.

Eleanor war klein, sie mußte zu dem Oberhofmarschall aufblicken, er fühlte seine Männlicheit mehr als sonst. Es war ihm nicht entgangen, wie wohlgerundet und voll ihre Brüste waren, wie sie sich nach oben reckten. Ihr Duft betäubte ihn. In den Angelegenheiten der Frauen war er nicht sehr bewandert, doch er wußte, daß ihm der Duft gefiel. Als sie Eleanors Gemächer erreicht hatten, begriff William, daß sie keinen Augenblick ungestört sein würden. Überall gab es Frauen – ihre Kameradinnen, Diener, Hausmädchen und Anstandsdamen. Beinahe verzweifelt fragte er: »Würdet Ihr morgen gern mit mir ausreiten, meine Dame?«

»Es wäre für mich das größte Vernügen der Welt, mein Herr.« Sie sank vor ihm in die Knie und wünschte ihm eine gute Nacht. Ein Blick auf ihren Ausschnitt ließ heißes Verlangen in ihm aufsteigen, doch mit eisernem Willen unterdrückte er es. Plötzlich war Eleanor verschwunden, die Frauen zogen sich zurück, und William konnte ungestört mit seiner Schwester sprechen.

»Bist du gekommen, um Eleanor zu dir zu holen?« fragte Isabella ihn erwartungsvoll.

William war erschrocken über ihre Frage. »Sie ist doch erst fünfzehn. Was denkst du nur von mir?«

»Du hast mich mit de Clare verheiratet, als ich gerade fünfzehn war«, erinnerte sie ihn.

»Meine Liebe, er war damals in deinem Alter. Ich bin schon über vierzig… alt genug, ihr Vater zu sein.«

»Das wirst du auch immer bleiben«, sagte sie leise und senkte den Blick.

Ja, dachte Will bedauernd. Und dann überkam ihn ein großes Schuldgefühl, weil er Eleanor gegenüber längst keine Vatergefühle mehr hegte.

Die Gräfin von Pembroke preßte ihr Ohr gegen die andere Seite der Tür und lauschte den Worten von Bruder und Schwester. Sie legte eine Hand auf den Mund, um ihr Schluchzen zu unterdrücken, eine einzelne Träne rann über ihre Wange. Der Marschall wollte sie noch immer nicht haben.

5. Kapitel

Eleanor erwachte in der ersten Morgendämmerung und mußte sich zurückhalten, um nicht ihren ganzen Haushalt mit den Vorbereitungen für den Ausritt aufzuwecken. Statt dessen blieb sie still in ihrem Bett liegen und rief sich jede Einzelheit seiner Gestalt, jede Geste vor Augen. Sein hellbraunes Haar besaß den jungenhaften Drang, sich zu locken, auch wenn es sehr kurz geschnitten war. In seinen Augen stand Wärme, wann immer sie in sein Blickfeld geriet. Waldhonig, entschied sie, ihre Farbe erinnerte sie an Waldhonig, und sie liebte es, wie sie sich zusammenzogen, wenn er lachte oder wenn ihn etwas amüsierte. Er war viel stärker, weiser und erwachsener als andere Männer. Sie würde bestimmt sterben, wenn er sie nicht wollte!

Mit tiefen Atemzügen beruhigte sie sich. In den letzten Jahren hatte sie gelernt, ihre Gefühle zu verbergen. Sie hatte sich eine Haltung angewöhnt, die völlige Unbewegtheit vorgab, auch wenn unter dieser Oberfläche ihre Gefühle leidenschaftlich brodelten. Während sie heranwuchs, hatte sie sich immer wieder gefragt, warum sie zu so großer Heftigkeit neigte, und dann hatte sie erkannt, daß sie sich von anderen Menschen unterschied. Für Eleanor war alles ganz klar. Ihr Verstand arbeitete schnell und entschlossen; sie wußte genau, was sie vom Leben erwartete. Richtig und falsch waren für sie deutlich getrennt in Schwarz und Weiß. Mögen und Nichtmögen kannte sie nicht, entweder liebte sie oder haßte ohne Einschränkung. Ihre Gefühle waren so tief, daß es sie manchmal selbst ängstigte.

Die Mutter Oberin hatte ihr beigebracht, Zurückhaltung zu üben, doch Eleanor tat nichts halb. Sie gab sich den Dingen vollständig hin ... entweder alles oder nichts ... Leben oder Tod. Entschlossen schob sie den Gedanken beiseite, daß William Marshal sie nicht haben wollte. Er hatte gar keine andere Wahl. Sie waren nicht nur verlobt, sondern verheiratet, und eine Ehe konnte nicht gebrochen werden. Sie hatte sich ihr Ziel gesetzt: Mit sechzehn müßte er sie zu sich holen, damit sie bei ihm lebte. Sie würde jeden ihrer Fehler unterdrücken, von ganzem Herzen würde sie sich bemühen, genauso zu werden, wie er sie haben wollte und nicht so sein, wie sie in Wirklichkeit war.

Nachdem sie diesen Entschluß gefaßt hatte, läutete sie nach Brenda, ihrer Dienerin mit dem kupferfarbenen Haar, die sie Margery de Lacy gestohlen hatte. »Ich werde heute morgen mit meinem Ehemann ausreiten. Was ich anziehen werde, weiß ich auch schon ganz genau, aber du sollst mir mit dieser verdammten Haarmähne helfen.« Natürlich hatte sie nicht aufgehört zu fluchen, doch sie erlaubte es sich nur noch in Brendas Anwesenheit.

Die ganze Nacht über war William das Bild ihrer roten Röcke nicht aus dem Sinn gegangen, wie sie sich auf den grauen Steinen ausgebreitet hatten bei ihrem Hofknicks vor ihm. Doch jetzt war das Bild weggewischt, es wurde ersetzt von ihrem Anblick auf der geschmeidigen schwarzen Stute. Über einem weißen Unterkleid trug Eleanor einen leuchtend smaragdgrünen Wappenrock, dessen Seiten bis zur Taille aufgeschlitzt waren, um ihr ein unbeschwertes Reiten zu ermöglichen. Grüne Stiefel und Reithandschuhe aus weichem Leder paßten in der Farbe genau dazu, und die Masse ihrer schwarzen Locken wurde durch ein Stirnband aus goldenem Netzwerk gehalten, das mit Smaragden besetzt war.

»Ihr seht heute morgen ganz besonders hübsch aus, Gräfin«, sagte William. »Ich habe Euch einen kleinen Beweis meiner Zuneigung mitgebracht.« Er lenkte sein Pferd nahe an ihres und setzte einen braunen Zwergfalken auf ihre Hand. »Sie kommt aus den wilden Bergen von Pembroke in Wales, aber sie ist für die Hand einer Dame erzogen worden, und ich glaube, sie wird sich gut benehmen.«

»Danke, mein Herr, ich liebe Geschenke.« Eleanor zog dem Vogel die verzierte Kappe ab, und beide maßen einander mit forschenden Blicken. Nach einer kurzen Pause murmelte sie: »Die Tauben in Windsor werden leichte Beute sein für dich, meine Schöne, aber eines Tages werde ich dich zurückbringen nach Wales.« Der Zwergfalke schüttelte seine Federn und entschied sich, Eleanor anzuerkennen.

William lächelte. Wenn sogar ein gefiederter Räuber ihr nicht widerstehen konnte, welche Chance hatte dann er? Sie ritten in den waldigen Park von Windsor, nur Williams ergebener Knappe Walter begleitete sie. Eleanor war überglücklich, daß William den üblichen Troß von Begleitern zurückgelassen hatte, der sie immer begleitete, wenn sie ausritt.

Sie war wild entschlossen, ihm zu zeigen, wie gut sie reiten und jagen konnte, insgeheim beglückt, daß sie all das nur für ihn alleine tat. Ihre Pferde scheuchten einige Waldschnepfen auf, und sie nahmen ihren Falken die Kappen ab und warfen sie in die Lüfte. »Welchen Vogel zieht Ihr zur Jagd vor, mein Herr?« fragte Eleanor.

»Nun, der Wanderfalke ist der schnellste Räuber in der ganzen Welt. Wußtet Ihr, daß er seine Beute tötet, indem er mit einem Fuß zuschlägt, den er ballt wie eine Faust?«

»Nein, ich dachte, er benutzt den Schnabel und die Klauen, wie die anderen Räuber auch. Warum habt Ihr heute keinen solchen mitgebracht?«

»Die Jagd hier ist eines Wanderfalken nicht würdig. Wir werden hier nur Schepfen erbeuten und ähnliches. Zu schade, daß Eulen nur in der Nacht jagen, sie sind viel bessere Jäger als Falken. Eulenfedern sind ganz besonders angepaßt, sie fliegen ohne jedes Geräusch und können sich ihrer Beute ohne Vorwarnung nähern. Die Federkanten sind daunig, und das verhindert jeglichen Ton beim Flügelschlag.«

»Wie faszinierend. Ich liebe Vögel, bitte erzählt weiter«, drängte sie und dachte, ich liebe es, wenn seine Augen sich zusammenziehen, wenn er in die Sonne sieht, um seinen Falken zu beobachten.

»Nun, mal sehen.« William suchte in Gedanken nach einer außergewöhnlichen Geschichte, die sie noch nicht kannte. »Man sagt, wenn Geier verfolgt werden von einem Räuber, entwickeln sie eine einzigartige Verteidigung. Sie übergeben sich auf ihren Verfolger, und das riecht so entsetzlich, daß es dem Angreifer den Appetit verdirbt.«

Eleanors lautes Lachen schallte durch den Wald, scheuchte die Vögel auf, und sie ließen ihre Falken nach ihnen jagen.

»Ich mag es, wenn Ihr lacht«, gestand William ihr. »Ihr werft den Kopf zurück und laßt Euer Lachen frei heraus.«

»Ganz und gar nicht wie eine Lady«, entschuldigte Eleanor sich.

»Meiner Beobachtung nach bedeckt eine Lady ihren Mund mit einem dieser albernen Taschentücher, um ihr Lachen zu verbergen.«

»Das, mein Herr, tut sie aber nur, um ihre faulen Zähne nicht zu zeigen, nicht wegen des Lachens«, erklärte Eleanor ernst. Jetzt schüttelte William sich, und sie wiederholte seine Worte: »Ich mag es, wenn Ihr lacht, Ihr werft den Kopf zurück und laßt das Lachen frei heraus.«

»Vielleicht sind wir aus dem gleichen Holz geschnitzt?« Er fühlte sich so glücklich, wie schon seit Jahren nicht mehr.

»Wußtet Ihr, daß männliche und weibliche Adler einander an den Fängen halten und durch die Luft taumeln?« In diesem Augenblick sehnte er sich danach, daß sie und William Adler wären, um durch die Lüfte wirbeln zu können.

Als sie ihm das Liebeswerben der Adler beschrieb, brannte ein ungewolltes Feuer in Williams Lenden. Er wußte, er wollte sich mit dieser wundervoll lebhaften Kreatur verbinden, die an seiner Seite ritt. Doch selbstverständlich mußte er sie vor seinem Verlangen schützen, bis sie alt genug war, seine Frau nicht nur dem Namen nach zu sein.

Er fühlte sich schuldig, daß er sie im Schloß ihres Bruders jahrelang wie eine Gefangene gehalten hatte. Es war nötig gewesen, als sie noch ein Kind war, doch jetzt war sie beinahe erwachsen, sie sollte ihr eigenes Haus und ihren Haushalt haben, so wie es einer Gräfin von Pembroke zustand. Ihm gehörten so ausgedehnte Ländereien, daß es an Geiz grenzte, wenn er nicht eines seiner Schlösser auf sie überschriebe. Sie einzusperren, um ihre Unschuld zu bewahren, war sehr selbstsüchtig von ihm. Das hatte er ja nun erreicht, aber jetzt verdiente sie auch einen Hauch von Freiheit. Er entschied, mit seinem Landverwalter die kleineren seiner Besitztümer durchzugehen und dann eines der Schlösser auszuwählen, das nicht allzu weit von Windsor und London entfernt war.

Sie hatten ihre gegenseitige Gesellschaft genossen, und wieder einmal fiel die Trennung sehr schwer. »Ich würde mich freuen, wenn Ihr mich bei einem Besuch einer meiner Güter begleiten möchtet. Glaubt Ihr, Ihr könntet in drei Tagen reisefertig sein, meine Herrin?«

»O ja, mein Herr«, hauchte sie aufgeregt. »Ich könnte sogar schon in zwei Tagen soweit sein.«

William war hingerissen. »Um so besser, in zwei Tagen dann.« Nachdem sie die Vögel dem Falkner gereicht hatten, half William ihr vom Pferd. »Ihr seid eine hervorragende Reiterin, meine Herrin.«

»An unserem Hochzeitstag mußte ich Euch versprechen, eine ausgezeichnete Figur auf einem Pferd zu machen.« Und dann wiederholte sie Wort für Wort die Dinge, die er vor nun beinahe sechs Jahren von ihr verlangt hatte.

William verspürte einen dicken Kloß in seinem Hals, als ihm klar wurde, wie sehr sie sich seine Worte damals zu Herzen genommen hatte. Voller Eifer hatte sie ihre Jahre all diesen Dingen gewidmet, von denen sie wußte, sie würden ihm Freude bereiten. Er fühlte sich unwürdig, merkte, wie seine Lebensjahre schwer auf ihm lasteten. Wie intensiv und begeisterungsfähig die Jugend doch sein konnte!

Nach längerem Nachdenken über ein geeignetes Landgut für Eleanor entschied William sich für Odiham, das zwanzig Meilen südlich von Windsor lag. Es paßte ihm nicht, eine Menge bewaffneter Soldaten dort zu lassen, doch er mußte dafür sorgen, daß die Gräfin von Pembroke und ihr Haushalt genügend geschützt war, wenn sie dort lebte. In diesem Sinne wählte er Rickard de Burgh für die Aufgabe aus, zusammen mit einem Dutzend seiner besten Männer, und schickte sie nach Odiham mit Nachrichten für seinen Verwalter. Nach den Kämpfen in Irland und Wales wäre dies für seine Soldaten ein Kinderspiel.

Noch ein Geschenk für seine Gräfin brachte ihr William für die Reise nach Odiham. Es war ein verziertes Pferdegeschirr und ein Sattel aus schwarzem, spanischem Leder, mit Silber beschlagen. Am Zügel und an den Steigbügeln hingen silberne Glöckchen. Als Eleanors Pferdeknecht Toby ihre Stute sattelte, fanden der Sattel und das Geschirr die Bewunderung aller.

Obwohl Eleanor ihre Dienerinnen nicht mitnahm, sondern nur

mit ihrer Zofe Brenda und mit Isabellas Magd reiste, so war die Reisegesellschaft doch ziemlich groß geworden. Als Richard erfuhr, daß Isabella sich ebenfalls reisefertig machte, lud er sich selbst auch noch ein. Er nahm nur seinen Knappen und einen Pagen mit, da Williams Eskorte aus einer Kompanie walisischer Bogenschützen bestand, die von Sir Michael de Burgh kommandiert wurden. Richard befand sich in Hochstimmung. Wer weiß, dachte er, vielleicht wird mich meine Geliebte heute nacht erhören, wenn Eleanor und William nur Augen füreinander haben. Es war schon eine Ewigkeit her, seit sie das letzte Mal intim miteinander gewesen waren. Er ritt neben William und blinzelte ihm zu. »Ich hoffe, Ihr habt nichts dagegen, daß ich mich diesem romantischen kleinen Ausflug anschließe, aber welche Anstandsdame wäre besser als der Bruder der Braut?«

William wurde über und über rot. Er hatte nichts Indiskretes im Sinn und wollte schon den Mund öffnen, um zu protestieren, doch Richard blinzelte noch einmal anzüglich und lachte dann. »Keine Sorge, mein Herr Graf, ich werde mich nicht aufdrängen.« William war erleichtert, als Richard sein Pferd zurückfallen ließ, um neben Isabella zu reiten.

Eleanor trug strahlendes Weiß und Schwarz. Die Glöckchen an ihrem Pferdegeschirr klingelten, als sie zu ihrem Ehemann aufholte und neben ihm herritt. »Danke für das wunderschöne Geschenk, mein Herr. Ich muß wohl mit übersinnlichen Fähigkeiten ausgestattet sein, weil ich das passende Gewand gewählt habe. Oder vielleicht beginnen wir ja auch, uns ohne Worte miteinander zu verständigen.«

Williams Wangen brannten. Er hoffte, daß das nicht der Fall war. Die lustvollen Gedanken, die sie in ihm weckte, wann immer sie sich in seiner Nähe befand, hätten sie vor Schreck vor ihm fliehen lassen. Erst in der letzten Nacht hatte er von ihr geträumt. In seinem Traum hatte sie vor ihm auf dem Pferd gesessen, der Wind hatte ihm ihr Haar ins Gesicht geweht. Dann hatte er ihren warmen Atem an seinem Hals gefühlt. Er erinnerte sich daran, ihre Augenlider geküßt zu haben. Es war so süß und so wundervoll gewesen, er wünschte, der Traum hätte die ganze Nacht gewährt.

Doch das tat er nicht. Er wurde abgelöst von einem anderen, dessen er sich jetzt mit Unbehagen entsann. Dieser Traum war heiß gewesen, sinnlich und ziemlich eindeutig. Er hatte ihr die Jungfernschaft genommen, und schon sehr schnell waren ihre Schmerzensschreie zu Schreien der Lust geworden, als sie sich unruhig unter ihm bewegte. Er schämte sich seiner Lust nach einem fünfzehnjährigen Mädchen.

Schnell wechselte er das Thema. »Ihr habt Eure Dienerinnen nicht mitgenommen. Ich versichere Euch, Odiham ist groß genug, sie alle unterzubringen.«

»Eve de Braose und Margery de Lacy werden mich verlassen, um zu heiraten. Sie sind jetzt sehr beschäftigt mit ihren Hochzeitsplänen. Glücklicherweise habe ich Margerys Dienerin Brenda bekommen, sie wird in meinen Diensten bleiben.«

William konnte kaum glauben, daß seine kleinen Nichten schon heiraten sollten. »Eve und Margery sind doch noch Kinder«, lauteten seine Bedenken.

»Sie sind in meinem Alter«, berichtigte Eleanor. »Ihre Mütter – Eure Schwestern – scheinen zu glauben, daß sie alt genug zum Heiraten sind.«

Jetzt, wo er darüber nachdachte, fiel ihm wieder ein, daß er seine Zustimmung zu diesen Verbindungen gegeben hatte, er rief sich ins Gedächtnis, daß auch die Ehemänner nicht älter waren als sechzehn.

Hinter ihm runzelte Isabella besorgt die Stirn. »Richard, deine Kühnheit macht mir angst«, murmelte sie. »Wenn mein Bruder etwas von deinen Absichten ahnt, werde ich vor Scham zugrunde gehen.«

»Und ich werde sterben, wenn du mich nicht bald wieder erhörst. Ich will mich nicht ständig mit Dienerinnen und Dirnen zufriedengeben müssen.«

»Wenn ich dir immer dann nachgeben würde, wenn du es möchtest, dann würde auch ich bald als Dirne verschrien sein«, zischte sie und warf ihre hübschen kastanienbraunen Locken über die Schulter.

»Nicht bei mir, Sehnsucht meines Herzens«, schmeichelte er.

Noch ein wenig weiter hinten in der Kavalkade hatte Brenda nur noch Augen für Sir Michael de Burgh. Mick hatte die heißen Blicke des Frauenzimmers mit dem kupferroten Haar sehr wohl bemerkt, und er war auch nicht abgeneigt, der Einladung in ihren Augen Folge zu leisten. Der gutaussehende dunkelhaarige Ritter ritt zwischen Richards Knappe und Eleanors Reitknecht Toby, die einander angrinsten, als teilten sie ein Geheimnis.

»Also los, ihr beiden, was ist hier so lustig?« wollte Mick wissen.

»Sollen wir ihn warnen?« fragte Richards Knappe Geoffrey.

»Nein, er soll es ruhig auf die harte Art lernen. Es wird sein männliches Selbstvertrauen ein wenig vermindern.« Toby lachte.

»Ich nehme an, es geht hier um das feurige Frauenzimmer mit den üppigen Brüsten, nicht wahr?« meinte Mick.

»Sie verschlingt Männer, als wären sie Pudding«, erkärte Geoffrey.

»Wenn so viele Schwänze aus ihr herausragten, wie sie in sich hat lassen, würde sie wohl aussehen wie ein Stachelschwein!« scherzte Toby.

»Ein erfahrenes Frauenzimmer kann sehr lohnend sein.« Mick grinste.

Geoffreys Tonart änderte sich, er wurde ernst. »Mit ihr stimmt etwas nicht. Sie ist unersättlich ... niemand kann sie befriedigen.«

»Nun, das klingt nach Herausforderung«, meinte der lebhafte de Burgh und leckte sich die Lippen.

»Das haben wir alle gedacht, bis wir sie uns vorgenommen haben, bis wir dem ausgetretenen Pfad zu ihrem Bett gefolgt sind und dann beinahe entmannt worden wären«, gestand Toby.

»Selbst Richard ist es nicht gelungen, sie zu befriedigen, das gibt er offen zu«, meinte Richards Knappe. »Wir haben uns fast totgelacht, als er uns auch die Zwangslage des Königs beschrieb, den sie eines Abends in Versuchung geführt hatte. Der arme Henry konnte zwei Tage nicht mehr laufen, und es hat einen ganzen Monat gedauert, ehe er wieder eine Erektion hatte.«

De Burgh war schlauer als seine Begleiter. »Eine Wette«, schlug er vor. »Fünf Goldkronen für euch beide, wenn sie nicht morgen früh befriedigt und gesättigt ist. Dann wird sie es sein, die nicht mehr gehen kann.«

Die beiden nahmen die Wette an, denn es war ein recht verlockender Auftrag. Mick de Burgh verlangsamte den Schritt seines Pferdes ein wenig, bis er neben den Dienerinnen herritt, dann lächelte er Brenda aufmunternd zu.

»Ihr seid Rick de Burgh«, meinte sie mit ihrer rauhen Stimme, insgeheim betrachtete sie seine muskulösen Schenkel.

»Mick«, korrigierte er sie und seine Blicke streichelten ihre Brüste.

»Ich nehme an, es wird wohl nicht möglich sein, daß Ihr den Verwalter von Odiham dazu bringen könnt, mir ein eigenes Zimmer zu geben, oder, Mick?« Sie betrachtete ihn ungeniert von Kopf bis Fuß.

»Dieser Gedanke ist mir gerade selber gekommen, mein Schatz«, versicherte er ihr.

William hörte das fröhliche Lachen der jungen Ritter, die erst halb so alt waren wie er, und zum ersten Mal in seinem Leben beneidete er sie.

Die zwanzig Meilen von Windsor hatten sie schon bald hinter sich gebracht, und es dauerte nicht einmal zwei Stunden, bis die hübschen Türmchen des Herrenhauses von Odiham in Sicht kamen. Es war umgeben von einem Obstgarten mit blühenden Apfelbäumen. William wußte sofort, daß Eleanor verzaubert war, ihre Augen leuchteten, und er wünschte sich in diesem Moment, sie für den Rest ihres Lebens zum Blitzen bringen zu können.

Alles war zum Empfang vorbereitet. Der Hausverwalter hatte die Mägde schon in der Morgendämmerung zum Putzen und Gemüseschneiden geschickt, sobald der junge Rickard de Burgh die Botschaft des Marschalls überbracht hatte. Die besten Weine wurden aus dem Keller geholt und zwei Fässer Bier aus dem kleinen Brauhaus. Alle Pferdeknechte mußten die Ställe säubern und frisches Stroh und Heu für die Pferde bereithalten. Da es für Rickard de Burgh und seine Männer nicht viel zu tun gab, außer ihre Rüstungen zu polieren und ihre Waffen zu schärfen, waren sie auf die Jagd gegangen.

Das Wildbret drehte sich neben den Lämmern an Spießen, und der Duft gerösteter Fasanen lag über dem gepflasterten Hof von Odiham. Ehe noch der Verwalter von Odiham allen ihre Zimmer zugewiesen hatte, war er schon um einige Goldstücke reicher. Nicht nur der Zwillingsbruder Rickard de Burghs hatte ihn bestochen, einer deftigen Magd eine kleine Kammer für sich allein in einem der Türme zu geben, die auf die Brustwehr hinausging; auch der Bruder des Königs, Richard von Cornwall, hatte es sich angelegen sein lassen, ein großes Zimmer, abseits der anderen Frauen, für Lady Isabella Marshall zu ergattern. Der Mann schüttelte den Kopf über so viel Ironie. Der Herr des Hauses und seine Frau, die gesetzlich miteinander verheiratet waren, wohnten nicht zusammen.

Die Hausangestellten von Odiham waren bestens geschult. Zunächst wurden den durstigen Reisenden kühle Getränke gereicht, als nächstes stand heißes Badewasser bereit. Mick de Burgh suchte die Unterkünfte der Ritter auf, um dort mit seinem Bruder zu sprechen. Er stieß Odihams neuem Befehlshaber der Wache seine Faust in die Rippen und zog ihn auf: »Gütiger Himmel, du hast aber ein ruhiges Plätzchen hier.«

Rickard grinste. »Es gibt nichts zu tun, außer Jagd und Würfel.«

Mick erwiderte sein Grinsen. »Es freut mich, daß du gut ausgeruht bist, kleiner Bruder, ich habe uns eine Tochter der Freude besorgt!«

Eleanor bekam eine Handvoll Dienerinnen zugewiesen, die all ihre Wünsche erfüllten. Eine kümmerte sich um ihr Bad, die andere bürstete ihr Haar, eine dritte packte das Gepäck aus und hängte ihre Kleider in einen nach Waldmeister duftenden Schrank. Dann brachte ihr eine weitere ein Tablett mit verlockenden heißen Fleischpasteten und eine silberne Schale Erdbeeren mit Sahne. Die jungen Frauen trugen alle frische weiße Schürzen und Spitzenhäubchen.

Sie tuschelten begeistert über die wunderschönen Gewänder und Unterkleider der Gräfin. Eleanor besaß einen ausgezeichneten Geschmack und kannte genau die lebhaften Farben, die sie tragen mußte, um ihre dunkle Schönheit noch hervorzuheben. Nach ihrem Bad wählte sie ein pfirsischfarbenes Nachmittagskleid und band ein dazu passendes Seidenband um ihre Haarflut.

William klopfte an der Tür, die Dienerinnen führten ihn kichernd herein und verschwanden dann unter Knicksen. Er hob ihre Hand an seinen Mund und berührte sie sanft mit den Lippen. »Ihr seid so überirdisch schön, daß es mir die Sprache verschlägt«, murmelte er.

Sie lächelte ihn an, zwei Grübchen bildeten sich auf ihren Wangen, und sie sehnte sich danach, in seine Arme zu sinken.

»Mylady, ich werde Euch im Haus herumführen, es ist viel größer als beim ersten Eindruck.« Er nahm ihre Hand, und Eleanor gab sich zufrieden. Die zahlreichen Nebengebäude bestanden aus einem Brauhaus, einer Milchkammer, einer Wäscherei, sowie Schmiede, Waffenzimmer und sogar einer Kapelle.

William zeigte ihr die Kräuterbeete im Küchengarten, er führte sie durch Rosenspaliere hinaus in den Obstgarten, wo in kleinen runden Bienenstöcken die fleißigen Tierchen gehalten wurden, die die Apfelblüten bestäuben sollten. Sie folgte seiner Erklärung, als er auf das mit Schießscharten versehene Dach des Haupthauses und die Wachtürme wies. Er führte sie zu den Hundezwingern und auch zu dem Raum über den Ställen, der den Jagdfalken gehörte. »Wie gefällt es Euch?« wollte er wissen und betrachtete sie aufmerksam, um ihr Einverständnis auszuloten.

»Ich liebe es. Odiham ist perfekt, denke ich.« Ihrer Ansicht nach war es überall auf der Welt wundervoll, solange William bei ihr war.

»Kommt mit hinauf zur Brustwehr, dann zeige ich Euch die Aussicht«, lud er sie ein. Oben angelangt stellte er sich hinter sie und legte ihr eine Hand auf die Schulter. Mit der anderen zeigte er ihr markante Punkte in der Landschaft, dann machte er eine ausladende Bewegung. »Dort drüben im Süden befindet sich das Meer. Man kann es riechen, wenn man tief Luft holt, und dort im Westen liegt die Salisbury Ebene ... da, hinter dem flachen Landstrich ist Stonehenge.«

»Es ist richtig aufregend, ich habe alles darüber gelernt.« Sie sah ihn über ihre Schulter hinweg an. »Werdet Ihr einmal mit mir dorthin reiten?«

Er zog sie an sich und küßte sie auf den Scheitel. »Ich würde am liebsten überall mit Euch hinreisen und Euch die ganze Welt zeigen…« Er hielt inne.

Eleanor beendete den Satz für ihn. »Aber Ihr habt nicht die Zeit dazu. Eure Pflichten als Oberhofmarschall von England lassen Euch keine Zeit für die Freuden des Lebens. Ich wünschte, es wäre anders, mein Herr. Ich wünschte, wir könnten wegfliegen, irgendwo hin, wo niemand uns fände… wo wir beide ganz allein wären und wo ich Euch mit niemandem teilen müßte.«

Ihre leidenschaftlichen Worte schmeichelten ihm über alle Maßen. Von hinten legte er die Arme um sie, sein Mund war an ihrer Wange. »Wir haben den heutigen Tag«, flüsterte er.

Eleanor wäre am liebsten so stehengeblieben, aber beinahe im gleichen Augenblick ließ er sie wieder los und führte sie nach unten in die große Halle. Er sandte einen Pagen aus, um die Dienerschaft herbeizurufen, und im Handumdrehen füllte sich die Halle.

»Sind alle Eure Diener in Euren Schlössern so gut ausgebildet, mein Herr?« wollte Eleanor wissen.

»Oh, dieses Schloß gehört mir gar nicht«, erklärte er ernst.

Ihr Mund formte ein erstauntes O, dann flüsterte er: »Es gehört Euch.« Er hob die Stimme, damit alle ihn hörten: »Ich möchte euch die Gräfin von Pembroke vorstellen. Wir werden heute abend miteinander feiern, weil Odiham jetzt ihr gehört. Ich bitte euch alle, ihr so treu zu dienen wie mir.«

Großer Jubel stieg auf, und Eleanor nahm graziös alle guten Wünsche entgegen. Tränen traten in ihre Augen, und William drückte ihre Hand in der Hoffnung, ihr eine Freude gemacht zu haben. Sie strahlte ihn dankbar an, doch in ihrem Inneren rief sie: William, ich will deine Geschenke nicht, ich will dich!

Das Abendessen in der großen Halle geriet zu einem wahren Bankett. Der ganze Haushalt war eingeladen. Sogar die Küchenmägde und die Stallknechte tranken auf den Oberhofmarschall von England, auf seine Schwester und den Bruder des Königs. Odiham hatte noch nie ein solches Fest erlebt. Jeder, der musikalisches

Talent besaß, wurde gedrängt, für die fröhliche Gesellschaft zu spielen, dann begannen alle zu singen. Richards dunkle Stimme übertönte die der anderen.

»Jeder muß seinen Becher Wein leeren,
Und ich werde den meinen als erster hinunterstürzen.«

William überzeugte Eleanor davon, daß ein Schluck Wein nicht schaden würde, und schon bald erfüllte Heiterkeit die große Halle. Nach dem zweiten Becher sah sie alle um sich herum in einem neuen Licht. Ihr Bruder amüsierte sich herrlich, dennoch erkannte sie, daß er irgend etwas zu verbergen schien. Seine Augen glänzten beinahe fiebrig vor Erregung – über ein besonderes Wissen oder ein Geheimnis. Was auch immer es war, er behielt es für sich. Eleanor blickte zu den Rittern, die lachten und die Mägde neckten. Sie entdeckte Brenda, die Mick de Burgh mit einem Blick voll hungrigen Verlangens betrachtete. Sie konnte verstehen, daß das Mädchen sich zu dem irischen Ritter hingezogen fühlte, aber warum, um Himmels willen, aß sie denn nicht etwas, wenn sie so hungrig war?

Und dann schaute sie zu Williams Schwester hinüber. Isabella war die einzige in der ganzen Gesellschaft, die nicht lachte. Sie war in Gedanken versunken, biß sich auf die Lippen, als ob sie von Sorgen gequält würde. Vielleicht war sie nicht damit einverstanden, daß William ihr einen Teil des Marshal-Vermögens überschrieben hatte? Vielleicht wollte sie auch nicht, daß William seine Frau aus Windsor fortholte, um mit ihm zu leben. Etwas stimmte nicht. Isabella hatte ihr Essen nicht angerührt. Natürlich, sie vermißt ihren Ehemann, dachte Eleanor. Während seiner ewigen Abwesenheit war er erst einmal aus Irland zurückgekommen.

Nach dem Festmahl streckten alle die Beine aus, die Diener mischten sich mit den Herren, als sei das gang und gäbe.

Für Eleanor zählten alle anderen in der großen Halle nicht, sie hatte nur Augen für William. Sie sah zu, als die Köchin ihm stolz ihren Sohn vorstellte, als die Frau des Verwalters sich vor ihm verneigte. Er war ein so feiner Mensch, der ehrlichen Anteil am Leben seiner Leute nahm. Inzwischen unterhielt er sich ernsthaft mit seinem Verwalter, doch auf einmal begegneten sich ihre Blicke. Sofort zog er sie an seine Seite. »Eleanor, Euer Verwalter berichtet mir gerade von einem Streit zwischen einem Eurer Lehnsbauern und einem Viehzüchter. Ihr werdet morgen neben mir sitzen, wenn ich Gericht halte über diesen Fall. Ich bin sicher, daß es eine Menge Angelegenheiten gibt, die geklärt werden müssen. Ihr werdet lernen, mit den Leuten umzugehen, so daß Ihr in Zukunft allein entscheiden könnt.«

Er behandelte sie nicht wie ein Kind, er behandelte sie als ihm gleichgestellt. Ihre Hoffnungen stiegen.

Isabella näherte sich ihnen, nervös knetete sie ein Taschentuch zwischen ihren Fingern. Sie schien entschlossen, Eleanor nicht von der Seite zu weichen, als fürchte sie sich vor dem Alleinsein. Nach einer Viertelstunde meinte sie: »William, ich finde, ich sollte dafür sorgen, daß Eleanor zu Bett geht. Es ist schon spät.«

William sah sie belustigt an. »Ach geh, Isabella. Eleanor und ich lernen einander gerade kennen. Ich bin sicher, ich kann schon selber für ihre rechtzeitige Bettruhe sorgen. Kümmere du dich mit deinen mahnenden Blicken und deinem mißbilligenden Gehabe lieber um Richard, er scheint heute abend in übermütiger Stimmung zu sein.« William nahm Eleanors Hand und verließ mit ihr die Halle.

Die Frau des Verwalters meinte: »Er ist vernarrt in sie. Ich glaube, es war ein Fehler, den beiden getrennte Zimmer zu geben.«

»Keine Sorge, die Räume, die ich für die beiden ausgesucht habe, liegen nebeneinander und sind durch eine Zwischentür verbunden«, versicherte ihr Mann und zwinkerte ihr zu.

»An so etwas denkst du natürlich.« Sie schlug seine Hand beiseite, die er an ihre Wange gelegt hatte, doch nur halbherzig.

6. Kapitel

Als der Graf von Pembroke seine Gemächer betrat, mit der Gräfin am Arm, hatte sein Knappe Walter gerade ein Feuer im Kamin angezündet, um die kühle Nachtluft aus dem Zimmer seines Herrn zu vertreiben.

»Oh, ein Feuer... wie schön! Wenn ich die Wahl hätte, ich würde mir immer ein Feuer in meinem Zimmer wünschen.«

»Aber du hast doch die Wahl«, meinte William belustigt. Jetzt, wo sie allein waren, ging er zum vertrauteren Du über. »Walter, entzünde bitte auch nebenan den Kamin, dann kannst du nach unten gehen. Der Wein fließt, und die Gesellschaft ist lustig.«

Als der Knappe gegangen war, zog William einen Stuhl für Eleanor ans Feuer. »Wir wollen es uns gemütlich machen. Glaubst du, du kannst noch etwas Wein vertragen?«

»Erlaubt mir, Euch zu bedienen, mein Herr. Es würde mir das größte Vergnügen sein.«

William streckte seine langen Beine aus, seine Augen folgten jeder ihrer Bewegungen. Er hatte sie heute in drei verschiedenen Kleidern gesehen, und jedes zeigte ihm eine andere Eleanor. Das schwarz-weiße Reitkleid war atemberaubend gewesen und so geschnitten, daß sie ohne Mühe auf das Pferd steigen beziehungsweise absitzen konnte. Ihre eleganten Reitstiefel reichten bis zu ihren Knien und zeigten ihm, daß sie sowohl praktisch veranlagt wie auch sittsam war. Als sie heute nachmittag in dieser pfirsichfarbenen Schöpfung im Obstgarten stand, hatte er geglaubt, sie sei die schönste Frau der Welt. Und jetzt, als sie zu ihm trat, fiel der Schein des Feuers auf dunklen Samt, der die gleiche Farbe hatte wie die leuchtende Flüssigkeit in ihren Kristallgläsern. Der kunstvolle Kopfputz mit dem wehenden Schleier und den Perlen ließ sie viel älter aussehen, und William wagte zu hoffen, daß sie in einem Jahr vielleicht bereit sein würde für ihn.

»Wenn wir uns nun ungezwungen geben dürfen, werde ich das hier ausziehen.« Sie nahm den Kopfputz ab. »Ich hasse Schleier.« Ihr schwarzes Haar fiel in einer reichen Masse auf die Hüften herab, und Williams Mund wurde ganz trocken. Sie sah jetzt wieder jünger aus, aber der Himmel helfe ihm, so viel begehrenswerter. In seiner Gegenwart schien sie völlig unbefangen, sie unterhielt sich angeregt und gestikulierte anmutig mit ihren hübschen Händen.

Fasziniert starrte er sie an. Wie konnte die Taille einer Frau so schmal sein und die anmutigen Rundungen darüber und darunter noch unterstreichen? Seine ganze Aufmerksamkeit war darauf gerichtet, sie zu beobachten. Er hatte nur eine vage Ahnung von dem, was sie miteinander sprachen.

Sie saß am Feuer und lehnte sich herüber. »Bitte, beschreibe es mir ganz genau. Meine Lehrer sind wirklich wundervoll, aber ganz gleich, wie sehr ich sie darum bitte, sie weigern sich, mir die Taktik einer Schlacht beizubringen.«

William blinzelte und mußte sich erst einmal orientieren. Wie in aller Welt war er nur in eine solche Unterhaltung hineingeraten? Sein Blick fiel auf das Schachbrett auf dem kleinen Spieltisch. Er schob den Tisch zwischen sie: »Kannst du spielen?«

Sie nickte eifrig, als ihr klar wurde, daß er ihr mit Hilfe des Brettes und der Figuren eigene und gegnerische Züge erklären wollte. William erwärmte sich für dieses Thema, als sie sehr schnell die Feinheiten und Strategien des Kampfes begriff. Zwei Stunden vergingen, ehe er bemerkte, daß Mitternacht längst vorüber war, da schickte er sie rasch zu Bett. Sie verließ ihn zur zögernd und wünschte, sie hätten die ganze Nacht zusammensitzen und sich unterhalten können.

Eleanor war davon überzeugt, daß William bereit war, sie zu sich zu holen und mit ihr als mit seiner Frau zusammenzuleben. Sie fühlte sich sehr angeregt, auf keinen Fall hatte sie Lust, sich zur Ruhe zu legen. Dann fiel ihr die arme Isabella wieder ein, die so verzweifelt ausgesehen hatte, und kam sich allzu selbstsüchtig vor. Entschlossen öffnete sie die Tür ihres Schlafzimmers und tappte in den westlichen Flügel hinüber, in dem Isabellas Zimmer lag. An der Tür jedoch zögerte sie und überlegte, ob Isabella vielleicht schon schlief. Doch dann hörte sie ein Stöhnen. Die Türen des großen Hauses waren nicht so dick und undurchdringlich wie diejenigen im Schloß Windsor; wieder hörte sie, wie Isabella aufkeuchte. Sie hob ihre Kerze und legte die Hand auf den Türgriff, doch die Stimme ihres Bruders ließ sie zurückfahren. »Ich habe nicht die Absicht, jetzt zu gehen«, hörte sie ihn sagen. »Wir werden dieses Bett miteinander teilen. Ich möchte dich die ganze Nacht in meinen Armen halten, meine Schöne. Verdammt, ich liebe dich!«

Dann hörte sie wieder ein leises Stöhnen und Isabellas sehnsüchtige Stimme: »Ich liebe dich auch, Richard. Schließ die Tür ab.«

Eleanor war so überrascht, daß sie beinahe die Kerze hätte fallen lassen. Sie lief in ihr Zimmer zurück und entkleidete sich mechanisch. Sie war nicht böse über die Tatsache, daß die beiden Menschen, die sie von Herzen gern hatte, so tief füreinander empfanden. Sie verstand Richards Leidenschaft sehr gut. Die Plantagenets hegten in allen Dingen heftige Gefühle, sie ließen sich durch nichts von dem Weg abbringen, den sie einmal eingeschlagen hatten. Aber plötzlich war es viel zu schmerzlich, allein zu sein. Wie lächerlich, William zu verlassen, wenn sie sich nichts sehnlicher wünschte, als bei ihm zu sein. Nun, das konnte man ändern, entschied sie und zog einen Morgenmantel aus weißem Samt über ihr Nachtgewand. Schließlich war er ja im Zimmer gleich nebenan.

Auf der Brustwehr unterhielten sich die Brüder de Burgh leise. »Du kannst zuerst hineingehen«, meinte Sir Rickard. »Aber vergiß nicht, wenn wir dann Plätze tauschen, die Wache heute nacht.« Er grinste und hieb seinem Bruder auf die Schulter. »Heb dir ein wenig deiner Kraft auf, damit du hier draußen nicht einschläfst.«

Sir Michael stieß ihn seinerseits in die Rippen. »Ich bin noch nie bei der Ausübung meiner Pflicht eingeschlafen«, meinte er anzüglich. Die Tür des Turmzimmers öffnete sich, noch ehe er richtig angeklopft hatte. Belustigt stellte er fest, daß das Frauenzimmer mit dem kupferroten Haar bereits nackt vor ihm stand. Es würde kein ermüdendes Vorspiel geben, er bräuchte keine langen Umstände zu machen. Mick zog sie in seine Arme. Ihre ungeduldigen Hände griffen sogleich nach dem Verschluß seiner Hose und halfen ihm dabei, sich zu entkleiden. Nie zuvor in seinem Leben hatte er ein Frauenzimmer gehabt, das so auf ihn losging. Noch während er sein Wams über den Kopf zog, schlang sie schon die Arme um seinen Hals und klammerte sich an ihn, um sich an seinem hart aufgerichteten Glied zu reiben. Er wußte, daß sie es nicht mehr bis zu dem schmalen Bett schaffen würden, deshalb legte er die Hände um ihr Gesäß, spreizte die Beine ein wenig und hob sie dann auf sich. Aber dann war sie es, die die meiste Arbeit tat, er brauchte sie gar nicht dabei zu unterstützen. Wieder und wieder hob und senkte sie sich auf ihn, um ihn tief in sich aufzunehmen.

Brenda stöhnte und ächzte, doch nicht aus Vergnügen. Es war eine wilde, animalische Paarung. Ein junger Mann, der so vor Leben strotzte wie de Burgh, konnte nicht umhin, auf die wilde Sinnlichkeit dieser Frau zu reagieren. Er fühlte, wie sein Samen aufstieg, wollte sich zurückhalten, doch es war nicht mehr möglich. In heißen Stößen ergoß er sich in sie ... ein halbes dutzendmal, ehe er fertig war.

»Mick ... bitte ... noch mal«, bat sie.

Er wußte, daß sie den Höhepunkt nicht erreicht hatte, beim ersten Mal hatte er es auch nicht erwartet. »Ja ... noch einmal ... ganz ruhig jetzt«, versprach er, hob sie hoch und trug sie zum Bett. Im gleichen Augenblick, als er auf das Bett sank, schob sie sich auf ihn. Und dann war auch schon ihre Zunge da und leckte die perlgleichen Tropfen des Samens ab, die noch an ihm hingen. Er legte eine Hand zwischen ihre Schenkel und nahm dann die kleine Knospe zwischen Daumen und Zeigefinger. Sie schrie auf und wand sich, verrückt vor Verlangen. Höher und höher trieb er sie, doch nichts konnte ihre Begierde stillen.

Auch er selbst begann auf das zu reagieren, was er mit ihr tat, und zwar sehr schnell. Schon bald war er wieder bereit für sie. Er zog sie unter sich, richtete sich auf über ihr und drang dann mit wilden Stößen in sie ein, gleichzeitig versuchte er sich abzulenken, um den Akt so lange wie möglich auszudehnen. Tief drang er in sie ein, dann zog er sich langsam wieder zurück, nur um beim nächsten Mal noch tiefer in sie zu gleiten.

»Mick, fester bitte«, bat sie.

Er verzog das Gesicht, dann gehorchte er ihrem Befehl. Die kreisenden Bewegungen ihres Beckens erfüllten schon sehr bald ihren

Zweck, wie ein Vulkan explodierte er in ihr und füllte sie mit seinem Samen. Seine Anspannung schwand, matt und befriedigt sank er über ihr zusammen.

Brenda schrie enttäuscht auf, als er auf die Seite rollte. Sie kam erneut und preßte ihren Unterleib gegen ihn. Himmel, dieses Frauenzimmer war wirklich unersättlich. Sie kannte nur ein einziges Wort: »Noch mal.« Er stieß sie von sich und griff nach seiner Hose. »Ich brauche frische Luft«, murmelte er.

Sie saß mitten auf dem Bett und sah ihn verzweifelt an. »Du wirst nicht zurückkommen«, rief sie.

»Oh, ganz sicher werde ich das«, versprach er ihr entschlossen. Tief sog er die frische Nachtluft in seine Lungen, als er aus dem Turmzimmer trat.

»So gut war sie?« fragte Rickard. »Himmel, ich dachte schon, du würdest überhaupt nicht wieder auftauchen. Ich bin so erregt, ich könnte Nüsse damit knacken« Er zog das Kettenhemd aus und reichte es seinem Bruder, dann gab er ihm auch das Schwert. Als Rickard die Tür des Turmzimmers öffnete, war er auf eine schlafende Brenda gefaßt, erschöpft von den Anforderungen seines Bruders. Er war erfreut, als sich das entblößte Frauenzimmer in seine Arme warf und eine Hand sich um seine Männlichkeit schloß.

»Oh, Mick, danke.« Sie schluchzte beinahe.

»Rick, mein Schatz«, korrigierte er und küßte eine ihrer üppigen Brüste. Er nahm die Brustspitze in den Mund und saugte daran.

»Himmel, du bist so stark«, rief sie dankbar. Sie öffnete den Verschluß seiner Hose, zog sie über seine Schenkel hinunter und sank damit zu Boden.

Rickard fühlte ihren warmen Atem in dem Haar zwischen seinen Schenkeln. Ihre Hände umklammerten seine Beine. »Ich möchte es gleich hier auf dem Boden«, keuchte sie.

»Himmel, ich auch«, eilig sank er zu ihr hinunter und hob ihre weit gespreizten Schenkel an seine Seiten. Er kniete vor ihr und hielt sie fest, dann drang er tief in sie ein. »Härter«, und »schneller«, rief sie, und ihre Schreie brachten ihn zu einem beinahe übermächtigen Höhepunkt. Doch sie hielt ihn in sich fest. »Rick, bitte, bitte, zieh ihn nicht raus«, bettelte sie.

»Aber gern, mein Schatz«, versicherte er, da seine Erregung schon wieder stieg, angesichts der herrlichen Lust des Mädchens. Er blieb in ihr, dann stand er auf und zog sie mit sich hoch. Beide Hände legte er unter ihren Hintern, während sie die Beine um seine Taille schlang und ihre Zunge sich tief in seinen Mund schob. Mit ihr auf den Armen ging er durch das Zimmer, dabei hüpfte sie auf ihm auf und ab, bis sie schließlich vor Frustration zu schluchzen begann und ihm mit den Fingernägeln den Rücken zerkratzte.

»Ich will nicht, daß du mit mir spielst, du sollst mich lieben!«

Rick legte sie auf das Bett, schob sich über sie und drang, so tief er konnte, in sie ein. Seine Stöße kamen hart, kraftvoll und schnell. Sie bog ihm ihren Körper entgegen, um ihn noch weiter in sich aufzunehmen, und Rick konnte sich nicht länger zurückhalten. Obwohl sie noch immer versuchte, ihn in sich zu halten, gelang es ihr diesmal nicht. Er war am Ende. »Ich habe Wache heute nacht«, erklärte Rickard rauh. »Meine Runde erwartet mich.«

»Versprich mir, daß du zurückkommst«, drängte sie ihn.

Er hatte nicht das geschafft, was er sich zum Ziel gesetzt hatte, doch das hieß nicht, daß er bereits aufgeben würde. »Ich verspreche es«, schwor er ihr.

Schulter an Schulter standen die beiden Brüder auf den Zinnen von Odiham. »Das ist kein Vergnügen mehr, es ist verdammt harte Arbeit. Sie benimmt sich wie eine läufige Hündin und wälzt sich auf dem Boden.«

»Unser Ruf ist in Gefahr. Was, zum Henker, sollen wir tun?« fragte Rickard.

Mick reckte sich. »Wir werden unsere Anstrengungen verdoppeln, hier geht es um unsere Ehre.« Als er in das kleine Turmzimmer zurückging, lag schwer der Duft ihrer Vereinigung in der Luft und erregte seine Sinne.

»Rick«, schnurrte sie besitzergreifend.

»Mick«, machte er sie aufmerksam, seine Nasenflügel bebten, mit den Gedanken war er schon bei dem neuerlichen Kampf. Er würde den Wall durchbrechen, etwas anderes als eine bedingungslose Kapitulation würde er nicht hinnehmen.

Eleanor huschte zu der Tür, die ihr Zimmer von dem des Grafen von Pembroke trennte, klopfte höflich an und trat dann ein, bevor er sie abweisen konnte. William entsprach genau den Vorstellungen, die sie sich in ihren Träumen von ihm gemacht hatte. Seit ihrer Kindheit stellte er für sie die Verkörperung von Stärke, Schutz und liebevoller Fürsorge dar.

Er trug einen Hausmantel und war gerade dabei, sich die Bücher von Odiham anzusehen, um die Einkünfte auszurechnen. Sofort stand er auf und kam auf sie zu. »Eleanor, ist etwas nicht in Ordnung?«

»Nein, mein Herr«, hauchte sie. »Ich ... ich möchte nicht allein sein. Ich habe mich entschlossen, die Nacht hier zu verbringen.«

»Meine Liebste, das ist unmöglich.« Er erstarrte.

»Warum?« fragte sie und wußte ganz genau, daß es nicht unmöglich sein konnte, denn sie war ja bei ihm.

»Weil es falsch ist«, erklärte er ausdruckslos. Aus der kultivierten jungen Frau mit der Intelligenz und dem Gewand aus Samt war ein Kind im Nachthemd geworden.

»Aber warum ist es falsch?« fragte sie voller Unschuld. »Wir sind doch verheiratet.«

»Meine Kleine, wir sind nur dem Namen nach verheiratet. Du bist noch viel zu jung, um eine Ehefrau zu sein.« Er ging entschlossen zur Tür und öffnete sie weit. »Das verstehst du doch, nicht wahr, Eleanor?«

Ihre dunkelblauen Augen füllten sich mit Tränen, ihre Lippen zitterten. »Nein ... nein«, stotterte sie. »Das verstehe ich ganz und gar nicht.«

»Oh, meine Süße, jetzt habe ich dich zum Weinen gebracht. Bitte nicht, es bricht mir das Herz.« Behutsam legte er die Arme um sie und zog sie mit sich zum Feuer. Dort nahm er sie auf seinen Schoß. Warum um alles in der Welt war ihre Mutter nicht hier, um ihr all diese Dinge zu erklären? Doch dann schob er diesen Gedanken schnell von sich. Der letzte Mensch, der seiner Braut etwas über Intimitäten erzählen sollte, war Königin Isabella. Er seufzte und strich ihr über ihre zerzausten Locken.

Niemand anderem konnte er einen Vorwurf machen, nur sich

selbst. Er war derjenige, der darauf bestanden hatte, daß sie so unschuldig erzogen werden sollte. Jetzt holte er tief Luft und begann: »Der Altersunterschied zwischen uns beiden ist zu groß, ich denke, es wäre sehr selbstsüchtig von mir und nicht im geringsten fair dir gegenüber, wenn ich ein junges Mädchen von fünfzehn bitten würde, das Bett mit mir zu teilen.«

Ihre Augen waren groß und feucht, voller Vertrauen blickte sie zu ihm auf. Sie dachte, daß es der Himmel sein müßte, sein Bett mit ihm zu teilen und in der dunklen Einsamkeit seine Arme um sich zu fühlen. »Ich glaube, mir würde es sehr gefallen. Können wir es nicht wenigstens einmal eine Nacht lang versuchen?« bat sie leise.

Er leckte sich über die Lippen, die sich plötzlich spröde anfühlten. »Meine Kleine, das verstehst du nicht. Wenn eine Ehe vollzogen wird«, begann er langsam und rang um die richtigen Worte, »dann vereinigt ein Mann seinen Körper in Liebe mit dem seiner Braut. Sie werden intim.«

Sie dachte einen Augenblick über seine Worte nach, dann blickte sie zu ihm auf. »Ich glaube nicht, daß ich dafür zu jung bin, mein Herr. Ich würde sehr gern mit dir intim werden.«

Trotz aller guten Vorsätze fühlte William, wie das Blut in seine Lenden schoß, und voller Abscheu merkte er, daß seine Männlichkeit sich gegen ihr sanft gerundetes Gesäß drängte. Sein Mund war ganz trocken, und sekundenlang konnte er nicht länger klar denken, während ihre Worte in seinem Kopf kreiselten. »Ich würde sehr gern mit dir intim werden ... ich würde sehr gern mit dir intim werden.« Warum, um alles in der Welt, hatte er sie auf seinen Schoß gezogen? Er wußte, er mußte sie wegstoßen, ehe sie fühlte, wie sein Glied sich aufrichtete, doch sie würde glauben, daß er sie zurückwies, und er wußte instinktiv, daß sie seinen schonenden Erklärungen eher Gehör schenken würde, wenn er sie in seinen Armen hielt, freundlich an sich gedrückt.

Sie blickte zu ihm auf mit großen, vertrauensvollen Augen, ihre rosigen Lippen waren leicht geöffnet, und sie atmete ein wenig schneller, um ihre Tränen zurückzudrängen. Gütiger Himmel, es war beinahe wie der erotische Traum, den er in der letzten Nacht gehabt hatte. Als er aufwachte, zerstob der Traum, doch jetzt, in der Erregung, kam er zurück. In seinem Traum hatte er sie auf seinen Schoß genommen und vorsichtig ihre Brüste entblößt. Sie zum ersten Mal nackt zu sehen, erzeugte Hitze in ihm, denn er wußte, daß noch nie zuvor ein Mann das getan hatte. In diesem langen Spiel hatte er sie gestreichelt und liebkost, in seine Hände genommen und dann seine Lippen auf sie gesenkt, hatte sie mit der Zungenspitze gestreichelt und sanft an den rosigen Spitzen gesaugt, bis sie sich aufrichteten und hart wurden wie Rosenknospen.

Eleanor war auf seinem Schoß hin und her gerutscht, und sein Glied ließ sich nicht mehr kontrollieren. Er kam erst wieder zu sich, als er entsetzt feststellte, daß er soeben ihr Nachtgewand öffnen wollte. Verzweifelt suchte er nach einer Vorstellung, die seine Lust vertreiben würde. Das Bild der Mutter seiner jungen Frau kam ihm in den Sinn. Erstaunlicherweise wirkte die Erinnerung an Isabella Wunder, in weniger als zehn Sekunden hatte er sich wieder in der Gewalt, und sein Glied schrumpfte zur Harmlosigkeit zurück.

Offensichtlich war er ihr noch mehr Erklärungen schuldig. »Eleanor«, begann er sanft. »Wenn ein Mann und eine Frau ihre Körper vereinigen, dann pflanzt er seinen Samen in sie ein, und sie bekommt ein Kind.«

Ein Ausdruck des Begreifens trat in ihr Gesicht. Soeben war ihr ein Geheimnis enthüllt worden.

William sprach weiter. »Und fünfzehn ist viel zu jung, Mutter zu werden. Ich denke, selbst du wirst mir da zustimmen, jetzt, wo ich es dir erklärt habe.«

Ja, sie verstand es jetzt wirklich, sie würde warten müssen, bis sie sechzehn war.

Mit einem Finger wischte sie sich die Tränen von den Wangen. »Es tut mir leid, William«, sagte sie. »Ich wollte doch nur, daß wir die Nacht zusammen verbringen, so wie Richard und Isabella.«

Er schob sie von seinem Knie. »Woher hast du denn diese sündige Idee?« wollte er erschrocken wissen. »So etwas darfst du niemals laut sagen. Durch falsche Behauptungen könntest du einen königlichen Skandal hervorrufen und meine Schwester ruinieren.«

»Es ist schon in Ordnung, William«, versicherte sie ihm schnell. »Sie begehen keine Sünde, sie lieben einander.«

»Was tun sie?« herrschte er sie an, als ihm klar wurde, daß Eleanor unbeabsichtigt ein Liebesabenteuer verraten hatte. William eilte zur Tür. »Wo ist das Zimmer meiner Schwester?«

Eleanor begriff plötzlich, daß sie besser den Mund gehalten hätte. William war schrecklich aufgebracht, und er würde die Wut an seiner armen Schwester auslassen. Mit großen Schritten hastete er in den Westflügel von Odiham, und sie mußte laufen, um mit ihm Schritt zu halten.

Atemlos rief sie: »Mein Herr, ich habe mich geirrt. Wenn es so falsch ist, dann verbringen sie natürlich nicht die Nacht zusammen.«

Isabella lag an Richards Herz. »Geliebte, du brauchst keine Angst zu haben, ich werde dich ewig lieben.« Er streichelte die zarte Haut ihrer Schultern und bemühte sich, ihr Schuldgefühl zu vertreiben, das sie seinetwegen hatte. Ganz plötzlich stieß jemand mit der Schulter gegen ihre Zimmertür, und ungläubig schaute Richard zu, wie das Holz unter dem Ansturm zersplitterte. Nackt sprang er aus dem Bett und griff nach seinem Schwert, weil er glaubte, Odiham würde angegriffen. Wie ein wütender Bulle drang William Marshal in das Zimmer, Eleanor folgte ihm, ihr Gesicht war so weiß wie ihr Nachthemd.

»Gütiger Himmel, was habt Ihr mit meiner Schwester getan?« donnerte William.

»Das gleiche wie Ihr mit meiner Schwester«, schrie Richard zurück, als er das nur spärlich bekleidete Paar erblickte, das in sein Liebesnest eingedrungen war.

William machte ein paar Schritte auf Richard zu, das Schwert beachtete er nicht. »Ich sollte Euch für diese Bemerkung erwürgen. Ganz im Gegenteil zu Euch weiß ich mich zu bezähmen. Mein Verstand sitzt nicht in meinem Schwanz!« Er wandte sich an die Frau, die in dem Bett saß und die Decke über ihren Körper gezogen hatte. Sie sah aus, als habe ihr letztes Stündlein geschlagen. »Wie konntest du deinen Schwur deinem Ehemann gegenüber brechen ... wie konntest du Ehebruch begehen?« fragte er wütend.

Richard senkte seine Waffe. »Sie hatte keine andere Wahl, William. Isabella dürft Ihr keinen Vorwurf machen, ich habe sie verführt.«

»Ihr seid nicht besser als Euer widerlicher Vater!« fuhr William ihn an, und er zögerte nicht, Johns Andenken vor Eleanor zu beschmutzen. Er fühlte einen beinahe unwiderstehlichen Drang, seine Hände um Richards Hals zu legen. »Euer Vater hat all seine Besitzungen auf dem Kontinent verloren, weil er versessen darauf war, Tag und Nacht eine Frau zwischen seinen Schenkeln zu haben!«

»Nein!« rief die zitternde Isabella. »Richard liebt mich.«

»Ein Mann wird einer Frau alles sagen, um sein Ziel zu erreichen«, schrie William, der noch nie in seinem Leben in Gegenwart einer Frau so gesprochen hatte. Er warf Richard einen vernichtenden Blick zu. »Ihr seid der Gouverneur der Gascogne, der einzigen Ecke von Frankreich, die uns noch gehört. Es ist Zeit, daß Ihr in Euer Land reist und dort Eure Pflicht erfüllt!«

Richard war gekränkt, doch konnte er Williams Berechtigung zu diesen Worten nicht verleugnen. »William, ich liebe sie wirklich. Ich möchte sie heiraten.« Seine Stimme klang ernst und fest.

»Ihr beide habt so ganz nebenbei de Clare vergessen. Es scheint eine Gewohnheit der Plantagenets zu sein, anderen Männern die Frau wegzunehmen.«

Richard ließ sich von William Marshals Toben nicht einschüchtern. »Seit fünf langen Jahren lieben wir uns schon, und die ganze Zeit über haben wir unsere Sehnsucht im Zaum gehalten. Die romantische Atmosphäre heute abend hat uns überwältigt. Ich bitte Euch um Verzeihung, William, ich habe Eure Gastfreundschaft mißbraucht und habe die Frau, die ich liebe, kompromittiert. Ich werde Euch innerhalb der nächsten Stunde von meiner Anwesenheit befreien. Die Gascogne ist wirklich der Ort, an den ich gehöre. Ein Ozean, der uns trennt, wird mich davon abhalten, nochmals der Versuchung nachzugeben; aber ich bitte Euch, nicht meine süße Isabella zur Verantwortung zu ziehen.«

Nachdem Richard das Zimmer verlassen hatte, wandte William sich vorwurfsvoll an seine Schwester. »Du solltest das moralische

Vorbild für Eleanor sein. Der Himmel bewahre dich, wenn du sie in deine Begierden eingeweiht hast...«

»Hör auf!« warf sich Eleanor dazwischen. »Isabella ist die sanfteste, respektabelste Frau, die ich je in meinem Leben gekannt habe. Wenn es eine Sünde ist zu lieben, dann begehe ich diese Sünde jeden einzelnen Tag meines Lebens, denn ich liebe dich über alles, William. Ich kann verstehen, daß sie sich nach Richards starken Armen gesehnt hat, denn die gleiche Sehnsucht trage ich in mir. Du magst vielleicht glauben, daß so etwas schlecht ist, aber ich würde alles darum geben, das Bett mit dir teilen zu dürfen. Ich bin dein, in guten und in schlechten Tagen, und werde dir in allem gehorchen. Gute Nacht, mein Herr Graf.« Mit hoch erhobenem Kopf schritt sie hinaus.

William fuhr sich mit der Hand durchs Haar. Etwas gedämpfter meinte er: »Mir scheint, der Bösewicht in diesem Stück bin ich. Es tut mir leid, Bella, ich hatte keine Ahnung, daß deine Ehe mit dem jungen de Clare eine Vereinigung ohne Liebe war.« Er lachte auf, doch es klang nicht froh: »Diese Plantagenets sind wahre Teufel. Ihre Leidenschaften grenzen schon an Besessenheit.«

Die Ritter und Diener hatten am nächsten Morgen die große Halle ganz für sich allein, denn der Bruder des Königs war mitten in der Nacht abgereist, und der Graf und die Gräfin von Pembroke blieben in ihren Gemächern, getrennt, zum Erstaunen aller.

Brenda war mit einem gesunden Appetit aufgewacht. Sie kam herunter und sah gerade noch, wie der gutaussehende de Burgh den letzten Bissen seines Frühstücks verschlang. Er lächelte sie anzüglich an, dann sah er belustigt zu, wie sie neben ihn auf die Bank sank und wie eine zufriedene Katze schnurrte.

»Guten Morgen, Mick«, sagte sie gedehnt, ihre Augen waren halb geschlossen, als sie an die Sinnesfreuden der vergangenen Nacht dachte.

»Rick«, korrigierte er sie ernst.

Brenda sah ihn ein wenig verwirrt an. Sie streckte die Arme über den Kopf. »Ich hätte schwören können, daß du dich mir auf dem Ritt von Windsor hierher als Mick de Burgh vorgestellt hast.«

»Habe ich da etwa meinen Namen gehört?« meinte ein großgewachsener Ritter, der auf ihrer anderen Seite Platz nahm. Sie wandte sich der wohlbekannten Stimme zu, und ihre Augen weiteten sich voller Erstaunen. Dann blickte sie zu dem anderen Ritter neben ihr, der von einem Ohr bis zum anderen grinste. »Darf ich dir meinen Zwillingsbruder vorstellen, Sir Rickard de Burgh.«

Rick zwinkerte ihr schelmisch zu. »Oh, ich hatte bereits das Vergnügen.«

Sie schlug die Hand vor den Mund, als sie zu begreifen begann. Dann sah sie die beiden jungen Männer an, deren Augen glitzerten, und begann zu kichern.

Als die Gräfin von Pembroke wenig später die große Halle betrat, wurde sie von brüllendem Gelächter begrüßt.

»Ich begreife absolut nicht, was einen solchen Ausbruch an Heiterkeit ausgelöst haben könnte, es sei denn, der Grund dafür ist der, daß ich heute morgen weder ein Bad noch ein Frühstück bekommen habe.«

Die Ritter ihres Mannes waren sofort auf den Beinen.

»Vergebt mir, Herrin, ich dachte, die Dienerinnen von Odiham würden sich um Eure Belange kümmern.« Brenda schlüpfte hinaus und stieß beinahe mit William, Graf von Pembroke zusammen, der gerade zum Frühstück eintraf. Als er seinen Blick durch die Halle schweifen ließ, überkam ihn ein Gefühl der Eifersucht, weil er seine Frau zwischen den beiden gutaussehenden Söhnen von Falcon de Burgh entdeckte. William schalt sich selbst. Eifersucht war ein Gefühl, dem er sich nicht hingeben durfte, denn diese führte zur Lust, und er hatte sich geschworen, sich noch ein weiteres Jahr zurückzuhalten. Das Anbändeln Richards mit seiner Schwester trübte sein Urteilsvermögen. Die de Burghs waren Männer von Ehre, er setzte sein volles Vertrauen in sie. Sie würden die Tugend seiner Frau beschützen, genauso unerschütterlich, wie er selbst es tat.

Als Eleanor William erblickte, eilte sie durch den Raum auf ihn zu. Die Ereignisse dieser Nacht durften nicht zwischen sie treten. Sie liebte ihn von ganzem Herzen, und auch er mußte liebevolle Gefühle für sie hegen, weil er ihr so großzügig das Herrenhaus von Odiham geschenkt hatte. Er ließ es nicht zu, daß sie vor ihm in einen Hofknicks versank, und als sie dann ihre Augen zu ihm hob, erkannte sie, daß es zwischen ihnen keinerlei Anflug von Verlegenheit gab.

»Du hast doch nicht dein Versprechen vergessen, mich teilnehmen zu lassen an deinen Gerichtsverhandlungen, mein Herr?«

Er lächelte: »Es wird mir ein Vergnügen sein, eine so eifrige und intelligente Schülerin zu unterrichten. Ich schwöre dir, ich werde niemals ein Versprechen dir gegenüber vergessen.«

Eleanors Herz machte einen kleinen Sprung. Sie war die glücklichste Frau der Welt, an William Marshals Seite.

7. Kapitel

Llewellyn, der selbsternannte König von Wales, blickte von den luftigen Höhen seiner unbesiegbaren Burg auf dem Mount Snowden und sah, daß Hubert de Burgh damit begonnen hatte, eine riesige Festung in Montgomery zu bauen. Er kannte die Geschichten, wie die de Burghs halb Irland erobert hatten, und schwor den habgierigen Normannenschuften Krieg bis aufs Blut. Hubert de Burgh besaß bereits mehr Schlösser, als Fliegen auf einem Hundehaufen saßen, und Montgomery war ein Stachel im Fleische Llewellyns. Er müßte verflucht sein, wenn er diese Herausforderung duldete.

Also begann er damit, seine Leute zur Rebellion anzustacheln. Die Männer, die England regierten, bereiteten sich sogleich auf einen Zusammenstoß vor. König Henry konnte es kaum erwarten, den ersten Vorgeschmack einer Schlacht zu bekommen. Seine Hochzeitspläne verschob er auf später in seiner Erregung, die Waffen zu ergreifen und den ungehobelten Walisern eine Lektion zu erteilen.

Richard kehrte aus der Gascogne zurück mit seinen Kriegern. Es hatte sich herausgestellt, daß keiner die Gascogner zu regieren vermochte, die Grafen und Herzöge der einzelnen Gebiete waren äußerst streitsüchtig. Sie brannten Städte nieder und plünderten das Land; Richards magere Mittel reichten nicht aus, um die räuberischen Adligen im Zaum zu halten. Er hatte schon früher mit Hubert de Burgh Seite an Seite gekämpft, und der Gedanke eines großangelegten Vergeltungszuges reizte ihn. Außerdem würde er ihn davon abhalten, der Versuchung einer Isabella Marshal de Clare erneut nachzugeben.

Auch William dachte nicht mehr an Eleanor. Männer wurden dafür geboren, zu kämpfen und zu töten, zu bewahren, was ihnen gehörte. Die Bedeutung der Frauen war nichtig, wenn man sie mit der eines glorreichen Krieges verglich. Einige der Barone, die Schlösser in Wales besaßen, schlossen sich dem Kampf an, doch viele, die Hubert seine Macht und seinen Reichtum neideten, weigerten sich, ihr Geld für diese Gefechte auszugeben oder das Leben ihrer Männer zu riskieren.

Der alternde Graf von Chester besaß Ländereien nicht nur in Wales, sondern auch in vielen anderen Grafschaften von England, so daß es ihm möglich war, sehr schnell eine große Armee aufzustellen. Schließlich war er bereit, eine enorme Summe zu zahlen, damit seine Ländereien und seine Titel bestätigt wurden, und Henry nahm ihn mit offenen Armen auf.

Am Abend vor seiner Abreise nach Wales nahm Rickard de Burgh die Feder zur Hand und schrieb seinen Eltern nach Irland:

> Wieder einmal hat Llewellyn seine Untertanen zu einer Rebellion angestiftet. Wir marschieren in der Dämmerung mit unseren Männern nach Wales, um die Flamme zu ersticken, ehe das ganze Land in einem Inferno brennender Vernichtung untergeht. Onkel Hubert hat unwillentlich den Funken entzündet, als er eine Festung in Montgomery baute, das, wie Ihr wißt, am Fuße von Llewellyns heiligem Mount Snowden liegt. Ich bin überrascht über den eifersüchtigen Neid, den die Barone Hubert gegenüber offen an den Tag legen. Da sie gegen seinen Reichtum nichts unternehmen können, tun sie ihr Bestes, seine Stellung zu untergraben. Ich nehme an, es liegt in der menschlichen Natur, einen Außenseiter, der so hoch gestiegen ist und nicht in den Adelsstand hineingeboren wurde, mit Haß und Habgier zu verfolgen. Allerdings muß

ich zugeben, daß Hubert nicht ganz unschuldig ist – er hat seinen Reichtum zu sehr zur Schau gestellt und sich nicht gekümmert um den sich zusammenbrauenden Sturm der Empörung ihm gegenüber, der immer heftiger wird.
Ihr würdet nicht glauben, in welchem Reichtum er im Tower von London schwelgt. Er lebt auf weitaus größerem Fuße als der König – seine Gefolgschaft von Hofschranzen, Dienern, Musikern, Schreibern, Almosenempfängern und Beichtvätern ist beinahe größer als die Anzahl seiner Ritter und Krieger. Seine Selbstgefälligkeit wächst mit seinem Umfang, und aus reitet er in einem polierten Kettenpanzer sowie bunten seidenen Tüchern. Er besitzt so viele Schlösser, daß er sie nicht mehr zählen kann, und wo auch immer seine Gefolgschaft hinreist, am Abend können sie stets in einem seiner eigenen Schlösser Rast machen. All seine Geschäfte werden von Stephen Segrave erledigt, der sehr ehrgeizig ist und keinerlei Skrupel kennt.
Zum fünften Geburtstag seiner Tochter Megotta hat er ihr fünf Schlösser in Sussex, Leicestershire und Lincolnshire geschenkt. Ein ganzes Heer von Männern, Stewards, Haushofmeistern, Leibgardisten, Speisemeistern, Köchen, Reitknechten, Schmieden, Schreinern und Leibeigenen, die das Land bestellen, steht in seinen Diensten; alle tragen sie das eiserne Wappen der de Burghs um ihren Hals. Die Zahl der Waffenschmiede allein, die nötig sind, die Rüstungen seiner Krieger anzufertigen, den stählernen Beinschutz zu schmieden, Schilde, Sporen und zweischneidige Schwerter, ist gewaltig. Ein Gefühl des Unbehagens nagt an mir, wenn ich an Hubert denke. Ich hoffe, ich habe nicht das zweite Gesicht meiner Mutter geerbt. Sie nennt es eine Gabe, aber ich sehe es eher als einen Fluch.
Mein eigener Herr, William von Pembroke, befehligt wahrscheinlich sogar noch mehr Ritter und Krieger, und übertrifft Hubert an Besitztümern; doch in all dem ist er bescheiden und macht sich wenige zu Feinden. Ich danke Gott, daß Ihr den Weitblick besaßt, uns in seine Dienste zu geben. Er ist ein

spartanisch lebender Mann mit bescheidenen Ansprüchen. Mich hat er zum Kastellan von Odiham gemacht, wenn Lady Eleanor, die Gräfin von Pembroke, das Schloß bewohnt. Ich bedaure, daß ich Euch das berichten muß, aber die beiden leben immer noch getrennt wegen ihres zarten Alters; doch sie ist eine wunderschöne Frau, und ich frage mich, ob er ihrem Charme noch lange widerstehen kann.

Wenn wir aus Wales zurückkommen, wird gleich die königliche Hochzeit stattfinden. Zu schade, daß Du Mutter nicht dazu überreden kannst, zu der großartigen Feier zu kommen und zur Krönung der Braut; immerhin ist sie eine Kusine des Königs.

Ich schreibe diesen Brief gleichzeitig auch für Mick. Wenn er seine Feder eintaucht, dann ganz sicher nicht in Tinte, das versichere ich Euch.

Der Zerstörer Englands fuhr auf das Land herab mit Feuer und Schwert, sein Kriegshelm war gekrönt von einem wilden Wolf. Alle Armeen von König Henry, William Marshal, Hubert de Burgh und Ranulf von Chester waren drei lange Monate in harte Kämpfe verstrickt, um den Aufstand zu unterdrücken, der sich wie ein verheerendes Feuer ausbreitete. Die riesigen Lagerhäuser William Marshals von Chepstowe bis hin nach Pembroke wurden geleert, um die Krieger zu verpflegen, ehe Llewellyn so weit besiegt war, daß er um Gnade winselte.

Richard von Cornwall und der Oberhofmarschall kämpften ab und zu Seite an Seite. Zunächst vermieden sie das Wort miteinander, doch dann mußte William widerstrebend zugeben, daß Richard sowohl ein brillanter Stratege als auch ein tapferer und heldenhafter Krieger war. Er reichte ihm die Hand, um erneut ihre Freundschaft zu besiegeln, und hoffte, daß das Schicksal die Zukunft so regeln würde, daß sie eines Tages Schwäger sein könnten.

Alle hatten sich geschworen, den jungen König Henry aus dem Kampf herauszuhalten, doch als es daran ging, die Friedensbedingungen auszuhandeln, bestand Henry darauf, mit dem Oberhofmarschall von England an den Gesprächen teilzunehmen. William war erschrocken, wie leicht es dem verschlagenen Llewellyn fiel, seinen jungen Monarchen zu manipulieren, doch er hüllte sich in weises Schweigen. Im Austausch für die jährliche Lieferung von Hühnerhabichten, Falken und walisischen Bogenschützen versprach Henry Hubert de Burgh zu befehlen, sein Schloß in Montgomery zu schleifen.

Als der König nach Westminster zurückkehrte, drohten die Regierungsgeschäfte, die er drei Monate lang vernachlässigt hatte, ihn zu überwältigen. Er ignorierte die Reihen der Bittsteller und Kläger, die die Gänge des Schlosses füllten, und erklärte, daß die einzig wichtige Angelegenheit, der er sich widmen würde, seine Hochzeitsvorbereitungen waren. Eine Ausnahme jedoch machte er. Simon de Montfort, der jüngste Sohn des herrschenden Prinzen von Südfrankreich, bat um eine Audienz. Die de Montforts wurden als die größten Helden des Kontinents angesehen. Sie waren Kriegsherren, die auf Kreuzzügen gekämpft, das ganze Land um Toulouse erobert hatten, und sie waren eine ständige Bedrohung für Louis VII. von Frankreich.

Henry hatte sich in den Raum hinter dem Schatzamt zurückgezogen, in dem er seine Geschäfte erledigte und von wo aus er Befehle an seinen Kämmerer gab, der die Hochzeitszeremonie leiten sollte. »Ich möchte, daß die Straßen von London sauber sind, aye, genau wie die Moral auf diesen Straßen. Schafft all die Dirnen weg, unterbindet das Trinken und den losen Lebenswandel. Das Glücksspiel vor den Kirchen muß verboten werden. Ich möchte, daß Pfannen mit Öl an jeder Straßenecke stehen, für die Beleuchtung.«

Der Kämmerer nickte, doch er fragte sich, woher er das Geld für all das nehmen sollte. Richard von Cornwall betrat den Raum: »Henry, weißt du eigentlich, daß Simon de Montfort schon seit zwei Tagen darauf wartet, von dir empfangen zu werden?«

»Der Kriegsherr?« fragte Henry und konnte das Erstaunen nicht unterdrücken, den der Name de Montfort in ihm weckte. Er wandte sich an den Kämmerer. »Sucht ihn und führt ihn sogleich hierher.«

»Nein, Henry«, widersprach Richard. »Wir wollen ihn nicht in dieser dunklen Höhle empfangen. Er stammt von dem großen Robert von Leicester ab, um Himmels willen, er besitzt mehr anglo-normannisches Blut als wir.«

»Im Thronsaal?« schlug Henry vor.

Richard schüttelte entschieden den Kopf. »Du solltest ihn in deine privaten Gemächer einladen, er ist verwandt mit uns. Wir wollen ihm doch die Hand in Freundschaft reichen... als Feind wäre er tödlich.« Richard gab dem Kämmerer seine Befehle und fügte hinzu: »Sorgt dafür, daß der Haushofmeister im Sinne unserer Gastfreundschaft einige Erfrischungen bereithält.«

Als Simon de Montfort Henrys Gemächer betrat, sah der König ihm mit offenem Mund entgegen. Der Kriegsherr war der größte Mann, den er je gesehen hatte. Er maß einen Meter fünfundneunzig, doch jeder, der ihn beschrieb, hielt ihn für zwei Meter groß. Sein Körper war außergewöhnlich muskulös, auch seine Kleidung konnte die mächtige Figur nicht verdecken. Er besaß die dunkle Faszination der Menschen des südlichen Frankreich, und seine Augen waren von einem funkelnden Schwarz.

Richard sah ihn voller Bewunderung an, während in Henrys Augen Furcht aufblitzte. Der Kriegsherr war bewaffnet eingetreten, weil niemand den Mut gehabt hatte, ihn zur Waffenübergabe aufzufordern. Erst als Simon de Montfort lächelte und Henry die Hand hinstreckte, erkannte dieser, daß er auch ein junger Mann war, nicht viel älter als er selbst.

Er besaß eine Baßstimme. »Meinen Glückwunsch, Sire, wie ich höre, kommt Ihr soeben von einer erfolgreichen Mission aus Wales zurück.« Simon hatte mit seiner Intelligenz unverzüglich erfaßt, daß der schwächere der beiden Brüder der König war.

Henry lachte nervös, er fühlte sich geschmeichelt, von diesem hervorragenden Krieger ein Kompliment zu bekommen. »Hätte ich ein Schwert wie Eures gehabt, mein Herr, ich hätte den Feind wahrscheinlich schon viel früher besiegt.«

Simon löste sofort die zweischneidige Waffe und reichte sie Henry. Und da er den Herzog von Cornwall nicht brüskieren wollte, reichte er ihm das Messer von seiner Hüfte. Es war kein juwelenbesetztes Paradestück, sondern ein tödlicher Dolch, fünfundzwanzig Zentimeter lang, mit einem in Leder gefaßten Griff, so daß er, wenn eine starke Hand ihn hielt, zu einer Verlängerung der Hand wurde, die ihn führte. Als die Waffen aus den Scheiden geholt waren, teilten die drei Männer einen Augenblick der Begeisterung, den nur ein siegreicher Kampf auslösen konnte. Sie schmeckten Blut auf den Lippen und ein so großes Gefühl der Erregung durchfuhr sie, daß alle drei außerordentlich stimuliert waren. Die jungen Männer lachten, weil sie sich in diesem Augenblick eins wußten.

Simon wartete nicht, bis der König ihn ansprach. »Ich bin hier, um Euch meine Dienste anzubieten.«

»Ihr würdet mir Treue schwören?« fragte Henry ungläubig.

»Was wollt Ihr dafür haben?« fuhr der etwas scharfsinnigere Richard dazwischen.

»Nur das, was rechtmäßig mir gehört«, erklärte Simon mit Unerbittlichkeit in der Stimme. »Meine Familie zog mit den normannischen Eroberern und kämpfte bei Hastings. Einer meiner Ahnherren heiratete eine englische Erbin und wurde Graf von Leicester. Als Euer Vater die Normandie an Frankreich verlor, mußte mein Vater wählen, welchem König und Land er dienen wollte. Als er sich für Frankreich entschied, beschlagnahmte König John all seine Ländereien und Titel in England und gab diese Besitzungen und auch die Grafschaft von Leicester in die Hände von Ranulf von Chester, damit er sie für uns verwaltete. Ihr habt gerade erst Chesters Anspruch auf meine Grafschaft bestätigt, und ich bin hier, um dagegen in aller Form Einspruch zu erheben.«

Richard war bewandert in der Geschichte des normannischen Adels. »Ich stimme zu, daß die Grafschaft von Leicester Simon de Montfort gehört, aber ich glaube, das ist Euer Vater.«

»Mein Vater ist im Kampf umgekommen, als er die Albigenser aus Toulouse vertrieb. Mein älterer Bruder ist gerade zum Oberhofmarschall von Frankreich ernannt worden. Da ich nicht den Rest meines Lebens von meinem Bruder abhängig sein möchte, haben wir folgende Übereinkunft getroffen: Ich verzichte auf die kontinentalen Besitztümer unserer Familie, dafür werde ich versuchen, in England das zurückzuerhalten, was möglich ist.«

Die Plantagenets bewunderten seine Aufrichtigkeit. Er heuchelte nicht, sondern verlangte ohne Umschweife, was ihm gehörte.

»Und wenn Ihr nicht das bekommt, was Ihr Euch vorstellt?« erkundigte sich Richard.

Ein wölfisches Grinsen breitete sich über Simons Gesicht aus. Henry interpretierte es richtig: »Dann werdet Ihr es Euch nehmen.«

»Ich bin ein Glücksritter. Ich stehe vor Euch ohne Geld, Land oder Titel. Alles, was ich habe, ist Ehrgeiz – und Eile«, fügte er mit einem entwaffnenden Lächeln hinzu.

Der Haushofmeister kam mit zwei Dienern, die große Imbißplatten trugen. Richard war dankbar, daß der Mann gewitzt genug gewesen war, etwas Gehaltvolles zu servieren, denn ihr Gast mußte einen enormen Appetit haben. Simon akzeptierte dankbar die Gastfreundschaft, und die drei Männer setzten sich an den Tisch, auf dem sich Fleisch und Wildbret türmten, dazu gab es frisch gebackenes Brot und Kannen mit gutem englischem Bier.

»Wenn es in meiner Macht stünde, würde ich Euch noch heutigen Tages Eure Grafschaft zurückerstatten, aber so einfach ist das nicht«, erklärte der König. »Chester besitzt enormen Einfluß. Ich darf ihn nicht erzürnen, indem ich Eure Besitztümer und Euren Titel zurückverlange, wenigstens derzeit nicht. Aber Ranulf von Chester ist kein junger Mann mehr. Wenn er stirbt, werde ich dafür sorgen, daß das, was Euch zusteht, wieder an Euch zurückfällt. Es tut mir leid, daß die Verhältnisse so festgeschrieben sind.«

Simon stürzte sein Bier hinunter, er schien ungerührt.

»Warum zieht Ihr England Frankreich vor?« fragte Richard direkt.

»Ich hatte schon immer das Gefühl, daß mein Vater das falsche Land gewählt hat und bin besessen von dem Wunsch, all das zurückzubekommen, was er aufgegeben hat.« Er sah den beiden Männern in die Augen. »Ihr müßt ähnliche Wünsche hegen.«

Ihr ganzes Leben lang hatten sich die beiden dessen geschämt, was ihr Vater verspielt hatte, und in diesem Augenblick erwachte das geheime Verlangen, die Normandie und Aquitanien zurückzuerobern. Ihr Sieg in Wales hatte Henry darauf gebracht, seine Augen auf Frankreich zu richten, doch Hubert de Burgh und der Oberhofmarschall von England waren entschieden gegen einen Krieg.

Simon gestand: »Euer Ahnherr, Henry der Zweite, war mein Vorbild. Er war nur ein Graf, aber sein Ehrgeiz ließ ihm keine Ruhe, bis er schließlich nicht nur König von England war, sondern auch der Herrscher über die Normandie, Teile Westfrankreichs und das herrliche Aquitanien. Obwohl ich seine Art bewundere, sich das zu nehmen, was er haben wollte, so lag doch sein wahres Genie in der Art seiner Regierung. Er war ein großartiger Gesetzgeber, seine Sicht der Dinge kristallklar. Das ganze Gesetzeswesen gestaltete er um und befreite es von dem Aberglauben und der Korruption des finsteren Mittelalters.« Er hielt inne, dann lachte er. »Vergebt mir, aber wenn ich erst einmal beim Thema Henry dem Zweiten bin, dann lasse ich mich hinreißen.«

»Ich werde dafür sorgen, daß Ihr einen Betrag von vierhundert Kronen bekommt, wenn Ihr in unsere Dienste tretet«, bot Henry an.

Simon wäre fast an seiner Enttäuschung erstickt, doch besaß er genug Verstand, das Angebot des Königs anzunehmen. Er würde seinen Weg selber machen. »Ich befehlige eine Armee von hundert Rittern – sie könnten auf der Stelle antreten.«

»Moment mal, der Graf der Bretagne und Normandie hat Frankreich den Krieg erklärt und mich um meine Hilfe gebeten. Da Eure Männer sich noch auf dem Kontinent befinden, werde ich Euch dorthin schicken. Weil de Burgh und Marshal einen Kampf gegen Frankreich ablehnen, wollte ich dem Grafen schon eine Absage erteilen. Doch jetzt hat mir eine glückliche Fügung Euch gesandt, und das ist das Zeichen, in das Geschehen einzugreifen. Ich werde Euch Botschaften für den Grafen mitgeben.«

Henry hatte den Gedanken voller Eifer aufgegriffen, jetzt blickte er um Bestätigung heischend zu seinem Bruder.

»Wenn wir das wirklich tun wollen«, meinte Richard und nickte zustimmend, »dann jetzt, solange in Frankreich noch Unruhe herrscht.« Richard konnte kühl und berechnend sein, auch zurückhaltend, doch insgeheim war ihm klar, daß er den idealen Mann vor sich hatte, um die Gascogne zu kontrollieren. Der Vater von Simon de Montfort war als die Peitsche bekannt gewesen. Wenn der Kriegsherr über eine Region herfiel, so kurierte er schon sehr bald die Zwietracht dort mit harten Mitteln. Seine Methoden mochten vielleicht streng, rücksichtslos und sogar grausam sein, doch sie waren außergewöhnlich wirksam. Ja, dachte Richard, wir benötigen dringend einen Krieger wie Simon de Montfort.

»Ich werde Hubert de Burgh befehlen, eine Armee aufzustellen, ob es ihm nun gefällt oder nicht«, erklärte Henry entschlossen.

»Und ich könnte die Barone zusammentrommeln, wenn du mir das Kommando über sie erteilst«, schlug Richard vor, mit der arroganten Selbstsicherheit der Jugend.

Simon de Montfort hatte sofort begriffen, daß der König von England, ein naiver Draufgänger, sich leicht führen ließ. Ein Krieg gegen Frankreich, um die nördlichen Provinzen zurückzugewinnen, konnte niemals erfolgreich sein, es sei denn, er war bis in alle Einzelheiten geplant und wurde in großem Umfang durchgeführt. Simon zuckte die Schultern. Ganz gleich, wie die Sache für Henry den Dritten ausginge, er persönlich würde bestimmt einen Sieg davontragen.

8. Kapitel

La Belle, Eleanor der Provence, landete in Dover mit einem großen Gefolge an Rittern und Dienern. Sie besaßen nur das, was sie am Leibe trugen, und sogar Eleanors Aussteuer bestand aus Kleidern, die sie von ihrer Mutter und ihren Schwestern geerbt hatte. Und selbst der niedrigste der Provencalen, mit geflickten Ellbogen an seinen Gewändern, betrat England mit einem solchen Hochmut, daß sie auf alles Englische herabsahen, angefangen vom Wetter bis hin zu dem beklagenswerten Mangel an Kultur.

Henry eilte nach Dover, um seine Braut die fünfzehn Meilen bis nach Canterbury zu begleiten, wo sie sogleich von dem Erzbischof getraut werden sollten. Der König war verzaubert von ihrer elfenbeinfarbenen Haut und dem dunkelgoldenen Haar. Die Plantagenets hatten sich noch nie mit Halbheiten zufriedengegeben, und Henry, ebenfalls Inhaber dieser Charakterzüge, verliebte sich Hals über Kopf in die kultivierte Schönheit aus dem Süden, die sich sogleich daran machte, ihn zu versklaven und ihn für den Rest seines Lebens zu ihrem Gefangenen zu machen.

Obwohl der provencalische Hof arm war, so war er doch das Zentrum europäischer Kultur, Literatur und Musik. Eleanor besaß ihren eigenen Ehrenhof für die Troubadoure und ihren Liebeshof der Ritter, und die ganze Horde vollführte ungemeinen Lärm und jugendlichen Unfug.

Henry mit seinem gesamten Hofstaat hatte so etwas noch nie gesehen. Es schien der Lebenszweck dieser Menschen zu sein, jedem Tag auch noch das letzte Quentchen von Vergnügen abzugewinnen und dann, nach Einbruch der Dunkelheit, sich den verlockenden Versuchungen der Nacht hinzugeben.

Eleanor, die Gräfin von Pembroke, war ganz aus dem Häuschen. Sie liebte den Pomp und das Gepränge des königlichen Hofes von England, und dies war die erste königliche Hochzeit, die sie erlebte. Zudem gab es ihr erstmals Gelegenheit, in der Öffentlichkeit als die Gräfin von Pembroke aufzutreten, und sie hoffte voller Inbrunst, daß ihr Gatte sie nun endlich als eine Frau erkennen würde.

Der Oberhofmarschall von England ritt voran auf einem kräftigen Wallach, den er bei solchen Anlässen benutzte. Sie folgte ihm auf ihrem neuen weißen Zelter, flankiert von Sir Michael und Sir Rickard de Burgh. Alle trugen weiße Capes mit dem Wappen der Marshals, dem prächtig aufgerichteten roten Löwen.

William wußte, daß sie und ihre Begleiter Aufsehen erregen würden, doch als der umsichtige Mann, der er war, hatte er die de Burghs für Eleanors Sicherheit verantwortlich gemacht. Er würde beschäftigt sein mit seinen Pflichten als Oberhofmarschall des Königs, und Canterbury war kein Ort für eine tugendhafte junge Dame, es sei denn, sie stand in der Obhut zweier Männer mit starkem Schwertarm.

In der Kathedrale von Canterbury stellte Eleanor fest, daß sie viel zu klein war, um über all die Köpfe der Bischöfe und Geistlichen, der Chorknaben und der Weihrauchschwinger hinwegzusehen. Bis jetzt hatte sie noch keinen einzigen Blick auf die hübsche Prinzessin werfen können, die ihre Schwägerin geworden war. Die herrliche Musik umfing sie brausend, als sie nun hinter ihrem Mann herritt, um das Gefolge von König Henry und seiner Braut zu begrüßen.

Eleanors Herz schwoll vor Liebe und Stolz auf ihren Bruder. Sie hatten einander immer sehr nahegestanden, und sie wünschte ihm von ganzem Herzen Glück für seine Wahl. Als sie dann endlich dem königlichen Paar gegenüberstand, suchten ihre Augen zuerst die von Henry. Liebe strömte zu ihm hinüber, als ihre Blicke sich für einen langen Augenblick trafen. Sie fand, daß er nie in seinem Leben besser ausgesehen hatte als an diesem Tag, stolz hielt er sein Haupt mit der goldenen Krone erhoben. Natürlich war auch er überaus stolz auf seine hübsche junge Schwester, deren Lieblichkeit den Männern den Atem nahm.

Sie lächelten einander an, ihr Lächeln wurde übermütig, und dann lachten sie laut auf voll jugendlicher Freude. Die Pracht des frisch verheirateten Paares blendete die Zuschauer, beide waren von Kopf bis Fuß in Gold gekleidet. Eleanors Blicke lösten sich von ihrem Bruder, sie sah Eleanor der Provence zum erstenmal an und dachte sogleich, wie wunderschön sie sei. Kein Wunder, daß man sie La Belle nannte. Ihr Haar war dunkelblond wie gebranntes Gold – genau die gleiche Farbe hatte ihr Gewand. Eleanor wollte sie voller Liebe willkommen heißen, doch als sie die Braut anlächelte und ihr in die Augen sah, erwiderte das Mädchen ihre Freundlichkeit mit einem hochmütigen Blick. Eleanors Herz flog ihr zu: Oje, sie ist so nervös von all dem Prunk des Königshauses, und der Gedanke, hinfort einen Thron zu bekleiden, ängstigt sie zu Tode. Die Ärmste, ich werde ihr meine Freundschaft anbieten und ihr Mut machen. Dieses Land und all die fremden Menschen müssen überwältigend auf eine Fünfzehnjährige wirken.

Eleanor wäre erstaunt gewesen, hätte sie die wahren Gedanken der Braut ihres Bruders gekannt. Dies ist also das infame kleine Luder, das die königlichen Belange regiert, seit sie fünf Jahre alt ist.

Dies ist des Königs kostbares Juwel. Ihre Augen maßen William Marshal von Kopf bis Fuß, und Neid stieg in ihr auf. Auch wenn sein Haar schon langsam grau wurde und er die Vierzig bereits überschritten hatte, so war er doch, bei Gott, ein ganzer Mann. Die Braut besaß in solchen Dingen bereits Erfahrung. Ihre königliche Schwägerin befand sich in Begleitung der zwei bestaussehenden jungen Recken, die ihr je begegnet waren, und in diesem Augenblick schwor sie sich, Henry jedes geschwisterliche Gefühl auszutreiben. Wenn sie etwas zu sagen hätte, wofür sie Sorge zu tragen gedachte, so würde sie den Einfluß von Prinzessin Eleanor ausmerzen.

Die Sonne brach durch die Wolken und beschien für einen Augenblick das strahlende Paar in Gold, Rickard de Burgh wurde geblendet. Er schloß die Augen und schwankte leicht in seinem Sattel. Als er die Augen wieder öffnete, hatte sich die wunderschöne Braut verwandelt. Es befiel ihn eine eigenartige Vision. Der Tag war nicht mehr sonnig, die junge Königin saß in einer Barke auf der Themse. Sie wurde mit Steinen beworfen, um sie in den Tower von London zurückzutreiben. Die jubelnde Menge hatte sich in einen häßlichen Pöbelhaufen verwandelt, der sie als alte Vettel und Hexe beschimpfte. Rickard de Burgh legte eine Hand an seinen Kopf, blinzelte ein paarmal, und dann saß wieder die goldene Königin vor ihm in all ihrer glänzenden Pracht und genoß die Anbetung des Volkes. Rickard schauderte es, denn er wußte, daß ihm soeben ein kurzer Blick in die Zukunft vergönnt war.

Eine der Pflichten von William Marshal stellte der Geleitschutz dar für den König, das Gefolge und seine neue Braut, damit alle so schnell und sicher wie möglich die fünfzig Meilen nach London zurücklegen konnten. Am Ende eines jeden Jahres strömten die Pilgerscharen nach Canterbury. In diesem Jahr gab es wegen der königlichen Hochzeit einen solchen Ansturm von Besuchern in der Stadt, daß sie aus den Nähten zu platzen drohte. Aus drei verschiedenen Richtungen betraten die Menschen die Stadt, von London, Dover und Winchester her, und auf diesen Straßen tummelte sich jung und alt. Sie waren zu Fuß gekommen, auf Eseln oder Pferden. Große Damen reisten Schulter an Schulter mit Invaliden, Pilgern, Prostituierten, reichen Männern, armen Schluckern, Bettlern und Dieben. Ganz Canterbury war ein religiöser Basar, jeder Einwohner der Stadt wußte, daß es jetzt galt, Geld zu machen, die Besucher auszuplündern, um danach ein ganzes Jahr von dem Gewinn zu leben.

Das Gerangel um Essen, Trinken und religiöse Andenken wurde noch übertroffen von dem Ansturm auf einen Schlafplatz; es gab weder Unterschlupf in den Gastwirtschaften, noch in den Privathäusern oder Ställen. Sechs Menschen schliefen in einem Bett, beziehungsweise lagen nebeneinander auf dem Fußboden der Tavernen oder Kirchen. Viele kampierten unter freiem Himmel, auf den Domplätzen oder unter Hecken, und die Huren, die so zahlreich waren wie Flöhe auf einem Hund, bedienten ihre Kunden stehend in Toreingängen oder sogar auf den Grabplatten der Friedhöfe.

Selbst der König hatte Mühe mit der Überfüllung, die ausgedehnten Räumlichkeiten des Klosters der Kirche Christi waren der einzige Ort, der einer Unterbringung des Adels gerecht wurde.

Eleanor überließ es Isabella Marshal und ihren Dienerinnen, sich um einen Raum zum Schlafen zu bemühen, während sie sich aufmachte, dem Bräutigam zu gratulieren. Henry und seine Braut waren die einzigen, die sich privater Gemächer erfreuen konnten, doch selbst diese würden bis zum Bersten besetzt sein mit Höflingen und Dienern, erst um Mitternacht könnte der Bräutigam sie alle verscheuchen.

Als Eleanor sich endlich einen Weg durch die Menge gebahnt hatte, flog sie in Henrys ausgebreitete Arme. Er wirbelte sie herum und lachte. »Hallo, kleine Laus, wie findest du meine unwiderstehliche Braut?«

»Meinen Glückwunsch, liebster Bruder, sie ist wirklich wunderschön. Mögest du glücklich sein bis an dein Lebensende!« Sie hatte ihr weißes Cape ausgezogen, ihr Kleid darunter war aus rotem Samt, bestickt mit den goldenen Leoparden des Hauses Plantagenet. Die Wolke schwarzen Haares wurde von zwei großen goldenen Leoparden gehalten mit Augen aus Smaragden.

Henry stellte sie auf die Füße und sie sah sich um, suchte nach einem bekannten Gesicht. Doch da gab es nur Provencalen, die meisten von ihnen machten sich nicht einmal die Mühe, englisch zu sprechen. Den Männern allerdings war ihre außergewöhnliche Schönheit nicht entgangen, sie musterten sie eingehend.

»Darf ich dich vorstellen. Das ist der Onkel meiner Frau, William, Bischof von Valence.« Noch ehe William ihr die Hand küssen konnte, war er schon von seinem Bruder beiseite geschoben worden, der jünger und auch hübscher war. »Das ist der zweite Onkel meiner Frau, Peter von Savoyen.«

»Es freut mich, Euch kennenzulernen«, murmelte sie und senkte den Blick. Doch dann riß sie weit die Augen auf, als Peter von Savoyen ihr beide Hände um die Taille legte, sie hochhob und auf beide Wangen küßte. Noch ehe ihre Füße wieder den Boden berührten, stand bereits der nächste Onkel bereit, der sie unverhüllt bewundernd ansah, sein Blick ruhte auf ihren kirschroten Lippen.

»Amadeus.« Henry deutete auf Peters Bruder. Er schien höchst beeindruckt von diesen Provencalen mit ihrem guten Aussehen und dem leichtfertigen Benehmen. »Und das«, meinte Henry voller Stolz, als zöge er ein Kaninchen aus dem Zylinder, »ist ihr Vater, Thomas von Savoyen.«

Thomas blickte auf Eleanors Brüste und sah dann den König mit hochgezogenen Brauen an. »Meine Schwester Eleanor, Gräfin von Pembroke.«

Plötzlich erschien Henrys Braut neben ihm und legte besitzergreifend eine Hand auf seinen Arm. Sie schürzte die Lippen so, daß Henry nicht anders konnte, als sie auf ihren verlockenden Mund zu küssen. »Sicher hast du in deinem Herzen doch nur Raum für eine Eleanor«, gurrte sie.

»Aber natürlich, mein Augenstern«, versicherte Henry ihr, legte einen Arm um sie und drückte sie an sich. Sie warf Peter von Savoyen, ihrem hübschesten Onkel, demjenigen, der sie am intimsten kannte, einen Blick zu. Als sie bemerkte, wie er Eleanor ansah, wurde ihre Abneigung gegen ihre Schwägerin zum Haß. In all seiner Einfalt sagte Henry: »Eleanor, darf ich dir die Königin von England vorstellen?«

Auch wenn sie erst in einigen Tagen Königin sein würde, nachdem sie gekrönt worden war, erforderte die Art der Vorstellung doch einen Hofknicks. Eleanor machte ihn voller Anmut, doch konnte sie sich des Eindrucks nicht erwehren, daß diese ärmliche junge Frau verächtlich auf sie herabsah. »Ihr könnt jetzt wieder aufstehen.« Die Braut sah sie kalt mit zusammengezogenen Brauen an. Dann änderte sich ihre Miene, und sie blickte anbetend zu ihrem Ehemann auf. »Henry, wenn wir zu meiner Krönung nach London reiten, wirst du mir dann diese beiden Männer zur Eskorte geben, die heute deine Schwester begleitet haben?«

Eleanors Stimme klang scharf, als sie dem neuesten Mitglied der Familie die Verhältnisse erklärte. »Das ist unmöglich, Henry kann nicht über die de Burghs bestimmen, sie sind Ritter des Grafen von Pembroke.«

Die Braut reckte sich zu ihrer vollen Größe, was bedeutete, daß sie Eleanor um einiges überragte: »Habt Ihr gesagt, unmöglich?« fragte sie beißend. »Henry ist König. Er hat die Befehlsgewalt.« Sie bedachte ihn mit einem strahlenden Lächeln, und er sonnte sich unter ihren bewundernden Blicken. Ihre Augen versprachen ihm reiche Belohnung für seine Großzügigkeit.

Ihre Worte hallten in ihm nach. Er war der König und hatte es satt, daß man ihm sagte, was er tun und lassen sollte. Mit dem Arm um ihre Taille, berührte seine Hand die Unterseite ihrer Brust. »Die de Burghs werden sich geehrt fühlen, dich in der Prozession vom Tower von London nach Westminster begleiten zu dürfen.«

Eleanor biß sich auf die Lippen. Mit ein paar wohlgewählten Worten hätte sie ihren Bruder in seine Schranken verweisen können, doch sie liebte ihn zu sehr, um ihn vor all diesen arroganten Provencalen zu demütigen. Sie warf der Königin einen Blick zu: Du sollst nicht begehren die Ritter deiner Schwägerin!

Später, als sie einige Augenblicke mit William allein sein konnte, ehe er wieder zu seinen endlosen Pflichten gerufen wurde, berichtete sie ihm die Sache so obenhin, um einen Bruch zwischen ihrem Bruder und ihrem Ehemann zu vermeiden. Wenn der Graf von Pembroke den Eindruck gewänne, daß Henry seine Rolle als König überzog, dann würde er ihm schon bald seine tatsächliche Lage auseinandersetzen. »Sieh mal, ich war froh, als die Provencalin endlich aufhörte, mein Kleid so begehrlich zu betrachten. Ich hatte schon Angst, sie würde es mir vom Leib reißen, vor all diesen Höflingen.«

Seine Augen blitzten belustigt auf. »Ich habe nur drei Onkel kennengelernt, Eleanor«, meinte er.

»Nur drei? Ich hätte schwören mögen, daß jemand behauptet hat, Thomas von Savoyen hätte ein Dutzend dieser verflixten Herrchen gezeugt.« Sie lächelte ihn an. »Ach, laß nur. Sie kann meine Bewacher haben... sie kann sogar mein Kleid haben, aber wenn sie ihre Blicke auf dich richtet, William, werde ich ihr die Augen auskratzen.«

Gütiger Himmel, wenn seine wunderschöne junge Frau so sprach, dann brannte das Verlangen nach ihr in seinen Lenden, ehe er etwas dagegen tun konnte. Es dauerte einen Augenblick, sich wieder das Bild ihrer Mutter ins Gedächtnis zu rufen, das beste Mittel, so hatte er festgestellt, zur Ernüchterung. Er würde sich der Dienste einer Hure bedienen müssen, um seinen Körper zu erleichtern. Nie zuvor in seinem Leben hatte er so viele Erektionen gehabt, nicht einmal in seiner stürmischen Jugend. Und schämte sich für seine Lüsternheit.

Entschlossen konzentrierte er sich auf seine Pflichten. Die Unterkunftsmöglichkeiten in Canterbury waren völlig unangemessen. Noch heute abend würde er nach Rochester reiten müssen, um auszukundschaften, ob die große Anzahl der Provencalen, die die Königin begleiteten, dort besser untergebracht wären. Je eher er sie aus Canterbury hinausschaffte, desto besser; denn im Augenblick mußte die Stadt mit einer Anzahl von Einwohnern fertig werden, die doppelt so groß war wie die von London. Jeder Gauner, jeder Taschendieb, jeder Beutelschneider und jede Pfennighure versuchten, den Besuchern ihr Geld abzuluchsen, ehe die religiösen Scharlatane das bewerkstelligten mit ihren falschen Reliquien, den angeblichen Knochen von Heiligen und Märtyrerblut.

Er ließ seine Männer zurück, die die Straßen der Stadt bewachten, denn er wußte, wenn so viele Menschen an einem Ort zusammengepfercht waren, kam es unweigerlich zu Messerstechereien, Kämpfen und womöglich Meuchelmorden.

9. Kapitel

Der Reitertroß ritt in leicht zu bewältigenden Etappen zur Krönung nach London, wo Richard von Cornwall die Regierung vertrat, während sein Bruder, König Henry, nach Dover und Canterbury gereist war. Er wußte, daß sein Bruder ihm völlig vertraute, weil es ihn in keinster Weise nach der Krone gelüstete.

Insgeheim war er entsetzt über die prunkvollen Feierlichkeiten, die Henry geplant hatte. Der ganze Monat Januar war für Schaustellungen und historische Aufzüge vorgesehen, und selbst die fernsten Verwandten des Adels waren zur Krönung der Königin angereist.

Richard hatte herausgefunden, daß der König seine reichen Lehnsleute gezwungen hatte, ihm Geld zu leihen für dieses üppige Schauspiel und daß man die Londoner Gilden »überzeugt« hatte, ihre Börsen zu öffnen für kostbare Hochzeitsgeschenke. Richard schüttelte ungläubig den Kopf. Sein Bruder und er waren beide in der Lage, aus nichts Gold zu machen; doch er hatte seinen Reichtum gehortet, während Henry sein Vermögen verschleuderte, als wäre es ihm ein leichtes, wie König Midas Gold zu machen.

La Belle Eleanor saß auf ihrem Zelter, flankiert von Sir Michael und Sir Rickard de Burgh. Sie ritten gleich hinter dem König. Weil sie darauf bestanden hatte, die Zwillingsbrüder zu ihrer Rechten und ihrer Linken reiten zu lassen, hatten die beiden sich bereits jetzt den Haß der ehrgeizigen Onkels und vieler anderer Provencalenschnösel zugezogen.

Der Tower von London war der erste Halt in der langen Prozession nach Westminster. Dort angekommen ritt Eleanor neben den König, ihre Wachen blieben zurück. La Belle trug ein glitzerndes, enganliegendes Kleid, dessen Ärmel mit Hermelin besetzt waren. Als sie ihr Pferd neben das des Königs lenkte, lächelte er sie an. »Du siehst fast überirdisch aus heute. Ich hoffe, das alles ermüdet dich nicht zu sehr... ganz besonders, da wir in der letzten Nacht nicht viel geschlafen haben.«

Unter gesenkten Augenlidern blickte sie hervor, ihr Mund mit den sinnlichen Lippen lächelte. »Schlafen können wir, wenn wir tot sind.« Sie war viel mehr, als er je erwartet hatte. Sie hatten ihre Segel auf einem See der fleischlichen Lust gesetzt, in dem er liebend gern ertrunken wäre, hätte sie das von ihm verlangt.

»Dreihundertsechzig Männer und Frauen werden uns zu Pferde begrüßen und dich in der City von London willkommen heißen. Jedes Paar wird dir einen Becher aus Gold oder Silber überreichen.« Die Männer trugen goldene Tuniken, ihre Frauen hatten pelzbesetzte Umhänge übergeworfen. Nach dem Auftakt des Stadtoberhauptes von London und seiner Frau ritten die einzelnen Paare vor, die Spender der edlen Gefäße. Hubert de Burgh, Englands oberster Richter und Kastellan des Tower von London hatte einhundertachtzig junge Pagen und Knappen abgestellt, die die Becher tragen sollten. Einer nach dem anderen traten sie vor, um der neuen Königin zu huldigen, und trugen dann die kostbaren Gaben in den Tower von London. La Belle hielt es für eine Verschwendung des Edelmetalls und fragte sich, wie lange sie würde warten müssen, ehe sie einige davon einschmelzen lassen konnte, um sich daraus Schmuck arbeiten zu lassen.

Als diese Zeremonie vorüber war, ritt die prächtige Reiterschar langsam den Strand hinunter nach Westminster. Auf der ganzen Strecke hingen seidene Banner, und an jeder Straßenecke bliesen Trompeter eine Fanfare, als der Zug sich näherte.

Die Londoner jubelten der bezaubernden jungen Schönheit zu, die zu ihrem König gekommen war, damit er mit ihr Erben zeugte. Die Menge tobte und warf buntes Konfetti und getrocknete Blumen in die Lüfte.

Der Höhepunkt dieses herrlichen Tages für die junge Braut war nicht die Salbung durch den Erzbischof, auch nicht der Segen von Gott Vater, Gott Sohn und Gott Heiligem Geist. Was ihr Blut schneller fließen ließ, so daß es in Händen und Füßen prickelte, war dieser erhabene Augenblick in der Abtei, als man ihr die Krone auf ihr goldenes Haupt setzte und sie die Königin von England wurde. Sie fühlte diesen unvergleichlichen Ansturm der Macht, er war stärker und bezwingender als alles, was sie bisher gekannt hatte. Er überstieg sexuelle Befriedigung mit ihrer Wollust bei weitem, ihre Brüste prickelten und ihr Unterleib schmerzte. Zu ihrem großen Erstaunen fühlte sie, wie sie einen Orgasmus erreichte und sich zwischen ihren Schenkeln eine klebrige Feuchtigkeit ausbreitete.

Das Bankett, das der Krönung folgte, war das größte Fest in Englands Geschichte. Henry hatte sich bei seiner eigenen bescheidenen Krönung, zu der es nur ein zähes Stück Rindfleisch gegeben hatte, erniedrigt gefühlt, und er hatte entschieden, daß Merrie Olde England das jetzt aufwiegen sollte.

Während des langen Winters, der Jahreszeit des Satans, wie er auch genannt wurde, lebte jeder nur von gesalzenem Fleisch und geräuchertem Fisch, doch in diesem Jahr war der Frühling schon sehr früh angebrochen und hatte Lämmer, Zicklein und Kälber beschert, die zu den enormen Platten mit Ochsen am Spieß und Wildbret serviert wurden. Fleischige Pfauen, Schwäne und Reiher füllten die Tische. Tausende von Eiern waren zu Schaumspeisen verarbeitet worden und zu Backwerk, um dem Adel die Gaumen zu kitzeln und die Tausende von Londonern üppig zu ernähren, die die Gärten und Straßen um Westminster herum bevölkerten.

Der Verzehr an Fisch war gewaltig, die verschiedenen Arten der Zubereitung so vielfältig, daß man sie nicht zählen konnte. Stör, Seeaal, Meerbarbe, Makrele, Flunder, Lachs und Scholle wurden gereicht, daneben riesige Schüsseln mit Schellfisch, Austern, Shrimps und Krebsen, Krabben, Aalen und Neunaugen.

Der Wein floß in Strömen, und es war kein einheimischer Wein, denn Henry fürchtete, die Provencalen könnten ihn für minderwertig halten. Die teuersten Sorten, importiert aus Guyenne und der Gascogne, und spanischer Muskateller wurden den Gästen gereicht, von niemand Geringerem als dem Stadtoberhaupt selbst.

Der Adel nahm seine traditionelle Rolle in diesem Ritual ein, doch der Hochzeitszug der Braut führte so viele Fremde mit sich, die hochmütig auf die Einheimischen heruntersahen, daß die jahrhundertealte Rangfolge mit Füßen getreten und nun die seit neuestem eingeführte Hackordnung gelten würde.

Die Verwandten der Braut saßen an den besten Tischen, als sei es ihr göttliches Recht, und Henry fühlte sich geschmeichelt von der Aufmerksamkeit, die sie ihm widmeten. Entzückt stellte er fest, daß er ihre lärmende, fröhliche Gesellschaft der seines nüchternen englischen Adels vorzog. Langweilige heimische Balladen wurden nun durch derbere ersetzt:

> Du sagst, der Mond scheint hell
> Die Nachtigallen singen.
> Besser noch: der Wein fließt schnell
> Und die vollen Gläser klingen.

Henry fand die Provencalen geistreich, klug und weltgewandt. Sicher waren es die schönsten jungen Menschen, die Gott je geschaffen hatte. Er konnte sein Glück kaum fassen, daß er sie an seinem Hof haben durfte.

William Marshal fand großes Vergnügen daran, seine hübsche Frau vorzuzeigen. Er war äußerst stolz auf die gebildete, elegante junge Frau, die sie geworden war, und er wußte, daß vielleicht nur noch ein Jahr nötig war, um sie zur Frau zu machen... zu seiner Frau. Immer wieder gelang es ihr, inmitten all der Frauen aufzufallen, und auch dieses Krönungsbankett machte da keine Ausnahme. Goldene Gewänder oder Kleider, in deren Stoff Goldfäden eingewebt waren, sah man zuhauf. Eleanor trug ein tiefes königliches Purpur, die Ärmel ihres Kleides waren mit malvenfarbenem Satin besetzt. Eine unermeßlich kostbare Kette aus Amethysten, die lang genug war, um sie zweimal um ihren Hals zu schlingen und die dann noch um ihre Taille lag, ließ ihre blauen Augen in einem geheimnisvollen purpurfarbenen Schein aufleuchten.

Als ihr Bruder Richard auf sie zuging, entdeckte Eleanor, wie die stets rosigen Wangen von Isabella Marshal sich in ein dunkles Rot verwandelten. Sie wußte, die beiden hatten einander seit Monaten nicht gesehen, und dennoch waren ihre Gefühle füreinander offensichtlich. Sie legte ihren Mund an das Ohr ihres Mannes. »William, tanze mit deiner Schwester, ich übernehme Richard.« William drückte ihre Hand. Er liebte sie von ganzem Herzen. Sie war so geschickt, eine mögliche Verlegenheit gleich zu erkennen und zu entschärfen.

Sie lachte Richard an. »Hat es dir gefallen, den König zu spielen?«

»Du kleine Laus, du weißt ganz genau, daß ich jeden einzelnen Augenblick gehaßt habe. Ich bin unendlich erleichtert, wieder an meine eigene Arbeit gehen zu können und den Baronen auf den Zahn zu fühlen, was sie von einem Krieg gegen Frankreich halten.«

Eleanor stöhnte auf. »Verdammter Krieg, das ist alles, woran Männer denken können.«

»Wenn dem so wäre, wünschte ich nur, auch Henry würde einen Gedanken daran verschwenden. Mit dem Geld, das er allein heute ausgegeben hat, könnte man eine umfangreiche Rückeroberung der Normandie finanzieren. Er verteilt Goldstücke, Flächen kostbaren Landes, Schlösser und sogar Pensionen an diese gierigen Provencalen. Himmel, mit meinen eigenen Ohren habe ich hören müssen, wie er Thomas von Savoyen einen Heller angeboten hat für jeden Sack englischer Wolle, der durch sein Gebiet transportiert wird. Die Verwandten der Königin sind unzählbar, und ich denke, er ist entschlossen, ihnen allen einen königlichen Posten zuzuschanzen. Einen von ihnen hat er ausdrücklich zum Harfenspieler des Königs ernannt, und einen anderen wird er zum königlichen Verseschmied machen. Ich schwöre, wenn Henry einen Funken Verstand hätte, wäre er gefährlich.«

»Sei nicht zu streng mit ihm. Er ist verliebt. Du kannst ihm keinen Vorwurf machen, nur weil er sie beeindrucken will ... sie ist sehr hübsch«, verteidigte Eleanor den Bruder.

»So etwas zu sagen, ist sehr großzügig von dir, Schwesterherz, die meisten Frauen mögen einander nicht«, meinte Richard.

»Zwischen uns wird es keinerlei Rivalität geben. Sieh doch, hier kommt sie gerade, sie tanzt mit Henry. Sind die beiden nicht ein großartiger Anblick?«

Die Paare blieben voreinander stehen. Königin Eleanor betrachtete das herrliche purpurfarbene Kleid und die Amethyste. »Eleanor ...«, begann Henry.

Beide hübschen Frauen antworteten gleichzeitig: »Ja?«

Die Königin warf Eleanor einen Blick zu, der sie hätte töten können. Dann wandte sie sich an Henry. »Wir können nicht beide

Eleanor heißen«, meinte sie. »Ich habe entschieden, daß die Königin ihren Namen behält. Ihr werdet Euch einen anderen zulegen müssen. Wie nennen Eure Brüder Euch doch gleich – kleine Laus?« fragte sie zuckersüß.

Richard war schockiert, beinahe wäre er seiner Schwester zu Hilfe gekommen. Doch dann unterdrückte er ein Lächeln, als ihm klar wurde, daß die kleine Laus ganz gut auf sich selbst aufpassen konnte.

Eleanor reckte sich zu ihrer vollen Größe, kaum mehr als anderthalb Meter, und antwortete würdevoll: »Ich bin die Gräfin von Pembroke, und als solche dürft Ihr mich ansprechen. Den Namen Eleanor habe ich schon immer verabscheut... er ist gräßlich. Ihr könnt ihn gern für Euch in Anspruch nehmen.« Sie hängte sich an Richards Arm und segelte davon.

Er beugte sich zu ihrem Ohr: »Ich bin ja so froh, daß es keine Rivalität zwischen euch gibt.«

»Widerliche Ausländer... ich kann sie nicht leiden. Zu schade, daß wir sie einen ganzen Monat lang werden ertragen müssen, ehe Henry sie wieder wegschickt.«

Aber Henry schickte sie nicht weg, sondern erlaubte ihnen zu bleiben. Nicht nur das, jeden Tag kamen noch mehr von ihnen nach England, im Gänsemarsch. Henry hörte auf William von Valence, als seien seine Worte Perlen der Weisheit. Er machte sofort Peter von Savoyen zum Grafen von Richmond und gab ihm ein wertvolles Stück Land am Ufer der Themse, im Austausch gegen drei symbolische Federn. Und er schenkte Amadeus Land, das dieser sofort wieder verkaufte.

Sie alle sangen Lieder voller Heimweh nach ihrer sonnigen Provence, doch abreisen wollten sie auch nicht. Und König Midas, der die Verwandten seiner Frau mit Gold überschüttete, hatte kein gutes Wort für seine englischen Untertanen, die die Kosten trugen.

Die Engländer begannen die Provencalen zu hassen, und ihre Abneigung wuchs von Tag zu Tag. Nach nur drei Wochen wurde eine Ratsversammlung einberufen, und die Barone forderten nachdrücklich, daß keine Änderungen in den Gesetzen oder der Art der Regierung eingeführt werden durften.

Wieder und wieder wurde in den Unterhaltungen zwischen dem König und der Königin das Thema Gräfin von Pembroke angeschnitten. »Jedesmal, wenn deine Schwester öffentlich auftritt, trägt sie andere Juwelen.«

»Liebste, diese Juwelen stammen nicht aus dem königlichen Schatz, das kann ich dir versichern, es handelt sich um Geschenke ihres Mannes. Die Marshals sind wahrscheinlich die reichste Familie unseres Landes«, erklärte er.

»Henry, ich bin die Königin von England. Es ist lächerlich, daß deiner kleinen Schwester erlaubt ist, mich auszustechen. Warum gibst du mir nicht die goldenen und silbernen Becher, die im Tower aufbewahrt werden? Jeden Tag kommen Goldschmiede und Juweliere, sie zeigen mir ihre Arbeiten und bitten mich, sie mit Aufträgen zu beehren.«

Henry räusperte sich. »Nun ja, ich habe mir für einige dieser Becher Angebote machen lassen. Ich brauche wirklich Geld, Eleanor.«

»Diese Beutelschneider! Wenn sie reich genug sind, unser Eigentum zu kaufen, dann können sie es sich auch leisten, dir das Geld zu geben, was du brauchst!«

Seiner sinnlichen jungen Frau gelang es immer wieder, ihre Forderungen am Ende eines Tages zu stellen, wenn sie sich darauf vorbereiteten, ins Bett zu gehen. Sie warf ihm unter ihren dichten goldenen Wimpern einen Seitenblick zu. »Henry, hilf mir doch bitte dabei, meine Strümpfe auszuziehen. Ich fühle mich heute abend in einer ganz besonders hingebungsvollen Stimmung.« Sie legte sich auf das Bett und fuhr mit dem Fuß über ihr bestrumpftes Bein. Ihr Rock fiel zurück und enthüllte das goldene Vlies zwischen ihren Schenkeln.

Und als Henrys Finger von ihrem Strumpfband zu einem viel verlockenderen Teil ihres Körpers glitten, strich sie mit den Zehen über die Stelle zwischen seinen Beinen, die sich gegen den Stoff der Hose drängte. »Wenn ich so großzügig sein kann«, flüsterte sie heiser, »warum kannst du es dann nicht auch? Du bist doch der König, um alles in der Welt, und ich bin deine Königin. Wenn wir unseren Verstand zusammentun und nicht nur unsere Körper, dann werden wir schon eine Lösung finden, die mich zufriedenstellt.« Sie fuhr mit der Zungenspitze über ihre Lippen. »Du weißt doch, wenn ich zufrieden bin, kann ich mich ganz darauf konzentrieren, auch dich zu befriedigen.«

Er hatte schon herausgefunden, daß sie ihn auf die Folter spannen konnte, daß sie sich ihm verweigerte, bis er seinen Teil des Handels erfüllt hatte. »Es gibt da einen alten Brauch, das Königinnengold wird er genannt. Es ist ein bestimmter Prozentsatz der Strafen, die über die Londoner verhängt werden. Ich sehe keinen Grund, warum wir diesen alten Brauch nicht wieder aufleben lassen sollten – seit vielen Jahren liegt er schon brach!«

Seine Worte bewirkten das Wunder, daß sie ihm ihre Schenkel weit öffnete und ihm erlaubte, seine Phantasien zu verwirklichen. Während er sich heftig auf ihr bewegte, gab sie sich ihren eigenen Phantasien luxuriöser Exzesse hin. Sicher würde man aus vielen Gründen die Londoner mit Strafen belegen können. Und wenn das Königinnengold schon so lange nicht mehr entrichtet worden war, erwartete sie wahrscheinlich ein großer Reichtum an Nachzahlungen. Sie würde sich sofort darum kümmern. Wenn die Räte von London sich dagegen wehrten, so würde sie sie einsperren lassen. Sie war die Königin von England, und alle würden ihr gehorchen.

Doch es genügte ihr nicht, genauso viele Juwelen und Kleider zu bekommen wie Eleanor Plantagenet. Insgeheim wünschte sie sich, daß diese gefährliche Schönheit erniedrigt würde. Sie fand es lächerlich, daß die junge Prinzessin in einem Flügel des Schlosses Windsor wohnte, der für Männer verboten war. Am liebsten hätte sie sie sofort daraus vertrieben, aber leider bezahlte William Marshal für ihren Unterhalt, ihre Wohnung und auch die Diener.

Es nagte an ihr, daß Eleanors Tugend so eifersüchtig überwacht wurde und daß die junge Frau immer noch Jungfrau war. Wegen ihrer eigenen Erfahrungen hegte sie Zweifel an der Unschuld des Mädchens. Ein interessanter Plan formte sich in ihren unzüchtigen Gedanken, der allen Spekulationen ein Ende bereiten würde.

Sie erinnerte sich noch zu gut an den Gesichtsausdruck von Peter von Savoyen, als er Eleanor zum ersten Mal erblickte. Er sagte ihr eindeutig, daß er das Mädchen atemberaubend fand und daß er gern das Risiko eingehen würde, eine Liebelei einzufädeln. Als sich daher der neu ernannte Graf von Richmond eines Nachmittags in ihren Gemächern aufhielt und sich an ihrem teuersten Wein labte, wandte sie sich mit einer Bitte an ihn, der er bestimmt nicht widerstehen könnte. »Liebster Peter, ich möchte mit dir um etwas wetten.«

Er zog lässig eine Braue hoch, offensichtlich war er nicht interessiert. Gerade erst war er zum Grafen ernannt worden; er plante, eine großzügige Residenz an der Themse zu errichten, die er das Savoy nennen würde. Er konnte jede Frau am Hofe haben, selbst die Königin, wenn er sich die Mühe machte, sie zu umwerben, was also konnte Eleanor ihm noch bieten?

»Wie man sagt, soll die nette kleine Gräfin von Pembroke Jungfrau sein, aber ich glaube nicht, daß sie ihre Kirsche noch besitzt!«

Peters Aufmerksamkeit war geweckt. »Da gibt es nur eine Möglichkeit, das herauszufinden... man muß die Kirsche pflücken!« Er lachte.

»Dann werde endlich ich recht haben und all die anderen unrecht.« Die Königin rieb sich die Hände.

Peter machte sich eifrig an die Arbeit. Er war immer zur Stelle, wenn die dunkle Schönheit ihren Zufluchtsort verließ. In den Ställen gelang es ihm, ihren Reitknecht beiseite zu schieben und ihr höchstpersönlich in den Sattel zu helfen. Sie bedankte sich zwar höflich, aber kühl, und bedachte ihn keineswegs mit jenen bedeutungsvollen Blicken, die zu einer Liebelei einluden. Sein Verführungsspielchen begann ihn zu erregen, er fing an zu glauben, daß sie wirklich unschuldig war. Sie schien unberührt, ungeübt in versteckten Anspielungen oder zweideutigen Unterhaltungen, bei denen erfahrenere Frauen erröteten und zu kichern begannen.

Die Königin fand heraus, daß die Prinzessin, Lady Isabella und ihre jüngeren Kameradinnen in die Wälder von Windsor wandern wollten, um Brombeeren zu pflücken. Sie befahl ihrem Liebesgefolge, wie sie ihren hübschen jungen männlichen und weiblichen Hofstaat nannte, zu einem sofortigen Brombeerpflücken aufzubrechen, und als sie dort ihre Schwägerin vorfand, bestand sie darauf, diesen Ausflug zu einem Familienfest zu machen.

Die schattigen Lichtungen waren für erregende Spiele wie geschaffen, bei denen die Paare sich schließlich in entlegene Winkel zurückzogen. Peter von Savoyen, in einem waldgrünen Gewand, ließ seine Augen nicht von der Gräfin von Pembroke. Sie trug ein laubfarbenes Sommerkleid, das sie zwischen den Bäumen fast unsichtbar machte, und ihm wurde klar, wie geschützt sie beide sein würden.

Er wartete hartnäckig auf den richtigen Augenblick, und endlich wurde seine Geduld belohnt. Mit einem Korb über dem Arm entfernte sich Eleanor langsam von den anderen. Er folgte ihr leise und ließ sich Zeit, bis er einen geeigneten Platz gefunden zu haben glaubte, um seine Beute in die Enge zu treiben.

»Darf ich Euch helfen, Euren Korb zu füllen, Demoiselle?« fragte er in gebrochenem Englisch.

Sie blickte erschrocken auf wie ein verängstigtes junges Reh, doch als sie sah, wer er war, zeigte sich keine Furcht in ihren Augen. »Ihr solltet mich Madam nennen, Sir, das wißt Ihr ganz genau«, ermahnte sie ihn mit einem kleinen Lächeln.

»Ah, ja, Chérie, aber obwohl Ihr verheiratet seid, seid Ihr doch immer noch … wie sagt man … eine Jungfer.«

»Würdet Ihr Euch lieber mit mir französisch unterhalten, Sir?« Auch wenn sie wußte, daß Henry ihn zum Grafen von Richmond ernannt hatte, so wollte sie ihn doch nicht mit seinem Titel anreden.

»Ah, non, Chérie, ich muß Eure Sprache erst lernen. Vielleicht wäret Ihr so freundlich, mich zu unterrichten? Im Gegenzug gibt es vielleicht einige Dinge, die ich Euch beibringen könnte.«

»Ich habe einen viel besseren Vorschlag, ich werde Euch einen guten Lehrer empfehlen«, bot sie ausweichend an.

Er warf ihr einen so gierigen Blick zu, daß sie Angst um ihre Brombeeren bekam. Seine Blicke ruhten auf ihrem Mund. »Glaubt Ihr, Eure Frucht ist reif zum Pflücken?« fragte er neckend.

»Aber natürlich.« Sie griff in den Korb und hielt ihm die Hand hin. »Probiert doch selbst«, lud sie ihn ein.

Peter nahm ihre Hand, führte sie an seinen Mund und nahm die Beeren mit den Lippen, dann biß er ihr spielerisch in einen Finger.

Mit einem Ruck entzog sie ihm ihre Hand. Was für eigenartige Sitten haben doch diese Ausländer, dachte sie. Ihre saphirblauen Augen hielten seinen Blicken stand, während sie gleichzeitig versuchte herauszufinden, was er vorhatte.

Er machte einen Schritt auf sie zu. Dann griff er in ihren Korb, holte eine große Brombeere heraus und hob sie an ihre Lippen. Wenn sie mit der Zunge über seine Finger leckte, so wäre das genau das Zeichen, auf das er gewartet, nach dem er sich gesehnt hatte.

Sie betrachtete einen Augenblick nachdenklich sein Gesicht, dann senkte sie kräftig ihre Zähne in seine Hand.

»Hölle und Pest!« fluchte er. »Was, zum Teufel, hat das zu bedeuten?«

»Die Königin hat Euch geschickt, um mir nachzuspionieren«, nagelte sie ihn fest.

Einen Augenblick lang dachte er, sie wußte ganz genau, was er herausfinden sollte, doch dann begriff er, daß sie keine Ahnung hatte davon, was es bedeutete, wenn man jemanden in den Finger biß, ihn leckte oder daran saugte. Seine Augen wurden ganz dunkel vor Verlangen nach ihrer Unberührtheit.

»Warum haßt sie mich?« fragte Eleanor.

Den Kopf zurückwerfend, lachte er laut auf. »Es ist kein Haß, den sie fühlt, sie ist eifersüchtig.«

»Aber warum?« fragte Eleanor erstaunt.

Es schüttelte ihn, wie konnte er ihr erklären, daß sie viel süßer war als all die Brombeeren in ihrem Korb, daß ein Mann seine Seele dafür hergeben würde, ihre Unschuld zu kosten, ihre Sinne aufzuwecken, damit sie verführerisch den Saft der Früchte von seinen Fingern leckte?

Ein Jagdhorn erklang, und durch die Bäume zog hoch zu Roß eine Gesellschaft junger Ritter. Zwei erlegte Hirsche mit riesigen Geweihen waren auf Stangen gebunden und wurden von Knappen getragen. Als die Königin entdeckte, daß der Anführer der Gruppe Rickard de Burgh war, winkte sie ihn zu sich heran.

Rickard stieg vom Pferd. Der Rest seiner Männer tat es ihm gleich, behende beugten sie die Knie vor ihrer Königin. »Ich werde mit Euch zum Schloß zurückreiten, Sir Rickard, ich bin diesen Zeitvertreib in den Dornen leid. Ihr dürft mir dabei helfen, aufzusitzen«, erklärte sie huldvoll, und ihre Augen verschlangen ihn förmlich.

»Euer Hoheit, vergebt mir, aber ich bin blutig von der Jagd.«

Königin Eleanor fuhr sich über die Lippen und trat noch einen Schritt näher. »Ein wenig Blut stört mich gar nicht... oder ein wenig Schweiß bei einem Mann. Arbeiten, bei denen man schwitzen muß, geben mir die höchste Befriedigung«, meinte sie zweideutig.

Als er die Königin in den Sattel hob, sah Rickard die Gräfin von Pembroke, die in Gesellschaft Peters von Savoyen auf die Gruppe zukam. Der Mann hatte besitzergreifend seine Hand in ihren Rücken gelegt, Rickard biß bei diesem Anblick die Zähne zusammen. Niemals hätte er sich eine solche Freiheit herausgenommen, obwohl er ihr persönlicher Bewacher war. Er blickte in Eleanors Gesicht, um zu sehen, ob ihr diese Berührung vielleicht unangenehm war oder ob Peter von Savoyen sie vielleicht auf irgendeine Weise bedrängt hatte. Doch obwohl sie weder erregt noch ihr Gesicht gerötet war, erkannte er an ihrer starren Haltung und ihrem ernsten Gesicht, daß die Aufdringlichkeit dieses Mannes sie abstieß.

Der frisch ernannte Graf von Richmond warf ihm einen so selbstsicheren, triumphierenden Blick zu, während er sich von den Früchten in Eleanors Korb bediente, daß de Burgh sofort seine Absicht durchschaute, Eleanor zu verführen.

Sir Rickard saß in der Falle. Wenn er zu William Marshal ging, um ihm das zu erzählen, würde er nur noch mehr böses Blut schaffen. Schon jetzt bestand Feindschaft zwischen den Engländern und den Provencalen, ganz besonders den bevorzugten Savoyern. Dies konnte in offenem Haß enden, der nicht mehr zu kontrollieren war. Wenn er aber die Prinzessin warnte, so würde er ihr damit einen Teil ihrer Unschuld nehmen. Irgendwie konnte er jedoch den Gedanken nicht ertragen, daß Peter von Savoyen sie berührte, nicht einmal ihre Gedanken durfte er beschmutzen. Er würde die Sache selbst in die Hand nehmen und sich an diesem Mann rächen.

Zwei Tage ließ er verstreichen, dann suchte er Peter von Savoyen auf. »Mein Herr Graf«, sagte er mit einem Gesichtsausdruck, als gefalle ihm die Botschaft gar nicht, die er mitzuteilen gezwungen war. »Eine Dame, die ungenannt bleiben muß, möchte Euch etwas genauer kennenlernen.«

»Ist das möglich?« fragte der Graf von Richmond überrascht.

»Sie interessiert sich sehr für Euer Angebot der Freundschaft, mein Herr, aber ihre Stellung verlangt äußerste Diskretion, wenn Ihr mich recht versteht.«

»Ich verstehe Euch sehr gut. Ihr müßt ihr unbedingt versichern, daß ich ihr in diesem Punkt zustimme. Ich werde dieser Dame zu jeder Zeit und an jedem Ort zur Verfügung stehen, den sie mir nennen wird.«

De Burgh verbeugte sich und preßte grimmig die Lippen zusammen. Bei ihrem nächsten Zusammentreffen gab er sich den Anschein, noch viel grimmiger auszusehen. Seine Worte preßte er hervor, als ob er daran zu ersticken drohte: »Morgen nacht, zur elften Stunde. Ich werde Euch holen kommen.«

Peter von Savoyen nickte eifrig, in Gedanken suchte er schon nach einem kostbaren Schmuckstück, um die Dame gnädig zu stimmen. Zur vereinbarten Stunde bewegten sich zwei Gestalten geräuschlos durch das Schloß Windsor. In dem Flügel, in dem Eleanor wohnte, blieb Rickard de Burgh vor einer angelehnten Tür stehen und legte den Finger an die Lippen. Der arrogante Graf von Richmond nickte ihm dankbar zu, dann schlüpfte er leise durch den Spalt.

»Armer Peter«, meinte Rickard leise. »Du wirst heute nacht mit Brenda schön schuften müssen.« Er riß sich zusammen, bis er vor den Zimmern der Ritter angekommen war, ehe er seinem Lachen, an dem er beinahe erstickt wäre, freien Lauf lassen konnte.

10. Kapitel

Peter des Roches, der Bischof von Winchester, der der Vormund des Königs gewesen war, bis Henry wohl oder übel seine Fesseln abgestreift und sich Hubert de Burgh zugewandt hatte, kehrte nach London zurück. Henry begrüßte ihn wie einen lange vermißten Vater. Winchester seinerseits wollte noch ein Hühnchen rupfen – oder sogar zwei, um genau zu sein.

Hubert de Burgh und William Marshal hatten den Fehler ihres Lebens begangen, als sie sich zusammentaten, um König Henry von Winchesters Einfluß zu befreien. Er hatte hart gearbeitet, um die Vorherrschaft über den jugendlichen König zu erreichen. Seine Speichellecker hatte er in Schlüsselpositionen gehievt und war auf dem Sprung, England zu regieren, als die beiden militärischen Führer den wankelmütigen Henry umgarnt und auf ihre Seite gezogen hatten. Um sein Gesicht zu wahren, hatte sich Peter des Roches nach Rom begeben; doch während der jahrelangen Abwesenheit waren sein Ehrgeiz und sein Verlangen nach Rache zur Besessenheit angewachsen, bis keine Maßnahme dem gottlosen Bischof mehr zu abscheulich erschien, um seine Macht zurückzugewinnen.

Der Zeitpunkt seiner Rückkehr war ausgezeichnet gewählt. Seinen Reichtum und seine Gastfreundschaft konnte er auf die gierigen Provencalen ausdehnen. Die Königin und ihre Onkel würden über Henry herrschen, und der Bischof von Winchester würde die Provencalen in der Hand haben und damit allesamt regieren.

Sofort lud er König Henry und seinen Hof ein, Ostern und später auch Weihnachten in Winchester zu verbringen. In seiner Jugend hatte sich König Henry stets dorthin begeben zu glücklichen Ferientagen, angefüllt mit Schneeballschlachten, Geschenken und Feiern, wobei der Religion mit einigen Gebeten Genüge getan war.

Henry nahm die Einladung sofort an, denn Winchester war eine reiche Diözese und würde alle Kosten tragen. Er begriff nicht, daß sich hinter Peter des Roches Charme und Verstand Falschheit verbarg: Die jetzigen Kosten nahm dieser Mann auf sich, der nicht den

Anflug von Ehre oder Barmherzigkeit besaß, um später eine gewaltige Summe zu kassieren.

Winchester hatte einen unehelichen Sohn, Peter des Rivaux, den er protegierte, und er war entschlossen, für den jungen Mann eine machtvolle Position zu erlangen. Am Ende eines jeden Festtages zu Ehren der neuen Königin trafen die beiden sich, um ihre Ränke festzulegen.

»Ich glaube, ich habe ein Mittel gefunden, mit dem wir Hubert de Burgh in die Knie zwingen können«, meinte Peter des Rivaux.

Winchesters dicke Wurstfinger strichen über seinen Bart, und seine Augen leuchteten rachsüchtig, dennoch zweifelnd auf. »Hubert hat Freunde in hochstehenden Positionen, weil sie ihm diese verdanken. Er hat den Kanzler ausgewählt und auch den Schatzmeister des königlichen Haushalts. Du willst doch nicht etwa behaupten, sie wären ihm untreu geworden?«

»Nein, aber der Mann, den er zu seiner Rechten eingesetzt hat, ist ehrgeizig und besitzt nicht viele Skrupel. Ich habe dafür bezahlt, ihn uns gewogen zu machen. Dabei habe ich ihm versichert, daß du dich im Hintergrund halten möchtest; aber wenn er uns Beweise für Huberts Mißwirtschaft bringen kann, und dafür, daß er Mittel in falsche Kanäle geleitet hat, dann würden uns diese Informationen Goldes wert sein.«

Peter des Roches betrachtete den Edelstein in seinem protzigen Daumenring. »Ich werde mit ihm reden. Ein Versprechen auf Gold wird seinen Appetit geweckt haben, aber ich habe herausgefunden, daß es nichts Besseres gibt, einen Mann zu beherrschen, als das Versprechen auf einen Titel. Hubert de Burgh ist oberster Gerichtsherr Englands... ich würde meinen, es wäre angebracht, diesem Stephen Segrave den Titel eines Gerichtsherrn schmackhaft zu machen, damit er uns dabei hilft, uns unseres Feindes zu entledigen.«

»Dein anderer Feind ist allerdings ein schwierigerer Fall. Die Marshals besitzen einen solch alten, eingesessenen Reichtum, daß sogar ihre Bediensteten treu sind. Der Graf von Pembroke ist kein Prahlhans. Seine Leute lieben ihn, die Barone respektieren ihn, und sogar die Plantagenets tun, was er sagt.«

Peter des Roches biß die Zähne zusammen. Sein Benehmen war kühl und überheblich, und er wußte, daß die Engländer ihn haßten. »Seine Frau, Prinzessin Eleanor, ist eine Plantagenet. Noch nie hat es einen Plantagenet gegeben, der nicht eitel und prunksüchtig war.«

»Natürlich hast du recht. Sie ist außergewöhnlich schön, und der Graf von Pembroke überschüttet sie mit Luxus, ihr wird jeder Wunsch erfüllt. Sie hat eine Dienerin namens Brenda – eine kleine Dirne, die für uns eine perfekte Spionin abgeben würde, wenn man sie entsprechend besticht.«

»Ja, es ist höchste Zeit, daß er Eleanor zu seiner Frau macht. Wenn dieser scheinheilige Edelmann jemals das zarte Fleisch eines jungen Mädchens kennengelernt hätte, würde er wissen, was ihm entgeht. Ich werde mit der Dienerin sprechen. Sie muß Eleanor dazu bringen, diesen Unsinn mit den getrennten Haushalten zu beenden.«

Sein Lächeln, das eher wie eine Grimasse aussah, ließ die Augen des Bischofs in den Fettfalten seiner Wangen beinahe verschwinden. »Wenn wir erst einmal die Achillessehnen unserer Feinde herausgefunden haben, dann wird ihre Zerstörung zügig vonstatten gehen.«

Am folgenden Tag war Peter in der Lage, seinem Vater Brenda zu zeigen, der keine Zeit verlor, sich an das Mädchen heranzumachen. Als der Bischof von Winchester ihr tief in die Augen blickte und ihr dann erklärte, daß er ihr gern die Beichte abnehmen wolle, bekam Brenda es mit der Angst zu tun. Wie konnte er nur ihre schamlosen Geheimnisse erfahren haben? Sie hatte sich nie zuvor dafür geschämt, daß der Pfad zu ihrem Bett ziemlich ausgetreten war, doch jetzt bewirkte plötzlich die Erinnerung an die Nacht mit den de Burgh-Zwillingen, daß ihre Wangen hochrot anliefen und ihr Gewissen sich nach dem Balsam der Beichte und der Absolution sehnte.

Sie verbeugte sich tief und küßte den Bischofsring. »Ich werde meine Beichte nach der letzten vorgeschriebenen Gebetsstunde in der Kapelle ablegen, wenn Ihr Euch die Zeit für eine Sünderin wie mich nehmen wollt, mein Herr Bischof.«

»Liebes Kind, ich werde dich mit dem Heiligen Geist erfüllen«, versprach er schmeichelnd.

Brenda verbrachte einen schlimmen Nachmittag, sie kämpfte mit ihrem Gewissen und wünschte, sie könnte sich von all den schmutzigen Dingen befreien. Wenn ihr Verhalten bekanntgemacht würde, würde sie ohne Empfehlung aus den Diensten Eleanors entlassen; doch wenn sie beichtete und um Absolution flehte, so würde doch sicher ein Mann Gottes, der zum Schweigen verpflichtet war, ihre Sünden wegwaschen und sie lossprechen.

In dem Beichtstuhl war es eng und heiß. Brendas Hände begannen zu zittern, ein paar Schweißtropfen rannen zwischen ihren Brüsten hinunter. Der Bischof von Winchester öffnete schließlich die obere Hälfte der Tür, die ihn von dem Beichtstuhl trennte, er machte das Kreuzeszeichen und bat sie, zu beginnen.

Die Worte stürzten aus ihrem Mund, sie hatten eine solch erotische Wirkung auf den Bischof, daß seine Nasenflügel zu beben begannen. In dem engen warmen Beichtstuhl sog er tief ihren Duft ein, und sofort fühlte er, wie sein Glied sich aufrichtete. Was ihm an seinem Beruf am meisten gefiel, war die Beichte, wo in äußerster Abgeschiedenheit die innersten Intimitäten ausgetauscht werden konnten. Das Geschlecht des Sünders bedeutete für Winchester keinen Unterschied. In seinem kleinen Beichtstuhl genoß er die vollkommene Macht und Kontrolle über die Sünder, für ihn wirkte es wie ein Aphrodisiakum.

Mit gepreßter Stimme flüsterte Brenda ihre Entschuldigung. »Ihr müßt verstehen, mein Herr Bischof, daß es für mich beinahe unmöglich ist, Erfüllung zu erlangen … deshalb habe ich die Sünde begangen, unmäßig zu sein.«

Peter des Roches lächelte in der Dunkelheit. »Liebes Kind, ich weiß genau, was du brauchst. Ich bin ein Instrument Gottes. Durch mich wirst du Erfüllung erfahren. Ich werde jetzt die Tür zwischen uns entriegeln, und du wirst auf meine Seite der Zelle kommen.« Als Brenda das Klicken des Schlosses hörte, ging sie leise in den anderen Teil des Beichtstuhles hinüber. Sein ungewöhnlicher Befehl ließ sie ein dunkles und sündiges Geheimnis erahnen, dem sie nicht widerstehen konnte.

Sein Gewand roch nach Weihrauch, er hob es hoch und begann, an sich herumzuspielen. »Ich werde dich mit dem Heiligen Geist erfüllen.« Mit seinen plumpen Händen hob er ihr Kleid und ihr Unterkleid und begann, sie zwischen ihren Schenkeln zu streicheln. Trotz ihrer großen Erfahrung im Umgang mit Männern war sie noch nie so schnell erregt gewesen.

Sein Daumenring, in dem ein Rubin saß, so groß wie ein Taubenei, ließ sich öffnen, sie erkannte ein weißes Pulver darinnen. »Atme tief diese heilige Hostie ein und lecke den Rest auf«, befahl er ihr, dann reichte er ihr seine purpurne Schärpe. »Nimm dies hier, um deine Schreie zu dämpfen, wenn ich auf dich steige.«

Brenda war nur noch ein zitterndes Bündel der Lust, als er sie mit heiligem Öl einrieb und dann tief in sie drang. Ihr Verlangen war so groß, daß trotz der Schärpe ihre Schreie den Beichtstuhl erfüllten. Den Daumen mit dem riesigen Ring benutzte der Bischof geübt und voller Geschick, und noch ehe er ein dutzendmal tief in sie eingedrungen war, fühlte er ihren Höhepunkt. So heftig waren ihre zuckenden Bewegungen, daß er sich gleichzeitig in einem Strom in sie ergoß. Das Erreichen des Höhepunktes an einem geweihten Ort war so überwältigend, daß sie beinahe ohnmächtig wurde.

Dieser heilige Mann hatte ihr wirklich ein Stück des Himmels geschenkt. »Und das Wundervolle daran, mein Kind, ist, daß es immer wieder so sein wird«, versprach er ihr.

Sie konnte kaum sprechen. »Jedesmal?« fragte sie und keuchte ungläubig auf.

In diesem Augenblick wußte er, daß sie ihm gehörte, mit Leib und Seele. Sie würde alles tun, was er von ihr verlangte.

11. Kapitel

William Marshal wohnte in Durham House, wenn er in London weilte. Es lag an einer Biegung der Themse, in der Nähe von Whitehall. Verglichen mit den meisten anderen Stadthäusern besaß es unerhörte Ausmaße, hatte Quartiere für seine Ritter, einen Turnierplatz, eine Waffenkammer, ein Waschhaus, eine Speisekammer, in der der Wein kühl blieb, Lagerschuppen und einen großen Marstall.

William war gerade von einer Versammlung mit vier empörten Baronen gekommen. Erst kürzlich hatte der König versprochen, keine wichtigen Entscheidungen zu treffen, ohne den Rat der Adeligen vorher einzuholen, und jetzt verteilte er wahllos Titel und Land. Sie hatten das Gefühl, daß Henry sie wie Sklaven behandelte, die nur dazu da waren, das Geld für seine ausländischen Freunde zu beschaffen.

Als sein Knappe ihm aus dem Kettenhemd geholfen hatte und ihm sein Essen brachte, war die Sonne bereits untergegangen. William fuhr sich mit den Händen durch seine kurz geschnittenen Locken. »Ich erwarte heute abend weibliche Gesellschaft«, erklärte er dem Mann. »Wenn sie kommt, schicke sie bitte zu mir herauf.«

Er hatte keine Frau mehr gehabt, seit er in Wales gewesen war – daran dachte er, als er sein Bad nahm –, eigentlich schon seit der Begegnung mit seiner lieblichen Kind-Frau nicht mehr. Vor kurzem hatte er seine Geliebte, eine diskrete ältere Dame, mit der er Jahre zusammengewesen war, einem reichen Goldschmied anvertraut. Natürlich wollte er sie für ihre langen Dienste belohnen, aber vielleicht hätte er sie vorläufig noch behalten sollen.

Das Bild Eleanors trat vor sein inneres Auge, so wie sie auf der Treppe vom Fluß zum Tower gestanden hatte, in ihrem leuchtendroten Kleid. Er fluchte, als sein Körper allein bei dem Gedanken an sie anschwoll. Außerdem ärgerte er sich darüber, daß er die Dienste einer Hure in Anspruch nehmen mußte. Doch dann seufzte er resigniert auf. Am heutigen Morgen hatte er Stunden damit verbracht, auf dem Turnierplatz zu üben, um seinen Körper von der Lust zu befreien, doch Eleanor ließ sich nicht aus seinen Gedanken vertreiben. Er brauchte nur irgendwo einen Hauch der Farbe ihres Kleides zu erblicken, und schon bekam er eine Erektion.

Eleanor saß allein in ihrem Schlafzimmer in Windsor. Der dicke Kloß in ihrem Hals erstickte sie beinahe, doch sie ballte die Hände zu Fäusten und weigerte sich, den Tränen freien Lauf zu lassen. Es genügte nicht, daß man in ihre Privatsphäre eingedrungen war, jetzt hatte die Königin dem allen noch eine Beleidigung hinzugefügt, indem sie Gerüchte über sie verbreitete.

La Belle hielt es für ihr gutes Recht, zu jeder Stunde in die Gemächer der Gräfin von Pembroke einzudringen, nur um sie mit den ihren zu vergleichen, die Henry in seinen Lieblingsfarben Grün und Gold hatte renovieren lassen. Sie war froh, daß ihr ihre eigenen Gemächer besser gefielen. Die Gräfin hatte einen Seufzer der Erleichterung ausgestoßen. Doch dann waren ihre Räume von diesen Onkeln inspiziert worden... diesen Savoyern... diesen Thronräubern!

Schließlich war ihr Geduldsfaden gerissen, und ein ganzer Schloßtrakt voller Menschen hatte ihre scharfe Zunge zu spüren bekommen. Die Königin war gerade eingetreten und hatte den Rest ihrer Tirade mit angehört. Auf Zehenspitzen war sie zu dem gutaussehenden Peter von Savoyen, dem jetzigen Grafen von Richmond, spaziert und hatte ihm etwas ins Ohr geflüstert, was diesen offenkundig belustigte. Er hatte laut aufgelacht und dann seinem Bruder etwas zugeflüstert, zweifellos hatte er die witzige Bemerkung der Königin wiederholt. Und immer wenn danach Provencalen in ihrer Nähe waren, sah Eleanor, daß sie hinter vorgehaltener Hand über sie tuschelten, mit den Augen rollten und dann lachten. Schließlich hatte sie in ihrer Verzweiflung Brenda zur Seite genommen und sie gefragt, weshalb sie im Gerede war.

»Meine Herrin, bitte fragt mich nicht«, hatte Brenda gebeten. »Was auch immer sie über Euch klatscht, es ist nur ihre Eifersucht, die sie solche Dinge sagen läßt. Ich habe von einer ihrer Dienerinnen gehört, daß sie ständig wütend ist, weil Ihr die Mode am Hof bestimmt. Und wenn man den Gerüchten glauben darf, so verlangt sie von Henry, daß er ihr Kleider aus Paris bezahlt, nur damit sie Euch übertrifft.«

»Brenda, du sollst nicht vom Thema abschweifen. Ich habe dich gefragt, was über mich geredet wird.«

Brenda seufzte. Eleanor war einer der wenigen Menschen, den sie nicht anlügen konnte. Sie entschloß sich, ihr alles zu verraten. »Sie flüstern und lachen über Euch, weil Euer Ehemann sich weigert, Euch zu nehmen. Sie sagen, er benutzt Euer Alter als Entschuldigung, Euch von seinen Schlössern und von seinem Bett fernzuhalten. Sie sagen, seine Geliebten sind kaum noch zu zählen und daß er schon seit Jahren eine Liebschaft mit Jasmine de Burgh hat. Sie sagen, daß Euer Bruder den Oberhofmarschall bezahlt hat, damit er diese Zweckehe einging.«

Alles Blut wich aus Eleanors Gesicht, und ihr Hals wurde ihr eng. »Laß mich jetzt allein«, flüsterte sie. Unbewegt saß sie in dem schwindenden Licht, bis es draußen ganz dunkel war. Dann warf sie plötzlich einen dunklen Umhang über, zog die Kapuze über den Kopf und schlüpfte aus dem Haus, lief zu dem Schuppen mit den Booten.

Als sie dem Bootsmeister befahl, sie nach Durham House zu bringen, war er erschrocken, weil sie mitten in der Nacht ohne eine Dienerin unterwegs war. Doch er widersprach nicht, weil sie zum Haus ihres Ehemannes gebracht werden wollte.

Sie segelten vorbei an den Schiffen, die im Hafen von London vor Anker lagen, unter der großen Brücke hindurch und vorbei an den Lichtern der Stadt, dann hielt die Barke an der Treppe zum Durham House hinauf. Eleanor zog die Kapuze fester und hoffte, daß sie zu so später Stunde niemandem begegnen würde. Als sie jedoch in die Halle trat, traf sie dort Williams Knappen. Ihr fiel ein Stein vom Herzen, daß er sie nicht zurückhielt, sondern sie nach oben führte in Williams Privaträume.

Nie zuvor war sie in diesem Haus gewesen, also öffnete sie die erste Tür an der Galerie. Sie führte in ein großes, gemütliches Zimmer, in dessen Kamin ein einladendes Feuer knisterte. Sofort fühlte sie sich angeheimelt. Nach der Fahrt auf dem Fluß war sie durchgefroren, deshalb öffnete sie jetzt ihren Umhang und genoß die herrliche Wärme.

Williams Stimme drang durch die geöffnete Tür des Nebenzimmers. »Warum ziehst du nicht dein Kleid aus und setzt dich ans Feuer, wo es warm ist?«

Erstaunt wandte sie sich um. Hatte er gesagt, sie solle ihr Kleid ausziehen oder ihr Cape? Und wie konnte er überhaupt wissen, daß sie da war? Er kam herein, nur ein Handtuch hatte er um seine Hüften geschlungen, und bei ihrem Anblick blieb er wie angewurzelt stehen. »Eleanor, was führt dich her, mitten in der Nacht?«

»Ich ... es tut mir leid, William, ich wußte nicht, daß du gerade ein Bad genommen hast. Dein Knappe hat mich heraufgeschickt, als hättest du mich erwartet.«

»Also, da liegt wohl ein Mißverständnis vor«, sagte er gedehnt.

Sie erstarrte. »Das ist ein klares Wort. Dann stimmt es also. Du willst mich nicht haben. Und deine Frauen sind kaum zu zählen. Die Schwester des Königs zu heiraten war also wirklich Politik, eine Verstandesheirat.«

»Gütiger Himmel, was erzählst du da?« wollte er wissen. Mit drei Schritten hatte er den Raum durchquert und sie in seine Arme geschlossen. Seine Lippen preßten sich auf ihre, noch ehe er etwas dagegen tun konnte. Und auch wenn Eleanor nie zuvor in ihrem Leben geküßt worden war, so hatte sie sich doch unermüdlich ausgemalt, wie es sein würde, wenn William sie an seine Brust drückte und küßte. Sie schloß die Augen und schlang die Arme um seinen Hals, dabei berührte sie die nackte Haut seines Oberkörpers und seiner Schultern.

Er löste seine Lippen von ihren. »Liebste, nie zuvor habe ich mich so sehr nach einer Frau gesehnt, wie in diesem Augenblick nach dir. Wer hat dir all diese Lügen aufgetischt?«

»Oh, William, ich kann es nicht länger ertragen. Sie flüstern und lachen über mich, weil du mich nicht haben willst. Ich habe gar keine Privatsphäre mehr, sie sind in meine Gemächer eingedrungen.«

»Setz dich, bis ich angezogen bin. Ich werde dich zurückbegleiten und neue Order treffen. Henry ist völlig verantwortungslos, sie wie ein Rudel ungezogener Hunde frei herumlaufen zu lassen.«

»Nein ... William ... bitte, laß mich hier bei dir bleiben.«

»Eleanor, Liebling, wir haben doch schon darüber gesprochen. Es war eine Übereinkunft, und ich dachte, du hättest verstanden, daß du noch zu jung bist für die Ehe.«

Sie zog sich von ihm zurück und riß ihre Blicke los von diesem herrlichen muskulösen Oberkörper. Nahe am Feuer nahm sie Platz und wählte ihre nächsten Worte sehr sorgfältig. »Mein Herr Graf, es liegt auf der Hand, daß Ihr heute abend eine Geliebte erwartet habt, deshalb will ich mich kurz fassen. Ich bitte nicht darum, Euer Bett mit mir zu teilen, da ich niemals in der Lage sein würde, einen Mann Euren Alters zufriedenstellen zu können. Nur darum bitte ich Euch, daß Ihr mich als Eure Frau Gemahlin bei Euch leben laßt. Wenn wir getrennte Zimmer haben und nur dem Namen nach verheiratet sein sollen, dann laßt es uns wenigstens unter einem Dach tun, damit ich nicht länger zum Gespött des ganzen Hofes diene.«

William raufte sich das Haar. Am liebsten würde er sie anschreien, daß er eine Dirne erwartet hatte, deren Dienste er nur deshalb brauchte, weil sie die Lust in ihm geweckt hatte. Er wollte sie warnen, daß er nahe daran gewesen war, sie zu verführen. Wenn sie heute ein rotes Kleid getragen hätte, so hätte er sich nicht länger unter Kontrolle halten können. Doch all diese Dinge würde er ihr nicht sagen, er brannte vor Scham. Er war nackt gewesen und hatte auf die Dienste einer Hure gewartet, die sein Knappe inzwischen hinauskomplimentiert hatte, als seine unschuldige Gattin ihn ertappte. Und als er seine Lippen auf ihre gepreßt hatte, sagte ihm seine Erfahrung, daß sie noch nie zuvor geküßt worden war.

»Eleanor, wenn du heute abend nach Windsor zurückkehrst, werde ich morgen kommen und dich mit allen Ehren zu mir holen. Du bist die Gräfin von Pembroke, und du wirst mit mir zusammen leben, wohin auch immer ich von diesem Tag an gehe. Wir werden ihre schmutzigen Reden zum Schweigen bringen. Es wird keine Anzeichen dafür geben, daß wir in getrennten Schlafzimmern nächtigen. Wenn ich mich dazu entschließe, dich zu meiner Frau zu machen, dann werden nur wir beide es wissen. Es gehört dann uns beiden ganz allein.« Er lächelte sie an. »Bist du damit einverstanden?«

Sie flog in seine Arme. »Oh, ich danke dir, William. Ich liebe dich so sehr. Von ganzem Herzen verspreche ich dir, daß ich dir nie Schwierigkeiten machen werde. Gerne schlafe ich am anderen Ende des Hauses, um dich nicht zu stören.«

Noch lange nachdem sie ihren Umhang genommen und in Begleitung seines Knappen gegangen war, saß er nackt am Feuer. Nur jemand, der so unschuldig war wie sie, konnte glauben, daß ihre Anwesenheit ihn nicht stören würde. Etwas in seinem Inneren sagte ihm, daß er die Sache morgen richtig angehen mußte. Er war kein Mann, der gerne prunkte; doch er wußte, daß das unreife königliche Paar leicht beeindruckt werden konnte durch die Zurschaustellung seines Reichtums. Deshalb schob er den guten Geschmack beiseite und nahm sich vor, ihnen ein großartiges Spektakel zu bieten.

Erst vor zwei Tagen war er auf einem Schiff aus Rußland gewesen und hatte Zobelpelze gekauft. Auf diesem Schiff gab es einen kleinen weißen Bären, der in seinem eisernen Käfig so an der Kette lag, daß er nicht einmal stehen konnte. Diesen Bären würde er für Henrys Zoo kaufen. Er ging zum Kontor der Tempelritter, wo die Bankgeschäfte des Landes abgewickelt wurden. Ein großer Teil der Schätze der Marshals aus dem Osten war dort gelagert, zusammen mit den Preisen und Trophäen, die er in seiner Jugend bei Turnieren gewonnen hatte. Er suchte noch nach etwas, das die junge Königin beeindrucken könnte.

Als er den verzierten Toilettentisch aus Bronze entdeckte, mit den kleinen Schubladen für Haarklammern und anderen weiblichen Flitterkram, grinste er boshaft. Die eingebauten Kerzenhalter waren mit hängenden Prismen aus Glas verziert, die geschnitzten Beine liefen in Tierklauen aus. Und als er dann entdeckte, daß der dazu passende Hocker in Form eines Thrones gehalten war, zog er den Tisch in die engste Wahl. Er entschied sich, ihn der Königin zu schenken, als kleine Rache für die schimpfliche Behandlung, die sie der Gräfin hatte angedeihen lassen.

Voller Ironie schickte er sogar Herolde voraus, die seine Ankunft in Windsor verkünden sollten, um den König und die Königin davon in Kenntnis zu setzen, daß dieser Tag ein sehr bedeutender Tag werden würde. Er bat seine walisischen Bogenschützen, ihm einen besonderen Gefallen zu tun und ihre volle Rüstung anzulegen, und da der Königin die beiden Zwillingssöhne Falcon de Burghs so gut gefielen, befahl er ihnen und auch den anderen Rittern, ihre weißen Umhänge mit dem roten aufsteigenden Löwen der Marshals anzulegen.

Im letzten Augenblick noch erinnerte er sich an das bodenlange Cape aus dem Fell weißer arktischer Füchse, das er für Eleanors baldigen sechzehnten Geburtstag hatte anfertigen lassen. Heute würde er ihr diesen herrlichen Pelz aus Norwegen umlegen, weil das Wetter noch immer sehr kühl war. In ein paar Monaten, wenn sie sechzehn wurde, wäre es schon zu warm, um diese Kostbarkeit vorzuführen.

William nahm noch einige Diener mit, die Eleanors Kleidung und ihre Haushaltsgegenstände einpacken sollten, um sie nach Durham House zu transportieren.

Die Trompeter bliesen eine Fanfare, als der Graf von Pembroke von seinem Pferd stieg, den König und die Königin begrüßte und eine Anzahl ihrer Höflinge, die nach draußen gekommen waren, um die Reiterschar des Marschalls zu bewundern.

Eleanor öffnete ihr Fenster hoch über dem Hof, um zu sehen, welchen Grund es für einen solchen Auflauf gab. Sie jauchzte vor Freude, als sie William entdeckte und begriff, was er vorhatte. Als sie seine Stimme hörte, mit der er dem König und der Königin formell Mitteilung machte, daß er gekommen war, um seine innig geliebte Gräfin von Pembroke zu sich zu holen, schwoll ihr das Herz vor Glück. Nicht zufällig hatte sie für diesen Tag ein symbolisch weißes Kleid gewählt, ihrem Hochzeitskleid gar nicht so unähnlich, in dem sie ihrem Mann entgegenträte.

Henry, der die Macht seines Königtums genoß, legte die Hand der Königin auf seinen Arm und führte alle in den Thronsaal. Er konnte seine Freude über den Bären nicht verhehlen, der ohne den Käfig an einer langen Kette mitgeführt wurde. »Was haltet ihr von dem Namen Bruin?« fragte er die Menge jugendlicher Provencalen, und die Schmeichler gaben ihm das Gefühl, daß er sich wirklich den originellsten Namen der Welt ausgedacht hatte.

Der Haushofmeister wurde geschickt, um die Gräfin von Pembroke zum König zu bitten. Eleanor, die bis in die Fingerspitzen eine Plantagenet war, erschien in Begleitung ihrer Gefährtinnen, durchweg Kusinen der Marshals, und alle in keusches Weiß gekleidet. Sie kam gerade noch zurecht, um die bronzene Abscheulichkeit zu sehen, die William der Königin schenkte. Der Toilettentisch war poliert worden, auf dem Thronsessel lag ein Kissen in königlichem Purpur. Eleanor verbeugte sich tief, um dem Oberhofmarschall ihren Respekt zu erweisen, und er hob sie sofort zu sich hoch und küßte sie auf beide Wangen, seine Augen blitzten sie belustigt an.

»Einen schrecklichen Augenblick lang habe ich geglaubt, das Geschenk sei für mich«, murmelte sie leise, doch ihr Gesichtsausdruck verriet nichts von ihren Gedanken.

»Nein, meine Liebste, das hier ist dein Geschenk.« Er wandte sich zu Rickard de Burgh um und nahm das Cape, das der Ritter über dem Arm trug, dann hüllte er sie in den weißen Pelz, der mit roter Seide verbrämt war. Seine großen Hände drückten ihre Schultern, um ihr seine Freude zu zeigen, und sie schenkte ihm ein Lächeln der Dankbarkeit für all seine Mühen, die er heute auf sich genommen hatte.

Jetzt, wo Eleanors Abreise kurz bevorstand, wurde Henry plötzlich besitzergreifend. Prüde und streng warf er dem Oberhofmarschall von England einen vernichtenden Blick zu. »Es ist mir klar, daß Ihr schon vor vielen Jahren meine Schwester geheiratet habt, aber ich bin sicher, daß sie immer noch meinen Schutz braucht. Sie ist viel zu jung, um Eure Frau nicht nur dem Namen nach zu sein, meine ich.«

Die Königin griff sofort in die Unterhaltung ein. »Henry macht gern solche Späße. Er kennt seine Schwester, und ich heiße nicht nur genauso wie sie, ich bin auch im gleichen Jahr geboren. Und glaubt mir, ich bin mehr als nur dem Namen nach seine Frau.«

Henrys besorgter Gesichtsausdruck wich einem Lächeln. Wenn diese Regelung seiner Eleanor recht war, so stimmte er gerne zu, seine Schwester zu opfern – wie es aussah, war diese ein mehr als williges Opfer.

Wenn er genau darüber nachdachte, hatte seine kleine Laus sich sehr verändert, sie war nicht mehr der Plagegeist von früher. Sie hatte sich ganz ihren Studien hingegeben, um William Marshal zu gefallen, und aus ihr war eine junge Frau geworden, die sich hervorragend zu benehmen wußte und sehr gebildet war. Er verspürte eine leise Sehnsucht nach dem eigensinnigen, leidenschaftlichen Kind, das sich so strenger Disziplin unterworfen hatte, um einem anderen Mann zu gefallen. Er blickte auf seine Frau, und ihm wurde klar, daß auch er sich verändert hatte. War es die Sache wert, fragte er sich.

William führte seine Gräfin in ihre Gemächer und überreichte dort ihren Kameradinnen Geschenke in Form von Schmuck. Seine jungen Nichten wußten es zu schätzen, daß ihr Onkel William zuverlässig für eine so großzügige Mitgift sorgte, daß jede einzelne von ihnen eine gute Partie machen würde.

»Ich weiß, ihr seid hier mit Eleanor glücklich gewesen, denn sie ist sehr gesellig. Aber jetzt könnt ihr euch der Zukunft zuwenden, die eure Eltern für euch geplant haben. Ich hoffe, daß Eleanors Lebenslust auf euch alle ein wenig abgefärbt hat.« Er gab ihr einen Kuß auf den Scheitel, und ihre Haarmähne kitzelte seine Wangen. »Ich habe Diener mitgebracht, die euch die Arbeit des Packens abnehmen. Ihr könnt hier bleiben, so lange es euch gefällt; aber wenn ihr nach Hause zurückkehrt, werden meine Söldner euch sicheres Geleit bieten.«

Er sah seine Schwester Isabella an, erkannte das Bangen in ihren Augen und sagte zu Eleanor: »Wenn du mich bitte entschuldigen würdest, ich möchte gern mit Lady de Clare allein sprechen.« In ihrem Zimmer tätschelte er liebevoll Isabellas Rücken. »Wie wäre es, zu Gilbert zurückzukehren und es noch einmal mit ihm zu versuchen? Wenn es dir allerdings unerträglich erscheint, dann kannst du zu uns kommen und bei Eleanor wohnen. Wir beide werden noch getrennt leben, mußt du wissen. Diese Veranstaltung heute war nur für die Schakale bestimmt.«

Seine Schwester sah so unendlich traurig aus, daß er alles tat, sie aufzumuntern. »Du kannst stolz darauf sein, was du hier bei Eleanor und bei den Nichten der Marshals geleistet hast. Heute haben sie die Königin und ihre provencalische Sippschaft aussehen lassen wie überreife Pfirsiche, die so lange in der Sonne gehangen haben, daß sie nun leider anfangen zu faulen.«

»O William, ich habe ganz vergessen, wie abscheulich du sein kannst.« Sie lächelte ihn an. »Bestimmt bist du der richtige Partner für Eleanor.«

»Das bezweifle ich«, gestand er reuevoll. »Wie hast du dich entschieden?«

»Ich werde nach Hause zurückkehren«, seufzte sie. »Wenn ich mich nur nicht so unehrenhaft fühlen würde ... so betrügerisch.«

»Gilbert braucht es nie zu erfahren, er wird nichts hören.«

»Ich meine nicht meinen Verrat an Gilbert, sondern an Richard.« Sie stöhnte verzweifelt.

»Meine Liebe, wenn es so schlimm ist, dann gibt es wohl nur wenig Hoffnung auf Versöhnung.«

»William, was hat dich so verständnisvoll gemacht?« sah sie ihn fragend an.

»Das ist ganz einfach. Ich habe mich verliebt. Es klingt beinahe unglaubwürdig, daß meine Moral es mir verbietet, mit ihr zu schlafen.«

»William, sie ist genauso, wie du sie haben wolltest, von Männern hat sie keine Ahnung. Aber in der letzten Zeit war sie sehr neugierig und hat mir viele Fragen in dieser Richtung gestellt. Natürlich habe ich ihre Unschuld erhalten, aber ich wünschte sehr, du würdest diesen strengen Ehrenkodex, den du dir auferlegt hast, ein wenig lockern und ihre natürliche Neugier auf eine liebevolle, heilsame Weise befriedigen; sonst wird sie sich von einer schlampigen Dienerin aufklären lassen.«

»Sie feiert in Kürze ihren sechzehnten Geburtstag. Ich werde über deinen Rat nachdenken, Isabella; aber vertrau mir, ich finde sicher den rechten Zeitpunkt, um sie völlig zu meiner Frau zu machen.« Seine Schwester kannte ihn, Gott sei Dank, nicht so gut. Sein strenger Ehrenkodex war Eleanors Schutz, denn seine Gedanken waren ausgeprägter fleischlicher Natur und keineswegs nur auf Schonung gerichtet.

12. Kapitel

Brenda bestand darauf, zu bleiben, um die Diener von Durham House zu überwachen, die Eleanors wunderschöne Kleider einpacken sollten. Die Gräfin von Pembroke schüttelte erstaunt den Kopf über die Wandlung, die in letzter Zeit mit diesem Mädchen vor sich gegangen war, wahrscheinlich aus Angst, daß sie nicht in den neuen Haushalt aufgenommen werden könnte. Sie war nicht nur besonders aufmerksam geworden, sondern hatte sogar damit begonnen, zweimal in der Woche zur Beichte zu gehen.

Brenda suchte den Bischof von Winchester auf, der gerade beim Essen war; doch als sein Diener ihm sagte, wer auf ihn wartete, ließ er sie eintreten.

»Ich habe dich erwartet, liebes Kind. Die Dinge entwickeln sich zufriedenstellend.« Er wischte sich den Mund an seiner Serviette ab und tauchte seine Wurstfinger in die Schüssel mit Rosenwasser. »Halte deine Augen und Ohren offen, und deinen Mund geschlossen. Ich will alles über die Marshals wissen, ganz gleich, wie unbedeutend dir die Einzelheiten auch erscheinen mögen. Ein guter Quell für Informationen wird William Marshals Knappe sein. Er wird seinem Herren natürlich treu ergeben sein, aber denk daran, für dich könnte er einiges von Interesse ausplaudern.« Peter des Roches lächelte. »Wenn du erst einmal die Hände an seine Lenden gelegt hast, dann sollte es dir ein leichtes sein, Auskünfte von ihm zu bekommen.« Er drehte den Daumenring mit dem riesigen Rubin, und Brenda blickte voller Verlangen darauf.

»Sag mir, liebes Kind, werden Eleanors Gefährtinnen mit ihr gehen oder kehren sie nach Hause zurück? Sie gehören doch zu dieser Familie, und mich interessieren alle Marshals, die es gibt.«

»Sie kehren nach Hause zurück, mein Herr Bischof, sogar Isabella de Clare, obwohl mich das sehr überrascht.«

»Warum das?« Er runzelte die Stirn.

Brenda lenkte ihre ganze Aufmerksamkeit auf den Ring, ihr Mund war trocken vor Verlangen. Sie mußte sich über die Lippen lecken, damit sie weitersprechen konnte. »Sie liebt Richard von

Cornwall. Sie und Gilbert de Clare sind einander fremd geworden.«

Winchesters Augen verschwanden ganz in seinen Hamsterbacken. »Das hättest du mir schon viel früher sagen sollen. Ich will alles hören«, betonte er.

»Mein Herr Bischof, Windsor ist ziemlich weit weg von Durham House. Wie soll es mir möglich sein, meine Beichte abzulegen?«

»Ich werde jeden Sonntag in Westminster sein, das nicht fern vom Stadthaus der Marshals liegt.«

»Mein Herr Bischof... ich brauche Eure Absolution.« Insgeheim verfluchte sie ihn dafür, daß er sie darum betteln ließ.

»Natürlich brauchst du das, mein Kind. Geh inzwischen in dieses Zimmer dort, ich werde gleich nachkommen.«

Nachdem er Brenda entlassen hatte, verlor Peter des Roches keine Zeit, Richard aufzusuchen. »Es ist schon sehr lange her, daß Ihr Eure Ferien in Winchester verbrachtet, Graf von Cornwall. Der alten Zeiten wegen hoffe ich, daß Ihr zu Ostern kommen werdet.«

Der Bruder des Königs war erfüllt von kriegerischem Eifer und Hunger nach einer Schlacht mit Frankreich, er hatte wenig Zeit oder Lust, an kirchliche Belange zu denken.

»Mit meinen eigenen Händen habe ich die Krone auf Henrys Haupt gesetzt, als er gerade neun Jahre alt war und Ihr sieben. Ihr hattet alle Eigenschaften, die ein König braucht, Richard, aber Ihr scheint nicht nach Macht zu streben.«

»Ihr dürft mich nicht unterschätzen, mein Herr Bischof, ich bin lüstern nach Macht. Nur meines Bruders Krone begehre ich nicht«, erklärte Richard.

Des Roches lächelte. »Also sind die Lektionen, die ich Euch damals erteilte, auf fruchtbaren Boden gefallen. Doch leider hat man mich dann zur Seite geschoben und Eure Günstlinge wurden berühmte Krieger, wie Marshal und de Burgh, wie es für ungestüme Jungen richtig ist. Doch jetzt, wo Ihr älter seid, solltet Ihr erkennen, wieviel Macht im Namen der Religion ausgeübt wird. Die Kirche kontrolliert die Hälfte des Reichtums der ganzen Welt, und mit genug Geld kann man selbst eine Krone kaufen. Sagt mir, würde Euch der Titel ›König der Römer‹ gefallen?« Die Augen des

Bischofs von Winchester verschwanden in seinen Fettwülsten. »Als Ihr noch ein Junge wart, seid Ihr mit all Euren Problemen zu mir gekommen ... ich kann noch immer einige Lösungen für Euch herbeiführen. Ihr seid der einzige Plantagenet, der noch unverheiratet ist, und dennoch weiß ich, daß Ihr Euch nach Söhnen sehnt.« Er hielt inne, und Richard wurde wachsam. »Wenn Eure Gelüste auf eine Dame fallen würden, bei der, wie soll ich sagen, vielleicht das Hindernis eines Ehemannes bestünde, so besitzt die Kirche die Macht, dieses Hindernis zu beseitigen.«

Richard wußte, dieses alte Schwein hatte sein Verlangen nach Isabella Marshal de Clare entdeckt. Sie hatte doch nicht etwa ihr Geheimnis im Beichtstuhl enthüllt? Ihm wäre nie die Idee gekommen, ihre Ehe durch die Kirche annullieren zu lassen, doch offenbar bot ihm Winchester genau das an.

»Mein Herr Bischof, ich wäre jedem Mann gegenüber sowohl dankbar als auch großzügig, der mir hülfe, den Gegenstand meines Ehrgeizes zu erringen.«

»Hattet Ihr Glück damit, die Barone zu den Waffen zu rufen?« schmeichelte er.

Himmel, dachte Richard, er weiß wirklich über alles Bescheid. »Die adligen Herren, die in der Normandie und Aquitanien Ländereien besitzen, brauchen nicht gedrängt zu werden. Den Rest muß man allerdings erst überzeugen. Ich nehme an, Ihr seid gegen den Krieg?« fragte Richard direkt.

»Seht Ihr wohl, wie wenig Ihr mich kennt. In Zeiten des Krieges sind Vermögen zu erwerben, Ziele zu erreichen, Machthunger kann gestillt und alte Rechnungen beglichen werden. Erst wenn sich ein richtiger Aufruhr entwickelt oder aus dem schalen Frieden Krieg wird, kann die alte Ordnung beiseite gefegt und Platz werden für das Neue.«

Richard korrigierte also seine Meinung. Der Mann gab ihm immer das Gefühl, schmutzig zu sein. Er erinnerte sich noch zu gut an den Tag, als er ungefähr acht Jahre alt gewesen war und diese Wurstfinger von seinen Genitalien weggeschlagen hatte. Oft hatte er sich gefragt, ob dieser alte Lustmolch auch Henry zu nahe getreten war.

Richard hatte die Unterstützung von Ranulf, Graf von Chester, errungen, und obwohl Hubert de Burgh noch in so viele Kämpfe mit den Franzosen verstrickt war, daß es ihm bis an sein Lebensende reichen würde, so konnte man doch mit seinem Gehorsam dem König gegenüber rechnen, meinte Richard. Hubert war sogar ihrem Vater, König John, treu geblieben. Wenn er das hatte ertragen können, so würde er sicher den Mund halten und auch Henry ergeben sein.

Die Söldner mit Falkes de Bréauté an ihrer Spitze wurden für ihr Kriegshandwerk bezahlt. Sie taten ihre Arbeit, waren willig und eifrig, aber trugen England nicht in ihrem Herzen. Sie würden für jeden kämpfen, der sie entlohnen konnte. Wenn England in einem Krieg vernichtet würde, so machte ihnen das nichts aus. An einer Hand konnte er die Barone abzählen, die aus freien Stücken mit ihm nach Frankreich zögen. Auf Fitz-John konnte er zählen, auf Fitz-Walter, Peter de Mauley und Philip d'Aubigny. Richard wußte, daß der Schlüssel für Erfolg oder Mißerfolg in der Hand William Marshals lag. Wenn er Marshal auf seine Seite ziehen könnte, dann würden auch die Grafen von Norfolk, Derby und Gloucester folgen, ebenso wie die einflußreichen de Lacys, de Warennes, de Clares und de Ferrars. Morgen würde er seine Schwester in Durham House besuchen. Könnte er Eleanor gewinnen, wäre William Wachs in seinen Händen.

In dieser Nacht jedoch befand William Marshal sich in einem tiefen Konflikt. Es hatte nur wenige Tage gedauert, bis Eleanor sich eingelebt hatte. Die Dienstboten beteten sie an, sie taten alles, um es ihr leichtzumachen, die Rolle der führenden Hausfrau zu übernehmen. Er stellte fest, daß er ihre Gesellschaft mehr genoß, als er je für möglich gehalten hätte. Sie war lebendig, schlagfertig, begeisterungsfähig, reagierte einfühlsam auf seine Stimmungen, und sie war verlockender als eine Kurtisane. Wenn er seine Zeit mit ihr verbrachte, so brannte das Verlangen in ihm wie ein wildes Feuer. Mied er andererseits ihre Gesellschaft, damit sein Blut kühl blieb und seine Gedanken vernünftig, dann fühlte er sich äußerst elend – ohne ihr liebliches Gesicht, wie es ihn anlächelte oder wie ihre saphirblauen Augen ihn herausforderten, wenn sie zusammen

Schach spielten. Wann immer er ihr Lachen vernahm, wurde er angezogen von ihr wie eine Motte vom Licht. Schließlich hörte er auf, gegen seine innere Stimme anzukämpfen und gab sich ganz dem Genuß ihrer Gesellschaft hin. Er sah der Tatsache ins Auge, daß es jetzt unmöglich war für ihn, sich der Dienste einer Hure zu bedienen. Wenn die Nähe seiner Frau und ihr Duft es ihm unerträglich machen sollte, sein körperliches Verlangen zu mäßigen, dann würde er sich ganz einfach selbst befriedigen müssen. Es würde ihn nicht umbringen, und ganz sicher wäre er nicht der erste Mann, der sich einer solchen Notlösung bediente.

Nach dem Abendessen wollte Eleanor sich in ihre Gemächer zurückziehen, doch William warf ihr einen sehnsüchtigen Blick zu, als sie zur Treppe ging. »Wenn du unten bleibst und mir noch eine Weile Gesellschaft leistest, dann werde ich auch den Kamin für dich anzünden«, versuchte er sie zu überreden.

»Hast du Freude an einem Brettspiel oder soll ich die Laute schlagen für dich, mein Herr?«

»Süßes Herz, du mußt mich nicht ständig unterhalten. Ich möchte einfach nur bei dir sein.« Er sank in einen Sessel.

Sie holte eine Schüssel von der Anrichte und nahm dann eine kupferne Pfanne, die an der Wand hing. »Wir können Kastanien rösten und uns unterhalten.« Sie setzte sich auf den Teppich ihm zu Füßen.

Er betrachtete ihr Profil vor den orangeroten Flammen des Feuers. In diesem Augenblick hätte er seine Seele an den Teufel verkauft, um wieder ein achtzehnjähriger Jüngling zu sein. Er würde sie auf den Teppich betten, sie mit ungeduldigen Händen entkleiden, und dann würde er ihren jungen Körper verehren und sie bis zur Morgendämmerung lieben.

Sie schälte eine heiße Kastanie mit den Fingern und hielt sie ihm an die Lippen. »Vor langer Zeit einmal hast du mir erzählt, daß mein Großvater und meine Großmutter eine wundervolle Liebesaffäre hatten. Niemand wollte mir Näheres darüber berichten.«

Er konnte dem Wunsch nicht widerstehen, sie zu berühren, mit einer Hand fuhr er ihr über ihr ungezähmtes schwarzes Haar. Die Locken ringelten sich um seine Finger, und er seufzte zufrieden auf.

Als er mit seiner Geschichte begann, lehnte sie sich an sein Knie, damit seine Hände mit ihrem Haar spielen oder sich eine andere Beschäftigung suchen konnten.

»Deine Großmutter, Eleanor von Aquitanien, war verheiratet mit König Louis, und sie war die regierende Königin von Frankreich, als dein Großvater, der niedere Graf von Anjou, mit einer Botschaft vor dem König von Frankreich erschien. Henry war furchtbar energisch, er hat manches Pferd zu Schanden geritten. Als ehrgeiziger und großer Kriegsherr machte er sich selbst zum König von England, auf Grund einer hauchdünnen Verbindung zum Thron. Eleanor von Aquitanien war seine Liebe auf den ersten Blick. Er wußte, daß er eine geeignete Königin brauchte, die mit ihm zusammen England regierte, und seine Wahl fiel auf diese Eleanor.«

Nachdenklich blickte William vor sich hin. »Die beiden waren in jeder Hinsicht das genaue Gegenteil: er ein Soldat, rauh, ungehobelt, grob in Worten und Taten, sie hingegen eine wunderschöne, kultivierte, gebildete und verführerische Frau. Es störte ihn nicht, daß sie ihm beinahe ein Dutzend Jahre voraus hatte; ebensowenig beeinträchtigte es ihn, daß sie mit einem König eines anderen großen Landes verheiratet war. In seiner offenen, direkten Art erklärte er Eleanor, daß er sie zu erobern gedachte, und ohne zu zögern wandte er sich dann an Louis mit dem Befehl, sich von ihr scheiden zu lassen. Natürlich war Louis außer sich und leistete erbitterten Widerstand.«

William hielt einen Augenblick inne. »Doch das entmutigte Henry keineswegs.« Wie konnte er ihr den Rest der Geschichte vorsichtig erzählen. Eigentlich gar nicht. Henry fehlte die Eigenschaft Vorsicht grundsätzlich, und natürlich war es genau das, was Eleanors leidenschaftliche Natur angezogen hatte. Die Geschichte würde ihre Bedeutung verlieren, wenn er sie ihr nicht ungeschminkt beibrächte. »Er hat Eleanor von Aquitanien absichtlich verführt. Wieder und wieder hat er mit ihr geschlafen, bis sie schließlich ein Kind von ihm erwartete. Damit hat er den Skandal des Jahrhunderts heraufbeschworen, doch immerhin bekam er die Genugtuung, daß Louis sich umgehend von ihr scheiden ließ.

Henry machte sie zu seiner Königin von England, und er hatte fünf Söhne und drei Töchter mit ihr. Sie liebten einander unendlich. Acht Kinder in weniger als einem Dutzend Jahren.«

»Also hat es nur wenige Jahre gedauert, bis sich seine Sehnsucht abkühlte und er sie einsperren ließ?« wollte Eleanor wissen.

»Ihre Leidenschaft hat sich nie abgekühlt. Als er sich eine Geliebte nahm, die schöne Rosamunde, die dann deinen Onkel gebar, William von Salisbury, war Eleanor so eifersüchtig, daß sie den Rest ihres Lebens auf Rache sann. Sie pflanzte ihren Söhnen das Feuer des Ehrgeizes ein, bis sie ihren Vater zu Fall brachten und ihm die Krone raubten. Er hielt sie in ihrem eigenen Schloß gefangen, um sich vor ihr zu schützen.«

»Dann mußte ihre Leidenschaft doch abgekühlt sein, mein Herr«, meinte Eleanor, die der Geschichte staunend gelauscht hatte.

»Ihre Liebe vielleicht, ihre Leidenschaft nicht. Sie haben weiterhin das Bett miteinander geteilt. Die Hälfte der Kinder wurde nach der Affäre mit Rosamunde geboren.«

»Ich glaube nicht, daß er sie aus Liebe geheiratet hat – er hat sie geheiratet, damit sie seine ehrgeizigen Pläne beförderte. In meinem ganzen Leben habe ich noch nie etwas so Berechnendes gehört. Er hatte ein niederträchtiges Wesen ... und sie war auch nicht besser, weil sie mit ihm Ehebruch beging. Sie haben einander verdient.«

»Ich hätte dir die Geschichte nicht erzählen sollen«, bedauerte William.

»Natürlich hättest du das!« Sie lachte auf. »William, du darfst die Wahrheit nicht vor mir verbergen. Die beiden waren schlecht und materialistisch – aber sie paßten zueinander. Wer kann schon mehr verlangen?«

Er hockte sich neben sie auf den Teppich und strich mit der Hand über ihre Wange. »Eleanor, ich möchte dich mitnehmen nach Chepstowe und Pembroke. Ich liebe Wales, und ich möchte, daß auch du es gern hast.«

»O William, willst du mich wirklich mitnehmen? Schon seit Jahren sehne ich mich danach.«

»Du bist die Gräfin von Pembroke. Ich werde dich heimbringen.« Jetzt schälte er eine heiße Kastanie und hielt sie ihr an die Lippen. »Du bist vielleicht noch nicht alt genug, um Frau und Mutter zu sein, aber ich habe entschieden, daß du alt genug bist für einen Anbeter.« Er hob sie an sein Herz und legte sanft seine Lippen auf ihre.

Als Richard in Durham House ankam, traf er es in einem Wirbel von Geschäftigkeit an. Offensichtlich wurde eine Reise vorbereitet, doch er konnte den Oberhofmarschall weder in der Waffenkammer noch in den Quartieren der Ritter finden. Er war erstaunt, als er ihn endlich dabei entdeckte, wie er Eleanor bei warmer Kleidung für die Reise beriet. Richard rollte die Augen. »Du hast ihn schon um deinen kleinen Finger gewickelt. Ich dachte, du hättest mehr Verstand, als deinen Mann in Weibersachen zu verstricken.«

Eleanor lachte, sie freute sich über den Besuch ihres Bruders. »Richard, ich werde gleich eine Erfrischung bringen lassen. Wir haben gerade heute morgen Bier aus Kent geliefert bekommen.«

William hielt sich zurück. Er wußte, daß ihre Brüder sie sehr liebten, doch sie mußten noch lernen, sie zu respektieren.

»Du brauchst dich nicht zu beeilen, Eleanor«, beschwichtigte Richard. »Ich habe mit dem Oberhofmarschall über Angelegenheiten des Königreichs zu sprechen.«

»In diesem Fall muß die Gräfin von Pembroke dabeibleiben. Von jetzt an werde ich all meine Geschäfte nur noch mit Eleanor an meiner Seite erledigen. Sie besitzt die Fähigkeit, schneller zu lernen als alle anderen Plantagenets, die ich je gekannt habe«, fügte er bedeutungsvoll hinzu.

»Ich fühle mich gescholten«, sagte Richard belustigt, weil seine Schwester wirklich den Oberhofmarschall von England zur Gänze erobert hatte. Er legte ihm seine überzeugenden Argumente für einen Krieg mit Frankreich dar und betonte, als Hauptgrund dafür die Zurückeroberung der Gebiete, die sein Vater sich hatte nehmen lassen. Er gab dem Oberhofmarschall die Liste der Männer, die auf seiner Seite standen, das Beste hob er bis zum Schluß auf. »Ich habe bereits Simon de Montfort überzeugen können, dem Grafen der Bretagne zu helfen. Er hat Henry die Treue geschworen.«

»Simon de Montfort?« Eleanor hatte diesen Namen noch nie gehört.

»Ich bin beeindruckt«, sagte William und erklärte dann Eleanor: »Er ist ein Kriegsherr, eine Legende, wahrscheinlich der größte Krieger unserer Zeiten. Man sagt, er sei ein Riese – eine komplette Kampfmaschine.«

Richard lachte. »In seiner Gegenwart haben Henry und ich wie Zwerge ausgesehen. Seine Arme und Beine sind wie junge Eichenstämme, kein Wunder, daß er keine Furcht kennt. Wenn der Kriegsherr über ein Gebiet herfällt, dann sind seine Methoden so ausgeklügelt und unnachgiebig, daß niemand ihm lange widerstehen kann.«

Eleanor unterdrückte einen Schauder, der ihren Körper durchlief. »Dieser Franzose scheint wirklich abscheulich zu sein.«

»Franzose ist er nur zur Hälfte«, berichtigte William. »Eigentlich ist er Erbe der Grafschaft von Leicester. Du überraschst mich, Eleanor, ich habe immer geglaubt, du hättest eine Vorliebe für Soldaten«, neckte er sie.

»Nicht für Soldaten im allgemeinen, mein Herr, nur für einen ganz besonderen.« Sie hielt ihn für den elegantesten Krieger der Welt.

William wandte sich wieder an Richard. »Selbst mit diesem mächtigen Kriegsherren an deiner Seite wirst du noch genug zu bewältigen haben. Du mußt die Männer der Cinque Ports herumkriegen, auch Leute wie zum Beispiel Surrey und Northumberland.«

»Mein Herr Graf, wenn Ihr mit uns zieht, werden die anderen uns folgen«, meinte Richard in seinem jugendlichen Selbstvertrauen.

»Ich würde sagen, sie alle werden uns nur zögernd folgen. Ihr werdet entweder Männer oder Geld bekommen, nicht beides, und auch nur so viel, wie die Barone es gerade noch für vertretbar halten. Der Feldzug kann niemals gelingen, denn ein Krieg gegen Frankreich verlangt den vollen Einsatz.«

»Der König wird die Männer zu den Waffen rufen«, wandte Richard ein.

»Ob er das wirklich tut?« William verzog grimmig das Gesicht. »Ich werde nach Wales und Irland reisen, um Krieger zu befragen, und werde ihnen nicht befehlen zu kämpfen. Soldaten, die man in eine Schlacht zwingt, sind eher lästig als tatendurstig.«

»Wieder einmal muß ich Euch recht geben. Aber Henry hat bereits Hubert de Burgh befohlen, Schiffe in Portsmouth zu versammeln, um die Männer und die Ausrüstung zu transportieren.«

»Hubert hat sich immer schon davor gefürchtet, dem König zu widersprechen.« William hob die Hände. Er brauchte nicht hinzuzufügen, daß die Marshals immer das taten, was ihnen zur Ehre gereichte, und nicht das, was zweckdienlich war. »Ihr beide werdet noch Geduld lernen müssen. Die Leute verlassen ihre Felder nicht, bevor sie die Ernte eingebracht haben, also werden wir noch Monate Zeit haben, Kämpfer zu rekrutieren. Ich habe die Absicht, Eleanor auf alle Fälle mit nach Wales zu nehmen. Und vermutlich wird sie auch nichts dagegen haben, mit nach Irland zu kommen.«

Eleanor warf ihm einen dankbaren Blick zu, und er zwinkerte zurück. Richard hatte das sehr wohl bemerkt und entnahm daraus, daß die beiden lieber allein sein würden. Er salutierte vor dem Oberhofmarschall und bedankte sich für seine Unterstützung. Danach verbeugte er sich formell vor Eleanor und führte ihre Hand an seine Lippen. »Adieu, Gräfin«, verabschiedete er sich.

William blinzelte verschwörerisch: »Ich glaube, er beginnt langsam, dir, als der Gräfin von Pembroke, den nötigen Respekt zu erweisen.«

Eleanor bestätigte das fröhlich. »Er ist beinahe erstickt an der ›Gräfin‹.«

Es war ihnen zur Gewohnheit geworden, die Stunde zwischen dem Abendessen und dem Schlafengehen allein miteinander zu verbringen. William zog seine alten Landkarten hervor und breitete sie vor Eleanor aus. »Wir werden einen Seemann aus dir machen. Würde es dir gefallen, eine Strecke über Land zu reisen und den Rückweg über das Meer?«

Sie lehnte sich an seine Schulter, während sie zusammen die Karten studierten. »Habe ich dir schon gesagt, wie wundervoll es ist, mit dir verheiratet zu sein, mein Herr?«

Er legte eine Hand um ihre Taille und drückte sie an sich. »Bei weitem noch nicht oft genug, Eleanor Marshal. Du wirst die Route bestimmen, ich vertraue voll auf deinen Instinkt.«

Sie fuhr mit dem Finger über die Karten, ihre Stirn lag vor Anstrengung in Falten, während sie die Reise plante, ihren ersten Anlauf verwarf und noch einmal von vorn begann. Er zog sich einen Stuhl heran und sah ihr voller Vergnügen zu. Das also war Liebe – wenn man der Geliebten Freude bereiten wollte, wenn man ständig nach Liebesdiensten suchte, die ein glückliches Lächeln auf ihre Lippen zauberten oder ihre Augen aufleuchten ließen. Er bedauerte tief, daß er die Liebe erst so spät in seinem Leben kennengelernte; doch da die Sehnsucht seines Herzens Eleanor gehörte und sie um so vieles jünger war als er, hatte es keine andere Möglichkeit gegeben. Überhaupt war er dankbar für dieses Juwel!

Als er sah, daß sich ihre Mundwinkel triumphierend hoben, wußte er, daß sie sich entschieden hatte. »Da der Frühling in deinen walisischen Bergen erst sehr spät einzieht, halte ich es für das beste, wenn wir zuerst nach Pembroke segeln und dann nach Irland. Am Ende des Sommers können wir durch Wales nach Chepstowe reiten, und erst nach einem gründlichen Aufenthalt dort werden wir nach London zurückkehren. Der Ernteherbst ist die glücklichste Jahreszeit, und Futter für die Pferde wird es dann reichlich geben; auch genug Lebensmittel, wenn du für eine Armee zu sorgen hast. Ich lade dich gnädig ein, die erste Nacht auf meinem Besitz Odiham zu verbringen. Das ist schon beinahe die halbe Strecke nach Portsmouth, wo meines Wissens nach die meisten deiner Schiffe vor Anker liegen.«

Er war nicht in der Lage, lange seine Hände von ihr zu lassen, trat herzu, legte ihr die Finger unters Kinn und hob es, so daß er ihr in die Augen sehen konnte. »Zauberin, besitzt du eigentlich die Kraft, meine Gedanken zu lesen, oder hat dich die Ehe mit mir so hellsichtig gemacht?«

»Dein Kopf schwillt an vor lauter männlicher Eitelkeit«, scherzte sie.

»Mein Kopf ist nicht das einzige, was anschwillt«, murmelte er, doch als er ihren verständnislosen Blick sah, verfluchte er sich selbst wegen dieser vulgären Anspielung. Er könnte sie aufklären, könnte ihre Hand nehmen und sie vorsichtig auf die Stelle legen, die seine Männlichkeit bewies. Früher oder später würde er sowieso ihre Unschuld beenden müssen. Doch das Problem war, daß er sie genau so liebte, wie sie jetzt war. Er konnte es nicht ertragen, sie jetzt schon zu verderben. Ihre Unschuld war das kostbarste Geschenk, das sie ihm darbrachte, und das wollte er auskosten. Sie stand an der Schwelle des Erwachens, und er würde sie nicht zu den ersten, köstlichen Schritten auf der Straße der Intimität drängen. Alles in seiner Macht Stehende wollte er tun, um dieses Wunder zu hüten, dieses Geheimnis, das schweigende Versprechen der Erfüllung der Liebe.

Er räusperte sich und kam auf das bevorstehende Ereignis zurück. »All unsere Besitzungen sind mit genügend Gesinde versehen, deshalb werden wir keine zusätzlichen Dienerinnen für dich mitnehmen. Ich würde also zu so wenig Personal wie möglich raten. Meiner Erfahrung nach verlangsamen Frauen das Vorankommen, und sie sind auch notorisch seekrank. So wie ich dich kenne, würdest schließlich du sie alle versorgen, wenn sie darnieder liegen.«

Sie wollte nicht mit ihm streiten. Alle Männer hatten eine herablassende Meinung von Frauen. Das würde sie ihm noch austreiben müssen, doch gut Ding wollte Weile haben. »Ich werde keine Dienerinnen mitnehmen, die uns unterwegs hinderlich sind, mein Herr.«

»Du meinst, du kannst ohne Dienerinnen auskommen?« fragte er hoffnungsvoll.

Sie neckte ihn: »Wenn ich eine Dienerin brauche, werde ich einfach Rickard de Burgh fragen.«

»Du wirst mich fragen, Madame. Die de Burghs haben in Wales genug zu tun mit der jährlichen Inspektion ihrer und der Schlösser ihres Vaters.« Er betrachtete sie forschend: »Sir Rickard ist ein gutaussehender junger Springinsfeld – fühlst du dich zu ihm hingezogen?«

Sie sah verständnislos zu ihm auf, dann aber nahm ihre Miene einen Ausdruck der Verletztheit an. »William, er ist doch noch ein Knabe.«

Ihre Worte ließen sein Herz jubeln, und Eleanor genoß das wundervolle Bewußtsein, daß ihr Mann eifersüchtig war.

13. Kapitel

Brenda verlor keine Zeit mit ihrer Nachricht an Winchester, daß die Marshals eine Reise nach Wales und Irland vorbereiteten. Das überzeugte diesen sofort von dem Tatbestand, daß der Graf von Pembroke Henry unterstützte und auf dem Weg war, eine Armee zu rekrutieren. Er fühlte einen Stich in seinem Innern.

Der Bischof hatte auf einen Streit zwischen dem König und dem höchsten Fürsten des Königreiches gehofft. Er war bereit, dessen Platz einzunehmen, um die Leere zu füllen, die die Entfremdung zwischen diesen beiden unwiderruflich bewirken mußte. Doch jetzt war ihm klar, daß seine politischen Ambitionen für immer zunichte wären, es sei denn, er unternahm Schritte, um das Hindernis seines Aufstiegs zu beseitigen: den Oberhofmarschall von England, der ihm schon seit Jahren ein Dorn im Auge war. Der Mann hatte keine Laster, die man gegen ihn verwenden konnte; aber wenn der leicht verführbare Henry auch seine Freunde einmal hier, einmal dort erwählte, und sein Mäntelchen in den Wind hängte, so blieb doch sein Respekt für William Marshal unverrückbar bestehen. Jetzt war der Zeitpunkt gekommen, Pläne zu seiner völligen Vernichtung auszuarbeiten. Er würde nie die Macht hinter dem Thron werden, solange der Oberhofmarschall von England noch lebte.

»Wird die Gräfin ihn begleiten?« fragte der Bischof Brenda.

»Ja, ich habe sie noch nie so glücklich gesehen, auch wenn er sie noch immer nicht in sein Bett geholt hat«, berichtete Brenda, die eine solche Abstinenz nicht verstehen konnte.

»Wenn die beiden erst einmal intim miteinander sind, so wird sie über all seine Schritte Bescheid wissen und auch über seine Gedanken. Zweifellos wird es dir nicht schwerfallen, mir diese Informationen zukommen zu lassen. Ich habe ein Pulver, das du dem

Grafen auf sein Essen streuen mußt – es ist dem Reizmittel nicht unähnlich, das ich dir gebe. Ein unersättliches Verlangen wird in dem Mann geweckt, ein Verlangen, das befriedigt werden muß. Du weißt doch, wie so etwas ist. Der Oberhofmarschall wird schon sehr bald Eleanor in sein Bett holen, und auch dir wird er einladende Blicke zuwerfen, darüber würde ich mich nicht wundern. Aber du mußt unbedingt warten, bis ihr in Wales seid, ehe du es benutzt. Der Effekt wird bei weitem nicht so groß sein, wenn er während der Reise seine Mahlzeiten zu den unterschiedlichsten Zeiten einnimmt«, log Winchester.

»Mein Herr Bischof, ich weiß nicht, wie ich die Zeit ohne Euch überstehen soll. Ich muß meine Seele in der Beichte reinigen, wenigstens einmal die Woche«, stöhnte Brenda.

»Der alte Knappe des Oberhofmarschalls, Walter, beschäftigt sich gerade mit einem Nachfolger, Allan ist sein Name. Er steht in meinen Diensten und ist ein sehr gelehriger Schüler. Ich werde ihn anweisen, dir entgegenzukommen, auf jede Art.« Er wollte dieser Dirne so wenig wie möglich verraten. Es durfte niemals offenkundig werden, daß es eine Verbindung zwischen ihm und Allan gab. Er würde ihn beauftragen, dieses Frauenzimmer zu beseitigen, wenn erst das andere Hindernis hinweggeräumt wäre. Er lächelte in sich hinein, als er sich wieder ins Gedächtnis rief, wie Allan ihm während der Beichte enthüllt hatte, daß er ein Kindsmörder war, damit nun völlig in Winchesters Macht und hinfort eine Schachfigur in seinem politischen Spiel. Der Beichtstuhl diente unwiderlegbar den unterschiedlichsten Zwecken.

Als Brenda erfuhr, daß sie Eleanor nicht nach Wales begleiten würde, war sie sehr enttäuscht. Doch als sie hörte, daß auch der neue Knappe Allan zurückbleiben sollte, besserte sich ihre Laune erheblich. Nachdem Brenda mit ihm intim geworden war, hatte sie erfreut festgestellt, daß Winchester ihn über all ihre Vorlieben unterrichtet hatte. Sie vertraute sich ihm an. »Allan, der Bischof hat mir ein Aphrodisiakum für den Grafen gegeben. Beinahe hätte ich dir heute abend etwas davon in deinen Wein geschüttet. Wie schön, daß du das gar nicht nötig hast.«

Allan wurde bei ihren Worten kreidebleich. Himmel, sicher war dieses Frauenzimmer naiv genug zu glauben, daß Winchester ihr wirklich nur ein Anregungsmittel gegeben hatte. In ihren Händen war dieses Mittel gefährlich. »Da du den Grafen und die Gräfin nicht nach Wales begleitest, wird dieses Pulver verderben. Gib es mir, ich werde es gewiß noch brauchen, wenn ich ein so lüsternes Frauenzimmer wie dich befriedigen muß.«

Er würde es selbst in die Hand nehmen. Er hatte keine Ahnung, ob das Pulver sofort wirkte oder ob man es erst eine Zeitlang einnehmen mußte, ehe es zuschlug. Auf keinen Fall durfte der gesamte Haushalt gleichzeitig krank werden oder sogar sterben, man würde sofort argwöhnen, daß Gift im Spiel war. Am besten, er brächte das Pulver in Sicherheit, bis der Oberhofmarschall aus Wales zurückkehrte. Inzwischen würde er sich als vertrauenswürdiger Diener des Hauses unentbehrlich machen.

Eleanor verliebte sich sofort in Wales und seine herrlichen Berge, seine kristallklaren Seen und die jungfräulichen Wälder. Sie war in der Lage, ihrem Mann ihre Fertigkeit in der gälischen Sprache vorzuführen, und er war so beeindruckt von ihrer Sympathie für die hiesigen Menschen und ihr Idiom, daß er darauf bestand, sie neben sich zu haben, wann immer er öffentlich auftrat. Sie saß neben ihm, wenn er Gericht hielt, und er bat sie um ihre Hilfe bei der Verhängung von Urteilen. Ihre feine Handschrift erschien neben der ihres Mannes auf allen gesetzlichen Dokumenten, sie unterschrieb mit Eleanor, Gräfin von Pembroke.

Sie begleitete ihn mit und ohne Falken auf die Jagd, und seine Ritter erfaßten sehr bald, daß William ihr selbst in den Sattel helfen wollte und auch am Ende des Tages beim Absitzen. Sie beide waren glücklicher als je zuvor in ihrem Leben und genossen die kleinen Rituale ihrer Liebe. Wenn er ihr seine Arme entgegenstreckte, murmelte er: »Bist du mein Mädchen?«, und die Rückseite seiner Hände berührten leicht ihre Brüste.

Sie errötete dann immer und senkte den Blick. »William, das weißt du doch.«

»Gut, ich denke, ich werde dich doch noch einen Tag länger behalten«, pflegte er sie aufzuziehen und küßte sie leicht.

Sie lernte so viele Dinge von ihrem Mann. Er brachte ihr bei, geduldig zu sein und zeigte ihr, hinter die Dinge zu blicken, um der Wahrheit näherzukommen. Vollkommene Freiheit ließ er ihr in der Führung des Haushaltes und stellte ihr jede Summe zur Verfügung, die sie für nötig erachtete. Die Theorien der Haushaltsführung für hundert hungrige Mäuler, die sie gelernt hatte, wurden jetzt in die Praxis umgesetzt, und ihr Einfluß machte sich bemerkbar in der erhöhten Qualität der Mahlzeiten, im Eifer der Diener, der Sauberkeit der Schlösser und der luxuriösen Wärme der Zimmer.

Ihr gelang ein glatter Übergang von Wales nach Irland, sie besuchten fast alle Marshal-Schlösser in Leinster. Zu Wills Freude schlossen die Iren, die viel eigenwilliger waren als die Waliser, seine schöne Frau sofort in ihre Herzen.

Die de Burgh-Zwillinge ritten heim nach Connaught, um dort von ihrem Vater Krieger zu rekrutieren, und zum ersten Mal seit Jahren fühlte sich Will frei von der Anziehungskraft ihrer Mutter Jasmine. Auch Eleanors Befürchtungen hinsichtlich dieser Frau, die ihn angeblich verzaubert hatte, beruhigten sich, denn er machte keine Anstalten, Portumna zu besuchen.

Der Sommer war nahezu perfekt gewesen, doch dann plötzlich, als sie sich anschickten, nach Wales zurückzukehren, erschien der alternde Bischof von Ferns und brachte Mißtöne auf.

William Marshal empfing den Bischof gewohnheitsmäßig mit Eleanor an seiner Seite.

»Ich will keinen Plantagenet bei unserer Unterhaltung dabeihaben, es handelt sich um private Angelegenheiten«, donnerte der alte Mann.

»Meine Frau ist die Gräfin von Pembroke, verehelichte Marshal, und sie kennt sich aus in allen Geschäften der Familie«, erklärte William ausdruckslos.

»Euer Vater hat mich um zwei Landsitze betrogen«, polterte der Alte und schüttelte verärgert die Faust vor Williams Gesicht. »Ich habe König Henry gebeten, sie mir zurückzugeben, aber konnte bei ihm nichts erreichen. Diesmal fordere ich sie von Euch zurück.«

»Mein Vater war kein Betrüger, das hätte er gar nicht zuwege gebracht, mein Herr Bischof. Und da er schon seit über zehn Jahren tot ist, verstehe ich nicht, warum Ihr bis heute auf dieser Geschichte herumreitet. Die Kirche ist schon immer gierig nach Land gewesen. Seit Jahren trage ich den Unterhalt für meine irischen Landsitze, ich habe sie großzügig unterstützt in schlechten Zeiten. Wenn ich sie Euch überließe, würdet Ihr zweifellos das Holz schlagen, das Vieh verkaufen, und die Einwohner hätten kein Dach mehr über dem Kopf. Ein für allemal, meine Antwort ist nein«, ertönte Wills Stimme.

Der Bischof von Ferns lief hochrot an. Wütend begann er mit Exkommunizierung zu drohen, die ohne die Zustimmung des Papstes ohnehin wirkungslos gewesen wäre. Dann blickte der Bischof Eleanor Plantagenet voller Haß an. Ihre unbeschreibliche Schönheit brachte ihn so sehr in Wut, daß er nur noch von Vernichtung beseelt war. Mit seinen langen knochigen Fingern spießte er sie förmlich auf und fluchte laut: »Die allmächtige Familie Marshal wird aussterben. In nur einer Generation wird der Name vernichtet werden. Ihr werdet nie den Segen des Herrn erfahren, Euch zu vermehren. Ihr und Eure Brüder nach Euch werden zugrunde gehen, ohne Erben zu hinterlassen, und Euer Besitz wird sich auflösen in alle Winde. All das wird geschehen in einem Jahr von diesem Tage an!«

Eleanor lauschte diesem unerhörten Fluch mit hochroten Flecken auf ihren Wangen. Will würde den alten Sünder nicht niederschlagen, seines Alters wegen, aber sie konnte ihn nicht länger ertragen und hob die Reitgerte. »Raus!« fuhr sie den Greis an. »Euer Fluch kann uns nicht treffen. Ich schwöre bei dem allmächtigen Gott, noch ehe ich zwanzig Jahre alt bin, werde ich ein Haus voller Kinder haben! Ich, die Gräfin von Pembroke, werde Eure Verderbtheit überwinden.«

Spät in der Nacht wachte Will auf und hörte, wie Eleanor im Zimmer nebenan schluchzte. Er ging zu ihr und nahm sie in seine Arme. »Meine Liebste, ich hatte keine Ahnung, daß der alte Dummkopf dich so aufregen würde. Weine nicht, süßes Herz, das kann ich nicht ertragen.«

Sie klammerte sich an ihn und wünschte sich, er würde ihr versichern, daß der Fluch des Bischofs nichts als stinkende Luft bedeutete.

»Mein Herz, er wollte mich doch nur einschüchtern, damit ich ihm das Land gebe. Diese Taktik von Höllenfeuer und Schwefelrauch ist sehr effektiv in einem Land, in dem der Aberglaube blüht.«

Sie barg ihr Gesicht an seinem Hals. »Ich möchte ihm beweisen, daß er sich irrt«, flüsterte sie. »Ich möchte ein Baby haben. Gib mir deinen Sohn, William, bitte.«

Er schloß die Augen und drückte sie so fest an sich, daß sie nicht mehr atmen konnte. Sie war zu jung, zu zierlich. Wenn sie im Kindbett starb, würde er mit ihr sterben.

»Eleanor, ich kann nicht riskieren, daß du schwanger wirst, ehe der Kampf in Frankreich vorüber ist. Du mußt verstehen, daß so etwas bar jeder Verantwortung von mir wäre. Wenn ich im Krieg umkommen sollte, müßtest du ganz allein das Kind großziehen.«

»Oh, Will, geh nicht nach Frankreich. Ich habe solche Angst um dich!« Ihr Schluchzen wurde noch heftiger.

Er versuchte, sie zum Lachen zu bringen. »Du hast dich mit fünf Jahren in mich verliebt, nur weil ich ein so großartiger Soldat war. Ich war dein Held, weil ich mit einem Schwert besser umgehen konnte als andere Männer. An unserem Hochzeitstag kannte deine Bewunderung für mich keine Grenzen, weil ich dir gezeigt habe, wo die beste Stelle für einen Schwertstoß ist.«

»Es tut mir leid«, flüsterte sie. »Wie sehr mußt du Tränen hassen! Sie sind die Waffen eines Klageweibs, die dich deiner Kraft berauben, und ich habe mir geschworen, niemals zu einem solchen Mittel zu greifen.«

Er legte sich neben sie, und sie schmiegte die Wange an seine Schulter. Er streichelte ihr Haar, fühlte, wie es unter seinen Fingern knisterte. »Laß dich nicht erdrücken von deinen eingebildeten, dummen Ängsten! Irland hat diese Wirkung auf Menschen, das Land vernebelt ein wenig die Klarsicht. Und wenn dich diese Melancholie erst einmal im Griff hat, ist es schwierig, sie wieder abzuschütteln. Fahren wir nach Hause!«

»Will, verlaß mich nicht«, bat sie.

»Psst. Ich werde hier bleiben, bis du eingeschlafen bist«, beruhigte er sie.

Aber das hatte sie gar nicht gemeint. »Will, verlaß mich niemals.« Sie zitterte unkontrolliert, und er zog sie eng an sich, küßte sie auf die Augenlider, schmeckte das Salz ihrer Tränen auf ihren Wimpern. Die Wärme seines Körpers und seine schrankenlose Liebe, mit der er sie umgab, ermöglichten ihr schließlich, sich zu entspannen, und zu guter Letzt schlief sie ein.

Ehe er sich aus ihren Armen löste, lag er eine ganze Stunde neben ihr und sah sie nur an. Seine Augen glitten über die schwarze Wolke ihres Haares auf dem weißen Kissen, über die dunklen Schatten, die ihre Wimpern auf die hohen Wangenknochen warfen, er betrachtete ihren lieblichen vollen Mund, die kirschroten und ach so verlockenden Lippen.

Er schlug die Decke zurück, und sein Körper reagierte sofort. Mit angehaltenem Atem löste er die Bänder ihres Nachtgewandes, bis er einen ungehinderten Blick auf ihre schwellenden Brüste werfen konnte. Heiß pochte die Erregung in seinen Lenden, als er sich vorstellte, eine dieser herrlichen rosigen Spitzen in seinen Mund zu nehmen und sanft daran zu saugen. Er glaubte beinahe, sie schmecken zu können.

Sein hart aufgerichteter Penis bewegte sich, als suche er nach dem Eingang zu diesem Paradies. Ganz sanft und vorsichtig rückte er ein Stück näher, bis sein Schaft die seidige Haut ihrer Schenkel berührte. Er zitterte in dem berauschenden Gefühl, ihr so nahe zu sein. Nun würde er keinen Augenblick länger darauf warten können, daß sie ihn berührte, deshalb nahm er ihre Hand und legte sie auf seine Männlichkeit. Im Schlaf griffen ihre Finger fest drum herum, und er schloß die Augen, stellte sich die herrlichsten erotischen Manipulationen vor.

Tief seufzte er auf. Das Schicksal oder aber die Götter hatten sie ihm anvertraut. Er fühlte sich, wie Herkules sich gefühlt haben mußte, als der sagenhafte Eurystheus ihn prüfen wollte. Doch die Aufgabe, Eleanor vor seiner stetig wachsenden Lust zu schützen, war so schwierig, wie die zwölf Heldentaten des Herkules zusammen.

William Marshal rekrutierte eine Armee von 250 Männern und versammelte sich mit den anderen Adligen Englands in Portsmouth. Henry legte bei der Ausrüstung seiner Armee viel zuviel Vertrauen und auch Geld in die Hände seiner neuen Verwandten. Als Hubert de Burgh das Fiasko sah, das viel zu viele Führer anrichteten, die alle mitbestimmen wollten, beklagte er sich bitter, doch er wurde immer wieder überstimmt. Das Geld war ausgegeben, noch ehe genug Schiffe im Hafen lagen. Der Bischof von Winchester stand neben Henry an dem Tag, als bei der Verladung zufällig einige der Fässer barsten. Anstatt Waffen und Verpflegung zu enthalten, waren sie mit Steinen und Sand gefüllt.

Henry lief zu Hubert und nannte ihn einen Verräter, so daß William Marshal einschreiten und für Ruhe sorgen mußte. William Marshal und de Burgh wußten beide, daß ihr Feldzug gegen Frankreich fehlschlagen würde. Ihnen fehlten Männer, Schiffe, Waffen und Geld, doch am meisten fehlte den Soldaten der Wille zu kämpfen. Aber mittlerweile war es gefährlich geworden, sich gegen den König und die mächtigen Provencalen zu stellen.

Henrys Armee ging in der Gascogne an Land, der sicheren südwestlichen Ecke von Frankreich, die noch immer zu England gehörte. Simon de Montfort, der dem Grafen der Bretagne geholfen hatte, sein Land von den Franzosen zurückzuerobern, stieß sofort zu König Henry und legte ihm einen strategischen Kriegsplan vor. Henry ignorierte seine guten Ratschläge. Er hatte nichts dagegen, daß de Montfort sein Leben und auch das der Männer an den Frontlinien riskierte, doch wollte er nicht seine gesamte Armee in einen gemeinsamen Kampf schicken.

Die jungen provencalischen Ritter verbrachten ihre Zeit damit, zu trinken und sich mit den Frauenzimmern zu vergnügen, und Henry genügte es, sicher durch die Landstriche desjenigen Gebietes reiten zu können, das sich noch immer in englischer Hand befand.

William Marshals walisische und irische Soldaten stießen zu denen von Simon de Montfort und beteiligten sich an der heftigen Schlacht der Vorhut. Sie erkämpften Sieg um Sieg, doch Henry brachte keinen Nachschub an Soldaten, nicht einmal, um die eroberten Stellungen zu halten. Die Männer an der Front konnten nicht ohne Unterstützung der Nachhut heute ein neues Gebiet gewinnen und gleichzeitig das Land behaupten, das sie gestern erobert hatten.

William war von Simon de Montfort beeindruckt. Der einen Meter fünfundneunzig hohe Riese wurde seinem Ruf als wütender Kriegsherr gerecht. Nie zuvor hatte er einen Mann in solch ausgezeichneter körperlicher Verfassung gesehen. Alle anderen schnitten schlechter ab verglichen mit ihm, sogar er selbst, das mußte William zugeben. Aber de Montfort besaß mehr als nur körperliche Kraft. Der Oberhofmarschall hatte sofort seine natürlichen Fähigkeiten zu führen erkannt. Er war ein brillanter Stratege, und im Kampf richtete er immer ein Auge auf die Sicherheit seiner Männer. Nie verlangte er von einem Krieger etwas, das er nicht auch selbst bereit war zu tun. Und immer übernahm er die Führung, seine Männer vertrauten ihm, sie liebten ihn so sehr, daß sie seinem bewundernswerten Vorbild folgten.

William und Simon verbrachten viele Stunden zusammen in ihrem Zelt, wenn die Kampfhandlungen vorüber waren. Hier lernte William auch den Mann kennen, der sich hinter dem Soldaten verbarg. Simon war aufrichtig und geradeheraus, was seinen Ehrgeiz betraf, und dennoch bezweifelte William, daß er je seine Ehre opfern würde, um ein Ziel zu erreichen. Er konnte als ein beispielhafter und mutiger Ritter gelten.

Simon kannte alle seine Männer mit Namen. Er war völlig furchtlos, ganz besonders, wenn es darum ging, einen verwundeten Krieger vom Schlachtfeld zu holen. Er war so schnell und so stark, daß er höchstpersönlich einen Verwundeten allein in Sicherheit schleppen konnte, statt eine Mannschaft von mindestens zwei Männern loszuschicken, wie sonst üblich.

William Marshal goß Simon de Montfort das lederne Horn voll Bier und setzte sich dann zu ihm ans Lagerfeuer. Simons tiefe Stimme klang beunruhigt. »Ihr könnt mich des Hochverrates bezichtigen, aber der König hat nicht mehr Ahnung davon, wie man eine Schlacht gewinnt, als ein störrischer Packesel.«

William stimmte ihm zu. »Wir wissen beide, daß nur ein entscheidender Schlag die nötige Wirkung erzielen könnte. Er hört auf die falschen Leute heutzutage. Ich habe ihn jahrelang beeinflussen können; er dachte, daß meine Ideen seine eigenen wären, und ich habe ihn auf dem Weg geführt, der für England der beste war; aber jetzt müssen wir alle unter den falschen Ratschlägen derjenigen Menschen leiden, die ihn eingelullt haben. Verwandte!« rief er verächtlich.

Simon lachte. »Seid Ihr nicht sein Schwager?«

»Aye«, stimmte William ihm zu. »Es ist ein Wunder, daß er überhaupt zu dem Mann geworden ist, mit John als Vater. Ich habe versucht, für sie alle ein Erzieher zu sein, aber ich war zu oft nicht da, mußte meine eigenen Schlachten schlagen. Hätte Henry nur Richards Kraft und Eleanors Verstand, dann wäre er vielleicht ein guter König geworden.«

»Es ist schwer zu glauben, daß er ein Nachfahre des großen Königs Henrys des Zweiten sein soll. Sicher nagt es an ihm, daß sein Großvater über ein riesiges Reich herrschte, das dreimal so groß war wie das des Königs von Frankreich. Er glaubte an das, woran auch ich glaube«, erklärte de Montfort nachdrücklich. »Man kann das werden, was man sich in den Kopf setzt. Henry der Zweite hat England, die Bretagne und die Normandie Henry dem Ersten entrissen. Er hat Anjou und die Touraine von seinem eigenen Vater, Geoffrey von Anjou, geerbt, und hat Poitou, die Gascogne und Aquitanien hinzugewonnen, als er Königin Eleanor heiratete.« Simon schüttelte voller Bewunderung den Kopf.

»Er war ein außergewöhnlich ehrgeiziger Mann – ein großartiges Vorbild. Das ist es, was uns heute fehlt, großartige Anführer«, klagte William. »Hubert de Burgh würde lieber seidene Halstücher tragen und eine verzierte Rüstung, als sich einem richtigen Kampf zu stellen. Ranulf von Chester wird langsam alt. Die Barone haben keinen starken Kopf, der sie vereint und den bösen Einfluß von Männern wie dem Bischof von Winchester und den gierigen Savoyern unterbindet.«

Simon stimmte Williams Haß auf die kirchlichen Führer zu. »Sie treten den heiligen Orden bei, weil sie so leichter befördert werden. Ich persönlich bin schon immer gegen den Einfluß gewesen, den der Papst ausübt, ganz besonders, wenn es um Dinge geht, die allein England betreffen.«

»Ihr habt starke Ansichten, de Montfort, aber ich muß Euch natürlich recht geben. Ich denke, Ihr habt die Qualitäten eines solchen Führers. Ihr besitzt dazu ein natürliches Talent, sowie einen resoluten Verstand, und aus unseren Unterhaltungen weiß ich, daß Ihr politischen Weitblick habt. Ihr begreift viel klarer als ein wirklicher Engländer den Geist der alten englischen Gesetzgebung, die Henry der Zweite festgelegt hat.«

»Ich?« fragte de Montfort. »Wie steht es mit Euch? Die Marshals sind doch die ungekrönten Könige von England, und man sagt, daß Ihr die Hälfte des Reichtums des ganzen Landes unter Euch versammelt.«

»Ich bin es leid, daß König Midas mein Gold seinen Günstlingen überläßt. Aber am meisten bin ich es leid, diesen aussichtslosen Krieg zu kämpfen. Ich möchte nach Hause, zu meiner wunderschönen Frau, und mit ihr möchte ich eine neue Familie gründen.«

Simon de Montfort lachte. »Es gibt nicht mehr viele Männer, die in ihre Ehefrauen verliebt sind. Die meisten von ihnen freuen sich, wenn es irgendwo einen Krieg gibt, damit sie ihren Gattinnen entfliehen können.«

»Ich bin auf dem Gebiet noch nicht so erfahren«, gab Will zu. »Die Schwester des Königs war noch ein Kind, als ich sie heiratete. Zwischen uns gibt es einen großen Altersunterschied.« Er verschränkte die Arme. »Ich fürchte, man hat ihr ihre Jugend geraubt, indem man sie mit einem so alten Mann verheiratete.«

Simon schwieg weise. Der Oberhofmarschall klang sehr schwermütig heute abend, als würde er sich mit seiner Sterblichkeit auseinandersetzen. Simon versuchte, sich Williams Frau vorzustellen. Er dachte an eine eitle, verwöhnte Prinzessin, die wahrscheinlich ihrem älteren Gemahl längst untreu geworden war. »Macht ihr ein Kind«, riet er.

William lächelte. »Ich bin über vierzig Jahre alt, ich muß mich beeilen, ehe es zu spät ist.« Er stellte seinen leeren Becher ab. »Jetzt endlich schickt man uns Verstärkung. Chester soll morgen eintreffen. Ihr werdet Euch sicher gern mit ihm unterhalten. Er war einer der brillanten jungen Anführer König Henry des Zweiten, vor vierzig Jahren.«

Simon stand auf. »Chester ist im Besitz meiner Grafschaft und meines Landes in England. Ich habe die Absicht, beides zurückzufordern. Der Graf von Leicester bin ich, noch ehe ich sehr viel älter sein werde.«

William Marshal starrte weiterhin in das Feuer, nachdem Simon de Montfort gegangen war. Es hatte eigentlich nicht nach Drohung geklungen, eher wie eine Feststellung der Tatsachen. Der Marschall zweifelte keine Minute daran, daß es nicht mehr lange dauern würde, bis Simon der Graf von Leicester wäre.

Glücklicherweise hatte Henry Verstärkung geschickt, denn Louis von Frankreichs ganze Armee rückte voran, um gegen den Kriegsherrn Simon de Montfort und gegen den Oberhofmarschall von England zu kämpfen. An diesem Tag wurden die wunderschönen Weinberge des Landes zu Schlachtfeldern, die Erde von Blut getränkt. Der Kampf zog sich verbissen in die Länge; und auch wenn die Krieger schon bald voller Staub und Blut waren, so konnte man sie doch leicht unterscheiden an ihren ärmellosen Überwürfen, die ihre Rüstungen bedeckten und auf die ihre Wappen gestickt waren.

Simon de Montfort überragte alle anderen, er schwang sein langes Schwert mit dem einen, die Streitaxt mit dem anderen Arm. Sein schwarzer Hengst preschte wild nach vorn, alles im Weg Stehende trampelte er zu Boden. Für den Feind war es ein erschreckendes Bild, einige flüchteten allein vor seinem Anblick. Die meisten Gegner zögerten, es mit diesem Riesen aufzunehmen, und dieses Zögern allein führte ihren Untergang herbei.

Seine beiden Knappen Guy und Rolf, Vater und Sohn, hielten Simon den Rücken frei. Sie hatten den Ruf, besonders tapfer zu sein, doch in Wirklichkeit war der Platz in de Montforts Rücken der sicherste Ort in der Schlacht. Während der letzten halben Stunde hatte de Montfort all seine Aufmerksamkeit auf Ranulf de Blundeville gerichtet, den Grafen von Chester. Obwohl dieser nicht mehr der Jüngste war, so hatte er doch einen mutigen Kampf geliefert und war jetzt von Franzosen umzingelt. Wenn er in dem Durcheinander getötet würde, so wäre Simon der Graf von Leicester. Er wollte dieses Land und den Titel so sehr, daß er glaubte, den Geschmack auf der Zunge zu fühlen, gemischt mit dem Geschmack von Blut. Dann fiel Chester, und Simons Herz tat einen Sprung... war es Triumph, Hoffnung? Nein, sicher nicht. Simon lenkte sein Pferd in die Menge, er mußte wissen, ob Chester tot war oder nur verwundet. Die Franzosen wichen vor seinem Hengst und seinen blutbefleckten Waffen zurück, und dort, beinahe unter den Hufen seines eigenen Rappen, lag der Graf von Chester.

Ein Paar blauer Augen, erstarrt in Angst, blickte aus dem Gesichtspanzer seiner Rüstung zu Simon auf. Der Kriegsherr erkannte, wie einfach es sein würde, Chesters Leben hier zu beenden. Sein Pferd konnte ihn mit den Hufen treffen, er brauchte nicht einmal seine Waffe mit dem gräflichen Blut zu beflecken. Doch dann lichtete sich der rote Nebel in seinem Kopf. So wollte er seine hochfliegenden Pläne nicht erfüllt haben, nie sollte seine Ehre den Makel einer solch feigen Tat tragen. Er würde sein Ziel mit eigener Kraft erreichen, mit fairen Mitteln. Es dauerte nur den Bruchteil einer Sekunde, da war de Montfort aus dem Sattel geglitten und hob den Grafen hinauf. Mit der Breitseite seines Schwerts schlug er dem Pferd auf die Hinterbacken und wirbelte dann herum, um zwei seiner Feinde in die Ewigkeit zu schicken. Seine Knappen schlossen dicht hinter ihm auf, doch es dauerte noch dreißig Minuten heftigen Kampfes, ehe Simon sich bis zum Rand des Schlachtfeldes durchgekämpft hatte. Als er die Zügel lockerte und sich aus dem Sattel schwang, warf er einen Blick auf Chester, dessen Gesicht noch immer grau vor Angst war. »Ihr habt mir das Leben gerettet – dafür bin ich Euch etwas schuldig«, rief der gebeutelte Verlierer ihm zu.

Simon wußte, daß er im Sattel sitzen mußte, um seinen Schwertarm wieder einsetzen zu können, doch in diesem Augenblick schien es ihm, als starre ihm sein Schicksal ins Gesicht. »Ich bin der rechtmäßige Graf von Leicester – das seid Ihr mir schuldig, sonst nichts!« Er wirbelte seinen Hengst herum und galoppierte zurück ins Getümmel.

In der Abenddämmerung, als der Kampf beendet und der Schlachtenlärm verstummt war, als man nur noch die Schreie und das Stöhnen der Verwundeten hörte, sah Simon de Montfort William Marshal sich nähern, mit einem Soldaten auf dem Arm. Simon ging zu ihm hinüber und nahm ihm die schwere Last ab. »Ich glaube, Ihr seid zu spät gekommen, sein Körper erkaltet bereits.« Simon legte den Mann in eines der Zelte. Ein englischer Pfeil steckte im Rücken des irischen Ritters. »Wer ist er?« fragte Simon zornig, weil er der Meinung war, daß eine solche Tragödie das Resultat einer schrecklichen Sorglosigkeit sein mußte.

William Marshal schluckte, ein dicker Kloß saß in seinem Hals. »Es ist Gilbert de Clare. Er ist... er war der Mann meiner Schwester.« Er kniete nieder und zog unendlich sanft und vorsichtig den Pfeil aus dem Körper.

»Glaubt Ihr, daß jemand ein böses Spiel betrieben hat?« fragte Simon.

»Beim Leib Christi, das hoffe ich nicht«, erklärte William grimmig.

Über Marshal und de Montfort schlug die Enttäuschung zusammen, als sie in die Gascogne abkommandiert wurden. Sie hatten gegen alle widrigen Umstände die Stellungen gehalten; aber wenn sie sich von den Frontlinien entfernten, würde das Land, das sie erobert hatten, ohne viel Federlesens der Armee von Louis in die Hände fallen. Außerdem würde es aussehen, als zögen die Engländer und die Iren sich zurück.

Als sie zum König geführt wurden und man ihnen dann erklärte, daß er unter einem schweren Anfall von Ruhr litt, versuchten sie, ihre Verärgerung nicht zu zeigen. »Dieser Feldzug war zum Scheitern verdammt, noch ehe er begonnen hat«, lamentierte Henry. Er suchte nach einem Sündenbock, und es hatte viele gegeben, die ihm immer wieder einen Namen eingeflüstert hatten: Hubert de Burgh. Henry sah den Oberhofmarschall an. »Nur zu, jetzt könnt Ihr Eure Schadenfreude zeigen! Ihr wart doch einer von denen, die von Anfang an gegen dieses Unternehmen stimmten.« Henrys Augenlid hing herunter, und der Schmerz in seinen Eingeweiden machte ihn unausstehlich. »Die Bedingungen Eures Vaters waren viel zu milde, als er die Franzosen aus England vertrieb. Er hätte schon damals Louis' Kopf fordern müssen.«

Der Oberhofmarschall erstarrte. Er war Henrys undankbares Jammern gewöhnt, doch mit seiner Kritik an dem alten Oberhofmarschall von England ging er entschieden zu weit. William umklammerte den Griff seines Schwertes so fest, daß seine Fingerknöchel weiß hervortraten. De Montfort bewunderte ihn wegen seiner Haltung. »Ihr seid krank, Sire, in England seid Ihr besser aufgehoben.«

Henry nickte, die Beleidigungen, die er soeben ausgesprochen hatte, waren schon vergessen. »Ich habe Richard befohlen, nach Hause zurückzukehren, um bei den Baronen gutes Wetter zu machen. Sie werden wütend sein, daß all das Geld ausgegeben ist, ohne die Eroberung eines einzigen Hektars Land.«

Simon de Montfort erstickte beinahe. Er hatte dabei geholfen, die Bretagne seinem Herrscher zurückzugewinnen, und er hätte auch Aquitanien für Henry erobert, wenn der ihm freie Hand gelassen und einem entscheidenden Schlag zugestimmt hätte. »Überlaßt mir Eure Armee, Sire, dann werden wir doch noch einen Sieg erringen. Nie in meinem Leben habe ich eine solche Niederlage erlitten!«

»Chester war heute morgen bei mir. Ich weiß nicht, was Ihr mit ihm angestellt habt, aber er ist bereit, Euch seine englischen Besitztümer zu übereignen. Ich brauche Eure Unterstützung in England, Simon – dann wird wenigstens einer meiner Barone mir treu sein.« Henry stöhnte und rieb sich den Bauch. »Ich brauche meine Frau. Ich habe mich nur noch übergeben und Durchfall gehabt, seit diese Lagerhure mein Bett wärmte.«

Die beiden konnten kaum ein hämisches Lächeln unterdrücken. Es gab also doch noch einen Gott. Als sie zurück zu ihren Männern ins Lager gingen, überwältigte William Marshal ein Gefühl der Erleichterung. Auch wenn es ihn schmerzte, eine Niederlage hinnehmen zu müssen, so war doch dieser schicksalhafte Krieg endlich vorüber. Er blickte zu Simon: »Meinen Glückwunsch. Ihr sagtet, Ihr würdet schon bald Graf von Leicester sein, und das habe ich keinen Augenblick angezweifelt.« Wer hätte gedacht, daß die Umstände Ranulf zwingen würden, Simon seinen Titel mehr oder weniger freiwillig zu überlassen? William war auch froh darüber, daß Richard bereits nach England zurückgekehrt war. Das bedeutete, daß er wahrscheinlich nicht am Tod Gilbert de Clares schuldig war.

14. Kapitel

Zu Hause in England verlangten die Barone, die die Kosten des französischen Feldzuges getragen hatten, eine Abrechnung. Der Rat hatte entschieden, daß der König bei seiner Rückkehr ein Dokument unterschreiben müsse, in dem er sich zu den Artikeln der Magna Charta bekannte. Er brauchte die Loyalität der Barone und auch ihr Geld, um regieren zu können, und sie sahen sich gezwungen, ihm Zügel anzulegen.

Am Ende des Monats waren alle Führer nach England zurückgesegelt, bis auf William Marshal. Henry hatte ihn damit beauftragt, für die Überwachung des gesamten Rückzugs zu sorgen. Dem Oberhofmarschall machte das normalerweise nichts aus, wenigstens wurde die Arbeit ordentlich ausgeführt, wenn er sie selbst tat. Aber diesmal fühlte William, wie die Erregung in ihm wuchs. Er hätte es nicht für möglich gehalten, daß ein Mensch ihm so sehr fehlen könnte wie Eleanor. Ihr Vater, König John, hatte wenigstens in einer Beziehung recht behalten: Sie war ein kostbares Juwel. Er liebte sie mehr als alles auf der Welt. Ihr sechzehnter Geburtstag lag schon sechs Monate zurück, und er würde nicht mehr warten. Sie war bei ihm, wenn er am Abend die Augen schloß und desgleichen am Morgen, wenn er schwitzend und voller Verlangen nach ihr aufwachte.

William schickte Rickard de Burgh mit dem ersten Kriegsschiff nach Hause, mit dem Befehl, Eleanor nicht von der Seite zu weichen und ihre Sicherheit zu bewachen. Er vertraute dem Ritter einen Liebesbrief an – den ersten, den er je in seinem Leben geschrieben hatte.

Eleanor, meine Liebste,
Auch wenn der Kampf in Frankreich traurig für England ausgegangen ist, so bin ich persönlich doch glücklich darüber. Ich freue mich darauf, schon bald wieder bei dir zu sein, und hoffe voller Inbrunst, daß du über meine Rückkehr nach London glücklich bist.
Ich danke Gott im Himmel, daß ich mich habe überreden lassen, dich mit nach Irland und Wales zu nehmen. Die Erinnerungen an diese Monate sind in mir vergraben wie ein Schatz. Für mich war es die kostbarste Zeit meines Lebens. Wenn ich die Augen schließe, sehe ich dich immer vor mir, wie du vor dem Tower aus Richards Barke gestiegen bist. Als du vor mir in den Hofknicks gesunken bist und dein rotes Kleid sich auf den Steinen um dich bauschte, hat es mir den Atem verschlagen. Ich glaube, das war der Augenblick, in dem ich mich in dich unsterblich verliebte.

William hob die Feder und schloß die Augen. Sofort trat ihr Bild vor sein inneres Auge, aber sie lag im Bett, nackt, bis auf die Flut ihres schwarzen Haars, die sie einhüllte. Als sie die Hand ausstreckte, um ihn zu berühren, stöhnte er auf. Schnell öffnete er die Augen und verfluchte seinen Körper, der bereits beim Gedanken an sie reagierte. Was war er doch für ein Dummkopf gewesen, vor seiner Abreise nicht mit ihr zu schlafen. Doch dann war er plötzlich froh darüber, daß er es nicht getan hatte. Die Vorfreude verursachte ein heißes Glücksgefühl in ihm, denn die Erfahrung der höchsten Intimität stand noch aus. Er würde eine Andeutung machen, um sie darauf vorzubereiten.

Wenn das große Schlafzimmer in Durham House dir nicht gefällt, dann mußt du es neu einrichten, oder wir können uns eine andere Zuflucht suchen, wenn ich zurückkomme. Ich zähle die Stunden, bis ich dein liebliches Gesicht wiedersehen werde. Der Himmel hat mich gesegnet an dem Tag, als du meine geliebte Gräfin von Pembroke wurdest.

Auf ewig, William

Als Richard, Herzog von Cornwall, in Westminster eintraf, wurde er gebeten, den Bischof von Winchester in der Kapelle aufzusuchen. Er wäre ihm lieber aus dem Weg gegangen, doch hatte Henry Winchester wieder eine Machtposition zugeschanzt. Er war jetzt Schatzmeister des königlichen Haushaltes. Richard ärgerte sich darüber, daß Henry ihm diesen Posten auf Lebenszeit übertragen hatte, doch als er erfuhr, daß Henry in seiner Dummheit Peter des Roches auch noch zum Verwalter des königlichen Siegels gemacht hatte, wurde er von Zorn gepackt. Er entschied sich, dem Löwen in seinem eigenen Käfig kühn gegenüberzutreten.

»Mein Herr Bischof, jetzt, da ich aus Frankreich zurückgekehrt bin, könnt Ihr das Siegel des Königs in meine Hände legen.«

Ein hochmütiges Lächeln umspielte Winchesters Mund. »Ich nehme an, die Angelegenheit, über die wir sprachen, wurde zu Eurer Zufriedenheit ausgeführt, Hoheit?«

Richard war verwirrt. In so kurzer Zeit konnte es selbst dem hinterhältigen Bischof nicht gelungen sein, eine Auflösung der Ehe Isabellas zu erlangen. Doch er wagte zu hoffen. »Sprecht Ihr von der Annullierung der Verbindung de Clare?«

»Wir haben uns nicht über eine Auflösung der Ehe unterhalten, wir haben davon gesprochen, ein Hindernis zu beseitigen, Euer Hoheit«, erklärte Winchester.

»Ist das denn nicht das gleiche?« fragte Richard betreten.

»Eine Auflösung einer Ehe kann viele Jahre dauern. Offensichtlich wißt Ihr noch nicht, daß Gilbert de Clare, Graf von Gloucester, im Kampf gefallen ist.«

Sprachlos stand er da. Wie oft hatte er wach gelegen und sich gewünscht, der Mann wäre tot? Und jetzt hatte diese Ratte angedeutet, daß er den Tod des Mannes arrangiert hatte, nur um Richard einen Gefallen zu tun. Himmel, dem Schurken war er jetzt verpflichtet! Er konnte sich die Sehnsucht seines Herzens erfüllen, aber nicht, ohne einen hohen Preis dafür zu bezahlen.

Sollte Isabella je davon erfahren, so würde ihre Liebe sich in Haß wandeln. Seine Sorge um Isabella war größer als die, wer das Siegel Englands verwahrte. Wußte sie schon, daß sie Witwe war? Waren die Ländereien und der Titel des Grafen von Gloucester auf ihren Sohn Richard übergegangen? Er mußte sofort zu ihr. Sie würde ihre Lage als Vorwand benutzen, sich ihm zu verweigern, doch er würde sie überreden, ihn zu heiraten, sobald er Henrys Erlaubnis erhielt und der Rat seiner Wahl zustimmte.

Als Richard in Gloucester ankam, erkannte er, daß Isabella Marshal de Clare bereits im Bilde war. Nicht nur das Schloß, die gesamte Stadt Gloucester trug Trauer um ihren jungen Herrn.

Isabella empfing ihn, von Kopf bis Fuß schwarz gekleidet, in Anwesenheit ihres Burgvogtes und ihrer treuen de Clare-Bediensteten. Erst einmal zuvor hatte er sie hier besucht, und auch damals war es eine schmerzliche Begegnung für ihn gewesen. Sie hatte Windsor fluchtartig verlassen, und er nichts Eiligeres zu tun, als eine Erklärung von ihr zu verlangen. Er erfuhr, daß sie sein Kind unter dem Herzen trug, und seine ganze Welt stand Kopf. Sie hatte ihn verzweifelt gebeten, nie wieder hier zu erscheinen, und weil er sie liebte und sie in keinen Skandal hineinziehen wollte, war er noch am gleichen Tag abgereist; die Diener des Hauses de Clare sollten ihrem Hausherrn keine Geschichten erzählen können.

Diesmal würde er sich jedoch nicht abweisen lassen. Es gab kein Hindernis mehr zwischen ihnen, und er hatte seinen Entschluß gefaßt. Er ignorierte die mißbilligenden Blicke, die ihm die trauernden Diener zuwarfen. Verflixt, immerhin war er der Herzog von Cornwall, und die Mitglieder des Königshauses besaßen nun einmal Privilegien. Beinahe hätte er ihr kondoliert, doch dann änderte er seine Meinung.

Als er sich mit hochgezogenen Brauen umsah, begegnete er ringsum Mißtrauen; doch die Zeit war vorüber, in der er sich in den Schatten drängen ließ. »Die Gräfin von Gloucester und ich haben private Angelegenheiten zu besprechen. Sorgt bitte dafür, daß wir nicht gestört werden.« Er starrte sie herrisch an. Ihre Begleiterinnen waren die ersten, die verschwanden, die männlichen Diener ließen sich mehr Zeit. Richard sah Isabellas erschrockenen Blick, er sah, wie sie schwankte. Im nächsten Augenblick schon war er an ihrer Seite. »Ich werde dich nach oben bringen.«

Ihre flehenden Augen sahen zu ihm auf, doch er legte ihr eine Hand in den Rücken und schob sie vor sich her. Isabella ließ sich in das Sonnenzimmer führen. Sie war nicht bereit, alle Konventionen beiseite zu schieben und ihn in ihre Gemächer zu bitten. »Richard, du hättest nicht nach Gloucester kommen dürfen«, flüsterte sie ihm zu. »Du weißt doch, wie die Diener reden. Ihre Neugier kennt keine Grenzen.«

»Ihre Neugier wird schon bald gestillt sein, wenn sie erfahren, daß du Herzogin von Cornwall wirst.«

Er hob sie hoch und zog sie an sein Herz, wo sie in Schluchzen ausbrach.

»Ich liebe dich so sehr. Ich kann es nicht ertragen, dich in diesen schwarzen Gewändern zu sehen.«

»Ich muß ein Jahr lang Trauer tragen«, erklärte sie hilflos.

»Weit gefehlt! Hast du nicht gehört, daß ich gesagt habe, wir würden heiraten?«

»Richard, wir können nicht heiraten, ehe das Trauerjahr beendet ist. Und selbst dann wird es noch einen Skandal geben.«

»Von wegen Skandal!« Er nahm ihr den schwarzen Schleier vom Kopf und warf ihn auf den Boden; dann fuhren seine Hände durch ihre herrlichen kastanienbraunen Locken, und er hielt sie beim Küssen fest umschlungen.

Sie klammerte sich verzweifelt an ihn, hatte nicht die Kraft, sich ihm zu versagen. »Ich soll keine Trauerzeit abwarten?« Er lächelte sie an. »Jeder Glücksritter Englands wird vor deiner Tür stehen, wenn erst einmal alle wissen, daß du Witwe bist.« Seine Finger glitten zum Verschluß ihres Gewandes, und sie war erschrocken, daß er sich eine solche Dreistigkeit im Sonnenzimmer erlaubte. »Die Diener«, protestierte sie.

»Ich habe bereits dem König und auch dem Rat ein formelles Gesuch zukommen lassen, damit wir sofort heiraten können«, erklärte er und fuhr fort, ihr Gewand zu öffnen.

»Die Tür hat keine Riegel«, rief sie alarmiert und zog das Gewand hoch, um ihre nackten Schultern zu bedecken.

Mit einem ungeduldigen Seufzer verbarrikadierte Richard die Tür, dann wandte er sich entschlossen Isabella zu, und sie konnte sich seinem Wunsch nicht mehr widersetzen.

Unterwegs wiegte sich Simon de Montfort in der Annahme, daß Ranulf von Chester der großzügigste Mensch der Welt war. Als er durch die englische Landschaft ritt mit hundert Mann Begleitung, fühlte er sich ganz als Engländer und nicht mehr als Franzose. Über diesem Land lag ein Segen, mit seinen grünen Weiden voll fetter Schafe und Kühe. Die Bauern unterschieden sich sehr von denen auf dem Festland. Sie waren ordentlich gekleidet, ihre Frauen und Kinder rundlich und gesund, ihre Häuser solide Gebäude aus Holz und Stein, bedeckt mit Lehm und Flechtwerk.

Schließlich erreichte Simon seinen wiedererlangten Besitz. Auch wenn der König ihm den Grund und Titel noch nicht offiziell zurückerstattet hatte, so würde das doch nur mehr eine Formsache sein. Die Ländereien erstreckten sich über etwa ein Dutzend Grafschaften, und in jeder fand er das gleiche niederschmetternde Bild von Mißwirtschaft vor. Die Viehherden waren weggetrieben und verkauft, das Holz war geschlagen und das Wild erlegt worden. Jede einzelne Domäne, die er besuchte, befand sich im Zustand der Armut und kontrastierte erschütternd mit der Nachbarschaft. Die Einnahmen würden auf keinen Fall die Kosten decken.

Er lächelte grimmig, als ihm klar wurde, daß Chester ihm eine schier unlösbare Verpflichtung zurückerstattet hatte. Simon verlor keine Zeit, er unterbreitete dem König die Tatsachen.

»Mein lieber Simon, die Lösung ist ganz einfach. Ihr müßt es den anderen englischen Baronen gleichtun und eine reiche Erbin heiraten. Euer eigener Großvater wurde Graf von Leicester, weil er eine Großerbin ehelichte. Mein Bruder Richard steht kurz davor, sich mit der Witwe de Clare trauen zu lassen, einem Mitglied der wohlsituierten Familie Marshal.«

Simon wußte, daß es für ihn an der Zeit war, zu heiraten; doch keine der Frauen, die er kannte, hatte bis jetzt seine Aufmerksamkeit gefesselt. Ein Graf brauchte eine Gräfin, die seinen Haushalt führte und ihm Kinder gebar. In seiner praktischen Veranlagung besaß er wenig romantische Vorstellungen. Ehen wurden geschlossen wegen der Annehmlichkeiten für einen Mann: Eine Frau brachte Land und Güter, und ihre Mitgift finanzierte den Unterhalt dieser Schlösser und Besitzungen.

»Ich habe nichts dagegen, Sire. Eine passende junge Dame, die Ihr vorschlagt, akzeptiere ich jederzeit«, antwortete Simon.

»Potztausend, ich würde Euch sofort mit einer englischen Erbin zusammenführen, die in Frage käme, Euch Eure Besitzungen zu erhalten; aber die reichen Witwen sind in der Tat so begehrt, daß sie sogar entführt und ins Ehebett gezwungen werden.«

Simon wollte zu der Unterhaltung ein Späßchen beisteuern. »Ich habe nichts gegen ein wenig Gewalt, nur einen Namen brauche ich.«

»Ich habe etwa ein Dutzend Erbinnen, aber die sind noch Kinder«, warf Henry ein.

»Ich brauche das Geld jetzt, Sire, ich kann nicht darauf warten, bis eine Frau erwachsen wird und ihr Vater stirbt, ehe sie ihr Erbe antreten kann«, erklärte de Montfort.

»Oh, Ihr könntet von den Geldverleihern etwas borgen, auf die Aussicht einer zukünftigen Erbschaft«, schlug Henry vor, der sich hier in seinem Fahrwasser befand. »Das einzige Hindernis dabei wäre, daß Ihr erst Söhne zeugen könntet, wenn das Mädchen vierzehn ist.«

Allein der Gedanke, daß ein Riese von einem Meter fünfundneunzig mit einem vierzehnjährigen Mädchen Kinder zeugte, war so abwegig, daß beide Männer diesen Gedanken schleunigst verwarfen. »Dann müssen wir eben außerhalb Englands suchen. Wenn man die Anzahl der Männer bedenkt, die Ihr in der Schlacht umgebracht habt, dann muß es in Frankreich genug reiche Witwen geben. Wir wäre es denn mit Mahaut, Gräfin von Boulogne? Sie ist mittleren Alters und sicherlich recht eifrig darauf bedacht, einen Ehemann zu finden.«

Simon schluckte. Mittleren Alters war übertrieben, sie war eine alte Frau.

»Ich werde noch heute einen Kurier zu William Marshal senden. Er kann die Verhandlungen mit ihr aufnehmen, ehe er nach Hause kommt.«

Simon bedankte sich kühl bei dem König und wünschte, er hätte nie um diese Audienz nachgesucht. Er war zwar kein gefühlvoller Idealist, wenn es um die Ehe ging, sondern ein Realist und sehr ehrgeizig; aber der Gedanke, Mahaut zu seiner Frau zu machen, weckte in ihm den Wunsch, ins nächste Freudenhaus zu fliehen und sich dort die hübscheste Gespielin zu suchen, die er finden konnte.

Als Rickard de Burgh Eleanor den Brief von William überreichte, war sie überglücklich. Sie wußte, daß er bei den letzten war, die nach Hause kommen würden, wegen seiner Pflichten als Oberhofmarschall, doch sie übte sich in Geduld.

Als sie nun seine Zeilen las, flatterte ihr Herz, und die Röte ihrer Wangen hielt tagelang an. Sie war aufgeregter als eine Braut. Nach sechs langen Jahren der Sehnsucht und der Träume würde sich der Wunsch ihres Lebens endlich erfüllen. Ihre Laune stieg, und ihre Augen blitzten heller, ihr Lachen ertönte häufiger, und sie sang Tag und Nacht.

Peter des Roches und sein illegitimer Sohn Peter des Rivaux, der jetzt mehr Zeit im Schatzamt in Westminster verbrachte als in der Kapelle daselbst, hatten den König über die Leere der Schatzkammer in Kenntnis gesetzt. Für Henry war das nicht neu, doch diesmal hatte die Nachricht noch einen anderen Aspekt: Sie überzeugte ihn, daß an seiner Armut Hubert de Burgh schuld sei. Seinetwegen hatte man diesen teuren Krieg in Wales geführt, und seine schlechte Verwaltung des französischen Feldzuges war der Grund für sein Fehlschlagen. Außerdem hatte mittlerweile seine rechte Hand, Stephen Segrave, Dokumente vorgelegt, aus denen hervorging, daß Hubert auch seine Stellung als Justiziar von England dafür mißbraucht hatte, Anteile in seine eigene Tasche zu wirtschaften. Sie erklärten dem König, daß Hubert sofort aus seiner Stellung entfernt werden müsse.

»Aber er ist ein Pair des Königreiches«, protestierte Henry, denn er fürchtete sich ein wenig vor dem Mann, der so viel für ihn als Junge getan hatte.

Winchester schnaufte verächtlich. »Es gibt keine Pairs in England.«

Henry hatte sich in gewisser Weise daran gewöhnt, daß alles

Englische von Fremden herabgesetzt wurde. Was Winchester jetzt sagte, war genau das, was er auch von den Provencalen zu hören bekam. »Ihr seid der König... seid bestimmend... laßt alle wissen, daß Ihr der König seid. Gebt diesen englischen Verrätern keinen Zentimeter nach!«

»Ehe ich Hubert seiner Ämter enthebe, möchte ich mir den Rat William Marshals anhören«, erklärte Henry und hielt wenigstens einmal an seiner Meinung fest.

Der Bischof von Winchester hütete sich, den Oberhofmarschall vor dem König schlechtzumachen, doch seine angeborene Verschlagenheit machte ihn skrupellos und hinterhältig. »Wir alle bewundern den Oberhofmarschall, aber manchmal, Sire, überlastet Ihr den armen Mann. Ihr habt ihn zurückgelassen, damit er das Debakel aufräumt, das de Burgh in Frankreich hinterlassen hat. Und sobald er zurückkehrt, wollt Ihr ihm das Problem de Burgh auf die Schultern laden. König zu sein bedeutet auch, daß man eine gewisse Verantwortung selbst übernehmen muß. Manchmal müßt Ihr Eure schwierige Arbeit selber tun und nicht darauf warten, daß der Oberhofmarschall das erledigt.«

»Natürlich habt Ihr recht«, versicherte Henry, der immer bereit war, nach der Pfeife anderer zu tanzen. »Ich werde Hubert de Burgh auffordern, eine Abrechnung über alle Mittel vorzulegen, die durch seine Hände gegangen sind. Und wenn der Oberhofmarschall dann zurückkommt, kann er die Fakten gegeneinander aufwiegen.«

Peter des Roches hätte ihn am liebsten geschlagen, doch er hielt sich zurück und versuchte es auf einem anderen Weg. »Sehr weise. Und dann werdet Ihr selbst sehen, daß er in jeder Beziehung den Hofschatz schlecht verwaltet hat. Es sind keine neuen Vögte ernannt worden, die Haushaltung aller königlichen Häuser ist dazu benutzt worden, Tausende von Kronen verschwinden zu lassen. Ich würde vorschlagen, daß Ihr Peter des Rivaux als ersten Minister für Liegenschaften ernennt und zum obersten Aufseher über die Wälder. Bestechung und offensichtliche Unterschlagungen haben dazu geführt, daß die königliche Schatzkammer leer ist. Wenn wir dem jetzt ein Ende bereiten, werdet Ihr bald so viel Geld besitzen, daß Ihr es verbrennen könntet, und das steht einem König rechtmäßig zu.«

Dagegen hatte Henry natürlich nichts einzuwenden.

Hubert fuhr mit der Barke vom Tower von London, in dem er residierte, nach Durham House. Die Gräfin von Pembroke empfing ihn anmutig. »Mein Herr, William ist noch nicht zurückgekehrt. Henry hat ihn in Geschäften nach Boulogne geschickt.«

Hubert sank wie ein Sack auf den nächsten Stuhl. Eleanor sah, daß es etwas Wichtiges sein mußte, das ihn beunruhigte. »Eure Neffen sind hier, mein Herr. Können sie Euch vielleicht helfen?« schlug sie vor und ließ die de Burgh-Zwillinge holen.

Sir Michael kam aus den Ställen, wo die walisischen Bogenschützen Marshals nach ihrer Rückkehr von Frankreich in dieser Nacht wohnen sollten. Als er Huberts ansichtig wurde, war er besorgt: »Was ist geschehen?«

»Mick, ich habe gerade dieses offizielle Dokument vom Schatzmeister erhalten.« Er warf einen Blick zu Eleanor, zum ersten Mal im Leben war er verunsichert.

Sie stand sofort auf. »Ich werde Euch mit Euren Geschäften allein lassen. Der Haushofmeister soll Bier für Euch holen.« Doch de Burgh hatte gar nicht gehört, was sie gesagt hatte. Sie begegnete Rickard, der gerade die Treppe heraufeilte. »Rickard, Euer Onkel ist hier, er steckt in Schwierigkeiten. Wenn er Euch braucht, so habt Ihr meine Erlaubnis, ihm Eure Dienste anzubieten.«

»Danke, meine Herrin. Was auch immer es ist, ich werde Euch ausführlich ins Bild setzen, ehe ich etwas unternehme.« Sie legte eine Hand auf seinen Arm. Auf diesen Mann konnte sie zählen, wenn sie nicht mehr weiter wußte. Wer hatte ihr seine Treue geschworen, und das aus tiefstem Herzen.

Mick versuchte gerade, Hubert zu beruhigen, als Rickard eintrat. Beim Lesen des Befehls mit dem königlichen Siegel wußte er sofort, daß es der Anfang der schlimmen Zeiten war, die er vorausgesehen hatte. »Das ist nur noch einen Schritt davon entfernt, des Hochverrats beschuldigt zu werden. Es wird nicht vorübergehen, es wird sich alles noch zuspitzen«, weissagte er.

Mick warf ihm einen Blick zu, der ihm bedeutete, er solle den Mund halten; deshalb winkte Rick seinen Bruder ein Stück beiseite, damit sie allein miteinander sprechen konnten.

»Es wird schrecklich werden, Mick. Ich habe es vorausgesehen. Er muß gewarnt werden.«

Lange sahen sie einander in die Augen, dann nickte Mick, und sie gingen zu Hubert zurück. »Alles, was irgendwie von Wert ist, mußt du bei den Tempelrittern unterbringen. Wir können das heute abend in der Dunkelheit erledigen. Allen, die in deinen Diensten stehen, mußt du mißtrauen. Ich denke, daß wahrscheinlich jemand bestochen wurde, dich zu hintergehen. Ich weiß, daß an höchster Stelle ein Verrat geplant ist... ich fühle es. Mick sollte nach Irland reisen und Vater warnen – rät mir meine Vorahnung. Ich würde selbst gehen, aber ich habe William geschworen, die Gräfin von Pembroke zu beschützen. Auch für sie ist Gefahr im Anzug. In meinem Inneren sehe ich, daß sie einen ganzen See von Tränen vergießt.«

Das gesunde Rot in Huberts kantigem Gesicht war verschwunden. »Schon deine Mutter hatte immer Visionen der Zukunft. Ich glaube dir, Rickard, aber sicher wird mich meine Ehe mit der Prinzessin von Schottland schützen.«

Rickard schüttelte den Kopf. »Sie werden auch das gegen dich verwenden.« Er sagte nicht, daß man Hubert vorwerfen würde, Prinzessin Margaret verführt zu haben, weil er hoffte, damit König von Schottland zu werden.

Hubert klammerte sich an Michaels Wams. »Reite noch heute nacht los. Sag Falcon, er soll seine treuesten Ritter mitbringen. Ich befehle über eine ganze Armee von Männern, aber es gibt anscheinend niemanden, dem ich vertrauen kann.«

Sir Rickhard suchte Eleanor auf. Er wollte sie nicht unnötig alarmieren, obwohl er einen genauen Bericht versprochen hatte. »Hubert braucht Micks Dienste für ein paar Tage.«

Sie sah ihn eindringlich an: »Hubert schien sehr besorgt zu sein über einen Brief des Schatzmeisters. Ich glaube, der Bischof von Winchester ist der Inhaber dieses Amtes.«

»Das stimmt, meine Herrin.« Er würde sie nicht anlügen. »Hubert ist aufgefordert worden, eine Abrechnung für alle Beträge vorzulegen, die durch seine Hände gegangen sind.«

»Das ist doch lächerlich; es klingt ja beinahe so, als würde man ihm nicht trauen. Soll ich einmal mit Henry darüber sprechen?«

»Das Dokument war mit dem Siegel des Königs versehen, meine Herrin. Ergebensten Dank für Euer Angebot, aber ich möchte Euch aus der Sache heraushalten. William würde mich dafür umbringen«, meinte er. Er lächelte, um ihre Sorgen zu zerstreuen. »Der Oberhofmarschall wird bald daheim sein – ich weiß es.«

»Ihr habt das Zweite Gesicht wie Eure Mutter Jasmine.« Es war eine Feststellung, keine Frage.

»Meine Mutter – kennt Ihr sie?« fragte er überrascht.

Sie lächelte ihn wehmütig an. »Jasmine ist meine Kusine, auch wenn sie schon eine erwachsene Frau war, als ich geboren wurde. Ihre übernatürliche Gabe und ihre Schönheit sind bereits Legende. Sie ist eine Zauberin, die die Herzen vieler Männer stahl, mein Vater war einer von ihnen, der Graf von Chester ebenso und William Marshal. Die Königin hat mir oft voller Haß ihren Namen genannt, und irgendwie fürchtete ich mich immer davor, William nach ihr zu fragen, obwohl ich es in meinem Herzen nicht glauben konnte.«

»Meine Mutter gehört Falcon de Burgh mit Leib und Seele. Sie und Will Marshal sind Freunde, genau wie Ihr und ich Freunde sind.«

Ihre Hände berührten einander, wie in einem geheimen Schwur. »Danke, Rickard. Manchmal hegte ich die Angst, daß sie immer zwischen William und mir stehen würde, wie ein Phantom.«

Sobald es dunkel wurde, erhielt Eleanor ungewöhnliche Gesellschaft. Ihr Bruder Richard kam mit der Schwester ihres Mannes, Isabella. Isabella zögerte, doch Richard schob sie vorwärts.

Eleanor war für einen Augenblick sprachlos. Sollte sie kondolieren oder gratulieren? Schließlich tat sie beides. »Isabella, es tut mir so leid, daß Gilbert de Clare in der Schlacht gefallen ist, aber ich freue mich, daß du jetzt Richard hast, mit dem du dein Leben teilen kannst.«

»Eleanor, du hast doch sicher nichts dagegen, daß Isabella bei dir bleibt, bis zu unserer Hochzeit? So werde ich ihr nahe genug sein, um sie jeden Abend zu sehen, und sie hätte eine Anstandsdame. Ich schwöre dir, sie bringt nichts anderes mehr heraus als: ›Was werden die Leute sagen?‹«

»Oh, Eleanor, er überstimmt mich in allem. Ich sollte in Trauer sein, aber er hat der ganzen Welt unsere Hochzeitspläne mitgeteilt! Er läßt sich nicht abweisen. Deshalb habe ich schließlich zugestimmt in der Annahme, es würde eine Trauung in aller Stille werden. Doch jetzt gleitet mir alles aus den Händen«, jammerte Isabella.

»Wir haben absolut nichts zu verbergen. Der König und der Rat haben unserer Hochzeit zugestimmt, und das Volk von England liebt königliche Hochzeiten. Denk doch nur an die monatelangen Vorbereitungen für die Hochzeit Henrys und seiner Königin.«

Isabella zitterte. »Ich fürchte mich vor Williams Urteil.«

»Hör mal, gute Frau, er wird sich schrecklich freuen, mich als seinen Schwager zu bekommen. Außerdem kann diese kleine Laus hier ihn um den Finger wickeln. Du wirst doch bei William ein gutes Wort für uns einlegen, nicht wahr, Schwesterherz?« bettelte er.

Eleanor wurde ganz blaß, weil sie an die Nacht dachte, in der sie damals alle unter einem Dach geschlafen hatten. »Natürlich kann Isabella gern hier in Durham House bleiben. Wir werden dann gemeinsam William gegenübertreten.«

»Oh, Himmel, was müssen die de Clares wohl denken«, sorgte sich Isabella.

»Liebste, trotz ihrer Trauer um ihren Sohn werden sie die Tatsache nicht verleugnen können, daß deine Heirat dich mit der königlichen Familie verbindet. Sie wissen, daß ihr Enkel Richard nur Nutzen aus dieser Verbindung ziehen kann. Ich werde Henry veranlassen, ihn als Grafen von Gloucester endgültig zu bestätigen. Wir können es uns doch leisten, großzügig zu sein und den Titel den de Clares überlassen.« Richard umarmte sie und küßte sie auf den Mund, um alle weiteren Proteste zu ersticken.

Eleanor seufzte, sie gab den beiden einige Zeit allein, nach der sie sich sehnten. Sie war hin und her gerissen zwischen dem Wunsch, William möge so schnell wie möglich zurückkommen oder er möge seine Ankunft hinauszögern bis nach der Hochzeit. Eleanor lud Isabella ein, die Schlafkammer mit ihr zu teilen, damit sie sich unterhalten konnten.

»Isabella, wie ist es, mit einem Mann zu schlafen?«

»Bei allen Heiligen, hat William noch immer nicht das Bett mit dir geteilt?« fragte Isabella ungläubig. »Nun, zuerst mag es dir ein wenig ungewöhnlich erscheinen, wenn du dein ganzes Leben lang allein geschlafen hast. Aber es wird dir gefallen. Ich liebe es, einen Mann neben mir im Bett zu haben. Ich liebe es, wenn er haarig ist, ich liebe es, sein Gewicht auf mir zu fühlen.«

Eleanors Augen waren ganz groß, als sie den intimen Einzelheiten lauschte.

»Ich weiß gar nicht, wie Richard und ich das die ganzen Jahre ausgehalten haben. Wenn du erst einmal intim warst mit einem Mann, dann ist es beinahe unmöglich, wieder enthaltsam zu leben.«

»Willst du damit sagen, daß eure gemeinsame Nacht in Odiham nicht das erste Mal war?« fragte Eleanor.

Isabella wurde über und über rot bei ihrem Geständnis. »Das erste Mal liebten wir uns bei deiner Hochzeit mit William, du warst damals nicht ganz zehn Jahre alt.« Sie konnte Eleanor hingegen nicht gestehen, daß sie einander an diesem Tag überhaupt zum ersten Mal sahen.

»Das ist ja schon beinahe sieben Jahre her«, meinte Eleanor, und ihr wacher Verstand hatte sehr schnell begriffen. »Dann ist das Kind, das du geboren hast... oh, Isabella, deshalb hast du ihm den Namen Richard gegeben!«

»Oh, gütige Mutter, Eleanor, du darfst niemandem ein Wort verraten, ich flehe dich an. Niemand darf es je erfahren! Richard und ich fühlten uns vom ersten Augenblick an zueinander hingezogen. Auch wenn Gilbert Graf von Gloucester wurde und wir Gloucester zu unserem Heim gemacht haben, so verbrachte er doch die meiste Zeit in Irland, auf den Gütern der de Clares. Ich war so oft allein und so einsam, als ich Richard zum ersten Mal begegnete. Du weißt doch, wie stark er sein kann. Ich bin ihm förmlich in die Arme gefallen. Nie hatte ich die Absicht, Richard etwas von dem Kind mitzuteilen. Ich habe mich aus Windsor zurückgezogen, ehe man etwas merken konnte, aber Richard ist mir nachgereist und hat alles erfahren. Gilbert bestand darauf, das Kind zu den de Clares zu bringen, um es in Irland erziehen zu lassen. Ich habe nicht gewagt, ihm zu widersprechen, damit er nicht mißtrauisch würde. Daß man mir mein Baby wegnahm, schien mir eine gerechte Strafe zu sein für die Sünde, die ich begangen hatte.«

»Oh, Isabella, Liebste, wie kannst du nur glauben, daß du eine Sünderin bist? Wenn ich Richard richtig einschätze, wird er den Jungen von den de Clares zurückholen, und du wirst noch ein Baby bekommen, damit du nicht mehr so einsam bist.«

»Ich kann es nicht glauben, daß wir in weniger als vierzehn Tagen verheiratet sein sollen. Immer noch habe ich das Gefühl, daß etwas dazwischenkommt.«

»Psst. In zehn Tagen wirst du einen Prinzen heiraten, und dann wirst du die Mutter eines Prinzen werden und bis an dein Lebensende glücklich sein.« Eleanor zögerte einen Augenblick, dann flüsterte sie: »Isabella, wie kann ich William dazu überreden, daß er mich in sein Bett holt?« Er schien schon so oft kurz davor gewesen zu sein, aber es war nie dazu gekommen. »Wie kann ich nur von ihm ein Kind empfangen?«

»Eleanor, ich habe mit William vereinbart, daß nur er dir diese Dinge beibringt. Ihm gefällt der Gedanke, daß du noch unschuldig bist.«

»Ich bin nicht nur unschuldig, ich bin auch völlig unwissend!« begehrte Eleanor auf.

»Nun ja, Männer werden durch das angeregt, was sie sehen. Wenn du dich ihm unbekleidet zeigst, wird unvermeidlich die Natur ihren Lauf nehmen, und die Selbstbeherrschung, auf die er immer so stolz ist, wird schmelzen wie Schnee an der Sonne.«

»Und wenn die Natur ihren Lauf nimmt, wie du es so taktvoll genannt hast, was ist das dann für ein Gefühl?«

»Ich... ich denke, das hängt ganz von dem Mann ab. Ich habe es gehaßt mit Gilbert, aber bei Richard war es so überwältigend, das kann ich dir gar nicht beschreiben. Aber ich glaube, es hat alles mit der Kraft eines Mannes zu tun. Wenn er stark genug ist, auch verliebt genug, dann kannst du alles ihm überlassen. Eine Frau kann sich völlig gehenlassen, kann sich ihm ganz hingeben, und er wird dich ins Paradies führen. Deine Sinne sind geschärft, zusammen fliegt ihr höher und höher, bis du dann den ›kleinen Untergang‹ erfährst.«

»Das klingt wirklich äußerst geheimnisvoll«, seufzte Eleanor sehnsüchtig.

»Oh, das ist es auch, aber nicht umgehend, Kleines. Beim ersten Mal tut es schrecklich weh, und du blutest auch ein wenig.«

Eleanor kicherte nervös. »Schmerz... Blut... kleiner Untergang... ich kann es kaum erwarten! Kein Wunder, daß William immer versucht hat, mich davor zu beschützen.«

»Oh, Kleines, es wird ganz wundervoll sein für dich. Du mußt William ganz einfach vertrauen, und er wird es für dich zu einem Erlebnis machen, das du niemals vergißt.«

15. Kapitel

Zwei Tage später hielten sich Eleanor und Isabella im Sonnenzimmer auf mit etwa einem Dutzend Schneiderinnen und Dienerinnen. Der ganze Raum war voller Stoffe und Kleider, Hauben und Schleier, Nachtgewänder und Bettjacken, alle für Isabellas Aussteuer.

»Dein Hochzeitskleid muß unbedingt eine Schleppe haben, Isabella. Das ist die neueste Mode, denk doch nur, was für ein schönes Bild es sein wird mit zwei kleinen Blumenmädchen, die dir die Schleppe tragen, wenn du durch das Kirchenschiff von Westminster schreitest.«

»Vielleicht wäre es besser, wenn zwei von Richards Knappen das tun. Jungen kann man besser anleiten«, schlug Isabella vor, die jetzt völlig in den Vorbereitungen aufging.

»Vielleicht hast du recht. Ich weiß, bei mir hätte es ein Unglück gegeben, wenn ich als kleines Mädchen dabeigewesen wäre. Ich habe sogar bei meiner eigenen Hochzeit ein Fiasko veranstaltet.«

»Daran kann ich mich noch gut erinnern«, ertönte eine Männerstimme von der Tür.

»William!« Eleanor ließ das Stück pfirsichfarbener Seide, das sie in der Hand hielt, fallen, um sich in seine Arme zu werfen. Daß ihr dabei alle zusahen, störte sie nicht.

Er lachte, hingerissen von ihrer Reaktion, gab ihr aber nur einen züchtigen Kuß auf die Stirn. »Durham House war für mich so lange Zeit eine Junggesellen-Wohnung, daß ich beinahe glaubte, ich sei im falschen Haus«, neckte er und verschlang sie dabei mit seinen Blicken.

Im ersten Augenblick geriet Eleanor in Panik, weil er sie inmitten der Vorbereitungen zu einer Hochzeit antraf, der er noch gar nicht zugestimmt hatte. Sie legte beide Hände auf seine Brust und sah zu ihm auf. »Laß mich erklären«, begann sie zögernd. »Deine Schwester wohnt bei uns, bis... bis...« Sie suchte nach den richtigen Worten, doch dann weiteten sich ihre Augen erschrocken, als Richard ins Zimmer trat.

»Ich dachte, ich muß dich retten«, lächelte er, dann ließ er seine Blicke zu Isabella gleiten.

Sie kam mit weichen Knien auf ihn zu. »Er weiß es also schon?«

»Ich bin nicht so ein niederträchtiger Bastard, daß ich meinen Pflichten ausweiche. Ich habe formell um deine Hand angehalten, in dem Augenblick, als William das Schiff verließ.«

»Und du bist nicht böse?« fragte Eleanor ihren Mann ängstlich.

»Ich wäre verdammt böse gewesen, wenn er sich nicht erklärt hätte, jetzt, wo Isabella frei ist.«

Erleichtert sank Eleanor William entgegen.

»Meine Liebste, ich brauche ein Bad nach dieser Schiffsreise.«

»Oh, mein Herr, vergebt mir, Ihr müßt hungrig sein.«

Er sah sie mit hungrigem Blick an. »Sobald ich gebadet und mich umgezogen habe, muß ich sofort bei Hofe vorsprechen. Ich habe dem König noch keinen Bericht erstattet.«

»Ich hole dir etwas zu speisen, Henry kann warten.« Eleanor war enttäuscht, daß er sie schon so bald wieder verlassen wollte.

»Warum nehme ich eigentlich nicht diese beiden hübschen Damen mit nach Windsor?« schlug William vor.

»Oh, wundervoll!« stimmte Eleanor sofort zu. »Ich werde meinen neuen juwelenbesetzten Gürtel mit dem Dolch darin tragen. Die Königin soll grün werden vor Neid.«

In Westminster verbrachte William einige Stunden bei dem König, er schilderte ihm die Lage der Dinge in den verschiedenen Provinzen Frankreichs. Die hohen Kosten, die Schiffe für die Männer und die Pferde bereitzustellen, hatte er selbst übernommen, und er kannte seine geringen Chancen, das Geld vom König erstattet zu bekommen. Er hatte auch in seine eigene Tasche gegriffen, um den Soldaten ihren Sold zu zahlen, doch wollte er Henry nicht auch noch mit diesem Problem belasten. Die Rechnung würde er dem Schatzamt präsentieren und dann geduldig auf sein Geld warten.

»Die Gascogne sollte nicht ohne Regent bleiben, Henry. Es ist direkt unheimlich, wie ähnlich diese Menschen den Walisern und den Iren sind, nämlich sehr streitsüchtig. Dort sollte ein für allemal Ordnung eingeführt werden. Die kleinlichen Adligen fahren einander an die Kehle, sie überfallen sich gegenseitig und brechen so viele Händel vom Zaum, daß es regelrecht die Luft verpestet.«

»Würdet Ihr denn in Erwägung ziehen, der Majordomus der Gascogne zu werden, William?«

»Um ganz ehrlich zu sein, Henry, das möchte ich nicht. Meine Männer sind auf dem Weg zurück nach Irland und Wales. Gebt das Land an einen anderen, der ehrgeizig genug ist – aber laßt es um Himmels willen einen Mann sein, der mit eiserner Hand regiert. Einige der Adligen, die sich im Augenblick hier am Hof ihre Zeit vertreiben, sind so schwach, daß sie nicht einmal masturbieren können!«

»Simon de Montfort!« erklärte Henry.

»Eine ausgezeichnete Wahl, aber er wird mehr brauchen als die vierhundert im Jahr, die Ihr ihm ausgesetzt habt. Er hat hundert Männer zu seiner Unterstützung. Und das bringt mich auf das Thema Mahaut von Boulogne. Die Gräfin wäre gern bereit zu einer Verbindung mit ihm, aber leider ist sie eine Freundin der Mutter von König Louis, Blanche von Kastilien. Man verbietet

Mahaut, ihre Besitzungen einem Mann zu übereignen, der in den Diensten des englischen Königs steht.«

»Diese verdammte Einmischung. De Montfort ist verzweifelt. In jeder Woche verschuldet er sich mehr.«

»Ich habe mir die Freiheit genommen, Sire, Joan, die Gräfin von Flandern aufzusuchen. Ihr verstorbener Mann hat ihr großen Landbesitz und Schlösser in Flandern hinterlassen. Ihre Parks sind voller Wild, und in ihren Ställen stehen die besten Pferde. Sie ist älter als Simon, aber nicht so alt wie Mahaut.«

»Gute Arbeit, William, ich werde ihn zum Majordomus der Gascogne machen und überlasse es dann ihm, die Gräfin zu umwerben.« Henry verbannte dieses Problem aus seinen Gedanken. »Nun denn, in einer Woche werden wir durch eine weitere Hochzeit miteinander verbunden sein. Laßt uns zu unseren Frauen gehen, und ich werde Euch von dem Fest erzählen, das wir geplant haben. Es wird über zehntausend verschiedene Gerichte geben.«

William stöhnte und fragte sich, wer wohl für all diese Extravaganzen würde aufkommen müssen. Er wußte, Henry würde es bestimmt nicht sein.

Auf dem kurzen Weg von Westminster nach Durham House legte William einen Arm um Eleanors Taille und zog sie an sich. »Du wirst mit jedem Tag schöner«, murmelte er.

»Ich habe dich so sehr vermißt, William. Ich fürchtete schon, du würdest nie zurückkommen. Wann immer die Einsamkeit zu groß wurde, um sie zu ertragen, habe ich an die glücklichen Zeiten gedacht, die wir in den Bergen von Wales verbrachten.«

Er küßte sie auf die Schläfe. »Ich werde dich wieder dort hinbringen«, versprach er ihr.

Es tat ihr leid, daß die Fahrt so schnell vorüber war, aber als sie aus der Barke ausstiegen und langsam die Treppe zum Schloß erklommen, hielt sie Williams Hand in ihrer fest. Gleich nachdem sie eingetreten waren, wünschte Isabella ihnen eine gute Nacht und verschwand nach oben. William zog Eleanor in seine Arme und hielt sie fest. »Warum, um Himmels willen, hast du meine Schwester eingeladen? Ich habe mich schon so darauf gefreut, mit dir allein zu sein.«

Sie nahm seine Hand und führte ihn durch das dunkle Haus in einen gemütlichen Salon, wo der Kamin noch brannte.

»Es ist schon sehr spät«, rief William ihr ins Gedächtnis, als er in einen Sessel vor dem knisternden Feuer sank.

»Willst du mich wie ein kleines Mädchen ins Bett schicken?« Sie kletterte auf seinen Schoß. »Oder wirst du endlich damit beginnen, mich wie eine Frau zu behandeln?«

»Ich würde dich am liebsten bis zur Morgendämmerung hier behalten, wenn du damit einverstanden bist.«

»Nichts lieber als das«, sagte sie leise. »Erzähle mir von Frankreich und von den Schlachten, in denen du gekämpft hast. Ich glaube, Henry hat seine Lektion gelernt, was es bedeutet, völlig unvorbereitet einen Krieg zu beginnen.«

»Wenn du glaubst, daß ich unsere kostbare gemeinsame Zeit damit verschwenden werde, mit dir über jene Greuel zu sprechen, dann irrst du dich gewaltig. Und da wir gerade bei Lektionen sind, wird es langsam Zeit, daß du mir zeigst, wie du geküßt werden möchtest.«

Glücklich lachte sie auf. »Ich habe keine Ahnung vom Küssen, die Lektion wirst du mir erteilen müssen!«

Er begann damit, daß er seine Lippen auf ihre Augenlider preßte und auf ihre Nasenspitze. Dann glitt sein Mund zu ihren Mundwinkeln, er fühlte, wie sie sich zu einem entzückten Lächeln verzogen. Dann nahm er ihr Gesicht in seine starken Hände und hob es hoch, beinahe anbetend blickte er auf sie hinunter. Als ihrer beider Atem sich miteinander vermischte, rann ihm ein Schauder des Verlangens über seinen Rücken, und er mußte seine Ungeduld zügeln, um sie nicht zu ängstigen. Eine ganze Stunde lang küßte er sie – sanfte, zarte Küsse, kleine schnelle und lange, leidenschaftliche Küsse. Nicht einmal versuchte er dabei, ihre Lippen mit seiner Zunge zu öffnen und in ihren lieblichen, erregenden Mund einzudringen.

Eleanor merkte erst jetzt, wieviel ihr bisher entgangen war. Sie liebte es, so gründlich geküßt zu werden! Sie liebte seine Nähe und die herrliche Wärme seines Körpers. Seine sanfte Liebe bedrängte sie in keiner Weise, viel eher machte sie sie kühn. Sie griff zu den

Knöpfen an seinem Wams und begann, sie zu öffnen, dann schob sie ihre Hände hinein, um seinen nackten Oberkörper zu streicheln. Er keuchte leise auf, und sie legte die Wange an seine behaarte Brust. Sein Glied war so hart, es sehnte sich danach, sich aus dem hinderlichen Stoff zu befreien, doch dafür war es noch zu früh. Wesentlich längeres Vorspiel war nötig, um Eleanors jungfräulichen Körper zu erwecken.

Williams Finger fanden den Weg zum Ausschnitt ihres Kleides, und ganz langsam begann er, die kleinen Knöpfchen zu öffnen, damit er die Hand in ihr Mieder schieben konnte. Seine große Hand schloß sich um ihre herrlich volle Brust, und Eleanor seufzte glücklich auf. »Auch wenn es Isabellas Hochzeit ist, so bin doch ich es, die sich wie eine Braut fühlt«, flüsterte sie atemlos.

»Meine Süße, meine Süße, du wirst die Braut sein. Wenn der Erzbischof die Worte für die beiden spricht, werden wir unseren Schwur erneuern.«

»Wie wundervoll«, meinte sie verträumt. »Ich erinnere mich gar nicht mehr an unsere Hochzeit, ich weiß nur noch, daß ich dich damals berührt habe.«

Sein Daumen strich über ihre Knospe, und sie richtete sich hart auf. »Oh, nicht«, keuchte sie, und er hielt sofort inne und gab sich damit zufrieden, ihre Brust in seiner Hand zu halten. Sie gähnte und schmiegte sich dann in seine Arme. »Ich möchte so einschlafen und die ganze Nacht in deinem Arm liegen«, murmelte sie schläfrig.

William verlangte so sehr nach ihr, daß es ihm körperliche Schmerzen verursachte. Sein Glied drängte sich gegen ihr festes junges Gesäß und pulsierte mit jedem Herzschlag. Er begann zu hoffen. Vielleicht war jetzt die Zeit gekommen, sie tiefer in das Geheimnis der Liebe einzuweisen. Sie war so entspannt, so warm und empfänglich, diese Gelegenheit hatte ihm der Himmel geschickt.

Noch immer umschloß seine Hand ihre Brust, er schob die andere Hand unter ihre Schenkel und stand von dem Sessel auf. Sein Wams war bis zur Taille geöffnet, und er hob sie an sein Herz. Sie schlang die Arme um seinen Hals. »Wo bringst du mich hin?« fragte sie.

»Ins Bett«, flüsterte er rauh. Sein Mund wurde ganz trocken bei dem Gedanken, sie zu entkleiden und sie zum ersten Mal völlig nackt zu sehen. Er ging langsam mit ihr auf seinem Arm die Treppe hinauf, jeden Augenblick davon genoß er, sanft berührte er ihre Lippen mit den seinen.

Sein Glied war hart aufgerichtet, bei jedem Schritt rieb es gegen ihre Unterseite. Er stellte sich alles schon ganz genau vor, im milden Kerzenschein würde er ihren jungen Körper erforschen. Wie würde ihr Gesicht leuchten, wenn seine Hand die Stelle zwischen ihren Schenkeln streichelte... Die rituelle Entjungferung konnte man nur ein einziges Mal erleben, und er wollte, daß sie ihm zusah, wenn er ihren Körper mit seinen Augen, seinen Lippen und seinem ganzen Dasein feierte.

In ihrem Zimmer legte er sie auf das Bett und zog sein Wams aus. Dann tastete er in der Dunkelheit nach dem Kerzenleuchter, und schon bald hüllte das weiche Licht sie ein. Er griff nach ihrem Mieder, öffnete es und schob es über ihre Schultern hinunter. Als sich ihre Brüste seinen Blicken darboten, beugte er sich zu ihr hinunter und küßte die zarten rosigen Spitzen. Der Duft ihrer Haut stieg ihm zu Kopf. Doch dann durchbrach eine schläfrige Stimme den Nebel, der sich um seine Sinne gelegt hatte. »William, du liebe Zeit, was tust du da?« Seine Blicke flogen zu dem anderen Bett, und voller Entsetzen entdeckte er dort seine schlafende Schwester.

»Hölle und Pest!« fluchte er, doch Eleanor legte ihm schnell einen Finger auf die Lippen.

»William, geh weg.« Isabella gähnte. »Du bist doch sicher nicht um vier Uhr morgens hierhergekommen, damit Eleanor dir jetzt zur Verfügung steht.«

»Natürlich nicht«, lautete seine steife Erwiderung. »Ich habe sie nur zu Bett gebracht. Schlaf weiter, Isabella.«

Eleanor schlüpfte ins Frühstückszimmer und legte ihrem Mann eine Hand auf die Schulter. »Mein Herr, könnt Ihr mir je vergeben?« Ihr Gesichtsausdruck war so reumütig, daß er laut auflachte und sie auf seinen Schoß zog. Sie küßte ihn. »Gestern nacht war Euch nicht sehr nach Lachen zumute.«

Er küßte sie auf den Hals. »Wenn wir unseren lästigen Gast endlich los sind, werde ich dich eine ganze Woche lang nicht mehr aus dem Bett lassen.«

»Ehrenwort?« fragte sie eifrig, und ihre Augen wurden groß und dunkel.

Seine Hand suchte ihre Brust unter dem Stoff ihres hübschen Kleides. »Nach der Hochzeit, wenn wir unseren Schwur erneuert haben, werden wir eine Hochzeitsreise machen. Kein Bräutigam war je verliebter als ich.« Seine Hände schlossen sich um ihre Taille, und er preßte seine Lippen auf ihre.

»William!« protestierte Isabella, die in diesem Augenblick auftauchte. »Dein ständiges Verlangen wird das Kind erschöpfen.« Ihr Gesicht war vor Verlegenheit hochrot. »Ich schwöre, du benimmst dich wie ein ungezähmter Junge.«

»Genau so fühle ich mich auch, wenn ich Eleanor erblicke.« Er blinzelte seiner Frau zu, und sie kicherte vergnügt.

»Du wirst mich entschuldigen müssen, meine Liebste, ich habe geschäftliche Dinge zu erledigen.« Er schob seinen Stuhl zurück.

»William, du hast nie Zeit, dich auszuruhen. Am gleichen Tag, als du zurückgekommen bist, mußtest du zu Henry eilen; auch in der letzten Nacht bist du kaum zur Ruhe gekommen. Und jetzt rufen dich schon wieder die Geschäfte.«

»Willst du damit vielleicht andeuten, daß ich alt werde, daß ich meine Kräfte über Gebühr beanspruche? Du willst doch sicher nicht, daß ich den ganzen Tag mit der Zipfelmütze vor dem Kamin sitze, oder?«

»Natürlich nicht«, wehrte sie sich entrüstet. »Ich dachte nur, du würdest dir vielleicht neue Kleidung anfertigen lassen für die Hochzeit. Die Mode hat sich von Grund auf geändert, seit die Provencalen den Hof überschwemmen. Das Neueste ist eine bunte Kutte.«

»Ich bin bereit, viele Dinge zu tun für dich, mein liebes Herz, aber ich werde mich nicht kleiden wie ein Narr. Wir lassen die Savoyer die Pfauen und die Zwerghähne nachahmen, die Marshals werden sich nicht nach der Mode richten.«

»Du kannst aber nur für dich selbst reden, Sir! Isabellas Hochzeitskleid ziert eine sechs Fuß lange Schleppe, und mein Kleid ist ein Staatsgeheimnis, damit niemand es kopiert.«

»Mein Sonnenschein, in deiner Gegenwart sehen doch immer die anderen Frauen ärmlich aus. Die Gräfin von Pembroke ist bekanntlich die bestgekleidete Frau Englands.«

Eleanor stellte sich auf Zehenspitzen, um ihn zu küssen. »...was ich deinem Geld und meinem guten Geschmack zu verdanken habe.«

Er widerstand dem Wunsch, ihre Brüste zu streicheln. »Wir beide passen großartig zusammen. Doch im Ernst, ich habe Rick de Burgh versprochen, ich würde mir heute morgen Zeit für ihn nehmen.«

»Oh, natürlich. Er glaubt, Hubert sei in Schwierigkeiten. Hilf ihm nur die Angelegenheit zu klären!«

Er lächelte. Sie wurde erwachsen, in verschiedenster Hinsicht, doch noch immer besaß sie den kindlichen Glauben, daß alles, was in der Welt falsch war, er wieder richtig machen konnte.

Als Sir Rickard ihm die ernste Lage erklärte, in der Hubert sich befand, regte sich der Oberhofmarschall schrecklich auf. »Gütiger Himmel, ich wußte seit Winchesters Rückkehr, daß es Schwierigkeiten geben würde. Er haßt die Engländer aus tiefster Seele und wird nicht eher Ruhe geben, bis er einen von uns von seinem Thron heruntergezogen hat. Nun, einmal habe ich schon Henry von ihm befreit, jetzt werde ich ihn wiederum aus den bischöflichen Fängen reißen müssen.«

»Aber seid vorsichtig, auch wegen Euch selbst, mein Herr Graf. Ich weiß zu schätzen, was Ihr für meinen Onkel tun wollt, aber dabei sollt Ihr nicht einen zu hohen Preis für Euch selbst und die Eurigen zahlen.«

Rickard de Burgh dachte an seine Weissagung. Er fühlte Gefahr für William Marshal, aber es war nur eine vage Beunruhigung, nichts, wovor er ihn direkt hätte warnen können.

»Dieser verdammte Henry und seine Besessenheit von dieser Günstlingswirtschaft. Er ist unfähig zu erkennen, daß er die englischen Barone gegen die Fremden aufwiegelt. Wenn man ihm erlaubt so weiterzumachen, wird er England zerstören, wird das

Land in einen Bürgerkrieg hineinführen und die Strafe seines Lebens bekommen. Seine einzigen Verbündeten werden Stutzer in bunten Kutten sein!«

»Mick ist schon nach Irland abgereist, um meinen Vater zu warnen«, sagte Rickard.

»Wenn Falcon kommt, dann stehen ihm meine Schlösser und auch meine Männer zur Verfügung«, ergänzte William.

Rickards Miene zeigte Dankbarkeit über die Großzügigkeit seines Herrn. »Ich hoffe, es wird nicht nötig sein, daß mein Vater herkommt, aber wir dachten, wir sollten ihn auf die Gefahr für Hubert aufmerksam machen.«

»Er wird kommen«, meinte William grimmig. »Er ist ein de Burgh – tu einem etwas zuleide, und du tust ihnen allen etwas zuleide! Hast du das Dokument ganz genau studiert? Bist du sicher, daß es wirklich das Siegel des Königs war?«

Rickard de Burgh nickte. »Hubert wird zu Fall gebracht werden, so unbestreitbar, wie sein Schloß in Montgomery niedergerissen wurde.«

»Nicht, wenn ich dabei noch ein Wörtchen mitreden kann.« William biß die Zähne zusammen.

Henry war erfreut, den Oberhofmarschall so bald schon wieder bei sich begrüßen zu können. »William, es war meine Idee, den Hof von Windsor nach Westminster zu verlegen für die Hochzeit. Doch selbst hier bin ich nicht sicher, ob wir bei dem Bankett alle Gäste werden bewirten können. Ich möchte, daß Ihr Eleanor mitbringt, ich habe für Euch schon eine Suite herrichten lassen in einem der Türme. Richards und Isabellas Hochzeitssuite werden in dem Turm gegenüber liegen. England wird nach der Heirat zwei Prinzessinnen haben. Ich finde es sehr romantisch, die Prinzessinnen in den Türmen des Palastes unterzubringen.«

William übte sich in Geduld und fragte sich, wann Henry endlich erwachsen würde. »Sire.« Er zwang sich, Henry mit dem königlichen Titel anzusprechen. »Ich bin wegen unseres Freundes Hubert de Burgh gekommen.«

Henry blinzelte ein paarmal heftig und leugnete dann, etwas mit der Sache zu tun zu haben. »Als Schatzmeister braucht Winchester eine Abrechnung. Ich habe nichts damit zu tun.«

William sah ihm tief in die Augen. »Das Dokument trug Euer königliches Siegel.«

»Ich habe es dem Schatzmeister zur Aufbewahrung übergeben – man kann nicht von mir erwarten, daß ich alle Geschäfte im Königreich allein erledige. Einen Teil meiner Verantwortung muß ich delegieren.«

»Ihr müßt was?« donnerte William. Die Ungeheuerlichkeit, daß der König von England sein Siegel von einem anderen Mann benutzen ließ, war so groß, daß er darüber für einen Augenblick sogar die Interessen Hubert de Burghs vergaß.

Henry besaß wenigstens so viel Anstand, zu erröten. »Es war nur eine vorübergehende Regelung, während ich in Frankreich war. Jetzt, wo ich wieder hier bin, wird Winchester es mir zurückgeben.«

»Er wird es noch am heutigen Tag in Eure Hände legen. Ich werde Euch begleiten, wenn Ihr es Euch zurückholt.«

»Ich kann doch nicht einfach zu ihm gehen und verlangen, daß er es mir zurückgibt«, wehrte der König ab und fühlte sich wie ein gescholtener Schuljunge.

»Sire, das könnt und werdet Ihr«, meinte William unnachgiebig.

Der König und der Marschall gingen zum Amtszimmer des Schatzmeisters. William winkte Peter des Rivaux zur Seite, der erst kürzlich zum ersten Minister des Königs ernannt worden war. »Wir sind hier, um mit Winchester zu sprechen.« William machte sich nicht die Mühe, die Ablehnung zu verbergen, die er gegenüber Winchesters Abkömmling hegte.

Als Peter des Roches eintrat, fühlte er, daß Gefahr im Verzug war. Der Oberhofmarschall und Winchester standen einander gegenüber wie zwei Hunde mit gefletschten Zähnen – der König war der Knochen, um den sie kämpften. Da Henry die Initiative nicht ergriff, sprach William. »Der König ist gekommen, um das königliche Siegel zurückzuholen.« Dann fügte er noch hinzu: »Und da ich schon einmal hier bin, könnt Ihr mir auch gleich das Geld geben, das ich vorgestreckt habe für den Feldzug in Frankreich.« Er warf die detaillierte Abrechnung auf den Tisch und lächelte hintergründig. »Ich nehme den Betrag in Gold.«

Der Haß, der von Winchester ausging, war beinahe mit Händen zu greifen. Er versuchte, Zeit zu gewinnen. »Ich werde die Abrechnung zuerst kontrollieren müssen, das kostet Zeit.« Seine Wurstfinger hoben sich in einer besänftigenden Geste.

»Der Betrag stimmt, der König wird für meine Ehrlichkeit bürgen.«

Um eine offene Konfrontation zu vermeiden, hatte Winchester keine andere Wahl, als das Siegel und auch das Gold herauszurücken. Als William zusammen mit dem König das Amtszimmer des Schatzmeisters verließ, sagte er: »Henry, Hubert de Burgh war Eurem Vater treu ergeben, selbst als ich mich gegen ihn gewandt habe. Er hat geholfen, den Thron für Euch zu sichern, und er hat beinahe ganz allein Dover gegen die Franzosen verteidigt. Und was noch bedeutender ist, er war immer Euer treuer Freund. Ich hoffe doch wirklich, daß Ihr keinen Verrat an ihm übt und auch niemand anderem erlaubt, das zu tun.«

»Wenn Hubert mich nicht betrogen hat, William, dann schwöre ich, soll ihm kein Leid geschehen.«

»Hätte er Euch betrügen wollen, dann hättet Ihr niemals das Königreich errungen.«

»Ich schwöre Euch, ich werde nichts ohne Euren Rat tun, William«, beteuerte Henry eilig.

Für den Augenblick gab William sich damit zufrieden. Die Hochzeitsfeierlichkeiten für Henrys Bruder Richard würden den König in der kommenden Woche beschäftigen. Und wenn das große Fest erst einmal vorbei war, würde William schon dafür sorgen, daß Hubert de Burgh von jeder Unehrenhaftigkeit freigesprochen wurde.

Peter des Rivaux und Peter des Roches jedoch konnten die Demütigung nicht verkraften, die man ihnen soeben zugefügt hatte. Mit zusammengezogenen Brauen krächzte Winchester: »Offensichtlich hat man das Pulver für Marshal nicht benutzt. Auf das Mädchen kann man sich nicht verlassen. Es ist an der Zeit, daß der junge Knappe Allan sich sein Geld verdient.«

16. Kapitel

Am Abend vor der Hochzeit wurden die Kleider der Braut und die Hochzeitsrobe mit der herrlichen sechs Fuß langen Schleppe zusammengepackt. Alles mußte nach Westminster geschickt werden, wo für Isabella und Richard im Turm die Hochzeitssuite vorbereitet worden war.

Da es Isabellas zweite Heirat war, hatte sie einen Stoff in einer kräftigen Cremefarbe gewählt, doch das war das einzige Zugeständnis. Das Gewand stellte das reinste Kunstwerk dar gegen Isabellas erstes Hochzeitskleid. Alle Diener in Durham House hatten mitgeholfen, ihre Sachen zu packen. Danach würden sie das gleiche für Eleanor und William tun, da eine Zimmerflucht in einem der anderen Türme für den Grafen und die Gräfin von Pembroke zur Verfügung stand.

Eleanor konnte nicht widerstehen, sie probierte noch einmal ihr Kleid an, ehe es vorsichtig eingepackt wurde. Die Dienerinnen halfen ihr mit den vielen Unterröcken, dann hoben sie das Kleid aus silbernem Stoff über ihren Kopf. Sie lächelte, als sie ihr Bild im Spiegel sah, denn sie wußte, daß die Königin und ihr Gefolge die kräftigen Farbtöne abgeschaut hatten, die sie sonst trug. Morgen würde sie sich, wie üblich, wieder einmal von all den anderen Frauen unterscheiden, wie ein Schwan inmitten einer Herde von Gänsen.

Eine Bewegung an der Tür ließ Eleanor aufblicken. William stand dort und betrachtete sie voller Staunen. Die Bewunderung in seinem Blick war so deutlich, daß sie nicht den Mut hatte, ihn für seine Neugier zu schelten. Bedauernd blickte er auf die vielen Frauen um Eleanor. »Ich hatte gehofft, daß wir noch ein paar Minuten heute abend allein sein könnten, aber wie man sieht, bist du beschäftigt.«

»William, warte einen Augenblick. Ich werde das Kleid ausziehen und mit dir kommen.« Es machte ihr nichts aus, daß sie ihm schließlich, nur mit ihren Unterkleidern angetan, folgte.

Er konnte an nichts anderes als an den morgigen Abend denken, an dem er ihr dieses silberne Kleid über die Schultern streifen würde. Seine Stimme klang rauh: »Du siehst aus wie eine Hochzeitstorte oder wie ein anderes königliches Konfekt.«

»Ich bin auch wirklich so aufgeregt wie eine Braut«, gestand sie ihm.

Er zog sie an sich. »Du bist eine Braut«, flüsterte er.

Ihre Augen waren riesengroße tiefe Brunnen. »Ich habe dir Saphire mitgebracht, die genau zu deinen Augen passen«, platzte er heraus. »Eigentlich wollte ich sie dir erst morgen abend überreichen, aber sie werden wunderschön aussehen zu deinem silbernen Kleid, deshalb gebe ich sie dir jetzt schon.«

Sie wanderten durch die halbdunklen Gemächer des Durham House zu Williams Zimmer, wo er aus einer Schublade seines Nachttisches die Juwelen holte. Das Kerzenlicht spiegelte sich in den dunkelblauen Steinen, als sie das Kästchen öffnete, Tränen des Glücks traten in ihre Augen. »Wenn wir hierher zurückkehren, werde ich dieses Zimmer mit dir teilen«, flüsterte sie.

Im nächsten Augenblick schon lag sie in seinen Armen, die kostbaren Saphire fielen auf das Bett. Er küßte ihre Augenlider, ihre Schläfen und fand dann ihre süßen Lippen, die sie ihm so vertrauensvoll darbot. Mit einem Stöhnen sank er in den Sessel neben dem Bett und zog sie auf seinen Schoß. »Meine kleine Prinzessin«, murmelte er und strich ihr übers Haar.

Sie lachte leise. »Morgen abend werde ich eine Prinzessin in einem Turm sein.«

Er blickte in ihr Gesicht, das sie ihm entgegenhob, und bewunderte ihre dunkle Schönheit. »Henry hegt immer noch eine kindliche Liebe für Märchen«, sagte er nachsichtig.

»Kindliche Züge an einem Mann sind nicht sehr vorteilhaft«, flüsterte sie atemlos an seiner Brust. »Oh, William, ich bin ja so dankbar, daß du ein richtiger Mann bist und reif in jeder Beziehung.«

Ihre Worte erregten ihn, brachten ihn in Versuchung, die männlich dominierende Rolle in ihrem Liebesspiel zu übernehmen. Die sanfte Rundung ihrer Brüste war unter den durchsichtigen Unterkleidern deutlich zu erkennen, und seine Hände hätten genauso wenig aufhören können, sie zu erforschen, wie seine Lunge aufhören konnte zu atmen, oder sein Herz zu schlagen. »Ich danke Gott, daß du so denkst. Es nimmt mir etwas von der Sorge um dich.« Mit dem Handrücken strich er über ihren Hals. »Du bist noch so jung, manchmal habe ich ein schlechtes Gewissen, daß ich deine Jugend mißbrauche«, flüsterte er rauh. »Und dennoch zeigst du eine solche Reife, wenn wir gemeinsam zu Gericht sitzen und du mir bei meinen Entscheidungen behilflich bist. Dann vergesse ich immer dein zartes Alter.«

Als ihre Lippen sich fanden und der Kuß leidenschaftlicher wurde, glaubte Eleanor zu vergehen vor Liebe. Mit einem leisen Schrei löste er seine Lippen von ihren. Wenn er wirklich so vollkommen war, wie sie glaubte, dann mußte er auch in der Lage sein, sich noch einen Tag zu gedulden. Eleanor hatte es verdient, daß morgen in der Westminster Abtei ihr Eheschwur erneuert und nochmals gesegnet wurde. Sie hatte es verdient, bei dem monumentalen Bankett, das folgen würde, ihre Freude zu haben. Dann würde sie sich wie eine wirkliche Braut fühlen und er sich wie ein Bräutigam.

Sein einladendes Bett jedoch war nur wenige Meter von ihnen entfernt. William stand in Flammen, er hatte das Gefühl, daß das Blut in seinen Adern kochte. Er kämpfte eine verlorene Schlacht, sein Verstand rang mit seinem körperlichen Verlangen. Eleanor rückte ein Stück näher an seine breite Schulter, und plötzlich spürte sie, wie seine Männlichkeit sich gegen sie drängte.

Schüchtern griff sie danach, und er zuckte zusammen, als hätte er sich verbrannt. Im nächsten Augenblick schon war er auf den Beinen, nahm ihre Hand und zog sie aus der gefährlichen Nähe des Bettes weg. »Dieses Zimmer ist viel zu verlockend, um anständig zu bleiben.«

»Ich liebe dein Zimmer. Deine starke Persönlichkeit spiegelt sich hier in allem wider. Eigentlich ist es auch das, was mir an Durham House gefällt. Jedes Zimmer ist ein Beweis deines persönlichen Geschmackes.«

Er zog sie an sich und trat mit ihr zusammen auf den Korridor. Sie gingen an der großen Mauer entlang, die den Bau zur Themse hin begrenzte. Die leichte Brise wehte ihr die Locken ins Gesicht, und seine Hand schloß sich noch fester um ihre Taille.

»Morgen wird Vollmond sein«, meinte sie verträumt.

»Der Mond der Liebenden«, versprach er ihr, als der klagende Schrei einer Möwe über den Fluß schwang und in der Dunkelheit verhallte.

Unter ihnen, im Hof, wollte Rickard de Burgh gerade das Quartier der Ritter betreten. Er warf noch einen letzten Blick zum Mond, ehe er ins Haus ging. Was hatte der Vollmond nur an sich, daß dann alles Geschehen seinem Höhepunkt zustrebte? Etwas konnte bewegungslos tagelang in der Luft hängen, bis der Vollmond aufging und plötzlich Kinder geboren wurden, die Alten und Kranken starben, und Männer die Gewalt über sich verloren und Blut vergossen. Er schüttelte den Kopf, um das Gefühl des Unbehagens abzustreifen, schließlich öffnete er die Tür.

Auf der anderen Seite des Meeres blickte auch Simon de Montfort zum Vollmond hin. Alles in allem war es ein ziemlich erfolgreicher Monat gewesen. Schon bald hatte er die streitsüchtigen Gascogner an die Leine genommen. Zuerst handelte er einen zweimonatigen Waffenstillstand mit Louis von Frankreich aus, dann hatte er sich darangemacht, die Macht des Adels zu brechen. Die Medizin, die er ihnen zu schlucken gab, war so bitter, seine Hand so fest und gründlich, daß sich endlich Frieden über die Region senkte. Als nächstes legte er den Streit bei, der das Gebiet um Bordeaux zu zerreißen drohte, indem er die adeligen Aufrührer ins Gefängnis steckte. Er warf sie in ein sicheres Verlies, mit erbarmungslosem Freiheitsentzug von sieben Jahren.

Dies räumte ihm Zeit ein, um die Gunst von Joan, der Gräfin von Flandern, zu erringen. Er hatte sich schon vor ihrer ersten Begegnung gegen eine Enttäuschung gewappnet, deshalb war er nicht sonderlich erschrocken über ihr schlichtes Gesicht und ihre Korpulenz. Eher sollte er sich geschmeichelt fühlen, weil Joan sich vom ersten Augenblick an zu ihm hingezogen fühlte, woraus sie keinerlei Hehl machte. Jedesmal, wenn sie ihn sah, erhellte die Freude ihr Gesicht. Sie war mehr als zugänglich, ja richtig ungeduldig vor Eifer.

Beinahe sofort hatte er mit ihr eine Liebschaft eingefädelt, und heute war der Ehevertrag in der großen Bibliothek mit der eindrucksvollen Literatursammlung geschlossen worden. Joan besaß viele Schlösser, in deren Ställen rassige Vollblüter standen. Als er jetzt zum Mond aufblickte, seufzte er tief. Er wußte, daß er diesen Schritt noch oft bedauern würde, denn tief in seinem Herzen war er wider Willen ein romantischer Mensch. Doch er konnte es sich nicht leisten, seinem eigenen Ehrgeiz im Wege zu stehen.

Simon hatte sich vorgenommen, sein Bestes zu geben, um Joan von Flandern ein guter Gatte zu sein. Sie war älter als er, doch eine etwas altmodische Dame, die ihrem Herrn in allen Dingen gehorchen würde. Obwohl sie zu einem Fürstengeschlecht gehörte, hatte sie sich nie in die Angelegenheiten eingemischt, die Simon für sich in Anspruch nahm. Statt dessen war sie für jede Aufmerksamkeit, die er ihr erwies, rührend dankbar. Er reckte seine langen Glieder, ehe er seine Augen vom Mond abwandte, doch zuvor stieß er einen weiteren tiefen Seufzer aus.

In der Morgendämmerung erreichten zwei große Wagen aus Durham House Westminster. Einer brachte die Braut, Isabella Marshal, mit all ihrem Hochzeitsgut, der andere Eleanor. Sie hatte reiten wollen, trotz der Feuchtigkeit des Sommermorgens, doch Rickard de Burgh hatte William mit gerunzelter Stirn angesehen und einige Worte mit ihm gewechselt, woraufhin man sie in einen Wagen verbannte. Belustigt stellte sie fest, daß Sir Rickard nicht aus ihrer Nähe wich, bis die Wagen in Westminster angelangt waren.

Ihre Dienerin Brenda und Williams junger Knappe Allan kümmerten sich um das Gepäck, doch Sir Rickard bestand darauf, sie in den Turm zu begleiten, in dem sie und William die Nacht nach der Hochzeit verbringen sollten. Die Suite bestand aus zwei Räumen, einer lag über dem anderen. Der Wohnraum war unten, und neben einem kleinen Eßtisch standen zwei bequeme Sessel, im Kamin brannte ein anheimelndes Feuer. Die Schlafkammer darüber besaß eine Tür, die auf eine mit Schießscharten versehene Brüstung führte.

Rickard untersuchte die beiden Zimmer so gründlich, daß Eleanor anzüglich eine Braue hochzog: »Wollt Ihr nicht auch unter dem Bett nachsehen?«

Zum ersten Mal an diesem Tag verließ die Anspannung sein Gesicht, und er lachte. »Eine nicht zu erklärende Vorahnung nagt an mir, aber hier ist alles in Ordnung. Der Graf von Pembroke ist der einzige Schutz, den Ihr braucht. Meine Zeit verbringe ich wohl besser in der Nähe meines Onkels de Burgh, der hat es nötiger.«

Die Flure zwischen den beiden Türmen waren belebt von den vielen Dienern und dem Gefolge, die vom Essen angefangen bis hin zu Feuerholz und kochendem Wasser alles hin und her schleppten. Überall schien Verwirrung zu herrschen.

Alle Cousins des Oberhofmarschalls waren eingeladen. Sechs der jüngeren Knaben sollten Isabellas Schleppe tragen, während die älteren Mädchen, Eleanors Gefährtinnen von früher, Rosenblätter streuen sollten. Das Geschnatter der jungen Frauen, die einander so lange nicht gesehen hatten, war so laut, daß die Männer sich die Ohren zuhielten und die Pagen nach Bier und Wein schickten.

Eleanor bat Brenda, sich zu beeilen, damit sie Isabella beim Ankleiden helfen konnte. Ihr Kleid aus dem silbernen Stoff hob die Saphire kontrastreich hervor, dazu trug sie auf ihren schwarzen seidigen Locken eine silbere Krone. Ihre Freundinnen betrachteten sie andächtig, als sie gerade noch rechtzeitig kam, um Isabella das Hochzeitskleid aus cremefarbener Spitze über den vielen Unterröcken zurechtzuzupfen.

Isabella schrie protestierend auf, als die beiden Plantagenet-Brüder das Zimmer betraten. »Sire«, schalt sie den König, »Ihr dürft nicht zulassen, daß der Bräutigam mich vor der Zeremonie sieht.«

Alle waren jedoch in so guter Stimmung, daß sie vor Übermut strahlten. Richard sah besonders gut aus. Die Ärmel seines königsblauen Wamses mit der dazu passenden Hose waren geschlitzt und mit dicken goldenen Fäden bestickt. Sein rotbraunes Haar lockte sich genauso wie das von Eleanor, und das Herz der Braut hüpfte, weil endlich ihr Wunschtraum wahr wurde. Richard lachte und legte ihr einen Arm um die Taille. »Nicht einmal ein König könnte mich heute davon abhalten, dich zu sehen, Schwesterherz.«

Eleanor blickte von einem Bruder zum anderen. Wie immer schnitt Henry in diesem Vergleich schlechter ab. Der König hatte ein weißes Gewand aus Satin gewählt, das zu seiner hellen Haut und dem blonden Haar nicht unbedingt paßte. Wegen der ganzen Aufregung hing sein eines Augenlid merklich herab, und er war äußerst belustigt, als ein Page Wein über eines der Blumenmädchen goß. Sie warf den Korb mit den Rosenblättern nach dem Jungen, und der König beteiligte sich, er warf mit Blumen um sich und brüllte vor Lachen.

William mußte kommen, um Ordnung in die Ausgelassenheit zu bringen. »Die Braut soll noch vor der Mittagsstunde am Altar stehen, sonst werdet Ihr das Sakrament der Ehe heute nicht mehr bekommen können«, warnte er Richard und fragte Henry: »Habt Ihr den Ring, Sire?« Der wurde sofort wieder ernst, denn er hatte ihn in der Tat vergessen.

Isabella warf ihrem Bruder einen dankbaren Blick zu. Eleanor wischte mit einem Schwamm den Wein vom Kleid des kleinen Mädchens und wies die Jungen noch einmal energisch an, wie sie die Schleppe zu halten hatten.

Auf der anderen Seite des Kanals, in Flandern, wurde die Hochzeit von Joan und Simon de Montfort von Schlimmerem als verschüttetem Wein gestört. De Montfort, der immer schon bei Tagesanbruch auf den Beinen war, hatte heute eine Ausnahme gemacht. Er war spät aufgestanden und hatte dann gemütlich mit Joan gefrühstückt. Gerade suchte er nach einer Entschuldigung, um sich draußen seinem landwirtschaftlichen Pflichten widmen zu können, als ein Bote mit Begleiter von König Louis angekündigt wurde, der die Gräfin von Flandern zu sprechen wünschte.

Sie begann so sehr zu zittern, daß Simon es kaum zu begreifen vermochte. Eindringlich bat sie ihn, in der Bibliothek zu bleiben, während sie den Botschafter des Königs empfing, und er ließ sie allein. Er wußte nicht genau, was der Bote Joan mitgeteilt hatte, aber konnte es sich zusammenreimen, als sie in die Bibliothek gestürmt kam, den Ehevertrag vom Schreibpult nahm und ihn mit zitternden Händen ins Feuer warf.

»Wenn sie dieses Schriftstück finden, werfen sie mich in den Kerker«, zischte sie. Sie war so bleich, daß es aussah, als würde sie ohnmächtig. Die Trauung hatte in der Kapelle des Schlosses stattgefunden, es wäre einfach, dem Hauskaplan Schweigen anzuordnen.

Simon ging zu den beiden Soldaten hinaus, die die Uniform des Königs von Frankreich trugen. Als er gerade den Mund öffnete, um eine Erklärung von ihnen zu verlangen, hörte er Joans aufgeregte Stimme: »Lächerliche Gerüchte sind dem König zu Ohren gekommen, daß wir beide verheiratet sind... daß wir bereits einen Ehevertrag unterzeichnet hätten. Ich werde selbst zu Louis reisen und ihm versichern, daß es überhaupt keine Ehe gegeben hat.«

Sie ließ den Gesandten eine Erfrischung reichen. »Der Graf von Leicester und ich sind Freunde«, erklärte sie ihnen. »Intime Freunde, sicher, aber ich würde nicht im Traum daran denken, wieder zu heiraten, ohne vorher die Zustimmung meines Königs einzuholen. Wenn Ihr mich jetzt entschuldigt, meine Herren, ich werde mich für die Reise fertigmachen.«

De Montfort war hin- und hergerissen. Auf der einen Seite wollte er diese Männer aus dem Schloß jagen, doch eine innere Stimme riet ihm zu schweigen. Er verbeugte sich und verließ mit Joan das Zimmer. Oben angekommen, brach sie in Tränen aus. »Vergebt mir, vergebt mir, mein Herr. Ich liebe Euch, Simon, aber Louis wird mich vernichten, wenn ich Euch meine Ländereien überschreibe. Frauen haben so wenig Kontrolle über ihren Lebenslauf. Ich hatte zu hoffen gewagt, daß ich meine eigene Wahl treffen könnte, aber es soll nicht sein.«

Joan begann zu schluchzen, und er zog sie in seine Arme, drückte sie an seine breite Brust. »Ich werde diesen Schritt für den Rest meines Lebens bedauern«, flüsterte sie mit gebrochener Stimme. Sie legte den Kopf zurück und sah in Simons schwarze Augen. »Ihr seid ein herrlicher Mann.« Ihre Knie wurden ganz weich, wenn sie ihn nur ansah. »Für kurze Zeit lang gehörtet Ihr mir. Ich danke Euch, mein Herr, weil Ihr mir gegenüber so galant wart.«

Die enorme Erleichterung, die er fühlte über das abrupte Ende ihrer Ehe sagte ihm, daß er noch einmal davongekommen war. Das Schicksal hatte ihn den Klauen dieser Verbindung entrissen, weil seine Bestimmung eine andere war. Daran glaubte er nun.

In Westminster allerdings wußte Isabella Marshal, daß sich ihr Schicksal an diesem Tag erfüllen würde. Es dauerte dreißig Minuten lang, bis sich die Braut und ihr Troß den Weg durch die engen Flure Westminsters bis hin zur Abtei gebahnt hatten. Die Kirche war bis auf den letzten Platz gefüllt, die große Familie der Marshals, die Adligen Englands und die vielen Verwandten und Freunde der Königin nahmen alle Plätze ein.

Ehe sie die Kirche betrat, dachte Eleanor, daß Isabella ein wenig eingeschüchtert aussah. War es das lange Kirchenschiff, durch das sie schreiten mußte, oder war es der Gedanke, Prinzessin zu werden, der sie erschreckte – Eleanor wußte es nicht. Sie stellte sich auf Zehenspitzen und gab ihr einen Kuß auf die Wange. »Wir sind jetzt sogar in doppeltem Sinne Schwestern. Zuerst habe ich deinen Bruder geheiratet, und jetzt heiratest du meinen.«

Isabellas Lächeln ließ ihr Gesicht aufleuchten, und Eleanor wußte, warum Richard sich in sie verliebt hatte. Eleanor schlüpfte in die Kirche und ging dann mit stolz erhobenem Haupt zur ersten Reihe, die für die königliche Familie reserviert war. Die Königin warf ihr einen Blick äußerster Gehässigkeit zu, als sie das silberne Kleid und die silberne Krone erblickte, doch Eleanor bemerkte es nicht einmal. Sie hatte nur Augen für William, der zusammen mit Richard vor dem Altar stand. Er würde erst später zu ihr kommen, weil er die Braut dem Bräutigam übergeben mußte. Ein kleiner Schauder überlief Eleanor, die Feuchtigkeit der dicken Kirchenmauern wollte nach ihr greifen.

Der Weihrauchgeruch überwältigte sie beinahe, doch als dann die reinen Stimmen der Chorknaben das Kirchenschiff erfüllten, klang das so wunderschön, daß sich ihr Herz öffnete. Ihre Laune besserte sich, und der Augenblick der Unruhe war vorüber. Schließlich fragte der Erzbischof von Canterbury: »Wer gibt diese Frau diesem Mann?«

Williams sichere Stimme antwortete: »Ich.« Er legte die Hand seiner Lieblingsschwester in die seines Freundes, Prinz Richard Plantagenet.

Danach setzte er sich neben seine Frau in die erste Reihe, und alles andere um sie herum versank für Eleanor und William. Er nahm ihre schlanke Hand in seine, und sofort sprang die Wärme seines Körpers über. Sie sahen einander in die Augen und wiederholten schweigend die ernsten Schwüre, die der Erzbischof vorsprach. William erinnerte sich an das kleine Mädchen, das diese Gelübde abgelegt hatte nach dem Biß der Spinne, und eine Woge von Beschützerinstinkt überflutete ihn. Er würde sie ewig in Ehren halten.

Eleanor blickte zu ihm auf, mehr als alles in der Welt wollte sie glauben, daß das, was sie in seinen Augen las, Liebe war. Der große Oberhofmarschall von England hatte sie nicht haben wollen, er hatte sie nicht auserwählt, und deshalb war sie entschlossen gewesen, ihn sich zu erobern. Jahre hindurch hatte sie sich fleißig ihren Studien gewidmet, hatte ihr impulsives Wesen unter Kontrolle zu bringen versucht; sie hatte sogar aufgehört zu fluchen und war eine Dame geworden. Oh, in ihrem Inneren war sie die gleiche geblieben – noch immer brannte die Leidenschaft in ihrem königlichen Blut –, doch sie hatte gelernt, geduldig zu sein, ja sogar klug. Auch wenn sie mit einem heftigen Temperament gesegnet war, so hatte sie gelernt, sich im Zaum zu halten. Mit harter Arbeit und Entschlossenheit war sie zu einer jungen Frau geworden, auf die ein so großer Herr stolz sein konnte. Sie umklammerte die Hand Williams, als er sich zu ihr beugte und flüsterte: »Ich liebe dich.« Es hatte sich alles gelohnt, sie würde die perfekte Gemahlin für ihn sein.

Die Festlichkeiten begannen um zwei Uhr in der großen Bankethalle, und sie dauerten zehn Stunden lang. Zehntausend Gerichte waren auf Befehl des Königs zubereitet worden, und die Tische bogen sich unter den Platten mit gerösteten Ebern und Ochsen, fetten Gänsen und dicken Kiebitzen. Wagen mit Fischen waren von Englands großen Häfen angekarrt worden, voll Steinbutt und Heringen, Schellfisch, Aalen und Neunaugen. Die Wälder von Windsor hatten Wildbret geliefert und genug Fleisch, um tausend leckere Pasteten herzustellen.

König Henry liebte es, alle mit Fröhlichkeit und Heiterkeit zu unterhalten. Heute war alles, was geschah, herrlich. Spielleute sangen: »Auf das englische Bier und den Gascogner Wein.« Der Haushofmeister hatte nie zuvor in seinem Leben so hart gearbeitet, er überwachte die Knappen und Pagen, die die Platten, Schüsseln und Schalen zu den Tischen trugen. Als die Reste abgeräumt waren, wurden die Gäste mit der neuesten Errungenschaft unterhalten, einem Mysterienspiel.

Während Eleanor angeregt über die Menge blickte, bemerkte sie, daß die Gäste in zwei Lager gespalten waren, die aussahen, als würden sie in die Schlacht ziehen. Die jetzigen Besitzer der alten Grafschaften, wie Chester, Kent, Norfolk, Northumberland und Derby hatten sich mit den adligen anglonormannischen Familien und den alten englischen Bischöfen wie Chichester, Lincoln und York zusammengetan. Die zeremoniellen Gewänder der Männer und der gute Geschmack ihrer Frauen standen in starkem Kontrast zu dem gegnerischen Lager.

Die Provencalen, von denen die meisten mit der Königin verwandt waren, erschienen in neuesten Prunk und Pomp gekleidet, einige von ihnen in eigens vom Kontinent importierten Gewändern. Verglichen mit dem schlichten Geschmack der Anglonormannen, zogen die Provencalen gezierte, übertriebene Modetorheiten vor, und es sah aus, als bemühten sich alle elf Nachkommen des Thomas von Savoyen darum, den Mittelpunkt aller Aufmerksamkeit zu bilden.

Der einflußreiche Bischof von Winchester verbarg sein hinterhältiges, giftiges Wesen hinter einer Maske von Gelehrsamkeit und Charme. Er hatte sich klugerweise entschieden, mit den Poitiers, den Gascognern und Provencalen gemeinsame Sache zu machen, die jetzt alle einflußreichen Posten besetzten.

Als die Tische an die Wände geschoben wurden, um Platz zum Tanzen zu schaffen, machten sich die Königin und ihr Gefolge einen Spaß daraus, sich laut über die Kleidung der englischen Damen zu unterhalten und darüber zu lachen. Eleanor entdeckte, daß die junge Eve de Braose den Tränen nahe war und entschloß sich, an dem Spaß teilzunehmen. Ohne Mühe fielen ihr verletzende Worte für jeden ein, der dumm genug war, sie oder eine der Frauen ihrer Umgebung herabzuwürdigen. Wenigstens ein halbes Dutzend der Gefährtinnen der Königin trugen die frechen neumodischen Kappen, die aussahen wie eine Pillenschachtel und einen winzigen Schleier hatten. Eleanor stand neben der Braut. »Ich möchte mit so einer Kopfbedeckung nicht erscheinen«, meinte sie. »Sie sehen aus wie die kleinen Hüte, die die Musiker ihren Affen aufsetzen, die das Geld einsammeln.«

Isabella bemühte sich, nicht zu lachen, und Eleanor bemerkte erleichtert, daß Eve das Kinn ein wenig hob, während ihre Tränen versiegten. Die Königin unterschied sich von all den anderen durch eine neue Mode, die sehr schmeichelhaft war – ein Schleier, der das ganze Gesicht einrahmte. Die Braut bemerkte freundlicherweise: »Der neue Schleier ist eine hübsche Mode. Er läßt das Gesicht einer Frau aussehen wie eine Blume.«

Eleanor verzog den Mund. »Wie ein Blumenkohl?« hakte sie nach, und die Frauen um sie herum brachen in lautes Kichern aus, zum deutlichen Ärger der Königin und ihres Gefolges.

William drückte ihr heimlich die Hand, und in diesem Augenblick schämte sie sich für ihre Kleinlichkeit. Sie würde diesen Tag nicht mit dummen, weiblichen Eifersüchteleien verderben. Also bedachte sie ihren Mann mit einem verheißungsvollen Lächeln, Hand in Hand gingen sie zusammen zur Tanzfläche.

William konnte die Blicke nicht von ihrem Gesicht losreißen. Er sah sie so begehrlich an, daß sie vor Freude errötete. Und wenn auch die Frauen über Prinzessin Eleanor die Nase rümpften, so waren die männlichen Savoyer da ganz anderer Meinung. Eleanor entschloß sich, jedem aus Höflichkeit einen Tanz zu gewähren, doch als die Unterhaltung mit Peter von Savoyen dann unversehens schlüpfrig wurde, wünschte sie verzweifelt, der Tanz würde enden.

»Jetzt, wo Euer älterer Ehemann aus Frankreich zurückgekehrt ist, werdet Ihr wohl eine Weile die treue Gefährtin spielen müssen. Aber wenn Ihr je nach dem Temperament eines Jüngeren verlangen solltet, kann ich Euch Befriedigung garantieren.«

Beinahe hätte sie eine heftige Bemerkung über die Saat der unehelichen Söhne gemacht, die er zu verantworten hatte, doch dann entschied sie sich, sich mit ihm gar nicht erst auf eine Unterhaltung einzulassen. Er würde schon noch zu verstehen bekommen, daß sie die Gesellschaft ihrer Brüder oder die ihres Mannes bei weitem bevorzugte.

Als Richard sie im Tanze schwang, fragte sie ihn: »Wann wirst du nach Cornwall abreisen?«

»Sobald ich mich von den zahllosen Darbietungen losreißen kann, die Henry noch geplant hat.«

Eleanor lachte nachsichtig. »Er hat sich diesmal wirklich selbst übertroffen. Ich wette, er steckt bis zum Hals in Schulden. Du mußt versuchen zu verschwinden, ehe er dir die Rechnung für deine Hochzeit präsentiert.«

Richard legte den Mund an ihr Ohr. »Eigentlich habe ich die Absicht, Isabella so schnell wie möglich von hier wegzubringen, damit wir damit beginnen können, Erben zu zeugen. Ich möchte sehr gerne noch vor Henry einen Sohn bekommen.«

Eleanors Mundwinkel verzogen sich zu einem schelmischen Lächeln: »Ich auch!«

Belustigung funkelte in seinen Augen, und bewundernd sah er seine schöne Schwester an. »Bei den Tränen Gottes, ich wette, das wirst du auch schaffen.«

17. Kapitel

Da jeder, der etwas darstellte, sich für diese Nacht eine Schlafstatt in Westminster gesichert hatte, fand das offizielle »Zubettgehen« erst weit nach Mitternacht statt. Richard und Isabella ließen alles gutgelaunt über sich ergehen, insgeheim erleichtert darüber, daß die Braut nicht nackt ausgezogen wurde, um ihre Unbefflecktheit zu beweisen – so wie es der Brauch verlangte bei einer unverheirateten Jungfrau.

Eleanor hielt sich ein wenig zurück, sie nahm an, daß Isabella sich lieber von ihren Schwestern in den Hochzeitsturm begleiten ließ, doch Williams Schwester griff nach ihrer Hand. »Bitte, komm mit mir«, bat sie. »Du bist die einzige, die Richard und Henry mäßigen kann, die beiden beginnen, sich unmöglich zu benehmen.«

Eleanor warf ihrem Mann einen um Entschuldigung bittenden Blick zu und brach mit Isabella auf. Als er sich erhob, um ihr zu folgen, verspürte er einen plötzlichen, schneidenden Schmerz in seinem Inneren. Er begann in seinem Magen, setzte sich fort bis zu seinem Zwerchfell, dann in die Brust und ins Herz. Gepeinigt sank er auf seinen Stuhl zurück, ihm brach der Schweiß aus. Gütiger Himmel, in seinem Leben hatte er noch niemals eine solche Attacke verspürt, höchstens einmal bei einer Verwundung im Kampf. Was war geschehen? Er saß eine Minute ganz still und war froh, daß niemand etwas bemerkt zu haben schien, dann versuchte er langsam aufzustehen. Der schreckliche Schmerz war genauso spukartig wieder verschwunden, wie er gekommen war.

Er folgte der lärmenden Menge durch die halbdunklen Gänge von Westminster und fragte sich, ob er vielleicht etwas Unbekömmliches gegessen hatte oder ob der Schmerz von seinem Herzen kam. Als er den Hochzeitsturm erreichte, quoll dieser über von Spaßmachern, die offensichtlich zu viel englisches Bier und Gascogner Wein getrunken hatten. Er reckte den Kopf, um über die Menge zu blicken, doch konnte er Eleanor nicht entdecken. Dann aber durchdrang ihre Stimme all den Lärm: »Keine Wein für Richard mehr, Henry!« schalt sie ihren Bruder. »Isabella möchte keinen Bräutigam, der neben ihr umfällt.«

Eleanor verspürte eine Hand an ihrem Gesäß. Sie wirbelte herum und blickte in das lüsterne Gesicht Peters von Savoyen. Ihre Hand flog hoch, ein Schauder des Abscheus durchlief sie, als sie in seinem Gesicht landete. Die Augen in dem gutaussehenden Gesicht verfinsterten sich, und Eleanor wußte, in diesem Moment hatte sie sich den Mann zum Feind gemcht. O heilige Geduld, diese Leute waren alle so unreif, sie konnte ihre Gesellschaft keine Minute mehr ertragen. Sie schob sich durch die Menge und atmete erlöst auf, als Williams Arm aus der Menge auftauchte und sie zu sich zog. Dankbar lehnte sie sich an ihn, sie wußte, der Augenblick, auf den sie ihr ganzes Leben gewartet hatte, war endlich gekommen.

William zog eine Fackel aus einem Halter an der Wand, um damit den Weg zu ihrem eigenen Turm zu beleuchten. Sie hoffte nur, daß Brenda und Allan nicht auf sie warteten. Sie hatte ihre Dienerin und den jungen Knappen für heute abend entlassen, weil sie und William allein sein wollten.

William steckte die Fackel in einen Halter neben der Tür zu ihrer Suite; als sie eintrat, überkam Eleanor ein Anflug von Schüchternheit. Sie lief durch den Raum zum Kamin, in dem das Feuer noch brannte, dann begann sie plötzlich, die Kissen auf den Sesseln zu schütteln und den Zierat auf dem Kaminsims zurechtzurücken.

Williams Blick wurde ganz weich, als er ihr zusah. Er trat hinter sie und griff nach ihrer silbernen Krone. Als sie sich zu ihm umwandte, sah er einen Anflug von Furcht in ihren Augen. »Du brauchst keine Angst zu haben, meine Allerliebste«, flüsterte er.

Die Furcht verschwand aus ihrem Blick. »O William, ich fürchte mich nie, wenn du bei mir bist. Nur wenn du nicht da bist, fürchte ich mich.«

Er gab ihr einen Kuß auf die Nasenspitze. »Vielleicht ist es ja keine Angst, sondern nur eine plötzliche Schüchternheit.« Er lächelte sie an. »Geh du nur voraus, ich werde dir so viel Zeit lassen, wie du möchtest.«

Als sie die Stufen zu ihrer Schlafkammer hinaufstieg, war ihr warm vor Glück. Sie liebte ihn von ganzem Herzen, aus tiefster Seele und mit dem Verstand. Sie schlüpfte aus dem silbernen Kleid, den Unterröcken und wusch sich dann die Hände mit Rosenwasser. Dann holte sie das Nachtgewand hervor, das sie allein in dieser Nacht tragen würde: Es war aus durchsichtigem, lavendelfarbenem Seidentaft angefertigt, der sich an ihren Körper schmiegte und so leicht war wie Distelflocken. Sie schüttelte ihr schwarzes Haar, bis es als seidiges Gewölk über ihre Schultern hing.

William würde sicher im nächsten Augenblick schon durch die Tür treten. Schnell schlug sie die Decke des großen Bettes zurück und fuhr mit der Hand über das kühle Leinen, das mit Rosen und Kronen bestickt war.

William saß vor dem niedergebrannten Feuer, die Stirn hatte er in Falten gelegt. Er war doch noch nicht so alt, daß sein Herz auszusetzen begann? Schnell schob er diesen Gedanken beiseite. Jetzt ging es ihm wieder gut. Eleanors Jugend ließ ihn manchmal die Jahre fühlen. Doch nichts durfte ihnen diese Nacht verderben, das schwor er sich.

Die Minuten dehnten sich, während Eleanor im Bett saß. Warum kam er nicht? Vielleicht war er eingeschlafen. Nein, er war nur aufmerksam genug, ihr Zeit zu lassen, um sich zu fangen. Ihre Gedanken flogen zu Isabella, und sie dachte wieder an die Nacht, in der sie sie zusammen mit Richard im Bett entdeckt hatte. Eine heiße Sehnsucht überkam sie. William hatte doch nicht seine Meinung geändert? Was hatte Isabella ihr geraten, als sie sie fragte, wie sie William dazu bringen könnte, sie zu seiner Frau zu machen? »Du mußt dich ihm halb entkleidet zeigen, dann wird die Natur unweigerlich ihren Lauf nehmen«, hatte sie gesagt.

Schließlich konnte Eleanor es nicht mehr aushalten. Sie überwand ihre Schüchternheit und schlich langsam die Treppe hinunter. Williams Augen weiteten sich erfreut bei ihrem Anblick, alle anderen Gedanken traten in den Hintergrund. Das Licht des Feuers hinter ihr ließ ihr Gewand durchsichtig erscheinen, und ihm stockte der Atem, als er ihren herrlichen Körper sah. Verlangen stieg in ihm auf, er erhob sich und streckte ihr seine Arme entgegen.

Sie flog auf ihn zu, barg ihr Gesicht an seiner Schulter, ihr Herz floß über vor Glück über das, was sie in seinen Augen gelesen hatte. Seine Lippen lagen auf ihrem Hals, er zog sie an seinen Körper und ließ sie seine harte Erregung spüren. Er küßte sie aufs Ohr, ein wohliger Schauder durchrieselte sie, als er flüsterte: »Laß mich dich ins Bett tragen.«

Auf dem halben Weg der Treppe kam der Schmerz zurück. Er blieb stehen und holte tief Luft, nur mit seinem eisernen Willen verbannte er das Bohren aus seiner Brust.

Eleanor hob den Kopf von seiner Schulter. »Was ist? Bin ich zu schwer für dich?«

»Schwer?« Er lachte. »Gütiger Himmel, ich hoffe, du denkst

nicht, ich sei schon zu alt und gebrechlich, um meine Braut ins Bett zu tragen.«

Sie stimmte in sein Lachen ein. Was für eine ungeschickte Frage an einen Mann wie ihn. War er nicht William, der große Oberhofmarschall von England?

Wieder verschwand der Schmerz im Handumdrehen, und William verschwendete keinen Gedanken mehr daran. Er legte Eleanor sanft auf das Bett. »Du hast doch sicher nichts dagegen, wenn ich nicht alle Kerzen lösche? Ich sehne mich so sehr nach deinem Anblick.«

Die leichte Röte in ihren Wangen wurde noch tiefer. »Ich möchte dich auch sehen«, antwortete sie. Atemlos sah sie ihm zu, als er sein Wams auszog, sein Hemd und schließlich auch die Hosen. Seine Schenkel waren kräftig und muskulös, und dazwischen wuchs dichtes, kastanienbraunes Haar.

So sah also ein nackter Mann aus, dachte sie. Doch dann korrigierte sie sich schnell. Nicht alle Männer sahen so großartig aus, William war kein gewöhnlicher Mann. Als er die Hand ausstreckte und das Band ihres Nachtgewands löste, glaubte sie vor Anspannung ohnmächtig zu werden. Das Gewand fiel zu Boden, und die Matratze bewegte sich, als William neben ihr auf das Bett sank. Zärtlich zog er sie an sein Herz, er genoß das überwältigende Gefühl, ihre nackte, samtige Haut an seiner zu fühlen. Eleanor keuchte auf vor Glück. Himmel, wie liebte sie es, diesen Mann so nahe zu fühlen – seine Wärme, sein Gesicht, seine Behaarung!

Seine Finger schlossen sich um ihre Brust. »Sieh mal, sieh mal«, murmelte er und streichelte die rosigen Spitzen mit seinen Daumen, bis sie sich aufrichteten und sich ihm verlangend entgegenreckten, dann berührte er beide mit seiner Zunge.

»Oh«, rief Eleanor. Er legte die Hände unter ihre Brüste und hob sie zu seinem Mund. Jeden einzelnen Zentimeter ihres Körpers streichelte er, seine Küsse nahmen ihr den Atem, und ihr Herz jubelte bei dem Gedanken, daß sie von jetzt an nie wieder getrennt sein würden. Sie würden für den Rest ihres Lebens das Bett miteinander teilen, und es würde keine andere Liebe für sie beide geben, niemals.

»Mein kleiner Liebling, ich habe so lange auf dich gewartet.«

Auch ihr war das Warten endlos erschienen, doch es war jeden einzelnen Augenblick wert gewesen. Er hielt sein Verlangen im Zaum, drängte es zurück, damit er sie nicht mit seiner Leidenschaft erschreckte. Sie war sein kostbarstes Juwel, und er würde dieses Juwel hüten. »Habe ich dir schon gesagt, wie wunderschön du heute ausgesehen hast?« Seine Hände glitten tiefer, streichelten sie sanft, weil er wußte, daß all das neu für sie war.

Sie holte tief Luft. »Ja, du bist der Grund dafür, daß ich mich wunderschön fühle«, antwortete sie atemlos. »Die Saphire, die du mir geschenkt hast, waren so blau, wie ich noch keine gesehen habe.«

»Nicht, wenn ich sie mit deinen Augen vergleiche. Sie sind wie zwei tiefe Seen – ich könnte in ihnen ertrinken«, flüsterte er, während seine Finger die sanften Falten auseinanderschoben, hinter denen sich der Quell ihrer Weiblichkeit versteckte, um das Juwel darinnen zu suchen.

Ein Schauder lief bei Williams Berührung durch ihren Körper, doch auch das, was ihre Hände entdeckt hatten, verursachte ihr Erregung. Sie ließ ihre Hände wandern, strich über die kräftigen Muskeln, dann preßte sie ihre Lippen auf seine Schultern, seine Brust und seine Rippen, um ihn zu kosten.

Er schob einen Finger in sie hinein und hielt ihn dann ganz still, damit sie sich an dieses Gefühl gewöhnen konnte. Sie schrie auf, doch dann entschuldigte sie sich schnell, denn er hatte ihr nicht wirklich weh getan.

»Meine Süße, du kannst so viel schreien, wie du möchtest. Ich werde sehr vorsichtig und langsam sein, aber beim ersten Mal wirst du Schmerz empfinden.« Behutsam begann er, sie mit seinem Finger zu streicheln, er versuchte, sie so feucht wie möglich zu machen, damit es erträglicher für sie war, wenn er zum ersten Mal in sie eindrang. Nach einer Weile bog sie ihm ihren Körper entgegen. »Mmmm... William.« Ihre rosigen Lippen öffneten sich, als der erste Funke der Sinnlichkeit in ihr aufsprang. Schnell preßte er seine Lippen auf ihre, küßte sie voll Leidenschaft, und sein Kuß verriet ihr mehr als Worte, daß es noch so vieles war, was er von ihr wollte. Sie waren beide eingehüllt in eine Aura der Liebe und des Verlangens, wie in einem Kokon, der sie vom Rest der Welt abschloß. Ihr Bett war ein Ort, an dem alles geschehen konnte, im verborgenen. Dies war ihr Paradies.

Sie griff nach seinem hart aufgerichteten Glied, das sich gegen ihre Schenkel drängte, und sie beide zuckten zusammen. »Nicht!« bat er. »Bewege deine Finger nicht, Allerliebste, sonst bin ich verloren«, erklärte er heiser.

»William... du bist so groß, so hart.« Sie sank zusammen, ein Anflug von Furcht klang in ihrer Stimme mit.

»Hab keine Angst, mein Schatz. Es ist besser, wenn ich so hart bin. Dann komme ich besser in dich hinein, vertrau mir.«

»Das tue ich, William«, erklärte sie schlicht und überließ alles Weitere ihrem geliebten Mann.

Er kniete sich über sie, es gefiel ihm nicht, daß er ihr weh tun mußte, doch er war schon viel zu weit gegangen, um sich noch weiter beim Vorspiel aufzuhalten.

Eleanor war gefangen in widerstreitenden Gefühlen. Nie zuvor in ihrem Leben hatte sie sich etwas mehr gewünscht, doch gleichzeitig wünschte sie, es würde nicht geschehen.

»Vergib mir, Eleanor«, flüsterte er, und dann war er schon eingedrungen. Sie schloß die Augen, ein kleiner Schrei kam über ihre Lippen, als der Schmerz und das Gefühl, ihn in sich zu haben, sie wie ein Schlag traf. Sicher war der Schmerz größer gewesen als das Glücksgefühl, doch sie liebte es, ihm so nahe zu sein in zärtlicher Vereinigung. William lag voll auf ihr, sein Gewicht drückte sie nieder. Sie erinnerte sich daran, daß sie geschrien hatte, doch auch er hatte geschrien – wie vor Schmerzen. Jetzt lag er bewegungslos. Das also war der »kleine Untergang«, von dem Isabella gesprochen hatte. Es war wirklich ein mystisches Erlebnis.

Williams Gewicht wurde ihr zu schwer, sie versuchte, ihn ein wenig von sich zu schieben. Doch sie konnte sich nicht bewegen. »William, du tust mir weh«, sagte sie leise.

Er antwortete nicht; nichts deutete darauf hin, daß er sie gehört hatte. Er war eingeschlafen. Sie mußte ihn aufwecken, sein Ohr war ihren Lippen ganz nah. »William!« rief sie. »William!« Furcht beschlich sie. Er schlief nicht, er war bewußtlos. Lieber Gott, wäre sie doch nur nicht so unwissend! Konnte eine Entjungferung einen Mann in die Ohnmacht treiben?

Sein Gewicht benahm ihr den Atem. Sie sog in schnellen kurzen Zügen die Luft ein, während sie anfing zu zittern. Ihr Verstand sagte ihr, daß sie ihrer Angst nicht nachgeben durfte – wieder und wieder sagte sie sich, daß es nur noch einen Augenblick dauern konnte, bis alles wieder ins Lot käme.

Sie wußte nicht, wie lange sie so gefangen unter ihm gelegen hatte, ehe sie die Beherrschung verlor und zu schreien begann. Schon im nächsten Augenblick stürmte Rickard de Burgh von der Brustwehr herein und hob Williams Körper von ihr.

De Burgh starrte voller Entsetzen auf die nackte Prinzessin, das Blut auf den schneeweißen Laken und den leblosen Körper des Grafen von Pembroke, des Oberhofmarschalls von England. Blind griff er nach Eleanors Morgengewand. »Meine Herrin, meine arme, süße Herrin«, flüsterte er.

»Nein, Rickard, nein. Helft mir, heiliger Jesus, helft mir! Er kann nicht sterben, ich werde das nicht zulassen!« Sie nahm Williams nackten Körper in ihre Arme und schluchzte stoßweise.

»Eleanor, er ist von uns gegangen, wir können ihn nicht halten.«

Sie zuckte vor ihm zurück. »Nennt mich nicht so, der Name ist verflucht!«

Schließlich gelang es ihm, ihr den Körper ihres Mannes zu entwinden; dann zwang er sie, das samtene Morgenkleid überzustreifen.

»Holt einen Arzt – holt den König«, schrie sie außer sich.

»Selbst wenn ich alle Erzengel rufen würde, meine Herrin, sie könnten ihn Euch nicht zurückgeben. Schnell, Eleanor, ehe sich das Zimmer mit Menschen füllt – was ist geschehen? War William krank? Hat er Wein getrunken, der in diesem Raum stand?« wollte Rickard voller Mißtrauen wissen.

Sie schüttelte den Kopf, ihr Gesicht war kreidebleich. Rickard hatte Gefahr für Eleanor gewittert, nicht für William. Wenn er doch nur etwas hätte tun können, um diese Tragödie zu verhindern! Er hatte keine andere Wahl, als die Neuigkeit dieses plötzlichen Todes der Welt mitzuteilen, doch er hoffte, daß niemand diese unschuldige Frau dafür verantwortlich machen würde. Er zog die Bettdecke über das blutige Laken und murmelte: »Ihr braucht jemanden, der sich um Euch kümmert.« Doch er sah, daß sie ihn gar nicht gehört hatte. Er ließ sie in dem Gemach zurück, wo sie sich verzweifelt an Williams kalte Hand klammerte.

Schon bald versammelten sich die erschreckten Verwandten, Mitglieder der Kirche und Ärzte, während sich in dem Raum darunter die Neugierigen drängten. Das Gesicht des Königs war ganz grau, in einer Ecke mußte er sich übergeben. Zwei Ärzte hatten die Leiche untersucht und befragten jetzt Eleanor.

»Sagt uns ganz genau, was passierte, nachdem Ihr Euch zurückgezogen hattet«, befahl der persönliche Leibarzt des Königs vorwurfsvoll.

Eleanor preßte den Handrücken vor den Mund und kämpfte mit dem Sprechen, ihr gelang nur ein Flüstern. »William hat mich nach oben ins Bett getragen, und wir...« Ihre Stimme versagte.

»Er hat Euch diese steile Treppe hinaufgetragen?« fragte der Arzt ungläubig. Dann wandte er sich an seinen Kollegen. »Wie alt war der Oberhofmarschall?«

»Sechsundvierzig Jahre«, antwortete dieser. Beide sahen Eleanor an. »Und wie alt seid Ihr?«

»Sech-sechzehn«, antwortete sie. »Beinahe siebzehn«, korrigierte sie sich dann schnell.

»Es ist noch nicht einmal ein Jahr her, seit der Oberhofmarschall Euch zu sich geholt hat, um bei ihm zu leben?« fragte die vorwurfsvolle Stimme weiter.

Eleanor konnte nur nicken.

»Sagt uns aufrichtig, Gräfin, habt Ihr einen jungen Geliebten?«

Ihre Blicke suchten Rickard de Burgh, doch der wußte, er durfte ihr nicht zu Hilfe kommen, weil sie sonst beide als Liebende verurteilt würden. Sie schüttelte benommen den Kopf, wie eine Woge hüllte das Elend sie ein.

»Wie oft habt Ihr heute abend darauf bestanden, daß er seine ehelichen Pflichten erfüllte?«

Wovon sprachen diese Männer überhaupt? fragte sie sich, als die

Verzweiflung sie zu überwältigen drohte. Sie preßte die Hände an die Ohren und rief: »Henry, mach, daß sie aufhören!« Doch der König war am Boden zerstört über den Verlust dieses Mannes, der wie ein Vater für ihn gewesen war. Er vergoß heiße Tränen, und die Königin und die Savoyer überschütteten ihn mit Mitleid.

Der Leibarzt des Königs verkündete allen Anwesenden: »Es liegt auf der Hand, daß die Ehe mit einer Sechzehnjährigen den alternden Oberhofmarschall überfordert hat. Sein Herz ist zersprungen, als er versuchte, die Forderungen seiner jungen Frau zu erfüllen. Hätte ich gewußt, daß der Graf von Pembroke unter Herzbeschwerden litt, hätte ich ihm ein Stück Koralle gegeben, das er ständig in seinem Mund hätte bewahren müssen.«

Eleanor fühlte ein Rauschen in ihren Ohren, und im nächsten Augenblick wurde es schwarz um sie herum. Sie streckte vergebens die Hand nach ihrem Bruder Richard aus, denn der war ganz damit beschäftigt, den Kummer seiner Frau über den Verlust ihres Bruders zu lindern.

Das Urteil des Arztes wurde von allen Gästen der Hochzeitsfeier schaudernd weitergereicht, keiner von ihnen hätte ein so lüsternes Drama missen mögen.

Brenda starrte zu Allan, der an der gegenüberliegenden Wand stand. Alle befanden sich in einem Zustand des Schocks, nur der Knappe nicht. Sein Gesicht zeigte überhaupt keine Überraschung, sondern eher einen Ausdruck selbstgefälliger Zufriedenheit, als wäre er stolz auf diese grausige Szenerie. Während des ganzen Festes hatte sie gesehen, daß er sich ständig in der Nähe des Oberhofmarschalls aufhielt, ihm das Essen servierte, ihm den Becher füllte, und jetzt war der Oberhofmarschall tot.

Als Allan Brendas Blicke auffing, las er darin offen ihren Verdacht, das Mädchen wußte zuviel. Seine Anweisungen waren unmißverständlich, er durfte keine Spur hinterlassen, die ihn mit Winchester in Verbindung brachte. Bei seinem letzten Besuch hatte der Bischof ihm überdeutlich klargemacht, daß sein eigenes Leben verwirkt wäre, wenn er nicht schnellstens dieses Geschäft zu einem Ende brachte. Er bedeutete Brenda mit erhobener Hand, ihm nach draußen auf die Brustwehr zu folgen. Es war einfach, unbemerkt aus dem Raum zu schlüpfen, denn gerade in diesem Augenblick sollte der Oberhofmarschall aus dem Zimmer geschafft werden.

Ganz plötzlich erwachten Eleanors Lebensgeister: »Rührt ihn nicht an – niemand soll sich erdreisten, ihn anzurühren!« Sie sah aus, als hätte sie den Verstand verloren, als sie sich wie eine Furie vor dem Bett aufstellte. »Raus!« schrie sie. »Macht alle, daß ihr rauskommt!«

Der König und die Königin gingen als erste, gefolgt von den Savoyern, den Bischöfen sowie Richard und Isabella. Die beiden Ärzte blieben zurück, sie verdammten sie mit wütenden Blicken. Doch Eleanor stand wie ein Racheengel vor der Leiche. »Raus!« wiederholte sie schrill.

Niemand vermochte sich ihr zu widersetzen. Sie litt unter einem Anfall von Plantagenet-Wut. So etwas hatte man oft bei ihrem Vater erlebt!

Sie verriegelte die Tür von innen und trat wieder an seine Seite. Das alles war ein entsetzlicher Alptraum. Schon bald würde sie aufwachen, und alles fände eine Erklärung. Ein großes Schuldgefühl überkam sie. Sie sank auf die Knie, nahm Williams Hand und preßte sie an ihre Wange. »Mein Gott, William, was habe ich dir angetan?« fragte sie. Seine letzten Worte waren gewesen: »Vergib mir, Eleanor.« Gott im Himmel, wer würde ihr vergeben? Heiße Tränen tropften auf seine kalte Hand. Wieder und wieder dröhnten die Worte in ihrem Kopf. Verlaß mich nicht, verlaß mich nicht, verlaß mich nicht.

Draußen auf der hohen Palastmauer ging Brenda auf Allan los, wie ein Terrier auf eine Ratte. Seine Finger legten sich um ihren Hals, noch ehe sie einen Laut ausstoßen konnte. Sofort nahm sie den Kampf auf. Heftig riß sie ihr Knie hoch und stieß es ihm in den Unterleib. In dem Augenblick, als sich seine Hände von ihrem Hals lösten, stieß sie mit dem Kopf gegen seine Brust, rückwärts taumelte er über die Brüstung. Sie holte tief Luft, um den Schmerz in ihrem Hals zu lindern, doch noch ehe sie wieder ausgeatmet hatte, hörte sie einen dumpfen Aufschlag auf den Steinplatten tief unter ihr.

Sie wich zurück in den Schatten, die Angst machte sie schwindlig. Niemals würde sie ein Wort von dem aussprechen, was sie vermutete. Allan hatte versucht, auch sie umzubringen, auf Befehl von Winchester. Sie mußte weg!

Als die Morgendämmerung anbrach, war der Körper des bedeutungslosen Knappen von unbekannten Händen weggeschafft worden. Das Verschwinden einer niederen Dienerin geriet in den Hintergrund vor der unfaßlichen Tragödie, die das Leben der höchsten Familien des Landes getroffen hatte.

18. Kapitel

Der Oberhofmarschall von England lag aufgebahrt in Westminster. Seine junge Witwe, die aussah wie ein Geist, befand sich in einem tiefen Schock. Sie hatte seinen Körper nicht aus den Augen gelassen, hatte selbst seine Rüstung poliert und ihm sein Lieblingsschwert in die Hand gelegt. Als sie sein Haar bürstete, hatte sie sich gefragt, wann es so plötzlich ergraut sein mochte.

Jetzt stand sie bewegungslos neben dem Katafalk, auf dem der rote Löwe aufstieg, und nahm die Beileidsbezeigungen des Adels entgegen. Später würde man auch das Volk von London hereinlassen, doch vorläufig waren nur die königliche Familie, die Marshals und alle Mitglieder der Geistlichkeit aus einem Umkreis von fünfzig Meilen in der Abtei versammelt.

Auch Henry erschien, gestützt von seiner königlichen Leibwache, doch er brachte es nicht über sich, näher zu kommen. Eleanor betrachtete benommen, wie die Augen ihres Bruders sich mit Tränen füllten und er sich abwandte. Insgeheim sprach sie mit William, sie fühlte, daß er jedes Wort hörte, was sie sagte und daß er jeden Gedanken in ihrem Kopf kannte. Sie wußte, sie würde es ertragen können, solange er noch bei ihr war. Dem Gedanken an das Begräbnis verschloß sie sich hartnäckig.

Der alternde Erzbischof von Canterbury begann ein Gebet für Williams Seele, und der Bischof von Chichester versuchte, sie mit salbungsvollen Sprüchen zu trösten. Das Herz tat ihr weh, jeden

Schlag spürte sie. Doch sie schloß den Schmerz in sich ein, sie liebte ihn sogar, wollte leiden.

Peter des Roches, der Bischof von Winchester, machte das Kreuzzeichen auf Williams Stirn, und Eleanor wich zurück, als sie sah, wie seine Wurstfinger ihren Mann berührten. Die Brüder und Schwestern Williams, seine Cousins und Kusinen gingen an ihr vorbei und bedachten sie mit eisigen Blicken. Sie mutmaßte, daß die Mitglieder der reichsten Familien Englands glaubten, er würde noch leben, wenn er sie nicht geheiratet hätte. Eleanor brannte innerlich, denn sie selbst glaubte ebenfalls schuld zu sein an seinem Tod.

Als nächstes kam die Königin mit dem unvermeidlichen Troß der Savoyer. Sie warf Eleanor einen bedauernden Blick zu. »Keine Angst, meine Liebe, wir werden einen anderen Ehemann für Euch finden«, meinte sie.

Eleanor erstarrte. »Ich werde nie wieder heiraten.«

Die Königin lachte, eine Beleidigung für Eleanors Ohren – für ihre Seele. Sie war betroffen, daß diese Frau so etwas sagen konnte, noch dazu vor William.

»Beim nächsten Mal werdet Ihr einen jüngeren Mann bekommen.« Sie beugte sich zu Eleanor: »Peter von Savoyen hat sich schon für Euch verwendet.« Die Königin warf ihrem früheren Geliebten einen bedeutsamen Blick zu.

»Ich werde nie wieder heiraten!« wiederholte Eleanor. »Ich schwöre den heiligen Eid der Keuschheit! Ich lege das Gelübde der ewigen Witwenschaft ab!«

Der Erzbischof von Canterbury und die Bischöfe von Chichester und Winchester traten unverzüglich vor, um diese Gelübde, die die Gräfin von Pembroke so inbrünstig ausgesprochen hatte, zu segnen. Noch ehe das Echo ihrer Stimme verklungen war, hatten sie ihr bereits unter die Hand eine Bibel geschoben. Gern verkündete sie dieses Gelübde noch einmal von ganzem Herzen, doch fragte sie sich dabei, warum sie diese Bischöfe so sehr verachtete. Dann dachte sie wieder an Irland und an den Fluch des Bischofs von Ferns. »Die allmächtige Familie Marshal wird aussterben. In nur einer Generation wird der Name vernichtet werden. Ihr werdet nie den Segen des Herrn erfahren, Euch zu vermehren ... Besitz wird sich auflösen in alle Winde ...« Eleanor legte eine Hand auf ihren Leib. »Bitte, lieber Gott, gib, daß ich Williams Kind in mir trage«, betete sie.

Nach einer Totenwache von dreißig Stunden brach die Gräfin von Pembroke zusammen. Die Mutter Oberin des Heiligen Ordens von St. Bride's wurde gerufen, um die junge, von Trauer verzehrte Witwe zu pflegen. Eleanor wurde mit einer Barke nach Durham House gebracht. Die vielen Dienerinnen und Diener dort waren aus Kummer um ihren geliebten Grafen von Pembroke am Boden zerstört.

Rund um die Uhr wurde Eleanor von der Mutter Oberin und zwei Nonnen versorgt, die seit ihrer Kindheit in ihrem Haushalt lebten. Es gab eine Zeit, da fing sie an zu phantasieren, und alle glaubten schon, sie würde sowohl ihren Verstand als auch ihr Leben verlieren. Im Haus herrschte Grabesstille, alle Räume waren schwarz verhangen, die gesamte Bewohnerschaft trauerte. Wochenlang schien es nur zu regnen. Das Volk von London blickte von der Themse auf die abgedunkelten Fenster, es wollte ihnen vorkommen, als ob jeder Stein des Hauses vor Kummer weine.

Schließlich konnte Eleanor sich nicht länger hinter ihrer Verzweiflung verstecken, zögernd verließ sie die Zuflucht ihres Krankenbettes. Niemand nannte sie jetzt mehr Eleanor, sie war für alle die Gräfin von Pembroke, und das tröstete sie. Der Geist Williams schien in jedem einzelnen Zimmer zu wohnen, die geschmackvolle Einrichtung von Durham House rief ohne Unterlaß schmerzliche Erinnerungen hervor.

Ständig fror sie, bis sie Williams buntes Samtwams fand und es anzog. Sie trug es oft, abwesend und in Gedanken verloren streichelte sie den weichen Stoff. Und wenn der Schmerz so groß wurde, daß sie glaubte, er drücke ihr das Herz ab, schlief sie auch darin.

Nach drei Wochen wurde sie aus ihrem Heim vertrieben, als Richard Marshal aus der Normandie kam, wo er die Besitzungen der Familie inspiziert hatte. Jetzt, wo William nicht mehr lebte, war er gekommen, um den Besitz und die Geschäfte der wohlhabenden Marshal-Familie zu übernehmen. Dieser jüngere Bruder von William war ein strenger und entschlossener Mann, der eine mißtrauische Abneigung gegenüber allen Plantagenets hegte.

Der Gräfin von Pembroke blieb nichts anderes übrig, als sich an den König zu wenden. Henry war schockiert, als er seine hübsche Schwester wiedersah. Er fürchtete ihren grimmigen Zorn über die Aussicht, Durham House zu verlieren, aber nichts geschah. Sie war so bedrückt, daß er sich Sorgen machte. »Henry, es bekümmert mich nicht«, erklärte sie ruhig. »Dort ohne William leben zu müssen, schmerzt sowieso viel zu sehr.«

Richard Marshal hatte bereits beim König vorgesprochen. Henry hatte sich die Hände gerieben in der Vorfreude, den Besitz der Marshals für sich in Anspruch zu nehmen. Denn wenn ein reicher Mann ohne männlichen Erben starb, so fiel sein Besitz an das Kanzleigericht, und der König profitierte davon. Richard Marshal jedoch erklärte, da William keinen Sohn gezeugt habe, sei er der Erbe, und er besaß alle Rechtsunterlagen, um das zu beweisen.

»Ich mag diese jungen Marshals nicht«, sagte der König gereizt, dennoch wußte er, daß er eine so reiche Familie nicht vor den Kopf stoßen durfte. Geld war Macht. Um Frieden zu bewahren, würde er willig Eleanors Anteil am Besitz der Marshals aufgeben; ihr schien nicht bewußt zu sein, daß ein Fünftel von allem Besitz, nicht nur in England, sondern auch in der Normandie, Wales und Irland, ihr gehörte.

»Du wirst zurückkommen nach Windsor«, knirschte er mit zusammengebissenen Zähnen und überlegte, wie er ihr beibringen sollte, daß inzwischen Thomas von Savoyen ihre alte Wohnung in Beschlag genommen hatte.

Sie lächelte traurig. »An deinem Hof ist nur Platz für eine Eleanor. Ich bitte um nichts als ein wenig Ruhe und Frieden, um eine Privatsphäre.«

Henry hatte die Lösung für ihr Problem. Er nahm ihre Hand: »Du wirst deinen eigenen Hof haben. Du kannst Vaters frühere Räume beziehen, hinten im Upper Ward, dort bist du vollkommen für dich. Unser Großvater hat diesen Trakt gebaut, mit Steinen, die er den ganzen Weg von Bedfordshire herschaffen ließ. Der König-

John-Turm ist rechteckig, und ich glaube sogar, daß es dahinter einen umschlossenen Garten gibt, zu dessen Tür nur ein einziger Schlüssel vorhanden ist.«

Sie drückte dankbar seine Hand. »Danke, Henry«, murmelte sie. »Alle Angestellten von Durham House haben mich gebeten, sie in meinen Diensten zu behalten.« Er war erleichtert, daß er wenigstens nicht auch noch für ihre Dienerschaft würde bezahlen müssen. Als sie sich zurückzog, blickte er nachdenklich ihrer schmalen Gestalt nach. Das Mädchen, dessen Augen wie Juwelen blitzten, gab es nicht mehr. Und auch die Schwester, die ihm einst eine Ohrfeige versetzte, um ihn zur Raison zu bringen, war nicht mehr da. Die kleine Prinzessin, die die Horde der Plantagenets regiert hatte, war verschwunden.

Am gleichen Tag, an dem William Marshal beerdigt wurde, befahl der Bischof von Winchester Hubert de Burgh, laut Order des Königs, all die königlichen Schlösser, die sich in seinem Besitz befanden, an Stephen Segrave zu übergeben. Um die Kränkung noch zu steigern, wurde Segrave als neuer Justiziar des Königreiches ernannt. Da also Hubert nicht für alle Summen, die durch seine Hände gegangen waren, eine Abrechnung vorlegen konnte, wurden ihm sämtliche persönlichen Besitztümer genommen. Man erwischte ihn auf der Flucht und warf ihn in den Tower von London, während darüber seine prunkvollen Gemächer verödeten.

Falcon de Burgh begleitete seinen Sohn Michael zurück nach England. Mit zwei Dutzend seiner besten, kampferprobten Männer segelte er den Bristol-Kanal hinauf. Noch während des Ritts nach London hoffte de Burgh, daß sich alles als Irrtum herausstellen möge; doch als er dann in der Hauptstadt eintraf und erfuhr, daß Hubert nicht mehr Justiziar von England war, daß man ihn eingesperrt hatte und sein größter Verbündeter, William Marshal, tot war, wußte Falcon de Burgh, daß er keine Minute zu verschwenden hatte. Er und seine Männer quartierten sich in der Bag-O'Nails-Taverne in Wapping ein, am Ufer der Themse. Im Schutz der Dunkelheit ließ Falcon seinen Sohn Rickard holen.

Regen tropfte auf den Boden, als Rickard de Burgh seinen nassen Umhang abwarf und an das wärmende Torffeuer trat. »Vater, Mick, Gott sei Dank seid ihr gekommen.«

Falcon de Burgh sah das grüne Feuer in den Augen seines Sohnes, das dem seinen so ähnlich war, und erkannte nun, daß sich die Visionen seines Sohnes bewahrheitet hatten. »Ich habe Krieger mitgebracht«, sagte Falcon leise. »Wir werden das Hinterzimmer benutzen, um die Aufgaben zu verteilen, aber wenn es schmutzige Arbeit zu tun gibt, dann werde ich derjenige sein, der sie erledigt – erfahrungsgemäß!«

»Ich vermute, daß der Oberhofmarschall vergiftet wurde«, sagte Rickard leise und eindringlich.

»Wenn das so ist, muß er jemandes unersättlichem Ehrgeiz im Wege gestanden haben. Er muß gegen diese Verurteilung Huberts Einspruch erhoben haben. Keiner von euch beiden darf in den Verdacht geraten, daß ihr zu eurem Onkel haltet. Ich möchte sogar, daß ihr euch beim König verdingt.«

Mick verzog das Gesicht. »Das wird mir schwer zu schaffen machen. Sein Mangel an Charakter ist beklagenswert. Genau wie die Art, seine Loyalität zu wechseln, wie eine Wetterfahne im Wind. Hubert und William waren beide seine Vorbilder, ersetzten ihm den Vater, den er nie gehabt hat, und sieh nur, was aus ihnen geworden ist.«

Falcon hob abwehrend die Hand. »Ich möchte nicht, daß ihr euer Ziel aus den Augen verliert. Wenn jemand genug Niedertracht besaß, William Marshal zu vergiften, dann ist auch das Leben der jüngeren Marshals nichts mehr wert. Ihr werdet mehr erfahren, wenn ihr in Diensten des Königs steht. Henry ist schwach, aber nicht böse. Jemand manipuliert ihn.« Die drei Männer grinsten zum ersten Mal an diesem Abend. »In einem Wort, alle manipulieren ihn.«

»Der König ist genauso unbeständig wie alle Londoner«, meinte Rickard. »Sie flüstern ekelhafte Lügen über Hubert. Ich habe schon gehört, daß erzählt wird, er hätte den Oberhofmarschall vergiftet und daß er schwarze Magie benutzt habe, um sich Henry gefügig zu erhalten.«

Mick folgerte: »Das nächste wird sein, daß man ihn beschuldigt, Prinzessin Margaret verführt zu haben, um König von Schottland zu werden.«

»London ist nicht England«, warf Falcon ein. »Es ist so, als versuche der Schwanz, mit dem Hund zu wackeln. England wird nicht vergessen, daß es Hubert war, der es von den Franzosen befreit hat.«

Rickard blickte in das dunkle Gesicht seines Vaters. »Hast du vor, ihn aus dem Tower zu holen?«

»Wie und wann ich das tue, braucht ihr nicht zu wissen«, antwortete er. »Aber ich denke, er könnte Zuflucht suchen in der Kirche von Devizes.«

»Großartig gewählt!« stimmte Rickard zu. »Das Schloß Devizes war es doch, wo König John den jungen Henry sicher versteckt hatte, nicht wahr?«

Falcon nickte. »Von Devizes wurde er zu seiner Krönung geleitet. Wir wollen hoffen, daß er sich daran erinnert.«

»Ist Devizes nicht nördlich von Stonehenge?« wollte Mick wissen.

Falcon nickte abwesend. In Stonehenge hatte er zum ersten Mal einen Blick auf die Zauberin Jasmine geworfen. Sein Blut begann zu brodeln, doch dann sank sein Herz. Wie, um alles in der Welt, sollte er ihr beibringen, daß ihr liebster Freund Will im Grabe lag?

Als de Burgh und seine Freunde endlich zu Hubert vordringen konnten, war dieser bereits gefoltert worden. Man hatte ihn gezwungen, ein Schriftstück zu unterzeichnen, mit dem er all das, was die Tempelritter für ihn in Verwahrung hielten, dem König übereignete. Dabei handelte es sich um Gold, Tafelgeschirr, Juwelen und über hundert hochstämmige Becher aus kostbaren Metallen, die mit ungeschnittenen Edelsteinen verziert waren.

Falcon de Burgh fütterte ihn, versorgte seine Wunden und verbrachte ihn dann zu den Priestern der Kirche von Devizes. Er zog sich mit seinen Männern auf ein Schloß seiner Frau in Salisbury zurück und beobachtete die weitere Entwicklung. Sie ließ nicht lange auf sich warten. Angeheuerte Söldner unter dem Befehl von

Winchester holten Hubert aus seinem Asyl und fesselten ihn mit dreifachen Ketten an die Wand im Verlies von Devizes.

Rasend vor Wut unterrichtete Falcon de Burgh den Bischof von Salisbury, dann ritt er sofort zum Bischof von London und informierte ihn, daß das Kirchenasyl verletzt worden war. Die beiden Bischöfe machten sich zusammen mit dem Erzbischof von Canterbury auf nach Westminster.

Als Henry schließlich mit Winchester sprach, rang er die Hände. Er haßte Konfrontationen und schlug wie sonst den Weg des geringsten Widerstandes ein.

»Ihr seid der König!« versuchte Winchester ihm klarzumachen. »Warum erlaubt Ihr, daß sie Euch Befehle erteilen?«

»Sie haben mir deutlich zu verstehen gegeben, daß die Barone schrecklich aufgebracht sind und ich auf meine englischen Pairs hören muß.«

»In England gibt es keine Pairs«, schnaufte Winchester, womit er wieder einmal eine seiner Lieblingsphrasen benutzte.

»Mein Rat hat mich davon unterrichtet, daß es keine Beweise für Huberts Schuld gibt«, drängte Henry.

»Dann wird es allerhöchste Zeit, daß Ihr einen neuen Rat ernennt«, riet ihm Winchester.

Henry hielt das für einen ausgezeichneten Vorschlag, den er sofort in die Tat umsetzen würde. Doch das allein löste das augenblickliche Problem noch nicht. »Wenn ich Hubert de Burgh nicht in das Kirchenasyl zurücklasse, so haben die Bischöfe und der Erzbischof damit gedroht, mich zu exkommunizieren. Sie werden mich unter Kirchenbann stellen, genau wie meinen Vater. Ich muß auf ihre Forderung eingehen.«

Winchester lächelte. »Dann schickt ihn zurück in die Kirche, auf alle Fälle. Ihr braucht das Gebäude nur mit starken Wachen zu umstellen, damit man ihm kein Essen hineinbringen kann. Er wird dann schon bald aus freien Stücken herauskommen.«

»Wie brillant Ihr doch seid, mein Herr Bischof.«

»Wenn Ihr schon von brillant sprecht, Sire, dann wartet damit, bis Ihr die Pläne seht, die ich für die Weihnachtsfeierlichkeiten in Westminster dieses Jahr geschmiedet habe.«

Drei Männer saßen in dem verräucherten Hinterzimmer der Bag-O'Nails-Taverne. Der Mund Falcon de Burghs war grimmig verzogen, als er sich mit seinen Söhnen unterhielt. »Mick, wenn du mit uns reitest, wird es dir wahrscheinlich nicht mehr möglich sein, nach London zurückzukehren und in die Dienste des Königs einzutreten.«

»Das ist mir gleich! Der Geruch des Hofes allein stößt mich ab. Die Fremden werden sowieso allen anderen vorgezogen. Wenn das alles vorbei ist, werde ich nach Connaught gehen, das ist das Land, wo die de Burghs regieren und nicht die Plantagenets!«

Falcon zog eine Braue hoch, so schwarz wie die Schwingen eines Raben, dann wandte er sich an seinen anderen Sohn Rickard.

Der antwortete leise: »Ich habe William Marshal Treue geschworen ... es bleibt meine Pflicht, auch der Gräfin von Pembroke ergeben zu bleiben.«

Sein Vater sah ihn eindringlich an. »Es ist hoffnungslos, sie zu lieben, wenn sie einmal das Gelübde der ewigen Keuschheit abgelegt hat.«

Rickard schloß einen Augenblick die Augen. »Ich mache mir in dieser Richtung keine Illusionen. Es tut mir sehr leid, daß sie der Welt entsagen will, denn nichts würde mir mehr Freude bereiten, als sie mit einem starken Mann zusammen zu sehen, der sie beschützen kann. Ich werde das Jahr in den Diensten des Königs durchstehen. Bis dahin denke ich, wird sie den Schleier genommen haben. Damit werde ich frei sein und kann nach Irland zurückkehren.« Er grinste plötzlich seinen Vater und seinen Bruder an. »Aber wenn ihr beide etwa glaubt, ich werde mir die Freude verkneifen, die Wachen Huberts in Stücke zu schneiden und ihre Eier an die höchsten Eichen zu hängen, dann habt ihr euch mächtig getäuscht!«

Die Hälfte von Falcons Männern brachte Huberts Kind und seine Frau, Prinzessin Margaret, in Sicherheit nach Norden. Der König hätte es nicht gewagt, Margaret zu verfolgen, denn er mußte fürchten, damit die Rache Schottlands über England heraufzubeschwören. Doch in diesen Tagen geschahen trotzdem bei weitem zu viele Übergriffe.

Falcon de Burgh wählte eine mondlose Nacht für seinen Plan. Der zweite Grund, warum er Devizes als Asyl für Hubert gewählt hatte, war seine Nähe zum Bristol-Kanal, wo sein Schiff vor Anker lag. Eine schnelle Fahrt über den Severn würde Hubert nach Wales bringen, wo die Hand des Königs nicht hinreichte.

Es würde ein harter und blutiger Kampf, denn die de Burghs waren in der Minderheit, sie kämpften gleichsam zwei gegen einen. Doch Falcon nutzte den Vorteil des Überraschungsangriffs, und er kannte seine Männer ganz genau. Als die Morgendämmerung über dem Schloß Devizes anbrach und der Nebel um die leere Schutzmauer wallte, sah es so aus, als wären sowohl der Gefangene als auch die Wachen vom Angesicht der Erde verschwunden. Wieder gab es Gerüchte über Schwarze Magie, doch die meisten Menschen fanden, daß Stillschweigen in diesem Fall sicherer war als Mut.

Am nächsten Abend bot Sir Rickard de Burgh Henry seine Dienste an, während er dabei ganz offen mit der Königin flirtete. Zur gleichen Stunde befand sich Falcon auf seinem Weg zurück zu Jasmine. Mick wußte, daß sein Vater die Wahrheit gesprochen hatte, als er sagte: »Von einem der Gegner ist jede Schlacht bereits gewonnen, ehe sie überhaupt ausgetragen wird.«

Teil Zwei

19. Kapitel

Eleanor, die Gräfin von Pembroke, lebte jetzt schon seit über einem Jahr als Witwe. Zuerst war ihr Name von jeder bösen Zunge des Landes zerrissen worden. Die Missetaten ihrer rothaarigen Dienerin waren ihren eigenen hinzugefügt worden, und alle möglichen Anzüglichkeiten hatten den Hof von Windsor monatelang amüsiert.

Doch als die Monate zu einem Jahr wurden, ließ das Interesse an der blassen jungen Frau nach, und selbst die lüsternen, ausschweifenden Savoyer ignorierten ihre Existenz, da ihre Gelübde sie unantastbar gemacht hatten.

Die Königin verfolgte sie nicht mehr mit ihrem eifersüchtigen Spott, denn was für einen Spaß machte es schon, wenn man auf seine beißenden Bemerkungen keine Antwort bekam? Die herrliche Krone des Haares ihrer Schwägerin war jetzt zu einem festen Zopf geflochten, und die goldenen Locken der Königin hatten keine Rivalin mehr. Königin Eleanor war froh über den Lauf der Ereignisse. Sie hatte sich von Anfang an geschworen, alle aus dem Lager der Prinzessin an sich zu locken, doch das Schicksal hatte ihr die meiste Arbeit abgenommen. Schon bald würden sich die Tore des Klosters hinter Eleanor Plantagenet schließen, und sie würde für den Rest ihres Lebens keinen Gedanken mehr an sie verschwenden müssen. Von diesem Tage an würde sie die schönste Frau Englands sein.

Ein langes Jahr hatte er gebraucht, um seine Ziele zu erreichen, doch jetzt, wo Hubert de Burgh und William Marshal ihm nicht mehr im Weg standen, befand Peter des Roches, der Bischof von Winchester, sich in einer Position, von der aus er das ganze Königreich dirigierte. Er und sein Bankert, Peter des Rivaux, übernahmen die Oberaufsicht über alle Liegenschaften und alle Wälder, sie kontrollierten alle Güter des Königs und ernannten alle neuen Vögte. Die Macht wurde nicht delegiert, sie wurde unter ihre Zentralherrschaft gebracht. Beamte in Westminster hatten die Kontrolle über das ganze Land, während ausländische Söldner die Ausübung der Gesetze überwachten. Es war eine Tyrannei – unter einer organisierten Knute.

Winchester hielt die Barone mittels häßlicher Flüsterpropaganda davon ab, sich untereinander zu verständigen, und so blieb es den Bischöfen überlassen, sich um die Interessen Englands zu kümmern. Der mächtige Bischof von Lincoln, der das größte Bistum Englands unter sich hatte, überzeugte den Grafen von Chester, den König darauf aufmerksam zu machen, daß Winchesters großer Einfluß gefährlich für das ganze Königreich war, da er den englischen König seinen Untertanen entfremdete. Ganz plötzlich jedoch verstarb der alternde Graf von Chester, und mit ihm waren alle Stimmen, die für die Engländer sprechen konnten, zum Schweigen gebracht, die englischen Barone hatten keinen Führer mehr. Es gab eine Zeit, da blickten alle auf Prinz Richard, doch im Augenblick lag dessen einziges Interesse darin, für das Land neue Münzen zu prägen, eine Aufgabe, die seine ganze Zeit in Anspruch nahm.

Henry war begeistert. All die langweiligen Geschäfte des Regierens waren ihm von den Schultern genommen, er konnte sich jetzt ausgiebig mit seiner lebhaften jungen Königin und ihrem faszinierenden Gefolge beschäftigen, die immer zu Späßen aufgelegt waren. Er teilte sich den Gewinn mit Richard, den sein Bruder aus dem Prägen der neuen Münzen erwirtschaftet hatte, und Simon de Montfort hatte der Gascogne den Frieden zurückgebracht. Henry rief Simon nach Hause zurück, um ihn als Graf von Leicester einzuführen. Da der Graf von Chester mittlerweile verstorben war, entschied Henry sich, großzügig zu sein mit Simon; er überließ ihm alles Land um Leicester herum, das einmal zu dem alten Titel gehört hatte.

Simon de Montfort war schockiert, als er erfuhr, daß Hubert de Burgh aus seiner hohen Position als Justiziar von England und Wales entlassen worden war. Chesters Tod akzeptierte er als gegeben, nicht nur, weil er davon profitierte, sondern weil Chester ein hohes Alter erreicht hatte. Doch was ihn am meisten traf, war der Tod William Marshals. Auch wenn er schon über ein Jahr zurück lag, so hatte er in der Gascogne davon nichts gehört. Die letzte Neuigkeit von den Marshals war Richards Hochzeit mit einer von Williams Schwestern. Simon fragte sich, ob die Nachricht des Todes von einem der Marshals absichtlich geheimgehalten worden war.

König Henry umwarb Simon, er nahm ihn mit nach Winchester zu den ausgelassenen Weihnachtsfeierlichkeiten. Simon stellte zu seinem Entsetzen fest, daß er zum neuen Favoriten Henrys aufgestiegen war. Hubert und William waren für den jungen König ein Vaterersatz gewesen, und jetzt war ihm diese Rolle zugefallen. Obwohl er das gleiche Alter hatte wie der König, war er doch viel erwachsener, sowohl körperlich als auch geistig, und Henry blickte zu ihm auf und bewunderte ihn.

Der neue Graf von Leicester sah mit Schrecken, auf welche Weise das Land regiert wurde. De Montfort liebte alles an England, er war ein wahrer Anglophile, vielleicht war er englischer als die Engländer selbst, die in diesem Lande geboren waren.

Zu Neujahr war Henry seinem neuen Mann de Montfort gegenüber sehr großzügig: er schenkte ihm Land bei Coventry, in der Nähe von Leicester. De Montfort litt unter den hohen Schulden aus der Schlacht, die er für Henry in der Gascogne geliefert hatte, doch er war weitsichtig genug zu begreifen, daß der Besitz von Land gleichzeitig auch Macht bedeutete. Erstaunlicherweise schien niemand etwas dagegen zu haben, daß dem Neuling so viel Gunst zuteil wurde; wahrscheinlich lag das daran, daß die Königin einen Blick auf diesen jungen Apollo mit seiner dunklen, bezwingenden Schönheit geworfen und beschlossen hatte, ihn zu einem Getreuen der Königin zu machen.

Simon zog mit seinen Männern nach Leicester und Coventry, um sich den Zustand seines neuen Besitzes anzusehen. Aus vergangener Erfahrung wußte er, daß er seine Haushalte mit fester Hand führen mußte, wenn er je von dem Berg seiner Schulden befreit werden wollte. König und Königin erlaubten ihm diese Reise nur, weil er versprochen hatte, zurückzukehren und in die Dienste des Königs zu treten, wenn der Hof im Frühling nach Windsor übersiedelte.

Simon hielt die Ohren für alle Gerüchte über den Tod William Marshals offen, auch seine beiden Knappen befragte er nach den Umständen seines Todes. Guy, der sich oft mit den jüngeren Knappen des Königs traf, wiederholte ihm alle Geschichten, die nach dem Tod des Oberhofmarschalls erzählt worden waren.

»Jeder weiß, daß seine junge Frau ihn umgebracht hat.«

Guys Vater Rolf fragte: »Wie denn?«

»Er war ein älterer Mann, der ein junges Mädchen zur Frau nahm. Er hat sie zwar erst zu sich geholt, als sie noch fünfzehn war, aber dann hat er nicht einmal mehr ein ganzes Jahr gelebt!«

»Was willst du damit sagen?« fragte Rolf verwirrt.

Guy blinzelte Simon zu und erklärte dann seinem Vater: »Er hat sich überarbeitet im Bett, in dem Versuch, ihr zu gefallen.«

»Unsinn!« erwiderte Rolf. »Der Oberhofmarschall war in meinem Alter, doch kein Greis!«

»... offensichtlich aber zu alt für die unersättliche Plantagenet-Prinzessin. Er ist bei der Ausführung seiner Pflichten gestorben!«

Rolf blickte Zustimmung heischend zu Simon. De Montfort nickte: »Ich habe die gleiche Geschichte gehört.«

Der ungläubige Ausdruck von Rolfs Gesicht wich der Bewunderung. »Er ist gestorben mitten in der Liebe – was für ein Tod!«

Die beiden Knappen konnten sich das Lachen nicht verbeißen, obwohl sie wußten, daß de Montfort den Oberhofmarschall in hohen Ehren gehalten hatte. »Ihr solltet erst einmal die Geschichten hören, die in den Ställen über die rothaarige Dienerin von Prinzessin Eleanor erzählt werden«, meinte Guy.

»Ich höre viele Geschichten, aber glauben kann ich das doch nicht gleich alles«, wehrte Rolf ab.

»Aber diese Geschichten müssen wahr sein. Männer geben nur selten zu, daß ihren Schwänzen die Manneskraft fehlt. Diese Dienerin war so lüstern, sie hat sechs Männer gebraucht, um befriedigt zu werden.« Guy blinzelte seinem Vater zu. »Sechs Engländer, heißt das. Ich frage mich, ob sie es je mit einem französischen Schwanz versucht hat.«

Simon bemerkte nachdenklich: »Wie es scheint, läßt an diesem Hof die Moral der Frauen, seien es die Damen oder ihre Dienerinnen, sehr zu wünschen übrig.« Er reichte Rolf die Zügel seines Hengstes. »Sattle mein anderes Pferd, ich denke, ich werde meinen Falken im Wald von Windsor fliegen lassen.« Simon de Montfort ging zum Stall, um seinen Vogel zu holen.

»Du solltest vor dem Grafen nicht so sprechen«, ermahnte Rolf seinen Sohn. »Er macht es einem leicht, sich mit ihm zu unterhalten, aber du vergißt, daß er jetzt ein großer Herr ist.« Er nahm dem schwarzen Hengst den Sattel, das Gebißstück und die Zügel ab und rieb das Pferd dann trocken. »Ein rothaariges Frauenzimmer, sagtest du?«

»Mach dir lieber einen Knoten rein«, lachte Guy und holte Simons Jagdpferd aus der Box. »Man hat sie schon seit über einem Jahr in Windsor nicht mehr gesehen!«

Als Eleanors Hand in ihrem Kleiderschrank ihr jadegrünes, samtenes Reitkleid berührte, konnte sie es kaum erwarten zu sehen, wie diese lebhafte Farbe ihr Aussehen verändern würde. Vor dem polierten silbernen Spiegel jedoch schauderte es sie, so häßlich sahen ihre Zöpfe aus. Schnell öffnete sie ihr Haar und bürstete es dann, bis es als wilde Lockenmähne ihr Gesicht umrahmte. Dann suchte sie nach dem juwelenbesetzten Netz, das zu dem Kleid gehörte, um die ungezähmte Fülle ihrer taillenlangen Haare darunter zu bändigen.

Die Stallknechte und Falkner hatten sie mit offenem Mund angestarrt, als die hübsche junge Prinzessin verlangte, ihr Pferd zu satteln und ihren Zwergfalken für die Jagd vorzubereiten – doch insgeheim hatten sie sich gefreut, daß sie endlich wieder Interesse am Leben zeigte.

Eleanor atmete tief die frische Luft ein. Heute war es das erste Mal seit über einem Jahr, daß sie wieder ausritt, zum ersten Mal hatte sie ihre Trauerkleidung abgelegt. Als sie jetzt endlich im Freien war und die Einsamkeit der Natur genoß, staunte sie, daß vier Jahreszeiten vergangen waren, ohne daß sie es bemerkt hatte. Ihre Sicht davon, wie sich ihre kleine Existenz in das allgemeine

Schema der Dinge einordnete, hatte sich geändert. Auch wenn das Herz von Eleanor Plantagenet Marshal gebrochen war, so hatte die Welt doch nicht aufgehört, sich zu drehen. Die Vögel sangen noch immer genauso süß, die Bäume, die schon seit Hunderten von Jahren hier standen, reckten noch immer ihre Äste in das Sonnenlicht, die Schmetterlinge flatterten noch immer um die Veilchen am Ufer des Bächleins. Das Bächlein rann weiter, bis es zum Bach wurde und dann in den Fluß mündete, der sich ins Meer ergoß. Zum ersten Mal seit über einem Jahr erlaubte Eleanor es sich, an etwas anderes zu denken als an ihren Schmerz.

Sie hatte schon vor Stunden ihr Haarnetz verloren, als sie an einem niedrigen Ast in dem großen Wald um Windsor entlanggestreift war. Wie konnte sie das Glück vergessen, auf ihrer Stute zu sitzen und sich vom Wind die Locken zerzausen zu lassen!

Einen kurzen Augenblick lang hatte sie ihr Schuldgefühl beiseite geschoben, im Genusse der kühlen, grünen Einsamkeit der Wälder. Als sie ihren Zwergfalken aufsteigen ließ, war sie nicht überrascht, daß er seine erste Beute entkommen ließ, denn der kleine Vogel war von ihr sehr vernachlässigt worden. Er kam erst auf ihre Hand zurück, nachdem sie ein paarmal den Köder ausgeworfen hatte, doch als sie sich dann in den Steigbügeln aufstellte und ihn noch einmal in die Luft warf, erbeutete er eine Taube.

Anstatt die Beute zu ihr zu bringen, flog er auf einen hohen Baum und verzehrte den fetten Bissen. Eleanor war ihm deswegen nicht böse. Es war ihr eigener Fehler, weil sie sich so wenig mit ihm befaßt hatte. Der Falke hatte seine Abrichtung wahrscheinlich wieder vergessen und war zu seinen natürlichen Instinkten zurückgekehrt.

Eleanors Wangen glühten vor Frische, als sie zu dem trotzigen kleinen Rebellen aufblickte. Plötzlich hörte sie ein Pfeifen, und zu ihrem Entsetzen entdeckte sie einen geschmeidigen Wanderfalken, der mit seinen großen Klauen auf ihren Zwergfalken herabstieß. Wie ein Stein fiel das graue Federbüschelchen vom Baum.

Eleanor war im nächsten Augenblick schon aus dem Sattel gesprungen und hob den Vogel vom Boden auf. Sie hoffte, er sei nur erschreckt, doch grausigerweise klaffte eine offene Wunde an seinem Hals. Ihrem Mund entrang sich ein Schmerzensschrei. Das war der kleine Wanderfalke, den William ihr zum Geschenk machte, er hatte ihn den ganzen Weg aus seinem geliebten Wales hierhergebracht. Und plötzlich war all ihre ruhige Beherrschung dahin, und die Schleusen öffneten sich. Sie fiel zu Boden, hielt den leblosen kleinen Körper in ihrem Arm und schluchzte in tiefster Erschütterung.

Simon de Montfort winkte seinem Falken zu, und er kehrte sofort auf seine Hand zurück. Er band den Wurfriemen am Sattel fest und stieg ab. Mit einer Hand hob er die in Jadegrün gekleidete Gestalt vom Boden auf. »Psst, mein Kind, psst. Brecht Euch nicht das Herz. Was geschehen ist, ist geschehen, und was nicht ungeschehen gemacht werden kann, darein müssen wir uns fügen, Kind.«

»Ich bin kein Kind... ich bin eine Frau!« fuhr Eleanor ihn an, und aus ihren Augen blitzte Haß.

Als er sie auf die Füße stellte, entdeckte er, daß er es in der Tat mit einer Frau zu tun hatte. Ein paar verlockende Brüste drängten sich gegen den Stoff ihres Reitkleides, in ihren Augen, so klar wie Juwelen, glänzten Tränen, und sie hatte das atemberaubendste Gesicht, das ihm je begegnet war. »Vergebt mir, chérie, ich dachte, Ihr wärt ein Kind, weil Ihr nicht viel größer seid als eine...«

Einen wirklichen Augenblick lang glaubte sie, er würde Laus sagen oder Ameise.

»Ihr seid ein Schuft! Nicht ich bin es, die so klein ist, Ihr seid bloß ein verdammter Riese!« Durch den Nebel der Verzweiflung blickte Eleanor zu ihm auf. Sie war böse auf die ganze Welt und diesen ekelhaften Menschen ganz besonders, als sie den Falken erblickte, den er am Sattel festgebunden hatte. »Ich werde diesen Mörder umbringen!« schrie sie und rannte auf den Raubvogel zu.

Der ließ sich von ihr nicht einschüchtern. Mit seiner Klaue riß er ihr den bestickten Handschuh auf.

Simon zog sie weg. »Das werdet Ihr nicht tun! Haltet Euch im Zaum, Ihr törichtes kleines Frauenzimmer.«

»Dann werde ich Euch umbringen, Ihr dahergelaufener Gauner!« Sie versuchte, sich aus seinem Griff zu befreien und fuhr ihm mit den Fingernägeln durch das Gesicht.

Er ließ sie so unvermittelt los, daß sie auf ihren Hintern plumpste. »Das reicht, Engländerin, beherrscht Euch!«

»Ihr seid derjenige, der sich beherrschen muß, Ihr und dieses elende Ungeziefer, das Ihr einen Falken nennt.«

»Das, Engländerin, ist ein Wanderfalke, der schnellste und schönste Raubvogel der Welt.«

»Ich hoffe, Ihr werdet in der Hölle schmoren«, keifte sie, und ihre Brüste hoben und senkten sich heftig.

»Ich sollte Euch beibringen, wie man auf französisch flucht, das klingt etwas zivilisierter.«

»Ihr? Ihr? Ihr wollt mir etwas beibringen? Fais de l'air«, bedeutete sie ihm zu verschwinden.

Wieder kniff er seine Augen zusammen: »Engländerin, ich glaube, ich sollte Euch Manieren beibringen.« Er machte einen Schritt auf sie zu.

»Nennt mich ja nicht so«, warnte sie ihn. »Halunken können niemandem Manieren beibringen.«

»Jemand hätte Euch beizeiten übers Knie legen sollen. Ihr solltet zu Hoheiten nicht in einer solchen Gossensprache reden.«

»Ihr wagt es nicht!« nahm sie Anlauf. »Ihr... Ihr Franzose! Ihr dahergelaufener Ausländer! Ihr kommt herüber mit Euren affigen Umgangsformen, Eurem unverschämten Benehmen und glaubt, Ihr könntet hier alles an Euch reißen. Ihr seid so dumm wie Entengrütze. Wagt es nicht, mich noch einmal anzurühren, Franzose – Ihr seid es nicht einmal wert, mir die Stiefel zu putzen!«

Ganz plötzlich begann er zu lachen. Sie besaß genau die gleichen Eigenschaften wie alle anderen schönen Dinge, die er bewunderte – wilde Orchideen, Libellen, Wanderfalken – wegen ihrer Besonderheit, daß er nicht genug davon bekommen konnte. So viel Wildheit faszinierte ihn, er verspürte den Wunsch, sich ihrer zu bemächtigen. Er wollte näher heran, wollte berühren, besitzen. »Ich werde aufhören, Euch Engländerin zu nennen, wenn Ihr mir Euren Namen nennt«, bot er an.

»Macht, daß Ihr davonkommt und verrottet!« fuhr sie ihn an.

Er zuckte die Schultern. »Ich weiß sowieso schon eine ganze Menge über Euch.«

»Fahrt zur Hölle!« lautete die Erwiderung.

»Ich weiß, Ihr müßt sicher das Schmuckstück eines bedeutenden Mannes sein und viel zu schön für Eure böse Zunge.« Beim genaueren Betrachten bemerkte Simon die Erregung in seinen Lenden. Ihn überfiel der Wunsch, ihr die Kleider vom Leib zu reißen, um festzustellen, ob er genauso herrlich war wie ihr Gesicht. Er wußte, er könnte mit beiden Händen ihre Taille umfassen. Sie war so zierlich – er fragte sich, ob er mit seinem Glied überhaupt in sie eindringen könnte, das jetzt schon nur vom Anschauen voller Verlangen pulsierte.

Sein Hals verengte sich. Irgendwie wirkte der Kontrast ihrer beider Größen wie ein Aphrodisiakum auf ihn. Seine große Erfahrung mit Frauen sagte ihm, daß ein befriedigender Beischlaf mit ihr nur möglich wäre, wenn sie völlig erregt war. Gütiger Gott, wie herrlich würde es sein, sie zu solchen Höhen zu führen.

Sie schrie ihn voller Wut an. »Oh! Ihr seid ein eingebildeter Pinsel. Ihr denkt vielleicht, Ihr wäret groß, dunkel und gut aussehend, aber in meinen Augen seid Ihr ein Monster, ein Klotz, eine Mißgeburt!«

Ihre Stute scheute nervös, doch noch ehe sie durchgehen konnte, griff Simon nach ihrem Zügel. »Hiergeblieben!« donnerte er. Das Pferd begann zu zittern, doch gehorchte seiner befehlenden Stimme.

Eleanor schäumte vor Wut. »Ihr könnt vielleicht mein Pferd einschüchtern, aber nicht mich!« Sie dachte daran, daß der alte Goliath mit einem Stein zur Strecke gebracht worden war, und sie sah sich um nach einer solchen Waffe. Rasch bückte sie sich zur Erde, doch er hatte sofort ihre Absicht durchschaut und trat mit seinem Stiefel auf ihr langes Haar, wodurch er sie am Boden festhielt.

Einen Augenblick lang konnte Eleanor nichts mehr sagen. Sie blickte an den kräftigen Schenkeln hoch, die jungen Eichenstämmen gar nicht unähnlich waren. Zum erstenmal wurde ihr bewußt, daß er seine übermächtige Kraft nur mit Mühe im Zaum hielt. Ein Anflug von Furcht rührte sich in ihr, als sie seine Größe und seine breiten Schultern betrachtete. Mit einer Hand könnte er ihr Leben beenden, ohne sich dabei sonderlich anzustrengen. Als er seine

Muskeln anspannte, drängten sich unglaublich breite Schultern gegen den Stoff seines Wamses. Ein Schauder durchlief ihren Körper. »Ich kann es nicht fassen, daß Ihr mein Haar unter Eurem schmutzigen Stiefel festhaltet«, sagte sie leise.

Er umfaßte ihre Schultern und zog sie an seine breite Brust. »Ich könnte Gelee aus Euch machen und könnte es sogar genießen, Engländerin«, erklärte er. Ohne große Mühe löste er die aufgehobenen Steine aus ihren Händen und warf sie von sich. Dann richtete er seine schwarzen Augen wieder auf sie und hielt sie mit seinem bezwingenden Blick gefangen.

Wie hatte sie es überhaupt wagen können, ihn zu beschimpfen, ihn herauszufordern? fragte sie sich unbehaglich. Was für einen dummen Fehler hatte sie nur gemacht, ihm das Gesicht zu zerkratzen und ihn mit Steinen zu bedrohen. Sein dunkles, gutaussehendes Gesicht versprach ihr die Bestrafung dafür, und sie fragte sich verzweifelt, was, um Himmels willen, er ihr wohl antun würde.

»Ich werde bald herausfinden, wer Ihr seid. Wenn ich erst weiß, wessen Geliebte Ihr seid, werde ich Euch ihm abkaufen.«

Er war ein Verrückter. »Frauen kann man nicht kaufen und verkaufen«, zischte sie.

»Wirklich nicht?« Er warf ihr einen siegesgewissen Blick zu, dann ließ er sie los.

In dem gleichen Augenblick kam auch ihr Mut zurück. Sie wußte, sie mußte etwas sagen, damit er sie nicht verfolgte, wenn sie weglief. »Ich bin eine verheiratete Frau«, erklärte sie, reckte trotzig ihr Kinn und warf ihm einen verächtlichen Blick zu. »Meinem Mann wird mein Herz auf ewig gehören.«

Sein eigenes Herz sackte ihm bei ihren Worten in die Knie. Er erstarrte, und ein Muskel in seiner Wange begann zu zucken. Sie hob den kleinen Zwergfalken vom Boden auf, dann führte sie mit stolz erhobenem Kopf ihre Stute vorwärts.

Eleanor, Gräfin von Pembroke, war aus ihrer Erstarrung aufgewacht.

20. Kapitel

Ein paar Abende später saß Simon de Montfort beim Abendessen zwischen dem König und der Königin. Sie hatten heute einen unangemeldeten Gast, Robert Grosseteste, den Bischof von Lincoln. Sein Bistum, als das größte von England, umfaßte Lincoln, Leicester, Buckingham, Bedford, Stow, Northampton und Oxford. Er war ein gnadenloser Kritiker des Königs, und Henry hoffte, daß die Anwesenheit des Grafen von Leicester die Aufmerksamkeit des Bischofs von ihm ablenken würde.

Robert Grosseteste und Simon de Montfort schienen recht gut miteinander auszukommen. Beide Männer verfügten über ein grundlegendes Wissen der Wissenschaften. Sie waren der Meinung, daß man nur mit strengen Maßnahmen den Rebellionen und dem Verrat ein Ende bereiten konnte, und Grosseteste stand in dem Ruf, auch einmal einem Abt oder Prior den Kopf abschlagen zu lassen, wenn sich ein Kloster verselbständigte.

Er und Simon hatten sich schon vor dem Essen eine Weile lang unterhalten und dabei viele Gemeinsamkeiten entdeckt. Der Bischof war vehement dagegen, daß England seine Einkünfte mit Rom teilte, genau die gleiche Meinung hegte Simon. Er war gegen italienische Priester in seinem Sprengel, weil sie nicht Englisch sprechen konnten. Simon hielt diese Einstellung für rechtmäßig. Der Bischof hatte das heidnische Fest der Possenreißer verboten und den Spielen auf dem Kirchhof ein Ende bereitet. Henry war begeistert über das Einvernehmen des Bischofs mit de Montfort, doch er biß sich verärgert auf die Lippen, als Grosseteste zum Grund seines Besuches kam, gleich als er sich zum Essen an den Tisch setzte. Simon hörte voller Interesse zu, als der strenge Kirchenmann sich an Henry wandte: »Sire, Ihr habt den Namen John Mansel genannt als Stiftsherr von Thane. Er ist nicht mehr als ein habgieriger königlicher Beamter und daher inakzeptabel.«

Henry hatte Mansel vorgeschlagen, weil Winchester ihn auf diesem Posten haben wollte. »Exzellenz, er hat eine natürliche Begabung für Zahlen und eine Vorliebe für all die schriftlichen Arbeiten. Ich kann Euch versichern, er ist ein hervorragender Mann für diesen Posten.«

»Sire, wir brauchen Männer, die die Interessen Englands vor ihre eigenen stellen, wie zum Beispiel de Montfort hier. Mansel hat sich in dieser Hinsicht wenig Verdienste erworben.«

»Mein lieber Bischof, ich bin nicht der einzige, der findet, daß er zum Stiftsherrn von Thane ernannt werden sollte. Die Mitglieder meines Rates haben der Wahl bereits zugestimmt.«

»Meine liebe Majestät«, meinte Grosseteste. »Wenn Ihr darauf besteht, dann werde ich zu der Maßnahme der Exkommunikation greifen müssen. Es könnte sogar sein, daß ich die königliche Kapelle in Westminster unter Kirchenbann stellen werde.«

Henry gab nach.

Simon entging nichts.

Grossetest lehnte sich vor und zwinkerte Simon offen zu, der sich erfolgreich bemühte, seine Belustigung nicht zu zeigen. Der Bischof von Lincoln hatte ihm gerade eine sehr wertvolle Lektion erteilt, wie man mit dem König umzugehen hatte.

Die junge Königin berührte wie zufällig mit der Hand Simons Schenkel und murmelte dann eine Entschuldigung. Der Blick von der Seite, den sie ihm zuwarf, sagte ihm deutlich, daß die Berührung kein Zufall gewesen war und daß sie es genoß, ihn anzufassen.

Henry wandte sich von dem Bischof ab und richtete an Simon das Wort: »Ich hoffe, Ihr habt genug Unterhaltung gefunden bei Hofe. Die Damen der Königin werden sich um Eure Aufmerksamkeit prügeln. Habt Ihr Euer Augenmerk schon auf eine von ihnen gerichtet?«

Simon schüttelte den Kopf. »Schönheit allein genügt mir nicht, mir gefallen Frauen mit Verstand.«

Henry grinste und blickte auf Simons zerkratzte Wange.

Simon lachte und rieb sich seine Wunden. »Ein kleines Frauenzimmer, so stolz wie eine Katze, hat mir ihre Krallen gezeigt.«

»Ich hatte einmal eine Schwester von solcher Wesensart. Sie war ein kleiner Teufel mit schwarzem Herzen, ein wahrer Knirps von einem Satan.«

Simon fragte: »Isabel?«

Henry verstand ihn nicht. »Wie bitte?«

»Eure Schwester Isabel, die Friedrich von Deutschland geheiratet hat?«

»Himmel nein, die war ein süßes Kind, ich meine Eleanor. Seit William Marshal gestorben ist, ist die mit ihr vorgegangene Veränderung beängstigend. Sie hat das Gelübde der ewigen Keuschheit abgelegt, am Sterbebett ihres Mannes, und ist zu einer wahren Einsiedlerin geworden. Ich denke, sie wird baldigst den Schleier nehmen.«

Noch eine verwirrende Geschichte über Eleanor Plantagenet, dachte Simon. Er hatte schon so viel von ihr gehört, einmal hieß sie die Hure von Babylon, und diesmal beinahe Klosterfrau. Keines dieser Bilder sprach Simon besonders an.

Er konnte die Bemühungen der Königin nicht länger übersehen. »Möchtet Ihr mit mir tanzen, Euer Hoheit?« Ihre Körpersprache sagte ihm, daß sie ein viel sinnlicherer Mensch war als König Henry, und er begann zu rätseln, welcher der Gascogner wohl ihre Gunst besaß.

Der König hatte den Kriegsherrn darum gebeten, die Männer, die in seinen persönlichen Diensten standen, auszubilden, und Simon hatte den Morgen damit verbracht, seine Geschicklichkeit mit einer Waffe, die ihn faszinierte, zu verbessern, dem Langbogen. Er überlegte, warum diese Waffe gerade in den Händen der Waliser so gefährlich war. Sein Idol, Henry der Zweite, und die normannischen Ritter Henrys waren Meister im Umgang mit dieser Waffe gewesen, und Simon fand es schade, daß sie nicht mehr favorisiert wurde. Schon bald entdeckte er, daß er eine natürliche Begabung für den Langbogen besaß, wahrscheinlich wegen der Länge seiner Arme und Beine. Er konnte den Bogen mit Leichtigkeit spannen, und es fiel ihm auch nicht schwer, das Ziel zu treffen. Jetzt mußte er sich nur noch darauf konzentrieren, schneller zu werden. Er hielt inne und beobachtete die Ritter, die auf dem Turnierplatz übten, dann schüttelte er den Kopf. Ihre Fertigkeiten mit dem Schwert ließen sehr zu wünschen übrig. Morgen würde er ihnen befehlen, ihre Kettenpanzer und die gepolsterten Beinschützer auszuziehen. Die Beweglichkeit der Soldaten würde sich in unbekleidetem Zustand verbessern.

Er ging zu der oberen Schutzwehr und bewunderte die älteren Gebäude Windsors, die Henry der Zweite entworfen hatte. Aus den Augenwinkeln entdeckte er eine zierliche Gestalt auf der nördlichen Terrasse, und er war ganz sicher, daß es die Schönheit aus dem Walde war. Ohne zu zögern folgte er dem dunkelhaarigen Mädchen, er sah, wie sie einen Schlüssel in ein Schloß steckte und dann hinter einem fünfzehn Fuß hohen Wall verschwand.

Mauern zu überklettern war keine allzu große Herausforderung für einen Mann von einem Meter fünfundneunzig. Einen Augenblick lang stand er dann oben und blickte in einen wunderschönen Garten unter sich, um herauszufinden, wo sie saß; dann sprang er leichtfüßig auf den Rasen hinab und streckte seine langen Beine aus, als er sich auf die Steinbank neben einem Brunnen setzte.

Eleanors Gewand war ihrer Trauer angemessen lavendelfarben, ihr Haar hatte sie streng geflochten und wieder in drei Knoten hochgesteckt für Dreieinigkeit links, Keuschheit, Armut und Gehorsam rechts. Sie hob die hängenden Äste einer Trauerweide und erstarrte ungläubig, als sie den Mann sah, der vor ihr saß.

»Ihr!« rief sie voller Entsetzen. »Ihr habt den Gärtner bestochen, damit er Euch hereinläßt. Ihr werdet hier keine Sekunde bleiben! Das ist meine Zufluchtsstätte.«

»Ich bin über die Mauer gekommen, Engländerin«. Er grinste frech.

»Ihr lügnerischer Einfaltspinsel!« Sie biß sich auf die Unterlippe, weil ihr beinahe ein höchst unanständiges Wort herausgerutscht wäre. Bis zu ihrer ersten Begegnung hatte sie schon seit vielen Jahren solche Worte nicht mehr benutzt, und sie war entschlossen, sich nicht von ihm ihre Würde gefährden zu lassen. Also riß sie sich zusammen, doch als sie sah, wie sehr ihn das zu belustigen schien, fühlte sie, wie ihre Beherrschung ins Wanken geriet.

»Wie alt seid Ihr – sechzehn, siebzehn? Warum um alles in der Welt braucht Ihr eine Zufluchtsstätte?« Seine lachenden schwarzen Augen blitzten.

»Weil ich um meinen Ehemann trauere«, flüsterte sie vor sich hin.

Seine dunklen Augen erfüllte Mißtrauen. Bei ihrer letzten Begegnung hatte sie ihm erklärt, daß sie verheiratet war, jetzt wollte sie ihm weismachen, sie sei Witwe. Konnte er ihr glauben? »Tut mir leid, Engländerin, Ihr seid noch nicht einmal alt genug, um eine Ehefrau zu sein, ganz zu schweigen von einer Witwe.«

Ihr Geduldsfaden riß. »Nennt mich nicht so, Ihr widerlicher Franzose!«

»Sagt mir Euren Namen, dann höre ich auf, Euch Engländerin zu nennen.«

»Katherine.« Sie nannte ihm ihren zweiten Vornamen.

»Kathe«, murmelte er, und der Name klang aus seinem Mund wie eine Liebkosung. »Erlaubt mir, mich vorzustellen. Ich bin Simon de Montfort.«

Ihre Augen weiteten sich. »Der Kriegsherr?« fragte sie betreten. Sie hatte angenommen, er sei einer der Verwandten der Königin. William hatte ihr oft von Simon de Montfort erzählt, er hatte ihn den größten Krieger der Welt genannt. Ein wenig von ihrer Furcht verschwand. Wenn er ein großer Ritter war, so würde ihn sein Ehrenkodex davon abhalten, ihr etwas zuleide zu tun. »Euer Ruf als Soldat ist wahrhaft unverdient«, meinte sie verächtlich.

Jetzt waren es Simons Augen, die groß wurden.

Kühl sprach sie weiter: »Ihr habt die Grundregeln des Kampfes mißachtet. Wenn deine Feindin dir überlegen ist, solltest du ihr aus dem Weg gehen!«

Simon warf den Kopf zurück und lachte laut auf. »Ihr habt Witz und Verstand. Wir werden sehr gut miteinander auskommen.«

Sie war erschrocken, weil er so viel Lärm machte. Gütiger Himmel, niemand durfte wissen, daß sie einen Mann in ihrem privaten Garten empfing. »Wir?« meinte sie eisig. »Wir? Warum bekommt Ihr es nicht in Euren dicken Schädel, daß es kein ›Wir‹ gibt – und auch nie geben wird. Ab jetzt, Sir, werdet Ihr, wenn Ihr ein Gentleman seid, meine Zufluchtsstätte nicht mehr betreten.«

»Ich bin kein Gentleman, das werdet Ihr schon bald herausfinden, aber Kathe, mein kleiner Satansbraten, Ihr seid auch keine

Dame.« Er bekräftigte noch einmal: »Wir werden sehr gut miteinander auskommen.«

»Sehr wohl bin ich eine Dame«, erklärte sie voller Leidenschaft. »Ihr seid schuld daran, daß ich mich so schlecht benehme!« Tränen traten in ihre Augen. »Der kleine Zwergfalke war ein Geschenk meines Mannes, ich habe ihn von Herzen geliebt.«

Simon schämte sich. Er hatte wirklich edle Charakterzüge, und normalerweise behandelte er das andere Geschlecht wesentlich galanter. Irgendwie hatte Kathe jedoch einen Funken in seinem Innern entzündet, und er wußte, daß er sie begehrte. Er dachte entfernt an die unangenehme Erbin, die er eigentlich hätte heiraten sollen. Wenn er dieses kleine Frauenzimmer besitzen könnte, so wären seine Tage angefüllt mit Lachen und seine Nächte mit Sinnlichkeit.

Mit einer blitzschnellen Bewegung wischte er ihr eine Träne von der Wange, dann führte er den Finger zum Mund und kostete sie, ehe er über den Rasen zur Mauer lief und mühelos hinaufkletterte.

Eleanor blieb benommen sitzen. Sie wußte nicht, was sie mehr erstaunt hatte, seine intime Geste oder seine athletischen Fähigkeiten. Sie wußte nur, daß ihr Inneres in Aufruhr war, ihre Gedanken verwirrt, ihre Ruhe zerstört; sie wußte nicht ein noch aus, und ihr Herz raste.

An Freitagen kümmerte sich die Gräfin von Pembroke zusammen mit der Mutter Oberin um die Kranken. Die Oberin des Ordens von St. Bride's war sehr zufrieden mit ihrer Schülerin. Sie hatte sie auf den Pfad der Erlösung geführt, und ihrer festen Überzeugung nach war Eleanor nur noch einen einzigen Schritt davon entfernt, den Schleier zu nehmen. Sie hatte Gehorsam gelernt, und ihre Kenntnisse in der Krankenversorgung der Armen wuchsen von Woche zu Woche.

Sie war sogar dazu übergegangen, die weiße Kleidung der Novizin zu tragen, wenn sie ihre Krankenvisiten machten. Heute besuchten sie die Kranken außerhalb der Grenzen von Windsor, sie gingen hinunter zur Thames Street, wo eine Bauersfrau schon die ganze Nacht in den Wehen lag. Eine kleine Gruppe von Rittern kam die Thames Street heraufgeritten, auf die Tore von Windsor zu, sie zügelten höflich ihre Pferde und ließen die Nonnen vorbei.

Simon de Montforts Mund stand offen, als er Kathe im Ordensgewand erkannte, wie sie die bescheidene Unterkunft eines Bauern betrat. Neben ihm runzelte der junge Rickard de Burgh die Stirn. Etwas deutete darauf hin, daß Sir Rickard mehr als nur flüchtiges Interesse an dieser Frau hatte. Zunächst schwieg er, doch er war entschlossen, dieser Frage auf den Grund zu gehen.

In der kleinen Kammer half Eleanor der Mutter Oberin, die junge Frau auf ein sauberes Laken zu legen. Sie erhitzten Wasser, und Eleanor badete die junge Frau, die vor Schmerzen stöhnte. Sie fühlte sich kalt und klamm an, und sah ganz grau aus vor Erschöpfung. Eleanor erkannte, daß sie keine Kraft mehr hatte; wenn nicht sofort etwas geschah, würde sie wohl nicht überleben.

Die Mutter Oberin griff nach dem Rosenkranz und begann zu beten. Eine volle Minute lang schwieg Eleanor, dann drängte sie: »Ihr müßt etwas tun, Mutter.«

»Ich tue etwas, mein Kind, ich bete«, antwortete sie ernst.

»Beten genügt nicht … wir müssen etwas anderes tun, um ihr zu helfen.«

Die Mutter Oberin war entsetzt. Was, um Himmels willen, war über ihre Schülerin gekommen? Dieses passive, leicht zu führende Mädchen, das gelernt hatte, still und gehorsam zu sein, hatte sich wieder in die hochmütige Plantagenet-Prinzessin von einst verwandelt, die zu befehlen gewohnt war. »Aller Schmerz, alle Betrübnis und alles Leid kommt von Gott. Es ist ein Sakrileg, sich einzumischen«, mahnte sie.

»Was für ein Unsinn!« rief Eleanor. »Geht zur Seite.«

Die Mutter Oberin trat erschrocken zurück. Sie durfte ihre Macht über die junge Gräfin nicht verlieren, wo sie schon so weit gediehen war.

Eleanor schob die Schenkel der jungen Frau auseinander, um sie zu untersuchen. Der zusammengekrümmte Körper eines Kindes war zu sehen, er rührte sich nicht, als Eleanor versuchte, ihn vorsichtig herauszuziehen. Eleanor wohnte erst Geburten bei, seit sie zusammen mit den Nonnen von St. Bride's die Kranken besuchte.

Bis zum letzten Jahr hatte sie nicht einmal gewußt, wie Kinder überhaupt auf die Welt kamen. Ihr Verstand sagte ihr jetzt jedoch, daß es den Tod für Mutter und Kind bedeuten würde, wenn der Geburtskanal blockiert blieb. Sie wusch ihre Hände in dem heißen Wasser, dann begann sie ganz vorsichtig zu pressen und zwang den kleinen Körper in die Mutter zurück.

Die junge Frau war in einem Zustand, in dem sie sich nicht mehr wehren konnte, ihr Gesicht lief erschreckend blau an. Eleanors Hände waren sehr schmal, deshalb gelang es ihr, das Kind im Körper der Mutter in eine andere Position zu bringen. Ganz plötzlich fühlte sie den kleinen runden Kopf, der sich gegen ihre Hand preßte. Und dann kam auch der Rest des Körpers hervor, in einem Strom von Flüssigkeit und Blut.

Eleanor wickelte das Bündelchen fest in eine Decke, dann wischte sie dem Kind den Schleim aus der Nase und dem Mund. Die Mutter Oberin kümmerte sich jetzt um die Nachgeburt, sie reichte der Mutter einen kräftigenden Kräutertee.

Später, im hellen Sonnenlicht, entging der Mutter Oberin nicht, daß mit Eleanor etwas geschehen war. Es war, als sei sie aus tiefem Schlafwandeln erwacht, und ihr starker Wille, der so lange in Trauer begraben lag, kam jetzt wieder zum Vorschein.

Eleanors normalerweise freundlicher Mund hatte sich grimmig verzogen, deshalb meinte die Mutter Oberin schnell: »Wir müssen miteinander reden. Ihr seid von Fragen und zwiespältigen Gefühlen geplagt, die nicht unausgesprochen bleiben dürfen, meine Herrin.« Der Mutter Oberin gelang es, ihre Besorgnis vor Eleanor zu verbergen. Eleanor war wie eine reife Pflaume gewesen, die gepflückt werden mußte, jetzt ähnelte sie eher einem jungen Fohlen, das beim Anblick der Stalltür bockt. »Kommt mit mir zum Konvent.«

Eleanor schüttelte den Kopf. »Lieber heute abend, wenn meine Gefühle sich ein wenig beruhigt haben.«

»Wir Ihr wünscht, meine Herrin.«

Simon de Montfort hatte die Garde des Königs exerzieren lassen. Obwohl sie heute den Umgang mit dem Schwert mit nacktem

Oberkörper trainiert hatten, war der Schweiß in Strömen geflossen. Die meisten der Ritter hatten mindestens eine häßliche Wunde davongetragen, ehe ihre schlaffe Waffenhandhabung korrigiert worden war. Eine Ausnahme hatte nur Rickard de Burgh gebildet.

Simon de Montfort lobte ihn wegen seiner Wendigkeit, als die beiden Männer zusammen ins Badehaus gingen. Die weiblichen Bediensteten lachten, als Simon die Knie beinahe ans Kinn ziehen mußte, um in einen der großen hölzernen Zuber zu passen. Rickard warf ihm einen traurigen Blick zu, denn die Frauen, die sich um sie kümmerten, hatten Gesichter wie rostige Eimer. »Wir werden uns eine Weile hier einweichen lassen«, erklärte Simon und schickte die Frauen weg. Als sie allein waren, fragte er: »Euer Bruder ist nicht in die Dienste des Königs getreten, nachdem der Oberhofmarschall gestorben war?«

Sir Rickard schüttelte den Kopf. »Es hat da die schlimmen Ereignisse um unseren Onkel Hubert gegeben. Für Mick war das eine Beleidigung der de Burghs, die er nicht verkraften konnte.«

Simon nickte. »Nachdem ich mit William Marshal zusammen war, konnte auch ich es kaum ertragen, den Dienst beim König aufzunehmen – aber jetzt, wo auch Ihr hier seid, ist es schon ein wenig leichter geworden.« Simon hielt mit seinen beinahe magnetischen Augen die Blicke Rickards gefangen. »Ich habe da einige ungereimte Gerüchte über den Tod von William gehört. Wir beide wissen, daß er fit genug war, zehn Frauen gleichzeitig zu beglücken. Wie ist er wirklich gestorben?« wollte Simon wissen.

»Meiner Ansicht nach wurde er umgebracht, aber ich habe keine Beweise dafür. Es ist gleich nach dem Hochzeitsbankett geschehen, als Richard Williams Schwester angetraut wurde.«

»Gift.« Simon nickte grimmig. »Habt Ihr Euch deshalb in den Dienst des Königs begeben, um mehr herauszufinden?«

De Burgh schüttelte den Kopf. »Eigentlich nicht. Wie Ihr selbst gesehen habt, ist Henry eine Marionette in den Händen von Winchester, und Winchester ist viel zu mächtig, um ihn zu Fall zu bringen. Nein, ich habe dem Grafen von Pembroke Treue geschworen, und fühle mich immer noch Eleanor verpflichtet, der Gräfin von Pembroke.«

Simon war überrascht. »Oje, das klingt, als sei sie auch eine der vielen ausschweifenden Plantagenets.«

Rickard erstarrte, und Simon dachte, daß er aussah wie ein Hund, der die Lefzen hochgezogen hatte. Er drückte ihm schnell den Arm. »Nur ruhig, Mann, ich wollte Euch nicht beleidigen.«

»Das Gerede über die Gräfin war abscheulich. William dreht sich wahrscheinlich das Herz im Grabe um. Sie klatschten über ein Kind, ein unschuldiges Kind«, betonte de Burgh. »Dafür hat der Marschall schon gesorgt. Er hat sie in einem Haushalt nur mit Frauen untergebracht und dafür bezahlt, seit sie neun Jahre alt war. Er hat den Orden von St. Bride's gegründet, damit die Nonnen sie unterrichten. An dem Tag, an dem er gestorben ist, hatte ich eine Vorahnung von Gefahr für Eleanor. Ich bin ihr nicht von der Seite gewichen. Sie und William waren in einem der Türme von Westminster untergebracht. Als ich sie in der Nacht schreien hörte, bin ich gleich in das Zimmer gelaufen. William war schon tot, als ich ankam.« De Burgh zögerte, denn nie zuvor hatte er ein Wort von dem ausgesprochen, was er Simon jetzt anvertraute. »Meine Herrin war gefangen unter seinem Körper, sie ist sehr zierlich. Ich habe ihn von ihr gehoben und gesehen, daß er ihr in dieser Nacht die Jungfräulichkeit genommen hatte.«

»Gütiger Gott«, murmelte de Montfort.

»Die Ärzte haben ihr allerlei unzüchtige Fragen gestellt und sie dann für seinen Tod verantwortlich gemacht.«

»Und Ihr konntet sie nicht verteidigen?« fragte Simon.

»Sie haben ihr unterstellt, daß eine Frau mit ihrem sexuellen Appetit einen Liebhaber haben müßte. Wäre ich ihr zu Hilfe gekommen, hätte man uns beide verurteilt.«

Verstehend nickte de Montfort. Nachdem er aus seinem Trog geklettert war, trocknete er sich ab. Rickard griff ebenfalls nach einem Handtuch. »Wenn die Gräfin von Pembroke den Schleier nimmt, werde ich wahrscheinlich nach Connaught zurückkehren.«

»Henry sagte, daß seine Schwester wohl recht bald in den Orden eintritt. Ich habe sie noch nie gesehen«, äußerte Simon.

Rickard warf ihm einen eigenartigen Blick zu. »Es war die Gräfin von Pembroke, die Ihr heute morgen angestarrt habt – die Dame in Weiß, in Gesellschaft der Mutter Oberin von St. Bride's!«

21. Kapitel

Eleanor schritt die kühlen Gänge von St. Bride's entlang, vorbei an den klösterlichen, fensterlosen Zellen, in denen die Nonnen schliefen, bis sie in die Kapelle kam, wo sie, wie immer, die Mutter Oberin antreffen würde. Die Oberin des Ordens hatte schon auf sie gewartet und nahm sie mit in die Kammer, in der sie Unterricht gab. Sie hatte sich ganz genau überlegt, was sie sagen wollte, und begann deshalb schnell zu sprechen, ehe Eleanor den Mund öffnen konnte.

»Was Ihr heute morgen getan habt, war sehr lobenswert. Obwohl es im allgemeinen unser fester Glaube ist, daß alle Kümmernisse von Gott kommen und ertragen werden müssen, so sehe ich doch, daß auch Ihr uns manches beizubringen habt. Es gibt so vieles zu bedenken, ich glaube, wir müssen alle Möglichkeiten in Betracht ziehen, ehe wir einen Menschen in Gottes Hände legen.«

Sie hatte Eleanor allen Wind aus den Segeln genommen. »Ich bin erleichtert, daß Ihr mich heute morgen habt gewähren lassen nach meiner Überzeugung«, erläuterte Eleanor. »Denn meine Überzeugung ist sehr stark. Ich könnte niemals einfach die Augen schließen und beten, solange es noch den Hauch einer Möglichkeit gibt, ein Leben zu retten. In jedem Fall hätte man, meiner Ansicht nach, eines der beiden Leben retten können.«

»Meine liebe Gräfin, einer unserer Glaubensartikel lautet: Wenn Gefahr für das Leben eines Neugeborenen besteht, so entscheiden wir uns zuerst immer dafür, diesem Leben gegenüber dem der Mutter den Vorrang zu lassen.«

»Nun, da weicht ein weiteres Mal meine Überzeugung ab. Ein Mann kann jedes Jahr ein neues Kind in die Welt setzen, aber ich hoffe, er möchte sich nicht jedesmal eine andere Frau suchen.«

Die Mutter Oberin wollte sich nicht mit Eleanor über den Katholizismus streiten, dann da würde sie sicher verlieren. »Meine Liebe, Eure Hände besitzen eine besondere Kraft zu heilen. Sie sind so zart und schmal. Ich weiß, hätte der Graf von Pembroke Euch heute morgen mit Mutter und Kind gesehen, wäre er sehr stolz auf Euch gewesen.«

Eleanor senkte den Blick, um ihren Schmerz zu verbergen, und die Mutter Oberin sprach weiter, weil sie ihre Schutzbefohlene kannte. »Ich weiß, daß Ihr die Heilung für Eure Trauer in unserem Orden finden werdet. Instinktiv habt Ihr das Gelübde der Keuschheit abgelegt und den Schwur der ewigen Witwenschaft. Nun ist wohl die Zeit reif, noch einen Schritt weiterzugehen. Ich denke, Ihr seid bereit, den Trauring des Himmels zu tragen.«

Eleanor blickte erschrocken auf. »Oh, nein, Williams Ring genügt mir, danke.«

Die Mutter Oberin biß sich auf die Lippe. »Der Ring ist nur ein Symbol«, murmelte sie. »Ihr habt Euch doch entschlossen, das Gelübde des Gehorsams und der Armut abzulegen?«

Eleanor schüttelte den Kopf. »Ich habe noch viele Zweifel, fühle mich noch nicht überzeugt. Derzeit bin ich dabei, mich von dem Schock über den Tod meines Mannes zu erholen. Ich habe ihn mehr geliebt als mein eigenes Leben.«

»In Eurem Inneren seid Ihr sicherlich so weit, meine Liebe. Ihr habt die Jahre über, seit ich Euch kenne, einen so weiten Weg bezwungen und seid nicht mehr das gleiche Kind, nicht die gleiche junge Frau von ehedem.«

Eleanor sah ihr tief in die Augen. »Im Wesen bin ich noch immer genauso, wie ich damals war, als ich in den Kinderschuhen steckte. Meine Gefühle sind leidenschaftlich geblieben und heimlich fluche ich immer noch. Wahrscheinlich bin ich die eitelste Frau, die Euch je begegnet ist, denn ich hege ein unersättliches Verlangen nach schönen Kleidern und Juwelen.«

Die Mutter Oberin erschrak heftig, doch verbarg sie das hinter einer Maske der Ruhe. »Das alles wird sich ändern, wenn Ihr den Schleier nehmt.«

»In meinem Inneren wird sich gar nichts ändern, weil ich es nicht will«, gestand Eleanor ihr.

»Ich möchte, daß Ihr in der nächsten Woche hierher kommt und in einer Zelle des Klosters wohnt. Ich möchte, daß Ihr in Ruhe, Frieden und Gelassenheit ausharrt, ehe Ihr Euch entscheidet. Werdet Ihr das für mich tun, Eleanor?«

»Ja, Mutter Oberin.«

Die ältere Frau tauchte die Finger in das Weihwasser und schrieb damit das Kreuzeszeichen auf Eleanors Stirn. »Geht mit Gott, mein Kind.«

Eleanor setzte sich mit ihrem Buch in ihren Innenhof, doch ihre Augen konnten keine einzige Zeile festhalten. Sie war tief versunken in eine Grübelei über den zu fassenden Entschluß. Daß sie eine gute Nonne werden könnte, bezweifelte sie, aber wenn William diesen Schritt befürwortete, dann würde sie ihn tun.

Simon stand verborgen an der Stelle, an der er schon seit Stunden auf sie gewartet hatte. Er blieb, wo er war, um sie zu beobachten. Das Plätschern und Murmeln des Brunnens mischte sich mit dem Gesang der Vögel und dem sanften Rauschen der Weide im Wind. Mit gerunzelter Stirn saß Eleanor nachdenklich an ihrem Platz, den Kopf in die Hand gestützt. Sie schien zu träumen, und er blickte verzaubert auf ihre Schönheit.

Er sah, wie die Sonne einen rötlichen Schimmer auf ihren schwarzen Locken hervorbrachte und wie sie ihre verträumten Blicke zum Himmel hob. Er wollte Teil dieser Träume sein. Es war ihm unverständlich, warum er sich so stark zu ihr hingezogen fühlte, er hatte sich mit diesem Umstand noch nicht auseinandergesetzt. Das Schicksal hatte ihn offensichtlich gerufen. Jetzt trat er kühn aus seinem Versteck heraus. »Ihr seid Eleanor Plantagenet«, sagte er. Es war eine Feststellung, keine Frage.

Sie keuchte auf, erschrocken, daß er sich in ihre Einsamkeit drängte. »Wenn Ihr wißt, daß ich die Gräfin von Pembroke bin, dann wißt Ihr auch, daß ich abgeschieden lebe. Ich darf nie in der Gesellschaft eines Mannes gesehen werden.«

Er grinste. »Deshalb ist ja dieser ummauerte Garten für unser Zusammensein perfekt. Der Platz gehört nur uns, niemand wird wissen, daß wir uns hier treffen.«

»Ich weiß es aber!« rief sie. »Wir dürfen einander niemals wieder begegnen.«

»Unsinn«, unterbrach er sie. »Warum habt Ihr mir nicht gesagt, wer Ihr seid? Zwischen uns braucht es keine Ausflüchte zu geben.«

»Es gibt kein ›Uns‹, ich dachte, das hätte ich Euch schon beim letzten Mal klargemacht, als Ihr hier eingedrungen seid«, rief sie heftig.

»Ganz ruhig, meine Schöne.« Er legte einen Finger auf ihre Lippen. »Wenn Ihr tobt und schreit, dann könnte man uns hören und unser Geheimnis würde entdeckt.« Die Worte ›unser Geheimnis‹ sprach er in einem so verbotenen Ton aus, daß sie errötete. Sein Herz hüpfte, denn natürlich errötete sie nur deshalb, weil er ihr so nahe war.

Die verwirrenden Gefühle und Gedanken, die sich in ihrem Kopf überstürzten, machten sie benommen. Simon sah sie an und überlegte in Windeseile, wie lange er brauchen würde, um sie zu überzeugen. Sie senkte den Blick, als er sich auf dem Gras neben ihr niederließ. Sie konnte sein Gesicht nicht sehen, blickte jedoch auf seine Hände, die seine Knie umfaßten. Sie waren groß, kräftig und gebräunt, und aus einem unerfindlichen Grund fand sie sie ungeheuer anziehend.

Schnell blickte sie weg, doch wieder und wieder stellte sie fest, daß ihre Blicke wie magisch angezogen wurden von ihnen, sie sah die langen Finger, die breite Handfläche und die krausen schwarzen Haare auf dem Rücken.

Für den Augenblick war er es zufrieden, sie nur anzuschauen. Sie war außergewöhnlich schön. Die Biegung ihrer Wange, das störrische Kinn mit dem Grübchen, all das schien nur dazu da, die herzförmigen vollen Lippen zu umrahmen, auf die er so gern seinen Mund gepreßt hätte. Der sanfte Schwung ihrer schwarzen Brauen würde sich hochziehen über diesen unglaublich blauen Augen, wenn sie je den Mut aufbringen würde, seinen Blick zu erwidern. »Warum habt Ihr mir gesagt, daß Euer Name Kathe lautet?« fragte er ein wenig grob, und sie belohnte ihn mit einem verwirrten Blick.

»Katherine ist mein zweiter Vorname. Ich hasse den Namen Eleanor, ein Fluch liegt auf ihm!«

Er kniete vor ihr nieder, nahm ihre Hände in die seinen, und die Buchseiten aus Pergament fielen ins Gras. »Eleanor ist ein wundervoller Name, der Name einer Königin!«

Wie gebannt starrte sie auf seine Hände, die die ihren hielten. Ihr Herz klopfte so laut, daß es sicherlich in seine Ohren drang.

»Euer Großvater, Henry der Zweite, war der größte König Englands, und Eleanor von Aquitanien, von der Euer Name stammt, die größte Königin. Es ist ein herrliches Erbe, kein Fluch!«

»Ich verabscheue und verachte diesen Namen«, erklärte sie trotzig.

»Nicht doch«, wehrte er ab. »Ich werde Euch Eleanor nennen, bis Ihr lernt, diesen Namen zu lieben.« Seine kühnen schwarzen Augen forderten sie heraus. »Vielleicht werde ich Euch Kathe nennen, wenn ich mit Euch schlafe.«

Sie entriß ihm ihre Hände und schlug ihn ins Gesicht.

Er war erfreut, daß sie so reagierte. »Das war doch nur ein Scherz.« Seine Augen funkelten. »Macht sich niemand die Mühe, Euch einmal aufzuziehen, daß Ihr lachen müßt?«

»Seit langem schon nicht mehr«, antwortete sie traurig. »Meine Brüder haben mich gnadenlos geneckt, sie nannten mich Laus und Ameise, weil ich so klein war.«

»Ihr habt mich wissen lassen, Ihr wäret nicht klein, sondern ich wäre bloß leider zu groß, das wißt Ihr doch noch, nicht wahr?«

Ihre Mundwinkel zogen sich ein wenig hoch. »Das stimmt, Ihr seid ein verdammter Riese.«

»Nun«, versuchte er mit ihr zu handeln. »Ich gebe zu, daß ich ein wenig zu Übergröße neige, wenn Ihr zugebt, daß Ihr ein wenig zu klein geraten seid.« Seine Gedanken waren so lüstern, daß er den Wunsch niederringen mußte, sie ins Gras zu legen und zu überwältigen. Er hob die Seiten ihres Buches auf. »Was studiert Ihr hier, tagein, tagaus?«

»Gälisch. William hat mir die Schönheit der gälischen Sprache vermittelt, und ich kann sie recht gut.«

»Ich möchte es auch lernen«, meinte er. »Sagt etwas auf gälisch ...«

Sie senkte den Blick. »Sim«, kam es leise.

Er runzelte die Stirn, doch dann lächelte er plötzlich. »Sim ... das ist das gälische Wort für Simon, nicht wahr?«

Sie nickte.

»Leiht mir das Buch, dann werde ich Gälisch lernen.«

»Es dauert Jahre, bis man die Sprache beherrscht, sie ist sehr schwierig.«

»Wir schließen eine Wette ab. Wenn wir uns beim nächsten Mal treffen, werden wir uns auf gälisch unterhalten.«

»Unmöglich«, erklärte sie.

»Dann habt Ihr sicher nichts dagegen, wenn wir um einen Kuß wetten.«

»Es wird kein nächstes Mal geben und auch keinen Kuß«, entgegnete sie steif.

Er stand auf. »Jetzt habt Ihr mich herausgefordert, Eleanor, und ich habe noch nie in meinem Leben eine Wette verloren. Ein Kuß ist das Pfand, das ich fordere.«

»Aber nicht auf den Mund«, schränkte sie ein.

Simon legte den Kopf zurück und lachte. »Nicht auf den Mund«, stimmte er zu. »Wie lange habt Ihr schon nicht mehr gelacht?« Er blickte auf ihren Mund.

»Ihr müßt sehen, wie lange nicht mehr«, sagte sie traurig, in Gedanken war sie bei William. »Simon, ich denke, Ihr solltet wissen, daß ich mich mit der Absicht trage, in ein Kloster einzutreten. Das hier ist nur ein Spiel, wir dürfen einander nicht wiedersehen.«

Ihre Worte alarmierten ihn. »Ich werde nicht zulassen, daß Ihr etwas so Lächerliches tut. Gütiger Himmel, William würde sich darüber im Grabe umdrehen!«

Sie erstarrte. »Was wollt Ihr damit sagen?«

»In Frankreich habe ich Seite an Seite mit dem Oberhofmarschall gekämpft. In der Nacht, in unserem Zelt, haben wir einander unsere Gedanken anvertraut. Der große Altersunterschied zwischen Euch und ihm hat ihn erschreckt. Er fürchtete, daß er Eure Jugend mißbrauchte. Gütiger Himmel, Eleanor, seine Seele wird niemals in Frieden ruhen können, wenn er der Anlaß dafür ist, daß Ihr Euch ins Kloster verkriecht. Ihr seid noch nicht einmal achtzehn Jahre alt, opfert doch nicht Euer Leben der Kirche!«

»Ich habe große Zweifel«, gestand sie ihm.

»Es sieht aus, als würdet Ihr gegen Eure Natur handeln.«

Sie schüttelte den Kopf. »Ich habe William so sehr geliebt, mein Leben ist sowieso vorbei.«

»Um Gottes willen! Euer Leben hat ja noch nicht einmal begonnen. Ich bezweifle nicht, daß Ihr ihn geliebt habt. Er war ein feiner Mann, und er würde verrückt werden, wenn er wüßte, daß Ihr wie ein Geist hier herumirrt. Er würde sich wünschen, daß Ihr das Leben leidenschaftlich genießt, daß Ihr Kinder habt. Wenn Ihr etwas für Williams Andenken tun wollt, dann hört auf, schlafzuwandeln. Kommt aus Eurer Trance heraus und findet seinen Mörder, rächt ihn!«

»Ich habe ihn umgebracht!« rief sie aus.

»Ihr werdet den Beweis erhalten, daß es einen Mann nicht umbringt, wenn er mit einer Frau schläft.«

»Niemand hätte den Oberhofmarschall von England umbringen können. Mein Bruder, der König, hätte so etwas Böses niemals zugelassen«, erklärte sie entrüstet.

»Wenn Henry England wirklich regieren würde, dann würde ich Euch zustimmen, daß er so etwas nicht duldete; aber Henry regiert England nicht. Er beugt sich allen, deren Wille stärker ist als der seine, zu jeder Zeit.«

In Eleanor entbrannte Wut. »Verdammt sollt Ihr sein, das ist Hochverrat.«

»Nun, wahrscheinlich liegt die Politik außerhalb des Verständnisses einer Frau.«

»Ihr seid ein arroganter französischer Dreckskerl. Ich habe die beste Erziehung genossen. Mein Verständnis der Politik ist umfassend.«

»Ich mag ja vielleicht ein Dreckskerl sein«, gab er ernst zu. »Aber ich wehre mich dagegen, daß Ihr mich ständig einen Franzosen nennt. Ich stamme von der gleichen adligen normannischen Familie ab wie die Plantagenets. Ich bin der Graf von Leicester.«

Er sah so bedrohlich aus, daß es ihren ganzen Mut erforderte, ihm zu widersprechen. »Ihr sprecht den Namen Plantagenet aus, als würdet Ihr ihn verachten.«

»Euer Großvater war mein großes Vorbild, danach hat er an Bedeutung verloren. Es liegt in der Macht Eures Bruders, England seinen alten Glanz zurückzugeben. Solange er noch jung und kräftig ist, sollte er sich bemühen, Friede und Reichtum in seinem Königreich zu horten, anstatt dafür zu sorgen, daß seine Barone einander an die Gurgel fahren. Seine Politik, den Engländern Ausländer vorzuziehen, weckt nur Eifersucht, Neid und Unzufriedenheit im Land. Ein Mann hat es in sich, das zu werden, was er sich vornimmt. An guten Tagen muß man sein Bestes geben, weil man weiß, daß auch schlechtere folgen werden. Der König vertändelt sein Geburtsrecht, indem er sich bei den Verwandten seiner Frau einschmeichelt. Henry gibt Geld aus, das er nicht besitzt, um sich Dinge zu kaufen, die er nicht braucht, um Leute zu beeindrucken, die er nicht mag.«

»Seid Ihr endlich fertig, de Montfort?« fragte sie eisig.

»Ich habe gerade erst begonnen«, drohte er und erlaubte seinen Blicken, zu ihren üppigen Brüsten zu wandern und dann wieder zurück zu ihrem Mund. »Ich mag es viel lieber, wenn Ihr mich Sim nennt.«

»Bitte geht jetzt, de Montfort«, forderte sie ihn auf.

Er seufzte. »Ah, gut, wir werden einander Kathe und Sim nennen, wenn wir miteinander schlafen.«

Sie stand auf und hob heftig die Hand. Mühelos hielt er ihr Handgelenk fest, um den Schlag abzuwehren.

»Tut das nie wieder«, warnte er sie mit einer so ruhigen, drohenden Stimme, daß sie einen Augenblick lang fürchtete, er würde ihr Handgelenk brechen, wie einen trockenen Zweig. In Wirklichkeit aber erstaunte ihn der Mut, wagte sie es doch, einen Mann von fast zwei Metern anzugreifen! Solch eine leidenschaftliche Natur war ein unvergleichlicher Schatz.

»Nun, wenn Euer Verständnis von Politik wirklich so umfassend ist, wie Ihr behauptet, dann werdet Ihr wissen, daß ich die Wahrheit spreche – falls Ihr auf Eurem übereilten Weg ins Kloster nur lange genug innehaltet, um nachzudenken.« Er griff nach ihrem Buch, raschelte mit den Seiten, um sie herauszufordern, und blinzelte ihr unverschämt zu.

Noch lange nachdem er über die Mauer verschwunden war, saß Eleanor auf der Bank, in Gedanken bei den Dingen, die er ihr gesagt hatte. Gütiger Himmel, sie war so tief in ihren Gram versunken gewesen, daß sie nie vermutet hatte, mit Williams Tod könne etwas nicht stimmen.

Zwei Nächte später wünschte Eleanor ihren Dienerinnen gute Nacht und suchte ihr privates Zimmer im King-John-Turm auf. Sie zog ihr Kleid aus, badete Arme und Gesicht in Rosenwasser und schob dann die Gardine vor ihrem Bett beiseite, um ihr Nachtgewand überzustreifen. Simon de Montfort lag ausgestreckt in ihren Kissen, die Hände hinter dem Kopf verschränkt.

»Oh, Ihr Lump.« Sie keuchte auf.

»Eine sehr hübsche Sprache für eine Nonne«, flüsterte er.

»Ich werde schreien«, zischte sie.

»Das werdet Ihr nicht tun. »Ihr seid viel zu feige, um Euch mit einem Mann in Eurem Schlafzimmer erwischen zu lassen.«

»Wie, um alles in der Welt, seid Ihr hier hereingekommen?«

Er deutete auf das Fenster und grinste.

Sie stöhnte auf. »Was wollt Ihr?«

Er rollte mit den Augen und dachte daran, was er wirklich wollte. Ihr Unterkleid enthüllte viel mehr ihrer hohen Brüste, als er bis jetzt gesehen hatte, und er genoß ihre mißliche Lage ungemein.

Aus seinem Wams zog er einige zerzauste Federn hervor. »Ich habe Euch diese Waisenkinder gebracht«, sagte er und streckte ihr die Hand entgegen, auf der zwei winzige Waldkäuze saßen. »Ich weiß, Ihr liebt Vögel. Vielleicht könntet Ihr sie in Eurem Garten halten, wo sie sicher sind vor Wieseln und Füchsen.«

»Ich kann ja noch nicht einmal einen Wolf aus meinem Garten fernhalten«, murmelte sie. Einen Moment lang war sie abgelenkt, sie leerte das vergoldete Kästchen, in dem sie ihre Juwelen aufbewahrte, und setzte die Federbällchen vorsichtig hinein. »Ruffles und Truffles«, murmelte sie leise und fuhr mit dem Finger sanft über die beiden winzigen Köpfe.

»Ich wußte, daß Ihr ein barmherziger Engel sein würdet«, flüsterte er.

»Barmherzig zu den beiden vielleicht, aber nicht zu Euch. Raus!« hechelte sie.

Er zuckte die Schultern, dann stand er auf und ging zur Tür. Sie hastete ihm nach und hielt seinen Arm fest. »Nicht da raus«, flüsterte sie entsetzt. »Ihr seid wirklich ein Teufel!«

Er nickte zustimmend, in seinen schwarzen Augen saß der Schalk. »Wir sind füreinander bestimmt. Der Teufel und die Nonne«, spottete er. Wieder griff er in sein Wams. »Ich habe Euch auch Euer Buch zurückgebracht...« Seine geflüsterten Worte hingen in der Luft. Ungläubig sah sie ihn an. Er hatte gälisch gesprochen und wollte jetzt seinen Kuß.

»Ich werde ihn Euch nicht geben«, flüsterte sie.

»Ihr braucht ihn mir nicht zu geben – ich nehme ihn mir.«

Sie war gefangen. Trotzdem mußte sie ihn wieder loswerden, ehe man sie entdeckte, – aber sie wußte auch, er würde nicht eher gehen, als bis er sein Pfand bekommen hätte. Sie zögerte lange, während er vor ihr stand. Die Spannung im Raum war beinahe unerträglich. »Sei's drum«, gab sie schließlich nach, hob ihm die Wange entgegen und schloß die Augen.

Er legte seine warmen Hände auf ihre nackten Schultern, senkte den Kopf mit dem dunklen Haar, und dann fühlte sie seine Lippen in dem Tal zwischen ihren Brüsten. Erschrocken riß sie die Augen auf und keuchte: »Was tut Ihr da?«

Seine Lippen waren ihrem Ohr jetzt ganz nahe. »Ihr sagtet, nicht auf die Lippen, also habe ich Euer Herz geküßt.«

Ein Schauder lief über ihren Rücken, bis zu den Knien. Sie wußte nicht, ob die Ursache dafür sein warmer Atem an ihrem Hals war oder seine romantischen Worte. Sie hörte in Gedanken ohne Unterlaß seine rauhe Stimme: »Ich habe Euer Herz geküßt, ich habe Euer Herz geküßt.«

Er fühlte, daß sie zitterte, und als er sah, daß ihre großen Augen feucht waren, wußte er, daß er sie genug gequält hatte. »Gute Nacht, meine Eleanor«, flüsterte er und schwang ein Bein über die Fensterbank.

Der Graf von Leicester hatte seine Braut gewählt. Eleanor Plantagenet würde die Gräfin von Leicester werden. Er wußte ganz genau, daß er freiwillig nie ihre Zustimmung bekommen würde. Die Schwüre, die sie bei ihrer ersten Ehe geschworen hatte, waren ihr heilig. Außerdem wünschte sie, Gräfin von Pembroke zu bleiben. Während er auf sie gewartet hatte, war sein Blick auf einen Brief gefallen, der auf ihrem Nachttisch lag. Er hatte ihn gelesen und festgestellt, daß es sich um einen Liebesbrief von William Marshal handelte. Zum ersten Mal in seinem Leben zweifelte er an sich. Wie konnte er diese idealisierte Liebe überwinden, die sie noch immer für ihren toten Ehemann empfand? Sie lebte in den Erinnerungen an jene Zeit, die sie zusammen in Wales und Irland verbracht hatten. Sie hatte ihm unmißverständlich dargelegt, daß es in ihrem Herzen nur Platz für eine wahre Liebe gab. Simon hatte sich nie zuvor in seinem Leben verwundbar gefühlt, seine neuentdeckte Achillessehne hieß Eleanor. Aber er lebte, war aus Fleisch und Blut... er würde alle Geister vertreiben. Ob es ihm je gelingen würde, ihren Geist zu erobern, bezweifelte er, dafür war sie zu stark. Außerdem, so nahm er an, besaß sie ein gerüttelt Maß an Eigensinn, und anders wollte er sie auch gar nicht haben. Jedoch würde er es auf die eine oder andere Weise begrüßen, sie in den Griff zu bekommen.

Seine lebhafte Vorstellungskraft hatte sie ihm schon in allen möglichen Stadien der Entkleidung gezeigt, in jeder erotischen Position, die ein Mann sich erträumte. Ihr Anblick und ihr Duft entflammten ihn so sehr, daß sie ihm fast zur Besessenheit geworden war. Wann immer er seine Augen schloß, schob sich ihr Bild vor sein inneres Auge. Er wollte sie Stück für Stück entkleiden, ihren reifen jungen Körper enthüllen, ihn mit seinen Händen und seinen Lippen ertasten. Ein wildes, hungriges Bedürfnis, sie zu berühren, sie zu riechen, zu schmecken stieg in ihm empor. Was war es nur für eine verhängnisvolle Faszination, die sie auf ihn ausübte? War es ihre ungewöhnliche Schönheit? Oder war der Grund der, daß ihre Liebe so unwiderruflich einem anderen gehörte? War es der erotische Reiz ihrer klösterlichen Bestimmung? Oder machte ihr Gelübde der Keuschheit sie zu einer so verbotenen Frucht, daß er den Drang verspürte, sie zu pflücken, zu schmecken und zu verzehren? Die Antwort auf all diese Fragen lautete ja.

An ihre zierliche Gestalt zu denken, war unwiderstehlich, und er wußte, er würde nicht eher Ruhe finden, bis er seinen kräftigen Körper mit dem ihren vereint hatte. Wenn er es schaffen könnte, daß sie nach ihm verlangte, so wie er nach ihr! Vielleicht könnte er sich in ihre Gedanken schleichen und sich ihren Körper unterwerfen. Wenn sie sich erst einmal nach seinen Zärtlichkeiten sehnte, wenn sie seine Liebe brauchte wie eine Droge; selbst wenn all das nur heimlich geschehen durfte, dann hätte er schon mehr als die Hälfte seines Ziels erreicht. Sie würde den Schleier nicht nehmen. Wenn ihr eigener Verstand sie nicht davon abhielt, dann mußte er es tun.

Ihr Liebhaber zu werden wäre leichter, als ein echter Ehemann. Es gab da noch die Barriere, die sie durch ihr Gelübde der ewigen Witwenschaft und Keuschheit errichtet hatte. In der Dunkelheit lächelte er genüßlich. Als Henry der Zweite sich entschieden hatte, Eleanor von Aquitanien zu erobern, war sie mit dem König von Frankreich verheiratet gewesen. Henry der Zweite war schon immer sein Vorbild gewesen. Es gab einen ganz einfachen Weg, sich an eine Frau heranzumachen, die unerreichbar schien.

22. Kapitel

König Henry war überglücklich. Er hatte einen Brief von seiner Mutter Isabella erhalten, in dem sie ihn fragte, ob die drei Söhne, die sie Hugh de Lusignan geboren hatte, zu einem Besuch nach England reisen dürften. Er antwortete sofort und bestand darauf, daß seine jungen Halbbrüder an seinem Hof Quartier nehmen sollten.

William de Lusignan war der Älteste, dann kam Guy und dann Aymer, der noch ein Junge, aber schon der Kirche versprochen war. Als Henry damit begann, ein ausschweifendes Bankett zu planen, mit dem er seine Halbbrüder willkommen heißen wollte, wurde die Königin mißtrauisch. Bis jetzt hatten ihre Verwandten all die Früchte geerntet, die von Henrys Bäumen fielen. Jetzt war deutlich zu erkennen, daß es Rivalität geben würde zwischen den ›Männern des Königs‹ und den ›Männern der Königin‹.

Sie überbrachte die Neuigkeit ihrem Onkel Thomas von Savoyen und drängte ihn, seinen jüngsten Sohn zu sich zu holen, Boniface den Schönen, der seinerseits eine Stellung in der Kirche bekleidete. Die Königin wußte besser als alle anderen, wie schnell man ihr Lamm Henry scheren konnte. Sie hatte keine Zweifel, daß die habsüchtigen de Lusignans ein Vermögen machen wollten.

Am Freitag zog Eleanor wie gewohnt ihre weiße Kleidung an und verbrachte den Tag damit, den Kranken und Armen rund um Windsor Beistand zu leisten. Als sie ihre wohltätige Arbeit beendet hatte, ging sie mit der Mutter Oberin zum Orden von St. Bride's. Sie teilte ein schlichtes Mahl mit den Nonnen, begleitete sie in die Kapelle zum Abendgebet; danach führte die Mutter Oberin sie durch das Kloster zu einer fensterlosen Zelle.

Der Boden war aus Stein, die Wände weiß gekalkt, die einzige Dekoration ein Kruzifix. Die Zelle enthielt ein langes, hölzernes Bett und einen Tisch, auf dem sich zwei Gegenstände befanden, eine Bibel und eine Kerze.

»Gute Nacht, meine Liebe. Ihr müßt in der Bibel lesen, ehe die Kerze herunterbrennt, denn es gibt keine Fenster hier, und Ihr werdet Euch in völliger Dunkelheit befinden, wenn die Kerze erloschen ist. Die Zellen auf beiden Seiten neben Euch sind leer, denn nur wenn man allein Gott gegenübersteht, kann man seine innere Stärke finden. Diese Nacht wird sein wie keine andere. Verbringt sie mit Beten und Meditation. Ich bin davon überzeugt, daß Ihr morgen früh klarer seht!«

Eleanor saß lange auf dem Bett und starrte auf die kleine Kerze. Die Worte Simon de Montforts gingen ihr nicht aus dem Kopf. Er hatte ihr eigentlich gar nicht erst zu sagen brauchen, daß das Kloster für sie nicht in Frage kam. Sie trug die Gewißheit längst in ihrem Herzen.

Welche Tatsachen breiteten sich vor ihr aus? Sie liebte William, sie würde ihn ewig lieben, doch auch wenn sie Nonne würde, würde ihn das nicht zurückbringen, und auch nicht das Schuldgefühl vertreiben, daß sie immer noch wegen der Umstände seines

Todes bedrückte. Was man nicht ändern konnte, mußte man erdulden.

Worte des persischen Dichters Omar Khayyám kamen ihr ins Gedächtnis. »Die Hand bewegt sich und schreibt, und nachdem sie geschrieben hat, bewegt sie sich weiter. Und weder Frömmigkeit noch Klugheit können auch nur eine halbe Zeile davon auslöschen, selbst Tränen nicht ein Wort davon wegspülen.«

In ihrem Kummer hatte sie nach einer Möglichkeit gesucht zu entfliehen, und genauso wie es falsch gewesen wäre, sich umzubringen, so war es falsch, der Welt abzuschwören. Eleanor wußte, daß sie einsam war. Bis zum Alter von neun Jahren hatte sie das rauhe und stürmische Leben mit ihren Brüdern genossen, doch als sie ihren eigenen Haushalt bekam, hatte sie all ihre Energie darauf verwandt, zu lernen und sich auf den Tag vorzubereiten, an dem sie die Frau des Oberhofmarschalls werden würde. Es war ein einsames Leben gewesen, denn ihr Temperament unterschied sich drastisch von dem der jungen Marshal-Nichten. Selbst ihre Dienerin Brenda hatte sie verlassen.

William war das Ziel ihres Lebens gewesen, und in dem Augenblick der Ankunft hatte sie es auch schon wieder verloren. Zudem war die Königin zur wirksamen Barriere zwischen Eleanor und ihrem Bruder geworden, so daß es am ganzen Hof niemanden gab, den sie als Freund bezeichnen konnte.

Sie seufzte, als die Kerze flackerte und verlosch. Es hatte keinen Zweck, sich Selbstmitleid zu erlauben. Sie würde in der Morgendämmerung die Mutter Oberin von ihrem festen Entschluß unterrichten, und dann ihr Leben neu in die Hand zu nehmen. Sie würde öfter an Veranstaltungen bei Hofe teilnehmen und ihren schönen Besitz Odiham besuchen. Sogar in ihr geliebtes Wales konnte sie reisen, durch nichts würde sie sich mehr behindern lassen.

Sie hielt in der pechschwarzen Dunkelheit den Atem an, als ein leichtes Kratzen vernehmbar wurde und dann gedämpfte Schritte. Nun war alles wieder still und finster, doch das Geräusch hatte sich angehört, als nähere sich jemand von der Nebenzelle aus. Sie stand auf und reckte die Arme vor, um die Dunkelheit zu erforschen. »Wer ist da?« hauchte sie leise und verängstigt.

»Sim.«

Sie glaubte zu träumen. Das konnte nicht wahr sein. Doch ihre ausgestreckten Hände berührten plötzlich eine Gestalt aus Fleisch und Blut. Hitze wallte in ihr auf, denn sie hatte ihm genau zwischen die Schenkel gefaßt. Er nahm sanft ihre Hand und bemerkte, daß sie sie zur Faust geballt hatte. »Wie seid Ihr hereingekommen?«

Mit dem Mund an ihrem Ohr flüsterte er: »Ich habe die Tür aus den Angeln gehoben und mich dann versteckt.«

»Warum?« fragte sie, so leise sie konnte.

»Damit Ihr Eure Meinung ändert und nicht in das Kloster eintretet. Gütiger Himmel, wenn Ihr erhebende Erfahrungen sammeln wollt, dann werde ich sie Euch verschaffen.«

Was, um alles in der Welt, sollte sie jetzt tun? »Wir dürfen nicht sprechen ... unser Flüstern wird man in dieser Stille hören.« Innerlich war sie in Rage über ihn, doch sie hütete sich, ihrem Ärger Luft zu machen; später an einem passenderen Ort würde sie das nachholen.

»Ich weiß, wir können hier weder sprechen noch etwas sehen, aber wir besitzen auch andere Sinne, wie beispielsweise hören, riechen und berühren.«

Sie war so erschrocken, als er sie zum Bett zog und sich neben sie setzte, daß sie fürchtete, ohnmächtig zu werden. Sollte er versuchen, sie zu vergewaltigen, so würde sie schreien, ganz gleich, welcher Skandal damit entstünde. Ihre einzige geschlechtliche Erfahrung hatte ein böses Ende genommen, nie wieder wollte sie so etwas erleben. Sie begann zu zittern wie Espenlaub.

Erst langsam begriff Simon das Ausmaß ihrer Furcht. Er hatte die Absicht gehabt, die Situation auszunützen und ihre Sinne zu wecken, damit ihr Körper auf ihn reagierte. Die sinnliche Dunkelheit und die Tatsache, daß sie sich nicht mit Tiraden gegen ihn wehren konnte, hatten seine Vorstellungskraft beflügelt. Jetzt jedoch wurde ihm klar, daß er zuerst einmal für Geborgenheit und Zutrauen sorgen mußte.

Seine Leidenschaft brauchte sie momentan nicht, sie brauchte seine Stärke. Als er nach ihr griff, versuchte sie ihn wegzustoßen, doch erstaunt stellte sie fest, daß er wie ein Berg aus Granit dasaß. Sie zog sich von ihm zurück und wandte ihm den Rücken zu, um ihm so ihre Verärgerung zu zeigen. Wie konnte er nur so anmaßend sein und so hinterhältig sich einen Ort aussuchen, wo sie zu schweigen verpflichtet war?

Er legte beide Hände auf ihre Schultern und drehte sie zu sich, dann nahm er ihre schmalen Hände in seine, drückte sie beruhigend und hielt sie fest. Sie versuchte, sich ihm zu entziehen, doch das ließ er nicht zu. Verzweifelt schloß sie die Augen, suchte nach einem Weg, seine Aufmerksamkeit von sich abzulenken. Doch diesen Weg gab es nicht, sie würde ihn ertragen müssen.

Weil er eine körperliche Distanz unmöglich gemacht hatte, entzog sie ihm ihren Geist. Sie schwor sich, niemals nachzugeben. Jedoch schon bald fühlte sie, wie die Wärme seiner Hände sich ihr mitteilte, und nach einer halben Stunde hatte sie auch aufgehört zu zittern. Obwohl sie versuchte, an etwas anderes zu denken, gelang es ihr nicht. Sie lernte in allen Einzelheiten, wie man einen Kampf gegen den großen Kriegsherrn verlor.

Als er sie mit den Daumen streichelte, mußte sie wieder daran denken, wie attraktiv seine großen braunen Hände ausgesehen hatten. Langsam zog er ihre Rechte an seine Lippen und küßte dann jeden einzelnen Finger voller Andacht, dasselbe widerfuhr der anderen Hand. Langsam und schweigend gelang es ihm, sie mit seiner Anwesenheit zu überwältigen.

Als ihre Anspannung nachließ, legte er vorsichtig einen Finger auf ihr Gesicht. Sanft fuhr er den Umrissen ihrer Augenbraue nach, ihrer hohen Wangenknochen und des Grübchens in ihrem Kinn. Schließlich strich er über ihre Lippen. Eleanor stockte der Atem. Simon de Montfort war ein Krieger, ein Kriegsherr, seine Hände waren dafür ausgebildet zu töten, doch es waren die sanftesten Hände, die sie je berührt hatten.

Wie konnte so eine Pranke so feinfühlig sein? Er streichelte ihr Haar, strich es ihr aus dem Gesicht und spielte dann mit ihren Locken. Als er mit dem Handrücken ihre Wangen und ihren Hals liebkoste, mußte sie wieder an das krause Haar darauf denken, und sie glaubte, es sogar zu fühlen.

Er war so wenig bedrohlich, daß ihre Angst einem Gefühl der Dankbarkeit wich für die Gesellschaft in dieser dunklen, einsamen Nacht. Wieder küßte er ihre Hand, dann hob er sie an sein Gesicht. Er nahm ihren Zeigefinger und legte ihn auf seine Augenbraue. Ein zufriedenes Lächeln spielte um seinen Mund, als sie begann, mit dem Finger über sein Gesicht zu fahren, seine gerade Nase, das kräftige Kinn. Sie erinnerte sich daran, daß sein Haar schwärzer war als das der Katze einer Hexe, und seine Augen gleichfalls von dieser Färbung.

Langsam drang auch sein Duft zu ihr. Als sie versuchte, das warme, männliche Aroma zu identifizieren, roch sie Leder, Sandelholz und noch etwas Männliches, Gefährliches. Die Kombination war angenehm und betörend, und sie fragte sich, ob der Duft aus seinen Kleidern kam oder von seinem Körper. Er sollte nicht hier sein, sie sollte zürnen mit ihm, doch als ihr klar wurde, daß sie ihn nicht anschreien, ihn nicht bestürmen konnte und mit Gegenständen nach ihm werfen, zerstob ihre Wut in nichts.

Simon klopfte das Kissen an das Kopfteil des Bettes, lehnte sich dagegen und streckte seine langen Beine aus. Er zog sie so neben sich, daß sie an seine breite Brust zu liegen kam und er sie im Arm hielt. Nie zuvor in ihrem Leben hatte Eleanor sich so warm und sicher gefühlt. Die völlige Dunkelheit verdeckte die Sünde, die sie begingen, und sie wünschte, sie könnte Tage und Nächte so liegenbleiben. Es fühlte sich so richtig an, sicher mußte es so sein zwischen einem Mann und einer Frau. Sie hatte sich ihr ganzes Leben lang nach dieser Nähe gesehnt. Warum hatte sie sie erst erfahren, als es zu spät war?

Sie schloß die Augen und legte ihre Wange an seine Schulter. Wenigstens wollte sie ihn so lange genießen, wie es möglich war. Ihre ewigen Skrupel sollten sie in Ruhe lassen! Diese Intimität wäre mit Anbruch der Morgendämmerung vorbei, doch wenigstens im Augenblick lag sie an seinem Herzen, und es gab keinen anderen Ort, an dem sie lieber gewesen wäre.

Sie mußte eingeschlummert sein, denn als sie wieder in die Wirklichkeit zurückkehrte, bemerkte sie seine kräftige Hand auf einer ihrer Brüste und seine Lippen an ihrer Schläfe. Sie versuchte, sich zu befreien, doch er hielt sie fest. Durch den Stoff ihres Kleides fühlte sie, wie ihre Haut unter seiner Berührung brannte, vielleicht fühlte er es auch. Sie preßte eine Faust gegen seinen Oberkörper, um ihn von sich zu schieben, doch es stellte sich sehr schnell heraus, daß Simon de Montfort sich nicht wegschieben ließ. Unter ihren Händen fühlte sie seine kräftigen Muskeln, und als hätten ihre Finger ein eigenes Leben, begannen sie, über sein Wams zu streichen, seine Schultern und Arme.

In ihrer Kindheit war es die große Stärke des Soldaten gewesen, die sie zu dem Oberhofmarschall von England hingezogen hatte. Sie fühlte, wie ihre Knie weich wurden, als sie jetzt erkannte, daß diese Arme, die sie umfingen, die Arme des größten Kriegers ihrer Welt waren.

Simon widerstand dem Wunsch, sich die Kleider vom Leib zu reißen. Diesmal, so wußte er, mußte er sich damit zufriedengeben, ihre sanften Kurven durch den hindernden Stoff ihrer Kleider zu fühlen und sie das gleiche fühlen zu lassen. Auf eine gewisse Weise fachte das sein Verlangen sogar noch an. Sein Tastsinn hatte sich geschärft, er hoffte nur, daß auch sie sich danach sehnte, nackt zu sein. Die Stille um sie herum war erfüllt von ungestilltem Verlangen. Am meisten beschäftigte sie beide das Wissen, daß sie nur Zeit hatten bis zur Morgendämmerung. In der Dunkelheit blähten sich seine Nasenflügel, um ihren Duft in sich aufzunehmen. Seine wachsende Erregung ließ das Blut in seinen Ohren rauschen.

Eleanor entdeckte eine Seite an sich, die sie bis dahin nicht gekannt hatte. Dieser Mann hatte ihren Geist aufgerüttelt, und jetzt war es so, als hätte er auch ihren Körper zu neuem Leben erweckt. In ihrem Unterleib fühlte sie ein Ziehen, als wären die Fäden des Verlangens bis zum Zerreißen gespannt. Ihre Brüste schmerzten, weil sie sich danach sehnten... sie wußte nicht, wonach. Ihre Knie waren weich, und der geheime Ort zwischen ihren Schenkeln prickelte und spannte sich an.

Simon fühlte sich erschöpft. Sie hatte alle seine Sinne stimuliert, er fühlte, wie das Blut in seinen Ohren, in seinem Hals, seiner Brust, sogar in seinen Fußsohlen pochte. Schon vor Stunden hatte sich sein Glied hart aufgerichtet, und einen Augenblick lang glaubte er, es würde für den Rest seines Lebens in diesem unerträglichen Zustand bleiben. Seine innere Uhr warnte ihn, daß er hier verschwinden mußte, ehe sie entdeckt wurden. Er wußte, es war eine Stunde vor Sonnenaufgang, doch wie konnte er sich von ihr losreißen, wenn er sie nicht einmal gekostet hatte?

Er vergrub eine Hand in ihrem Haar, um ihren Kopf festzuhalten. Dann legten sich seine Lippen auf ihre, zweimal berührte er sie kurz und vernahm entzückt, daß sie heftig zu atmen begann. Dann preßte er seinen Mund auf ihren, mit diesem Kuß machte er sie für immer zu der Seinen. Alles lag in diesem Kuß – Feuer, Krieg, Leben, Tod, Liebe.

Im ersten Augenblick wehrte sich alles in ihr gegen seine Kühnheit. Mein Mund, mein Ruf, meine Ehre, mein Gott! Simon de Montforts Mund war der Himmel.

Er stand auf und zog sie mit sich hoch. Seine Arme hielten sie so fest, daß sie seinen Körper an jeder Stelle ihrer Haut zu fühlen glaubte, die kräftigen Schultern, die starken Beine. Er umarmte sie ein letztes Mal, hielt sie so fest, daß ihre Füße nicht einmal mehr auf dem Boden standen. Als er sie losließ, war das Gefühl des Verlusts so groß, daß sie beinahe zusammengesunken wäre.

Sie griff hinter sich und ließ sich auf dem Bett nieder. Die Stille in der Zelle sagte ihr, daß sie allein war. Während der nächsten Stunde wandelten sich ihre Gefühle von Ablehnung, von der Versicherung, daß sie nur geträumt hatte, bis hin zu maßloser Wut – wie hatte er es wagen können, ihre Situation auszunutzen, hier im Kloster, wo ihr nichts anderes übrig blieb, als sich schweigend seinem Willen unterzuordnen?

Sie keuchte auf und sprang erschrocken vom Bett, als die Tür zu ihrer Zelle aufgeschlossen wurde, doch dann bemerkte sie das Morgenlicht. Sie brachte es nicht fertig, in den Gemeinschaftsraum zu gehen, wo die Nonnen ihre Waschungen vornahmen. Statt dessen suchte sie tapfer die Mutter Oberin auf, um sie von ihrem Entschluß zu unterrichten.

»Eleanor, ich hoffe, Sein Arm hat sich ausgestreckt, um Euch in Seine Herde aufzunehmen.«

Im ersten Augenblick begriff Eleanor gar nicht, daß die Mutter

Oberin von Gott sprach. Sie kämpfte mit ihrer Verlegenheit, wurde über und über rot. Dann hob sie ihr Kinn und errang ihre Selbstbeherrschung zurück. »Mutter Oberin, ich habe meinen Entschluß geändert, und er ist endgültig: In den Orden von St. Bride's werde ich nicht eintreten. Ich bin vollkommen ungeeignet für ein Leben in Armut und Gehorsam, es wäre meiner Natur allzu entgegengesetzt.« Sie biß sich auf die Lippen und dachte voller Schuldgefühl, daß wahrscheinlich auch die Keuschheit nicht in ihrer Natur lag. »Ich werde mich weiterhin um die Armen und Kranken kümmern, wo immer mein Aufenthalt auch sein mag; aber ich brauche weder Nonne zu werden, noch die weiße Kleidung, um Werke der Nächstenliebe zu verrichten. Ich mußte die Zeit der Trauer erleben, ehe ich geheilt werden konnte – jetzt ist es Zeit für mich, wieder in meine Lebenswelt zurückzukehren.«

Während sie sprach, beobachtete Eleanor das Gesicht der Ordensfrau. Sie las darin nicht nur große Enttäuschung, sondern auch Entsetzen, ja beinahe Furcht.

Die Stimme der Mutter Oberin war rauh, als sie sagte: »Wir brauchen eine gewisse Summe, damit wir hier weitermachen können, jetzt, wo wir nicht mehr die Unterstützung des Grafen von Pembroke haben.«

Eleanor fühlte bittere Kälte. Selbst die Kirche wollte sie nicht um ihrer selbst willen. Bei dem ganzen Druck, sie zur Entsagung zu bringen, war es nur um das Land und das Geld der Gräfin von Pembroke gegangen, nicht etwa um die unsterbliche Seele von Eleanor. Nun, die Folgen lagen ganz bei ihr, denn die habgierigen Marshals hatten ihr keinen einzigen Hektar Landes überlassen.

In einer neuen Ernüchterung stand sie auf. »Ich werde mir die Urkunde für das Kloster samt Ländereien ansehen und auch einen Blick in Eure Abrechnungsbücher werfen. Wenn Ihr soweit seid, kann Schwester Mary sie mir bringen.«

Als sie in ihren Gemächern im King-John-Turm eintraf, rief sie nach Bette, einer rundlichen, gemütlichen Dienerin, die ihr von Durham House erhalten geblieben war. Als Eleanor sie mit einem strahlenden Lächeln bedachte, schwand der Ausdruck von Besorgnis aus dem Gesicht der Frau.

»Bette, seid so lieb und bereitet mir ein Bad. Oh, und laßt bitte diese weißen Gewänder verbrennen«, fügte sie noch hinzu.

Jetzt erwiderte Bette das strahlende Lächeln. Es war nicht ihre Aufgabe, der Gräfin von Pembroke zu sagen, wie sie ihr Leben leben sollte; aber ganz sicher war sie nicht damit einverstanden gewesen, daß sie eine Braut Christi werden wollte. »König Henry hat heute einen Knappen nach Euch geschickt, meine Herrin. Ich habe ihn gefragt, worum es ging, und er sagte etwas davon, daß all Eure Brüder herkommen würden, um hier zu leben. Ich wußte gar nicht, daß Ihr noch mehr Brüder habt außer Henry und Richard.«

Eleanors Gedanken flogen zu ihrer Mutter. Sie konnte sich kaum noch an sie erinnern. Natürlich hatte sie Gemälde von ihr gesehen, Tuscheleien gehört über ihr lüsternes Benehmen. Ihrem früheren Geliebten hatte sie Söhne geschenkt, im Abstand von nur neun Monaten, und sie hatte damit begonnen, noch ehe Eleanor ein Jahr alt war.

Die Gräfin von Pembroke wählte ein Kleid in einem sonnigen Gelb. Als sie an der Mauer vorüberging, von der aus man einen Blick auf den Innenhof und Turnierplatz werfen konnte, war sie erstaunt, dort über hundert Männer zu entdecken, die mit nacktem Oberkörper heftig ihre Breitschwerter schwangen. Über allen ragte die nicht zu übersehende Gestalt Simon de Montforts auf, der dieses barbarische Durcheinander zu überwachen schien. Ihre Augen weiteten sich, als sie auf seinen starken Oberarmen Drachentätowierungen erkannte. Diese Drachen hatte sie gestreichelt, ohne ihre Existenz auch nur zu ahnen.

Sie war erleichtert, als sie sah, daß seine dunklen Augen durch sie hindurchzublicken schienen, als wären sie einander nie begegnet. Natürlich befleißigte sie sich eines ähnlichen Verhaltens. Dann erblickte sie Henry, der von einem Erker aus den Männern zusah.

»Eleanor, wie schön, dich ohne deine Trauerkleidung anzutreffen.« Er kam auf sie zugelaufen und griff nach ihren Händen.

»Nun, ich dachte, ich teile dir lieber persönlich mit, daß ich mich gegen das Kloster entschieden habe.«

»Oh, ich kann dir gar nicht sagen, wie glücklich mich das macht.

Ich habe noch mehr wundervolle Neuigkeiten. Unsere Brüder kommen nach Hause!«

Sie ließ Nachsicht gegenüber seiner Begeisterung walten. »Du meinst, unsere Halbbrüder.«

»Oh, hoffentlich wirst du mir jetzt nicht sagen, daß du dich nicht darüber freust, wie meine Frau«, bat er.

Eleanors Laune besserte sich. »Oh, ist die Königin nicht auch überglücklich? Nun ja, ich bin wenigstens nicht unglücklich darüber. Es wird sehr interessant sein, die andere Hälfte der Familie kennenzulernen.«

»Ach, Eleanor, was werden wir für einen Spaß haben, wenn unsere drei jüngeren Brüder hier leben! Denk nur daran, wieviel wir für sie tun können. Hier ist ein Brief von William, in dem er mir von seiner Turnierbegeisterung berichtet. Ich habe beschlossen, ein Turnier zu veranstalten, wenn sie ankommen.«

»Ich dachte, Turniere seien verboten in England, weil sie so gefährlich sind.«

»Oh, das waren sie, aber jetzt regiere ich in England, und ich werde das Verbot aufheben.« Er ging wieder zu dem Erker. »Komm mit, ich möchte dir etwas zeigen.«

Eleanor legte die Hände auf das Fensterbrett und lehnte sich hinaus.

»Siehst du diesen Riesen dort unten? Das ist Simon de Montfort, der neue Graf von Leicester. Er ist die reinste Kampfmaschine. Jeden Tag stoßen neue Ritter zu uns, weil sie sich von dem großen Kriegsherrn trainieren lassen wollen. Zweifellos wird er als Sieger aus meinem Turnier hervorgehen. Er ist wie ein Magnet, der die Soldaten anzieht. Für mich wird er die größte Armee zusammenstellen, die England je gehabt hat.«

Als Eleanor in den umschlossenen Hof hinunterblickte, wußte sie, daß sie nie zuvor einen so herrlichen Mann gesehen hatte. Die gleichen Arme, tätowiert mit den Bildern der Drachen, hatten sie die ganze Nacht lang gehalten. Die dichten schwarzen Brauen über den dunklen Augen, sein wild zerzaustes schwarzes Haar, das auf seine breiten Schultern herabhing, alles wies unverkennbar auf eine Urkraft hin.

»Du wirst mir doch helfen, beim Turnier die Preise zu überreichen, nicht wahr, Eleanor? Auf keinen Fall berührt es deinen heiligen Schwur der Keuschheit und Witwenschaft, meine Liebe. Du hast keine Ahnung, wie viel es für einen Sieger bedeutet, seinen Preis von einer wirklichen Prinzessin zu erhalten.«

»Natürlich übernehme ich das«, versicherte sie ihrem Bruder. »Es ist mir nicht bestimmt, als Einsiedlerin zu leben.« Ihr Lächeln strahlte wie das Sonnenlicht. »Ich muß mich um meine Garderobe kümmern; ich weiß nicht einmal mehr, was man in letzter Zeit trägt. Ich muß mich so einkleiden, daß die Königin vor Neid mit den Zähnen knirscht.«

»Kleine Laus«, sagte Henry glücklich.

23. Kapitel

Die Absperrungen für das Turnier und die Zuschauertribüne wurden im großen Park von Windsor aufgebaut, der hinter den Mauern des oberen Schloßbezirks lag. Auf den Wiesen rundherum wurden bunte Pavillons aufgestellt, und es sah aus, als wäre halb England nach Windsor gekommen.

Henry veranstaltete ein Bankett, um seine Brüder willkommen zu heißen, Eleanor nahm aus reiner Neugier daran teil. Zu ihrer Freude hatte sie erfahren, daß eine der Dienerinnen aus Durham House, Dame Hickey, eine ausgezeichnete Schneiderin war, ihr Mann einer der besten Schneider Londons. Das Paar kümmerte sich mit viel Liebe um Eleanors neue Garderobe. Die modischen Gewänder waren jetzt fließend und weich, aus herrlichen Stoffen gearbeitet, die aus Syrien und dem Osten importiert wurden. Transparenter Seidentaft wurde für die weiten Ärmel verwendet, Schleier und Ehrenumhänge wehten von den Schultern. Goldfäden und brokatene Blumenmuster zierten das Gewebe. Baudekin, ein sechsfädiger Samt aus Syrien, leuchtete, als hätte man in ihm die Strahlen der Abendsonne eingefangen.

Für das Bankett wählte Eleanor ein Gewand in Rosenfarbe und

Mauve. Die vielen Lagen durchsichtiger Seide waren mit Blumen und Schmetterlingen bestickt. Ein transparenter Schleier, der von einem goldenen Stirnband gehalten wurde, flatterte über ihrem herrlichen Haar.

Als Eleanor auf die Empore zuging, die für die Mitglieder der königlichen Familie vorgesehen war, erkannte sie im Gesicht der Königin Schock und Mißmut. Offensichtlich hatte ihre Schwägerin aufgehört, die Fromme zu spielen, und ihre beruhigenden Trauerkleider abgelegt. Die Brauen der Königin zogen sich bei diesem Gedanken zusammen. Nun, wenigstens verbot ihr Keuschheitsgelübde den Männern, außer ihren Brüdern oder Priestern, sich ihr zu nähern.

Eleanor lächelte die Königin entwaffnend freundlich an, als sie bemerkte, wie diese die verschwenderische Fülle der bogenförmigen Verzierungen ihres Schulterumhanges bewunderte, die sich in der endlosen Schleppe wiederholten. Ihre Augen blitzten vergnügt auf, als sie den kleinen Pagen neben der Königin entdeckte, der mit stolzgeschwellter Brust die Schleppe ihrer Majestät trug.

Henrys Gesicht jedoch leuchtete in reiner Freude, als er die Gräfin von Pembroke erblickte. »Mein Schwesterherz«, rief er aufgeregt. »Dies hier sind unsere Brüder!« Er trat einen Schritt vor, als wolle er sie wie kostbare Schätze darreichen.

Guy und Aymer waren große junge Männer, die einander sehr ähnlich sahen. Eleanor bemerkte, daß ihnen das gute Aussehen Henrys oder Richards fehlte, und auch wenn sie jünger waren als sie selbst, so besaßen die beiden doch ein weltmännisches Benehmen, das nur von übermäßiger Geltungssucht herrühren konnte. Als ihre Blicke dann jedoch auf William de Lusignan fielen, dem ältesten des Trios, weiteten sich ihre Augen erstaunt. Es war, als blicke sie in einen Spiegel. Er war zierlich, hatte eine wilde Mähne schwarzer Locken, und nur sein etwas grausamer Mund verhinderte, daß man ihn schön nennen konnte. Sie starrte ihn fasziniert an, während er mit seinen hübschen schlanken Händen gestikulierte und mit femininer Stimme zu ihr sprach. »O mein Püppchen, einfach göttlich, dich endlich kennenzulernen. Du bist so hinreißend, unsere Mutter würde dich auf den ersten Blick hassen.

Mein liebes Herz, wirst du bitte meine Partnerin beim Essen sein? Und wenn du mir nicht den Namen deines Schneiders verrätst, dann werde ich auf der Stelle tot umfallen.« Er warf den Kopf zurück, und in seinem Ohr glitzerte ein juwelenbesetzter Ohrring. Ohrringe, du liebe Güte!

Er ist mehr eine Schwester als ein Bruder, dachte Eleanor entsetzt. William war so gesprächig, sie erfuhr von ihm mehr, als ihr lieb war, über ihre Brüder. Sie hatten ihre Hunde mitgebracht und all ihre Diener, sogar ihre eigenen Musikanten. »Henry will eine reiche Erbin für mich finden«, vertraute William ihr an. »Aymer, unser Kleiner, hat sich entschlossen, in den Dienst der Kirche zu treten. Die Einnahmen sind so gut, und die Beförderung läßt nicht lange auf sich warten. Henry hat ihm versichert, daß er auf dem Weg zu großem Reichtum ist.«

»Ist Aymer ein Priester?« fragte sie entsetzt über die Art, wie dieser junge Mann die Knappen herumkommandierte, die an ihrem Tisch servierten.

»Nein, nein, er ist erst Novize. Die heiligen Weihen hat er noch nicht bekommen, weil er erst fünfzehn ist.«

»Verstehe«, meinte Eleanor schwach und dachte bei sich, daß sie noch nie jemanden gesehen hatte, der die heiligen Weihen weniger verdiente als Aymer.

»Sag mir, mein liebes Herz, stellst du dein eigenes Lippenrouge her? Darf ich dich um das Rezept dafür bitten?«

Eleanor war erleichtert, als sie sah, daß Richard und Isabella gekommen waren. Schnell warf sie einen Blick auf Isabellas Taille und lüftete dann fragend die Brauen. Isabella küßte sie und flüsterte: »Wir sind noch nicht sicher, aber ich drücke mir selbst den Daumen.«

Richard nahm seine Schwester in den Arm. »Beim Hemde des Herrn, es ist gut zu sehen, daß du dich erholt hast. Wir haben uns alle große Sorgen um dich gemacht.«

»Nun, jetzt kannst du dir die Sorgen um den Rest der Familie machen. Richard, ist dir eigentlich klar, daß Henry dieses große Turnier veranstaltet, nur um William de Lusignan zu gefallen? Hast du ihn gesehen? Er sieht aus, als könne ein Windhauch ihn umblasen, ganz und gar nicht, als tauge er dazu, eine Lanze zu halten.« Sie beugte sich vertraulich zu ihm: »Die beiden anderen sehen aus, als könnten sie nur davon profitieren, von ihrem hohen Roß herunterzufallen, aber jemand muß den armen kleinen Willie beschützen.«

Eleanor hätte sich wegen des zu klein geratenen William nicht den Kopf zu zerbrechen brauchen. Er war einer der sadistischsten Männer, der je das Licht der Welt erblickt hatte. Ganz besonders Grausamkeiten Tieren gegenüber erregten ihn, und er fand die Atmosphäre eines Turniers, wo Pferde schrien, weil die Lanzen oder Schwerter ihnen Wunden geschlagen hatten, prickelnd und erhebend.

Isabella ging zu den anderen Mitgliedern der Familie Marshal, die auch zu dem Turnier angereist waren. Ihre Schwester hatte ihre Tochter mitgebracht, und natürlich bildeten alle jungen Cousins der Marshals eine fröhliche Truppe. Sie bemühten sich nach Kräften, Eleanor zu ignorieren, was diese sowohl verwirrte als auch schmerzte. Eine der Cousinen der Marshals war Matilda Bigod, die Eleanor noch nie gemocht hatte. Eleanor verzweifelte schier, als sie sah, daß die Schwestern ihres Mannes die Köpfe abwandten, wenn sie in der Nähe war. Sie nahm Isabella zur Seite, um mit ihr darüber zu reden. »Deine Schwestern und ihre Töchter ignorieren mich absichtlich. Sie machen mich noch immer für Williams Tod verantwortlich.«

»Oh, Liebste, natürlich nicht. Das alles hat nur mit Geld zu tun. Sie sind wütend, weil du ein Fünftel des Vermögens der Marshals für dich beanspruchst.«

»Ich habe gar nichts von ihnen bekommen. Sie sind wie ein Rudel von Aasgeiern. Die verflixten reichen Marshals!«

Isabella hob das Kinn. »Die Plantagenets sind genauso habgierig wie die Marshals. Richard ist der Meinung, daß all das, was William besessen hat, ihm gehören sollte, weil William ohne Erben gestorben ist. Und außerdem beansprucht Richard ein weiteres Fünftel, weil ich eine Marshal bin und ein Recht darauf habe.«

Also, dachte Eleanor, hier geht es darum, daß jeder für sich selber sorgt. Während ich achtzehn Monate lang geschlafwandelt bin, haben sie den Kuchen unter sich verteilt. Sie würde zu Henry gehen und eine Abrechnung verlangen über den Anteil, den sie geerbt hatte. Er war im Augenblick umringt von seinen neuen Brüdern und gefiel sich in der Rolle des nachsichtigen Älteren.

Eleanor blickte zu der Königin, die von ihren heuchlerischen Savoyern umgeben war. Während sie ununterbrochen Süßigkeiten in den Mund des Pagen stopfte, der auf einem Stuhl neben ihr saß, flirtete sie ungeniert und brüstete sich. Ganz plötzlich stellte der kleine Page den Becher mit Wein ab und übergab sich. Die ganze Schleppe der Königin wurde schmutzig, und er bekam eine kräftige Ohrfeige dafür. Es gibt also doch noch einen Gott, dachte Eleanor und biß sich auf die Lippe, um nicht laut herauszuprusten.

Doch ganz plötzlich verschwand alle Belustigung aus ihrem Gesicht. Simon de Montforts schwarze Augen hatten sie beobachtet. Sein Blick war vollkommen unpersönlich, als fände er, daß nichts sie von den anderen Frauen unterschied. Eleanor sah schnell weg, doch konnte sie sein Bild nicht mehr aus ihren Gedanken verbannen. Sie sollte froh sein, daß er so unbeteiligt aussah, damit ihr Geheimnis gewahrt blieb. In der Öffentlichkeit durften sie sich niemals etwas anmerken lassen, für niemanden durfte es so aussehen, als bahnte sich da etwas an.

Alarmiert stellte sie fest, daß ihr Herz schneller schlug, ihr Atem heftiger ging und ihre Knie wackelten. Wie konnte er es nur wagen, so auf sie zu wirken! Sie war wütend, am liebsten wäre sie ihm mit den Fingernägeln in seine dunklen Wangen gefahren. Sie wollte ihm diesen abweisenden, unpersönlichen Ausdruck aus dem Gesicht schlagen. Eine kleine Befriedigung jedoch blieb ihr, tagsüber hatte sie ihren Garten gemieden. Sie würde ihm nicht mehr die Möglichkeit geben, mit ihr allein zu sein.

Gerade wollte sie aufbrechen, da kam Henry auf sie zu und nahm ihren Arm. »Eleanor, du hast den neuen Grafen von Leicester noch nicht kennengelernt.«

Ihre Augen weiteten sich erschreckt. »Henry, du vergißt ... ich kann mich mit keinem anderen Mann unterhalten außer mit einem Bruder.«

»Oh, verdammt, warum hast du nur dieses dumme Gelübde abgelegt?« Noch immer hielt er ihren Arm, jetzt zog er sie zu Simon de Montfort. »Ich wollte Euch meine Schwester Eleanor vorstellen, aber es ist gegen ihr Gelübde«, erklärte er Simon.

Wortlos sah sie zu ihm auf, die Wirkung, die er auf sie hatte, war überwältigend. Die magnetische Anziehungskraft, die von ihm ausging, beunruhigte sie aufs höchste, es war eine der Eigenschaften, die ihn besonders von den anderen Männern abhob. Die gebräunte Haut spannte sich über hohen Wangenknochen. Plötzlich bebten seine Nasenflügel, und Eleanor erkannte das nackte Verlangen in seinen Augen. »Ille est tibi«, murmelte er zwischen den Zähnen. »Dieser Mann gehört Euch.«

Sie warf einen schuldbewußten Blick auf Henry, dann – mit zart geröteten Wangen – einen herausfordernden zu de Montfort hinüber. Absichtlich wandte sie ihm den Rücken zu und lächelte ihren Bruder an. »Wirst du den Grafen von Leicester im Turnier herausfordern, Henry? Bestimmt wagt sich niemand anders als der König an den großen Kriegsherrn heran.« Sie wußte, de Montfort würde den König gewinnen lassen müssen, und wünschte sich nichts sehnlicher, als ihn erniedrigt im Staub zu sehen.

»Du irrst dich, Eleanor. Jeder der anwesenden Fürsten hat ihn bereits herausgefordert. Du kennst die Männer nicht sehr gut, fürchte ich. Wenn sie das Glück hätten, Simon aus dem Sattel zu heben, dann würden sie mit Ruhm überschüttet.«

Sie erbebte ein wenig. »Du hast recht, Henry, ich kenne die Männer nicht sehr gut und möchte sie auch gar nicht besser kennenlernen. Gute Nacht«, lautete ihr kühler Abschied.

Der Tag des Turniers brach an, strahlend und schön. Das Kampffeld war voller Pferde, Knappen und Waffenträger, als die edlen Männer Englands sich diesem todernsten Geschäft hingaben, das für sie ein Vergnügen darstellte. Ganz Windsor war in festlicher Stimmung, sogar die Kinder und die Hunde schienen es zu fühlen, die durch die Menge tobten; die Jungen ließen selbstgemachte Fahnen flattern, mit denen sie die Banner der großen Grafen und Barone imitierten.

Der Kammerherr des Königs hatte die Rolle des Feldmarschalls für das Turnier übernommen; er befehligte ein halbes Dutzend Ritter, die die einzelnen Herausforderungen überwachten. Es war ziemlich kompliziert, denn ein Ehrenkodex verbot es einem Mann, einen Höhergestellten herauszufordern. Gleichgestellte oder Männer eines niedrigen Ranges konnten jedoch miteinander kämpfen; der König mußte seine eigene Herausforderung anmelden, genau wie Richard von Cornwall, da er der einzige anwesende Herzog war.

Es gab jedoch viele Grafen: Derby, Norfolk, Hereford, Surrey, Richmond und Oxford hatten alle Leicester herausgefordert. Die Barone de Clare, de Lacy, de Braose und de Munchensi führten die Lanzen gegeneinander und hatten einige der Ritter herausgefordert, die für ihre Gewandtheit im Kampf bekannt waren, wie zum Beispiel Richard de Burgh.

Die Verwandten der Königin und Henrys jüngere Brüder hatten sich vom ersten Augenblick an nicht leiden können, denn sie hatten instinktiv gefühlt, daß sie miteinander um die Gunst des Königs und um die besten Posten würden wetteifern müssen. Diejenigen, die die Kämpfe vorbereiteten, hatten sie aufgeteilt in die »Männer des Königs« und »Männer der Königin«.

Die Tribünen für die Zuschauer waren zur Parade für die Damen geworden. Die verschiedenen Arten des Kopfschmuckes rangierten zwischen vornehm bis lächerlich, wobei die kirchturmartigen Frisuren dominierten. Auf den Spitzen der Haarpracht waren flatternde Schleier befestigt, die gelöst werden konnten, um sie als Gunstbeweis den Teilnehmern des Turniers zu überlassen.

Die Königin war in königliches Purpur und Gold gekleidet. Sie mußte immer wieder betonen, daß sie die Königin war und somit die wichtigste Frau im Land. Die Damen ihres Hofstaates waren alle in grelle Farben gekleidet, die sich auf der Tribüne lebhaft ausnehmen würden, und als Eleanor kam, war sie froh, daß sie die einzige Frau war in Weiß. Nicht nur hob sie sich damit von allen anderen ab, sie sah auch erfrischend kühl aus in dem grellen Sonnenschein.

Die Kleidung der Männer war noch bunter als die der Frauen. Die ärmellosen Überwürfe und Wappenröcke, die sie über den Rüstungen trugen, waren mit bunten Federbüschen und Wappen bestickt, an ihren Helmen trugen sie bunte Federn. Selbst die Pferde waren geschmückt, über ihren schützenden Lederpanzern trugen sie seidene Decken.

Henry erschien in seinem bevorzugten Grün, bestickt mit Gold und mit Juwelen besetzt, seine Halbbrüder trugen gleichermaßen Grün, in Anlehnung an die Farben des Königs. Die englischen Barone zogen Azurblau, Maulbeerfarbe und Waldgrün vor, wogegen die Savoyer einen wesentlich ausgefalleneren Geschmack besaßen und dramatisches Schwarz und Silber oder Rot und Gold trugen.

Alle waren neugierig auf Simon de Montfort, welche Farben seine breiten Schultern zieren würden. Er hatte die Wahl zwischen dem Wappen von Leicester oder dem eines Kriegsherren und Grafen von Montfort l'Amauri. Doch als Simon auf dem Turnierplatz Einzug hielt, trug er schlichten weißen Damast mit dem roten Kreuz des Kreuzritters auf seinem Schild. Er brauchte keinen großartigen Schmuck, um sich von der Menge zu unterscheiden. Seine herrliche Erscheinung überragte alle Männer des Landes.

Bunte Fahnen begrenzten das Turnierfeld, die königlichen Herolde bliesen die Fanfaren, und die Kämpfer ritten auf das Feld; vor den Tribünen hielten sie an, um von ihren ausgewählten Damen die Schleier zu erbitten. Eleanor hatte nicht geplant, ihren Schleier einem der Teilnehmer zu geben, doch hatte sie in ihrem Ärmel einen besonderen Preis verborgen, für de Montfort, sollte er der Sieger des Tages werden.

Sie betrachtete das zufriedene Gesicht der Königin, als die Onkel der Savoyer die Halbbrüder des Königs besiegten, und genoß es ihrerseits, als ihr Bruder Richard die Savoyer besiegte. Voller Stolz beobachtete sie auch, wie Sir Richard de Burgh gegen drei der Barone gewann, die ihn herausgefordert hatten.

Simon de Montfort jedoch hob zehn Grafen hintereinander aus dem Sattel, und Eleanor freute sich schon darauf, daß er gegen den König reiten müßte – das wäre der einzige Augenblick, wo sie ihn je geschlagen erleben würde. Auch wenn es nur eine Geste der Ritterlichkeit gegenüber Henry bedeutete, würde sie immerhin die Befriedigung erhalten, ihn im Staub liegen zu sehen.

Schließlich war der lang erwartete Zweikampf da. Der König und der Graf von Leicester ritten zusammen auf das Turnierfeld. Die Menge jubelte frenetisch, als die beiden Männer ihre Lanzen hoben und dann zur Zuschauertribüne ritten, um die Königin und die Damen ihres Hofstaates zu grüßen. Simon de Montfort senkte seine Lanze galant vor der Königin und erbat sich ihre Gunst. Mit einem verführerischen Lächeln nahm sie eines ihrer purpurfarbenen, mit Gold verzierten Tücher und hängte es über seine Lanze. Eleanor freute sich schon, denn wenn de Montfort vom König aus dem Sattel gehoben würde, würde das Tuch auf dem Boden landen. Sie erhob sich, nahm ihren eigenen Schleier, der so hauchzart war wie Spinnweben, und bot ihn ihrem Bruder an, König Henry. Die beiden Männer befestigten die Schleier an ihren Lanzenringen und ritten dann zu den gegenüberliegenden Startplätzen.

Henry ging im Geiste noch einmal all die Lektionen durch, die William Marshal ihm beigebracht hatte, der zu seiner Zeit der Turniermeister gewesen war. Er wünschte sich sehr, daß de Montfort sich nicht absichtlich würde fallen lassen, doch er akzeptierte, daß seine Ritterlichkeit ihm gebot, den König von England nicht aus dem Sattel zu heben.

Simon de Montfort mußte sich entscheiden. Er war sich seiner Fähigkeiten vollkommen sicher und würde nicht im geringsten erniedrigt, wenn er sich vom König aus dem Sattel heben ließ. Doch er wollte Eleanor verständlich machen, daß sie sich, wenn sie sich entschied, nicht von Sitten oder Gelübden oder von verwandtschaftlichen Erwartungen gebunden fühlen mußte. Sie war frei, für sich selbst zu entscheiden, genau wie jeder andere Mensch auf dieser Erde. Sie würde Mut brauchen, um sich gegen den König zu stellen, gegen den Rat und die Kirche; und er wollte ihr zeigen, daß er genug Mut besaß für sie beide.

Nachdem er seinen Vorsatz gefaßt hatte, klappte er sein Visier herunter und klemmte die Lanze unter den Arm. Der Feldmarschall senkte das Zepter, und die beiden Männer ritten los. Die Zuschauer folgten jeder ihrer Bewegungen in atemlosem Schweigen, denn obwohl das Turnier als Vergnügen galt, barg es doch gleichzeitig auch ein großes Risiko. Das Donnern der Hufe war das einzige Geräusch, bis die beiden Männer aufeinandertrafen. Simons Lanze traf ihr Ziel mit voller Kraft, und Henry stürzte zu Boden.

Die Menge keuchte auf über diese Kühnheit. Der Sieger wirbelte auf seinem Roß herum, sprang aus dem Sattel und half dem König auf die Füße. Henry legte gutmütig einen Arm um Simon und lachte. »Verdammt, einen Augenblick hatte ich schon geglaubt, ich hätte Euch erwischt«, meinte er.

Simon zog seinen Helm aus und grinste. »Ihr hattet keine Chance. Meine Reichweite ist zweimal so groß wie Eure.«

Aus irgend einem unerfindlichen Grund fühlte Henry sich gut. Eigentlich war es erniedrigend, wenn man ihn gewinnen ließ, nur weil er der König war. Dieser Mann hatte ihn wie einen würdigen Gegner behandelt, und der Ritt war fair gewesen.

Als die Menge erkannte, daß der König über den Ausgang des Rittes nicht verstimmt war, brüllte sie vor Begeisterung und ließ die beiden Männer hochleben. Der Graf von Leicester winkte mit dem Tuch der Königin, und sie errötete so sehr, weil er sie grüßte über den Kopf des Königs hinweg, daß ihr Gesicht beinahe so rot wurde wie ihr Gewand.

Eleanor saß ganz still. Simon de Montfort stellte seine eigenen Regeln auf. Sie wußte, sie durfte sich die Gefühle, die er in ihr weckte, nicht anmerken lassen. Wenn die Welt davon Notiz nahm, würde sie als lüsterne Dirne gebrandmarkt werden. Vor allem durfte dieser arrogante Adlige nie erfahren, wie er auf sie wirkte. Er war jetzt schon unerträglich. Was, um alles in der Welt, würde erst geschehen, wenn er wüßte, daß seine Anwesenheit allein genügte, um ihr Herz so schnell schlagen zu lassen wie das Herz einer Braut?

Henry hielt ihr das Tuch hin, das jetzt nicht mehr weiß war. »Tut mir leid, kleine Laus.« Er grinste sie schüchtern an, und sie sah ein, er würde nie mehr sein als ein Junge. Als das Turnier vorüber war und die Sieger ihre Preise aus der Hand der Königin und der Ehrendamen überreicht bekamen, verließ die Menge der Zuschauer die Tribüne und versammelte sich auf dem Turnierplatz, um jedes Wort mitzubekommen, das gesprochen wurde.

Der Sieger des Tages war natürlich der Graf von Leicester. Er verbeugte sich und kniete vor der Königin nieder. Selbst jetzt noch lagen seine Augen beinahe auf der gleichen Höhe wie ihre. Sie überreichte ihm einen goldenen Kelch, mit Juwelen besetzt, und als sie dann die Lippen schürzte, um ihn zu küssen, durfte er die Einladung, die er in ihren Augen las, nicht länger mißverstehen. Aus seiner Erfahrung mit Frauen wußte er, die einzige Sünde, die sie nie vergaben, war, sie nicht zu begehren. Seine Augen ruhten auf ihrem Gesicht, und mit einem Blick, wie ihn nur ein Franzose fertigbringt, sagte er ihr, daß sie schön war, dann stand er auf, und die Menge jubelte ihm zu.

Eleanor hatte Simon de Montfort nicht aus den Augen gelassen. Sein schlichter weißer Umhang mit dem einfachen roten Kreuz war nicht beschmutzt. Sie wünschte sich, zu diesem Mann zu gehören, doch wußte sie gleichzeitig, daß es nie mehr als ein Wunsch sein könnte. Er hatte ihr gezeigt, daß er sich über alle Konventionen hinwegsetzte, über den Ehrenkodex, über jeden anderen Mann. Damit sein Kopf nicht vor lauter Hochmut platzte, hob sie die Hand und winkte ihn kühl zu sich heran.

Er sah ihre Geste sofort, denn er hatte seinerseits jeden einzelnen ihrer Atemzüge beobachtet. Als er zu ihr kam, kniete er vor ihr nieder wie vor der Königin. Die Menge der Zuschauer beobachtete die beiden ganz in Weiß gekleideten Menschen, deren schwarzes Haar sich bis auf die Schultern lockte, die eine äußerst zierlich, der andere ein Baum.

Eleanor erlaubte sich nicht, auch nur einen Anflug von Belustigung zu zeigen, als sie in ihren Ärmel griff und ihm dann seine Belohnung reichte. Sie gab sie ihm mit ernster Miene, und er griff nach ihren wundervollen Händen, um sie entgegenzunehmen. Einen Augenblick war er entsetzt. Mit welcher Obszönität hatte sie ihn da besudelt? Ungläubig starrte er sie an, dann wieder sah er auf das, was er in der Hand hielt. Doch plötzlich begriff er, was es war, und seine schwarzen Augen strahlten belustigt auf. Sie hatte ihn durch ihre Abwesenheit in ihrem Garten schon seit Tagen mißtrauisch gemacht, doch jetzt wußte er, daß sie doch dagewesen war. Denn bei ihrer Gabe handelte es sich um zwei Kugeln Eulenlosung, die Leckerbissen wie Mäuseschädel, Zähne, Knochen und

Fischgräten aus dem Teich in ihrem Garten enthielten, die die Käuze gefressen hatten. Eulen und Käuze schlangen ihre Beute ganz hinunter und schieden jeden Tag eine Kugel aus, die die unverdaulichen Teile der Beute enthielt.

»Ich werde sie in Ehren halten und wann immer ich sie ansehe, werde ich an Euch denken«, erklärte er feierlich und verstaute sie in seinem Umhang.

Die neugierigen Zuschauer hatten nicht gesehen, was sie ihm gereicht hatte, doch das Übliche war ein goldenes Medaillon oder Juwelen.

Simon de Montfort freute sich diebisch. Eleanor war also zu mutwilligen Späßen in der Lage, unter der Bedingung, daß sie absolut geheim blieben. Ihm selbst fielen auch einige Vergnügen ein, die er mit ihr teilen wollte – und würde, wenn sie beim nächsten Mal allein wären.

24. Kapitel

Die Feiern dauerten die ganze Nacht. Vergeblich sah sich Simon in der großen Halle um. Er wußte, Eleanor würde nicht an der Ausgelassenheit teilhaben, aber nicht, weil sie Festivitäten nicht liebte. Eher war sie übermütiger als alle anderen Frauen im Saal. Sie kam nicht, weil sie die Königin und deren Gefolgschaft verachtete.

Die Provencalen blickten hochmütig auf die Einheimischen und selbst auf Henrys Halbbrüder herunter, sie rümpften die Nasen über alles Englische, angefangen vom Klima bis hin zu den Kochkünsten. Als Simon mit seinem dritten Seidel Bier fertig war, hatte er ebenfalls die Provencalen satt. Er mochte England sehr gerne und hielt es für das herrlichste Land der Welt. Das Klima war gemäßigt, der fruchtbare Boden brachte reiche Ernten an Korn und Früchten. Jede einzelne Grafschaft besaß üppige Felder, grüne Wiesen, weite Ebenen, fette Weiden, gesunde Kühe und starke Pferde. Die Ströme und majestätischen Flüsse boten überreichlich Fische und Wasservögel. Obsthaine und Forste bedeckten die Hügel, und die Kastanienwälder waren voller Wild. Englands Freibauern konnte man als das Salz der Erde bezeichnen mit den drallen Bäuerinnen, rotbäckigen und glücklichen Kindern und dem unglaublich guten Bier. Er war der Graf von Leicester, und dieses Land gehörte ihm. Alles, was er brauchte, war eine Gräfin, und er ahnte, wo er sie finden würde.

Leise überkletterte er die Gartenmauer, seine Augen gewöhnten sich langsam an die Dunkelheit und die Schatten. Seine Mundwinkel zogen sich erfreut hoch. Auch wenn sie ihm aus dem Weg hatte gehen wollen, so hatte sie leider vergessen, sich ihr weißes Kleid auszuziehen. Vorsichtig rückte er noch ein Stück näher, ehe sie seine Gegenwart spürte.

Sie hob den Kopf wie ein Reh auf einer Waldlichtung, wenn es Gefahr wittert. Als sie ihn entdeckte, sprang sie auf, hob die Röcke, um zu fliehen, doch er hatte sie sofort eingeholt und zog sie an sein Herz.

»Kathe«, flüsterte er und barg seine Lippen in ihren Locken.

»Nein, nein«, rief sie und bemühte sich gar nicht, leise zu sein, denn heute abend waren alle Bewohner Windsors, vom König bis zum niedrigsten Tellerwäscher in der großen Halle beim Bankett zu Ehren des Turniers. Sowohl der mittlere als auch der obere Flügel des Schlosses waren leer.

»Ja, ja«, drängte er. »Zwischen uns geschieht etwas, ich fühle es; aber was noch wichtiger ist, Ihr fühlt es auch.«

»Es ist unmöglich.« Sie wehrte sich gegen ihn wie eine Wildkatze.

Er hielt sie fest an sich gedrückt. »Ich habe Euch heute gezeigt, daß nichts unmöglich ist. In meinem Herzen weiß ich, daß Ihr für mich bestimmt seid. Unsere Gefühle wollen gestillt sein wie Hunger und Durst«, erklärte er heftig.

»Es würde einen Skandal verursachen, von einem Ende des Königreiches bis zum anderen«, rief sie.

Er lachte leise. »Und was könnten sie dagegen unternehmen? Glaubt Ihr, sie würden Euch steinigen wie Jezebel?« In innigster Umarmung preßte er hungrig seine Lippen auf ihre. Sofort reagierte sein Körper, sein Glied richtete sich auf, schmerzte vor Sehnsucht. Der Kuß dauerte eine Ewigkeit, Eleanor litt Höllenqualen. Ihr Verstand und ihr Körper stritten miteinander. Das Blut rauschte ihr in den Ohren, eine wilde Erregung hatte sie ergriffen, doch ihr Verstand protestierte heftig gegen ihre Willfährigkeit. In Unschuld hatte sie sich einst darauf vorbereitet, sich völlig hinzugeben. Und wenn sie sich jetzt auch heftig gegen ihn wehrte, so hatte sie doch zu allem stillschweigend ihre Zustimmung gegeben.

Der Kuß wurde noch fordernder. Ihre Lippen waren aufeinandergepreßt, ihre Körper schmiegten sich einer gegen den andern, und es war nicht mehr nötig, ihre Arme festzuhalten. Simon zwang mit der Zungenspitze ihre Lippen auseinander, und dann war es ihm endlich möglich, seine Zunge in ihren Mund zu schieben. Sie zu schmecken brachte ihn fast um den Verstand.

Eleanor stöhnte leise, weil sie es gleichzeitig liebte und haßte, was er mit ihr tat. Doch als er dann schließlich für einen Augenblick ihre Lippen freigab, hauchte sie: »So werde ich doch zu Jezebel, Ihr macht, daß ich mich schuldig fühle und voller Sünde. Mit Eurer Stärke, de Montfort, könnt Ihr mir natürlich Euren Willen aufzwingen.«

»Nein«, wehrte er ab. »Ihr seid viel zu zerbrechlich, als daß ein Mann von meiner Größe Euch zu etwas zwingen dürfte. Ich muß Euch umwerben und stundenlang mit Euch spielen, ehe ich es je wagen könnte, Euch zu lieben. Laßt mich Euer heimlicher Geliebter sein, Kathe ... ich werde mein Leben dem Ziel widmen, Euch Freude zu bereiten.«

»Ihr versprecht mir Freude, aber kein Glück?« fragte sie atemlos.

»Niemand kann dem anderen Glück versprechen, wie sehr er es sich auch wünschen mag«, sagte er leise.

»Und niemand kann die Qual ermessen, die er einer Frau bereiten könnte«, warf sie ihm vor.

»Kein Schmerz ist unerträglich«, widersprach er, »nur der Schmerz der Ablehnung. Ihr quält mich, wenn Ihr mich auf Armeslänge fernhaltet und Euch mir versagt. Erlöst mich von dieser Qual, Kathe.« Seine Lippen zogen eine brennende Spur über ihren Hals, und er schlang die Arme erneut um sie.

»Bitte nicht! Wenn Ihr mich so an Euer Herz drückt, dann möchte ich …« Sie hielt schuldbewußt inne.

»Ihr vernichtet mich«, flüsterte er rauh, und seine Hände schlossen sich um ihre Brüste.

Als sie heftig den Atem einsog, wußte er genau, wie er auf sie wirkte. Eleanor mußte nicht nur gegen ihn ankämpfen, sondern auch gegen sich selbst. Das Gefühl seiner herrlichen Hände auf ihrem Körper war wie ein Aphrodisiakum. Wäre es hell genug gewesen, um die Drachen auf seinen Armen zu erkennen, wäre sie verloren gewesen, verloren.

»Laßt mich gehen, de Montfort.« Sie rang um einen hilfreichen Zorn.

Er nahm seine Hände von ihrem Körper. »Die Ironie des Schicksals … nachdem ich heute jedes Turnier gewonnen habe, muß ich jetzt das einzige, was mir etwas bedeutet, verlieren.«

Am liebsten hätte sie vor Verzweiflung laut aufgeschrien. Wenn er sie doch nur in Ruhe ließe, dann könnte sie gegen diese verwirrenden Gefühle ankämpfen, die er in ihr stets erzeugte. Doch welche Chance hätte sie gegen ihn, wenn er sie immer weiter umwarb? Ihre Lippen brannten von seinen Küssen, und ihre Sinne waren erfüllt von seinem Duft und Geschmack.

Durch sein geschärftes Einfühlungsvermögen spürte er sofort ihr Bedauern darüber, daß er sie losgelassen hatte. Deshalb umfing er sie wiederum und zog sie an seine kräftige Brust. Sein Mund berührte sanft ihre Lippen, er spielte mit ihnen, erregte sie, bis sie die Arme um seinen Hals schlang.

Halbherzig wünschte Eleanor, sie könnte sich seinem Ansturm entziehen. Sie schüttelte den Kopf, bis ihr Haar wild zerzaust auf ihren weißen Schultern hing. Mit der Hand griff Simon in die üppige Fülle, hob es an sein Gesicht und atmete tief seinen Duft ein, er nahm es sogar zwischen die Lippen, um sie ganz und gar kennenzulernen. Seine starken Hände hielten sie eng an seinen Körper gedrückt, bis sie sich ihm von selbst überließ. Sie fühlte seine hart aufgerichtete, pulsierende Männlichkeit, die sich zwischen ihre Schenkel drängte, und ganz plötzlich verlockte es sie, sich gehenzulassen. Wie eine Wildkatze preßte sie ihren Mund auf den seinen und biß dann mit ihren kleinen weißen Zähnen fest in seine Unterlippe.

Simon fluchte gründlich und legte die Hand auf die wunde Stelle. Als er sie wegzog, war sie voller Blut, und ein Rundblick zeigte ihm, daß Eleanor verschwunden war. Er hörte, wie sich der Schlüssel in der hölzernen Gartentür drehte, dann war er allein und starrte in die Dunkelheit. Der Duft ihres Parfüms erfüllte ihn noch immer. In der Ferne zuckte ein Blitz über den Himmel, gefolgt von lautem Donner, Regentropfen prasselten auf die Blätter der Bäume. Er hob sein Gesicht dem Regen entgegen. Vielleicht würde der sein Blut kühlen. Eines Tages, so schwor er sich, würden sie zusammen nackt im Regen stehen, der über sie strömte, und dann würde er sie zärtlich lieben.

In ihrer Kemenate im Turm wurde Eleanor von einem inneren Aufruhr gepackt. Nie durfte er erfahren, welche Gefühle er in ihr weckte, und erst recht durfte keine dritte Person davon Wind bekommen. Ruhelos wie eine Tigerin lief sie in dem Raum auf und ab. Sie konnte ihm nicht entkommen. Er drang Tag und Nacht in ihren privaten Garten ein. Wenn sie in ihrem Zimmer blieb, so hatte er ihr bewiesen, war er ohne weiteres in der Lage, an dem Turm hochzuklettern und ihr Bett in Beschlag zu nehmen. Sie würde eine weite Entfernung zwischen sie beide bringen müssen. Wenn sie erst einmal verschwunden war, würden seine Blicke auf eine der anderen Frauen fallen, die seine ungeduldige Lust genösse. Der Himmel allein wußte, wie viele willige Frauen es gab bei Hofe, angefangen mit der Königin selbst, nach allem, was Eleanor beobachtet hatte.

Sie dachte an Odiham, den hübschen kleinen Besitz, den William ihr überschrieben hatte. Traurig lächelte sie bei der Erinnerung an die schreckliche Szene, die William gemacht hatte, als er ihren Bruder Richard mit Isabella in den Armen entdeckt hatte. Das war nun schon zwei Jahre her, oder vielleicht sogar drei? Ihr kam es vor, als sei es gestern gewesen. Odiham war nur zwanzig Meilen weit von hier, sie konnte noch vor dem Mittagessen dort sein. Eine warnende Stimme ertönte in ihrem Inneren: Wenn sie zwanzig Meilen für einen kurzen Morgenritt hielt, was würde Simon de Montfort aus dieser Entfernung machen? Eine Stunde vollen Galopps. In Odiham wäre sie nicht sicherer als in Windsor. Weniger sicher sogar, denn dort befände sie sich außer Reichweite der Augen und Ohren des Hofes und der Kirche.

Ihr Entschluß fiel ganz plötzlich. Sie würde nach Wales reisen. Oh, wie glücklich war sie mit William in Wales gewesen, in dem herrlichen wilden Land, ehe sie ihn in ihr Bett und somit in den Tod gelockt hatte. Niemand sollte erfahren, wohin sie reiste, doch konnte sie nicht einfach untertauchen. Sie würde Henry hinsichtlich ihrer Abwesenheit beruhigen müssen und die Dienste Rickard de Burghs brauchen, sowie einer kleinen Truppe seiner Männer zur Begleitung.

Es dauerte nicht lange, ehe Eleanor mit ihrem hellen Verstand einen Plan ausgearbeitet hatte. Sie würde dem König und allen anderen sagen, daß sie für eine Weile nach Odiham reiste, und würde das vorerst auch tun. Doch von dort aus würde sie ihre Vorbereitungen für die Weiterreise nach Wales treffen. Pembroke war nicht so günstig, bis dahin müßte sie zu viele Berge überqueren, und die kalten Stürme in Wales begannen schon früh im Herbst. Sie würde nach Chepstowe reisen, in das wunderschöne Grenzland auf der anderen Seite des Severn.

Sie beschloß, nur ihre Dienerin Bette mitzunehmen, denn sowohl in Odiham als auch in dem viel größeren Chepstowe gab es genug Gesinde. Sie berichtete Henry von einem längeren Aufenthalt in Odiham und war erfreut über den Erfolg ihrer Kalkulation: Er drängte sie, Rickard de Burgh und einige seiner Männer zur Sicherheit mitzunehmen. Nachdem sie Bette den Mund verboten hatte, verbrachte sie einen ganzen Tag damit, die warmen Sachen einzupacken, die sie für das kältere Klima in Wales benötigte.

Eleanor war überrascht und erleichtert zugleich, als sie feststellte, daß Rickard de Burgh ein Dutzend Männer mobilisierte für eine Reise von nur zwanzig Meilen. Hatte er sie etwa durchschaut? Wußte er, daß ihr eigentlich ein anderes Reiseziel vorschwebte? Bei Rickard de Burgh und seinem eigenartigen Zukunftsblick wußte man so etwas nie genau. Als der Ritter die Gepäckmenge sah, die sie mitnehmen wollte, traute er seinen Augen nicht. Da er sich nicht von einem langsamen Wagen behindern lassen wollte, ließ er statt dessen ein halbes Dutzend Packpferde aufzäumen.

Unterwegs nach Odiham sprach er zu ihr von seinen eigenen Zukunftsplänen.

»Meine Herrin, darf ich annehmen, daß Ihr das Vorhaben aufgegeben habt, in das Kloster von St. Bride's einzutreten?«

Sie lächelte ihn an. »Aus verwöhnten Prinzessinnen werden nur schlechte Nonnen, das muß ich bekennen. Habt Ihr darauf gewartet, bis ich sicher im Kloster untergebracht wäre, ehe Ihr nach Irland zurückkehren wolltet, Sir Rickard?«

Er wurde über und über rot. »Aye, so war es wahrscheinlich, obwohl ich es tausendmal lieber sähe, wenn Ihr wieder glücklich würdet«, beeilte er sich zu ergänzen.

»Ich habe ein Gelübde abgelegt, für den Rest meines Lebens die Gräfin von Pembroke zu bleiben«, sagte sie leise.

Er zögerte, ehe er weitersprach, aber zwischen ihnen gab es keine Geheimnisse. Schließlich war er es gewesen, der sie unter dem toten Körper ihres Ehemannes hervorgeholt hatte. »Meine Herrin, meiner Meinung nach hätten die Bischöfe diese Schwüre nicht ernst nehmen dürfen. Ihr wart viel zu jung und zu der Zeit viel zu verzweifelt, um zu wissen, was Ihr tatet.«

Sie senkte den Blick. In letzter Zeit hatte sie selbst oft diese Gedanken gewälzt, auch wenn sie fehl am Platze waren. Schnell änderte sie das Thema. »Werdet Ihr also nach Irland zurückkehren?«

Er schüttelte den Kopf. »Wenn Ihr erst einmal sicher in Odiham seid, würde ich gerne nach Wales reiten, um dort nach den Schlössern der de Burghs zu sehen.«

Sie hob den Blick, und ihre Augen weiteten sich. Hatte er wirklich ihre Gedanken gelesen? Freilich, denn er besaß ja die Gabe des Zweiten Gesichtes. »Ich kann Euch auch gleich gestehen, daß Odiham nur ein Täuschungsmanöver ist. Von dort aus beabsichtige ich, mich nach Chepstowe zu begeben.«

»Dann werde ich Euch nach Chepstowe begleiten, ehe ich mich darum kümmere, wie es Hubert geht.«

»Oh, Rickard, ich war so in meine eigenen Sorgen verstrickt, daß ich an Euren armen Onkel gar nicht gedacht habe.«

De Burgh brachte es nicht über sich, ihr zu sagen, wie schlecht ihr Bruder Henry seinen alten Getreuen behandelt hatte. Was würde es nützen, wenn er ihr erzählte, daß er befohlen hatte, Hubert aus seinem Asyl herauszuholen, um ihn dann an die Wände des Verlieses zu ketten? Und als die Bischöfe dagegen protestiert hatten, hatte man ihn in das Asyl zurückkehren lassen, doch hatte man ihm Nahrung und Wasser verwehrt. Jetzt war es Rickard de Burgh, der das Thema wechselte. »Wieso müßt Ihr Euer wirkliches Ziel vertuschen, Herrin?«

Ihr Lachen perlte durch die frische Herbstluft. »Seid nicht Ihr derjenige, der hinter die Dinge sieht?«

Es tat gut, sie lachen zu hören, doch der Gedanke, daß sie nach Wales fliehen mußte, um unerwünschten Annäherungsversuchen aus dem Weg zu gehen, beunruhigte Rickard. Die gierigen Blicke von Peter von Savoyen kamen ihm wieder ins Gedächtnis. »Falls einer der verdammten Savoyer die Unverschämtheit besessen hat, sich an Euch heranzumachen, Herrin, dann werde ich es als meine Pflicht ansehen, ihn umzubringen.«

»Die Gelübde, die ich abgelegt habe, haben mich wenigstens vor diesen Ungeheuern geschützt«, versicherte sie ihm mit einem Lächeln. »Ich habe einfach das Bedürfnis, Wales wiederzusehen, und möchte nicht verfolgt werden.«

Eleanor wußte, daß Rickard de Burgh sie vor jedem Mann beschützen könnte und würde, außer dem einen, der nicht mehr aus ihren Gedanken wich.

Als sie in Odiham ankamen, stand der ganze Haushalt Kopf. Seit langer Zeit hatte sich niemand mehr um den Besitz gekümmert, so daß alle nachlässig geworden waren. Der Haushofmeister jedoch gehorchte sofort den Anweisungen Rickard de Burghs, denn er erinnerte sich daran, daß William Marshal diesen Ritter zum Kastellan ernannt hatte, wann immer die Gräfin von Pembroke auf dem Besitz weilte.

Eleanor war erstaunt, den wohlbekannten roten Schopf ihrer alten Dienerin Brenda wiederzusehen.

»Wie kommst du denn hierher?« wollte sie wissen.

»Bitte, laßt mich erklären, Herrin«, flehte Brenda. »Ich bin von

Windsor davongelaufen, weil ich mich fürchtete. Jemand hat versucht, mich umzubringen!«

Eleanor betrachtete sie mißtrauisch. Sie glaubte ihr dieses Märchen keinen Augenblick. Wahrscheinlich war sie mit irgendeinem Mann davongelaufen. Brenda versuchte verzweifelt, Eleanor zu überzeugen. »Ich hatte keinen Ort, wo ich hingehen konnte, Herrin. In Durham House in London wollte ich unterschlüpfen, aber dort residierte einer der Marshals, und die Diener haben mich rausgeworfen. Schließlich habe ich den Weg hierher gefunden, weil ich wußte, daß dieser Besitz Euch gehört. Ich fürchtete, die Marshals würden alles an sich reißen, was dem Grafen gehört hat.«

»Das werden sie auch tun, wenn ich es so weit kommen lasse«, antwortete Eleanor. »Sollte ich dir erlauben hierzubleiben, wirst du den Befehlen von Bette gehorchen müssen. Sie ist eine vertrauenswürdige Person, ich verlasse mich auf sie in jeder Hinsicht.«

Brenda verneigte sich vor Eleanor und dann auch vor Bette. »Darf ich Euch ein Bad bereiten, Herrin?« fragte sie schnell und hoffte, daß es ihr gelänge, ihre Sachen aus dem hübschen Gästezimmer herauszuholen, ehe der Gräfin von Pembroke zu Ohren käme, daß sie sich als Eleanors königliche Hofdame und nicht als ihre Dienerin ausgegeben hatte.

Während Bette sich an dem Gepäck zu schaffen machte, das Eleanor in den nächsten Tagen brauchen würde, meinte sie: »Das ist ein keckes Frauenzimmer, wenn Ihr mich fragt.«

Eleanor lachte. »Wahrscheinlich geht das zu meinen Lasten, Bette. Als ich neun Jahre alt war, habe ich sie ihrer Keckheit wegen ausgewählt. Sie war die Dienerin einer der Marshal-Kusinen, und ich habe sie ihr recht unbekümmert weggenommen.« Bette half ihr aus dem Reitkleid und den Unterröcken. »Nach dem Bad will ich in die Küche gehen und dafür sorgen, daß wir heute abend etwas Vernünftiges zu essen bekommen. Wenn es Euch recht ist, werden wir gleich morgen früh nach Wales aufbrechen.«

Bette war eine große, kräftige Frau, die auf einem Pferd beinahe eine so gute Figur machte wie ein Mann. »Mir ist das recht, und ich freue mich, Euch so lebhaft zu sehen, Lady Eleanor. Der Ritt hat Euch rosige Wangen beschert. Diese Luftveränderung wird wie ein Lebenselixier wirken, das versichere ich Euch.« Bette warf ihr einen etwas ängstlichen Blick zu. Dies war ein wunderschöner Besitz, doch hoffentlich würde er nicht zu viele schmerzliche Erinnerungen in der Prinzessin heraufbeschwören. Nicht jetzt, wo sie gerade erst begann, sich von dem tragischen Geschick zu erholen!

Nach der Inspektion der Küche wanderte Eleanor durch das Haus und den Garten und dachte an die Vergangenheit. Obwohl ihre Erinnerungen bittersüß waren, besaß das Landgut doch nicht den unverwechselbaren Stempel Williams. Eigentlich, so erinnerte sie sich, hatte er diesem Besitz kaum je einen Besuch abgestattet, ehe er ihn ihr geschenkt hatte; seine Ländereien waren ja so umfangreich und seine Pflichten dem König gegenüber so schwer gewesen.

Nach dem Essen an diesem Abend rief Eleanor den gesamten Haushalt zusammen, einschließlich der Gärtner und Stallknechte. Sie glaubten, daß sie mit ihnen schelten würde, und folgten ihrer Einladung nur zögernd, doch ehe sie mit ihrer Ansprache zu Ende war, hatte sie ihre Herzen erobert. Sie stand vor ihnen in einem Gewand aus türkisfarbenem Samt, das ihre lebhafte Schönheit noch unterstrich. »Ihr sollt alle wissen, daß ich Odiham liebe und in Zukunft wahrscheinlich einen großen Teil meiner Zeit hier verbringen werde. Der Graf von Pembroke hatte riesige Besitzungen, aber im Augenblick sind meine persönlichen Belange ein unentwirrtes Knäuel von Vermögen und Schulden. Wie es scheint, hat man die Marshals nicht dazu aufgefordert, mir mein rechtmäßiges Erbe zu überlassen. Odiham jedoch war ein Geschenk von meinem verstorbenen Mann, und ich halte die Besitzurkunde dafür in Händen. Daher versichere ich euch, daß niemand seine Stellung hier verlieren wird. Dennoch glaube ich, daß Odiham sorgfältiger gepflegt werden könnte. Ich möchte, daß jedes Zimmer des Hauses gesäubert wird, ich möchte auch, daß das Unkraut entfernt und für den Frühling der Garten bestellt wird. Leider hat Odiham ein wenig den Anschein von Vernachlässigung. In einem Monat bin ich zurück – wir möchten gern das Weihnachtsfest hier verbringen, wenn es euch bis dahin gelingt, Odiham zu dem warmen und gastfreundlichen Haus zu machen, das es sein kann.«

Sie hatte beim Essen festgestellt, daß Rickard durch Brendas Anwesenheit in Verlegenheit gebracht wurde. Der Ritter war überaus höflich dem rothaarigen Frauenzimmer gegenüber, doch Eleanor bemerkte, daß er versuchte, sie sich vom Leibe zu halten. Es empfahl sich, mit ihm darüber zu reden.

»Sir Rickard, Brendas Aufmerksamkeit scheint Euch zu stören. Wäre es Euch lieber, wenn sie uns nicht nach Wales begleiten würde?«

De Burgh sah so erleichtert aus, daß Eleanor laut auflachte.

Beschämt lächelte er mit. »Es sind Indiskretionen aus meiner Vergangenheit, die mich hier wieder eingeholt haben, fürchte ich«, gestand er ihr.

»Warum sagt Ihr nicht einfach, es sei Euer Zwillingsbruder Mick gewesen, damals?« fragte sie.

Er verschluckte sich beinahe an seinem Bier und fragte sich, wieviel sie wohl erraten hatte.

Ehe Eleanor sich für die Nacht in ihr Zimmer zurückzog, rief sie Brenda zu sich. »Wie ich sehe, hast du kein Heimweh nach Windsor?«

Eleanor erblickte die nackte Angst im Gesicht des Mädchens. »Nein, nein, Lady Eleanor, bitte, laßt mich hierbleiben. Wenn Ihr in Zukunft hierherkommt, braucht Ihr keine andere Dienerin mitzubringen, ich werde alles für Euch tun. Ihr habt es doch immer gemocht, wie ich Euer Haar frisierte, und ich würde mich gern um Eure hübschen Kleider kümmern.«

»Das mag ja sein, aber ich muß wissen, ob ich mich auf dich verlassen kann, Brenda. Ich kann es nicht dulden, daß du einfach verschwindest, wenn ich dir den Rücken kehre. Und ich muß auch wissen, wie es um deine Diskretion bestellt ist.«

»Ich plaudere nicht, Herrin, ich schwöre es. Ihr könnt mir alles anvertrauen, niemand bringt mich dazu, etwas zu verraten«, versicherte sie.

»Das hoffe ich. Ich will morgen nach Chepstowe weiter, zur walisischen Grenze. Es ist ein Geheimnis. Wenn jemand hier erscheint, um sich nach meinem Aufenthaltsort zu erkundigen, dann wirst du ihm sagen, ich sei nach Windsor zurückgekehrt.«

»Ja, meine Herrin«, versprach Brenda und war dankbar dafür, daß ihr dieses heidnische Land erspart blieb. Rick de Burgh verhielt sich seit ihrer letzten Begegnung wie ein Mönch, und sie zog die Aufmerksamkeiten der männlichen Diener in Odiham bei weitem vor.

25. Kapitel

Simon de Montfort suchte drei Tage und drei Nächte lang die Gärten ab. Er sehnte sich nach einem Blick auf Eleanor und mußte endlose Stunden damit verbringen, Kampfhandlungen mit den Männern zu üben, entweder per Schwert und Schild oder zu Pferde auf dem Turnierplatz, um seinem Verlangen nach Eleanor Herr zu werden.

Wenn er bei ihr war, fühlte er sich ganz als Mann, fähig, all ihren Widerstand zu überwinden. Sie war so zierlich und so feminin, er hatte sie mühelos im Griff. Seine starken Hände konnten sie festhalten, loslassen oder seinem Willen beugen. Sein mächtiger Körper dominierte ihr Beisammensein und zeigte ihr deutlich seine männliche Lust und die Sehnsucht, die sie in ihm weckte. Doch wenn sie nicht in Reichweite war, überwältigte ihn eine seltsame Verletzlichkeit, flüsterte ihm ins Ohr, daß er nie in der Lage sein würde, den Platz in Eleanors Herzen einzunehmen, der bereits von William Marshal besetzt war.

Simon hatte noch nie zuvor an sich selbst gezweifelt, ganz bestimmt nicht, wenn es darum ging, die Aufmerksamkeit einer Frau zu erringen. Doch hier mußte er sich geschlagen geben, diese Frau war anders als seine bisherigen Gefährtinnen. Er bestand nur aus Fleisch und Blut. Wie konnte er konkurrieren mit einer Erinnerung, die sie auf den Altar gehoben hatte? Er mußte einen Weg finden, den Geist William Marshals für immer zu bannen, denn er würde es nicht ertragen, in ihrem Herzen nur den zweiten Platz einzunehmen.

Königin Eleanor beobachtete Simon de Montfort durchs Fenster ihrer Gemächer sehr oft. Sie hatte noch nie einen so herrlichen Männerkörper gesehen und träumte ständig davon, wie er wohl als Liebhaber wäre. Im Speisesaal am Abend sah sie, daß die Savoyer und ihre anderen Getreuen seine Gesellschaft mieden. Die de Lusignans, oder die Gefolgsleute des Königs schienen ihn auch zu hassen. Amüsiert folgerte sie, daß alle eifersüchtig waren auf einen Mann, den die Natur so überreichlich ausgestattet hatte, daß er alle anderen in den Schatten stellte.

De Montfort aß üblicherweise zusammen mit den Rittern und den Soldaten. Die Männer hingegen schienen ihn so sehr zu achten, daß sie ihn schon beinahe verehrten. Aus Spaß rief sie ihm eines Abends zu: »Mein Herr, bitte leistet doch dem König und mir Gesellschaft. Es ist nicht schicklich, daß der Graf von Leicester Abend für Abend mit den niedrigen Rängen zu Tisch sitzt.«

Er verbeugte sich anmutig vor ihr, dann blickte er auf die in seinen Augen unbedeutenden Provencalen und Lusignans und meinte: »Nur weil sie keine Titel besitzen, macht sie das nicht zu niedrigen Rängen, Euer Hoheit.«

»Wie eigenartig für einen Adligen, daß er den gemeinen Mann vorzieht.« Sie lächelte und klopfte auf den Stuhl neben sich.

Simon setzte sich, streckte die langen Beine unter dem Tisch aus und legte ihr seine Überzeugung dar. »Der gemeine Mann hilft, ein Land groß zu machen. Ich vertrete den Standpunkt, genau wie der Großvater Eures Mannes, daß der gemeine Mann eine Mitsprache bei der Regierung des Landes haben sollte.«

Henry hatte das natürlich mitbekommen. »Zum Donnerwetter, Simon, ich habe schon genug Schwierigkeiten mit meinen Baronen und den anderen Adligen, die viel zuviel mitreden wollen. Der Himmel möge mich vor einem System bewahren, in dem jeder Esel seine Stimme erhebt.«

Die Königin lachte geziert und legte eine Hand auf Simons Arm. »Und wie steht es mit den Frauen laut Eurem Standpunkt?«

»Wer weiß?« Er blinzelte. »Vielleicht werden sogar in künftigen Zeiten Frauen ein Mitspracherecht in der Regierung haben.«

»Würdet Ihr Eurer Frau erlauben, öffentlich den Mund aufzumachen?« fragte die Königin ihn zwitschernd.

»Ah, dort versagt meine Theorie, fürchte ich. Meine Frau würde ihren Platz kennen und sich daran halten müssen. Es kann nur ein Oberhaupt in einem Haushalt geben.«

»Bravo!« rief der König. »Normalerweise liebäugelt meine Frau mit diesem gutaussehenden jungen Teufel Rick de Burgh; aber der hat meine Schwester zu ihrem Landgut Odiham begleitet, deshalb plagt sie jetzt Euch«, fügte er nachsichtig hinzu.

Simon strahlte die Königin an wie der heilige Petrus. Welch ein Zufall, daß sie für den heutigen Abend ihn auserwählt hatte! Also war Eleanor davongelaufen. Eine Frau lief eindeutig weg, damit ein Mann sie verfolgte. Er beugte sich zu dem König. »Sire, ich denke, es ist an der Zeit, daß ich mich um meine Güter in Leicester und Coventry kümmere. Mit Eurer Erlaubnis, Sire, möchte ich mich gern für einige Zeit aus Windsor entfernen.«

»Das sei Euch gewährt.« Henry winkte ab. »Wenn Ihr so bald als möglich zurückkommt.«

Die Königin verzog schmollend den Mund, und Simon verstand es geschickt, ihr mit seinen Blicken zu versichern, daß er sie sehr attraktiv fand. Ihr Schenkel rieb sich an seinem unter dem Schutz der Tischdecke, und Simon beschloß, diesem Spiel ein Ende zu setzen. Mit einem seelenvollen Blick aus seinen tiefschwarzen Augen legte er seine Hand auf ihre und drückte sie vielversprechend. Die vielen großen Ringe mit den klobigen Juwelen preßten sich in ihren Handrücken, und er bemerkte, wie sie vor Schmerz ganz blaß wurde, doch tat so, als wäre ihm nichts aufgefallen. Sie keuchte leise, doch nicht vor Schmerz. Gerade hatte sie ein erotisches Geheimnis entdeckt. Der Mann neben ihr war kein sanfter Riese. Er war in der Lage, gewalttätig vorzugehen. Eine Woge von Hitze und Kälte zugleich schlug über ihr zusammen, während seine starke Hand die ihre gefangenhielt. Wie würde es sein, unter seiner Gestalt gefangen zu liegen? Der Kontrast zwischen dieser herrlichen Persönlichkeit und ihrem kindischen Gatten war beinahe unerträglich. Wenn sie jetzt den Saal verließe, würde er ihr folgen?

Endlich lockerte er den grausamen Griff um ihre Hand, und sie stand auf, um zu gehen. Doch er hatte den zarten Stoff ihrer Schleppe unter seinem großen Stiefel begraben, und ein erschreckendes Geräusch reißenden Stoffes bestätigte ihre Befürchtungen. Simon de Montfort war aufgesprungen, er entschuldigte sich hastig. »Euer Majestät, bitte vergebt mir meine Ungeschicklichkeit. Ich vergesse immer meine Kraft und meine Größe. Um mit einer Königin zu dinieren, bin ich allzu ungehobelt. Ich passe viel besser in die Gesellschaft des gemeinen Mannes.«

Am liebsten hätte sie vor Wut aufgeschrien. Sie hatten viel zuviel Aufmerksamkeit erregt, um noch ein geheimes Rendezvous arrangieren zu können. Jetzt würde sie warten müssen, bis er an den Hof zurückkehrte. Und während sie ihn noch einmal von Kopf bis Fuß musterte, lief ein wohliger Schauder durch ihren Körper. Er war die Warterei wert!

Trotz der späten Stunde ritt Simon noch um Mitternacht los. Als er seinen schwarzen Hengst im Stall von Odiham unterstellte, sah er zu seinem Erstaunen weder das Pferd Eleanors noch das von Rickard de Burgh. Der frische Haufen Dung vor den Ställen wies darauf hin, daß die Verschläge erst vor kurzem ausgemistet worden waren und daß zu dieser Zeit mindestens zwanzig Pferde dort gestanden haben mußten. Die Stalljungen schliefen, und er wollte mit seiner Ankunft keine Aufregung verursachen; deshalb schlang er seinen Mantel um sich und legte sich zum Schlafen ins Heu.

Brenda hatte bereits mit allen Männern geturtelt, die in Odiham beschäftigt waren, jetzt arbeitete sie sich durch die Ställe. Sie wußte, daß Turner, der erste Pferdeknecht, ihr schon bald in die Hände fallen würde, zum Teil aus Neugier auf die Geschichten, die die anderen Pferdeknechte ihm von ihr erzählt hatten. Ganz plötzlich jedoch entdeckte sie etwas, das sie erstaunt innehalten ließ. Ein Mann, nein, ein Gott, lag ausgestreckt im Heu und schlief. Der Anblick dieser herrlichen Gestalt traf sie wie ein Blitz. Sie wollte, daß er sie auf sein Lager zog, mehr, als sie je in ihrem Leben etwas gewollt hatte. Genießerisch betrachtete sie ihn, sicher war er bald zwei Meter groß. Gütiger Himmel, wie lang mußte dann sein Glied sein? Sie war entschlossen, es herauszufinden, kniete neben ihm nieder und streckte die Hand danach aus. Simon de Montfort besaß die Wachsamkeit des Kriegers, selbst im Schlaf. Beim ersten

Rascheln des Heus öffnete er seine schwarzen Augen und setzte sich auf, schnell griff er nach seinem Dolch.

Brendas Lippen öffneten sich zu einem erstaunten Rund. »Wer seid Ihr?« fragte sie mit rauher Stimme.

»Ich komme von Windsor mit einer Botschaft für die Gräfin von Pembroke.«

Seine Stimme war so tief, daß Brenda das Gefühl hatte, ihre Knochen würden schmelzen. »Sie ist nicht hier«, erklärte sie zerstreut, weil ihre Gedanken bei ganz anderen Dingen weilten. Absichtlich blickte sie auf die Stelle zwischen seinen Schenkeln und hoffte, daß sie ihn erregt hatte.

Simon beobachtete sie aufmerksam. Ihre Gedanken waren ihr von der Stirne abzulesen. »Wo ist sie?« Er schickte sich an, aufzustehen.

Ein Schleier schien über ihre Augen zu fallen, ehe sie seine Frage beantwortete. »Sie ist nach Windsor zurückgekehrt.«

Im nächsten Augenblick kniete er vor ihr, seine starken Hände umfaßten ihre Schultern, und er zog sie zu sich heran. »Warum lügst du, Frauenzimmer?«

Sie stöhnte auf bei seiner Berührung. Der Geruch nach Stroh und Leder peitschte ihre Sinne, und sie schob die Hand zwischen seine Schenkel, um ihn zu umfassen. Doch was sie fühlte, war viel zuviel für eine Hand, und das Verlangen drohte sie zu überwältigen. Er war genau das, wonach sie schon immer gesucht hatte, ihr ganzes Leben lang.

Simon de Montfort hatte nie zuvor eine Frau kennengelernt, die ihr Verlangen so zur Schau stellte. Er wäre kein rechter Mann gewesen, hätte ihm ihr offensichtliches Begehren nicht geschmeichelt. Die meisten Frauen luden ihn mit verstohlenen Blicken ein, doch diese hier griff nach dem, was sie haben wollte und nahm es sich.

Ohne lange Umstände schob er ihr das Gewand von den Schultern, entblößte sie bis zur Taille und legte dann seine Hände auf ihre üppigen Brüste. Schnell preßte er seine Lippen auf ihre, tief schob sich seine Zunge in ihren Mund, er drehte sie herum, stieß sie ins Heu und legte sich auf sie. Brenda fühlte erstaunt, daß sie einen Orgasmus erreichte. Das passierte so selten, selbst wenn ein Mann in sie eingedrungen war, daß sie jetzt glaubte zu träumen.

»Wo ist die Gräfin von Pembroke?« verlangte er zu wissen.

»Ich weiß es. Ich weiß es wirklich«, keuchte sie. »Kommt in meine Kammer, dann werde ich es Euch verraten.«

Simon de Montfort konnte man manches nachsagen, aber ein Dummkopf war er nicht. Auf keinen Fall würde er sich so gehenlassen, mit der Dienerin der Frau zu schlafen, die er zu der Seinen machen wollte. »Du wirst es mir jetzt sagen«, erklärte er grimmig und legte die Hände um ihren Hals.

Brendas Gesicht wurde kreidebleich. »Hat Winchester Euch geschickt?« rief sie erschrocken. Er erkannte in ihrem Blick die Angst eines gefangenen Tieres. Den Namen Winchester behielt er im Gedächtnis, für die Zukunft. »Wo ist Eleanor?« wiederholte er.

»Sie ist nach Chepstowe in Wales gereist«, flüsterte Brenda in ihrer Not.

Simon bedachte sie mit einem Lächeln, dann stellte er sie auf die Füße. Als sie mit erstauntem Blick zu ihm aufsah, zog er ihr das Kleid über die Schultern, um ihre Brüste zu bedecken. »Danke, Chérie«, sagte er galant, seine Augen blitzten triumphierend.

»Wer seid Ihr?« fragte sie noch einmal voller Verwunderung darüber, daß er sie nun doch nicht erwürgte.

»Ich bin ein Mann in Eile«, erklärte er und blinzelte ihr zu.

Rickard de Burgh reiste mit der Gesellschaft so schnell wie möglich, und ein Dutzend bewaffneter Männer eskortierte die beiden Frauen auf die walisische Grenze zu. Das Wetter war bitterkalt geworden, und er wollte die Gräfin in Sicherheit bringen, ehe die ersten Herbststürme das Land unpassierbar machten.

Seine Männer waren hart genug, die Waliser Berge zu überwinden, sie suchten Schutz in Höhlen, wenn es sein mußte; doch jemand, der noch nie zuvor den Regen, Schnee und Wind in diesem heidnischen Land erlebt hatte, würde es nicht für möglich halten, daß die wunderschönen grünen Täler und herrlichen Aussichten solche klimatischen Gefahren bargen.

Sie brauchten drei Tage, um achtzig Meilen zurückzulegen. De

Burgh seufzte erleichtert auf, als sie endlich westlich des Severn angelangt waren, denn hier bedeckte nur leichter Rauhreif das Land, und die schweren, grauen Wolken hingen über den Bergen weit in der Ferne.

Chepstowe war ein kleines Universum. Es versorgte sich vollständig selbst, einschließlich seiner walisischen Waffenträger, seiner Waffenkammer und seiner Schmiede. Da gab es ein eigenes Brauhaus, eine Mühle und rund um das Schloß etliche Bauernhöfe und Weiler, die sich für den Winter ausreichend mit Vorräten gerüstet hatten. Als Bette in dem Außenhof vom Pferd stieg, glaubte sie, ihre Knie würden einander nie wieder berühren, so lange hatte sie im Sattel gesessen. Sie wunderte sich darüber, daß Eleanor lachend in die warme, einladende Halle des Gebäudes lief und die Dienerinnen der Marshals auf gälisch begrüßte.

Eleanor gab ihre Befehle in der königlichen Haltung einer geborenen Prinzessin. Noch mehr Kamine wurden entzündet, die Köche machten sich daran, die Herde anzuheizen, Diener liefen in die Keller, um Bier und Wein zu holen; indessen zeigte Eleanor den Männern, wo sie die schweren Körbe hinstellen sollten, die sie von den Rücken der Packpferde losgebunden hatten. »Ihr braucht Eure Leute nicht in die Außenquartiere zu verbannen«, erklärte Eleanor Rickard de Burgh. »Wir tafeln heute abend zusammen hier, in fröhlicher Gemeinschaft, und lassen uns von den Feuern wärmen.«

Rickard de Burgh blickte auf sie hinunter und sah die Veränderung, die mit ihr in der letzten Zeit vorgegangen war. Die blasse, stille, geisterhafte Erscheinung war verschwunden, für immer, so hoffte er. Sie war ersetzt worden durch eine bildhübsche, strahlende Kreatur voller Lebenslust und Unternehmungsgeist.

Ein walisischer Harfenspieler sang traurige Lieder und bewegende Balladen, bis weit in die Dunkelheit hinein. Eleanor stimmte in das Lachen der Männer ein, die auf dem Boden hockten und würfelten. Rickard de Burgh stand neben ihr vor dem großen Kamin. Eleanor fühlte sich frei und ungebunden, weil sie vorläufig den lauernden Blicken des Hofes und der Geistlichkeit entronnen war. Sie hatte sich entschlossen, in Zukunft ihren eigenen Hof zu halten. Einige der walisischen Harfenspieler würde sie mit zurück nehmen und auch einige der Minnesänger. Sie würde die Gesellschaft der Menschen genießen, die ihr gefielen, seien es Männer oder Frauen. Ihr Schwur der ewigen Witwenschaft verbot ihr ja nicht Freundschaften zu schließen, entschied sie.

Sie blickte zu ihrem Freund Rickard, der nachdenklich an seinem Wein nippte. »Kann ich Euch nicht dazu bringen, eine Weile in Chepstowe zu bleiben? Als ich mit William hier war, sind wir in die Berge geritten, wir haben Höhlen erforscht, sind mit unseren Falken losgezogen; die Jagd hier läßt diejenige im Wald von Windsor zahm und langweilig erscheinen.«

Rickard de Burgh dankte ihr für die großzügige Einladung, doch er schüttelte den Kopf. »Die Herbststürme haben schon eingesetzt, obwohl es erst September ist. Wir müssen uns beeilen.« Er deutete auf seine Männer, die vor dem Feuer saßen. »Sie werden zu bequem, wenn sie nichts tun.«

Um zehn Uhr begann der Schneesturm. Der Wind toste um die Mauern, riß alles weg, was nicht befestigt war. Der Schnee wirbelte in dichten Schwaden umher, und die Temperatur sank weit unter den Gefrierpunkt. Schloß Chepstowe war eine so gut gebaute Festung, daß die Menschen in seinem Inneren gar nichts von den Wettern merkten. Diejenigen von ihnen, die in der Nacht aufwachten, hörten den Wind um das Haus heulen und die Fensterläden klappern, dankbar drehten sie sich auf die andere Seite, weil ihre Betten weich und die Feuer warm waren.

Simon de Montfort hatte die Ufer des Severn erreicht, als der Schneesturm losbrach. Er war gezwungen, sich in Sicherheit zu bringen, und erbat Gastfreundschaft im Schloß Berkeley. Am folgenden Tag konnte er den Fluß nicht überqueren und mußte weit nach Norden reiten, ehe er eine Furt fand. Danach lag wieder der ganze Weg nach Süden vor ihm, und er verlor zwei Tage.

Rickard de Burgh und seine Männer waren aufgebrochen, sobald der Sturm etwas nachgelassen hatte. Seine Erfahrungen in Wales hatten ihn gelehrt, daß es noch viel schlimmer kommen konnte, sie mußten sich sputen, um den größeren Teil der Strecke bei Tageslicht zu bewältigen.

Als Eleanor nach dem Schneesturm erwachte, hatte sich eine eigenartige Stille über das Land gelegt. Eine dicke Decke aus Schnee war gefallen, und alles sah friedlich und still aus. Die Sonne schien hell und tauchte die ganze Landschaft in ein verzaubertes Licht.

In ihrer neugefundenen Freiheit fühlte Eleanor, daß sie viel zu lange eine Gefangene gewesen war. Deshalb sehnte sie sich jetzt so sehr danach, das Leben zu genießen und ihre Freiheit auszukosten, daß sie von Stunde zu Stunde ruheloser wurde. Schließlich, am frühen Nachmittag, hielt es sie nicht länger in den vier Wänden. Sie zog hohe Stiefel an, wählte ein Reitkleid aus Samt und legte ihren mit Zobel gefütterten Umhang um.

»Bette, suche bitte meine warmen Reithandschuhe, ich möchte gerne einen der Falken eine Stunde fliegen lassen.«

»Gütiger Himmel, Ihr werdet doch nicht hinaus in den Schnee wollen, meine Lady?«

Eleanor lachte. »Natürlich will ich das. Es ist herrlich! Ich liebe den Schnee.«

Bette hegte große Bedenken. »Die Schwarzen Berge sind im Winter gefährlich.«

Wieder lachte Eleanor. »Das sind doch nur die Ausläufer, hier fangen die Schwarzen Berge noch gar nicht richtig an. Ich erinnere mich, daß William ein Jagdhaus in den Hügeln besaß. Dort habe ich einmal Unterschlupf gefunden, als es regnete und bin dann die ganze Nacht dort geblieben. Es war ganz gemütlich.«

»Trotzdem, Lady Eleanor, ich glaube, Ihr solltet nicht so weit wegreiten. Es sieht alles sehr hübsch aus im Sonnenschein, doch es wird schon sehr bald dunkel werden heute nachmittag.«

»Bitte, schont meine Geduld, Bette. Ich habe das Gefühl, so viel verpaßt zu haben, daß es mir nie möglich sein wird, das alles aufzuholen. Meine Wangen werden schön rot werden, wenn ich ausreite.«

Bette stand auf, sie hatte vor einem der großen Körbe gekniet. »Hier ist Eure Pelzmütze. Versprecht mir, daß Ihr sie aufsetzt. Ich möchte nicht, daß Ihr die ganze Nacht unter Ohrenschmerzen leidet.«

Eleanor kicherte. »Ich habe in meinem ganzen Leben noch nie Ohrenschmerzen gehabt.«

Als der Stallknecht ihr Pferd sattelte, fragte er auf Walisisch: »Wohin des Wegs, Herrin?«

Sie schwang sich in den Sattel und beugte sich verschwörerisch zu ihm hinunter: »Wo immer ich hinreiten möchte, für den Rest meines Lebens!«

Der Falke grub seine Krallen in den bestickten Handschuh und breitete die Schwingen aus. Sie hielt ihn auf Armeslänge von sich und sah ihm in die Augen. »Heute sind wir einander gleich – wir wollen alles riskieren!«

Die eisige Bergluft war so betäubend wie Wein. Sie stand in den Steigbügeln, um den Falken fliegen zu lassen, dann sah sie ihm voller Erregung nach, wie er im hellen Sonnenschein aufstieg. Der Schnee war knöcheltief, als sie in die Richtung ritt, in die der Falke geflogen war, doch an manchen Stellen gab es Verwehungen. Eleanor ritt um diese harmlos aussehenden weißen Hügel herum und hielt sich soweit es ging im offenen Gelände. Während sie nach Westen ritt und das Gesicht der hellen Sonne entgegenhielt, bemerkte sie nicht die bedrohlichen Wolken, die von Osten aufzogen.

Der Falke flog noch weiter, immer höher in die Hügel hinauf. Zweimal war er gehorsam mit seiner Beute zurückgekehrt, und Eleanor entzückte die Schönheit seines Fluges. Wenn er diesmal seine Beute ablieferte, würde sie nach Chepstowe zurückreiten, dessen warme Feuer und sichere Mauern sie heimlockten. Doch der Falke flog auf die Spitze einer majestätischen Fichte und weigerte sich, ihren Rufen Folge zu leisten.

Eleanor bemerkte erst jetzt, daß der Wind stärker geworden war, er wirbelte den Schnee um sie herum. War es ein neuer Sturm oder wirbelte der Wind nur die Flocken von gestern auf? Sie würde nicht auf den ungehorsamen Falken warten und hoffte nur, daß er seinen Nachhauseweg allein fände.

Der Wind hatte die Spuren ihres Pferdes verwischt, er schien überhaupt die ganze Landschaft verändert zu haben. Heftige Böen bliesen ihr den Schnee ins Gesicht und blendeten sie, und Eleanor merkte, daß es nun unleugbar schneite. Sie erschauderte, und eine Spur von Angst stieg in ihr auf, weil sie keine Ahnung hatte, in welche Richtung sie sich wenden sollte. Sie begann zu zittern, weil die Kälte ihr die Beine hinauf kroch.

Sie sagte sich, daß sie nicht den Kopf verlieren durfte. Irgendwo in diesen Hügeln gab es die kleine Jagdhütte. Die Zügel ließ sie locker und flüsterte ihrem Roß ermutigende Worte zu, in der Hoffnung, daß sein Instinkt die Führung übernähme. Sie klammerte sich an seine Mähne und senkte den Kopf tief über seinen Hals, als es sich langsam einen Weg durch die hohen Schneewehen bahnte.

Sie wußte, daß sie in Richtung Berge geritten sein mußte, denn hier blies der Wind gnadenlos – er wehte den Schnee von den Felsen und häufte ihn unter den Vorsprüngen und in den Spalten auf. Plötzlich erschreckte ein Knall, wie der von einer Peitsche, ihr Pferd. Der Sturm hatte eine riesige Fichte umgeknickt, das erschreckte Tier machte einen Satz nach vorn, und Eleanor wurde aus dem Sattel geschleudert. Der Schnee fing den Aufprall ein wenig ab, doch ihr Kopf schlug so heftig gegen einen Felsen, daß sie gefährlich verletzt worden wäre, hätte sie nicht ihre Fellmütze getragen. Der Stamm der Fichte fiel auf sie und klemmte ihren Körper zwischen sich und den Felsen ein, während sie bewußtlos auf dem Boden lag und ihr Blut den weißen Schnee rot färbte.

26. Kapitel

Bette ängstigte sich von Stunde zu Stunde mehr. Lady Eleanor hätte schon lange zurück sein müssen, sagte sie sich und wich nicht vom Fenster des Turms. Der Schnee fiel so dicht, daß sie nicht einmal das Hofpflaster erkennen konnte; eilig warf sie ihren Umhang um und lief hinunter zu den Ställen.

Die untersetzten walisischen Stallknechte starrten sie an, als sie englisch zu ihnen sprach. Sie wußten, warum diese Frau alarmiert war, denn auch sie machten sich Sorgen; aber unglückseligerweise verstand sie ihre Sprache nicht. Schließlich holte man den Haushofmeister, der übersetzen sollte. Bettes schlimmste Sorgen bestätigten sich, als sie vernahm, daß Lady Eleanor ohne einen Reitknecht mit dem Falken davongeritten war. Verzweifelt erklärte sie dem Haushofmeister, daß man ausschwärmen müsse, um Eleanor zu suchen, daß er eine Mannschaft zusammenstellen sollte, daß er etwas tun mußte... doch man erklärte ihr unerbittlich, daß man sowohl die Männer als auch die Pferde verlieren würde, wenn man aufbrach, ehe der Schneesturm vorbei war.

»Sie wird irgendwo einen Unterschlupf gefunden haben«, meinte der Haushofmeister immer wieder, bis Bette vor Hilflosigkeit am liebsten laut aufgeschrien hätte. Schließlich befahl sie, ihr ein Pferd zu satteln, weil sie der Meinung war, es nicht mit rechten Männern zu tun zu haben, wenn sie sogar die Gräfin von Pembroke im Stich ließen. Sie hatte keine Ahnung von der tiefgehenden Abneigung, die die Waliser den Engländern gegenüber hegten. Sie würden niemals versuchen, das Leben eines Engländers zu retten, indem sie dafür ihr eigenes aufs Spiel setzten, es sei denn, sie würden von einem starken Herrn dazu gezwungen.

Bette kam nicht weiter als bis zu den Außenmauern des Schlosses, ehe sie begriff, daß ihr Unterfangen scheitern mußte. Der vom Wind gepeitschte Schnee machte es unmöglich, überhaupt etwas zu sehen. Ihr Pferd strauchelte in den tiefen Verwehungen, und sie hatte keine Ahnung, in welche Richtung Lady Eleanor geritten war. Nach einer Stunde vergeblichen Herumirrens kehrte sie unverrichteter Dinge nach Chepstowe zurück. Sie war verzweifelt und lief die ganze Nacht abwechselnd in ihrem Zimmer auf und ab oder kniete betend in der Kapelle.

Als Simon de Montfort im Morgengrauen auf seinem erschöpften Hengst in den Außenhof von Chepstowe ritt, war er so froh wie nie zuvor in seinem Leben, endlich sein Ziel erreicht zu haben. Er stieg ab und führte sein Pferd in den Stall, wo er ihm zunächst Futter und Wasser gab, ihm dann den Sattel abnahm und es gründlich abrieb.

Die dunkelhäutigen untersetzten Knechte starrten ihn wegen seiner Größe neugierig an. Sie wußten, daß die Engländer und Normannen größer waren als die Waliser, aber dieser war ein besonderer Recke. Als er sein Pferd versorgt hatte, betrat er das Schloß und hoffte, daß er rechtzeitig zum Frühstück eingetroffen war.

Bette erkannte den Grafen von Leicester sofort. Sie hatte noch nie mit ihm gesprochen, doch zugesehen, wie er beim Turnier Anfang des Monats alle anderen Männer besiegt hatte. Sie lief auf ihn zu, ein Hoffnungsschimmer glomm auf in ihr.

»Mein Herr Graf«, rief sie und verbeugte sich voller Respekt. »Lady Eleanor ist gestern nachmittag ausgeritten und nicht zurückgekommen. Ich flehe Euch an, befehlt den Männern, eine Suchmannschaft zusammenzustellen. Sie weigern sich aufzubrechen, ehe sich der Sturm nicht legt.«

Simon stellte seine Satteltaschen auf den Boden und fuhr sich mit der Hand durch das nasse Haar. »Eleanor ist schon die ganze Nacht lang weg?« fragte er ungläubig. »Wohin ist sie geritten? Hat de Burgh sie begleitet?«

Bette schüttelte den Kopf. »Sir Rickard und seine Männer sind unterwegs zu den de Burgh-Besitzungen. Nach dem ersten Schneesturm schien die Sonne, und Eleanor wollte eine Stunde lang ihren Falken fliegen lassen ... allein.«

»Hölle und Zwirn, man sollte ihr den Hintern versohlen«, brauste er auf. »Ich habe in meinem Leben noch nie ein solches Wetter erlebt.« Mit ein paar großen Schritten ging er zum Feuer und hielt seine Hände über die Flammen.

»Gestern schien es so ruhig und still zu sein. Sie hat mir gesagt, ich möge ihre Geduld nicht strapazieren, sie würde sich höchstens rote Wangen holen, wenn sie ausritte.«

»Ein Schneesturm wie dieser könnte ihr Tod sein!«

Bette schloß die Augen. »Mein Gott, behüte sie. Sie sagte etwas von einer Jagdhütte unterhalb der Berge. Maria und Josef.« Sie bekreuzigte sich. »Ich hoffe, sie hat dort Unterschlupf gefunden.«

Simon warf den Dienern in der Halle einen bösen Blick zu. »Wo ist der Haushofmeister?« wollte er wissen.

Ein älterer Mann trat vor, voller Angst betrachtete er den riesigen Mann mit den schwarzen Augen.

»Bringt mir zu essen«, befahl Simon. »Egal was, nur heiß muß es sein. Holt Wein oder ein noch stärkeres Getränk, wenn Ihr habt. Ich gebe Euch fünf Minuten, ich werde mir inzwischen trockene Kleider anziehen.«

»Ihr wollt sie suchen?« Bette fiel eine Last vom Herzen.

»Aye«, erklärte er grimmig. »Aber ich kann nicht dafür garantieren, was ich mit ihr tue, wenn ich sie in die Finger kriege.«

Bettes Gesicht verzog sich zu einem Lächeln. Gütiger Gott, wenn der Graf von Leicester sie finden würde, würde Bette sie festhalten, wenn der Graf sie mit seinem Gürtel versohlen wollte. Als Simon in trockenen Kleidern aus seinen Satteltaschen zum Kamin zurückkam, brachte der Haushofmeister mit zwei Dienern heißes Essen und einen starken Branntwein, den die Waliser brauten.

Simon trank das Glas leer, Wärme breitete sich in seinem Körper aus. Er griff nach der Platte und schlang im Stehen das heiße Essen herunter. Zwischen den Bissen befahl er: »Füllt mir eine Flasche mit etwas von diesem Teufelswasser, es könnte nützlich sein, wenn es mir kalt wird.« Der Haushofmeister verbeugte sich.

»Chepstowe hat doch sicher einen Hundezwinger. Gibt es Hunde, die nach dem Geruch jagen?«

Der Haushofmeister nickte unsicher.

»Holt mir ein paar davon«, ordnete de Montfort an. Er wandte sich an Bette. »Gebt mir ein Kleidungsstück von ihr, damit die Hunde ihren Geruch aufnehmen können.«

Bette hastete nach oben in Eleanors Schlafzimmer. Sie nahm das Nachtgewand, doch dann dachte sie, daß es zu groß war, wenn er es mitnehmen wollte. Sie griff nach den seidenen Strümpfen, die Eleanor gegen wollene ausgetauscht hatte, als sie zu ihrem leichtsinnigen Ausflug aufbrach.

Simon de Montfort zog die Brauen hoch, als Bette diese Intimitäten in seine Hand legte. Ehe er nach draußen ging, konnte er nicht widerstehen, er preßte die Strümpfe für einen Augenblick an sein Gesicht und atmete tief ihren Duft ein. Die Satteltaschen wanderten zurück zum Stall, dort lud er noch Futter für sein Pferd auf. Als er den schwarzen Hengst sattelte, murmelte er ihm beruhigend zu: »Tut mir leid, Nomad, alter Knabe, wir müssen weiter. Ich glaube, der Sturm hat ein wenig nachgelassen.« Er führte das Pferd nach draußen, nahm die Leinen der Hunde von dem jungen Zwingermeister entgegen; dann hielt er jedem der beiden Hunde einen der Strümpfe vor die Schnauze. Die Hunde begannen zu bellen und zerrten an den Leinen. Er machte sie los und steckte die Strümpfe in sein Wams.

Schnell bestieg er sein Roß. Nomads Hufe schlugen Funken auf den mit Eis bedeckten Steinen des Hofes, als er hinter den Hunden hertrabte. Höher und höher ritt er in die Hügel, der wirbelnde Schnee nahm ihm die Sicht, doch er meinte, der Wind hätte etwas nachgelassen, das Schlimmste war vorüber. Das schwere Tier kam nur langsam voran, und nach drei Stunden war es merklich erschöpft, seine Flanken begannen zu zittern.

Am Anfang waren die Hunde eifrig und schnell gewesen, manchmal hatten sie sich sogar tief in den Schnee eingegraben oder die Spur eines Hasen oder eines Fuchses aufgenommen. Doch immer waren sie zurückgekommen. In einem etwas geschützten Unterholz, wo der Schnee nicht so hoch lag, stieg de Montfort ab. Er ließ Nomad ein wenig ausruhen und gab ihm ein paar Hände voll Hafer. Schon seit langer Zeit hatte er kein Gefühl mehr in den Füßen, jetzt stampfte er heftig auf, um den Blutkreislauf anzuregen.

Mit zusammengebissenen Zähnen schob er seine Angst beiseite, holte die Branntweinflasche aus der Satteltasche und nahm einen großen Schluck. Die Hunde versuchten, einen vereisten Hang hinaufzuklettern, doch rutschten sie immer wieder ab. Als sie hinaufspringen wollten, erwies er sich als zu hoch, und sie fielen in den Schnee zurück.

Simon hoffte, daß sie wenigstens eine Spur aufgenommen hatten, entweder von Eleanor oder von dem Pferd. Er stieg wieder auf und ritt den Hang entlang, suchte nach einer Einstiegstelle. Schließlich fand er einen Bruch und lenkte sein Pferd hindurch. Der Schnee ging Nomad jetzt bis zum Bauch, doch er kämpfte sich stetig aufwärts. Und dann hörte Simon das unverkennbare Heulen von Wölfen.

Ihm war bereits sehr kalt, doch dieses Geräusch ließ sein Herz vor Furcht erstarren. Nomad steckte jetzt bis zum Sattel im Schnee, und wenn er sich auch noch so sehr vorwärts stemmte, er kam nicht weiter. Die Wölfe waren mittlerweile in Sichtweite, Simon zählte vier Stück. Die Hunde waren beinahe verrückt vor Aufregung, sie wurden hin und her gerissen zwischen dem Trieb, vor den Wölfen zu fliehen, und ihrer Pflichterfüllung. Doch fürchteten sie die Peitsche, die man in ihrer Ausbildung oft benutzt hatte.

Simon wußte, wenn die Hunde wegliefen, würden die Wölfe sein Pferd angreifen, das im Schnee feststeckte. Er glitt aus dem Sattel und steckte sogleich bis zur Brust im Schnee. Er löste die Satteltaschen, dann half er Nomad rückwärts durch den Bruch. Schließlich versetzte er dem Pferd einen harten Klaps auf die Hinterbacke und atmete erleichtert auf, als er erkannte, daß das Pferd den Weg, den sie gekommen waren, zurückstampfte.

Simon hatte sein Messer in der Hand, obwohl die Wölfe freilich einen Mann nicht angriffen, solange es noch andere Beute für sie gab. Die Hunde hatten mittlerweile allen Mut verloren, er sah, wie sie die Schwänze zwischen die Hinterbeine klemmten und davonliefen. Die Wölfe folgten ihnen. Es sah aus, als hätten sie schon seit geraumer Zeit nichts mehr gefressen, und seine Hoffnung, Eleanor noch lebend zu finden, stieg wieder.

Er schlang sich die Satteltaschen um den Hals, dann bahnte er sich erneut einen Weg. Als er schließlich vor einem Felsen stand, kletterte er diesen unter Aufbietung seiner letzten Kraft hinauf. Seine ledernen Stiefel, die Hosen und das Wams waren ein guter Schutz gegen die Kälte und den Wind, doch schließlich wurden auch sie naß, und Simon wußte, daß er Körpertemperatur verlor.

Doch ein de Montfort gab sich nicht geschlagen. Entschlossen verdoppelte er seine Anstrengungen. Er kam auf eine weite Lichtung, gerade als das letzte Licht des Nachmittags verschwand und die Dunkelheit einzusetzen begann. Im letzten Licht erkannte er eine Ansammlung von Holz und hoffte, daß er die Jagdhütte gefunden hatte. Jedoch stieg kein Rauch aus dem Schornstein – wenn Eleanor wirklich hier war, so war sie ohne Feuer.

Langsam setzte er Fuß vor Fuß und schaffte es dann bis zu dem Unterschlupf. Er mußte die Tür mit aller Kraft aufstoßen und fiel auf die Knie, als sie endlich nachgab. Seine Hoffnung schwand, als er feststellte, daß schon seit einiger Zeit kein Mensch mehr einen Fuß unter dieses Dach gesetzt hatte. Doch zunächst einmal brauchte er ein Feuer. Wenn er sich ein wenig aufgewärmt hatte, würde er die Suche fortsetzen.

Hinter der Hütte stand ein nach drei Seiten geschützter Schuppen, in dem eigentlich Feuerholz hätte sein müssen, doch er war leer. Simon ließ seine Blicke schweifen und entdeckte eine Axt. Plötzlich hörte er das unmißverständliche Wiehern eines Pferdes, und als er aufblickte, entrang sich seiner Kehle ein Schrei. Eleanors Pferd hatte sich mit den Zügeln in den Ästen einer riesigen, umgestürzten Kiefer verfangen. Er pflügte sich durch den tiefen Schnee vorwärts und murmelte beruhigende Worte. Im gleichen Augenblick, als er die Zügel gelöst hatte, wankte es in den Schutz des Schuppens.

De Montfort hob die Axt, um einen Ast von dem Baum abzuschlagen. Als er das Werkzeug zum Schlag senkte, entdeckte er Eleanors leblosen Körper in einer Felsspalte darunter. Sie war so blaß, daß er fürchtete, sie sei tot. Sein Herz hörte auf zu schlagen, als er sich über sie beugte und sie in seine Arme zog. Ihr Körper war noch nicht steif! Gütiger Himmel, aber er war eisig kalt und leblos. So schnell er konnte, keuchte er mit seiner kostbaren Last zur Hütte zurück und legte sie auf den Strohsack in der Ecke.

Sein Herz zog sich zusammen, als er ihren zierlichen Körper so vor sich liegen sah. Er fühlte nach ihrem Puls. Da er ihn nicht wahrnahm, legte er sein Ohr an ihre Lippen. Sein eigenes Herz dröhnte laut in seinem Gehör, doch schließlich glaubte er, einen leisen Atemhauch bemerkt zu haben.

Daß sie noch lebte, war alles, was er wissen mußte. Er war ein guter Jäger; notfalls würde er es hier den ganzen Winter über aushalten. Doch sie brauchte auf der Stelle Stärkung und Wärme. Er konnte nicht so lange warten, bis er ein Feuer angezündet hatte. Länger als eine ganze Nacht war sie draußen gewesen, den Unbilden ausgeliefert, und es war ein Wunder, daß sie überhaupt noch lebte. Nur die dichten Nadeln der Kiefer, bedeckt von dem Schnee, hatten sie davor bewahrt zu erfrieren.

Ohne zu zögern nahm er sein Messer und öffnete damit eine Ader an seinem Arm. Dann hielt er ihr den Arm an die Lippen, öffnete und schloß seine Faust, damit das warme Blut in ihren Mund floß. Ängstlich betrachtete er ihr Gesicht, als er sah, daß sie nur mühsam schluckte. Er hatte diesen Trick gelernt, um verwundete Männer zu retten, die beinahe ihr ganzes Blut verloren hatten. Es brachte sie schnell wieder zur Besinnung, bis man andere lebensrettende Maßnahmen anwenden konnte.

Langsam öffnete sie die Augen und schloß sie dann wieder, ihr Atem schien in Gang zu kommen. Seine nächste Aufgabe bestand darin, sie zu wärmen. Zunächst einmal zog er ihr die Stiefel aus und rieb ihre kleinen Füße heftig. Dann entledigte er sie ihrer Kleidung und warf die nassen Sachen auf den Boden vor den Kamin, wo sie trocknen würden, wenn er erst mal ein Feuer entfacht hätte. Er nahm die Flasche mit dem Branntwein, trank einen großen Schluck davon und goß dann einige Tropfen davon auf ihren Bauch, ihre Schenkel und ihre Brüste. Mit langen festen Strichen rieb er ihr die Flüssigkeit in den erstarrten Körper. Eine Massage mit Alkohol war das anregendste Mittel, Leben in einen Körper am Rande des Todes zurückzuholen.

Seine Gedanken wurden abgelenkt beim Anblick ihres herrlichen Leibes. Doch im Augenblick verschwendete er keine Gedanken an Lust. Während seine kräftigen Hände über ihre Brüste und ihren Bauch rieben, sie in stetigem Rhythmus massierten, öffnete Eleanor die Augen und sah ihn an. Sie murmelte etwas, das er nicht verstand, aber es klang beinahe wie »Sim«. Er drehte sie herum, und nachdem er etwas von dem Feuerwasser auf ihren Rücken und ihr Gesäß gegossen hatte, rieb er auch ihre Wirbelsäule und die schlanken Beine damit ein. Dankbar stellte er fest, daß sie sich nichts gebrochen zu haben schien. Als er die Wunde an ihrem Kopf untersuchte, stellte er zu seiner Erleichterung fest, daß sie nur oberflächlich war, obwohl sie wahrscheinlich heftig geblutet hatte, bis der Schnee alles zudeckte.

Schon bald merkte er an ihrer Haut, daß ihr Körper sich langsam wieder erwärmte. Er entfaltete eine alte Pferdedecke und hüllte sie damit ein. Sie war jetzt wieder bei Bewußtsein, doch immer noch völlig benommen. Schnell sah er sich in der Hütte um. Es gab noch eine Kammer mit einem Strohsack und eine Art Küche mit einer Vorratsnische, Wandborden, einem großen gemauerten Herd, einem Bratspieß und Küchenutensilien. Die Borde waren leer, nur einige getrocknete Kräuter, Kerzen, Fleischbretter und Leinen für die Strohsäcke fand er. In der Kammer standen ein großer Tisch und Stühle aus Baumstämmen.

De Montfort mußte seine nassen Kleider anbehalten, bis er ein Feuer angezündet, genug Holz geschlagen und etwas zu essen bereitet hatte. Er nahm eine weitere Pferdedecke aus der Nebenkammer, holte seine Satteltaschen und ging hinaus zum Schuppen. Dort gab er Eleanors Stute den letzten Hafer, nahm ihr den Sattel und das Zaumzeug ab und legte ihr die Decke über.

Einen Ast der Kiefer hackte er in kleine Stücke, dann entfachte er drinnen ein Feuer. Als es endlich aufflackerte, eilte er wieder nach draußen, um noch mehr Holz zu schlagen, ehe der Ast und die Nadeln verbrannt waren. Anfangs qualmte es fürchterlich, Funken flogen, als das Eis zu schmelzen begann, doch mit viel Geduld, Baumrinde und Kleinholz gelang ihm ein richtiges Feuer, das bald ein wenig Wärme bringen würde.

Als er nach seiner Patientin schaute, stellte er fest, daß ihre Lippen nicht mehr blau waren. Er strich sanft mit dem Finger über ihre Wangen, sie seufzte leise und öffnete die Augen für einen Moment, doch dann schlossen sie sich wieder vor Erschöpfung.

Im Schuppen fertigte er einige Schlingen an und vergrub sie im Schnee, ein Stück von der Hütte entfernt. Dann nahm er die Axt und schlug Holz bis zur Dunkelheit. In der Absicht, einen Bogen und Pfeile anzufertigen, mit dem er morgen jagen gehen konnte, nahm er ein Dutzend gerade Äste mit, dann ging er seiner Spur nach und sah nach seinen Fallen. Sie standen noch leer bis auf eine, in der sich ein Hase verfangen hatte, der noch lebte. Er erledigte ihn mit seinem Messer und trug ihn in die Hütte.

Seine nasse Lederkleidung hatte die Haut an vielen Stellen aufgerieben, und am liebsten hätte er sie ganz ausgezogen. Doch zuerst füllte er einen Topf mit Schnee, legte einige Kiefernzapfen hinein; dann zog er den Hasen ab und spießte ihn über dem Feuer auf.

Nun erst setzte er sich, zog die schweren Stiefel aus und sein Wams. Beides breitete er neben Eleanors Kleidern vor dem Feuer zum Trocknen aus, dann zog er die schwere Tunika über den Kopf, die er unter der Lederkleidung trug. Das köstliche Aroma röstenden Fleisches erfüllte die Hütte, und Eleanor begann sich auf ihrem Lager unruhig zu bewegen, bis sie sich aufsetzte.

Mit zwei großen Schritten war er neben ihr und runzelte besorgt die Stirn.

Trotzig hob sie den Kopf. »Eure Brauen sind noch schwärzer als sonst«, hauchte sie.

Seine Erleichterung war so groß, daß ihm ganz schwindlig wurde, doch das verbarg er vor ihr. »Ich sollte Euch mit meinem Gürtel den Hintern versohlen, Ihr unvorsichtiges Frauenzimmer!« schimpfte er.

Ihre Augen folgten seinen Händen, mit denen er den Gürtel auszog. Er war bereits nackt bis zur Taille, und sie bekam plötzlich Angst. »Bitte nicht, de Montfort«, flüsterte sie. »Zieht nicht all Eure Kleider aus.«

Sein Blick wurde bei ihrer Bitte liebevoll. »Kathe, ich habe keine andere Wahl. Das Leder ist so naß, daß es mir an der Haut klebt. Aber ich verspreche Euch, ganz nackt werde ich nicht sein.«

Sie schien sich bei seinen Worten zu beruhigen, doch als er dann die nassen Sachen auszog, starrte sie ihn voll ungläubiger Neugier an. Er hatte sie nicht angelogen, nackt war er wirklich nicht. Doch das, was er trug, war noch viel schlimmer als gar nichts. Es war ein schwarzer lederner Schutz über seinem Penis, der von einem Band um seine Hüften gehalten wurde. Er war ein so großer Mann und mußte auch sein Glied im Kampf schützen, oder für zwölf Stunden am Tag im Sattel.

Ein eigenartiges Gefühl überkam Eleanor, als sie diesen herrlichen Riesen betrachtete, der Drachen auf seinen Oberarmen eintätowiert hatte und dessen langes Glied in schwarzem Leder steckte. Das Blut schien ihr in den Kopf zu steigen und dann in einem Schwall zurückzufließen. Die Kammer verschwamm vor ihren Augen, und sie fiel auf den Strohsack zurück.

»Kathe.« Im nächsten Augenblick schon war er neben ihr, nahm sie in seine Arme und streichelte ihr zärtlich die schwarzen Locken aus dem Gesicht. Sie öffnete langsam die Augen, als er mit tiefer Stimme zu sprechen begann: »Du wirst dich an mich gewöhnen müssen, meine Liebste, für den Rest unseres Lebens wirst du mich jeden Abend ohne meine Kleider sehen.«

»Ihr träumt, de Montfort.« Sie sprach leise, als hätte sie keine Kraft mehr.

»Essen«, sagte er und stopfte ihr ein Kissen in den Rücken. Er nahm den Hasen vom Spieß und zerteilte ihn mit seinem Messer. Dann brachte er das Brett mit dem Fleisch zu ihrer Lagerstatt und hielt es ihr unter die Nase. Der Duft war köstlich, das Fleisch weich und saftig unter der braunen Kruste.

»Ich kann keinen Finger heben«, flüsterte sie hilflos.

Er grinste. »Du brauchst für den Rest deines Lebens keinen Finger mehr zu heben, du hast ja jetzt mich.« Er wählte ein besonders gutes Stück Fleisch aus und fütterte sie damit. Eleanor hatte noch nie etwas so Köstliches gegessen. Der Hase schmeckte, als wäre er mit Kiefernnadeln gefüttert worden.

Als er ihr das Fleisch an die Lippen hielt, betrachtete sie seine Hände wie in Trance. Er hat wunderschöne, sinnliche und beunruhigende Hände, dachte sie. Dann kam bruchstückweise die Erinnerung an etwas wieder, was er zuvor getan hatte. Mit diesen Händen hatte er sie von Kopf bis Fuß massiert, überall. Sie suchte seine Blicke, und seine Augen schienen sie zu verschlingen. Sie konnte nicht anders, ihre Zungenspitze wagte sich aus ihrem Mund, und sie leckte damit über seine Finger. Er starrte auf ihren Mund, seine Augen sahen aus wie schwarzer Samt. Und dann lagen seine Lippen auf ihren, nicht wild und voller Verlangen, sondern sanft und voller Zärtlichkeit.

»De Montfort, eßt«, sagte sie und keuchte leise auf. »Bitte, eßt Ihr auch.«

Simon war nicht hungrig.

»Ich schwöre, Ihr seid ein Zauberer«, murmelte sie.

»Vielleicht, aber ich war es nicht, der damit angefangen hat. Am ersten Tag im Wald, da dachte ich, Ihr wärt ein Waldgeist.«

Sie schloß die Augen und erinnerte sich wieder an diesen Tag. Sie war mit Fäusten auf ihn losgegangen und hatte ihm das Gesicht zerkratzt, dann hatte sie mit Steinen nach ihm werfen wollen, und dennoch umwarb er sie. Als sie die Augen öffnete, sah sie, daß er auf ihre Brustspitzen starrte – als sie sich aufgesetzt hatte, war die Decke ihr von den Schultern geglitten. Und da er es gewohnt war, sich das zu nehmen, was er haben wollte, senkte er den Kopf und fuhr mit der Zunge über die rosigen Spitzen. Seine Lippen schienen sie zu verbrennen, und sie stöhnte leise. »Du schmeckst wie Branntwein«, flüsterte er.

Als sie nicht antwortete, hob er den Kopf und sah auf sie hinunter. Sie stellte sich bewußtlos, ihr Atem ging flach; aber er nahm an, daß sie nur so tat, um ihm zu entkommen. Er legte einen Finger unter ihr Kinn und betrachtete ihr Gesicht aus der Nähe. Als sie die Augen langsam öffnete, bedachte sie ihn mit einem vernichtenden Blick, also hatte sie ihm tatsächlich etwas vorspielen wollen.

»Ihr seid ein Ungeheuer, diese Situation so schamlos auszunutzen.« Sie wandte das Gesicht ab, damit er nicht ihre wahren Gefühle in ihren Augen lesen konnte. Auf alle Fälle mußte es für immer ein Geheimnis bleiben, wie er auf sie wirkte, wenn er sie berührte.

»Gütiger Himmel, ich werde dich schon nicht verspeisen!« Er stand vom Bett auf und goß den Kiefernzapfentee in zwei Becher, mit denen er zurückkam. Er mußte streng mit ihr sein, wahrscheinlich würde sie seinen Tee ablehnen; doch sie mußte unbedingt etwas Heißes trinken. Als sie keine Anstalten machte, den Becher mit der dampfenden Flüssigkeit zu nehmen, versuchte er es mit Entgegenkommen. »Herrje, du bist ja noch schwächer als ein Kätzchen, du kannst nicht einmal den Becher halten.« Sofort nahm sie ihm den Becher ab.

»Ich gebe zu, es ist nicht gerade ein Festmahl, was ich dir heute abend geboten habe, aber ich verspreche, morgen wird es besser sein.« Er zog sich einen der groben Baumstümpfe an ihre Seite und setzte sich, um den Bogen und die Pfeile mit seinem Messer zu schnitzen.

Eleanor sah ihm gebannt zu. »Woher habt Ihr erfahren, daß ich nach Wales gereist bin? Ich hatte geglaubt, meine Spuren ausreichend verwischt zu haben«, meinte sie.

»Eure rothaarige Dienerin wollte es mir nicht verraten, aber ich habe sie dazu gezwungen.«

»Bestimmt habt Ihr sie mit dem Messer bedroht«, fuhr sie auf.

Er lächelte lässig. »Ich habe andere Waffen«, sagte er gedehnt.

»Oh!« Sie blickte in ihren Becher. Warum war sie so verärgert darüber, daß er mit Brenda gesprochen hatte? Tief in ihrem Inneren wußte sie ganz genau, warum. Dieses Frauenzimmer war viel zu gewitzt und attraktiv, kein Mann konnte ihr widerstehen. »Warum haben die Männer aus Chepstowe nicht versucht, mich zu retten?« fragte sie.

Er sah sie an und entschied sich, die Wahrheit zu sagen. »Es war ein Schneesturm, sie wollten nicht ihr Leben aufs Spiel setzen, um das einer verwöhnten Frau zu retten, Engländerin!«

»Aber Ihr habt es getan«, kam es krächzend aus ihr.

Er breitete seine Arme aus. »Ich bin verliebt.«

»Ihr denkt an nichts anderes als an Eure Lust«, winkte sie ab.

Ihre Direktheit schockierte ihn, doch er war froh, daß sie wieder kräftig genug war, mit ihm zu streiten. »Wie immer bist du auch hier und jetzt unverschämt frech.«

»Euch scheint das zu gefallen«, gab sie zurück.

»Das stimmt, ich verlange nach dir. Aber es ist kein Verlangen, das mit einem einzigen Abend gestillt wäre.«

»Ich werde nie wieder heiraten!« schwoll ihre Stimme.

Er grinste nur. »Ich würde dir raten, erst auf meinen Antrag zu warten, ehe du ihn ablehnst.«

»Oh!« keuchte sie auf. »Nehmt dieses ekelhafte Gebräu weg, ehe ich es Euch ins Gesicht schütte.«

»Wenn du in der Lage bist, das zu tun, dann bist du schon wieder ziemlich kräftig. Vielleicht bist du sogar kräftig genug, um dich noch ein wenig mit mir zu streiten.«

Sie deutete mit der Hand auf die andere Kammer. »Geht hinüber.«

»Allein der Gedanke an Euch wird mir den Schlaf rauben.« Er stand auf.

»Zur Hölle mit Euch«, zischte sie.

»Eine feste Hand auf den Rücken ist manchmal die beste Kur für eine spitze Zunge«, meinte er und griff nach der Decke.

Sie zuckte zurück, doch er deckte sie nur noch mal fester zu.

Dann fuhr er ihr mit der Fingerspitze über ihre Brauen, ihre Wangen und den von seinem Kuß noch erregten Mund, um sich seine Umrisse für immer einzuprägen. Er sah ihr tief in die Augen, fand dort nur Ablehnung und Wut; doch sah er auch, daß sie ihm kein Verbot erteilte, sie als die Seine zu betrachten.

Als sie eingeschlafen war, streckte er sich auf dem Boden vor dem Feuer aus. De Montfort hatte wahrscheinlich schon öfter auf dem nackten Boden geschlafen als auf Stroh oder in einem Bett, es war also keine Beeinträchtigung für ihn. In der Stunde vor der Morgendämmerung hörte er den ängstlichen Schrei ihrer Stute. Im nächsten Augenblick schon hatte er sein Messer in der Hand und riß die Tür auf. Die Wölfe waren zurückgekommen und schlichen sich jetzt an das Tier heran. Sie wichen zurück, als sie den Mann entdeckten; doch einer, der kühner war als die anderen, versuchte, auf den Rücken des Pferdes zu springen. Simon rückte im gleichen Augenblick vor. Mit seinem starken Arm packte er den Wolf am Kragen und stieß ihm das Messer in den Hals. Eleanor erschien an der Tür, sie hatte die Decke um sich geschlungen. Sie schrie auf, als sie den Wolf entdeckte und den nackten Simon, die sich im Schnee wälzten. Dann lagen beide plötzlich still, ehe Simon den Körper des Wolfes von sich schob, aufstand und in die Hütte zurückkeuchte.

Eleanor schwankte. »Euch ist sicher kalt«, flüsterte sie, doch dann sah sie die Schweißtropfen auf seiner Brust.

»Und du solltest liegen bleiben.« Er hob sie hoch und trug sie zum Strohsack. »Ich habe das männliche Leittier getötet, sie werden nicht zurückkommen«, erklärte er, dann legte er sich wieder ans Feuer.

Eleanor blieb lange wach. Sie sah, wie der Schein der Flammen auf seinem herrlichen Körper tanzte. Hatte sie eine Möglichkeit, sich gegen ihn zu wehren? Für diesen unbesiegbaren Krieger war das alles doch nur eine weitere Herausforderung. Aber irgendwo mußte selbst er einen schwachen Punkt besitzen. Sie würde ihn finden und würde ihn zu einer Wunde machen! Den Kopf im Kissen vergraben, wollte sie das Verlangen, das er in ihr geweckt hatte, ersticken. Sie hatte viel zuwenig Waffen gegen ihn, nur ihren wachen

Verstand und ihre scharfe Zunge; immerhin konnte eine scharfe Zunge eine tödliche Waffe sein, wenn man wußte, wo ein Mann verletzbar war.

Schließlich schlief sie wieder ein. Erst dann wagte er es, sich zu nähern und sie zu betrachten. »Schlaf gut«, murmelte er leise. »Denn wenn du erst einmal mir gehörst, werde ich dich lange nicht mehr schlafen lassen.«

27. Kapitel

Eleanor wachte auf, als die Sonne durch die Fenster der Hütte schien, doch Simon war schon draußen gewesen. Er hatte einen Fasan erlegt und ihn gerupft, jetzt brutzelte er auf dem Herd, zusammen mit köstlich duftenden Kräutern.

Sie setzte sich auf und fühlte sich unbefangener, weil er sich angezogen hatte. Er beeilte sich, ihr einen Becher mit heißer Brühe zu reichen, und ihr Magen knurrte laut, als ihr der Geruch in die Nase stieg. »Es tut mir leid, daß ich so lange geschlafen habe, wir könnten schon auf dem Weg zurück nach Chepstowe sein.«

»Heute nicht«, erklärte er. »Die Sonne scheint, und es wird kräftig tauen. Bis morgen kann der ganze Schnee geschmolzen sein, und dann bist du auch wieder gestärkt genug für den Rückweg.«

»Ich würde lieber schon heute zu Hause eintreffen. Bette macht sich sicher schreckliche Sorgen, und es schickt sich nicht, daß wir beide allein sind.«

»Hier bin ich derjenige, der die Entscheidungen trifft«, sagte er ruhig.

»Und warum?« wollte sie wissen.

»Weil ich der Mann bin und du die Frau.« Sein Gesicht war starr und ausdruckslos, doch der Ton seiner Stimme ließ keinen Widerspruch zu. »Heutzutage gelten noch keine anderen Spielregeln«, warnte er.

Sie senkte den Blick, damit er ihre Erbitterung nicht sah. Um ihren Willen durchzusetzen, müßte sie eine Art finden, die nicht so offensichtlich war. Denn sie beide besaßen ein aufbrausendes Temperament, das die Funken fliegen ließ, wann immer sie zusammen waren. Sie brauchte im Augenblick zwei Dinge, um aktionsfähig zu werden: Nahrung und Kleidung. Gehorsam setzte sie den Becher mit Brühe an die Lippen und leerte ihn bis zum letzten Tropfen, dann nahm sie das Brett mit Fleisch, das er ihr reichte, und aß es auf. Dieser Mann war ein Zauberer, ein Hexenmeister.

Übertrieben freundlich fragte sie: »Darf ich mich wenigstens ankleiden, mein Herr?«

Sekundenlang entdeckte sie nacktes Verlangen in seinem Blick, doch dann meinte er: »Ich habe Wasser heiß gemacht, so daß du dich waschen kannst. Deine Kleider sind trocken. Derweilen werde ich draußen Holz hacken, damit wir bis morgen genug haben.« Er zog das schwere Lederwams über und griff nach der Axt.

Nachdem er die Hütte verlassen hatte, führte sie sich noch ein Stück Fleisch zu Gemüte. Es war erstaunlich, aber sie hatte sich noch nie in ihrem Leben wohler gefühlt. Schnell wusch sie sich, tupfte die Wunde an ihrem Kopf aus und stellte erfreut fest, daß sie sich bereits schloß und auch nicht sehr schmerzte. Sie suchte ihre Kleider zusammen und bemerkte, daß etwas aus de Montforts Wams gefallen war. Es waren ihre Seidenstrümpfe. Was, um alles in der Welt, tat er mit ihren Strümpfen? So etwas gehörte nun wirklich nicht in seine Finger. Schnell setzte sie sich auf auf ihrem Strohsack und streifte die Stümpfe über. Die Strumpfbänder nahm sie von ihren Wollstrümpfen und schob sie über die Knie. Sie bewunderte gerade ihre Beine, als sie ihn zurückkommen hörte. Schnell zog sie ihr Kleid an und stopfte die Wollstrümpfe unter sich.

Er stapelte Holz im Schuppen auf, trat aber nicht in die Hütte. Aus dem Fenster sah sie, wie er eine junge Eiche fällte und dann die Axt schwang, um den Stamm in Stücke zu schlagen. Er schien überhaupt nicht müde zu werden, vielleicht brauchte er keinen Schlaf? Er war wirklich in jeder Hinsicht ein außergewöhnlicher Mann. Sie blickte in die Landschaft hinaus, der Schnee glänzte im Sonnenlicht, und der Wind hatte merklich nachgelassen. Alle Eiszapfen, die vom Dach gehangen hatten, tropften munter, und die Schneedecke schrumpfte.

Das stimmte sicher, morgen würde alles geschmolzen sein, doch sie würde durchaus keine Nacht mehr unter dem gleichen Dach mit dem Grafen von Leicester verbringen. Ein Schauder rann über ihren Rücken, als sie sich ins Gedächtnis rief, wie er nackt ausgesehen hatte, nackt bis auf den schwarzen Lederschutz um sein Glied. Sie fühlte sich machtlos gegen die starke Anziehungskraft, die dieser Hüne ausstrahlte. »Ich werde nie wieder lieben.« Sie knirschte mit den Zähnen. »Es schmerzt – und endet mit einem Verlust. Nie wieder will ich etwas verlieren!«

Rastlos lief sie rund um den Herd, dann machte sie sich einen Becher Kräutertee. Niemand hatte sie um ihrer selbst willen gewollt... nur Simon, sagte ihr verräterischer Verstand. Wie ironisch das Leben doch war. Der einzige Mensch, der sie wirklich wollte, bekam die Gräfin von Pembroke nicht. Sie hatte ihm nicht einmal für die Rettung ihres Lebens und das ihres Pferdes gedankt. Und sie würde es auch nicht tun. Auf keinen Fall wollte sie ihm gegenüber Ergebenheit zeigen. Sie würde ein undankbares Weib sein, sollte er sie doch in Ruhe lassen... aber, genau das würde er sicherlich nicht tun.

Eleanor hörte ihn an der Tür, schnell legte sie sich nieder und tat, als schliefe sie, zwang sich, langsam und regelmäßig zu atmen. Sie hörte, wie er das Feuer schürte, und wußte, daß seine Kleider wieder einmal von dem schmelzenden Schnee naß sein mußten. Es würde nicht lange dauern, bis er sich ihrer entledigte.

Sie riskierte einen Blick und sah seinen nackten Hintern und Rücken, als er vor dem Feuer kniete, um ein Stück erlegtes Wild auf den Spieß zu stecken. Dann streckte er sich in der Wärme aus und legte den Kopf auf die verschränkten Arme.

Eleanor verhielt sich still und wollte warten, bis er eingeschlafen war. Sie sagte sich, daß er in der letzten Nacht nur wenig zur Ruhe gekommen war. Als sie bemerkte, daß er langsam und gleichmäßig atmete, erhob sie sich vorsichtig. Offensichtlich hörte er sie nicht, deshalb nahm sie ihren Umhang und tappte zur Tür. Sie öffnete und schloß sie hinter sich, so leise sie konnte. Schnell legte sie der Stute die Hand über die Nüstern, damit sie nicht wieherte. »Leise, leise, meine Schöne«, flüsterte sie ihr zu.

Sie bemühte sich, das Pferd zu satteln und stellte fest, daß sie kaum genügend Kraft hatte. Am Zügel führte sie es von der Hütte weg durch den tiefen nassen Schnee. Ihre Stiefel und die untere Hälfte ihres Kleides waren sofort durchnäßt. Erschöpft lehnte sie sich gegen das Pferd und fragte sich, wie sie die Kraft aufbringen würde, den Fuß in den Steigbügel zu setzen und sich hinaufzuschwingen.

Plötzlich hörte sie, wie die Tür der Hütte aufgerissen wurde. Simon stand nackt im Rahmen, voller Verzweiflung gelang es Eleanor, sich in den Sattel zu hieven. Als sie sich aufrichtete, blickte sie in sein vor Wut verzerrtes Gesicht.

Er griff nach dem Zügel und riß sie vom Pferd. Sie trat nach ihm und schrie, konnte jedoch gegen seine Überlegenheit natürlich nichts ausrichten. Mit einer Hand hielt er sie fest, mit der anderen die Zügel, dann führte er das Pferd zurück in den Schuppen. Sein grimmiges Schweigen machte ihr angst, sie fürchtete sich so sehr vor ihm, daß sie kein Wort herausbrachte. »Geh rein!« befahl er leise.

»Nein! Ich werde zurückreiten! Ich will sofort nach Chepstowe zurück. Seht Euch doch nur an!« rief sie und deutete mit der Hand auf seinen nackten Körper, mit den tätowierten Drachen auf den Armen und seinem Glied in dem schwarzen Lederschutz.

Seine Stimme traf sie wie eine Peitsche. »Du wirst nicht mehr reden, bis ich dir die Erlaubnis dazu gebe. Hast du mich verstanden?« Sie wußte, seine Wut und seine Sorge um sie machten ihn auch zu Gewalttaten fähig. Sein Augenausdruck sagte ihr, daß er in der Lage wäre, sie zu schlagen.

Sie war verstummt, wagte es nicht, sich über seinen Befehl hinwegzusetzen.

Er nahm der Stute den Sattel ab, band sie sicher fest und legte ihr wieder die Decke über. Dann stieß er Eleanor in die Hütte, mit dem Fuß schlug er die Tür hinter sich zu.

Ihr nasser Umhang glitt ihr von den Schultern. Sie zitterte vor Kälte und Angst, und gab keinen Ton von sich. Er zerrte sie vors Feuer. »Zieh deine Stiefel aus!« befahl er. Mit zitternden Händen tat sie, wie geheißen. Er nahm die Stiefel und warf sie in die Ecke gegenüber. Sie zuckte zusammen, als sie an die Wand prallten.

Er bückte sich und hob den Saum ihres nassen Kleides hoch. Sie streckte die Hand aus, als wolle sie ihn daran hindern, doch seine Blicke erstickten jeden Widerstand. Er hob das Kleid hoch und enthüllte ihre Beine in den Seidenstrümpfen, sie trug nichts anderes unter dem Kleid, es blieb ihm nichts verborgen. Das Feuer warf seinen Schein auf ihre nackten Schenkel und das schwarze krause Haar dazwischen.

Benommen hob er ihren Rock noch ein wenig höher. Seine Wut wandelte sich in heiße Leidenschaft. »Himmel, Engländerin.« Er stöhnte auf, seine Finger griffen nach dem köstlichen Dreieck und spielten damit. Als sie zu zittern begann, zog er ihr das nasse Kleid aus und trug sie zu ihrem Lager.

»Nein!« schrie sie.

»Kein Wort!« donnerte er. Er schlug die Decke zurück und deutete mit dem Kopf einen wortlosen Befehl an. Langsam schlüpfte sie unter die Decke, und Simon folgte ihr. Er zog sie fest an sich, seine Arme hielten ihren Körper an seinen gepreßt, bis sich ihrer langsam wieder erwärmte und das Zittern einstellte. Ihr Herz raste, und während sie mit der Wange an seiner Brust geschmiegt dalag, lauschte sie seinem stetigen Herzschlag.

Einen schrecklichen Augenblick lang fürchtete sie, die Anstrengung, mit ihr zu kämpfen und sie dann nackt durch den Schnee zu tragen, wäre zu viel für Simon gewesen, und er würde jetzt sterben müssen. Doch dann wurde ihr klar, daß so etwas völlig aus der Luft gegriffen war. Ihre Erinnerung spielte ihr einen bösen Streich.

Sie begann, nervös zu kichern. Er berührte mit der Lippe ihre Schläfe. »Kathe... was ist?« Ihr Name klang wie eine Liebkosung.

»Oh, Sim«, flüsterte sie. »Ich bin dumm... ich dachte, ich hätte dir zuviel zugemutet.«

Jetzt, wo sie warm und sicher nebeneinander lagen, hob er die Decke, damit er ihren Körper sehen konnte. Eleanor hielt den Atem an und sah zu, wie seine Hand über sie hinstrich und seine langen Finger die Stelle zwischen ihren Schenkeln suchten. Sanft streichelte er sie dort und beobachtete dabei ihr Gesicht; als sie versuchte, ihn von sich zu schieben, hielt er sie fest.

In ihrem Gesicht las er Überraschung, es sagte ihm deutlich, daß die Gefühle, die er in ihr weckte, neu für sie waren. Mit den Fingerspitzen streichelte er sie, dann umrundete er die kleine Knospe ihrer Weiblichkeit. Er sah, daß er ihr Vergnügen bereitete, sie öffnete ihm die Schenkel ein wenig mehr und er wußte, sie begann ihm zu vertrauen. Es war ihm klar, daß seine Größe, sein Aussehen und sein Temperament ihr Furcht einflößen mußten, und dennoch hatte sie sich ihm bei jeder Gelegenheit widersetzt. Ihr eigener Stolz und ihr Wesen glichen dem seinen, er wollte es auch gar nicht anders haben. Jetzt mußte er ihr nur noch beibringen, ihre Leidenschaft der seinen anzupassen. Wenn er nur an die Söhne dachte, die sie ihm schenken würde! Doch rief er sich in Erinnerung, daß er schonend vorgehen mußte.

Eleanor dachte, er ist rücksichtslos, aber wünsche ich mir einen sanften Mann? Sie bog ihren Körper seinen streichelnden Fingern entgegen. Heiß stieg das Verlangen in ihr auf und ließ alles andere in den Hintergrund treten – nur noch dieses einzigartige Gefühl des Verlangens zählte.

Und dann trat plötzlich ein Ausdruck der Überraschung in ihr Gesicht, ihre sanften Lippen öffneten sich. Er wußte, er hatte etwas in ihr aufgeweckt, das nur er befriedigen konnte. Dann gab sie sich mit Haut und Haaren ihrer Sinnlichkeit hin und bog sich seiner Hand entgegen: »Sim! Sim!«

Er sah verwundert auf sie hinunter. »Hast du das denn noch nie selbst gemacht?«

Sie schüttelte den Kopf und barg ihr Gesicht an seiner Schulter. Er nahm ihre Hand, führte sie an seine Lippen und fuhr mit der Zungenspitze die Liebeslinie in ihrer Handfläche nach. Tief atmete sie den Duft des Mannes ein, der sie in seinen Armen hielt – er roch nach Leder, Pferd und Männlichkeit. Sie fühlte seinen Atem auf ihrer Haut und wußte, sie verlangte nach diesem einen, mehr, als sie je zuvor in ihrem Leben nach etwas verlangt hatte. Die Erkenntnis erschütterte und ängstigte sie, denn sie hatte sich dem Verlangen nach ihm hingegeben.

Eine kleine Stimme in ihrem Inneren fragte: »Wem schadest du damit?« Eine andere antwortete: »Der Skandal wird ganz England erschüttern.« Die erste Stimme fragte wieder: »Wer wird denn etwas davon erfahren?« Und die lautere Stimme antwortete: »Es darf einfach niemals etwas davon publik werden.«

Simons Erregung ließ das Blut in seinen Ohren rauschen, sein Glied pulsierte heftig. Er zügelte sich, unterdrückte das Feuer seiner Leidenschaft, wie er das Feuer im Herd unter Kontrolle gebracht hatte. Sie war noch nicht erholt genug, um zu lieben. Wenn sie zusammenkamen, sollte das keine blasse, zahme Imitation eines Liebesspiels sein. Es wäre der Kampf, der zwischen ihnen noch nicht richtig ausgefochten war – und der Gewinner würde alles bekommen. Es wäre wie die Sintflut. »Sieh mich an, Liebste«, bat er.

Schüchtern hob sie das Gesicht von seiner Schulter und sah ihn an.

»Du brauchst dich nicht für das zu schämen, was ich gerade mit dir getan habe.«

»Mein Gelübde«, flüsterte sie.

»Wir haben kein Gelübde gebrochen … noch nicht.« Schnell wechselte er das Thema. »Ich möchte, daß du dich ausruhst. Du brauchst all deine Kraft für den Weg zurück nach Chepstowe. Wir werden gleich in der Morgendämmerung aufbrechen. Deine Stute hat heute nichts zu fressen bekommen, doch bis morgen kann sie durchhalten. Sie wird dich tragen, wenn ich sie am Zügel führe.«

»Du kannst nicht den ganzen Weg durch den Schnee zurücklaufen.«

»Bis morgen taut der Schnee weg, die Temperatur ist den ganzen Tag über gestiegen.«

»Mach, was du willst.« Sie war froh, ihm die Entscheidung überlassen zu dürfen.

»Das habe ich auch vor«, murmelte er und grinste sie an. »Ich glaube, du kannst dich besser ausruhen, wenn ich dir deine Schlafstatt allein überlasse.«

Sie nickte und biß sich auf die Lippen. »Wenn wir in Chepstowe sind, mußt du dieses Geheimnis bewahren. Bitte, versprich mir das, Simon.«

Er begab sich nach nebenan. »Schließ die Augen und mach dir keine Sorgen mehr.« Seufzend fügte sie sich, sie bemerkte gar nicht, daß er ihr nichts versprochen hatte. In der Morgendämmerung weckte er sie und brachte ihre trockenen Kleider herbei. Er nahm ihr Hemd und zog es ihr über den Kopf. Eleanors Wangen waren rosig vor Verlegenheit. »Ich versichere Euch, de Montfort, Ihr braucht mich nicht anzuziehen, ich bin wieder bei Kräften, Sir.«

Er unterdrückte ein Lächeln. Sie wehrte sich schon wieder gegen ihn, das war ein gutes Zeichen. Mit ernstem Gesicht sagte er: »Ich wollte nur sichergehen, daß du deine Unterwäsche anhast. Es macht mich verrückt, wenn ich daran denke, daß du unter deinem Kleid nackt bist. Wenn du nicht wenigstens deine wollene Unterhose anziehst, kannst du mich für meine Taten nicht verantwortlich machen.«

Sie wich seiner Hand aus, weil sie es war, die den Kopf verlor, wenn er sie berührte. Er rollte das Wolfs- sowie das Hasenfell zusammen und band beides am Sattel fest. Sie fragte sich, wann er überhaupt die Zeit gehabt hatte, die beiden Häute zu säubern; sie verspürte ein leises Schuldgefühl, er mußte es natürlich getan haben, während sie schlief.

Es war ein wundervoller Herbsttag – hätte sie nicht den Alptraum des Schneesturms am eigenen Leibe erlebt, sie hätte ihn nicht für möglich gehalten. Der Boden war noch sehr naß, doch nur unter den hohen Bäumen lagen noch weiße Reste. Schmelzwasser lief in kleinen Bächen den Bergpfad hinunter, an jeder Biegung des Weges schienen sie Wild aufzuschrecken, das aus dem Unterholz gekrochen war, um sich am frischen Grün zu laben, ehe der nächste Schnee einen Riegel vorschob.

Schwäne und Reiher zogen am Himmel entlang, auf der Reise zu ihren Winterquartieren. »Die Jagd wird in den nächsten Tagen besonders beutereich sein.«

Eleanor dachte daran, wie gern William in Wales gejagt und wie er sich immer gewünscht hatte, sie an seiner Seite zu haben. »Vielleicht werde ich morgen mit Euch mitkommen«, sagte sie in der Art der Könige, die jemandem eine Gunst zuteil werden lassen.

Er verzog das Gesicht. »Frauen sind auf der Jagd nicht zu gebrauchen.«

Sie fuhr auf. »Verdammt, de Montfort, Ihr denkt wohl, Frauen sind nur im Bett zu gebrauchen!«

Er warf ihr einen Blick von der Seite zu. »Und das auch nur sehr wenige, es sei denn, sie wären von einem Kenner geschult worden.«

»Oh!« schrie sie. Ihre Stute machte einen Fehltritt, und sie zeterte: »Paßt auf, wohin Ihr tretet. Ich schwöre, Ihr seid der miserabelste Lakai meines ganzen Lebens.«

Keine Frau hatte je so mit ihm geredet. »Lakai?« Er lüftete die Braue. Ihre Unverschämtheit glich ihrem Stolz. Ihm war eine feurige Frau lieber als eine, die jedem seiner Befehle gehorchte: Doch sie würde seine Gemahlin werden, und er wollte gleich zu Anfang deutlich machen, wer das Schiff steuerte. Diese herrliche Kreatur hatte man ihr ganzes Leben lang des Königs kostbarstes Juwel genannt, trotzdem würde er ihr einen kleinen Vorgeschmack davon bieten, wie es sein würde, wenn sie ihm nicht gehorchte.

»Ich fürchte, ich habe die Kraft deiner Stute überschätzt, Eleanor. Du wirst laufen müssen, wenn du nicht schuld an einem lahmen Bein sein willst.«

Sie warf schnell einen Blick auf sein Gesicht, um zu sehen, ob er sie absichtlich ärgern wollte. Er nannte sie nur dann Eleanor, wenn er böse auf sie war. Als sie kein spöttisches Aufblitzen in seinen Augen entdecken konnte, nahm sie seinen Hinweis ernst. Er machte keine Anstalten, sie aus dem Sattel zu heben, denn er wußte, sie würde seine Hilfe in einer solchen Situation ablehnen.

Sie glitt vom Pferd und versank gleich bis zu den Knöcheln. Seine langen Schritte veranlaßten das Tier, mit ihm Schritt zu halten, doch Eleanor geriet außer Atem, und schon nach wenigen Schritten war der Saum ihres Kleides und ihres Umhanges schwer von Schlamm; dieser spritzte ihre Beine hoch und ruinierte ihren Aufzug vollkommen. Gerade wollte sie ihn bitten, etwas langsamer zu gehen, doch ausgerechnet in diesem Augenblick glitt sie aus und fiel der Länge nach hin. Hastig rappelte sie sich wieder auf, ehe er es sehen konnte, doch es war schon zu spät. »Mit dir auf die Jagd zu gehen, wäre einfach himmlisch«, zog er sie auf und schritt weiter.

Ohne sich zu beklagen, trottete sie hinter ihm her, bis sie endlich in der Ferne die großen Gebäude von Chepstowe erkennen konnte. Sie biß sich auf die Unterlippe. Es war ihm gelungen, ihrem Stolz einen harten Schlag zu versetzen, doch sie würde es nicht ertragen können, wie ein armes Sünderlein in Chepstowe Einzug zu halten. »De Montfort, laßt mich nicht zu Fuß in Chepstowe ankommen.«

Er wandte sich zur ihr um und sah sie voller Bewunderung an. Dann trug er sie zu ihrer Stute und hob sie in den Sattel. Leise sagte er: »Wenn du die Absicht hast, mich unter deine Knute zu bringen, Eleanor, dann erwartet dich ein wirklich königliches Turnier.«

Sie hob ihr hübchses Kinn. »Ich werde kämpfen, und sei es nur zu meiner Unterhaltung. An Euch werde ich all meine Kräfte ausprobieren und meine Fertigkeiten schärfen.«

28. Kapitel

Als die Waffenträger von Chepstowe, die Stallburschen und Reitknechte den großen Grafen von Leicester sahen, der die Lady auf ihrem Pferd in den Außenhof führte, konnten sie ihre Bewunderung für seinen Mut nicht länger zurückhalten. Er war ein wahrer Mann! Ihre Achtung vor ihm stieg beträchtlich. Sein Pferd war vor zwei Tagen reiterlos in Chepstowe aufgetaucht, und auch die Hunde hatten den Weg zurück gefunden, einer von ihnen verletzt. Alle hatten geglaubt, sie würden ihn nie wiedersehen.

Das große Tor öffnete sich, und Bette kam herausgeschossen. »Dem Himmel sei Dank. Ich hatte schon alle Hoffnung aufgegeben und fürchtete, Ihr wäret tot.«

Eleanor winkte ab, als mache ihre Dienerin aus einer Mücke einen Elefanten. »Es ging mir ganz gut. De Montfort hat mich in der Jagdhütte gefunden, ich sagte ja, ich würde dort Unterschlupf finden, wenn es einen Schneesturm gäbe.«

Simon widersprach ihr nicht, doch folgte er Bette in die Küche, wo sie ein Mahl herrichten ließ. Er streckte die Hände ans Feuer und meinte: »Verwöhnt sie ein wenig, sie hat eine schlimme Zeit hinter sich.«

Jeder suchte seine Räumlichkeiten auf, um zu baden, sich umzuziehen und zu essen. Danach ruhte Eleanor sich aus, während Simon sich um die Pferde kümmerte und mit den Männern von Chepstowe plauderte. Sie prüften seine Fertigkeit mit dem Langbogen, und als er ihnen seine Geschicklichkeit bewies, waren sie erfreut über die Aussicht auf eine morgige Jagd. Er aß mit ihnen zu Abend und leistete dann Eleanor und Bette Gesellschaft, die vor dem knisternden Feuer saßen und einem Minnesänger lauschten. In aller Seelenruhe zog er sich einen Stuhl heran und streckte seine langen Beine dem Kamin entgegen, sah zu, wie sich der Schein der Flammen in Eleanors wunderschönem Antlitz spiegelte.

Sie begannen ein Wortgeplänkel, bei dem Kampf mit den Worten flogen die Funken. Schon sehr bald stellte Bette fest, daß es zwischen den beiden eine leugbare physische Spannung gab; daher entfernte sie sich mit der Entschuldigung, für Eleanor einen Kräutertee machen zu wollen.

»Sicher sehnt sich Euer Gaumen nach etwas Stärkerem als nach Tee«, forderte er sie heraus.

»Ich bin an Wein nicht gewöhnt«, antwortete sie.

»Laßt welchen kommen, oder fürchtet Ihr Euch davor, daß er Feuer und Leidenschaft in Euch erzeugt?«

»Euer Benehmen ist wie immer recht großtuerisch. Ihr sprecht, als wäret Ihr es gewohnt, daß man sich Euch unterwirft.«

»Das trifft zu«, versicherte er ihr.

»Auf jeden Fall habe ich Feuer und Leidenschaft auch ohne Wein in meinem Blut. Ihr vergeßt, daß ich eine Plantagenet bin.«

»Sollte ich das je vergessen, so werdet Ihr mich schon rechtzeitig daran erinnern, Prinzessin.« Spöttisch verzog er seine Miene.

»Ihr stiftet Unruhe allein mit einem Heben der Augenbraue«, warf sie ihm vor.

»Ich habe die Absicht, mehr zu heben als nur eine Braue«, antwortete er mit einem zweideutigen Blick.

»Ihr seid abscheulich.« Sie sah sich um und hoffte, daß niemand mithörte.

»Ihr lenkt die Sinne eines Mannes auf das Bett«, versicherte er ihr.

»Psst. Mit Eurer losen Zunge werdet Ihr mich umgehend als lüsternes Weib brandmarken.«

Ihre Worte erregten ihn. Er stand auf und sah auf sie hinunter; wie sollte es ihm nur gelingen, die Hände von ihr zu lassen? »Meine Zunge wird Euch brandmarken. Sie wird Euch verbrennen, wenn ich Euch liebe«, versprach er ihr. Gütiger Himmel, Feuer flammte in seinen Lenden auf.

Erschrocken sah sie, wie ein Diener den Wein brachte, und auch Bette kam mit dem Tee zurück. »Wie könnt Ihr es wagen, so aufdringlich zu sein?« fuhr sie ihn an.

»Ich kann alles wagen, Engländerin. Möchtet Ihr, daß ich Euch nach oben trage? Vorsichtig, Lady, denn sonst werde ich Euch hier vor ganz Chepstowe als meine Gattin brandmarken.«

Sie atmete tief durch, um sich zu beruhigen, dann nahm sie den Kräutertee, den Bette ihr reichte.

Auf keinen Fall wollte er sich jetzt mit ihr streiten. Sie war bezaubernd, und er verlangte verzweifelt nach ihr. Sie sah, wie er die Hand nach ihr ausstreckte, und absichtlich ließ sie den heißen Tee fallen. Er zuckte nicht einmal mit der Wimper, als die heiße Flüssigkeit über seine Hand und seine Beine floß; doch Eleanor sah sein Verlangen in kochende Wut umschlagen, und das erfüllte sie mit Befriedigung.

»Ich bin den ganzen Weg nach Wales gereist, um Euch aus dem Weg zu gehen, mein Herr«, sagte sie, und es war ihr gleichgültig, daß Bette zuhörte. »Und jetzt zwingt Ihr mich, ins Bett zu gehen, um Euch loszuwerden.«

»Seid versichert, Herrin, wenn ich es wollte, würde ich Euer Lager mit Euch teilen.« Sein Blick ging zu Bette. »So, wie ich es schon zweimal getan habe.« Jetzt war die Befriedigung auf seiner Seite.

Eleanor floh. Später hielt sich Bette weise zurück, als Eleanor in ihrem Zimmer auf und ab lief und de Montfort mit zwölf verschiedenen Schimpfnamen bedachte. »Er besitzt eine Faust aus Eisen in einem Handschuh aus Samt«, murmelte sie, als sie an seinen Triumph über den Wolf und den Schneesturm dachte. »Es gefällt ihm so sehr, den Herren zu spielen, daß er am liebsten das ganze Universum befehligen würde. Nun, mich wird er auf keinen Fall herumkommandieren, ich werde mich seiner Lüsternheit nicht ergeben. Dieser entsetzliche Mann läßt mich einfach nicht in Ruhe.

Er hat mich bis nach Odiham verfolgt, und nun den ganzen Weg hierher nach Chepstowe. Wie ein Dorn in meinem Fleisch sticht er mich immer wieder, damit ich seine Anwesenheit nicht vergesse.«

»Psst, meine Herrin. Regt Euch nicht so sehr auf. Es sind nur meine Augen, die Euch sehen, und Ihr wißt, meine Lippen sind versiegelt.«

»Danke, Bette. Ich wünschte, ich könnte diesen lästigen Rüpel irgendwie loswerden.«

Aber am Morgen, als sie feststellte, daß der Graf von Leicester zur Jagd aufgebrochen war und alle Waffenträger von Chepstowe mitgenommen hatte, erblaßte sie vor Wut.

»Das ist niederträchtig, es ist die Höhe!« rief sie. »Er wußte, daß ich mitkommen wollte. Ich hasse es, eingesperrt zu sein, wenn die Reiher fliegen und das Rehwild flieht.«

Bette rollte mit den Augen. Wie konnte sie nur behaupten, eingesperrt zu sein, wenn sie gerade erst einen Tag zuvor ihrem gefährlichen Abenteuer in die Berge entronnen war? »Ich glaube nicht, daß der Graf Euch übergehen wollte, meine Herrin. Ich denke, es war ihm um Euer Wohlbefinden zu tun. Er hat mir anvertraut, daß Ihr eine schlimme Zeit durchgestanden habt. Er hat Euch heute hier gelassen, damit Ihr Euch ausruht und wieder zu Kräften kommt.«

Eleanor verspürte eine Ruhelosigkeit, die sie nicht erklären konnte. Sie sprach mit den walisischen Frauen in Chepstowe, die offene Neugier für ihre hübschen Kleider zeigten; sie bewunderte die Stoffe, die sie gewebt hatten, ganz besonders die roten Wollstoffe, aus denen sie Röcke und warme Umhänge nähten. Sie inspizierte die Küche, sah beim Backen und Kochen zu, kostete fremdartige Gerichte und all die Zutaten dafür. Sie sprach mit dem Haushofmeister, mit den Schreibern, und sie zeigten ihr die Bücher, die William aus allen Teilen von Wales zusammengetragen hatte. Sie sprach mit dem Minnesänger und fragte ihn, ob er Lust hätte, mit ihr nach Windsor zu reisen, um sich dort in ihren Hofstaat einzureihen.

Als die ersten Schatten des Nachmittags über das Haus fielen, zog sie sich in ihr Zimmer zurück, um zu baden und sich zum

Abendessen umzuziehen. Die Geräusche der von der Jagd zurückkehrenden Gesellschaft waren nicht zu überhören. Pferde, Hunde und Männer gebärdeten sich besonders lärmend, wenn sie in Gruppen zusammen waren; ob es sich nun um Franzosen, Engländer oder Waliser handelte, sie schrien, lachten und fluchten alle gleich laut.

Als Eleanor nach unten kam, in einem atemberaubenden dunkelblauen Samtkleid, mit den Saphiren um den Hals, war die große Halle voller Menschen. Einhellig bewunderten allesamt ihre Schönheit; jeder Mann in Chepstowe beneidete de Montfort für das, was auch immer zwischen ihm und der Gräfin vorging – doch keiner von ihnen hätte sie zu seiner Frau haben wollen. Sie besaß zu viel Feuer, zu viel Leidenschaft. Eleanor Plantagenet war zu widerspenstig, zu wunderschön und extravagant, außerdem viel zu teuer für ihren Geschmack.

Während Simon ihr entgegensah, als sie die Treppe herabschritt, begriff er, daß er sie genauso wollte, wie sie war. Sie blickte auf diese Siegergestalt hinunter. Er besaß die Haltung eines Herrschers, sein Benehmen machte ihn zum Führer. Eigentlich will er gar nicht, daß ich mich seinem Willen beuge, dachte sie, er liebt die Herausforderung.

Mit erhobenen Händen gebot sie Schweigen: »Ich bezweifle nicht, daß die Jagd erfolgreich war«, sagte sie. »Deshalb möchte ich, daß alle heute abend zur Feier des Tages hier speisen.«

Auf ihr Zeichen eilten Diener herbei, um Tische aufzustellen, sie warfen Holzscheite ins Feuer und reichten den Männern Trinkhörner mit Bier.

Simons Augen blickten freundlich, als der köstliche Duft gebratenen Fleisches durch die große Halle zog. »Danke für das warme Willkommen.«

Etwas bissig antwortete sie: »Wir spielen unsere Rollen wirklich perfekt. Der Herr und Meister kehrt von seinem Jagdvergnügen zurück, und die gehorsame Frau des Hauses bleibt zurück, um sich der Küche zu widmen.«

Ihren Einwurf nicht beachtend, musterte er sie anerkennend. »Ihr seid eine ausgezeichnete Haushälterin.«

Ihre Augen blitzten. »Viel lieber wäre ich mit hinausgeritten.«

Er hielt ihren Blicken stand. »Ich glaube kaum, daß es die Jagd ist, die Euch gefällt. Selbst jetzt weicht Ihr noch zurück, weil meine Kleidung voller Blut ist; gleich ziehe ich mich um. Ich glaube, es ist mehr das Gefühl, auf dem Rücken eines Pferdes dahinzugaloppieren und den Wind durch Euer Haar wehen zu lassen, was Euch gefällt. Ihr liebt die Natur, genießt die Jahreszeiten... Ihr liebt es, wenn die Vögel fliegen, anstatt Beute der Jäger zu werden. Deshalb seid Ihr auch ein so schlechter Falkner.«

»Ein schlechter Falkner?« brauste sie auf.

Er zuckte die Schultern. »Ihr laßt Eure Vögel immer entkommen.« Als sie den Mund öffnete, um ihm eine scharfe Antwort zu geben, hielt er ihr die Hand hin. »Waffenstillstand, Eleanor! Morgen wird ein herrlicher Herbsttag sein. Möchtet Ihr mit mir ausreiten?«

Sie stand auf der dritten Treppenstufe, ihre Augen gleichhoch mit seinen. Es klang wie eine Bitte, nicht wie eine Order. Schließlich legte sie ihre Hand in seine: »Es wäre mir ein großes Vergnügen, Sir.«

Diese Hand hob er an die Lippen und biß spielerisch in ihre Finger. Schnell entzog sie sie ihm. Er warf den Kopf zurück und lachte laut, dabei entblößte er strahlend weiße Zähne.

Als er schließlich neben ihr an der Tafel saß, war er in Schwarz gekleidet. Auch roch er nicht mehr nach Leder oder Pferd, nur der frische Duft seiner Rasieressenz hüllte ihn ein. Es gefiel Eleanor, ihn beim Essen zu beobachten, er langte als wahrer Mann kräftig zu: Dem Fisch folgte ein Stück Rebhuhn, dann füllte er seinen Teller mit größerem Wildbret. Seine Blicke sagten ihr, wie attraktiv er sie fand. »Ihr seht so großartig aus, als würdet Ihr an einem königlichen Bankett teilnehmen und nicht an einem einfachen Mahl mit Euren Leuten. Diese Waliser haben eine Frau wie Euch noch nie gesehen.«

»Einiges an ihrer Tracht ist aber auch wunderschön, ich hätte sehr gerne einen ihrer roten Wollumhänge.«

»Die Farbe würde Euch ausgezeichnet stehen. Sie ist so kräftig, stolz, kühn, bedingungslos – die Farbe des Blutes!«

»Dann würde sie besser zu Euch passen als zu mir, Sir. Als ein Kriegsherr ist doch Euer ganzes Leben Blut gewesen. Ihr liebt den Kampf und die Vernichtung. Es ist Eure Leidenschaft, und die macht Euch auch so lebendig. Wärt Ihr in Rom geboren, Ihr wärt Gladiator geworden.«

Er starrte sie ungläubig an. »Eleanor, wenn Ihr das glaubt, dann versteht Ihr mich nicht wirklich. Krieg ist die Hölle, und der Kampf ein leibhaftig gewordener Alptraum.« Er zögerte und überlegte, ob er ihr all die schrecklichen Einzelheiten erzählen sollte oder ob er sie lieber in Unwissenheit beließe. Er entschied, daß sie Person genug war, alles zu wissen.

»Die Gerüche sind entsetzlich – der warme, metallische Geruch von Blut, die Exkremente, das Erbrochene, ausgelöst durch die Panik. Aber die Gerüche sind noch gar nichts gegen die Geräusche. Der betäubende Krach der aufeinanderkrachenden Waffen, das Sirren der Pfeile, die sich ins Fleisch bohren, das Aufheulen der verängstigten Männer, das Stöhnen der Verwundeten, die Schreie der Durchgedrehten, das alles stürzt einem auf die Seele. Noch schlimmer als die Gerüche und die Geräusche sind der Schmerz und das körperliche Unbehagen. Der Schweiß rinnt einem in die Augen und macht einen blind, die Toten ziehen Wolken von Fliegen an, die stechen und Blut aus den Wunden saugen. Die Kleidung, feucht von Blut und Schweiß, reibt die Haut auf. Nach ein paar Stunden ist das Gewicht der Waffen nur noch erträglich, weil sich der Verstand, wenn die Füße in Blut und Ausscheidungen keinen Halt finden, vor Erschöpfung ausschaltet.«

Ihre Augen hatten sich geweitet, ihre Nasenflügel bebten.

»Ihr kennt doch das Wort ›blutrünstig‹ – wißt Ihr eigentlich, was es bedeutet? Ein guter Führer darf nicht zulassen, daß der Kampf seine Männer verdirbt. Er muß sie im Zaum halten, damit sie nicht die Frauen vergewaltigen, bis sie sterben oder ihnen die Brüste abschneiden oder ihre Köpfe als Wurfball benutzen.«

Eleanors Gesicht war grau geworden.

»Meine Schöne, deshalb würde ich nirgendwo auf dieser Welt lieber sein als bei Euch. Ihr seid diejenige, die Freude in mein Leben bringt und Rettung!«

»Wollt Ihr etwa damit sagen, daß Ihr ein Krieger seid, der nicht an den Krieg glaubt?«

Seine Miene versteinerte. »Manchmal ist der Krieg ein notwendiges Übel. Aber wenn ein Land mit fester und starker Hand regiert wird, wenn die Gesetze gerecht und angemessen sind, für das Volk genau wie für den Adel, dann blüht dieses Land auf, und das Kämpfen wird sich erübrigen.«

»Und was ist, wenn ein Land von einem anderen angegriffen wird, das begehrlich nach solchem Wohlstand schielt?«

»Genau dann ist der Krieg ein notwendiges Übel. Denn jeder Mann findet sich bereit, zu den Waffen zu greifen, um das zu verteidigen, was ihm gehört, und deshalb endet ein solcher Krieg häufig in einem raschen Sieg.«

Sie wußte, er sprach von Ländern und Kriegen im allgemeinen, dennoch verrieten ihr seine Worte ganz genau, was mit England nicht stimmte. König Henry war schwach und unfähig. Er ignorierte die Gesetze der Magna Charta und verschwendete ein Vermögen an seine Günstlinge. Es herrschte Zwietracht im Land, und die Barone weigerten sich, für ihren König und seine Interessen zu kämpfen.

»Die starken Führer gibt es nicht mehr, und Euer Bruder hört auf die falschen Ratgeber, das könnte das Land zerstören. Schon jetzt rufen die Iren ›Es gibt zu viele Könige in England‹, wenn sie von den Verwandten Henrys und seiner Frau sprechen.«

Eleanor schob ihren Stuhl zurück. »Ich denke, ich werde mich jetzt zurückziehen, mein Herr. Ihr habt mir genug Stoff geliefert, worüber ich nachdenken muß.«

Er seufzte dramatisch auf. »Was nützt es, wenn eine Frau mit ihren Gedanken bei der Politik ist, wenn ich nur an ihre Formen denken kann?«

Am liebsten hätte sie ihn für diese Worte geschlagen, doch dann lachte sie laut auf, weil er ja nur zum Spaßen aufgelegt war.

29. Kapitel

Am nächsten Tag stellte sie erfreut fest, daß er den versprochenen Ausritt kaum erwarten konnte. Er klopfte schon an ihre Zimmertür, als sie noch nicht einmal zu Ende gefrühstückt hatte. »Schlafmütze, der Tag wird vorbei sein, ehe Ihr fertig seid für unsere Verabredung.« Er hatte einen roten Wollumhang um seine Schultern gelegt und hielt auch ihr einen hin.

Sie war begeistert. »Oh, Simon, wie hübsch, meinen herzlichsten Dank!« Sie nahm den Umhang entgegen und drehte sich schwungvoll vor ihm.

»Ihr seht sündig aus«, sagte er und zwinkerte Bette zu.

Eleanor stemmte die Fäuste in die Seiten und tat einige gestelzte Schritte auf ihn zu. »Gütiger Himmel, de Montfort, habt Ihr eigentlich eine Ahnung, wie Ihr ausseht... einen Meter fünfundneunzig, eingewickelt in einen roten Umhang, dazu noch dieses wilde Haar, das schwärzer ist als die Hölle?«

»Bitte, sagt mir nicht, daß ich aussehe wie Luzifer persönlich.« Er grinste sie an.

»Nein.« Sie betrachtete ihn eingehend. »Nein, eher wie ein König... oder ein Rebell, ich kann mich nicht entscheiden...« Ein Schauder lief ihr über den Rücken. Ihre Worte klangen prophetisch, und sie wußte, er könnte beides sein.

Während sie sich das Haar zusammenband und die Handschuhe anzog, schlug er ungeduldig mit der Reitpeitsche an seine Stiefel. Der warme Raum schien ihn zu beengen, und sie begriff sehr gut, wie er sich fühlen mußte, denn auch sie brauchte dringend die Weite.

»Fertig!« rief sie. Er ging voraus, und der rote Umhang wehte um ihn, seine Sporen klirrten, und die breiten Schultern füllten die ganze Türfüllung aus.

Im Stall nahm er sich die Freiheit, sie in den Sattel zu heben. Er schob ihren Umhang zur Seite, und seine starken Hände legten sich um ihre schlanke Taille. Ihre Brustspitzen richteten sich auf, doch daran war nicht die Kälte schuld. Als er sich auf seinen Hengst schwang, stellte er sich in den Steigbügeln auf, und sie erkannte diese Geste als Herausforderung.

Es war ein himmlischer Tag. Die Farben des Herbstes strahlten, alles leuchtete in Rot, Purpur und Gold, es lag etwas Vielversprechendes in der Luft. Eleanor war entschlossen, ihm unwiderruflich zu erklären, daß es zwischen ihnen nie etwas anderes als Freundschaft geben könne, wenn dieser Tag harmonisch und glücklich verlaufen wäre.

Es umgab sie Frische und Klarheit, berauschend wie Wein, als sie das Schloß hinter sich ließen. Nach wenigen Minuten bereits waren sie in ungezähmter und unberührter Natur. Eleanor hatte immer geglaubt, ihr entginge nichts, doch Simons Blicke waren so geschärft, daß er vieles mehr sah als sie. Er deutete auf die walisischen Widder mit den gewundenen Hörnern, die oben in den Bergen weideten. Sie war erstaunt, daß er die Vögel im Flug erkannte. Er konnte einen Habicht von einem Zwergfalken unterscheiden, einen Falken von einem Milan. Sie ritten aus einem Waldstück auf eine Lichtung und schreckten dort einen Rehbock mit stattlichem Geweih auf. Majestätisch stand er einen Augenblick vor ihnen, ehe er davonsprang. Der erregenden Jagd wegen folgten sie ihm, ihre roten Umhänge blähten sich wie Segel im Wind.

An einer Weggabelung ritten sie den Abhang hinauf. Höher und höher kletterten sie, bis sie die wirbelnden Wolken erreicht hatten. Auf dem Gipfel hielten sie an und blickten staunend auf die Aussicht, die sich ihnen bot. Unter ihnen lag ein Tal, das so abgeschieden war, als hätte seit seiner Erschaffung noch nie ein Mensch seinen Fuß hineingesetzt. Sie lachten einander an, und er sah, daß Tautropfen aus den Wolken wie Diamanten an ihren Wimpern hingen.

Er hörte das Geräusch noch vor ihr. Es klang wie ein leises, entferntes Donnergrollen. Simon deutete mit dem Finger in das Tal unter ihnen, und dann sah auch Eleanor etwas, was ihr den Atem nahm: eine große Herde wilder walisischer Ponys. Der Leithengst hatte seine Stuten und Jährlinge von den Berghängen ins Tal geführt, um sie vor dem nächsten Schneesturm in Sicherheit zu bringen. Die Szene vor ihnen war so wunderschön und überirdisch, daß Eleanor einen dicken Kloß in ihrem Hals verspürte. Ein solches Naturschauspiel bekam man selten zu sehen, und beide verspürten den sehnlichen Wunsch, sich dieser Herde anzuschließen, ein Teil von ihr zu werden.

Sie beugten sich tief über ihre Pferde und zwangen sie voran. Es schien, als flögen sie den Berghang hinunter, und dann donnerten sie schon über den Talboden, inmitten der Herde zottiger Wildlinge. Simon nahm ein Seil von seinem Sattel, hielt Schritt mit der Herde und fing dann eine schwarze Stute ein. Sie kämpfte und stieg hoch, schlug nach allen Seiten aus, doch Simon war schon im nächsten Augenblick aus dem Sattel und hielt das Seil fest. Er brauchte nur zu Eleanor zu blicken und eine Braue zu heben. Ohne Worte verstand sie, daß er sich ihres Mutes vergewissern wollte, diese ungezähmte Kreatur zu reiten.

Er brauchte sie nicht lange zu drängen. Schnell stieg sie ab und erlaubte Simon, ihr auf den breiten Rücken des schwarzen Ponys zu helfen. Sie griff nach dem Seil, das noch immer um den Kopf des Tieres lag, krallte sich in der Mähne fest und ritt los. Simon galoppierte auf Tuchfühlung nebenher und gab ihr das Gefühl, daß er da war, wenn sie seine Hilfe brauchte. Sie wagte nur einen kurzen Seitenblick, doch er saß auf seinem Pferd wie ein Zentaur, dieses Fabelwesen, halb Pferd und halb Mensch. Mann und Tier erschienen kraftvoll und riesig, besonders neben diesen Ponys, doch besaß er eine fließende, natürliche Anmut, die zeigte, daß er sich im Sattel zu Hause fühlte.

Eleanor wußte, sie konnte die Stute nicht dazu bringen stehenzubleiben, sie wußte auch, daß sie ihr Leben und ihre Sicherheit in Simons Hände gelegt hatte, daß er für sie verantwortlich war. Schließlich holte er auf und nahm ihr das Seil aus der Hand. Die Drachen auf seinen Armen traten hervor, als er allein mit seiner Kraft die schwarze Stute dazu brachte, ihren Galopp zu verlangsamen und schließlich stehenzubleiben.

»Möchtest du sie behalten?« rief er Eleanor zu.

»Nein, sie gehört in die Freiheit«, antwortete sie atemlos.

Mit einer schnellen Bewegung zog er dem Pferd das Seil über den Kopf und streckte Eleanor seine Arme entgegen. »Spring!« befahl er. Sie sprang vom Rücken der Stute in seine Arme. Der Zusammenprall war so heftig, daß beide zu Boden fielen, schnell rollte er herum, um den Fall für sie abzufangen. Dann rutschte Eleanor wieder unter ihn, und Simon auf sie drauf. Er lachte, siegesgewiß, daß dieses Erlebnis sie stark erregt hatte. Sie blickte in seine schwarzen, magnetischen Augen. Er hatte ihr dieses atemberaubende Erlebnis verschafft, und sie wollte in irgend einer Weise das gleiche für ihn tun.

»Sim, Sim«, rief sie in der Hitze des Augenblicks. »Zum Teufel mit der ganzen Welt! Werde mein Geliebter.«

Er küßte sie, schnell und voller Leidenschaft, im Handumdrehen saßen sie wieder im Sattel und jagten in Windeseile nach Chepstowe zurück. Er erlaubte ihr, vor ihm das Schloß zu erreichen, weil es ihm Freude machte, wie sie vor ihm herritt, wie sie ab und zu den Kopf nach ihm wandte, um zu sehen, ob er ihr folgte. Die Hufe der Pferde donnerten über die Zugbrücke, Hühner flüchteten gackernd, die Schildwache sah ihnen mit großen Augen nach. Sie ritten in den Stall und warfen den Stallknechten die Zügel zu, dann liefen sie Hand in Hand ins Haus. Ehe sie die große Halle erreichten, bemühten sie sich um Haltung, doch das Verlangen nacheinander machte sie benommen, ließ sie schwindlig werden und hüllte sie so unmißverständlich ein, daß alle Hausleute genau wußten, was zwischen ihnen geschah.

Kein Mann und keine Frau, die ihnen in die Augen sahen, die Zeugen waren, wie sie einander an den Händen hielten, würde leugnen können, daß sie einander liebten und daß sie bereit waren, einander zu gehören.

Endlich, endlich waren sie in Eleanors Schlafzimmer angekommen, die Tür hinter ihnen im Schloß, um die Welt draußen zu lassen. In ihrem heißen Verlangen schmiegte sie sich an ihn, jetzt, wo alle Barrieren beiseite geräumt waren; doch Simon wußte, daß er sie nicht im Sturm nehmen durfte. »Langsam, mein Liebes. Ganz langsam sollst du zu mir kommen, sollst dich mir anpassen, dich mir hingeben.« Er beugte sich zu ihr, küßte sie auf den Mund und den Hals, und Eleanor legte den Kopf zurück.

Er schob den roten Umhang auseinander und legte die Hände

auf ihre Brüste, bis er fühlte, daß sich ihre Knospen aufrichteten. Dann glitten seine Hände ihre Seite hinab, legten sich um ihr wohlgerundetes Gesäß und preßten sie an sich. Schnell hatte er den Verschluß ihres Kleides geöffnet, er schob es über ihre Schultern und beobachtete sie währenddessen ganz genau, um zu sehen, ob sie sich verweigern wollte. Da das nicht der Fall war, zog er ihr auch noch die Unterröcke und die Strümpfe aus, doch trug sie noch den roten Umhang, der ihre Nacktheit vor ihm verbarg.

Während er sie entkleidete, sah sie ihm vertrauensvoll in seine schwarzen Augen. Ihre Brüste waren voll und üppig, drängten sich gegen den Stoff des Umhangs, der sich über ihnen öffnete und Simon einen Blick auf ihre schwellenden Formen erlaubte, den flachen Bauch und die Taille. Über ihren schlanken Beinen schloß sich der Umhang, jedoch als sie sich bewegte, öffnete er sich ein wenig und er sah das dichte Haar, das sich zwischen ihren Schenkeln kräuselte.

Seine lang unterdrückte Leidenschaft entflammte heftig, als er auf dieses zierliche Geschöpf hinuntersah. Ungeduldig schob sie seinen Umhang auseinander, um ihn zu entkleiden. Sie hatte all ihre Schüchternheit abgelegt. Dieser Mann war jedes Risiko wert. Seine Augen wollten sie schier verschlingen, verzweifelt wünschte sie sich, er möge sie schön finden und sich immer nach ihr sehnen.

Er half ihr dabei, ihn auszuziehen, während er gleichzeitig den roten Umhang anbehielt. Sie war ihm so nahe, daß ihre Brüste, die sich immer wieder unter dem Umhang hervordrängten, beinahe seinen Oberkörper berührten. »Kathe«, flüsterte er und schob seine Hände unter das Cape, um die seidige Haut zu streicheln, die sie ihm so lange verwehrt hatte. Der Drang, sie sofort zu nehmen, war beinahe übermächtig, doch mit eiserner Willenskraft hielt er sich zurück. Er schob seinen Umhang auseinander und zog sie dann unter der schützenden Hülle eng an seinen kräftigen Leib.

Sie keuchte voller Schreck auf, als sie seine Erregung fühlte, die sich hart wie Marmor zwischen ihre Körper drängte. Er sah den Anflug von Angst in ihren Augen, doch damit hatte er gerechnet; er wußte, daß ihre Angst berechtigt war. Ihre einzige Erfahrung im Geschlechtsverkehr hatte mit dem Tod geendet. Er mußte ihre

Furcht überwinden, mußte sie völlig auslöschen und statt dessen ihr Verlangen nach ihm so groß werden lassen, daß er sie wieder und wieder lieben dürfte.

Noch hinzu kam seine Größe: Während sie besonders klein und zierlich war, war sein Glied länger und dicker als das anderer Männer. Er stand vor einem wirklichen Dilemma. Wäre es besser, jetzt gleich in sie einzudringen, den Schmerz hinter sich zu bringen, solange sie noch voller Verlangen und Eifer war – grausam zu sein, um ihr damit einen Gefallen zu tun? Nein, das glaubte er nicht. Er mußte sie lehren, daß ihr Körper ihr Freude schenken und er diese Freude noch steigern konnte bis zur Erfüllung. »Kathe, meine süße Geliebte, ich möchte dich in meinen Armen halten.« Er legte einen Arm unter ihr Knie und hob sie hoch, um sie zu dem großen Stuhl vor dem Feuer zu tragen. Er öffnete den Verschluß des Umhangs, und er fiel zu Boden.

»Mein kostbarstes Juwel, deine Brüste sind absolut perfekt.« Er strich mit den Fingern so sanft über die schwellenden Rundungen, als seien sie aus kostbarem Porzellan, dann hauchten seine Lippen einen Kuß auf die winzigen rosa Spitzen. Nur mit Mühe gelang es ihm, seine Aufmerksamkeit von den intimeren Stellen ihres Körpers abzulenken. Er vergrub die Finger in ihre glänzenden schwarzen Locken, dann nahm er eine Strähne seines Haares und hielt es an ihres. »Siehst du, daß wir die gleiche Farbe haben? Du kannst nicht unterscheiden, welches Haar meines ist und welches deines. Meine Schöne, wenn ich dich lieben werde, wird es genauso sein. Unsere beiden Körper verschmelzen miteinander.«

Sie hob die Augen und sah zu ihm auf, dann wurde ihr Blick verlegen. Sein Körper war noch halb von dem roten Umhang verhüllt. Sie saß auf seinem Oberschenkel, der bedeckt war, ihre Brust drängte sich gegen seinen Mantel. Doch die andere Hälfte seines Oberkörpers war nackt, hart standen die Muskeln hervor, von schwarzem Haar bedeckt, und sein bloßer Schenkel war so kräftig wie der Stamm eines Baumes, ja härter als Stein. »Meine Süße, meine Süße, bitte streichle mich«, drängte er. »Ich möchte, daß du deine Furcht verlierst.«

Sie hob den Umhang von seinem Schenkel, und ihr stockte der

Atem, als sie sein Glied erblickte. Heute trug er keinen schwarzen Lederschutz, ihre Augen konnten jede Einzelheit in sich aufnehmen. Es lag auf seinem Schenkel, doch in dem Augenblick, als ihre Augen darauf ruhten, schien es ein Eigenleben zu entwickeln. Es wachte auf und streckte sich wie ein wildes Tier. Mit weit aufgerissenen Augen sah sie, wie es sich langsam aufrichtete, durchblutet wurde und anschwoll. Immer länger wurde es und immer dicker, der Kopf schob sich aus den schützenden Falten hervor und leuchtete rot.

In diesem Augenblick erinnerte er sie an seinen schwarzen Hengst, alle beide strahlende Geschöpfe.

»Herzallerliebste, du brauchst dich nicht zu fürchten. Ich werde sehr sanft sein, will ein zärtlicher Geliebter sein, nicht wie ein Hengst mit der Stute.«

Ihre Augen wurden ganz groß. Konnte er wirklich ihre Gedanken lesen? Sie zitterte ein wenig. »Ich habe einmal gesehen, wie ein arabischer Hengst eine kleine Stute bezwungen hat. Als er sie bestieg, hat er sie richtig in den Nacken gebissen und geschrien.« Sie hielt einen Augenblick inne. »Doch später ist sie ihm immer treu gefolgt.«

»Eines Tages, das verspreche ich dir, wirst auch du mich wild und heftig lieben wollen, doch jetzt noch nicht.« Er legte die Lippen auf ihre Schläfe. »Doch wenn du schreien möchtest oder beißen, dann kannst du das tun. Es gibt so viele Dinge, die ich dich lehren möchte, ehe du für eine wilde Liebe bereit sein wirst.«

»Sim, jedenfalls bin ich bereit für die erste Lektion.« Ihre Augen blitzten voller Erregung, etwas Verbotenes und Geheimes zu tun.

»Die erste Lektion beinhaltet den Kuß. Wie sich keine zwei Schneeflocken gleichen, so sind auch alle Küsse verschieden. Ein jeder ist einzigartig, und ihre Unterschiedlichkeit kennt keine Grenzen.« Er nahm ihre Hand, küßte jede ihrer Fingerspitzen, dann öffnete er ihre Faust, drückte einen Kuß hinein und schloß dann die Finger darüber, damit sie ihn festhalten konnte.

Sie lächelte über seinen Eifer. Gerade in diesem Augenblick fiel ein Sonnenstrahl durch das Fenster und zauberte einen Regenbogen auf ihre nackten Brüste. Er bedeckte ihn, und natürlich erschien jetzt der Regenbogen auf seiner Hand. »Es ist besser, wenn ich mich beeile mit den Küssen, wir haben nur Zeit bis zur Morgendämmerung.«

Sie lachte in seine schwarzen Augen und schlang dann ihre Arme um seinen Hals. Immerhin schien noch die Sonne.

Über tausendmal küßten sie einander. Er begann mit winzigen, schnellen Küssen auf ihre Schläfen, ihre Augenlider, ihre Nase und dann schließlich ihre Mundwinkel. Er küßte ihr Haar, seine Lippen wanderten über ihre Wangenknochen zum Ohr und dann zum Hals. Sie konnte kaum erwarten, daß seine Lippen die ihren berührten, und als es soweit war, wollte sie mehr.

Eine ganze Stunde lang verloren sie sich in der Wonne langsamer, zärtlicher Küsse. Nicht ein einziges Mal versuchte er, mit der Zunge in ihren Mund einzudringen. Simon wußte, daß Liebesgeflüster eine Frau mehr erregte als Schweigen, er drückte seine Lippen an ihren Hals und murmelte: »Du hast das herrlichste Haar, das ich je gesehen habe, und alle Männer müssen bei seinem Anblick den Wunsch verspüren, es zu berühren und damit zu spielen. Oh, meine wundervolle Fee! Dein Bild steht Tag und Nacht vor mir, deine Lieblichkeit verfolgt mich. Wenn ich dich in einem Raum voller Menschen sehe, habe ich nur noch den Wunsch, in deiner Nähe zu sein, und wenn ich dann in deiner Nähe bin, will ich dich berühren. Ich möchte dich überall berühren. Hier und hier.« Er nahm ihre Brust in seine Hand und streichelte die rosige Spitze mit seinem Daumen. »Deine Haut ist so weich, so cremig zart, sie fühlt sich an wie Samt in meiner rauhen Hand.«

»Ja, Sim, du hast die herrlichsten Hände, die ein Mann nur haben kann. Sie sind so attraktiv, ich habe mich schon vor Monaten in sie verliebt.« Sie hob seine Linke an ihre Lippen, um sie zu küssen, doch das war nicht genug. Einen Finger nach dem anderen nahm sie in den Mund und saugte daran.

Sein Glied reagierte sofort; bei dem Gefühl, das ihre saugenden Lippen verursachten, richtete es sich auf, sie fühlte, wie es sich an ihren Bauch drängte. Ungeduldig löste sie den Verschluß seines roten Umhanges, damit sie jeden Muskel seines breiten Oberkörpers berühren konnte. »Bitte, Sim«, flehte sie.

Er legte seine Lippen auf ihre. »Kleine Unschuld«, murmelte er. »Du glaubst, du seist bereit, aber das bist du nicht.« Mit der Zungenspitze fuhr er den Umrissen ihrer Lippen nach, und als sie sie seufzend leicht öffnete, wagte sich seine Zungenspitze in ihren Mund. Er drang vorwärts, streichelte ihre Zunge mit seiner, trank ihren Nektar. Der Geschmack machte ihn schwindlig, sein Kuß wurde fordernder, und plötzlich erwiderte sie seinen Kuß. Wieder und wieder küßten sie einander, wilde Küsse, voller Leidenschaft, sinnliche, erotische Küsse, bis schließlich ihre Lippen brannten. Doch noch immer verlangten sie nach mehr.

Sie bewegte sich unruhig auf seinem Schoß, bis er schließlich seine große warme Hand zwischen ihre Schenkel schob, sie streichelte und mit den seidigen Locken spielte. »Mmmm«, seufzte sie und bog ihren Körper seiner streichelnden Hand entgegen, als sein Finger sich zwischen die sanften Falten schob. Sehr vorsichtig drang er mit dem Finger in sie ein und bewegte ihn dann schnell vor und zurück. »Fühlt sich das gut an, meine Liebste? Möchtest du mehr?«

»Mmmm, ja, bitte.« Sie atmete schnell.

Als er fühlte, daß sie feucht wurde, obwohl sie noch immer viel zu eng für ihn war, zog er den Finger zurück und leckte ihn ab.

»Sim«, protestierte sie.

»Beweg dich nicht«, hauchte er. »Ich bin gleich wieder da.« Ihre Erregung stieg, so wie er es gehofft hatte, doch würde sie immer noch ein ziemlicher Schmerz erwarten, wenn er ihn nicht ein wenig betäubte. Mit einem großen Becher voll Wein kam er zum Stuhl zurück. Er hob sie auf seinen Schoß, rückte sie so, daß sich sein hart aufgerichtetes Glied in die heiße Spalte zwischen ihren Schenkeln drängte. Dann hob er den Weinkelch an ihre Lippen und gebot ihr zu trinken. »Es gibt nichts Besseres als Drachenblut, um dich genug zu entspannen, damit du auch noch die letzten Schranken fallen läßt.«

Sie trank einen großen Schluck und fühlte auch sofort die Wirkung. Es war, als würde der Wein in ihren Adern zu Feuer, als fachte er winzige Flammen in ihrem Körper an und erhitzte ihn mit magischem Feuer. Wieder hob sie den Becher an ihre Lippen und trank einen großen Schluck, es war ein wundervolles Gefühl zu spüren, wie das Blut in ihre Wangen stieg, in ihren Hals, ihre Brüste, ihren Bauch und ihre Lenden.

Simon trank auch einen Schluck, dann küßte er sie, und sie schmeckten beide das reiche Aroma auf ihren Lippen. Als sich seine Zunge voller Verlangen in ihren Mund schob, bewegte er sich ein wenig, und sein Glied rieb sich an ihr. Sie legte den Kopf zurück, bot ihm ihren Hals und ihre Brüste dar. So erregt war sie, daß sie ihn wieder leidenschaftlich zu küssen begann.

Ihre Lippen und ihre Zunge glitten über seinen Hals, seine Schultern, dann biß sie ihn sanft in die Schultern und hinterließ dort kleine runde Spuren.

»Ich kenne ein Geheimnis«, flüsterte er.

»Und was ist das für eins?« keuchte sie zwischen Küssen und Bissen.

»Wein macht dich liebestoll«, erklärte er begeistert.

»Nicht Wein... Drachenblut, und du bist mein Drache.« Sie stöhnte auf, klammerte sich an seine breiten Schultern und senkte ihren Körper auf sein Glied hinunter.

Er hob sie in seine Arme und stand schnell auf. »Trink aus«, befahl er ihr und hielt ihr den Becher an die Lippen. Sie trank ihn leer und sah ihm tief in die Augen. Allmählich begriff sie, welche Macht eine Frau über einen Mann haben konnte. Alles, woran er jetzt noch denken konnte, war ihre Hingabe. Körperlich war er vielleicht der stärkste Mann im Land, vielleicht sogar in der ganzen Welt, doch heute besaß sie mehr Macht als er. Sie konnte ihn zappeln lassen, konnte ihn dazu bringen, alles zu tun, was sie wollte.

Geschickt schlang sie ihre Schenkel um seine Taille. Seine Hände lagen unter ihrem Hintern – um sie zu halten, nicht um sie zu tragen, denn ihr ganzes Gewicht lag auf seiner harten, pulsierenden Erektion. Er verzögerte absichtlich den Weg bis zum Bett. Bei jedem Schritt rieb sich sein Glied an ihrer Scheide, die jetzt ganz feucht war.

Sie krallte die Fingernägel in seine Schultern, um nicht vor Erregung aufzuschreien. Als sie angekommen waren, geriet ihre Erregung außer Kontrolle, ein Schrei entrang sich ihrem Mund. Doch

Simon preßte schnell seine Lippen auf ihre, und sie schrie in ihn hinein.

Er rollte sich auf das Bett und hielt sie an sich gepreßt. Auf keinen Fall durfte er sich beim ersten Mal auf sie legen. Der Unterschied in der Größe würde sie ersticken, die Erinnerung kehrte zurück; er wußte ja, daß sie beim ersten Mal hilflos unter William Marshals Körper gefangen gewesen war.

»Kathe, mein Herz, beim ersten Mal wirst du das Ruder übernehmen.« Er streckte die Arme aus und hielt sie über sich. Sie sah auf seine breiten Schultern hinunter, die beinahe das ganze Bett einnahmen, voller Schrecken erkannte sie die entfesselte männliche Kraft und fühlte sich völlig unzulänglich. »Ich... ich weiß nicht, was du meinst.«

Ihr schwarzes seidiges Haar fiel auf seine Brust. »Ich meine damit, daß du das Tempo bestimmen sollst. Du sollst mich lieben.«

Sie blickte in sein dunkles Gesicht. Er sah so hungrig aus wie ein Wolf, der sie verschlingen wollte. »Ich weiß aber nicht, wie das gehen soll.«

Er streckte einen Finger aus und strich damit über die Locken zwischen ihren Schenkeln. Ihr Verlangen nach ihm war so groß, daß sie scharf den Atem einzog. »Ich bin so hart, du wirst dich über mich setzen und wenigstens die Spitze in dich aufnehmen können. Knie dich über mich, mit den Knien zu beiden Seiten meiner Hüften, dann senkst du deinen Körper langsam auf mich herunter. Laß dir Zeit, meine Süße. Tu nur das, was dir ein wundervolles Gefühl gibt. Wenn du über mir bist, kannst du so viel von mir in dich aufnehmen, wie du möchtest.«

Sie hielt den Atem an und schob sich auf ihn, so daß ihre Scheide genau über seinem Glied war. Dann begann sie, ihren Körper langsam auf ihn zu senken. Ihre Bewegungen waren vorsichtig und sanft. Zu ihrem großen Erstaunen drang sein riesiges Glied langsam in sie ein. Sie wußte, nie wieder würde sie ein so herrliches Gefühl erleben wie diese Fülle von Simon de Montfort in ihr. »Ich habe es getan«, flüsterte sie.

»Du hast etwa die Hälfte aufgenommen«, hauchte er rauh.

»Ist das alles?« rief sie verzweifelt.

»Das ist mehr, als ich je für möglich gehalten hätte beim ersten Mal, mein kleiner Liebling. Wie sehr sehne ich mich danach, ganz in dir zu sein.«

Sie holte tief Luft, und dann gleich noch einmal, und dann versuchte sie, ihre angespannten Muskeln zu lockern. Als ihr das gelungen war, glitt er noch tiefer in sie, und beide jauchzten auf bei diesem unvergleichlichen Gefühl. »Gütiger Himmel, laß mich nicht vor Glück sterben«, betete Simon.

Langsam begann sie, sich auf und ab zu bewegen. Obwohl er eine eiserne Selbstbeherrschung besaß, half ihm das in diesem Augenblick nicht viel. Auch er begann sich zu bewegen. Sie ritt ihn schneller und härter, und er hielt ihre Brüste in seinen Händen. Schließlich bog sie den Körper zurück und stieß einen wilden Schrei aus. Gleichzeitig ergoß er seinen heißen Samen in sie und zog sie dann an sich, hielt sie zärtlich umfangen, während er noch das letzte Pulsieren ihrer Scheide genoß.

Erst, als sie beide ganz still lagen und ihrem Herzschlag lauschten, gestand er ihr seine Liebe. »Noch nie in meinem Leben habe ich so etwas erlebt. Ich liebe dich so sehr, von ganzem Herzen und mit meiner ganzen Seele, und du hast mir heute das Gefühl gegeben, unsterblich zu sein. Du hast mir diese Nacht geschenkt und mich damit für immer an dich gebunden. Ich schenke dir meine Liebe, jetzt und ewiglich. Kathe, ich verzehre mich nach dir, im Wachen und im Schlafen. Nun, nachdem ich dich besessen habe, wird mich dieser Augenblick für immer verfolgen, in jeder wachen Stunde und in meinen Träumen. Du darfst mir niemals ein Bedauern gestehen, daß wir einander geliebt haben!«

Er war erstaunt über das Ausmaß der Liebe, die er für sie fühlte. Auch wenn es das Letzte war, was er in diesem Leben erreichte, wollte er sie doch dazu bringen, ihn ebenso zu lieben. Nichts sollte ihm im Wege stehen. Die Liebe, die sie zuvor gefühlt hatte, würde zur Bedeutungslosigkeit verblassen und zu einer schwachen, fernen Erinnerung werden. Das überwältigende Band, das sie miteinander verknüpfte, konnte es nur einmal im Leben geben.

Eigenartigerweise fühlte sie sich in keiner Weise schuldbewußt – doch sie fürchtete sich vor der wohligen Vollkommenheit, der Erfüllung in ihrem Herzen, ihren Gedanken und all ihren Sinnen, als sie jetzt in seinen Armen lag.

»Du bist für die Liebe geschaffen und für einen Mann wie mich. Ich werde es nie bedauern, daß ich dich überzeugt habe, eine Frau werden zu wollen anstatt eine keusche Witwe zu bleiben.« Er schob sich ein Kissen unter den Kopf und zog sie noch enger an sich. Draußen war es dunkel geworden, und die Schatten im Zimmer erlaubten es ihm nicht, sie so genau zu betrachten, wie er es sich wünschte. Er stand auf und zündete die Kerzen an. »Wir werden einen Liebestrunk zusammen nehmen.« Er füllte den Becher. Sie tranken den Wein, wie es Liebende tun, seit Anbeginn der Zeiten, sie nippten ihn von der gleichen Stelle des Bechers und küßten sich, mit dem Geschmack des Drachenblutes auf den Lippen.

Seine Augen, dunkel vor Leidenschaft, wanderten über sie hin. Dann folgten seine Finger, berührten sie überall, zeichneten kleine Muster auf ihre weiche Haut. Sein Körper war für ihre Neugier eine offene Einladung, sie fuhr über seine kleinen harten Brustknöpfe, über seine Behaarung und dann über die Linie seiner Hüften, wo sein Körper nicht mehr von der Sonne gebräunt war. Sie versuchte den Mut aufzubringen, auch sein Glied zu berühren, doch das wagte sie noch nicht. Ihre Augen nahmen seine muskulösen Schenkel und Beine in sich auf, sie sahen den Haarwuchs auf der Vorderseite seiner Beine, aber nicht an den Innenseiten seiner Schenkel. Dann wurde ihr klar, daß es die langen Stunden im Sattel sein mußten, die ihn dort beinahe rasiert hatten. Er war männlicher als zuträglich, dachte sie, und in ihr Erschrecken mischte sich Staunen und Bewunderung. Wenigstens ihre Augen wollten sein Geschlecht erforschen. Sie sah das dichte schwarze Haar und darin etwas, das aussah wie ein gefällter Baumstamm auf seinem Schenkel. Dazwischen zeichneten sich zwei harte Halbkugeln ab, so groß wie Schwaneneier. Im Schein der Kerzen sah sie, wie sich an der Spitze des Gliedes ein Tropfen bildete, der dann auf seinen Schenkel fiel. Instinktiv streckte sie den Finger aus, um ihn zu berühren. Über ihre Kühnheit errötete sie.

Simon lachte, er freute sich wie ein Junge, daß sie sich in solchen Dingen nicht auskannte. Sie zog sich ein wenig zurück und kniete sich dann aufs Bett, um ihn zu betrachten. Alle anderen schnitten schlecht ab im Vergleich mit ihm. Sie war so versunken in seinen Anblick, daß ihr gar nicht bewußt wurde, was für ein bezauberndes Bild sie abgab, mit ihrem zerzausten Haar, das ihr bis auf die Hüften fiel, ihren rosigen Brüsten, die sich aus den schwarzen seidigen Locken hervorschoben. Ihr Mund war geschwollen von seinen Küssen und so verlockend wie die Sünde für den Mann, der vor ihr lag und sie mit seinen nachtschwarzen Augen liebkoste.

Er war so herrlich und zwang anderen mit soviel Lust seinen Willen auf, daß jeder glaubte, bei ihm seinen eigenen Willen durchsetzen zu können. Sie entschied sich, ihre Macht über ihn auszuprobieren. Simon dachte in diesem Augenblick, daß eine Frau, die ein Mann aus Liebe heiratete, ihn allein über seinen Penis beherrschen konnte.

»Sim, wenn ich dir einen Befehl geben würde, würdest du mir gehorchen?«

Sobald sie ihn Sim nannte, bekam er eine Gänsehaut. »Und was ist mit meinem Befehl, würdest du mir gehorchen?« gab er zurück.

Sie hob störrisch das Kinn. »Ich habe zuerst gefragt.«

Er konnte dem Wunsch nicht widerstehen, sie zu foppen. »Nun, mal sehen. Wenn du mir befehlen würdest, dich noch einmal zu lieben, würde ich dir nicht gehorchen; aber wenn du mir befehlen würdest, aus deinem Bett zu verschwinden, dann würde ich es tun.«

Sie war über seine Antwort so erschrocken, daß sie ihr Vorhaben ganz vergaß. »Warum würdest du mich nicht noch einmal lieben wollen?« fragte sie voller Angst.

»Einmal ist genug für heute nacht. Wenn ich dich noch einmal lieben und alle Umsicht fahrenlassen würde, könntest du morgen nicht laufen.«

»Oh.« Sie war enttäuscht. »Aber warum würdest du aus meinem Bett verschwinden wollen?«

Er sprang auf und griff nach ihr. »Um dir zu zeigen, wie wir im Spiegel aussehen«, frohlockte er. Er hob sie hoch in die Luft und setzte sie auf seine breiten Schultern. Sie schrie auf und klammerte sich an sein Haar, weil sie fürchtete zu fallen, doch als er dann durch das Zimmer zum Spiegel ging, fürchtete sie sich nicht mehr. Sie dachte nur noch daran, daß seine wunderbaren Hände ihre Beine festhielten und daß sich der Quell ihrer Weiblichkeit an seinem Nacken rieb. »Siehst du, du reitest mich schon wieder.« Vor dem Spiegel blickte er auf das unvergeßliche Bild, das sie beide boten.

»Laß mich runter, du Stier.« Sie lachte.

Er spannte seine Nackenmuskeln an, dann meinte er: »Verflixtes Frauenzimmer, du gibst mir einen Befehl nach dem anderen.« Er kniete sich hin, damit sie von ihm heruntersteigen konnte, doch selbst dann reichten ihre Füße kaum bis auf den Boden. Er senkte den Kopf so tief, daß sie es rutschenderweise bewerkstelligte, dann legte er ihr von hinten einen Arm um die Taille und zwang sie so, vor dem Spiegel stehenzubleiben. Sie reichte ihm kaum bis zu den Achseln und begann zu kichern über dieses ungleiche Bild. Dann rieb sie schelmisch ihren Po an seinem Glied und entdeckte mit Entzücken ihre Macht, es anschwellen zu lassen.

Noch immer lachend fragte sie: »Und wie lautet Euer Befehl an mich, mein Herr Graf?«

»Heirate mich.«

Das Lachen schwand aus ihrem Gesicht. »Oh, lieber Gott, Simon, sag so etwas bitte nicht. Wir müssen unsere Liebe geheim halten, mehr darf nicht sein.«

»Ich werde dich in jeder Nacht einmal darum bitten«, sagte er leichthin. Er sah, daß seine Worte sie erschüttert hatten.

»Schenk uns etwas Wein ein«, bat sie.

Er schüttelte den Kopf. »Kein Drachenblut mehr für dich, meine Liebste, es wird dich unersättlich machen.«

Sie bewegte sich in seinem Arm, bis ihr Becken sich an ihn preßte. »Zu spät«, flüsterte sie und stellte sich auf Zehenspitzen, um sich an seinem aufgerichteten Glied zu reiben. Simon trug sie zum Bett zurück und stellte sie darauf. Angefangen bei ihrem Kopf, bedeckte er ihren ganzen Körper mit Küssen. Als er ihren Venushügel erreichte, hielt er mit den Händen ihr Gesäß umfaßt und zog sie an seine Lippen. Zuerst berührte sein Mund sie nur sanft, wie Schmetterlingsflügel. Und als sich dann seine Zunge in sie schob und ihre geheimste Stelle erforschte, schrie sie auf in Ekstase und vergrub ihre Hände in seinem langen Haar, um ihn dort festzuhalten. Seine Zunge vergewaltigt mich, dachte sie wild. Aber sie liebte dieses Gefühl, sie wußte, sie liebte auch ihn. Sein Mund saugte all ihre Kraft und ihre Süße aus ihr heraus, die Gefühle, die dabei in ihr erwachten, ängstigten sie, auch wenn sie sich ihnen hingab.

Später lagen sie eng umschlungen zusammen in dem großen Bett, und Eleanor sah ein aufregend neues Leben vor sich. Ihr Körper bebte noch immer von seinen Berührungen, und ihr war klar, daß sie beinahe nie diese Gefühle und Geheimnisse der wahren Weiblichkeit kennengelernt hätte. Er war ihr vorangegangen, ihm in den uralten Akt der Anbetung von Mann und Frau zu folgen, in seinen Armen fühlte sie sich endlich angekommen. Sie war unbesiegbar, denn jetzt besaß sie seine ganze Kraft, vereint mit der eigenen. In ihrer Unschuld glaubte sie, ihn erobert zu haben.

Simon erwachte aus einem tiefen Schlaf und fürchtete sich vor dem, was sie sagen würde. Diese Frau, die er als die Seine geprägt hatte, war nicht mehr an dem Ort, an den sie gehörte, nämlich in seine Arme. Sie trug ein Nachtgewand und schüttelte ihn heftig an der Schulter. »De Montfort, Ihr müßt gehen! Es ist beinahe Morgen!«

Die Kerze verlosch gerade, als er sich aufsetzte und die Hände auf die Knie legte. Er sah in ihr Gesicht, sekundenlang spiegelte sich das Kerzenlicht in ihren dunkelblauen Augen und verlieh ihnen ein kaltes Glitzern. Sie rang die Hände. »Der Teufel hole Euch, Franzose, beeilt Euch, damit Ihr in Euern Schlafraum kommt!«

»Ich sehe, meine wunderbare Kathe ist im Nebel der Morgendämmerung verschwunden, und Eleanor schwingt wieder das Zepter.« Er schob die Decke zurück und warf die Füße hinaus.

Erleichtert atmete sie auf, dann blickte sie schnell weg, weil sie seine Nacktheit nicht sehen wollte.

»Du hast Angst, daß dein Drache dich in seinen Klauen behält«, meinte er verständnisvoll. Er suchte seine Kleider zusammen und legte sich dann den roten Umhang um. Das genügte, sie war verloren.

Sie flog in seine Arme. »Vergib mir, Simon... es muß so sein.«

Er preßte seinen Mund auf ihren, tief schob sich seine Zunge in ihren Mund. Sein Kuß war heiß und voller Leidenschaft. »Heute abend!« erklärte er. »Ich muß dich besitzen oder ich vergehe.« Die Tür war noch nicht hinter ihm ins Schloß gefallen, als Eleanor sich auf das von seinem Körper noch warme Bett warf, und zu schluchzen bagann.

Ehe Simon sein Ziel erreichte, näherte sich ihm im Flur eine besorgt aussehende Bette, mit einer Kerze in der Hand.

»Tut so, als wüßtet Ihr von nichts«, murmelte er, dann betrat er sein einsames Zimmer. Er stand am Fenster und beobachtete den Sonnenaufgang, doch innerlich sah er noch immer dieses herrliche Geschöpf, das er gerade verlassen hatte: Sie mußte seine Frau werden! Er war so sicher, als wäre es bereits in einem Buch niedergeschrieben, und sie erfüllten nun ihre Rollen, Seite für Seite.

Träumerisch strichen seine Finger über seine Brust, wo ihre Zähne eine kleine rote Spur hinterlassen hatte. Sein starrer Blick wurde ein wenig sanfter, und seine Mundwinkel zogen sich nach oben. Er hatte sie mit leichter Hand geführt, und war sicher, daß es ihr bekommen war. Dieses Intermezzo war spielerisch geblieben, und er hatte nicht zugelassen, daß das dunkle Feuer der Leidenschaft sie verzehrt hatte. Ihr erstes Zusammensein sollte sie keinesfalls verschrecken und ihr bedrohlich erscheinen, so daß sie nicht auf ihn reagieren konnte. Er lächelte, als die Erinnerung ihn überwältigte, und ein Schauder rann durch seinen Körper. Gütiger Himmel, wenn sie schon beim ersten Mal so erregt gewesen war, wie würde es dann erst beim zweiten oder beim zehnten Mal sein?

30. Kapitel

Am frühen Abend sahen sie einander wieder. Eleanor war eingeschlafen und erst am frühen Nachmittag wieder erwacht, dann hatte sie in den nächsten beiden Stunden gegen ihre Kopfschmerzen angekämpft, die von dem Wein ausgelöst worden waren.

Simon hatte den Tag mit den walisischen Bogenschützen von

Chepstowe verbracht und war von ihrer Tüchtigkeit alsbald überzeugt. Plötzlich stand er Eleanor in der großen Halle gegenüber. Keiner der Diener befand sich in der Nähe zum Mithören.

»Mein Herr, ich werde mich heute abend früh zurückziehen, mein Kopf schmerzt.«

»Wie Ihr wünscht.« Er warf ihr einen schelmischen Seitenblick zu.

»Nein, nein! Ihr habt mich absichtlich mißverstanden. Ich kann Euch heute abend nicht empfangen«, erklärte sie gebieterisch.

Ohne ein Wort legte er beide Hände um ihre Taille, stellte sie zur Seite, wo sie ihm nicht mehr im Weg war, und ging aus der Halle. Sie stampfte verärgert mit dem Fuß auf und sah ihm nach, wie er durch die Tür verschwand.

Beim Abendessen war sie bereit für ihn, hatte sich sorgfältige Worte der Abweisung zurechtgelegt, doch sie dinierte an diesem Abend allein. Simon hatte sich für die Gesellschaft der walisischen Ritter entschieden. Eleanor war irritiert, doch hauptsächlich über sich selbst, über ihre Enttäuschung. Nach dem Essen bat sie den Minnesänger, ihr etwas Ablenkung zu verschaffen, doch blieb sie ruhelos wie eine Tigerin; schließlich ließ sie Wein holen. Als der Barde dann auch noch ein trauriges Liebeslied vortrug, verlor sie die Geduld. Sie trank ihren Becher leer und suchte ihre Gemächer auf.

Simon wartete dort schon auf sie. »Wie kannst du es wagen, hier einzudringen, gegen mein ausdrückliches Verbot?« fuhr sie ihn an, doch das Herz schlug ihr bis zum Halse bei seinem Anblick.

»Sprich nie wieder in diesem Ton mit mir, Engländerin.« Sein dunkles Gesicht war ausdruckslos. Er kam näher, drohend stand er vor ihr. Guter Gott, wie sehr sehnte sie sich nach ihm – ihm konnte nicht verborgen geblieben sein, daß er sie in ihren Grundfesten erschüttert hatte. Sein Benehmen machte ihr keine Angst, sie war bereit, sich dem Ausmaß ihrer Leidenschaft hinzugeben, obwohl sie ihm niemals ihre gesamte Gunst gewähren könnte.Er wollte sie zu seiner Frau machen, doch dazu würde er ihre Zustimmung nicht bekommen, unter gar keinen Umständen. Ihr Schwur der ewigen Witwenschaft war ihr heilig. Außerdem wollte sie die Gräfin von Pembroke bleiben. Genau wie er schon die ganze Zeit angenommen hatte, war sie viel zu störrisch, um sich einem Mann zu unterwerfen; doch wußte er, daß er ihre Sinne und auch ihren Körper erobern konnte. Er hatte die Absicht, sie dahin zu bringen, daß sie sich nach ihm wie nach einer Droge sehnte. Simon sah sein Vorbild in Henry dem Zweiten: Er würde dafür sorgen, daß sie schwanger wurde und sie dann vor die vollendete Tatsache stellen. Seine große Chance lag in den Freuden, die er ihr schenken konnte und nicht umgekehrt.

Er streckte die Hand zum Ausschnitt ihres Kleides aus, und sie wappnete sich gegen seinen Angriff, weil sie glaubte, er würde ihr das Gewand vom Leib reißen. Doch strich er nur mit dem Finger über die sanfte Schwellung ihrer Brust. »Ich will dich heute nacht haben. Ich will, daß du dich mir im Bett öffnest.«

»Sim.« Sie legte die Arme besitzergreifend um seinen Hals und lehnte sich an ihn, unfähig, das Verlangen zu unterdrücken, das sie zu ihm hintrieb. Sie strich über seinen Oberkörper, seine Schultern und wünschte, sie wäre groß genug, das seidige Haar in seinem Nacken zu berühren. Als hätte er ihre Gedanken gelesen, hob er sie hoch. Und als sich ihre hungrigen Lippen trafen, spielten ihre Finger mit dem langen schwarzen Haar, und sie hielt seinen Kopf fest, damit er nicht aufhörte, sie zu küssen.

Quälend langsam öffnete er den Verschluß ihres Kleides – mit diesen wunderbaren Händen, die ihren Körper zum Singen brachten. Es schien eine Ewigkeit zu dauern, bis sie beide nackt waren, dann legte Simon ihre Arme um seinen Hals.

»Wärme mich«, bat sie mit rauher Stimme.

Sofort war er besorgt. »Warum hast du mir nicht gesagt, daß dir kalt ist, Liebste? Ich werde sofort ein Feuer anzünden.«

Beinahe hätte sie aufgeschrien, denn sie wollte nicht länger warten. Doch sie hatte sich geschworen, ihm nicht zu verraten, wie seine Berührungen auf sie wirkten. Sie konnte ihre Blicke nicht von ihm reißen, als er nackt vor dem Kamin kniete, um das Feuer zu entfachen.

»Mir ist es nie kalt«, erklärte er. »Aber von jetzt an werden wir immer ein Feuer in unserem Zimmer haben, damit du dich auch ohne Kleider wohl fühlst.« Sie sah, wie der Schein der Flammen über seinen Körper tanzte und trat einen Schritt näher, um die Wärme des Kamins zu fühlen als auch die Wärme, die von dem kraftvollen Körper ihres Geliebten ausging. Sie rieb sich an ihm und konnte es kaum erwarten, daß er sie berührte. Ihr Körper sehnte sich nach ihm, und es kümmerte sie wenig, ob das richtig oder falsch war.

Als er aufstand, schob er eine Hand zwischen ihre Schenkel, um sie zu streicheln, und sie dankte Gott, daß er wieder einmal ihre Gedanken gelesen hatte und genau wußte, was sie von ihm wollte. Er senkte den Kopf und seine warmen Lippen schlossen sich um ihre rosige Brust. Er tändelte mit ihr, leckte darüber und umspielte sie mit seiner Zunge, ehe er daran zu saugen begann.

Instinktiv bog sie ihm ihren Körper entgegen, und er saugte stärker, voller Wonne über ihre seidenweiche Haut zwischen seinen Lippen. Eleanor streckte die Hand aus und umschloß ihn, und er fühlte, wie sie auf seine streichelnden Finger reagierte, wie die sanften Falten zwischen ihren Schenkeln feucht und schlüpfrig wurden. Sie spreizte die Beine weit und rückte enger an ihn. Und auch er kam ihren Händen entgegen, die ihn streichelten, rieben und drückten, bis sich sein Glied hart aufrichtete. »Legen wir uns nieder«, flüsterte er.

»Trag mich, wie du es gestern getan hast«, bat sie.

Er legte die Hände um ihre Hüften und hob sie auf sein Glied. Sie keuchte vor Sehnsucht, bedeckte seinen Hals und sein Gesicht mit Küssen und schob dann tief ihre Zunge in seinen Mund, bis er die Führung übernahm. Sie war so erregt, daß sie ihm in diesem Augenblick alles erlauben würde. Er legte sie auf das Bett und blickte auf sie hinunter in Gedanken, ob er einfach in sie eindringen, sich ganz in sie hineinschieben sollte.

Sie schluchzte beinahe vor Verlangen. »Sim, bitte, bitte«, jammerte sie, bewegte sich unruhig unter ihm und weckte in ihm eine neue Wildheit. Doch er verbot es sich, mit ihr brutal zu sein.

»Kathe, Liebste, hör mir zu ... sieh es dir doch an, fühle, wie groß es ist.« Er nahm ihre Hand und führte sie an sein Glied. »Es ist übergroß, meine Kleine. Mehr als alles in der Welt wünsche ich mir, daß du mich in dich aufnimmst, ganz.« Mit einer Hand breitete er ihr Haar auf dem Kissen aus, dann streichelte er ihre Brust, bis sie laut zu stöhnen begann.

Ihre Finger schienen das uralte Wissen der Eva zu besitzen, als sie ihn reibend anstachelte, in sie einzudringen. Er nahm ihre Hand und legte sie zwischen ihre eigenen Schenkel. Dann griff er nach einem ihrer Finger. »Ich möchte, daß du ganz genau weißt, wie eng du gebaut bist«, drängte er.

»Sim, nein, das kann ich nicht.« Erschreckt keuchte sie auf bei dem Gedanken, so etwas mit sich selbst zu tun.

»Psst, mein Herz, ich will dir doch nur helfen. Laß mich deinen Finger führen.« Ihre Fingerspitze drang in sie ein, doch sie fürchtete sich, sich noch weiter vor zu wagen. Simon legte sich neben sie, zog sie in seine Arme und zwang sie dann, den Finger tiefer in sich hineinzuschieben. Mit einer Hand an seinem riesigen Glied und der anderen Hand in ihrer schmalen Scheide, begriff sie, daß er sie wahrscheinlich schlimm verletzt hätte, wäre er einfach in sie eingedrungen, wie sie sich das vorstellte.

»Oh, Sim, es ist ganz unmöglich«, rief sie.

»Nein, Liebste, es ist nicht unmöglich. Aber du verstehst jetzt, warum ich dich bis an die Grenze erregen muß.« Sie wollte ihren Finger wieder zurückziehen, doch er hielt ihn fest. »Nur noch einen Augenblick, süßes Weib. Du hast gesagt, du seist bereit für deine Lektionen, ich werde dich also unterrichten.« Er beugte sich zu ihr, seine Lippen waren nur noch ein Hauch von ihren entfernt. »Wenn ich dich küsse und streichle, dann beginnt dein Körper sich mir langsam zu öffnen«, murmelte er. Er legte seine Lippen auf ihre, und sie fühlte ein leises Flattern in ihrem Unterleib. Dann schob sich eine fordernde Zunge in ihren Mund, und sie fühlte, wie sich um ihren Finger ihr Körper öffnete und dann wieder zusammenzog. Sanft zog er ihren Finger aus ihr heraus und führte ihn an seine Lippen, dann stand er auf und hantierte mit Karaffe und Becher.

»Verlaß mich nicht«, rief sie, und er murmelte nur: »Drachenblut, Liebste.« Im nächsten Augenblick schon war er zurück, und sie nahm einen großen Schluck. »Der Wein wird dein Verlangen steigern, deine Zurückhaltung mindern und all die zarten Muskeln in deiner Liebespassage entspannen.«

»Oh, Sim, ich möchte dich so gern befriedigen können. Dein männlicher Appetit muß enorm sein. Bei mir sollst du alle anderen Frauen vergessen können. Lehre mich alles, was du weißt, alle Geheimnisse in der Liebe. Lehre mich verbotene Dinge, ich möchte alles für dich sein ... Gefährtin, Geliebte und Mädchen der Freude.«

»Frau«, rief es in seinem Inneren, »Frau!«

Er hielt ihr den Becher an die Lippen, bis er halb leer war, dann tauchte er einen Finger in den Wein und zeichnete damit ihre köstliche Haut. Er strich über ihre Schultern, die Brüste, den Bauch, die Schenkel und schließlich auch über ihren Venushügel. Dann beugte er sich über sie und leckte mit all der ihm eigenen Sinnlichkeit den Wein von ihrem Körper, angefangen am Hals bis zum Nabel und dann von den Knien aufwärts bis zum winzigen Quell ihrer Weiblichkeit.

Sie lag hilflos vor ihm, wand und drehte sich unter seinen Lippen, bot ihm ihren Körper dar und warf den Kopf von einer Seite auf die andere. Nun war der Augenblick gekommen. Auf den Knien schob er sich über sie, spreizte weit ihre Schenkel und schob sich dann dazwischen. Äußerst behutsam drang er in sie ein. Er bewegte sich vorsichtig, doch kräftig, öffnete sie, dehnte sie und füllte sie mit seinem großen Schaft.

Ihre Augen weiteten sich erstaunt, als sie die unglaubliche Kraft seiner Männlichkeit spürte, und noch immer war er nicht ganz in ihr. Mit seinen starken Händen hatte er sie näher gezogen, und während sie fühlte, daß er immer weiter in sie eindrang, öffnete sich ihm ihr Leib stetig. Sie war so erregt, daß die Wogen der Lust in einem heißen Orgasmus über ihr zusammenschlugen, als sie fühlte, wie die Spitze seines Gliedes an die Wölbung ihrer Liebeskammer stieß. Sekundenlang zog sich ihr Körper so eng um ihn zusammen, daß er vor Freuden aufschrie, dann ergoß sich heiß sein Samen in sie. In diesem Moment zählte nichts mehr in der Welt, außer dem Gefühl, ihn in sich zu spüren. Wenn Simon de Montfort eine Frau liebte, dann war es wie ein wilder Sturm, und sie meinte vom Blitz getroffen zu sein. Dann senkte sich Dunkelheit um sie.

Im ersten Schrecken war er voller Entsetzen über das, was er ihr angetan hatte, doch gleich darauf öffnete sie die Augen wieder, seufzte und klammerte sich an ihn, als könne sie nie genug von ihm bekommen. »Kathe, Liebling, ich möchte, daß du dich jetzt ausruhst, daß du schläfst ... ich weiß, daß ich dich erschöpft habe.«

Sie schmiegte sich an seine breite Brust, preßte ihre Wange an sein Herz. Der kräftige Puls schläferte sie ein. Nie zuvor in seinem Leben hatte er solch einen Beschützerinstinkt verspürt. Wenn irgend jemand es wagen sollte, ihm dieses Juwel zu entreißen, dann würde derjenige es mit seinem letzten Atemzug bedauern. Und sollte jemand seine Frau verunglimpfen, weil sie ihm ihre Liebe geschenkt hatte, so würde er fürchterliche Rache üben.

Sie genossen jede einzelne Sekunde der dunklen Stunden der Nacht, doch ehe die Morgendämmerung anbrach, stand Simon auf und verließ sie. Sie würde froh sein, ihn nicht darum bitten zu müssen.

Der Haushofmeister von Chepstowe trat nach dem Frühstück vor die Gräfin von Pembroke mit einer Liste der Unstimmigkeiten, die aufgetreten waren seit der letzten zwei Jahre. »Ich weiß, daß der Oberhofmarschall Euch erlaubt hat, zusammen mit ihm zu Gericht zu sitzen, um Streitereien zu schlichten«, hob er an. »Diese Angelegenheiten hier sind nur kleinere Dispute, meine Herrin, aber sie ziehen sich jetzt schon so lange hin ...«

»Ihr braucht gar nicht mehr zu sagen. Ich hätte mich schon gleich nach meiner Ankunft darum kümmern sollen. Gleich heute werde ich zu Gericht sitzen, ich brauche einen guten Übersetzer und einen Schreiber.«

Der Haushofmeister zog sich zurück, doch augenblicklich kehrte er zurück: »Meine Herrin, Sir Rickard de Burgh ist soeben in den Außenhof geritten.«

»Bringt gleich etwas Warmes zu essen. Wenn er die Nacht in den Schwarzen Bergen verbracht hat, wird er fast erfroren sein.«

De Burghs Sporen klirrten auf dem Steinboden der Halle, Eleanor goß ihm einen Krug Bier ein und trug es für ihn zu den Stühlen vor dem großen Kamin. »Sir Rickard, ich dachte, Ihr wolltet den Winter bei Hubert verbringen. Stimmt etwas nicht? Ich hoffe, Ihr habt Euch um mich keine Sorgen gemacht?«

Dankbar nahm er das angewärmte Bier, das sie ihm hinhielt, und öffnete dann seinen Kettenpanzer. Wie immer, so war auch heute Eleanor wieder überrascht von der Schönheit des jungen Mannes. »Ob etwas nicht stimmt?« wiederholte er. »Alles und nichts«, antwortete er dann rätselhaft. »Und ich habe mir wirklich Sorgen um Euch gemacht. Ich hatte eine meiner Vorahnungen, in denen ich Euch im Schnee liegen sah, beinahe schon tot, aber meine Augen versichern mir jetzt, daß Ihr nie zuvor gesünder und glücklicher ausgesehen habt.«

»Dennoch war eure Vision richtig. Ich habe mich sehr dumm benommen, doch glücklicherweise wurde ich gerettet. Dieses Wales ist ein so widersprüchliches Land. Wer würde, wenn er das Wetter heute sieht, glauben, daß wir in der letzten Woche einen Schneesturm hatten?«

»Noch vor der nächsten Woche werden wir einen weiteren erleben«, sagte Rickard. »Und ich möchte Euch nach England zurückbegleiten, ehe er über uns hereinbricht, weil ich selbst ebenfalls dorthin zurück muß.«

»Ein Auftrag von Hubert?« fragte sie.

Seine Augen wurden ausdruckslos. »Ich bin nur ein Botschafter«, meinte er abweisend. »Ich habe eine Nachricht von Hubert für den Kriegsherrn.«

»Simon?« fragte sie und errötete heftig.

»Für de Montfort, ja«, bestätigte der Ritter und fühlte, daß etwas in der Luft lag.

Eleanor stand schnell auf und machte sich an den Zinnbechern zu schaffen, die auf dem Kaminsims standen. Gütiger Gott, wie schaffte man es, eine Liebschaft zu verbergen? Die Gedanken wirbelten ihr durch den Kopf, dann wandte sie sich mit einem kühlen Lächeln zu Rickard um. »Der Graf von Leicester ist hier, Rickard. Er hatte auch Geschäfte in Wales und hat um Gastfreundschaft in Chepstowe ersucht. Aber wahrscheinlich wußte Euer Zweites Gesicht das bereits.«

Beide hoben gleichzeitig den Kopf, als das unmißverständliche Geräusch klappernder Hufe an ihre Ohren drang.

»Ich habe geglaubt, wir lägen hier abseits der Reiserouten, aber es scheint beinahe, als würden wir noch mehr Besuch bekommen.«

Ein halbes Dutzend Pferde hielten auf dem Hof, der junge Anführer blickte erstaunt, als er de Montfort auf sich zukommen sah. Noch vor zwei Wochen hatte er sich unter ihm am Hof von England im Schwertschwingen geübt. Jetzt salutierte er. »Sir, mein Herr Graf, mir war nicht bekannt, daß Ihr Euch in Wales aufhaltet.«

Simon sah ihn mit gerunzelter Stirn an. Hatte der König etwa erfahren, wohin Eleanor gereist war und schickte jetzt nach ihr? »Ihr seid hart geritten, wie ich sehe, möglicherweise sind Eure Geschäfte dringend?«

»Jawohl, Sir. Wir sind geschickt worden, um Chepstowe für seinen neuen Besitzer vorzubereiten. Der König hat es seinem Bruder, William de Lusignan, überschrieben.«

Simon war wie vor den Kopf geschlagen. In diesem Augenblick wäre er am liebsten dem idiotischen König an die Gurgel gefahren und hätte ihn von seinem Thron gezerrt. »Die Gräfin von Pembroke ist anwesend. Ich beneide Euch nicht um Eure Aufgabe, sie aus dem Haus zu jagen.«

Der junge Hauptmann schluckte. Immer wieder hatte er Geschichten über den angeblichen Wahnsinn der Plantagenets gehört, und in diesem Augenblick glaubte er sie beinahe.

Er befahl seinen Männern, die Pferde im Stall unterzustellen und folgte dann zögernd dem Grafen von Leicester ins Haus, um der königlichen Prinzessin gegenüberzutreten. Sie fanden sie in Gesellschaft Rickard de Burghs, wie sie an ihrem Bier nippte. Simon war überrascht, Rickard zu sehen, doch sofort begriff er, daß Eleanor Rickard von seiner Anwesenheit unterrichtet haben mußte.

Die beiden Männer mochten und vertrauten einander, sie begrüßten sich in aller Freundschaft.

Eleanor war am Boden zerstört. Sie hatte das Gefühl, daß jeder ihr ihr Geheimnis ansehen konnte. Es war schon schlimm genug, daß Rickard de Burgh sie hier mit de Montfort vorfand, doch war er ein vertrauenswürdiger Freund, und sie konnte sich auf seine Distkretion verlassen. Ein Soldat des Königs hingegen war etwas ganz anderes, und aus dem Hufschlag, den sie von draußen gehört hatte, schloß sie, daß er nicht allein gekommen war.

Der Hauptmann kniete vor ihr nieder. Es kam ihm nicht ungewöhnlich vor, diese Männer hier zu sehen. Sir Rickard war William Marshals Mann gewesen, und er nahm an, daß Prinzessin Eleanor sich von Simon de Montfort als dem stärksten Mann des Königreiches hatte begleiten lassen. Der Soldat zitterte vor der Aufgabe, die es zu erledigen galt. »Euer Hoheit, bitte vergebt mir, daß ich hier so einfach eindringe, aber ich komme auf Geheiß des Königs.«

Eleanor legte die Hand an den Hals. Lieber Gott, sicher war Henry nicht im Bilde, was sie hier trieb.

»Ihr wart nicht bei Hofe, deshalb könnt Ihr auch nichts von der königlichen Hochzeit wissen.«

»Königliche Hochzeit?« Eleanor sah ihn verständnislos an.

»Der Bruder des Königs... Euer Bruder, William de Lusignan, wurde mit der Erbin Joan Marshal verheiratet.«

Eleanor hätte beinahe laut aufgelacht bei der Vorstellung, daß der weibische William die hochmütige reiche Nichte der Marshals geheiratet hatte, doch dann runzelte sie die Strin. »Ich werde de Lusignan nie als meinen Bruder anerkennen, Hauptmann. Aber sagt mir bitte, was hat das alles mit mir zu schaffen?«

Der junge Soldat schluckte, seine Stimme nahm einen etwas schrillen Ton an, als er weitersprach. »Der König hat ihm Chepstowe als Hochzeitsgeschenk vermacht.«

Sie starrte den Mann ungläubig an. Dann schüttete sie den Rest ihres Bieres ins Feuer und fegte mit einer ausladenden Bewegung alle Zinnbecher vom Kaminsims, aus Sorge loszuschreien. Voller Verachtung sah sie die drei Männer an, als seien sie ihre Feinde. Alle Männer steckten unter einer Decke, sollten sie doch in der Hölle schmoren. Dann verließ sie den Raum, als würde die Anwesenheit dieser Exemplare schon genügen, sie zu beschmutzen.

Der junge Soldat stand auf und sah hilflos zu Simon de Montfort, dessen Gesicht versteinert war. »Sir, ich habe es noch nicht gewagt auszusprechen, daß der König dem Hochzeitspaar auch Pembroke überschrieben hat.«

»Das ist unmöglich. Eleanor ist die Gräfin von Pembroke«, erklärte de Montfort.

Der arme Hauptmann sah ganz erbärmlich aus. Ihm schwindelte förmlich vor Erleichterung, als Sir Rickard de Burgh ihm sagte, er könne für sich und seine Männer Unterkunft im Quartier der Ritter suchen.

Als sie allein waren, fuhr Simon fort: »Er ist die verdammt jämmerlichste Erscheinung eines Königs, den England je besessen hat!«

»Er ist nur eine Marionette. Es gibt zu viele Könige in England. Peter des Roches, der Bischof von Winchester besitzt die Macht, Henry überläßt er lediglich den Glanz. Und dann sind da noch die Savoyer, deren Gier nur noch durch ihre Anzahl übertroffen wird.«

Simon nickte grimmig. »Und gerade, als die Verwandten der Königin sich entschieden hatten, England unter sich aufzuteilen, erscheinen überflüssigerweise die Verwandten des Königs mit einem unersättlichen Streben nach Land und Titeln.« Er schüttelte den Kopf. »Die Barone müssen schäumen vor Wut. Warum tun sie nichts?«

»Weil sie keinen Führer haben. Und auch, weil der König sehr bösartig sein kann. Meinem Onkel Hubert de Burgh hat er seinen gesamten Besitz genommen. Selbst als die Bischöfe ihn dazu zwangen, Hubert in sein Asyl zurückzulassen, hat Henry befohlen, ihm Wasser und Nahrung vorzuenthalten. Daß er so etwas Grausames tun konnte, ist schon schlimm genug, aber daß er so mit einem Mann umgeht, der für ihn wie ein Vater war, zeigt deutlich, wie verführbar er ist. Ich weiß, daß Winchester William Marshal hat vergiften lassen, auch wenn ich keine Beweise dafür habe. Aber selbst wenn ich die Beweise hätte, wäre Henry zu schwach, um eine Anklage zu erheben.«

Simon hob den Kopf und blickte zur Decke, er dachte an die Frau oben in ihrer Kemenate. »Sie liebt Henry, auch wenn er ihr all das jetzt wegnehmen will. Aber wenn sie wüßte, daß er auch etwas mit dem Tod des Oberhofmarschalls zu tun hatte, würde sie ihn für immer hassen.«

»Aye, ich weiß, daß sie ihn liebt, deshalb habe ich ihr all das auch nicht erzählt, was Henry Hubert angetan hat. Ich mache mir Sorgen um ihre Zukunft«, fügte Sir Rickard hinzu.

Simon de Montfort sah den Ritter lange nachdenklich an, dann sagte er: »Ihr könnt aufhören, Euch um sie zu sorgen, sie gehört mir.«

Rickard de Burgh war erleichtert und alarmiert zugleich. Er konnte sich keinen besseren Mann zu ihrem Schutz wünschen, dennoch beneidete er die beiden nicht um ihre aussichtslose Lage. Er war nicht so vermessen, dem Grafen einen Rat zu geben, statt dessen überreichte er ihm die Botschaft von Hubert de Burgh.

Simon überflog das Pergament, dann warf er es ins Feuer. Rickard glaubte, diese Geste bedeutete, daß er Huberts Angebot ablehnte, deshalb versicherte er schnell: »Er weiß, daß Ihr der einzige Mann weit und breit seid, der für diese Aufgabe taugt. Er weiß auch, daß es Zeit braucht, aber wenn Ihr ihm wieder zu seinem alten Platz verhelft, dann schwört er, Euch mit seiner ganzen Macht und seinem ganzen Reichtum zu unterstützen.« Rickard streckte ihm bittend beide Hände entgegen. »Ich weiß, es fällt Euch schwer, Euch zu entscheiden.«

Simon de Montfort sah ihm offen ins Gesicht. »Es fällt mir nicht schwer, denn ich stelle mich auf die Seite des Rechts.«

31. Kapitel

Eine große Reisegesellschaft brach an diesem Oktobermorgen von Chepstowe auf, um nach Windsor überzusiedeln, denn Eleanor und Bette wurden nicht nur von de Burgh, seinen Männern und de Montfort begleitet, sie nahmen auch noch die dreißig walisischen Kämpfer von Chepstowe mit.

Als letztere erfahren hatten, daß ihr neuer Herr der von ihnen gehaßte Ausländer William de Lusignan würde, hatten sie Simon aufgesucht, den sie mittlerweile respektierten, und ihn gebeten, sie in seine Dienste zu nehmen. Er hatte ihnen erklärt, daß sie sich dem Grafen und der Gräfin von Pembroke verpflichtet hätten und daher in Eleanors Diensten bleiben müßten, daß er sie aber im Ernstfall zu seinen Männern zählen würde.

Dann war noch im letzten Augenblick die Hälfte der Dienerschaft zu Eleanor übergelaufen. Sie verspürte einen kleinen Triumph, denn wenn der unrechtmäßige Besitzer hier auftaucht, würde er das Anwesen gleichsam leer vorfinden.

Simon zeigte seine Zähne, als ihre Kavalkade sich in Richtung englische Grenze bewegte. »Das wird den netten William lehren, nicht mit den großen Hunden in die hohen Gräser zu pinkeln.«

Bei Einbruch der Nacht kamen sie in Odiham an. Das kleine Gut platzte beinahe aus allen Nähten, nachdem die vielen Menschen untergebracht waren. Eleanor schickte ein Dankgebet an William Marshal, daß er ihr den Besitz von Odiham überschrieben hatte. Dies wenigstens war ein Dach überm Kopf, das man ihr nicht würde nehmen können.

In den dunklen Stunden der Nacht, als sie glaubte, vor neugierigen Blicken sicher zu sein, lag sie in Simons Armen und bat ihn, nicht den König aufzusuchen und ihn ihretwegen anzugreifen. »Sim, bitte, wenn du meine Partei ergreifst, wird unser Geheimnis ans Licht kommen. Wenn du mich liebst, dann laß mich meinen Kampf mit Henry selber kämpfen.«

Er legte die Lippen an ihre Schläfe. Wenn sie ihn Sim nannte, konnte er ihr nichts abschlagen. Schließlich gab er zögernd nach. »Ich werde die walisischen Kämpfer mit nach Leicester nehmen. Was willst du, um Himmels willen, mit all den Dienern anfangen, die du mitgebracht hast?«

»Die meisten von ihnen werde ich hierlassen, denke ich. All die Diener von Durham House sind in Windsor.«

»Vermutlich hast du noch gar nicht daran gedacht, aber woher willst du das ganze Geld nehmen, um diese Menschen zu ernähren?«

Sie rieb sich mutwillig an ihm. »Immer mußt du von Geld reden.« Sie biß ihn ins Ohrläppchen. »Du hast mich heute noch gar nicht gebeten, dich zu heiraten.«

»Aber nur, weil ich mir dich nicht mehr leisten kann«, flüsterte er geknickt.

Plötzlich wurde ihr klar, daß das ihre letzte gemeinsame Nacht sein würde, wenn Simon nach Leicester ritt. Wie sollte sie das ertragen? Jetzt, wo sie in Odiham war, konnten sie noch so offen miteinander umgehen, wie sie es in Wales gewohnt waren, und sie hatte ihm verboten, vor zwei Uhr am Morgen zu ihr zu kommen. Doch er war schon um ein Uhr erschienen, hatte aber dafür gesorgt, daß niemand außer Bette etwas von ihrem heimlichen Stelldichein erfuhr. Um vier oder fünf Uhr würde er wieder verschwinden, und sie wußte, es würde so sein, als wäre die Sonne in ihrem Leben untergegangen.

Simon de Montfort gab ihr das Gefühl, schön zu sein. Sie war ihr ganzes Leben lang des Königs kostbarstes Juwel genannt worden, doch zum ersten Mal in ihrem Leben fühlte sie sich auch so. Als sie jetzt in seinen Armen lag und er sie an sich zog, öffnete sie die Lippen zu einem beinahe unhörbaren Stöhnen. Er küßte ihren Hals, und es erregte sie, weil sie wußte, daß er gleich ihre Lippen küssen würde. Sie war atemlos vor Erwartung, er würde langsam beginnen, würde sie necken und dann seine Lippen voller Leidenschaft auf ihre pressen. Sie würde sich ihm öffnen, würde ihm erlauben, sie zu schmecken, leidenschaftlich, bis sein Verlangen wild und fordernd wurde.

Ihr gefiel die Rolle der Frau, wenn Simon de Montfort der Mann war. Sie ergab sich ihm voll süßer Hingabe, und er war der dominante Eroberer. Seine Lippen brannten auf ihrem Körper, und sie zitterte gierig, weil sie das Ziel seiner Lippen kannte. Er forderte sie heraus, es ihm gleichzutun, ihn mit ihrer Hingabe noch mehr zu reizen. Ihre Antwort war so reich, so üppig, als er je in seinen wildesten Träumen zu hoffen gewagt hatte.

Einmal erwachte sie aus den Tiefen des Schlafes, voller Angst, weil sie glaubte, er hätte sie verlassen, doch dann fühlte sie seinen kräftigen, starken Körper neben sich und entspannte sich wieder. Es tat ihr leid, daß sie ihn aufgeweckt hatte, doch schon im nächsten Augenblick war sie voller Glück. Er badete sie in seiner Liebe, bis sie zufrieden und gesättigt war.

Als sie das nächste Mal erwachte, war er fort; sie weinte bittersüße Tränen. Die Trennung lag schier unüberwindlich vor ihr, doch was sie miteinander geteilt hatten, war so wunderschön gewesen, so unvergleichlich.

Drei Tage ruhte sie sich von ihrer Reise aus, doch danach wurde sie so ruhelos wie eine läufige Füchsin. Ihre Wut über das, was Henry ihr angetan hatte, fand keine Besänftigung. Sie nagte in ihr und wuchs immer mehr, bis sie keinen anderen Ausweg sah, als nach Windsor zu reiten und mit ihm darüber zu sprechen.

Als sie zu guter Letzt ihrem Bruder gegenüberstand, ging sie auf ihn los mit dem gleichen Temperament, das sie gezeigt hatte, als sie beide noch Kinder waren, doch war sie völlig unvorbereitet auf seine Reaktion. Hier präsentierte sich ein neuer Henry, er war älter und weiser und hatte sich sehr verändert, auch wenn sie das noch nicht begriff.

»Ah, meine kleine Laus, du bist so schön, wenn du wütend bist, und ich freue mich so sehr, dich wieder hier zu haben – mir ist es ganz gleich, was du zu mir sagst.«

»Versuche nicht, mich für dumm zu verkaufen, Henry! Wie kannst du es wagen, diesem kleinen Miesling meine walisischen Besitzungen zu überschreiben?«

»Eleanor, Schwesterherz, du weißt ja gar nicht, wie es hier für mich gewesen ist. Meine Situation ist ein Alptraum. Wenn ich der Königin nicht in jeder Kleinigkeit nachgebe, dann macht sie mir die Hölle heiß. William ist unser Bruder, Eleanor. Es ist unsere Pflicht, ihn zu ehren mit Schlössern und Land, aber die Männer der Königin sind so eifersüchtig auf ihn, daß ich ihn aus England wegschaffen mußte. Deshalb habe ich ihm Chepstowe und Pembroke überschrieben. Du reist doch sowieso nie nach Wales; da dachte ich, ich könnte die Schlösser anderweitig nutzen.«

Am liebsten hätte sie ihn angeschrien, daß sie direkt aus Wales zurückgekommen sei, doch sie bewahrte Stillschweigen. »Du kannst ihn nicht zum Grafen von Pembroke machen, Henry«, tobte sie.

»Nein, nein, den Titel wird er nie bekommen, aber deine Besitzungen aus dem Erbe der Marshals sind so ausgedehnt, und der jungen Joan gehört laut Gesetz einiges davon, auch wenn du das nicht gern zugibst.«

»Wenn meine Besitzungen so erstaunlich ausgedehnt sind, wie kommt es dann, daß ich nicht ein einziges Schloß für mich allein haben kann?«

»Eleanor, du bist wirklich unbescheiden, sie umfassen ein Sechstel von ganz Irland.«

»Was, zum Teufel, nutzen mir Ländereien in Irland, wenn du mir nicht einmal erlaubst, die Einkünfte daraus für mich zu behalten?« bellte sie.

»Ich hätte wissen müssen, daß du Geld brauchst. Meine Schatzkammern sind fast leer, wie immer, also kann ich dir nichts Großartiges bieten. aber ich mache dir einen Vorschlag, ich gebe dir vierhundert Kronen im Jahr zum Ausgleich für deine Irlandanteile.«

Sie öffnete den Mund, um seinen Vorschlag abzulehnen. Die Einkünfte aus diesen Besitzungen pflegten mindestens das Doppelte zu erbringen, doch sie besaß keine Garantie dafür, daß sie auch nur einen Kreuzer davon erhalten würde. Sie dachte daran, wie dringend sie Geld brauchte für ihre Dienerschaft, daher stimmte sie seinem Vorschlag zögernd zu.

»Eleanor, ich liebe dich. Ich schwöre auf das Grab unseres Vaters, wenn du mich je um etwas bittest, ich werde es dir erfüllen. Hier, nimm meinen Saphirring, du weißt, wie sehr ich daran hänge. Er soll ein Unterpfand für deine Zukunft sein.«

»Oh, Henry, ich schwöre, du bist der entsetzlichste Bruder, den eine Schwester nur haben kann. Gib mir die vierhundert Kronen noch heute, dann werde ich nicht mehr davon sprechen. Aber du bist mir etwas schuldig, und ich werde dich zu gegebener Zeit daran erinnern!«

»Meine Beste, heute kann ich dir das Geld nicht geben. Morgen werde ich es vom Parlament verlangen. Es würde mir allerdings helfen, wenn du hier in Windsor bliebest, um mit mir zusammen dem Parlament gegenüberzutreten.«

Eleanor war hin und her gerissen. Sie wollte nach Odiham zurück, um auf Simon de Montfort zu warten. Es wäre möglich, ihre Beziehung dort fortzusetzen, wo sie ihre Affäre nur vor ihren eigenen Leuten verbergen mußte. Wenn sie in Windsor blieb, wäre das unmöglich; denn hier hatten die Wände Augen und Ohren, ganz zu schweigen von den vielen Feinden sowie dem Bischof und der Geistlichkeit. Zögernd stimmte sie Herny zu und nahm sich vor, mit der Ratsversammlung kurzen Prozeß zu machen. Doch es dauerte noch über eine Woche, ehe eine Zusammenkunft stattfand, und die Dinge, die sie an der Seite ihres Bruders in dem großen Ratssaal mit anhören mußte, alarmierten sie.

Es war offensichtlich, daß die Barone den König ablehnten. Mit keinem seiner Vorschläge waren sie einverstanden, und Eleanor gegenüber benahmen sie sich ausnehmend feindselig.

»Ihr tut nichts anderes, als von diesem Parlament Geld, Geld und nochmals Geld zu verlangen. Eure Schulden sind zu unüberwindlicher Höhe angestiegen. Allein im letzten Monat habt Ihr Eurem Bruder William de Lusignan die reichste Erbin Englands zur Frau gegeben. Durch sie hat er Pembroke in Wales und Wexford in Irland gewonnen. Und als wäre das noch nicht genug, habt Ihr ihm noch fünfhundert Pfund Pension im Jahr ausgesetzt und ihm die Burg von Goderich überlassen.«

Eleanors Mund stand vor Schreck offen, sie warf Henry einen kalten Blick zu.

»Guy de Lusignan ist nach Hause zurückgekehrt, mit den Satteltaschen voller Gold, und an Euren Halbbruder Aymer sind so viele reiche Pfründe gegangen, daß er sich einen Haushofmeister nehmen mußte, um das Geld von ihnen einzusammeln. Und jetzt habt Ihr darum gebeten, ihn zum Bischof von Durham zu machen, doch wir hoffen, daß die Kirche sich dagegen auflehnen wird. Er ist doch erst ein Novize und viel zu jung und dumm, um Bischof zu sein.«

»Meine Herren, Ihr vergeßt, daß ich der König bin!« schrie Henry voller Wut. »Dies ist meine Schwester, Prinzessin Eleanor Plantagenet! Wenn Ihr Euch weigert, ihr diese Pension zu gewähren, werde ich einen neuen Rat ernennen!«

»Diese Pension steht Eleanor zu, aber Ihr müßt Euch an die Bestimmungen der Magna Charta halten. Ihr dürft wegen Eurer kontinentalen Verwandten keine Schulden mehr machen und müßt verantwortungsvolle Männer einsetzen, die die Ämter des Justiziars, des Schatzmeisters und des Kanzlers übernehmen.«

In ihrem Turm im oberen Bezirk von Windsor dachte Eleanor über den offenen Haß nach, den die Ratsversammlung dem König gegenüber an den Tag gelegt hatte. Schließlich erteilte er alle möglichen Zusagen; doch als sie wieder allein waren, hatte er gelacht, er würde dem jungen Aymer die Kirchen von Abingdon und Wearmouth trotzdem geben, und komme was da wolle, ihn zum Bischof von Durham machen. Offensichtlich hatte seine Vorliebe sich jetzt auf seine jüngeren Brüder verlagert, er verschenkte nicht mehr die einträglichen Posten an die Onkel und Vettern seiner Frau.

Eleanors Sehnsucht nach Simon wuchs von Tag zu Tag. Bei Nacht, in ihrem Bett, wollten die Stunden nicht vergehen. Immer, wenn sie die Augen schloß, stand sein Bild vor ihr. Sein Duft schien in der Luft zu liegen, ihre Haut erinnerte sich an seine Berührungen, und sie wünschte sich die kraftvolle Sicherheit seiner Arme herbei. Das große Bett war so kalt und einsam, daß sie begann, die Nächte zu hassen. Ihr ganzer Körper schmerzte vor Verlangen nach ihm, vor Sehnsucht, daß er sie mit seiner Männlichkeit erfüllte. Sie stöhnte leise bei der Vorstellung seines mächtigen Leibes auf ihr, sie hielt sich die Brüste, weil sie das Ziehen darin nicht ertragen konnte. In letzter Zeit waren sie so empfindlich geworden, daß es genügte, wenn der dünne Stoff ihres Hemdes darüber rieb, und sie wollte aufschreien. Sie ließ sich Wein bringen, um besser schlafen zu können, doch dessen Wirkung machte alles nur noch schlimmer. Ihr Blut schien zu kochen, und ein Fieber überkam sie, das nur ihr heimlicher Geliebter würde löschen können.

Als Simon de Montfort sich nach einem Monat immer noch nicht blicken ließ, war sie so wütend, daß sie ihm am liebsten an die Gurgel gefahren wäre. Nun, sollte er doch noch in Windsor auftauchen, würde sie ihm schon zeigen, daß sie ihn nicht brauchte.

Der Geburtstag der Königin war Ende Oktober, das Fest sollte am Abend vor Allerheiligen stattfinden. Eleanor erhielt eine besondere Einladung zum Bankett, und sie war sofort auf der Hut. Aus Stolz schenkte sie ihrer Schwägerin einen überaus kostbar verzierten Gürtel. Sie wollte, daß ihr Geschenk sich von den vielen anderen abhob, und damit gleichzeitig ihren außergewöhnlichen Geschmack demonstrieren.

Als die Königin das edle Geschenk auspackte, machte sie vor Henry viel Aufhebens darum. »Ah, die kleine Nonne muß den Ehrenplatz an meiner Seite bekommen«, sagte sie.

Die Königin war zur Feier des Tages in glitzerndes Gold gekleidet, und Eleanor fragte sich, wie sie diese verflixte Farbe nur ertragen konnte. Sie mußte Unmengen von Kleidern aus diesem goldenen Stoff besitzen, nur die Verzierungen unterschieden sich voneinander. Es sah so aus, als müßte sie unentwegt aller Welt beweisen, daß sie die Königin war.

Zum ersten Mal gab sich die Königin der Schwester ihres Mannes gegenüber freundlich, sie behandelte sie vor der ganzen Gesellschaft äußerst zuvorkommend. Der Klatsch, den sie Eleanor anvertraute, war jedoch unzüchtig und geschmacklos; anfangs amüsierte sich Eleanor darüber, daß sie die »kleine Nonne« schockieren wollte.

Die Königin begann damit, ihr von den unehelichen Kindern zu erzählen, die Thomas von Savoyen neben seinen elf ehelichen Kindern besaß und daß jetzt sein Sohn, Peter von Savoyen, in seine Fußstapfen trat und auch seine Saat von Bankerten hinterließ. Dann ließ sie sich dazu hinreißen, Eleanor einige der Obszönitäten zu schildern, die sich Eleanors Vater, König John, über Jahre hinweg geleistet hatte, und vergaß auch nicht die Tatsache zu erwähnen, daß Eleanors Mutter seit ihrem vierzehnten Lebensjahr als Dirne galt.

Eleanor begann, sich ungemütlich zu fühlen, als die Königin weitersprach. »Kein Wunder, daß eine derart wollüstige Frau Kinder mit so seltsamen Vorlieben geboren hat.«

»Seltsam?« wiederholte Eleanor blutübergossen.

»Nun, nehmt doch einmal ihren Sohn, William de Lusignan. Ich bedaure die arme Joan Marshal. Jeder weiß doch, daß er sich lieber mit seinesgleichen befaßt. Und Henry beispielsweise liebt es, so zu tun, als sei er mein Schoßhund. Er mag es, wenn ich Dinge im Schlafzimmer herumwerfe, die er dann für mich apportiert. Dann macht er Männchen vor dem Bett und bittet mich um meine Gunst.«

»Wenn er ein Hund ist, dann seid Ihr eine läufige Hündin«, erwiderte Eleanor charmant.

Die Königin lachte, doch ihre zusammengezogenen Brauen zeigten, daß sie gar nicht belustigt war. »Da wir von läufigen Hündinnen sprechen, Isabella Marshal war der Bettschatz Eures Bruders Richard, noch ehe sie ihren Mann los wurde und Richard zwang, sie zu heiraten.«

Eleanor war zum ersten Mal sprachlos, als sie hörte, wie die Königin die Dinge absichtlich verdrehte. Richard hatte von sich aus damals Isabella zur Ehe gedrängt. Eleanor war kurz davor aufzuspringen und der Königin ins Gesicht zu schlagen, als diese etwas sagte, das Eleanor so tief verletzte, daß sie auf ihrem Stuhl erstarrte.

»Und dann seid da ja auch noch Ihr, der wirkliche Skandal in der Familie. Euer unersättliches sexuelles Verlangen hat schließlich William Marshal so ausgelaugt, daß er ›beim Vollzug‹ gestorben ist.«

Eleanor verspürte einen dicken Kloß in ihrem Hals und fürchtete, daran zu ersticken. Tränen traten in ihre Augen und verwehrten ihr den Blick, in ihren Ohren dröhnte es. Durch den Tränenschleier sah sie, daß Simon de Montfort die Halle betrat und direkt auf sie zusteuerte. Jetzt geriet sie erst recht in Panik. Nein! Nein! Nein! schrie es in ihrem Kopf. Sie tupfte sich die Wangen trocken und erkannte, daß er nicht sie ansah, sondern die Königin. Er kniete vor der Frau in dem glitzernden goldenen Kleid nieder, reichte ihr ein Geburtstagsgeschenk und verabschiedete sich unverzüglich. Danke, Simon, daß du mich nicht angesehen hast... danke, Simon, daß du unser galantes Geheimnis gehütet hast... danke, mein Liebster, daß du zu mir zurückgekehrt bist, jubelte es in ihrem Herzen.

»Mit dem Mann würde ich auch gern einen Skandal verursachen«, gestand die Königin mit leiser, erregter Stimme. »Habt Ihr bemerkt, wie er mich mit diesen schwarzen Augen angesehen hat? Er wartet nur darauf, daß ich ihm ein Zeichen gebe.« Die Königin erschauderte vor Gier. »Er sucht verzweifelt nach einer reichen Erbin, weil er so dringend Geld braucht. Man sagte, die europäischen Witwen, die er umwirbt, sind so häßlich und alt, daß er sie nur im Dunkeln besteigen kann.«

Eleanor konnte sich später nicht mehr daran erinnern, wie sie die Halle verlassen hatte, sie wußte auch nicht mehr, wie sie in der kühlen Winternacht durch den Mittleren Bezirk in den stillen Oberen Bezirk des Palastes gelangt war. Sie wurde sich ihrer Umgebung erst wieder bewußt, als sie in ihrem einsamen Garten hinter der hohen Mauer saß.

Ihre nackten Arme und Schultern waren eiskalt. Der Nachtwind wehte die welken Blätter um ihre Füße, und ihr ein wenig fauliger, doch angenehmer Duft stieg in ihre Nase. Die Sterne hingen wie glitzernde Diamanten am Himmel, und sie fragte sich einen Augenblick, warum kein Mond sein schwaches Licht auf ihr Elend warf.

Sie sah und hörte ihn nicht, doch fühlte seine Anwesenheit. »Kathe.« Das Wort drang leise an ihr Ohr. Es war reine Zärtlichkeit, ein Liebesschwur. Sie fühlte sich zerrissen. Sie wollte ihn, brauchte ihn, liebte ihn, doch wußte, sie konnte und würde ihn nie ganz besitzen, unter keinen Umständen.

»Rühr mich nicht an.« Der Schrei kam aus ihrem Herzen. Die Blätter raschelten, als er sich näherte. »Wage es nicht!« entrang es sich ihr.

Er war der Mann, sie nur eine Frau. Er würde die Entscheidung treffen. »Du frierst ja«, sagte er und zog sie an sich, legte seinen Umhang um sie und drückte sie an sein Herz.

Sie schrie voller Schmerz auf, und er war betroffen. Er wußte, daß seine starken Hände böse zupacken konnten, doch er hätte schwören können, daß er sie nicht grob angefaßt hatte. »Was ist denn, Liebste? Habe ich dir weh getan?«

Sie atmete tief ein und seufzte. »Meine Brüste ... sie sind so empfindlich, daß ich weinen möchte.«

Simons Herz tat einen Satz. Wenn er richtig vermutete, hatte er diese Frau für immer an sich gebunden. Sein Samen wuchs in ihr heran.

»De Montfort, du sagst, daß du mich liebst, aber ich habe soeben erfahren, daß du auf dem Kontinent nach einer reichen Witwe suchst.«

Er erlaubte es ihr, sich aus seinen Armen zu lösen. Dann zog er seinen dicken Umhang aus und legte ihn ihr um die Schultern. »Der König hat ein paar Namen genannt, weil ich Schulden hatte. Eine Vernunftehe ist nichts Ungewöhnliches, aber ich bin der glücklichste Mann der Welt, daß nichts aus diesen Vorschlägen geworden ist. Und außerdem liegt das lange zurück, Eleanor. Es ist zwar nicht meine Gewohnheit, mich vor einer Frau zu rechtfertigen, aber in deinem Fall mache ich eine Ausnahme«, erklärte er ruhig.

Sie schwieg.

»Bei meiner Ehre als Ritter schwöre ich dir, daß es nichts gibt, worauf du eifersüchtig sein müßtest.«

Ja, dachte sie, die Eifersucht verzehrt mich, die Eifersucht zerstört mich, sie bringt mich um. Sie brauchte ihre ganze Willenskraft, um nicht in seine Arme zu sinken. Die nicht zu bändigenden Gefühle, die er in ihr geweckt hatte, waren viel zu zerstörerisch. Die Leidenschaft, Eifersucht, das unersättliche Verlangen trieben sie gefährlich nahe an den Plantagenet-Wahnsinn heran.

Sie fühlte sich schuldig, weil William nie eine solche Sehnsucht in ihr geweckt hatte. Doch die Liebe zu ihm war rein gewesen, eine sichere Liebe, süß und beständig. Sie entschied, daß allein diese Art von Liebe für sie in Frage kam... harmlos, beschützend, ohne Risiko. Sie mußte diesem unbesonnenen Sturz in die Abhängigkeit von Simon de Montfort ein Ende bereiten. Er würde sie nur in einen schrecklichen Skandal verwickeln. Sein Wesen war es, alles zu riskieren. Gerade erst hatte sie seinetwegen einen elenden Monat verbracht, sie mußte einen Schlußstrich ziehen, ehe sie seinetwegen ins Elend geriete.

»Eifersüchtig?« fragte sie mit einer Stimme, die ungläubig klang. »Mein lieber Graf von Leicester, meine Gefühle sind in keiner Weise von dem betroffen, was geschehen ist. Als mein Ehemann starb, habe ich ein sicheres Gitter um mein Herz errichtet, und jemand wie Ihr könnt es kaum durchdringen. Mein Ruf bedeutet mir so viel, daß ich ihn nicht wegen einer so schmutzigen kleinen Affäre gefährden will. Offensichtlich hat es viel Gerede über meine sexuellen Exzesse gegeben, und ich schäme mich zuzugeben, daß dieses Gerede stimmt; allerdings wird dabei immer der falsche Mann genannt. Die Dinge, die ich Euch im Bett gestattete, sind unmoralisch. Gott sei Dank bin ich endlich zu Verstand gekommen. Es ist vorbei.«

Ganz plötzlich trat der Mond hinter einer Wolke hervor und erhellte die Nacht. Simon dachte, daß sie nie zuvor schöner ausgesehen hatte, doch in diesem Augenblick war sie unnahbar. Als sie in sein Gesicht sah, wollte es ihr das Herz brechen.

»Dann kann ich also nichts mehr tun, als mich von Euch zu verabschieden«, sagte er leise, nahm ihre schmale Hand und legte ein goldenes Armband um ihr Handgelenk. Eine einzelne Träne fiel darauf, dann wandte sie sich um und verließ ihn für immer.

Simon hob die Hand an die Lippen und leckte die salzige Träne ab. Er wußte, daß sie ein ganzes Meer von Tränen weinen würde in den nächsten Monaten und verfluchte sich, weil er der Grund dazu war.

Allein in ihrem Zimmer drückte Eleanor das goldene Armband an ihr Herz, dankbar für diese kleine Erinnerung an ihren Geliebten Sim. Sie nahm es ab und betrachtete es genauer, bestand es doch aus reinem walisischen Gold. Ihre Augen fielen auf das Datum, das darin eingraviert war. Einen Augenblick war sie verwirrt, doch dann errötete sie über und über. Es war der Tag, an dem sie zum ersten Mal miteinander die Liebe geteilt hatten.

32. Kapitel

Die Gräfin von Pembroke zog sich mit ihrem persönlichen Gefolge auf ihre Güter in Odiham zurück. Es gelang ihr, die Wintertage mit den Vorbereitungen für Weihnachten und das Neujahrsfest zu füllen. Ihre Nächte jedoch schleppten sich dahin. Es war genauso, als hätte ihr wieder der Tod jemanden genommen. Nein, es war viel schlimmer. Zum ersten Mal seit Jahren stellte sie sich dieser Wahrheit.

William Marshal war ein feiner Mann gewesen, aber sie begriff erst jetzt deutlich, daß er für sie nicht mehr als eine Vaterfigur darstellte. Er hatte sie erzogen, und sie hatte sich bemüht, seine Anerkennung zu gewinnen, ihm ihre Zuneigung zu beweisen; doch war es mehr die Liebe einer Tochter zu einem geliebten Elternteil. Als er starb, hatte sie die Verantwortung dafür auf sich genommen. Sie war niedergedrückt worden von einem ganzen Berg von Schuldgefühlen und hatte geglaubt, ihre Sünden abzubüßen, indem sie ihr Leben der Kirche weihte.

Erst der wundervolle Simon de Montfort hatte ihr klargemacht, daß sie nicht für das Kloster geschaffen war. Keinen einzigen Augenblick ihres Zusammenseins mit Simon hatte sie bedauert. Hätte sie ihn doch nur kennengelernt, ehe sie den Oberhofmarschall von England ehelichte, dann wäre vielleicht alles anders geworden. Sie waren das perfekte Paar, beide besaßen den gleichen Stolz und die gleiche Leidenschaftlichkeit.

Ihr nächtliches Sehnen nach ihm ließ nicht nach; aber als die Tage vergingen, fühlte sich sich sehr tugendhaft, weil es ihr gelungen war, sich das Glück zu versagen und dem keuschen Leben zu widmen, das sie der Kirche versprochen hatte.

Der Graf von Leicester war von der Morgendämmerung bis weit in die Dunkelheit hinein beschäftigt, Tag für Tag. Er trainierte ein Heer, das von Tag zu Tag wuchs, doch nicht aus Treue zum König. Simon de Montfort zog die Männer an wie ein Magnet. Er war ein geborener Führer, man bewunderte ihn und sah zu ihm auf. Alle Männer wußten, daß es auf dieser Welt viel mehr zu Unrecht Geknechtete gab als Herren, und Simons Name stand für Gerechtigkeit. Auf den Reisen zu seinen Ländereien wurden der Archidiakon von Leicester und der Bischof von Lincoln zu seinen besten Freunden. Sie wiederum stellten ihm den Gelehrten Adam Marsh vor und Walter, Bischof von Worcester, die sich darüber einig waren, in Simon einen Führer mit durchweg ritterlichen Eigenschaften gefunden zu haben, der an Gerechtigkeit glaubte und an die Freiheit des Volkes.

Simon vermißte Eleanor sehr, grundsätzlich und schmerzlich, aber er war ein geduldiger Mann, der das Spiel des Abwartens beherrschte. Das Herz tat ihm weh, weil sie ihm offensichtlich ihre Liebe entzogen hatte. Es gab Stunden in den einsamen Nächten, wo seine Mutlosigkeit die Oberhand zu gewinnen drohte. Sie schien sich von ihm abgewendet zu haben, zurück zu William Marshal. Einen lebendigen Mann hätte er herausfordern und besiegen können, und es machte ihn krank im Herzen, weil er gegen ein Phantom nicht antreten konnte.

Resolut schob er alle düsteren Gedanken beiseite, das Ende stand fest. Sie würde sich an ihn wenden müssen, ob sie ihn nun liebte oder nicht, und er würde sie zurücknehmen, ganz gleich auf welche Art.

Eleanors Dienerin Brenda war erfreut über die Veränderungen, die in Odiham stattfanden. Sowohl aus Durham House in London als auch von Chepstowe in Wales waren viele Leute nach Odiham gekommen. Und jetzt, wo Eleanor ständig hier lebte, war der Speisesaal ein fröhlicher Ort, Minnesänger sangen dort, es gab Musik und Lachen, und eine große Auswahl köstlicher Gerichte bei jeder Mahlzeit.

Bette half Eleanor, ein Kleid für das Abendessen auszuwählen, als eine unbedachte Äußerung von ihr Eleanor auf einen Gedanken brachte, den sie nicht wieder beiseite schieben konnte.

»Ich passe nicht mehr in das grüne Kleid, Bette. Alle meine Kleider scheinen mir in letzter Zeit zu eng geworden zu sein. Wer hat sich bloß in letzter Zeit um das Waschen meiner Kleider gekümmert?«

Bette suchte in der Garderobe ihrer Herrin nach einem lose fallenden Kleid und nahm sich vor, die Wäscherin zu befragen. Ihre Gedanken weilten bei den Weihnachtsvorbereitungen, und da gerade der erste Dezember war, meinte sie: »Ich hoffe, ich werde nicht ausgerechnet zu Weihnachten meine Periode bekommen. Irgendwie wird mir ein jeder Festtag durch diesen Fluch verdorben.«

Aus einem unerfindlichen Grund log Eleanor ihre Dienerin an. »Bette, ich fühle mich sehr müde heute abend. Am liebsten möchte ich nicht am Essen in der Halle teilnehmen.«

»Ich lasse Euch etwas heraufbringen, meine Liebe«, sagte Bette.

»Nein, nein, ich habe sowieso schon viel zuviel zugenommen. Ich werde nur ein paar dieser Früchte essen.« Sie deutete auf eine silberne Schale mit Birnen und Nüssen. Nachdem Bette gegangen war, sprach Eleanor laut mit sich selbst. »Du hast in letzter Zeit so viel gegessen, du siehst schon beinahe so aus wie die dicken Frauen auf dem Jahrmarkt!«

Eine innere Stimme sagte ihr jedoch, daß sie log: Es stimmt nicht. Seit du Simon verlassen hast, hast du kaum etwas gegessen.

Sie beruhigte sich laut: »Erst heute morgen habe ich Schinken und Eier gegessen, und Weizenkuchen.«

Die Stimme in ihrem Inneren verspottete sie, und prompt mußte sie sich übergeben!

Sie zog ihre Kleider aus und trat vor den Spiegel. Ihr Bauch wölbte sich alarmierend. Ihre Brüste, die immer rund, fest und aufgerichtet gewesen waren, konnte man jetzt nur noch üppig nennen. In ihren Ohren rauschte das Blut, und Angst stieg in ihr auf. Sie starrte in den Spiegel, und das Gesicht, das ihr daraus entgegensah, war voll und strahlend.

Sie griff nach ihrer Unterwäsche und suchte darin verzweifelt nach einem Anzeichen von Blut. In ihrem Kopf überstürzten sich die Gedanken, und sie versuchte sich zu erinnern, wann sie zum letzten Mal ihre Periode gehabt hatte. Mit wachsendem Entsetzen wurde ihr klar, daß das schon vor ihrer Rückkehr aus Wales gewesen war. Nervös lösten ihre zitternden Finger das goldene Armband von ihrem Arm, sie starrte auf das Datum, das darin eingraviert war. September! Und jetzt war Dezember. Sofort leugnete sie die Tatsache, daß sie bereits im vierten Monat schwanger war.

Eleanor verbrachte die nächste Woche in dem festen Willen, ihre Periode zu bekommen. Jede halbe Stunde sah sie nach, ob sich nicht die ersten Anzeichen einer Blutung zeigten. Doch sehr schnell begriff sie, daß sie in Wirklichkeit Simons Bastard in sich trug. Ihr erster Gedanke war der Selbstmord, der zweite war, die Leibesfrucht loszuwerden. Dann kam ihr der Gedanke an Flucht, für immer zu verschwinden. Sie war gefühlsmäßig so verwirrt, daß sie gar nichts mehr tun konnte, sie saß nur einfach da und starrte vor sich hin.

Ehe sie es begriff, stand Weihnachten vor der Tür. Der König und die Königin waren mit dem ganzen Hof nach Winchester gereist, um dort die Feiertage zu verbringen, wie es schon zur Gewohnheit geworden war. Eleanor jedoch befand sich in Panik; sie fürchtete, daß Simon de Montfort die Feiertage nicht vergehen lassen würde, ohne ihr einen Besuch abzustatten. Verzweifelt versuchte sie, ihr Problem beiseite zu schieben und ihrem übervollen Haushalt ein schönes Fest zu bescheren; dabei entstand nun die umgekehrte Angst, daß Simon de Montfort wirklich die Feiertage vergehen lassen würde, ohne sie sehen zu wollen.

Einige Male hätte sie sich beinahe Bette anvertraut, doch dann änderte sie ihre Meinung wieder. An anderen Tagen war sie versucht, Brenda ins Vertrauen zu ziehen, doch immer wieder hielt sie sich im letzten Augenblick zurück. Am Silvesterabend saß sie ganz allein in ihrer Schlafkammer, nur die Geister der Vergangenheit leisteten ihr Gesellschaft und peinigten sie. Sie erinnerte sich an eine Szene aus Irland, die so lebhaft vor ihrem inneren Auge stand, als sei sie erst gestern geschehen. Sie hörte die schreckliche Stimme des Bischofs von Fern, der sie und William verfluchte. »Die allmächtige Marshal-Familie wird enden! In nur einer Generation wird der Name ausgelöscht werden. Ihr werdet nie Gottes Segnung erfahren, Euch zu vermehren.« Und dann hörte sie auch ihre Stimme, ihre Antwort kam laut und deutlich: »Ich schwöre bei dem Allmächtigen Gott, noch ehe ich zwanzig bin, werde ich ein Haus voller Kinder haben.«

Sie trank einen Becher mit Wasser gemischten Wein. In den letzten drei Wochen hatte sie unendlich viele Gebete gesprochen, doch keines davon war erhört worden. Sie wußte, bald mußte es Mitternacht sein. Wenn sie doch nur die Zeiger der Uhr anhalten könnte. Wenn sie doch nur für immer im alten Jahr bleiben könnte, wie ein Schmetterling in einem Tropfen Bernstein. Der Beginn des neuen Jahres ängstigte sie mehr als ihre finstersten Alpträume. Wie würde sie es je ertragen können?

Sie hob den Becher an ihre Lippen und dachte spöttisch, wenn wir Wein aus dem Becher des Wissens trinken, verlieren wir unseren Glauben. Dann nahm sie einen großen Schluck, und die Gedanken wirbelten durch ihren Kopf. Auf einmal wurde sie ganz ruhig, und sie erkannte, wenn wir den Becher bis zur Neige leeren, blickt uns aus seinem Grunde das Gesicht des gewaltigen Gottes entgegen. Sie mußte sich der Wahrheit stellen, mußte ihren Zustand mit Simon de Montfort teilen.

Sie hörte die Glocken, die das neue Jahr ankündigten, und öffnete die Tür, die auf den kleinen Balkon führte. Simon de Montfort erklomm gerade die äußere Treppe zu ihrem Turm, es wurde ihr kalt. War er der Satan persönlich? Hatte sie ihn herbeibeschworen?

Er streckte die Arme nach ihr aus und zog sie an sich, in dieser schicksalhaften Nacht des neuen Jahres 1239. Verzweifelt klammerte sie sich an ihn und fühlte sich zum ersten Mal nach langer Zeit wieder sicher. »Simon, ich … «, flüsterte sie, doch ihre Stimme versagte ihr den Dienst. Noch einmal versuchte sie es: »Simon, ich … ich bekomme ein Kind.«

Der Klang der Glocken verstummte, das plötzliche Schweigen wog schwer. Hatte er sie überhaupt gehört, fragte sie sich. Wenn er sie gehört hatte, dann machte er es ihr nicht leicht. Sie zitterte, bis er endlich sprach.

»Und, Eleanor?«

»Simon, ich bin eine Prinzessin von England, ich kann keinen Bastard zur Welt bringen«, flüsterte sie heiser.

»Prinzessin von England?« wiederholte er.

»Simon, du wirst mich heiraten müssen!«

Er schwang sie herum. »Mein Gott, ich haderte schon, du würdest mich nie mehr darum bitten.«

Er trug sie in ihre Kammer und verschloß die Tür hinter sich. Dann setzte er sich in den geschnitzten Stuhl vor dem Feuer und zog sie wie ein Kind auf seinen Schoß.

»Ich verstehe gar nicht, warum ich das gesagt habe, du weißt, es ist unmöglich«, sagte sie verzweifelt.

»Nichts ist unmöglich, Kathe«, beschwichtigte er sie.

»Jedes Mitglied der königlichen Familie braucht die Zustimmung des Rates zu einer Heirat. Sie werden mir diese Zustimmung verweigern. Henry hat fünf Jahre mit ihnen gekämpft, um meine Hochzeit mit William Marshal zu erwirken, und damals gab es kein Hindernis wie jetzt die Kirche, die ein noch größerer Stolperstein ist als der Rat. Ein heiliger Schwur kann nicht mißachtet oder aufgehoben werden«, erklärte sie ihm mit erstickter Stimme.

Er legte seine starke Hand auf ihre Schultern und schüttelte sie ein wenig. »Wir werden ihnen sagen, daß du ein Kind erwartest, und sie werden gezwungen sein, bei dir eine Ausnahme zu machen.«

Sie sah ihn entsetzt an. »De Montfort, schwöre mir, daß du dieses beschämende Geheimnis niemandem verraten wirst. Ich bringe mich um, wenn es bekannt wird!«

Er schüttelte ungläubig den Kopf. »Also würdest du lieber zu früh dein Grab schaufeln, ehe du dich blamierst?«

Sie klammerte sich an sein Wams. »Schwöre, daß du Stillschweigen bewahren wirst.«

Er legte zärtlich seine Hand auf ihre. »Es ist unser Geheimnis, meine Allerliebste. Du bist vielleicht gewillt, unser Kind zu einem Bastard zu machen, aber ich nicht. Unsere Hochzeit ist unerläßlich, Eleanor.«

»Dann wird sie aber im verborgenen stattfinden müssen«, drängte sie.

Simon seufzte. »Ich werde zum König gehen und ihm erklären, daß wir einander lieben und heiraten wollen.«

»Nein, nein, nein!« Sie stampfte mit dem Fuß auf.

»Eleanor, hör auf!« befahl er. »Wir können die ganze Sache geheimhalten. Aber wenn ich dich heirate ohne das Wissen des Königs, könnte ich dafür ins Gefängnis geworfen und enthauptet werden, wegen Verrats.«

»Henry würde das nie zulassen, Simon. Er ist dein Freund... und mein Freund, mein Fleisch und Blut.«

Er schaffte es nicht, ihr den wahren Charakter ihres Bruders zu enthüllen, doch meinte er: »Du siehst ihn doch wohl nicht als deinen Freund an, wenn er deinen Besitz einfach verschenkt?«

»Er gibt mir vierhundert Kronen im Jahr für meinen Besitz in Irland.«

Simon war entsetzt. Du lieber Himmel, es wurde Zeit, daß sich jemand um die Angelegenheit von Eleanor Plantagenet kümmerte – höchste Zeit!

Ihre Lippen zitterten, als sie sprach. »Ich werde zu Henry gehen und ihn bitten, daß wir in aller Stille heiraten können. Dann mußt du mich wegbringen, Simon... nach Leicester oder sonst wohin. Bitte, laß dieses Kind unser Geheimnis bleiben.«

»Ich würde lieber selbst zu Henry gehen«, erklärte er bestimmt.

»Bitte, bitte, Sim, laß es mich dieses eine Mal auf meine Weise tun. Ich werde dich auch nie wieder um etwas bitten.«

Er küßte sie aufs Haar und lächelte ein wenig. Er wußte, diese kleine Person würde schon die nächste Bitte aussprechen, bevor fünf Minuten vergangen waren. »Eleanor, meinetwegen kannst du es auf deine Weise tun, solange du es überhaupt tust. Hab keine Angst. Was ist denn aus der tollkühnen Amazone geworden, die auf dem wilden Pony ritt?«

Sie brach in Tränen aus, denn das war der Tag gewesen, als sie alle Vorsicht vergessen hatte und es Simon erlaubt hatte, sie zu lieben, dieses Kind in ihr zu zeugen.

Er trug sie zum Bett und zog sie aus. »Du solltest längst schlafen. Meine herrliche Geliebte, was zwischen uns ist, kann niemand zerstören. Du bist meine Welt, und ich möchte die deine sein. Die Hochzeitszeremonie ist nichts weiter als eine Formsache, damit unsere Kinder ehelich geboren werden und meine Ländereien und Titel erben können; außerdem wirst du die rechtmäßige Gräfin von Leicester.«

Er war jetzt nackt, schlüpfte zu ihr unter die Decke und hielt sie in seinen Armen. Verzweifelt klammerte sie sich an ihn, als fürchte sie dich davor, zu ertrinken. »Ich schwöre dir, mit mir an deiner Seite brauchst du dich nie wieder vor etwas zu fürchten. Ich werde dir meine ganze Liebe schenken, mein Verständnis, meine Stärke und Freundschaft, meinen Mut, meine Schlösser, meinen Namen und Schutz. Aber heute nacht ist das Allerwichtigste, daß ich dich in meinen Armen halte.«

»Wir sollten hier nicht so liegen«, flüsterte sie in das krause Haar auf seiner Brust.

»Keine Macht der Welt kann uns heute nacht trennen. Du brauchst meine Stärke, lehne dich an mich. Rede, ich werde dir zuhören. Ich werde alle Finsternis und alle Furcht vertreiben.« Seine herrlichen Hände strichen ihr das seidige Haar aus dem Gesicht, streichelten ihren Rücken, bis sie sich in seinen Armen entspannte. Sie schliefen nicht, hielten einander bloß umschlungen, und ihr Kind wurde eingehüllt von ihrer beider Herzschlag. Sie schmiegten ihre Körper aneinander, küßten sich. Die Sprache der Liebe war ein wortloses Gemurmel, ihre Hände und Lippen gaben einander das Versprechen, das sie auf ewig miteinander verband.

Wie immer wurden sie auch heute wieder vor der Morgendämmerung von Verzweiflung ergriffen, wegen der bevorstehenden Trennung. Er hob sie hoch und zog sie dann auf sich. Seine schwarzen Augen waren abgrundtief. »Ich muß deine Brüste in meinen Händen fühlen«, krächzte er.

Seine Worte und seine Berührung weckte in Eleanor ein heißes Glücksgefühl. Er saugte an ihren Brüsten, seine Hände streichelten ihre Schenkel, wagten sich weiter vor und spielten mit der weichen Scham. Mit dem Finger stellte er fest, daß sie feucht und bereit war für ihn, doch zögerte er die Erregung bis zum äußersten hinaus, weil er wußte, daß ihr Verlangen nach ihm den Höhepunkt erreichen mußte, ehe er, ohne sie zu quälen, in sie eindringen konnte.

Ihre Lippen fanden sich, und er küßte sie, wie noch selten zuvor eine Frau geküßt wurde. Seine Lippen, sein Mund und seine Zunge wurden für sie das Zentrum ihres Universums. Was als zarter Kuß begonnen hatte, endete in einer wilden, hungrigen Leidenschaft. Mit Hilfe seines Fingers öffnete er sie, ganz langsam, tiefer und tiefer drang er in sie ein, bis er sein Ziel erreicht hatte. Er verhielt einen Augenblick, bis sie sich so weit entspannt hatte, daß sie ihren erotischen Liebestanz beginnen konnten. Ihr Körper war so reif und sinnlich, daß er mit einer wilden Sehnsucht nach ihr verlangte, sie am liebsten schnell und heftig genommen hätte. Und dennoch wollte er sie gleichzeitig mit Zärtlichkeit überschütten, wollte sie um ihre süßen, langen Küsse bitten. Er stöhnte auf. »Meine Lust ... meine Qual!«

Ihre Leiber brannten, und seine Zunge schob sich tief in ihren Mund, bewegte sich vor und zurück, im gleichen Rhythmus wie sein langes, hartes Glied. Sie umklammerte seinen Hintern, wollte mehr, wollte alles, was er zu geben hatte. Er drang so tief in sie ein, wie es ihm möglich war. Dann suchte seine Hand die ihre, und mit verschränkten Fingern erreichten sie den explosiven, alles erschütternden Höhepunkt des Glücks.

Als sich ihre Lippen voneinander lösten, hörte er nicht auf, sie zu küssen. Sein Mund bedeckte ihren Hals und ihre schwellenden Brüste. Ihre Schreie waren herrlich, als sie ihren Körper den brennenden Lippen ihres dunklen Geliebten hinhielt.

Keiner konnte die Morgendämmerung des neuen Jahres aufhalten. Eleanor fürchtete sich vor dem, was vor ihr lag, Simon sah ihm freudig entgegen. Er brauchte solche Herausforderungen auf Leben und Tod, er genoß den Kampf der Leidenschaften. Endlich stand er vom Bett auf, ging zum Fenster hinüber und sah hinaus. Eleanor stockte der Atem. Er war ein nackter Gott vor dem blassen Licht der Dämmerung. Schließlich suchte er seine Sachen zusammen und zog sich an. »Versprich mir, mit Henry zu reden.«

»Das werde ich, das werde ich«, schwor sie. »Du mußt mir nur Zeit geben, den richtigen Augenblick zu wählen. Und du – Hand aufs Herz, wirst nichts tun, ehe ich dir Bescheid geben lasse?«

Er blickte auf sie hinunter, sie sah so klein aus in dem großen Bett, so verängstigt. »Ich verspreche, daß ich nichts tun werde, das dich verletzt. Mehr kann ich leider nicht tun.« Er schluckte seine Ungeduld hinunter und sagte sich, daß er ihr Zeit lassen würde, wieviel Zeit, das wußte er noch nicht.

33. Kapitel

Der König, die Königin und ihre vergnügungssüchtigen Günstlinge kehrten erst aus Winchester zurück, als die Mitte des Januars bereits überschritten war. Jeden Tag sagte Eleanor sich, daß sie nach Windsor reisen mußte, um mit Henry zu reden, doch immer schien etwas sie in Odiham festzuhalten. Schließlich nahm sie all ihren Mut zusammen und kehrte in ihre alten Räume im König-John-Turm zurück. Unablässig ermahnte sie sich, mit Henry zu sprechen, doch stets traten andere Wichtigkeiten dazwischen.

Matilda Marshal Bigod und ihr Mann, der Graf von Norfolk, reisten an, um dagegen zu protestieren, daß Henry Chepstowe an William de Lusignan überschrieben hatte. Wenn er Pembroke bekäme, hätten sie ein Anrecht auf Chepstowe. Dann kam der jüngste Onkel der Königin, Boniface, an den Hof, und die Königin drängte Henry, ihn zum neuen Erzbischof von Canterbury zu machen. Daß er für diesen Posten völlig ungeeignet war, gierig und gewalttätig, bekümmerte den König wenig, denn sein Halbbruder Aymer wollte ja auch Bischof von Durham werden. Henry reiste selbst zu den Mönchen und schüchterte sie ein, damit sie seiner Wahl zustimmten

Mittlerweile befand sich Eleanor bereits im fünften Monat ihrer Schwangerschaft, nur in der Dunkelheit ging sie noch aus, bedeckt von einem fließenden Umhang. Da der König nach Durham gereist war, ging sie zur Gebetsstunde in die Kapelle und betete um den nötigen Mut. Sie war dankbar, daß die Kapelle, bis auf einen jungen Priester, leer war. Die Provencalen wohnten nur selten den Messen bei, die Gebetsstunde, den letzten Gottesdienst des Tages, ließen sie ohnehin ausfallen.

Als sie niederkniete, bemerkte sie plötzlich einen großen dunklen Schatten, der sich auf sie zu bewegte und dann neben ihr niederkniete. Angst zeichnete sich auf ihrem Gesicht ab, deshalb schlug er einen leichten Ton an: »Ich bin ein unheilbarer Romantiker.«

»Da wird mir schon ein Heilmittel einfallen«, gab sie flüsternd zurück.

»Ich bezweifle, daß es für mich die richtige Behandlung sein wird.«

»Das wird sie sein ... ganz bestimmt.«

»Bestimmt ist sie nur für dich.«

Sie wandte sich zu ihm, um zu antworten, doch der Schatten war verschwunden. Sie betete um Kraft, um ihre Last ertragen zu können. Inbrünstig rief sie den heiligen Johannes an, der ihr die Kraft verleihen sollte, mit Henry zu sprechen, sobald er zurückkehrte, und sie bat den Apostel und Märtyrer, an ihrer Seite zu bleiben, wenn sie Hilfe von ihrem Bruder erflehte.

Simon de Montfort verließ sich nie auf einen anderen Menschen – oder Heiligen –, außer auf sich selbst. Er war entsetzt, daß man Eleanor kein Land und auch kein Schloß zu Verfügung gestellt hatte und daß es so aussah, als würde sie überhaupt keine Mitgift erhalten. Er war entschlossen, etwas für sie zu unternehmen. In dem Augenblick, als der König aus Durham zurückkam, bat er ihn um eine private Unterredung.

Der Graf von Leicester war für den König beinahe so wichtig wie der Bischof von Winchester. Die beiden großen Kriegsherren seines Reiches, Hubert de Burgh und William Marshal, hatte er verloren. Simon de Montfort füllte jetzt die Lücke aus, die die beiden hinterlassen hatten, und Henry hätte beinahe alles getan, um Simon glücklich zu machen und ihn an seine Seite zu binden. Leicester war seine einzige Bastion gegen Frankreich, Schottland, Wales, Irland und seine eigenen englischen Barone.

Henry mochte Simon de Montfort sehr, er schlug ihm auf den Rücken und meinte: »Simon, Ihr hättet mit uns zusammen Weihnachten nach Winchester kommen sollen. Wir hatten so viel Unterhaltung. Winchester ist immer sehr freigiebig.«

»Sire, ich stecke zu tief in Schulden, um ein üppiges Weihnachtsfest feiern zu können.«

»Ich weiß, ich weiß, Simon, und an alledem bin ich schuld. Der Rat kontrolliert meine ganzen Ausgaben. Ich habe ihm Eure Ausgaben für das Heer vorgelegt, aber Ihr wißt ja, wie es steht. Von meinen Baronen und den Adligen wird erwartet, daß sie die Last der Schulden tragen.«

»Aber aus den Einkünften von Leicester kann ich das kaum schaffen. Es ist zugrunde gerichtet worden, man hat jeglichen Ertrag aus den Ländereien herausgequetscht, ehe ich es von dem Grafen von Chester zurückbekam.«

»Ja, ich muß ein anständiges Pachtgut für Euch finden. Es ist völlig unzulässig, daß mein bester militärischer Führer wie ein Bettler herumläuft. Ihr hättet schon viel eher zu mir kommen sollen, um mich daran zu erinnern, Simon. Obwohl ich zugeben muß, daß in letzter Zeit ein wahrer Ansturm auf Land und Schlösser stattgefunden hat. Aber, zum Teufel, wenn man in dieser Welt nichts fordert, dann wird man auch nichts bekommen.«

Henry zog eine riesige Landkarte zu Rate, auf der alle Lehnsgüter und Schlösser aufgeführt waren, die der Krone gehörten. »Laßt mich sehen.« Er kratzte sich am Kopf, weil er nicht wußte, was den Kriegsherrn zufriedenstellen könnte.

»Kenilworth«, sagte Simon.

»Eh? Kenilworth, sagtet Ihr?« fragte Henry erstaunt.

»Es liegt südlich von Leicester. Ich muß es durchqueren, um zu meinem eigenen Land zu kommen.«

»Ich weiß, wo Kenilworth liegt, um Himmels willen, es ist das Kleinod von England! Kenilworth ist nicht nur ein Schloß, sondern fast ein Land für sich.«

»Sir, ich habe eine gewisse Dame gebeten, mich zu heiraten, und schlage Euch vor, Kenilworth zum Erbgut der Grafen von Leicester zu erklären.«

Ein Grinsen zog sich über Henrys Gesicht. »Simon, Ihr seid ein Schuft, Ihr habt eine Erbin gefunden. Wer ist sie?«

»Die Dame hat noch nicht ihr endgültiges Einverständnis gegeben. Wenn sie das tut, so werdet Ihr der erste sein, der ihren Namen erfährt.«

»Ah, ich beginne zu begreifen, warum Ihr Kenilworth haben wollt. Aber Simon, es ist ein so wohlhabendes Gut, ich gebe es nicht gern aus den Händen.« Henry seufzte. »Ich werde darüber nachdenken. Laßt mir ein paar Tage Zeit.«

Simon verbeugte sich und gönnte dem König eine Denkpause. Henry wollte Kenilworth für die Plantagenets behalten, und dennoch wußte er, daß es in de Montforts Händen sicherer war als in seinen eigenen. Das Schloß und die Außengebäude, die Herrenhäuser und Jagdgründe bedeckten über zwanzig Meilen Landes, und dann waren da auch noch die Städte, die zu dem Besitz gehörten. Es lag in den fruchtbaren Hügeln und Tälern am Ufer des Avon und stellte ein uneinnehmbares Fort dar, dessen einziger Zugang durch ein Fallgatter am Ende eines Dammes verschlossen werden konnte; seine Außenanlagen waren so riesig, daß es zu einer eigenen Festung wurde, wenn Krieg drohte.

Die letzte Januarwoche brach an, und Eleanor wollte den Monat nicht vergehen lassen, ohne etwas zu unternehmen. Der Februar war der sechste Schwangerschaftsmonat, und sehr bald würde sie ihren Zustand nicht mehr verbergen können.

Sie wählte eine lose Tunika und ein fließendes Unterkleid in Henrys Lieblingsfarbe Grün, dann schob sie den Saphirring, den er ihr geschenkt hatte, an den Finger, und suchte ihn zu sehr früher Stunde auf. Die Gewohnheiten ihrer Kindheit waren schwer abzulegen. Sie hatten gelernt, beim ersten Sonnenstrahl aufzustehen, und Eleanor wußte, daß die Königin und die Provencalen alle Langschläfer waren.

Sie fand ihn, während er einigen Rittern auf dem Turnierplatz beim Üben zusah und lauschte geduldig, als er die Vorzüge Simon de Montforts pries, unter dessen Anleitung die Kämpfer ihre beste körperliche Verfassung erreicht hatten. Eine dünne Schneedecke lag auf dem Boden, und Henry nahm eine Handvoll davon, formte einen Schneeball und zielte damit auf eines der Fenster. Er lachte wild, als er getroffen hatte und ein besorgtes Gesicht im Rahmen erschien, um zu sehen, welcher Flegel sich da einen Streich erlaubt hatte.

Eleanor hielt ihm mit ernstem Gesicht den Saphirring hin, lüftete fragend eine Braue. »Henry, das, worum ich dich bitte, wird dir einen großen Schock versetzen.«

»Eleanor, ich habe dir einen Eid geleistet, meine Antwort ist also ja.« Er sprach leichtfertig, als besäße er die Macht, ihr jeden Wunsch der Welt zu erfüllen.

Sie schüttelte den Kopf, um ihn zur Vorsicht anzuhalten. »Warte, warte, Henry, bis du weißt, um was es sich handelt. Ich möchte wieder heiraten … mein ganzes Lebensglück hängt davon ab. Ich weiß, es ist ganz unmöglich nach meinem Keuschheitsgelübde, aber vielleicht … vielleicht würde es gehen, wenn wir es geheimhalten?«

»Meine kleine Laus, du hast dich verliebt!« Henry schlug sich auf den Schenkel.

Eleanor geriet in Panik. Meine Güte, konnte er denn überhaupt nichts ernst nehmen?

»Wir werden schon einen Weg finden, den Schwur zu umgehen … in so etwas bin ich Experte«, er zwinkerte ihr zu. »Vorausgesetzt, ich bin mit deiner Wahl einverstanden.«

»Was willst du damit sagen, du bist ein Experte?« fragte sie.

»Immer, wenn ich vom Parlament etwas will oder von diesem verdammten Rat, dann bestehen sie darauf, daß ich mich an die Bedingungen der Magna Charta halte. Sie schreiben es auf irgendein albernes Stück Papier, das ich dann unterschreiben muß. Ich gebe ihnen jedes elende Versprechen, und dann tue ich genau das, was ich für richtig halte. Nun sag mir, wer ist es, den du dir in den Kopf gesetzt hast?«

Ihre Augen waren ganz groß vor Bangnis, als sie ihm den Namen zuflüsterte. Er sah erstaunt auf sie herunter, doch dann verzog sich sein Gesicht zu einem strahlenden Lächeln. »Gütiger Gott, wenn das nicht alles übertrifft! Ich habe ihn an meiner Seite haben wollen, seit ich ihm zum ersten Mal begegnet bin. Ständig zerbreche ich mir den Kopf, wie ich ihn auf die Seite der Plantagenets ziehen könnte, und jetzt bietest du ihn mir auf einem silbernen Tablett.«

Sie sah ihm fragend ins Gesicht, völlig verdattert, daß ihre Worte ihn erfreuten, statt ihn in Wut zu versetzen.

Henry lachte erfreut, während er in Gedanken schon das nächste Komplott schmiedete. »Wir werden eine heimliche Hochzeit abhalten in der Kapelle, mitten in der Nacht, dann müßt Ihr beide sofort abreisen! Wenn es erst einmal ein Fait accompli ist, kann niemand mehr etwas dagegen tun. Ich habe schon lange auf eine Gelegenheit gewartet, meinem verdammten Rat eins auszuwischen, und hier haben wir sie! Eleanor, ich bin der König von England, und ich gebe dir meine königliche Erlaubnis zu deiner Heirat.«

»Henry, ich bitte dich, verrate nichts der Königin«, bettelte Eleanor noch.

»Ha! Das wäre genauso, als würde ich mich oben auf den Tower von London stellen und es in alle Richtungen posaunen. Ich werde es niemandem sagen, nicht einmal dem Priester. Selbst der wird es erst eine Minute vor der Trauung erfahren. Und sprich auch du mit niemandem darüber«, mahnte er sie zur Vorsicht. »Um zwei Uhr in der Sakristei der Kapelle. Ich werde mit dem Grafen von Leicester dort sein.«

Eleanor hielt sich an den Rat ihres Bruders. Sie hauchte nicht einmal ein Wort zu Bette, damit ihr Geheimnis nicht enthüllt würde. Der Wintertag schien endlos. Sie durchmaß ruhelos wie eine gefangene Katze ihren Turm, konnte nicht essen, nicht schlafen. Und obwohl in ihrem Zimmer ein knisterndes Feuer brannte, wurde es ihr nicht warm. Sie wagte nicht einmal, ein paar Sachen zusammenzupacken, und ihr Verstand erlaubte es ihr noch viel weniger, weiter zu planen als bis zu der geheimen Zeremonie, die sie davor bewahren würde, einen Bastard zur Welt zu bringen.

Sie wünschte den verdammten Simon de Montfort zur Hölle. Es war alles seine Schuld. Er hatte sie unaufhörlich verfolgt, schamlos verführt, und sie war seinen Verlockungen wie ein liederliches Luder erlegen. Wie ein reifer Pfirsich in der Sonne, war sie in seine verdammt attraktiven Hände gefallen.

Die Dunkelheit brach früh an diesem Wintertag herein, und die Stunden bis Mitternacht wurden zu einer Ewigkeit. Um zehn Uhr zog Eleanor sich zurück, doch statt ins Bett zu gehen, öffnete sie ihren Schrank und suchte nach einem passenden Kleid. Sie zog die Seidenstrümpfe aus und wählte statt dessen die wollene Unterwäsche, weil sie wußte, daß es mitten in der Nacht in der Kapelle eisig wie in einer Gruft sein würde. Dazu zog sie ihre weichen hohen Lederstiefel an, denn nach der Zeremonie würden sie sicher aufbrechen. Ihr Kleid sollte aus Samt sein, doch wußte sie nicht, welche Farbe am besten paßte. Auf jeden Fall mußte es ein Gewand sein, das in der Nacht nicht auffiel. Ihre Hand griff nach einem dunklen, jadegrünen Reitkleid. Im Rücken, unter dem Umhang würde sie es offenlassen müssen, doch wußte sie, daß die Farbe ihr gut zu Gesicht und den dunklen Haaren stand, und sie mußte schön aussehen, das würde ihren Mut heben.

Sie legte den roten Wollumhang aus Wales an den Fuß ihres Bettes, und auch der mit Zobel besetzte Überwurf kam dazu. Unaufhörlich zitternd entschied sie, wenn es an der Zeit wäre zu gehen, würde sie den einen Umhang über dem anderen tragen. Auch wenn sie wahrscheinlich niemanden antreffen würde, so wollte sie doch auf keinen Fall, daß jemand sie erkannte. Der Gedanke an die beiden Umhänge verlieh ihr ein Gefühl der Sicherheit.

Als die Stunde näher rückte, schien die Zeit plötzlich zu fliegen, und sie wünschte sich, sie könnte die Zeiger der Uhr anhalten. Sie trank einen Becher Wein, nahm ihr Herz in beide Hände und schlich dann tastend durch die eiskalte Nacht zur privaten Kapelle des Königs. Keine Bewegung vernahm sie auf dem Weg, kein Geräusch, nur vollkommene Stille. Ihr Herz schlug heftig, und ihre Knie wollten nachgeben. Etwas war danebengegangen mit ihrem Plan, und niemand außer ihr würde in der Kapelle sein. Warum nur, warum war sie so dumm gewesen, den Männern zu vertrauen? Alle waren so selbstsüchtig und niederträchtig! Sie schloß die Augen, fühlte, wie ihr der Mut verging und fragte sich, was sie tun sollte. Plötzlich erschien eine große Gestalt neben ihr, die Tür der Kapelle öffnete sich lautlos, und eine starke Hand schob sie hinein. Henrys Gesicht verschwamm vor ihren Augen, sie sah, wie er sich mit dem Priester unterhielt, dann hob sie den Blick zu dem Mann, der sie in die Kapelle begleitet hatte.

Er war der dunkelste Mann, den sie je gesehen hatte, und der größte. Er trug Schwarz, was ihm ein unheimliches Aussehen verlieh. Der Priester hatte bereits mit der lateinischen Liturgie begonnen, und Eleanor bemerkte, wie sehr Henrys linkes Augenlid heute abend herabhing. Traumwandlerisch gab sie die richtigen Antworten, dann wurde ihr ein Dokument gereicht, das sie unterschreiben mußte. Bette trat aus den Schatten der Kapelle, um ihre Unterschrift zu bezeugen. Mit offenem Mund starrte Eleanor sie überrascht an. Sie hatte geglaubt, Bette schlafend zurückgelassen zu haben. Der König und de Montfort sprachen mit Bette, als sei Eleanor überhaupt nicht anwesend. »Bringt sie jetzt zurück ins Bett. Und bei Tagesanbruch packt Ihr und reist dann wie üblich nach Odiham ab.«

Wie eine Marionette ließ sie sich von Bette am Arm führen, sie war froh, daß man ihr ein zweites Mal jede Verantwortung abgenommen hatte. Sie ließ sich von ihrer Dienerin entkleiden und schlafen legen. Es war alles so unfaßlich, man schickte sie also jetzt nach Odiham. Irgendwie hatte sie geglaubt, ihr neuer Ehemann würde sie weit wegbringen, vielleicht nach Leicester, wo sie heimlich zusammenleben könnten. Doch es schien sich nichts zu ändern. Sie würde allein in Odiham leben, wohin de Montfort dann kommen konnte, wann immer es ihm paßte. Die gemurmelten Worte des Priesters waren nicht mehr gewesen als eine Formalität.

Sie schloß erschöpft die Augen. Dann legte sie beide Hände beschützend auf ihren Leib und versank in die Tiefe des Schlafes. Als sie aufwachte, war alles schon gepackt für ihre Reise nach Odiham, und Bette drängte sie, aufzustehen und zu frühstücken, damit sie sich aufmachen konnten. Als sie die Decke beiseite warf, errötete sie voller Scham, als sie sah, wie offensichtlich ihre Schwangerschaft schon war.

Bette preßte die Lippen zusammen. »Ihr braucht Euch nicht dafür zu schämen, daß Ihr den Erben des großen Grafen von Leicester unter Eurem Herzen tragt, ganz besonders nicht, da Ihr jetzt selbst die Gräfin von Leicester seid.«

Eleanors Hand fuhr zu ihrem Mund. »Nennt mich nicht so, solange wir noch in Windsor sind«, wisperte sie.

»I bewahre! Ich werde Euch Gräfin von Pembroke nennen, wie jeder andere hier auch.«

Eleanor trug die gleiche Kleidung wie in der Kapelle vor einigen Stunden. Sie fühlte sich mittlerweile ein wenig besser. Ihre Energie strömte zurück, und sie konnte es nicht erwarten wegzukommen. Es war beinahe so, als würde sie ein Gefängnis verlassen. Hier hatte sie festgesessen, länger als es ihr lieb gewesen war.

Klarheit und Frische lagen in der Luft, und Eleanor thronte auf ihrem Pferd, eingehüllt in den Zobelumhang. Es ist Februar, dachte sie, der Beginn eines neuen Monats – der Beginn eines neuen Lebens. Noch ehe ihr Troß zwei Meilen ins Land hinein zurückgelegt hatte, wurden sie von einer ganzen Armee von Männern erwartet. O Gott, sie sind gekommen, um mich wieder einzufangen, schoß es Eleanor durch den Sinn. Doch dann erkannte sie, daß der Recke, der die Waffenträger anführte, Simon de Montfort war. Seine Laune hätte nicht besser sein können, das Blut pulsierte heftig durch seine Adern. Er brauchte weder Hut noch Umhang. »Guten Morgen, Gräfin. Es hat in letzter Minute eine Änderung der Route gegeben. Wir werden nach Norden reiten.« Er stieg von seinem Pferd und schritt auf sie zu. Seine Stimme war leise und sanft, mit seinen Augen sagte er ihr alles. »Geht es dir gut?«

»Ja, danke«, antwortete sie, und plötzlich stimmte es auch. »Wir werden zwei Tage im Sattel sein müssen«, erklärte er ihr. »Ich nehme dich vor mir aufs Pferd.« Er streckte ihr seine Arme entgegen. Eleanor blickte auf seine Hände und war verloren. Sie ließ sich schüchtern und voller Zurückhaltung von ihm vom Pferd heben, und in diesem Augenblick fühlte er sich unbesiegbar, wie ein Gott. Er hatte die Gelegenheit beim Schopf gepackt, und alles war so gekommen, wie er es gewollt hatte. Wenigstens für den heutigen Tag hatte er den verstorbenen Rivalen ausgeschaltet.

Angeschmiegt an seine breite Brust, hoch zu Roß, schien für Eleanor die Welt wieder zu stimmen. »Wohin reiten wir?« wollte sie wissen.

»Nach Hause«, antwortete er.

Sie wußte, daß es eine Überraschung werden sollte, deshalb drängte sie ihn nicht, sondern fragte nur: »Werden wir genug Platz haben für all die Menschen?«

Er warf den Kopf zurück und lachte. Die Muskeln an seinem Halt traten hervor, und seine weißen Zähne blitzten. Dieser jungenhafte Lümmel konnte doch sicher nicht der gleiche, schwarze, geheimnisvolle Mann sein, den sie in der Nacht geheiratet hatte?

»Ich habe Rickard de Burgh geschickt, um all deine Leute aus Odiham zu holen, und dennoch wird unser Haus nur zur Hälfte belegt sein«, versprach er ihr.

Für Eleanor klang es wie der Himmel, doch es könnte auch zur Hölle werden, dachte sie, und ein kleiner Schauder lief über ihren Rücken. Seine Augen funkelten verheißungsvoll, ihr war es ganz gleich, was es sein würde, so lange nur Sim bei ihr war.

Den ganzen Tag klammerte sie sich an ihn, manchmal lauschte sie seiner Stimme, die ihr Mut machte, manchmal schloß sie die Augen und ruhte sich an seiner Schulter aus. Doch am späten Nachmittag, ehe die Dämmerung hereinbrach, fuhr sein Finger über die leichten Schatten unter ihren Augen, das Zeichen, daß er eine Herberge für die Nacht suchen müßte. Wie durch ein Wunder waren sie bis Oxford gekommen. Simon gebot seinen Männern, eine Unterkunft zu suchen und sich um sechs Uhr am Morgen wieder bei ihm einzufinden.

Er umrundete die Stadt und hielt dann an einem Gasthof in dem Dorf Woodstock. Oxford war zur Heimat der Gelehrten geworden, seit sich hier der Orden der Franziskaner niedergelassen hatte, um zu lehren und zu dienen. Das große kulturelle Zentrum zog die edelsten Männer des Reiches an, und Simon glaubte, daß entweder er selbst oder die Schwester des Königs erkannt werden würden, wenn sie sich über Nacht dort einquartierten.

In dem kleinen Zimmer unter dem Dach bestand Simon darauf, Eleanor mit eigenen Händen auszukleiden und sie ins Bett zu bringen. Und als dann ein Frauenzimmer mit einem Tablett voll köstlicher Speisen die Treppe heraufkam, nahm er das Tablett ab, trug es zum Bett und fütterte sie.

»Wirst du mich jetzt jeden Abend füttern, lieber Gatte?« schnurrte sie.

»Nein«, neckte er sie. »Du bist ja jetzt schon so fett wie ein Schweinchen.« Sie küßten einander zwischen den Bissen des Essens. Simon ordnete nun Schlafenszeit an, damit sie für den morgigen Tag genügend Kraft hätte – deshalb würde er heute abend nichts von ihr verlangen. Als er sich jedoch entkleidete und sie sah, daß er den schwarzen Lederschutz trug, mit dem er sein Glied auf dem langen Ritt geschützt hatte, verführte sie ihn, bis er heute zum zweiten Mal »die Route änderte«.

Am Ende des nächsten Tages erreichten sie Kenilworth, gerade als die Sonne unterging. Sie spiegelte sich golden im Avon, verwandelte jedes Fenster, jedes Türmchen und jede Kuppel mit ihren einladenden Strahlen in Gold. Die Mauern waren mit Schießscharten versehen, und der äußere Wall wies fünf Türme auf. Sie ritten über einen Damm zu einem zweistöckigen Torhaus und dann unter einem Fallgatter hindurch.

Eleanor sah ihren frischgebackenen Ehemann an. »Das ist nicht Leicester«, meinte sie, und in ihre Stimme schlich sich ein Anflug von Unsicherheit und Sehnsucht.

»Nein«, sagte Simon und ritt in den Außenhof. »Das ist Kenilworth.«

»Oh, es ist ja ein halbes Land«, hauchte sie voller Bewunderung. Die Mauern des inneren Hofes waren über zwanzig Fuß dick, mit eingebauten Kammern für die Wachen und die Soldaten. »Wem gehört Kenilworth eigentlich?« fragte sie.

Der Graf von Leicester schwang sich von seinem Pferd und hob sie dann herab. Sie sah wie ein Püppchen aus vor dem gewaltigen Gemäuer, dessen Hauptetage sich achtzehn Fuß über dem Boden befand. »Dir, Eleanor«, sagte er leise.

Sie sah ihn mit großen Augen an. »Was willst du damit sagen?«

Er griff in sein Wams und zog ein knisterndes Pergament hervor, an das sie sich zwei Tage lang angelehnt hatte. Das Licht schwand sehr schnell, aber sie las, daß König Henry III. Kenilworth Simon de Montfort vermacht hatte für treue Dienste an England und der Krone. Groß stand er vor ihr. Dann legte er ihr einen Finger unters Kinn und hob ihr Gesicht: »Wahrscheinlich werde ich nie in der Lage sein, dir Juwelen zu schenken oder Umhänge aus Zobel, die so kostbar sind wie dieser hier, aber am heutigen Tag schenke ich dir Kenilworth. Ich werde es so beurkunden lassen, daß du für immer eine sichere Bleibe hast.«

»Du bist ein Magier, ein Zauberer!«

Er zog sie in seine Arme, vor all den Leuten, und küßte sie auf den Mund. Dann grinste er. »Hokus Pokus Fidibus.«

Eleanors silberhelles Lachen durchdrang die kühle Abendluft, und in seinen Ohren war es der wunderbarste Klang, den er je vernommen hatte.

Die nächsten Wochen waren die glücklichsten in Eleanors Leben. Sie eilte vom Morgen bis zum Abend geschäftig umher. Ihr Haushalt war sehr groß, dazu gehörten die Leute aus Windsor, aus Durham House in London, aus Odiham und den Dienern und Soldaten aus Chepstowe in Wales. Alle mußten irgendwie untergebracht werden und sich mit den Menschen arrangieren, die schon ihr ganzes Leben in Kenilworth gearbeitet und gelebt hatten.

Eleanor und Simon wählten den großen, uneinnehmbaren Caesar-Turm für ihre privaten Gemächer. Von den hohen Fenstern aus konnte sie ganz Kenilworth überblicken, mit den doppelten Schutzwehren und dem tiefen Burggraben. In Kenilworth lebten nun so viele Einwohner, daß eine eigene Mühle das nötige Korn mahlte. Es hatte einen eigenen Gerichtshof, wo die Preise festgesetzt, Streitigkeiten beigelegt und Verbrechen abgeurteilt wurden. Ein eigenes Gefängnis war da, sogar ein Galgen, und um die Brauerei von Kenilworth herum hatte sich eine kleine Stadt mit Namen Banbury angesiedelt. Die Stadt wiederum besaß eine Waffenschmiede und eine Kapelle; der neue Orden der Franziskanerbrüder begann gerade damit, eine Bibliothek zusammenzustellen.

Nachts befanden sie sich im Paradies. Hoch in dem Caesar-Turm waren die Liebenden allein, um sich all die Dinge zu sagen und zu tun, von denen sie bisher nur geträumt hatten. Simon hatte sofort ein riesiges Bett bauen lassen, zweimal so groß wie üblich, damit sie sich tummeln konnten. Eleanor hatte jetzt ihren Lebenszweck gefunden, sie wurde zu einer so tüchtigen Hausfrau, daß jedermann staunte. In der Küche sah sie nach der Sauberkeit, kümmerte sich darum, daß keine Maden sich im gesalzenen Fleisch einnisteten und keine Kornwürmer im Mehl. Sie stellte eine Liste aller Lebensmittel und Kräuter zusammen und zeigte ihren Dienerinnen, wie die Wäsche zu waschen war, die Matten gewechselt werden mußten, die Talglichter aufgefüllt und duftendes Wachs zu Kerzen geschmolzen wurde. Zudem sorgte sie dafür, daß sich jemand um die Abwässer und die Brunnen kümmerte.

Sie wies ihre Dienerinnen an, die Kranken zu versorgen, und ihre Näherinnen mußten rostrote und grüne Kleidung für die Schmiede, die Pferdeknechte, Köche, Bäcker und Wäscherinnen nähen. Sie ernannte einen Haushofmeister, lernte Sprachen bei dem Kaplan und begann ein Haushaltsbuch zu führen, in dem sie jede Seite mit Eleanor, Gräfin von Leicester, unterschrieb. Täglich legte sie niederkniend ihre Hand auf die Erde und flüsterte: »Mein!«

34. Kapitel

Eleanor stand am Caesar-Turm und blickte aus einem der hohen Fenster. Es war Ende Februar, die ersten Anzeichen des Frühlings machten sich überall bemerkbar, und an diesem klaren Morgen konnte sie sogar die wunderschönen Hügel von West Anglia über dem anderen Flußufer erkennen.

Simon lag nackt auf dem Bett und beobachtete sie unter halbgeschlossenen Augenlidern. Er stand auf und trat hinter sie, legte ihr seine starken Hände auf die Schultern. »Schau dir alles noch einmal gut an. Nach dem heutigen Tag wird es nie wieder so aussehen.«

Besorgt fragte sie: »Wie meinst du das?«

»Ich möchte hundert Morgen Grasland fluten. Von jetzt an wird Kenilworth in der Mitte eines großen Weihers liegen.«

»Ein Weiher ist ein See, nicht wahr? Wie wirst du hinüber- und herüberkommen?«

»So wie immer, über den Damm und unter dem Fallgatter hindurch, beides wird hoch über dem Wasser liegen. Aber es wird der einzige Zugang nach Kenilworth sein und macht uns völlig unbesiegbar. Wir haben lange und hart an diesem Plan gearbeitet. Ich werde das Wasser des Avon hierher leiten und es dann aufstauen. Der Weiher wird tief genug sein, daß man ihn mit Booten befahren kann, und du hast dann deine eigene kleine Barke.«

Sie wandte sich in seinen Armen um und preßte ihre Wange in das krause Haar auf seiner Brust. »Sim, ich möchte, daß der Februar nie zu Ende geht. Es war der wundervollste Monat meines Lebens.«

Er wollte ihr versichern, daß der März viel besser würde, doch er schaffte es nicht, sie anzulügen. Er hatte sein Bestes getan, die Welt aus ihrem Reich herauszuhalten, doch war er Realist und wußte, daß es nicht mehr lange dauern konnte, bis ihre geheime Hochzeit kein Geheimnis mehr war. Er hatte dieses Husarenstück eingeleitet und war auch bereit, den Tribut zu zahlen, doch auch Eleanor würde bezahlen müssen, und er betete, daß sie stark genug dafür wäre. Am Anfang hatte er alles daran gesetzt, sie sich zu unterwerfen, damit sie sich nach seinen Liebkosungen sehne, doch hatte er sich in seinem eigenen Plan gefangen und war so von ihr verzaubert worden, daß auf einmal der Fänger den Gefangenen abgab. Er zog ihr das Nachtgewand aus und senkte den Kopf, um mit der Zungenspitze zart über ihren Hals zu streichen. Wann immer er seinen nackten Körper an ihren drängte, konnte Eleanor dem Verlangen nicht widerstehen, das sie erhitzte. Sie stellte sich auf Zehenspitzen und schlang die Arme um ihn, ihre Finger spielten mit seinem langen schwarzen Haar.

Er legte die Arme unter ihre Knie und hob sie auf, trug sie auf ihr Liebeslager. Dabei bemühte er sich, vorsichtig zu sein in seiner Begierde und faßte den Vorsatz, sich schon bald völlig zu enthalten, bis nach der Geburt ihres Kindes. Die Schwangerschaft hatte Eleanor aufblühen lassen. Ihre Brüste, ihr Bauch und ihre Schenkel waren jetzt besonders einladend für seine Hände und Lippen. Er legte sie auf das Bett, breitete ihr Haar auf dem Kissen aus und kniete dann vor ihr. Er schob ihre Beine auseinander, damit er einen ungehinderten Blick auf die Öffnung zwischen ihren Schenkeln hatte, die von dichten Locken gekrönt wurde. Seine Augen glühten vor Leidenschaft, und sie sah, wie sein Gesicht sich anspannte und hungrig vor Verlangen wurde. Als sein Mund sich dem Quell ihrer Weiblichkeit näherte, wünschte sie sich, er würde sie verschlingen. Sein Daumen strich zart über das krause Haar, öffnete sie ein wenig, und noch ehe er seine heißen Lippen darauf preßte, flüsterte er: »Es sieht genau aus wie eine Rosenknospe.«

Er liebte es, so etwas mit ihr zu tun. Sie war so klein und zierlich, und er wußte, daß er sie so bis zur Grenze erregen konnte. Nachdem er sie so geliebt hatte, war es immer leicht, mit seiner Größe in sie einzudringen. Sie lag ausgebreitet vor ihm, all ihre Sinne waren geweckt. Er leckte zart über die Knospe, bis sie aufkeuchte und sich ihm entgegenhob. »Sim, Sim«, rief sie auf dem Höhepunkt der Erfüllung. Er stand auf und legte sich über sie, beobachtete jede leidenschaftliche Regung in ihrem Gesicht.

Als sie wieder atmen konnte, sah sie unter halbgeschlossenen Augenlidern zu ihm auf, blickte zu seinem hart aufgerichteten Glied. »Ich wünsche mir so sehr, dich mit meinem Mund zu lieben«, hauchte sie. »Aber du bist viel zu groß.«

»Meine Süße, meine Süße, du brauchst doch nicht alles in deinen Mund aufzunehmen, nur die Spitze«, erklärte er.

»Komm näher«, flüsterte sie.

Er rutschte höher hinauf, so daß sich seine Erregung an ihre

Wange drängte. Sie streichelte ihn mit ihren kleinen Händen, ihre Zunge wagte sich vor, um ihn zu schmecken. Dann schloß sie die Lippen um ihn, hielt ihn in ihrem Mund und fühlte, wie er pulsierte. Sie fuhr mit der Zunge über die Spitze.

»Hör auf, Liebling«, rief er, dann zog er sie in seinen Schoß und setzte sich hinter sie. Er hob einen ihrer hübschen Schenkel hoch und drang von hinten in sie ein. Die Gefühle und die Erregung waren neu für sie, und sie strebte einem unglaublich heftigen Höhepunkt zu, in ihrer Leidenschaft krallte sie die Hände in die Bettdecke.

»Sim!« Sie stöhnte. »Du berührst mich innen genau dort, wo ich es so liebe, oh, oh, oje, Sim.« Und in dem gleichen Augenblick, wo sie die Fülle des Höhepunktes erreicht hatte, ergoß Simon seinen heißen Samen in sie, und sie schrie auf vor unglaublicher Lust.

Später am Tag stand sie am Fenster des hohen Turms und sah voller Verwunderung zu, wie Kenilworth sich für immer veränderte. Das Kleinod Englands erhob sich aus der schimmernden Flut. Die ganze Anlage mit den Schießscharten in den doppelten Mauern, mit den fünf Türmen, lag jetzt inmitten eines Sees, der über hundert Morgen Landes bedeckte.

Rickard de Burgh hatte wieder eine seiner Visionen, er war in die Hauptstadt zurückgeritten, um sich dem kommenden Sturm zu stellen.

Simon lud seinen Freund Robert, den Bischof von Lincoln, für eine Woche nach Kenilworth ein. Er war das Oberhaupt der größten und wichtigsten Diözese Englands. Simon wollte ihm von seiner heimlichen Hochzeit mit Eleanor berichten, ehe die Geschichte ans Licht kam. Ihm war klar, daß Eleanor verzweifeln würde, wenn sie wüßte, daß er ihr Geheimnis einer so hochstehenden Person der Kirche verraten wollte; deshalb entschloß er sich, das Kind nicht zu erwähnen.

Robert war sowohl philosophisch als auch praktisch veranlagt. »Ich werde Euch in dieser Sache unterstützen«, meinte er entschlossen, doch seine Augen verrieten nichts von seinen Gefühlen.

»Ihr werdet alle Unterstützung brauchen. In der Zeit, seit der ich Euch kenne, seid ihr zum höchsten Herrn in diesem Teil Englands aufgestiegen. Eure Bestrafungen der Bürger haben immer ein Höchstmaß von Gnade und Vergebung gezeigt, und niemals Grausamkeit. Gerechtigkeit ist Euch zur Leidenschaft geworden, und Euch liegt viel an dem gemeinen Mann.« Der Bischof von Lincoln war eine weitblickende Persönlichkeit. Er erkannte den geborenen Führer, wenn er einen vor sich sah.

Simon de Montfort, Graf von Leicester, war nicht nur körperlich und charakterlich eine Ausnahme. Er besaß auch eine starke Streitkraft. Immer mehr Soldaten zog er an, Tag für Tag, und jetzt, wo er Kenilworth bewohnte, war er beinahe unbesiegbar. Dieser Haushalt umfaßte bereits mehr Menschen als der Hof des Königs, und es war möglich, noch Hunderte dazu aufzunehmen.

Als die Königin sich ins Fäustchen lachte, weil Eleanor Plantagenet vom Hofe verschwunden war, konnte Henry der Versuchung nicht widerstehen, ihr zu verraten, daß er seiner kleinen Schwester bei einer heimlichen Ehe geholfen hatte. Doch als die Königin dann erfuhr, daß ihre Feindin den herrlichen Kriegsherrn geheiratet hatte, wurde sie vor Neid beinahe verrückt. Sie schwor, daß sie sich rächen würde für diese Tat, die sie als persönlichen Angriff empfand. Denn sie war vernarrt in diesen schönsten aller Männer und hatte ihn immer zu ihrer eigenen Gefolgschaft gezählt.

Sie klagte Eleanor an, ihre Schande breitete sich in Windeseile von einem Ende Windsors bis zum anderen aus, und es dauerte nur wenige Stunden, bis der Rat der Fünfzehn schäumte vor Wut auf den König, weil er die Hochzeit der königlichen Prinzessin ohne ihre Zustimmung ermöglicht hatte.

Die Reaktion des Rates jedoch war gar nichts, verglichen mit der der Kirche. Die Männer der Kirche standen zusammen und waren entsetzt, weil Eleanor ihr Gelübde der Keuschheit gebrochen hatte. Der Erzbischof von Canterbury erklärte die Ehe auf der Stelle für ungültig, und Rickard de Burgh ritt in vollem Galopp nach Kenilworth, um die schlechte Neuigkeit zu überbringen.

Simon de Montfort lief unruhig in der großen Halle auf und ab, in der ohne Mühe dreihundert Menschen Platz fanden. An jedem Ende befanden sich mannshohe, offene Kamine, und die hohen Decken waren von Balken durchzogen. Es war ihm ein Greuel, daß seine Ehe für ungültig erklärt worden war. Wenn Eleanor das erfuhr, würde sie in Gram verfallen über ihr Leben in Sünde vor der Kirche und vor ganz England, und über die illegitime Geburt ihres Kindes.

»Ich bedaure es sehr, mein Freund«, druckste Sir Rickard herum, »aber ich habe noch mehr schlechte Nachrichten. Ihr müßt wissen, was Euch erwartet.«

Simon nickte grimmig. »Vorgewarnt ist vorbereitet.«

»Die Barone des Rates haben damit gedroht, sich zusammenzuschließen und einen Aufstand gegen den König anzuzetteln. Sie haben sich an den Bruder des Königs gewandt, an Richard von Cornwall, sie zu führen.«

Simon hob den Kopf wie ein Hirsch, der plötzlich Gefahr wittert. »Gütiger Himmel... daß eine einfache Hochzeit das Land an den Rand eines Bürgerkrieges bringen würde!«

»Keine königliche Hochzeit ist eine einfache«, wandte Sir Rickard ein.

»Ich verstehe ja den Widerstand der Kirche, wegen der gebrochenen Gelübde, aber was haben die Barone gegen mich?« Doch schon als er die Frage stellte, kannte er auch die Antwort, de Burgh bestätigte sie nur.

»Sie sind es leid, daß der König ständig ihre Autorität mißachtet, daß Günstlinge des Königs und seine Verwandten Englands Schlösser und Titel unter sich aufteilen, daß sie die reichen Erbinnen heiraten. Der König und die Königin haben keine Kinder; wenn man daher Eleanor erlaubt zu heiraten, wollen sie für sie einen königlichen Ehemann, denn möglicherweise wird sie die einzige Plantagenet sein, die einen Erben zur Welt bringt, und dem gehört dann der Thron.«

Simon de Montfort setzte sich nicht hin und grübelte über seine Situation nach. Er war ein Mann der Tat und traf seine Vorkehrungen schnell. »Ich werde Robert, den Bischof von Lincoln, um

Beistand ersuchen; anschließend gehe ich zu Richard und bitte ihn, mich von Angesicht zu Angesicht mit den Baronen sprechen zu lassen.« Seine Miene verzog sich. »Aber zuerst muß ich noch jemandem gegenübertreten, der viel wichtiger ist als alle Bischöfe und Barone zusammen.«

Er fand Eleanor vor dem Feuer, sie entspannte sich gerade in einem warmen Bad. Er zögerte lange, weil er nicht gern ihre Ruhe stören wollte. Sie bot einen allerliebsten Anblick mit ihrem feuchtem schwarzen Haar, das sie auf ihrem Kopf hochgesteckt hatte. Kleine Löckchen kringelten sich über der Stirn, und das Feuer warf einen goldenen Schein auf ihre Haut.

»Kathe«, sagte er leise. Sie war sofort auf der Hut. So nannte er sie nur in den Augenblicken, in denen sich etwas Unsägliches anbahnte.

»Was ist geschehen?« fragte sie und legte die Hand an den Hals.

»Etwas, das dich bekümmern wird, fürchte ich.«

Alarmiert erhob sie sich. »Unser Geheimnis ist enthüllt worden.«

Er nickte zustimmend, dann nahm er ein großes Handtuch, legte es um sie und hob sie aus dem Wasser. Mit ihr auf dem Arm ging er zum Feuer, setzte sich in einen der großen Stühle und zog sie auf seinen Schoß. »Die Barone stehen kurz vor einem Aufstand gegen Henry, wegen unserer Heirat.«

»Du mußt ihm zu Hilfe kommen. Du hast die meisten seiner Soldaten im Griff und so viele eigene Krieger.« Seine nächste Worte wählte er mit Bedacht. »Meine Männer fühlen sich mir gegenüber zur Treue verpflichtet, aber ich glaube, Henry gegenüber denken sie anders. Die Barone haben sich an deinen Bruder Richard gewandt. Jetzt aufzubegehren würde Bürgerkrieg bedeuten. Ich werde mich an Richard wenden und selbst mit den Baronen sprechen.« Er sagte ihr nicht, daß ihre Ehe für ungültig erklärt worden war, das würde sie noch früh genug erfahren.

»Henry braucht mich«, erklärte sie entschlossen. »Ich gehe zu ihm.«

»Bei allen Heiligen, das wirst du nicht tun! Kenilworth ist deine Zuflucht, dein Schutz. Du bleibst hier.«

Störrischer Widerspruch trat in ihr Gesicht.

»Ich verbiete es dir, Kenilworth zu verlassen.« Der Ton seiner Stimme riet ihr, ihm zu gehorchen. Er war ein so großer starker Mann, sie brauchte ihren ganzen Mut, um ihm zu widersprechen, und wenn sie, wie jetzt, nackt auf seinem Knie saß, war das ganz unmöglich. »Es ist sehr bewundernswert, wenn du loyal zu deinem Bruder stehst, aber deine erste Loyalität gehört dir selbst und dem Kind, das du unter deinem Herzen trägst. Hast du so wenig Vertrauen in mich, daß du meine Fähigkeit bezweifelst, die Dinge in Ordnung zu bringen?«

Eleanor schämte sich. War er nicht ihr wundervoller Gatte, ihr Zauberer? Zärtlich strich sie ihm über die Wange, drängte die Tränen zurück und flüsterte: »Hokus Pokus Fidibus.«

»Zieh dir was an, du machst mich verrückt.« Wenn sie erfuhr, daß sie laut Bischofsspruch in Sünde lebten, würde sie gegenwärtig ein Schäferstündchen wahrscheinlich nicht begrüßen. »Ich reise noch heute ab, Eleanor.«

»Wann kommst du zurück?« fragte sie ängstlich.

»Ich werde zurückkommen, wenn es angezeigt ist, nicht vorher. Und so wird es immer sein, meine Liebste. Sooft ich abreise, um etwas zu erledigen, werde ich nicht eher wieder da sein, als bis ich mein Ziel erreicht habe.«

Im Hemd trat sie auf ihn zu, und er streckte ihr die Arme entgegen. »Sim, versprich mir, daß du gut auf dich achtgeben wirst.«

Seine Lippen erstickten ihre weiteren Worte, dann riß er sich los und verließ das Zimmer im Caesar-Turm.

Robert, Bischof von Lincoln, hatte die Neuigkeit schon erfahren, als Simon erschien. Sie saßen zusammen und tranken Wein in dem kleinen Versuchsraum, den der gelehrte Bischof für seine wissenschaftlichen Experimente benutzte. »Ich werde alles tun, was in meiner Macht steht, und Briefe an den König und den Erzbischof von Canterbury schreiben, daß ich Euch in Eurer Eheschließung unterstütze. Aber Ihr wißt wohl, daß es eine noch höhere Autorität gibt als den Erzbischof von Canterbury.«

Simon de Montforts Züge versteinerten: »Ihr meint den Papst. Wie Ihr wißt, habe ich mich gegen jede Einmischung des Papstes in englische Angelegenheiten ausgesprochen. Ich habe mein ganzes

Leben lang gegen den Papst gestimmt. Er würde mich nicht einmal anhören.«

Robert hob beschwichtigend eine Hand. »Ihr seid hinter der Zeit zurück. Wir haben einen neuen Papst in Rom, Gregor IX. Simon, ich verrate Euch ein Geheimnis der Kirche: Es ist alles eine Frage der Bestechung. Laßt den päpstlichen Gerichtshof entscheiden, ob Eleanors Gelübde bindend war. Das wird jedes Murren in England zum Schweigen bringen.«

»Da ich zu Euch gekommen bin, um mir einen Rat zu holen, sollte ich jetzt auch so vernünftig sein, ihn anzunehmen.«

»Ihr werdet drei Dinge brauchen, Geld, Geld und Geld. Ich gebe Euch fünfhundert Kronen, und ich kenne einige brave Einwohner von Leicester, die sich glücklich schätzen werden, meine Spende zu unterstützen. Ich beginne, das Geld einzusammeln, während Ihr zu Richard reist und mit den Baronen sprecht. Ihr müßt betteln, borgen und stehlen, damit Ihr genug Mittel für eine schnelle Reise nach Rom und einen Dispens zusammen bekommt.«

Rickard de Burgh begleitete Simon auf seiner Reise nach Süden. Sein Onkel Hubert de Burgh hatte alle Burgkontingente und Männer der Cinque Ports abkommandiert. Jetzt schworen sie Richard von Cornwall ihre Treue gegen den intriganten und wankelmütigen König.

Simon gelangte zu der Überzeugung, daß er auch die Unterstützung der Männer der Cinque Ports brauchte, genauso wie die der Barone; er würde sie allerdings nur bekommen, wenn er sich Richards Anerkennung seiner Ehe sicherte. Das Treffen von Simon mit Richard glich allerdings mehr einer Konfrontation.

»Ist Euch eigentlich klar, daß Ihr durch Eure Hochzeit mit meiner Schwester sowohl die Autorität der Kirche als auch die des Rates mißachtet habt? Die Barone sind kampfbereit, weil Henry wieder einmal einem verhaßten Fremden große Reichtümer zugeschustert hat. Warum, zur Hölle, habt Ihr etwas so Rücksichtsloses getan?« wollte Eleanors Bruder wissen, der bisher Simon freundlich gesinnt gewesen war.

»Weil sie im sechsten Monat schwanger ist.« Simon kam gleich zum Kern der Sache. Mit diesen Worten wischte er allen Widerstand Richards beiseite. Die beiden Männer warfen einander böse Blicke zu. Richard konnte Simon keine Vorhaltungen machen, denn er selbst hatte mit Isabella Marshal ein Kind gezeugt, als Gloucester noch lebte.

»Ich bin bereit zu zahlen, falls ich anders Eure Zustimmung nicht erwirken kann«, erklärte Simon direkt.

»Gütiger Himmel«, rief Richard aus, doch dann zeigte sich der Anflug eines Lächelns auf seinem Gesicht. »Wie dem auch sei, jetzt sind wir Brüder, und ich gebe gern zu, daß Ihr mir wesentlich lieber seid als diese Meute Schakale, die meine Mutter uns auf den Hals gehetzt hat.« Richard schenkte ihnen Bier ein. »Auch ich werde bald Vater werden. Das bedeutet, daß Eleanor und ich Henry wenigstens in dieser Hinsicht geschlagen haben.« Ein belustigender Gedanke kam Richard, und er klopfte sich auf die Schenkel. »Wenn wir beide Söhne bekommen, so sollten wir sie beide Henry nennen, um Salz in seine Wunden zu reiben, wie Brüder es zu tun pflegen.«

Richard von Cornwall begleitete Simon de Montfort und Rickard de Burgh zu allen wichtigen Häfen, angefangen bei Dover. Die Männer der Cinque Ports brauchten nur Simon de Montfort, den Grafen von Leicester, zu sehen, um zu wissen, daß sie diesen hervorragenden Kriegsherren auf ihrer Seite brauchen würden, sollte je ein Feind England angreifen. Ehe er wieder abreiste, versprach Simon ihnen seinen Einsatz, für Hubert de Burgh eine Begnadigung zu erreichen. Auch seine Schlösser und Titel sollte er zurückerhalten. Das überzeugte die Männer, daß ihm vor allem Gerechtigkeit am Herzen lag, ein Begriff, den der König in diesen Zeiten nicht einmal aussprach.

Dann rief Richard von Cornwall die Barone zusammen, und Simon verbrachte eine ganze Woche mit Ansprachen. Die meisten der adligen Familien Englands waren vertreten. Noch ehe drei gemeinsame Tage vergangen waren, hatten sie erkannt, daß er seltene Qualitäten besaß, und politischen Scharfblick. Es gab einen großen Mangel an Führungspersönlichkeiten in England, und sie sahen in ihm einen Mann mit erhabenen Zielen und großer Entschlossenheit. Er war kein fremder Provencale oder Savoyer, sondern ein

Anglo-Normanne wie sie, und er stellte sich ganz und gar diesem Land zur Verfügung, das er als das seine anerkannt hatte und liebte.

Er wies sie auf den Genius der alten englischen Verfassung hin, die der verstorbene große Henry II. eingerichtet hatte, und die Barone erkannten in ihm einen Vorreiter, der aus dem gleichen Holz geschnitzt war.

Simon konnte es kaum erwarten, nach Leicester zurückzukehren, um sich das Geld für seine Reise nach Rom zu borgen. Doch ehe er abreiste, gab Richard ihm die Bestechungssumme zurück. Er überreichte ihm das Geld mit den Worten: »Wenn das Glück meiner Schwester davon abhängt, wie kann ich da an meinen Gewinn denken?«

Als Simon nach Kenilworth heimritt, leistete nur noch die Kirche Widerstand gegen seine Heirat. Von dem ganzen Unternehmen war sein Pferd erschöpfter als er selbst. Er fühlte sich voller Spannkraft durch seine Begegnungen. Jetzt war er bereit, dem Papst gegenüberzutreten und dessen Gerichtshof, um auch noch das letzte große Hindernis zu beseitigen.

35. Kapitel

Als Simon sich Kenilworth näherte, gelangte er zu der Gewißheit, daß Eleanor mittlerweile über die schreckliche Entwicklung im Bilde sein mußte, die sie beide ausgelöst hatten. Und sie würde auch wissen, daß ihre Ehe durch das Edikt des Erzbischofs von Canterbury annulliert war. Der März neigte sich seinem Ende zu, und sie war im siebten Monat schwanger.

Die Nachricht, daß sich Reiter dem Schloß näherten, verbreitete sich in Kenilworth wie ein Lauffeuer. Eleanor wurde in der Molkerei, wo alles kühl gehalten wurde, vom Wein bis hin zum Käse, von der Kunde überrascht. Sie lief zum hohen Caesar-Turm, um nach Simon Ausschau zu halten. Ihr Zorn auf ihn und auch auf sich selbst kannte keine Grenzen. Sie hätte nie zulassen dürfen, daß er sich an sie heranmachte, hätte nie seinem Charme und seiner körperlichen Anziehungskraft erliegen dürfen. Gleich von ihrer ersten Begegung an waren die Funken zwischen ihnen geflogen. Und was schlimm begonnen hatte, mußte ja schlimm enden! Jetzt hatte sie den Preis zu zahlen, und dieser Preis war unendlich hoch.

Er hatte sie geschwängert, sie zu einer heimlichen Hochzeit überredet, die gleich für ungültig erklärt wurde; dann war er für einen ganzen Monat verschwunden. Als Simon endlich die Stufen des Turms heraufstieg, hatte sie vor, mit dem Messer auf ihn loszugehen, doch als seine große, breitschultrige Gestalt dann in der Tür stand und die böse Welt hinausdrängte, lief sie blind vor Tränen in seine Arme und klammerte sich an ihn – verzweifelt suchte sie seine Kraft, seinen Schutz und seine Liebe.

Sie hatte nicht in Tränen ausbrechen wollen, aber für Simon war sie trotzdem wunderschön. Er hob sie auf und hielt sie mit unendlicher Zärtlichkeit in seinen Armen. Dann legte er sie auf das Bett, glitt neben sie, um sie zu trösten und festzuhalten. »Bitte, rege dich nicht zu sehr auf, meine Liebste. Ich habe viel erreicht. Die Barone und die Männer der Cinque Ports werden mich unterstützen.«

Sie zog sich von ihm zurück. »Gegen Henry?«

Er bewahrte Geduld. »Eleanor, du kannst nicht alles haben. Entweder sind die Barone und ihre Heerscharen gegen uns, oder sie sind für uns. Dein Bruder Richard ist ebenfalls auf unserer Seite. Isabella und er bekommen ein Kind«, sagte er, um sie abzulenken.

»Sie haben es auch einfach, ihre Ehe ist gültig!« rief sie und wollte aufspringen.

Seine starken Arme hielten sie an seiner Seite. »Es war nicht immer so, Eleanor, und das weißt du. Beherrsche dich, es ist nicht gut für das Kind, wenn du immer so heftig und aufgeregt bist.« Er strich ihr das wilde Haar aus der Stirn und gab ihr einen Kuß auf die Schläfe.

Sie sah in seine dunklen Augen und entdeckte dort ihr Spiegelbild. Ich bin ein Teil von ihm, dachte sie, und er ist ein Teil von mir. Besitzergreifend schlang sie die Arme um ihn. Seine weichen Lippen legten sich auf ihre, und seine starken Hände glitten über ihren Körper, wie um sie mit sich einzuhüllen. Er massierte ihren

Rücken, bis sie sich in seinen Armen entspannte. Erst unter seinen magischen Berührungen empfand sie die Erlösung, die ihre vorherigen Verkrampfungen vertrieb. Sie schmiegten sich aneinander, berührten und küßten sich und konnten gar nicht mehr aufhören mit den Liebkosungen.

Als er sie so innig herzte, gab sie schnell jeden Widerstand gegen ihn auf. »Sim«, flüsterte sie. »Es ist mir verdammt gleichgültig, ob man uns eine legale Ehe verweigert! Ich werde mit dir in Sünde leben. Kenilworth genügt als unsere Welt!«

»Kathe, meine süße Kleine, ich schwöre, ich werde alles tun, was in meiner Macht steht, damit die Kirche unsere Ehe anerkennt. Morgen breche ich auf nach Rom und erbringe dort Beweise, daß dein Schwur nicht bindend sein konnte. Ich bin entschlossen, diese Ehe auch vom gesamten Klerus bestätigen zu lassen.«

»O Sim, wenn das nur möglich wäre!« Tränen rannen über ihre Wangen, und er küßte sie weg.

»Warum weinst du denn, meine Schöne?« murmelte er.

»Wir haben nur noch diese Nacht. Es ist doch immer das gleiche mit uns. Versprich mir, daß du mich nie wieder verlassen wirst, wenn du zurückgekommen bist«, verlangte sie stürmisch.

»Du weißt, daß ich das nicht versprechen kann, Liebste. Ich will dir versprechen, dich überallhin mitzunehmen, wohin ich auch gehe … bist du damit zufrieden?«

Ein unerträglicher Gedanke kam ihr. »Oh, Simon, du wirst nicht da sein, wenn mein Baby kommt!«

Er sah die Angst in ihren Augen. »Ich tue mein möglichstes«, versprach er ihr. Doch zum ersten Mal in seinem Leben sank seine Entschlußkraft, zum erstenmal erfuhr er echte, betäubende Furcht. Sie war so fein gebaut, er fürchtete, daß ein Kind aus seinen Lenden so groß wäre, daß es sie umbrachte. Gütiger Gott, er würde Himmel und Hölle in Bewegung setzen, um diese Ehe in den Augen der Kirche gültig zu machen, und er würde zurückkehren, noch ehe der Mai vorüber war.

Er hielt sie in seinen Armen, bis sie eingeschlafen war, dann rückte er zur Seite. Er wußte, daß beinahe alle Menschen in Kenilworth ihr ergeben waren, angefangen von Jack, der das Badehaus betreute, bis zu Dobbe, dem Schäfer. Seine Sorgen wegen der Geburt vertraute er Bette an und bat sie, auf Eleanors Wohlergehen zu achten. Dann ließ er Kenilworth in den bewährten Händen von Sir Rickard de Burgh zurück.

Er entschied sich, den schnellsten Weg über den Englischen Kanal und dann über Land nach Rom zu nehmen. Sechs seiner tüchtigsten Ritter begleiteten ihn, weil er wußte, die Straßen auf dem Kontinent wimmelten von Dieben, und schließlich trug er über fünftausend Kronen bei sich.

In der heiligen Stadt mußte man sich nach dem Protokoll richten, ehe man eine Audienz beim Papst erhielt. Er nutzte seine Zeit, indem er alles über Eleanor, Gräfin von Pembroke, zu Papier brachte, die ihren Ehemann, den Oberhofmarschall, im Alter von sechzehn Jahren verloren hatte. Er berichtete, daß sie von Kummer so niedergedrückt war, daß sie das Gelübde der ewigen Witwenschaft abgelegt hatte, und bat darum, einen Dispens für dieses Gelübde zu bekommen, damit seine Ehe mit ihr anerkannt werden konnte. Von einem Schreiber ließ er Kopien für jedes Mitglied des päpstlichen Gerichtshofes anfertigen, dann erst konnte er in Ruhe abwarten.

Nachdem eine Woche vergangen war, beschloß er, die Angelegenheit selbst in die Hand zu nehmen. Er besuchte den Schatzmeister des Papstes und sprach von Geld, eine Sprache, die der Vatikan verstand. »Als ich hier angekommen bin, habe ich eine Spende von fünftausend Kronen bei einem Goldschmied hinterlegt, die ich der Heiligen Kirche von Rom überreichen möchte. Jeden Tag, den ich und meine Männer länger in Rom bleiben müssen, vermindert sich diese Summe Goldes. Ich habe sechs Ritter und zwei Knappen mitgebracht, und allein die Kosten für die Unterbringung und das Futter unserer Pferde verschlingen einiges. Wenn Ihr einen Weg finden könntet, unser Gesuch ein wenig zu beschleunigen, dann könnte das Geld, das ich an Verpflegung und Unterbringung spare, sicher den Weg in Eure Hände finden.«

Am Ende einer weiteren Woche hatte Simon sein Urteil, aber nicht, ehe er noch weitere zweitausend Kronen zu zahlen versprochen hatte. Um das Papier zu bekommen, das zu seinen Gunsten ausgefallen war, hätte er liebend gern noch eine Million bezahlt und nicht bloß zweitausend! Er würde sich für dieses eine Mal ein Beispiel an Henry Plantagenet nehmen und alles versprechen, was man von ihm verlangte.

Simon begann die lange Reise nach Hause, in nie zuvor erreichter Zeit würde er zurück sein in Kenilworth. Der Mai auf der britischen Insel war unvergleichlich, es schien, als stünde das ganze Land in Blüten. Als der Graf in Dover landete, wollte seine Liebe zu England ihn schier überwältigen und wuchs noch von Tag zu Tag. Hier war das Gras grüner, die Hecken voll wilder Blumen, die Weiden mit ordentlichen Steinmauern eingefaßt. Auf jedem Hügel weideten Schafe mit ihren Lämmern, in den Tälern grasten Herden von Kühen, und auf allen Feldern sprossen die ersten Halme der Frühjahrssaat.

Natürlich gab es eine Menge Mißstände in England, und alle hatten mit dem König zu tun. Das Land war beinahe geteilt. Die Gier der Provencalen und der Savoyer, gegen die Henry nichts unternahm, säte Unfrieden unter den anglonormannischen Baronen, deshalb besaß der König keine Anhänger mehr. Untreue und Katastrophe drohte über allem. Ungeachtet dessen verspürte Simon de Montfort in seinem Herzen tiefste Dankbarkeit, wieder nach Hause zu kommen. Aus der Entfernung betrachtete er Kenilworth voller Stolz, und als er sich näherte, lächelte er beglückt beim Anblick der nistenden Wasservögel auf dem neu geschaffenen See. Die Angespanntheit, die ihn so lange in den Klauen hatte, löste sich plötzlich. Freude, Eleanor wiederzusehen, sie zu berühren und dann ihr Gesicht zu beobachten, wenn er ihr seinen Sieg mitteilte, schlug sein Herz schneller und sein Blut rauschte.

Eleanor hatte indessen die Hoffnung aufgegeben, daß er je mit guten Nachrichten zurückkehrte. Als der März endete und der April begann, schwand ihre Geduld dahin. Und als der April dann in den Mai überging, wurde sie von Panik geschüttelt, daß ihr Kind unehelich zur Welt käme. Ihre Hoffnung schrumpfte auf ein solches Mindestmaß, daß sie schließlich nur noch Simons Rückkehr wünschte, doch auch diese letzte Zuversicht wollte sie verlassen.

Natürlich hatte sie dafür gesorgt, daß sie immer beschäftigt war,

Kenilworth brauchte feste Zügel. Sie hatte die Frühjahrsaussaat überwacht und sich dann die Bücher vorgenommen. Auf den Pergamentseiten waren die Abmessungen der Ländereien aufgeführt, die Anzahl des Viehs, der Produkte und die Einkünfte. In dem Buch stand, welche Steuern entrichtet worden und welche noch zu zahlen waren. Es gab lange Listen und Schulden und Ausgaben. In einem anderen Buch standen die Namen der Leibeigenen Kenilworths, das Land, das sie bearbeiteten, an welchen Tagen sie für Kenilworth arbeiten mußten und an welchen Tagen für sich selbst. Das Buch führte die Pachten auf, Ernten und Gewinne.

Sie hatte selbst entschieden, welche Felder für die Aussaat vorbereitet und welches Land verkauft werden sollte, um Geld zu beschaffen. Sie hatte sogar Schulden gemacht, um den Viehbestand zu vergrößern. Drei Tage lang kämpfte Eleanor gegen die Wehen an. Die Schmerzen wollten sie zerreißen, doch ihr eiserner Wille ließ sie nach zwei Stunden wieder verschwinden – in den Nächten kamen sie dann zurück. Ironischerweise drohten sie nicht in den Stunden, in denen sie beschäftigt und auf den Füßen war, sondern in den Stunden der Ruhe.

Manchmal verfluchte sie Simon de Montfort, jeden seiner Fehler und jede Kränkung rief sie sich ins Gedächtnis und schwor sich, ihn nie wieder in ihr Bett zu lassen. Er war die Ursache all ihren Kummers und ihrer Schmerzen, und niemals würde sie sich wieder in eine solche Lage bringen lassen. Sie hatte ihre Lektion gelernt, hatte ein sündiges Verbrechen begangen und erhielt jetzt dafür die Strafe.

Eleanor wußte, daß sie in Bewegung bleiben mußte. Doch leider konnte sie nicht mehr weit laufen, also würde sie zu Pferde zwischen den einzelnen Gebäuden hin und her reiten. Bette verbot ihr, den Caesar-Turm zu verlassen, doch sie brauste auf: »Was, zum Teufel, glaubst du eigentlich zu sein? Meine Mutter?«

Sie sehnte sich nach einem Streit, und als sie in den Stall kam, befahl sie dem Stallknecht, ein Pferd für sie zu satteln. Ein junger Ritter trat erschrocken einen Schritt vor. »Ich würde Euch nicht raten, auszureiten, Herrin.«

»Warum nicht?« ging sie auf ihn los.

Ihr Zustand war offensichtlich, er brauchte nicht lange darauf hinzuweisen. »Der Graf von Leicester...«

Sie unterbrach ihn: »Ich wünsche dem Grafen von Leicester die Pocken an den Hals.«

Der Genannte sprang vom Pferd, und mit drei großen Schritten war er bei seiner Frau, schlang seine Arme um sie.

»Pfui! Du stinkst nach Schweiß und Leder,« protestierte sie.

»Und du stinkst nach Feuer und Schwefel, mein tollkühner kleiner Drache!«

»Laß mich runter, du häßlicher großer Riese! Auf einmal schneist du herein und erwartest, daß alles nach deiner Pfeife tanzt. Ich wiederhole deine Worte, de Montfort. Wenn du versuchst, mir Vorschriften zu machen, dann steht dir eine riesige Schlacht bevor.«

»Ich werde dich nach oben tragen, damit du dein Kind zur Welt bringst«, erklärte er ihr kurzerhand.

Sie ballte ihre Fäuste und wollte damit auf ihn einschlagen, doch eine Wehe durchfuhr ihren Körper und verwandelte ihre Antwort in einen Schrei. Simon begann zu laufen. Er nahm zwei Stufen auf einmal und rief nach Bette, als er den Turm betrat. Dann legte er seine Frau vorsichtig auf ihr Bett und überließ sie den Dienerinnen.

Einen großen Teil der nächsten Stunden verbrachte er kniend in der Kapelle. »Gütiger Gott, jetzt, wo ich alles, was ich mir ersehnt habe, in Händen halte, nimm sie bitte nicht von mir«, betete er voller Inbrunst.

Eleanor durchlebte all die Gefühle, die eine Frau nur haben kann, in diesen Stunden, von tiefster Verzweiflung über Hysterie, Wut, Ergebenheit bis endlich hin zum überschäumenden Glück.

Als man Simon erlaubte, sie zu sehen, war sie am Ende, ihr neugeborener Sohn lag an ihrer Brust. Sie sahen beide so winzig aus in der riesigen Kissenlandschaft, daß er überwältigt war. Er setzte sich neben sie und nahm ihre Hand. Nach einer Weile zog er sie an seine Lippen und küßte voller Ehrfurcht jeden ihrer Finger.

»Ich konnte ihn nicht mehr festhalten«, flüsterte sie.

Ein dicker Kloß saß in seinem Hals. Gütiger Himmel, sie hatte gegen diese Geburt angekämpft, weil sie glaubte, ein beschämendes Stigma hafte ihr an. »Eleanor, der päpstliche Gerichtshof hat zu unseren Gunsten entschieden«, flüsterte er. Er zog ein knisterndes Pergament aus seinem Wams. »Das ist der Dispens, in dem steht, daß die Ehe, die ich mit dir geschlossen habe, von Anfang an gültig war.«

»Oh, Gott sei Dank!« hauchte sie. »In meinem Herzen habe ich schon immer gewußt, daß meine Schwüre damals die eines Kindes waren.«

»Ich werde vom Schreiber eine Kopie davon machen lassen, für den Erzbischof von Canterbury, dann ist alles aus dem Weg geräumt«, erklärte er entschlossen. »Jetzt können wir beginnen zu leben.«

Mit Augen voller Liebe blickte sie auf ihr Kind. »Ich werde ihn Henry nennen, weil erst er das alles möglich gemacht hat«, sie klang so, als duldete sie keinen Widerspruch.

Simon verzog den Mund. Er hatte diese Frau verfolgt, gegen allen Widerstand, hatte ihr seinen Samen eingepflanzt, bis er aufgegangen war, hatte Kenilworth für sie erbettelt, war durch ganz England geritten, um den Duke von Cornwall und die Barone zu überzeugen, hatte gesammelt und geborgt, um genug Gold zusammenzuraffen, mit dem er nach Rom reisen und den Papst bestechen konnte, doch ihr Dank galt allein dem König.

»Wir werden unseren Sohn Henry nennen nach seinem glorreichen Großvater. Aber den nächsten nennen wir Simon.« Er grinste sie an.

Sie entzog ihm die Hand. »Oh, du Rohling, du sprichst schon von dem nächsten, und ich habe mich noch nicht einmal von diesem hier erholt. Von jetzt an, denke ich, werde ich mein eigenes Zimmer beziehen, damit ich mich deiner Annäherungsversuche erwehren kann!«

Die nächsten Monate waren die glücklichsten ihres Lebens. Eleanor tat alles andere, als sich Simon zu entziehen. Sie war so stolz, wieder schlank zu sein, daß sie es bei jeder sich bietenden Gelegenheit zeigte.

Bette war nicht mehr so besorgt um sie. Statt dessen widmete sie all ihre Aufmerksamkeit dem Säugling. Eleanor wählte zwei junge Schwestern, Emma und Kate, aus, die Bette im Kinderzimmer helfen sollten. Das gab Eleanor freie Hand, sich um die Angelegenheiten von Kenilworth zu kümmern und einige Änderungen vorzunehmen. Sie begann in den unteren Gewölben, dreihundertfünfzig neue Küchengeräte aus glänzendem Kupfer bestellte sie. Die Küche hatte eine hohe Decke, um die Hitze, die Gerüche und den Rauch erträglicher zu machen; Eleanor gelang hier förmlich ein Paradestück. Sie entdeckte irgendwo ein riesiges Gemälde eines Ochsen mit Instruktionen darauf, wie ein solches Tier in Bratportionen zu unterteilen war, und hängte es an die westliche Wand der Küche.

Der Wein, der aus Wiltshire geliefert wurde, wies deutlich einen Eisen-Geschmack auf, Eleanor befahl, ihn abzusetzen. Statt dessen bestellte sie teuren importierten Wein. Sie kaufte Hennen von Buckingham, Aale aus Bristol und Heringe aus Yarmouth. Die Menge der Lebensmittel, die jeden Tag verspeist wurde, stieg, während sich Kenilworth immer mehr mit Menschen füllte. Eleanor ernannte statt eines Hofmeisters eine Haushofmeisterin, die sich um die Vorräte der Küche und die Ausgaben kümmern sollte und ging mit ihr jeden Monat die Rechnungsbücher durch. Sie zuckte nicht mit der Wimper, als sich herausstellte, daß in einer Woche über dreitausend Eier verspeist worden waren, dazu einhundertachtundachtzig Gallonen Bier, die einen halben Penny pro Gallone gekostet hatten, und außerdem noch 80 Häute mit Wein aus der Gascogne.

Händler, Franziskaner, Gelehrte, Künstler und Söldner kamen in hellen Scharen nach Kenilworth. Eleanor begann, eine Bibliothek zusammenzustellen mit den Werken von Aristoteles, Ptolemäus, Thomas von Aquin und Roger Bacon.

Wann immer Simon bemerkte, daß etwas geändert oder etwas Neues für Kenilworth angeschafft worden war, befragte er die Leute danach. Und stets erhielt er die gleiche Antwort: »Die Gräfin von Pembroke hat es befohlen.« Er biß dann die Zähne zusammen und korrigierte denjenigen: »Ihr meint, die Gräfin von Leicester, wohlgemerkt.«

Als de Montfort eines Tages die Waffenkammer und den Aufenthaltsraum der Wachen leer fand, erklärte man ihm, daß der Dienstag jetzt Markttag war. Die Gräfin hatte ihn eingeführt, und der Markt florierte. Der Tropfen, der das Faß zum Überlaufen brachte, war der Tag, an dem er Gericht hielt. Er zog ein wenig die Brauen hoch, als Eleanor erschien in einem extravaganten Gewand aus grüner und goldener syrischer Seide, besetzt mit Zobel. Sie saß still dabei, während er die Verhandlungen führte – bis zum letzten Fall. Offensichtlich war der Brauer in Banbury gestorben, und es gab zwei Bewerber für diese Position. Der eine war der Bruder des Brauers, der Simon als der geeignete Bewerber erschien, weil der Verstorbene keinen Sohn besaß, der das Gewerbe übernehmen konnte. Der andere Bewerber war die Witwe des Brauers. Simon hörte die beiden an und entschied sich dann für den Bruder; er erklärte der Frau, daß die Arbeit des Brauers Männerarbeit sei.

Eleanor unterbrach ihn. »Das ist nicht wahr, mein Herr Graf! Diese Frau weiß alles, was es über das Brauen von Bier zu wissen gilt. Sie hat ihrem Mann jahrelang dabei geholfen – während seiner Krankheit hat sie die ganze Arbeit allein verrichtet. Sein Bruder hingegen ist sein Leben lang Bauer gewesen. Sicher werdet Ihr sie doch nicht deswegen ausschalten, weil sie eine Frau ist, mein Herr? Ich wäre dafür, daß wir in Banbury eine Brauerin haben sollten.«

Simon war wütend. Warum konnte sie sich nicht später mit ihm auseinandersetzen, wenn er mit ihr allein war? Warum hielt sie es für nötig, ihn in einem solchen Fall in seinem eigenen Gericht zu überstimmen? Beinahe hätte er die falsche Entscheidung gefällt, nur um Eleanor eine Lektion zu erteilen. Doch dann rettete ihn sein Sinn für Gerechtigkeit. Es war nur logisch, die Frau zur Brauerin zu ernennen, da sie über ausreichende Erfahrung verfügte.

Eine halbe Stunde später suchte Simon nach seiner Gemahlin, und er erhielt den Bescheid, die Gräfin von Pembroke sei in der Küche. Ihm erschien sein Haushalt voll von Frauen. Ständig begegneten ihm Köchinnen, Bäckerinnen, Waschfrauen, Dienerinnen, Kinderschwestern und Haushofmeisterinnen. Er betrat die Küche, und sein Blick fiel auf all die vielen neuen Utensilien aus Kupfer. »Wer, zum Teufel, hat das alles bestellt?« erkundigte er sich.

Die Oberköchin, eine Frau vom Lande mit einem roten Gesicht, die sich ihrer gehobenen Stellung sehr wohl bewußt war, strahlte: »Die Gräfin von Pembroke, mein Herr.«

Simon trat gegen einen Stuhl, der durch die ganze Küche flog, ein großer Kupferkessel fiel um. »Allmächtiger Himmel«, explodierte er. »Ein für allemal, sie ist die Gräfin von Leicester. Der nächste, der sie Gräfin von Pembroke nennt, wird in den verdammten See geworfen!« Giftig sah er sich um. »Nur Hennen und keine Hähne ... für meinen Geschmack gibt es in diesem Haushalt zu viele Frauen!« Er ging auf Eleanor zu, die ihn mit in die Hüften gestützten Armen erwartete.

Simons Stimme war so laut, daß jeder sie hören mußte. Mit einer ausladenden Handbewegung deutete er auf all das polierte Kochgeschirr. »Wieviel hat mich dieses Zeug hier gekostet?«

»Das weiß ich nicht, und es interessiert mich auch nicht.« Eleanor warf ihre schwarzen Locken zurück.

»Du bestellst einfach, was du haben willst, ohne an die Kosten zu denken?« fragte er ungläubig.

»Sicher erwartest du nicht von mir, daß ich jeden Penny umdrehe wie ein Fischweib?« fragte sie hochmütig.

»Vergebt mir, Prinzessin«, antwortete er voller Sarkasmus. »Ich dachte, Ihr wärt die Haushälterin von Kenilworth. Vielleicht solltet Ihr besser Eure Krone tragen und der Küchenhelfer Eure Schleppe, damit wir alle nicht vergessen, wer Ihr seid.«

»Oh!« Sie keuchte auf, weil er sie getroffen hatte. »Ich bin die Hausfrau. Verschwinde aus meiner Küche, ich mische mich ja auch nicht in deine Angelegenheiten.«

Simon schlug mit der Faust auf den Tisch, alle anderen Leute waren wie vom Erdboden verschluckt. »Du mischst dich nicht ein? Und was, mit Verlaub war das heute morgen, als ich die Gerichtsversammlung hielt?«

»Ich habe ganz unauffällig hinten im Saal gesessen.«

»Ganz unauffällig? In diesem Gewand?« fragte er.

»Ich verstehe gar nicht, warum du so wütend bist«, zischte sie.

»Das verstehst du nie, wenn du im Unrecht bist, Madame. Heute morgen, ehe du mich in der Gerichtsversammlung unterbrochen hast, um meine Entscheidungen zu unterlaufen, hat jeder im Saal dein Gesicht beobachtet, um zu sehen, ob du meine Urteile weise oder dumm fandest. Ich habe dir erlaubt, mit der Brauereigeschichte durchzukommen, aber in Zukunft werde ich deine Einmischung nicht mehr dulden.«

Der Ton seiner Stimme warnte sie, daß sie bereits genug getan und gesagt hatte, trotzdem schimpfte sie weiter. »Darf ich fragen, warum du meine Bestellung des Weines aus der Gascogne rückgängig gemacht hast?«

Er glaubte, die Antwort auf diese lächerliche Geldverschwendung erübrige sich, legte seine Hände um ihre Taille und hob sie aus dem Weg. Dann verließ er die Küche. Der ganze Raum geriet ins Wanken, als er die Tür ins Schloß schmetterte.

36. Kapitel

Für den Rest des Tages ging Simon ihr aus dem Weg, und er fand den Weg zum Caesar-Turm erst später nach dem letzten Abendgebet. Dies war normalerweise die Zeit, an dem sie zusammensaßen, um sich an ihrem kleinen Henry zu erfreuen. Alle drei lagen dann auf dem großen Bett, sie lachten und spielten mit dem Kind, und Eleanor stillte es. Simon betrachtete ihr Gesicht, aus dem die Liebe strahlte, und Eleanor spürte, daß der Hunger ihres Mannes nach ihr noch größer war als der ihres Kindes.

Doch heute fand er keine Eleanor im Schlafzimmer vor. Simon hatte nicht die Absicht, ihr Benehmen zu tolerieren, also machte er sich auf die Suche nach ihr. Hinter dem Kinderzimmer befand sich eine Kammer, die Eleanor für sich selbst eingerichtet hatte. Es standen zierliche kleine Stühle darin und Tischchen, die zu einer Dame paßten. Das Bett war schmal und nicht für ein Paar bestimmt.

Eleanor saß an ihrem Schreibtisch und schrieb etwas in ein Buch. Sie trug jetzt nicht mehr das Gewand in Grün und Gold, sondern ein zart gewebtes Nachtkleid aus lavendelfarbenem Seidentaft. Ihr wunderschönes Haar hatte sie gebürstet, wie eine Wolke fiel es über ihre Schultern.

Simons Mund wurde bei diesem Anblick ganz trocken. Sein Ärger war im selben Moment verraucht, Verlangen stieg statt dessen in ihm auf. Seine schwarzen Augen brannten, als er anhub: »Da du abgeneigt schienst, mit mir unser Zimmer zu teilen, habe ich mich entschieden, zu dir in deine Kammer zu kommen.«

Provozierend fuhr sie sich mit der Zungenspitze über die Lippen. »Ich muß noch einige Eintragungen in meinen Büchern machen.«

»Ich werde warten«, erklärte er und sank auf einen der zierlichen Stühle. Es knackte, und das Möbel brach unter ihm zusammen.

»Himmel, ich schwöre, wenn du dein Roß hereingeführt hättest, es würde weniger Schaden anrichten.« Sie stand auf und erlaubte ihm so einen ungehinderten Blick auf ihr durchsichtiges Gewand.

»Du hast recht«, gestand er und betrachtete ihren nackten Körper. Sein Blick sagte ihr, daß er sich nur mühsam zurückhielt. Da er keine Wahl hatte, setzte er sich auf das Bett.

Eleanor genoß die Szene. Sie gefiel sich in dem Bewußtsein der Macht, die sie über ihn besaß. Simon hatte ihr die Tiefen seiner Leidenschaft gezeigt, und sie schenkte ihm allzu gerne, wonach sein Körper sich so sehr sehnte. Seit sie das Kind bekommen hatte, schmerzte es sie nicht mehr, wenn Simon sie liebte. Noch immer war sie eng, natürlich, denn er war riesig, aber sie paßten jetzt besser, wie ein Schwert in seine Scheide, zusammen. Jetzt brauchte sie nicht mehr ein stundenlanges Vorspiel, ehe sie einander lieben konnten. Sie war sofort erregt, wenn sie sah, wie er mit hungrigen Blicken ihre Brüste betrachtete oder ihren Mund. Manchmal fürchtete sie sogar, daß ihr Verlangen größer werden könnte als seines, denn oft, wenn er nicht im Schloß war, sehnte sie sich schmerzlich nach seinem Anblick, seinem Duft und seinem Geschmack. Sehr oft erregte es sie sogar, wenn sie nur eines seiner Kleidungsstücke in die Hand nahm oder ein Ding, das er in seinen Händen gehalten hatte. Dann stellte sie sich vor, was er in dieser Nacht alles mit ihr tun würde, in ihrer herrlichen Abgeschiedenheit des

Caesar-Turms. Der Gedanke an seine Hände oder seinen Mund, der die intimsten Stellen ihres Körpers berührte, ließ ihr Herz schneller schlagen, und ein leises Stöhnen entrang sich ihrer Brust. Ihre seidene Unterwäsche, die sich gegen ihre Haut drängte oder gegen das krause Haar zwischen ihren Schenkeln, weckte manchmal den Wunsch in ihr, aufzuschreien. Sie wagte es nicht mehr, abends noch Wein zu trinken, weil sie fürchtete, daß er sie so lüstern machte, daß sie sich die Kleider vom Leib riß und voller Hingabe ihre Schenkel spreizte.

Doch jetzt hob sie trotzig das Kinn. »Ich weiß gar nicht, worauf du überhaupt wartest.«

»Ich warte höflich ab, daß ich dich mit ins Bett nehmen kann«, brummte er.

»Ich bin noch nicht müde.«

»Es geht auch nicht darum, zu schlafen, ich habe die Absicht, dich zu lieben. Und du wirst garantiert müde sein, wenn ich mit dir fertig bin.«

»Wenn du glaubst, ich würde mich heute abend von dir anfassen lassen, dann irrst du dich gewaltig, Franzose.«

»Du bist meine Frau, und ich werde mit dir ins Bett gehen, wann ich es wünsche!« Sie hatte sich ein wenig zu nahe an ihn heran gewagt, jetzt streckte er seine kräftigen Arme aus und hielt sie fest.

Das Herz schlug ihr bis zum Hals. »Ich werde mich gegen dich wehren!« schwor sie leidenschaftlich.

»Gut. Wenn du es wüst haben willst, dann würde ich dir immer einen Franzosen empfehlen.« Er riß ihr das durchsichtige Gewand vom Leib und schob eine Hand zwischen ihre verlockenden Schenkel. Seine Finger stellten sehr schnell fest, daß sie heiß und feucht war, voller Verlangen nach ihm. Sie wehrte sich, der puren Lust wegen, daß er sie überwältigte. Schon bald lag sie unter ihm, gefangen, genauso, wie sie es sich gewünscht hatte. Die Vorfreude, ihn bald in sich zu fühlen, war so groß, daß sie am liebsten gejubelt hätte.

Ganz plötzlich brach das Bett unter ihnen zusammen. »Oh, zur Hölle!« rief Eleanor ungeduldig.

Simon kümmerte sich nicht um den angerichteten Schaden. Ihm

war es gleich, was unter ihm war, solange er den herrlichen Körper seiner Frau fühlte, der ihm sehr deutlich sagte, daß nur er das befriedigen konnte, was er in ihr geweckt hatte. Beim nächsten Mal würde er sofort damit auf dem Boden beginnen. Und dann würde er sie in ihr Schlafgemach tragen und dort noch einmal von vorn anfangen. Dort gehörte sie hin. Es war die Pflicht seiner Frau, in seinem Bett zu liegen, und von jetzt an würde er auf seine Rechte pochen.

Von diesem Tag an mokierte sie sich über ihn und brachte ihn in Versuchung, verweigerte sich ihm, untergrub seine Autorität und mißachtete seine Befehle; doch er besaß die Gewißheit, daß er ihr in den Nächten genau das gab, was sie wollte, hinter den verschlossenen Türen ihrer Privatsphäre. Er verbat ihren Dienerinnen, den Caesar-Turm nach sechs Uhr abends noch zu betreten. Jeden Abend zündete er ein Feuer an, damit sie sich nackt im Zimmer aufhalten konnte, und manchmal gab er ihr sogar Drachenblut zu trinken und genoß es dann, ihr zuzusehen, wie sie heiter und wollüstig wurde.

Immer wieder war er erstaunt, daß so viele Leidenschaft gleich unter der Oberfläche einer so winzigen und so jungen Frau schlummerte. Es bestand nie ein Zweifel, daß bei ihnen eine Nacht in ungestillter Liebe endete, im Gegenteil, es verlangte ihn noch immer nach mehr. Er sehnte sich nach ihr, ihrem Körper und ihrer Seele, aber es schien immer noch einen winzigen Teil zu geben, den sie für sich bewahrte. Eleanor war eine Frau, die sich selbst gehörte, sie traf ihre Entscheidungen allein, ganz gleich, wie oft er sie auch an ihren Platz verwies. Dennoch wußte er, daß kein anderes Frauenzimmer seine Wünsche so perfekt erfüllen konnte, und er dankte dem Himmel für sie.

Kenilworth summte wie ein Bienenkorb. Reisende kamen und gingen, sie brachten alle Neuigkeiten der Welt mit. So erfuhren sie, daß der König den Rat entlassen und neue Minister ernannt hatte, zu denen nur Verwandte der Königin gehörten, die ihrerseits von Winchester gehandhabt wurden.

Und endlich war auch die Königin schwanger. Henry entschied, daß England und die Barone kräftig zahlen sollten für diesen Erben, den sie von ihm verlangt hatten. Gerüchte gingen um, daß der König kurz davor stand, eine Abgabe von den Baronen zu verlangen, die ein Drittel ihres gesamten Vermögens betrug. Seine neuen Minister hatten dem schon zugestimmt, doch der ursprüngliche Rat von England verlangte, das Parlament einzuberufen. Die Barone begannen heimlich aufzurüsten.

Simon de Montfort wollte Henry vor dem Ruin schützen, in den die falschen Ratgeber ihn treiben würden. Als er in London ankam, war er entsetzt über den verächtlichen Ton, in dem der gemeine Mann vom König sprach. Die Königin wurde offen verleumdet und gehaßt, und sie wagte sich nicht auf die Straße, aus Angst vor dem Pöbel. Die einzig sichere Beförderung für die Mitglieder des königlichen Hauses war die Barke auf der Themse. Jetzt wurden sogar die Juden verwünscht, weil sie Henrys unersättliche Geldforderungen finanzierten, die am Ende das Land würde zurückbezahlen müssen, mit hohen Zinsen.

Henry begrüßte Simon erfreut, aber die Onkel der Königin, die Savoyer, haßten ihn, ebenso wie Henrys Halbbrüder, die ironischerweise durch seine Heirat jetzt auch Simons Halbbrüder waren.

Die Königin prahlte mit ihrer lang erwarteten Schwangerschaft, sie trug sogar Gewänder, die ihren gewölbten Leib noch unterstrichen. Der Thronerbe war das Thema jeder Unterhaltung, und die Königin benahm sich, als sei sie die erste Frau, die je ein Kind zur Welt brachte.

Simon de Montfort konnte nicht anders, als ihr protziges Gehabe mit dem seiner geliebten Frau zu vergleichen. Eleanor hatte ihre Schwangerschaft aus Furcht so lange es möglich war verborgen; danach hatte sie weite, fließende Gewänder getragen, um ihren Zustand vor neugierigen Augen geheimzuhalten. Wachsender Unmut ergriff von ihm Besitz, und er mußte daran denken, daß sie ihr Kind geboren hatte, ohne zu wissen, ob es als rechtmäßig anerkannt würde.

Eines Abends gönnte er sich die Freude, den selbstgefälligen Zug aus der Miene der Königin zu vertreiben. Sie hatte gerade einer großen Menschenmenge verkündet, daß ihr Kind das erste einer neuen Generation von Plantagenets sein würde, das erste Enkelkind König Johns und der erste Urenkel des erhabenen Königs Henry des Zweiten. »Ihr irrt Euch, Euer Hoheit«, unterbrach Simon sie grob. »Ich denke, Richard und Isabella haben ein wohlbehütetes Geheimnis, das jeden Tag das Licht der Welt erblicken kann. Euer Kind wirst erst Ende Juni erwartet, sagt man.«

Die Königin wurde puterrot und wäre fast erstickt. Sie war so sehr mit sich selbst beschäftigt gewesen, daß sie die Schwangerschaft ihrer Schwägerin gar nicht wahrgenommen hatte. Mit eisiger Stimme wandte sie sich an ihn und sprach so laut, daß alle es hören konnten: »Und Ihr, Sir? Wann wird die kleine Nonne Euch einen Erben schenken?«

»Ah, das ist bereits geschehen, Euer Hoheit. Und wenn Ihr und Henry Eltern werdet, wird sie wahrscheinlich schon unseren zweiten Sohn unter dem Herzen tragen.«

In diesem Augenblick beschloß die Königin, sich mit den Feinden Simon de Montforts zusammenzutun, und gemeinsam würden sie es schaffen, Henry gegen ihn aufzuwiegeln.

Es war schwierig für Simon, Henry allein zu sprechen, doch schließlich verbrachten sie einen Tag miteinander, als Henry ihm die neuesten Anbauten zeigte, die er am Tower und in Windsor vorgenommen hatte. Simon kannte Henrys Leidenschaft für Architektur, er erlaubte ihm, sich darüber zu verbreiten, ehe er ernstere Themen anschlug. »Euere Hoheit, die Barone werden nie dazu bereit sein, diese Abgabe zu bezahlen, die Ihr ihnen auferlegen wollt. Man hat Euch in Eurem neuen Rat schlechte Auskünfte erteilt. Ich denke, man drängt Euch dort leider zu willkürlichen Übertreibungen.«

Henry wehrte hitzig ab. »Der alte Rat hat mich gefesselt und geknebelt und mich völlig mittellos dastehen lassen. Ich habe schon lange auf die Genugtuung gewartet, endlich allein regieren zu können.«

Simon vermutete, daß er jetzt mehr denn je zur Marionette geworden war. Die Forderung nach immer größeren Summen Geldes wurde ihm von den Männern der Königin eingeredet. »Sire, die Barone bewaffnen sich unter der Hand. Wenn es zu einem Krieg kommt, werdet Ihr nur wenig Verbündete haben. Solltet Ihr hingegen Hubert de Burgh seine alten Rechte zurückerstatten, werdet Ihr sofort die Unterstützung aller Männer der Cinque Ports bekommen.«

»Das ist eine großartige Idee, Simon. Kommt zurück nach Windsor, ich brauche Ratgeber wie Euch.«

»Henry, alles, was Ihr tun müßt, um dieses großartige Land zusammenzuhalten, ist Euch an die Bestimmungen der Magna Charta zu halten. Die Männer, die die wichtigen Posten bekleiden, müssen Engländer sein. Wißt Ihr denn nicht mehr, wie glatt alles lief, als Euer Justiziar Hubert de Burgh und der Führer Eurer Streitmacht William Marshal war?«

Henry nickte, ernst geworden. Simon seufzte. Es war so leicht, Henry zu beeinflussen, nach wie vor ein Junge im Körper eines Mannes. Er würde umgehend seine Meinung wieder ändern, wenn er mit William von Valence oder Winchester sprach.

»Gebt Hubert ein königliches Pardon. Bestätigt William Marshals Bruder Richard als Oberhofmarschall von England. Und wenn Ihr ständig ohne Geld seid, dann macht Euer Schatzmeister seine Arbeit nicht richtig. Er sollte ein bescheidener Priester sein, doch ich weiß, daß er mindestens dreihundert verschiedene Kirchenämter innehat und daraus jedes Jahr fünfzehntausend Kronen für sich selbst einnimmt anstatt für Euch.«

»Ist das wahr?« Henry war erstaunt.

Simon rang um Geduld mit der haarsträubenden Unwissenheit des Königs. »Warum glaubt Ihr wohl, sind die Barone so aufgebracht? Ihr wollt sie mit Abgaben belegen, aber nicht die gierigen Kirchenmänner, die England ausrauben.«

Henry lauschte ihm aufmerksam. »Ich werde die Sache mit Winchester besprechen. Fünfzehntausend im Jahr, sagt Ihr?«

Innerlich stöhnte Simon auf. Henry war so auf die Summe des Geldes fixiert, daß er nicht sah, daß Winchester schlimmer war als alle anderen zusammen. Simon wurde in diesem Augenblick endgültig klar, daß der König nicht mehr war als eine Wachspuppe des Klüngels um Winchester.

Der Graf von Leicester ritt zurück nach Kenilworth. Er nahm zwei Dutzend Ritter und Waffenträger mit, einige davon waren sogar Mitglieder der walisischen Garde des Königs. Er hatte sie nicht ermuntert, mit ihm zu kommen, hatte ihnen sogar abgeraten, denn mehr Krieger konnte er sich gar nicht leisten. Doch sie hatten ihn nur um ein Dach überm Kopf in Kenilworth gebeten und um einen Platz an der Tafel.

Das Wetter wurde heiß, die Luft war stickig auf dem Heimritt. In der Abenddämmerung schlugen sie ihr Lager auf einer Wiese auf und wurden dann Zeuge eines Stunden andauernden Wetterleuchtens am Himmel. Kein Donner war in der sternenklaren Nacht zu hören, und am nächsten Tag brütete die Hitze noch schlimmer. Als erst einmal die mit Schießscharten versehenen Türme von Kenilworth in Sicht kamen, konnte Simon an nichts anderes denken als daran, seine verschwitzte Kleidung abzulegen und sich ins Badehaus zu stürzen.

Als er erfuhr, daß seine Frau mit einem der kleinen Kähne auf den See hinausgefahren war, um dort Kühlung zu suchen, änderte er allerdings sein Vorhaben. Er blickte vom Caesar-Turm aufs Wasser hinunter, um herauszufinden, wohin sie gerudert war; dann entschied er sich, sie schwimmenderweise zu überraschen. Eleanor hatte den Kahn mit Kissen ausgepolstert und schaukelte dahin. An diesem sommerlichen Tag trug sie nur einen weißen Leinenkittel und nichts darunter.

Das kleine Boot war zu einer Trauerweide getrieben, am Ufer des Sees, und sie ließ die Finger träumend ins Wasser hängen. Am Ufer des Sees entkleidete sich Simon und sprang in das kühle Naß. Schnell schwamm er zu der Stelle, an der die Zweige des Baumes in die Oberfläche tauchten. Als er näher kam, bewegte er sich vorsichtig und schwamm an eine Stelle hinter dem Kahn, an der sie ihn nicht sehen konnte. Mit Daumen und Zeigefinger kniff er vorsichtig in die baumelnde Hand.

»Oh.« Eleanor keuchte auf und zog sie zurück, weil sie glaubte, ein Fisch hätte sie gebissen. Sie sah sich um, doch das Wasser war ganz ruhig, deshalb lehnte sie sich wieder zurück und schloß die Augen. Simon nahm einen langen Schilfhalm und kitzelte sie damit an der Nase. Sie schlug nach dem vermeintlichen Insekt. »Oh, Mist!« grollte sie.

Simon war in großartiger Stimmung, er kitzelte sie mit dem Halm am Kinn. »Zum Teufel mit dir!« Sie setzte sich auf, um den Plagegeist zu vertreiben. Simon legte beide Arme auf den Rand des Kahns und zog sich aus dem Wasser. Er strahlte.

»Oh, du Biest!« rief sie. »Ich habe schon geglaubt, da ärgere mich eine riesige Seeschlange.«

»Das hätte ich auch sein können.« Er grinste von einem Ohr zum anderen. »Wer weiß, was sich im See von Kenilworth alles verbirgt.»

Ihre tiefblauen Augen leuchteten auf bei seinem Anblick, das Wasser glänzte an seinem Körper, die Drachen auf seinen Oberarmen gerieten in Bewegung, als er die Muskeln anspannte. Als er sich in den Kahn fallen ließ, schrie sie noch mal auf. »Gütiger Himmel, du bist ja völlig nackt!«

»So wurde ich geboren«, schmunzelte er und spreizte die Beine, um den Kahn im Gleichgewicht zu halten, als er sich vor ihr aufrichtete.

»Simon, bitte bring das Boot nicht zum Kentern! Es ist gar nicht groß genug für ein Monster wie dich.«

Er schüttelte sein dichtes Haar und bespritzte sie mit Wasser.

»He, du machst mich ganz naß!«

»So ein Aufstand, wegen ein paar Tropfen Wasser. Komm, spiel mit mir. Zieh deine Kleider aus und schwimm mit!«

Sie tat so, als sei sie empört. »Ich kann mich doch nicht ausziehen. Jemand vom Schloß könnte uns sehen.«

»Wir sind viel zu weit weg, sei kein Feigling«, forderte er sie heraus.

»Nein, ich kann nicht gut schwimmen. Ich werde dir zusehen«, versuchte sie sich rauszureden.

Er verlagerte sein Gewicht von einem Fuß auf den anderen, und das Boot begann gefährlich zu schwanken.

»Simon!« schrie sie. »Wir kippen um!«

Er hörte damit auf. »Nun, wenn du nicht mit mir im Wasser spielen willst, dann eben im Boot.« Er griente wie ein Honigkuchenpferd und streckte sich neben ihr aus.

»Simon!« Doch seine Lippen preßten sich auf ihre und erstickten alle weiteren Äußerungen. Mit einer Hand schob er das weiße Leinen hoch und streichelte ihre nackten Schenkel. »Eleanor de Montfort, du bist ja auch nackt! Kein Wunder, daß du dein freches Geheimnis nicht entblößen wolltest.« Er streichelte ihren Bauch und kitzelte sie, dann spielte er mit den krausen Locken zwischen ihren Beinen.

»Mir ist viel zu heiß«, protestierte sie halbherzig.

»Ich weiß.« Er senkte seine Stimme. »So mag ich dich am liebsten.« Nun zog er ihr das Gewand aus, ohne daß sie sich sehr dagegen wehrte. Der Duft der Sonne auf seiner dunkel gebräunten Haut erregte sie, und seine geflüsterten Worte trugen noch zur Verführung bei. »Hast du eigentlich gewußt, daß es Orte auf der Erde gibt, wo dunkelhäutige Mädchen nackt unter der Sonne herumlaufen. Englische Seeleute sind verrückt geworden, als sie eine dieser Blumen nach der anderen gekostet haben, wie Bienen sich am Nektar berauschen.« Er betrachtete sie. »Aber keines dieser Mädchen hatte solch schmale Fesseln, so schlanke Beine oder so sanfte, süße Schenkel.« Sie fühlte seine Stimme auf ihrem Körper, warm und tief vibrierte sie an ihrem Hals und ließ ihr einen wohligen Schauder über den Rücken laufen. »Ich habe viele Länder bereist und oft die Frauen dort ausprobiert. Aber nirgendwo habe ich eine solche Schönheit angetroffen wie dich, meine Liebste. Dein Gesicht steht immer vor mir, im Schlafen und im Wachen. Ich bin so verzaubert von dir, Kathe, daß ich den Verstand zu verlieren glaube, wenn ich in deiner Nähe bin. All meine Sehnsucht gilt deiner Berührung, deinen Blicken. Du verfolgst mich in meinen Träumen, wenn ich nicht bei dir bin; ich wache am Morgen auf und fühle mich leer und voller Heimweh nach dir. Auch wenn man mir nachsagt, ich besäße mehr Kraft als die meisten Männer, so brauche ich dich nur anzusehen, und werde schon schwach und unvernünftig. Ich lebe und atme nur für dich allein, du bist meine Erde, meine Sonne. Ich will nichts anderes auf dieser Welt als dich.«

Eleanors Augen blickten sanft und glänzend, ihr Hals wurde eng, und sie verspürte einen ziehenden Schmerz in Brust und Bauch. Dieser Mann war voller Überraschungen. Sie kannte seine Stärke, seine

Leidenschaft, doch bis jetzt hatte sie nicht geahnt, daß er die Seele eines Poeten besaß. Seine magnetische Anziehungskraft verzauberte sie, und es dauerte nicht lange, bis sie aufseufzte und sich unter seinen streichelnden Händen unruhig bewegte. Seine Lippen spielten mit ihrem Ohr und Schauder über Schauder rieselten durch ihren von der Sonne erwärmten Körper. Sie vergaß, daß sie draußen waren, vergaß, daß sie auf dem See trieben, vergaß, daß dieses Bett nur ein Boot war und ihre Matratze eine Handvoll Kissen. Ihre nackten Schenkel umschlangen einander, ihr Haar wehte in der leichten Brise, als er sich herumrollte und sie unter sich begrub.

»Nun, mein kleiner Wassergeist, meine Verführerin, jetzt habe ich dich gefangen. Wirst du mich lieben, bis ich den Verstand verliere? Wirst du mir erlauben, in den tiefblauen Seen deiner Augen zu ertrinken? Ich bin wie eine Motte, die wieder und wieder in die Flamme fliegt, bis sie verbrennt.«

Eleanor lächelte ihr geheimnisvolles Lächeln. »Eine Motte, das bist du wirklich nicht! Du bist ein gewaltiger brünstiger Hirsch, der mich auf den Rücken wirft, um sein Vergnügen zu haben. Oder noch besser, wie ein zügelloser Hengst, der erst zufrieden ist, wenn er mich bestiegen und in ein nachgiebiges, zitterndes weibliches Tier verwandelt hat, das sich danach sehnt, sich mit ihm zu vereinen.«

»Nein, meine Liebste, ich bin nur ein Mann, mit der Lust eines Mannes, aber sie ist verursacht von einer tiefen, grenzenlosen Liebe zu dir.« Sein Mund legte sich auf ihren, in einem brennenden Kuß schob sich seine Zunge in ihren Mund, wie ein Verschmachtender lechzte er nach ihr.

Ihr Blut rann, schmelzendem Gold gleich, durch ihre Adern, wie ein lodernder Fluß trieb es zum Zentrum ihrer Weiblichkeit. Sie keuchte auf. »Sim, nimm mich, nimm mich jetzt.« Sie sahen nicht einmal den Blitz, hörten nicht das Poltern des Donners. Der Sturm ihrer Leidenschaft, den sie entfacht hatten, betäubte sie und machte sie blind für alles um sie herum. Sein feuriges Schwert drang in sie ein, bis sie laut aufschrie, zu den Sturmgöttern. Ihre vereinten Körper glühten, dann schlugen die Flammen über ihnen zusammen. Der Höhepunkt ihrer Lust war so überwältigend, daß

Eleanor beinahe ohnmächtig wurde. Er barg sein Gesicht in ihrem Haar, atmete tief ihren Duft ein, schmeckte es, in diesem wunderbaren, erlösenden Augenblick.

Sie schienen gleichzeitig in die Wirklichkeit zurückzukehren. Dicke Regentropfen fielen vom Himmel, sie sahen einander in die Augen und begannen zu lachen. Eleanor bemerkte, daß ihre Körper noch immer miteinander vereint waren. Jede Bewegung von Simons Lachen spürte sie tief in ihrem Körper; es war ein so herrliches Gefühl, daß sie sich ihm entgegenreckte und an ihm rieb. Beinahe sofort reagierte er darauf, sein Glied schwoll an in ihr und füllte sie wieder aus. Sie schlang ihre Beine um ihn, um diesen Schatz in seiner geheimen Höhle festzuhalten, und beide lachten noch lauter, unfähig, ihre Heiterkeit und die drängende Sinnlichkeit zurückzuhalten. Das Boot schaukelte heftig, als hätten sie es mit ihrer übermütigen Stimmung angesteckt. Eleanors Verlangen war so groß, daß sie gleichzeitig lachte und weinte, und die Regentropfen mischten sich mit ihren Tränen. Simons Lust drängte mit aller Macht aus ihm heraus, bis alle Vorsicht, alle Sanftheit von ihm abfiel und nur noch wildes Verlangen übrigblieb. Seine Bewegungen wurden so stürmisch, daß das kleine Boot entschied, es sei zu viel, und die beiden Liebenden ins Wasser kippte.

Das reichte, um ihre Heftigkeit zunächst einmal abzukühlen. Eleanor kam keuchend wieder zum Vorschein, und Simon rückte an ihre Seite, weil sie nicht sehr gut schwimmen konnte. Als er seine starken Arme um sie schlang, fühlte sie sich in Sicherheit. Sie klammerte sich an ihn. »Du Biest, das hast du absichtlich gemacht«, warf sie ihm vor.

»Ich?« fragte er mit unschuldiger Miene und konnte das Lachen nicht länger unterdrücken, als er all die bunten Kissen herumtrudeln sah. »Es waren die wilden Bewegungen deines herrlichen Hinterns, die uns ins Wasser geworfen haben.«

»Wie kannst du nur so etwas sagen?« Sie zog an seinem nassen schwarzen Haar. »Jemand, der einen Meter fünfundneunzig groß ist, sollte überhaupt nicht in so einer Nußschale sitzen.«

Er tat so, als wolle er sie untertauchen, und sie brüllte erschrocken. »Der einzige Weg, diesen Disput aus dem Weg zu schaffen, wäre, die Leute im Schloß zu befragen. Jemand hat uns ganz sicher beobachtet«, seufzte er.

»Du Schuft!« Sie keuchte auf und wurde dann über und über rot. »Simon, mein Kleid! O nein, es ist verschwunden. Ich bin nackt! Ich muß hierbleiben, bis es dunkel ist, bis alle im Bett liegen.«

»Liebste, ich habe die Absicht, das, was wir im Boot begonnen haben, in unserem Schlafgemach fortzusetzen, und denke gar nicht daran, damit länger als ein paar Minuten zu warten«, erklärte er ihr. Sofort begann er auf den Damm zuzuschwimmen, der zur Zugbrücke führte; er zog sie mit sich, auch wenn sie die ganze Strecke über strampelte und protestierte. Sie war ihm gnadenlos ausgeliefert. »Ist schon in Ordnung, mein Herz, ich bin ja auch nackt. Die Hälfte der Leute werden auf mich schauen.«

»Simon, hör auf. Ich werde vor Scham und Verlegenheit im Boden versinken.«

»Wieso denn Scham? Wir sind schließlich verheiratet, nicht wahr? Sogar ein Papier von dem verdammten Papst haben wir, das der ganzen Welt sagt, daß wir in schönster Ordnung miteinander schlafen!«

Die Röte in ihren Wangen hatte sich bis hin zu ihren üppigen Brüsten ausgebreitet, als er sie schließlich am Ufer des Sees auf die Füße stellte. Mit einem schelmischen Grinsen griff er nach seinen Kleidern, die er zuvor hier ausgezogen hatte. Er schlang sein Hemd um sie und schlüpfte dann in seine Hosen, dann nahm er sie an der Hand und mußte sie mit aller Gewalt über die Zugbrücke und unter dem Fallgatter nachziehen. »Mein Beine sind nackt«, flüsterte sie verzweifelt.

»Dann nimm du die Hose und ich bekomme das Hemd«, bot er ihr an.

»Simon!«

»Ach, Liebchen. Das Hemd bedeckt deinen Busen und deinen hübschen Hintern, zum Leidwesen der Wachen auf den Türmen.«

Sie spähte entsetzt auf die Zinnen, doch die Männer von Kenilworth schienen alle mit Gesichtern aus Stein in eine andere Richtung zu blicken. Simon hatte Mitleid mit ihr, führte sie zu dem überdachten Gang, der außen um den Caesar-Turm herumführte, statt sie durch das ganze Schloß zu zerren. Erleichtert atmete sie auf, als sie die äußere Treppe zum Turm hinaufhuschten. Sie wandte sich zu ihm um, über ihre Schulter hinweg sagte sie: »Du bist wirklich ein Barbar, kommst vom Hofe, ohne mir ein Geschenk mitzubringen... alles, was du mir anbietest, ist ein schmutziges Hemd.« Sie warf ihre nassen Locken zurück.

Mit einem schnellen Griff entriß er ihr das Kleidungsstück. »Wenn du dich dadurch beleidigt fühlst, nehme ich es mir zurück.« Er lachte laut auf.

Ihr Schrei stieg gellend empor, doch ehe sie den Schutz ihres Schlafgemaches erreicht hatte, hörte sie, wie er in überaus deutlichen Worten hinter ihr herrief, welches Geschenk er ihr machen würde.

37. Kapitel

Die bedeutende Nachricht erreichte Kenilworth in Windeseile, daß König Henry III. und Königin Eleanor einen Sohn und Erben bekommen hatten, der am zwanzigsten Tag des Junis im Jahre des Herrn 1239 das Licht der Welt erblickte. Er sollte Edward heißen, und die Taufe sowie der erste Kirchenbesuch der Königin würden mit allem Prunk und Pomp gefeiert werden.

Man hoffte, daß das Volk von London seinen Haß und seine Vorurteile dem königlichen Hof gegenüber begrub, jetzt, wo ein königlicher Prinz auf englischem Boden geboren war. Gestern murrten die Londoner, heute frohlockten sie. Nichts lenkte den Pöbel so sehr ab wie ein Fest, das immer ein Vorwand war zu essen, zu trinken und fröhlich zu sein, viel Geld auszugeben und sich übermäßigem Genuß hinzugeben. Dabei würden vielleicht die Unzulänglichkeiten der Monarchie vergessen.

Henrys Arroganz hatte sich der der Provencalen und Savoyer angepaßt. Persönlich nahm er die Geschenke in Empfang, die aus dem ganzen Land für den neugeborenen Prinzen eintrafen. Wenn er glaubte, daß ein Präsent nicht angemessen war, wies er es zurück und schlug dem Geber etwas Kostbareres und Großzügigeres vor. Selbst der Hofnarr sagte: »Gott hat dem Land dieses Kind geschenkt, aber der König verkauft es uns.«

Simon de Montfort erwarb für den Prinzen ein Paar Miniatur-Zuchtpferde, die aus Coventry stammten. Er hatte diese Rasse noch nie zuvor gesehen, und wußte, daß der König eine Vorliebe für Tiere besaß, die er in seinem Zoo ausstellen konnte. Ohne ihren Ehemann um Rat zu fragen, hatte Eleanor einen gehämmerten silbernen Tafelkelch bestellt, der mit ihren bevorzugten blauen Saphiren besetzt war. Da ihr Bruder alles Grüne liebte, gab sie dem Silberschmied von Litchfield Order, ungeschliffene Smaragde am Fuß des Bechers einzulegen.

Sir Rickard de Burgh war ausgewählt worden, um die Geschenke des Grafen und der Gräfin an den Hof zu bringen, natürlich wußte keiner der beiden vom Geschenk des anderen. Und dann zog sich ganz plötzlich das Hauspersonal zurück. Die ungestümen ersten Monate der Ehe der Leicesters hatten sie gelehrt, einen Sturm zu wittern. Die Köchin warf entmutigt ihren hölzernen Kochlöffel beiseite, als sie hörte, wie Simon seine Stimme erhob und seine Faust auf den Tisch hieb. Stunden hatte sie gebraucht, um das Mahl vorzubereiten, und sie wußte, de Montfort hatte immer etwas am Fleisch auszusetzen, wenn er schlecht gelaunt war. Die Serviererinnen wechselten ihre Schürzen und ihre Hauben, denn wenn die Gräfin verärgert war, achtete sie mehr als sonst auf Sauberkeit.

»Gütiger Gott, Eleanor, deine Extravaganz geht wirklich über die Hutschnur. Warum übernimmst du ständig die Initiative, ohne mich hinzuzuziehen und ohne Rücksicht auf die Finanzen von Kenilworth?« wollte er wissen.

»Und warum wählst du ausgerechnet immer die Mahlzeiten, um deine Wut an mir auszulassen... und mußt du immer mit dieser ledernen Tunika bei Tisch erscheinen? Sie paßt wohl eher in den Stall.«

»Ah, die Gräfin von Leicester ist wieder einmal abhanden gekommen, und wir haben die Freude, heute abend die Prinzessin Eleanor Katherine Plantagenet bewirten zu dürfen.«

In ihnen beiden steckte ein verborgener Teufel, der das Feuerchen schürte. Sie wandte ihm den Rücken zu. »Du irrst dich, du hast weder das Vergnügen mit der einen noch mit der anderen.« Sie verließ den Speisesaal.

»Komm zurück«, donnerte Simon. »Hast du mich gehört? Ich habe dir gesagt, du sollst zurückkommen, Madame!«

Sie ignorierte ihn ganz einfach. Er kam hinterher, es war ihm gleichgültig, daß der halbe Raum voller Ritter war und die andere Hälfte aus denen bestand, denen Kost und Logis gewährt wurde – Priester, Händler, Knappen, Minnesänger und Damen ohne Rang.

Sie war bereits an der Treppe, und als sie auf der vierten Stufe stand, wandte sie sich zu ihm um. »Ich lasse mir nicht gern Befehle erteilen, Franzose.«

Er blitzte sie rachsüchtig an, dann wurden seine Augen ganz groß, als er das tief ausgeschnittene Kleid sah, das mehr als die Hälfte ihrer Brüste freigab. »Und für wen ist diese unschickliche Zurschaustellung gedacht, wenn ich fragen darf?«

»Das ist eines der neuen Kleider, die ich für den königlichen Hof habe anfertigen lassen, damit du im Bilde bist. Ich kann nicht nach London reisen und aussehen wie ein Milchmädchen.«

»Was, um alles in der Welt, bringt dich auf die Idee, nach London zu reisen?« schrie er sie an.

»Wir haben heute eine gravierte formelle Einladung bekommen, der Taufe und des Gebets der Königin in der Abtei beizuwohnen. Natürlich werden wir nach London reisen!«

»Es erstaunt mich immer wieder, wie leicht es dir fällt zu vergessen, daß ich der Herr bin in Kenilworth. Ich werde die Entscheidung treffen, ob wir nach London reisen oder nicht!«

»Träume weiter, Franzose«, erklärte sie in unverschämtem Ton.

»Geh in dein Zimmer... sofort!«

Genau das hatte sie vorgehabt, als er dazwischenfuhr, doch jetzt war es das letzte, wonach ihr der Sinn stand. Allerdings wußte sie, daß sie es zu weit getrieben hatte. Sie warf ihr Haar zurück und stampfte mit dem Fuß, doch dann tat sie, wie geheißen. Sie hörte das fröhliche Krähen ihres Sohnes, den Bette ihr brachte. Ihre Dienerin sprach mit ihr wie eine Frau, die sich ihrer Stellung sicher war. »Ihr mögt vielleicht nicht hungrig sein, aber der Prinz von Kenilworth verlangt seine Nahrung.« Eleanor nahm ihn in ihre Arme, die Verstimmung auf ihrem Gesicht machte einem Ausdruck von Bewunderung Platz. Sie war stolz auf die Größe und die Schönheit ihres Sohnes. »Er ist der Sohn seines Vaters... er glaubt Himmel und Erde zu regieren, aber heute abend wird er den Schock seines Lebens bekommen.« Sie wandte sich an das junge Kindermädchen, das mit Bette ins Zimmer gekommen war und einen Arm voll sauberer Windeln trug.

»Emma, hole etwas Milch aus der Vorratskammer. Wir werden damit anfangen, ihn zu entwöhnen.«

»Glaubt Ihr denn, das wäre gut?« fragte Bette zweifelnd. »Solange Ihr stillt, könnt Ihr nicht wieder schwanger werden.«

»Das ist ein Altweibermärchen«, spottete Eleanor. »Ich werde im August nach London reisen, also muß ich jetzt damit beginnen, ihn zu entwöhnen.« Eleanor warf Bette einen belustigten Blick zu. »Ich sehe, Euer Widerstand ist ganz plötzlich verschwunden, weil Ihr glaubt, daß Ihr ihn bald ganz für Euch haben werdet.«

»Ihr nehmt ihn doch nicht mit nach London, Gräfin?« fragte Bette ängstlich.

Eleanor lachte. »Gütiger Himmel, ich würde es nicht wagen, ihn aus der Sicherheit von Kenilworth zu entfernen, Simon würde verrückt werden. Aber bei mir ist das etwas anderes.« Sie lächelte ihr geheimnisvolles Lächeln. Sie würde ihren Mann schon dazu bringen, ihr ihre Wünsche zu erfüllen... wie zumeist.

Sobald Simon gegessen hatte, schickte er Sir Rickard auf die Reise nach London. Er sollte die Nacht in Coventry verbringen und von dort die Miniaturpferde mitnehmen. Im letzten Augenblick gab Simon nach, ließ den silbernen Taufkelch Eleanors vorsichtig verpacken und gab ihn in die Obhut de Burghs. Als er anschließend in seine Wohnräume im Caesar-Turm kam, fand er dort vier Frauen vor, die gegen einen sehr entschlossenen kleinen Prinzen kämpften. Und so wie es aussah, würde Seine Hoheit gewinnen.

Simon nahm den Frauen das Kind ab und deutete mit dem Kopf zur Tür. Bette und ihre jungen Helferinnen verschwanden hastig, sie wollten nicht in die Schußlinie zwischen ihrem Herrn und der

Herrin von Kenilworth geraten. In Simons Armen beruhigte sich das Herzchen sofort, doch sein Gesicht war noch rot von dem Wutgebrüll.

»Ich habe versucht, ihn zu entwöhnen«, verteidigte sich Eleanor.

»Das sehe ich, ich bin ja nicht blind«, antwortete Simon ruhig. Seine schwarzen Augen betrachteten das neue grüne Seidengewand mit den modischen, aber sehr unpraktischen weiten Ärmeln. Es war mit Zobel verbrämt, der zweifellos aus Sibirien importiert worden war, und den Eleanor von einem Händler zu einem schwindelnden Preis erworben haben mußte. Er seufzte innerlich. Sie sah hinreißend aus darin, ganz und gar Frau, und anders wollte er sie auch nicht haben. »Stille ihn«, befahl er leise.

Sie öffnete den Mund, um zu protestieren, aber sie sah die Entschlossenheit in seinem Gesicht und änderte ihre Meinung.

»Du kannst zuerst dein hübsches Gewand ausziehen, aber dann wirst du ihn füttern. Morgen ist noch früh genug, um mit der Entwöhnung zu beginnen.« Simon schaute weg, um es ihr leichter zu machen, sich auszuziehen. Er steckte seinem Sohn den kleinen Finger in den Mund, damit er daran saugen konnte. »Ich werde mit der Frau eines Schäfers sprechen. Sie stellt kleine Zitzen für die mutterlosen Lämmer her, die dann daraus die Milch saugen.«

In ihrem Unterkleid setzte Eleanor sich auf das Bett und streckte die Arme aus, um Henry zu übernehmen. »Danke, daß du wenigstens einmal vernünftig bist«, sagte sie ein wenig brummig.

»Ich bin immer vernünftig.« Er trat ans Bett und legte das Kind in ihre Arme.

»Das ist nicht wahr! Es war sehr unvernünftig, von mir zu verlangen, den Taufkelch dem Silberschmied von Litchfield zurückzugeben.«

»De Burgh ist auf dem Weg nach London, mit dem Taufkelch im Gepäck«, erklärte er ruhig.

Sie hob prüfend den Blick: »Nun, ich will verdammt sein, wenn ... «

»Eines Tages könnte das sehr wohl passieren. Du machst dich jeden einzelnen Tag deines Lebens des Ungehorsams schuldig«, warf er ihr vor.

Das Saugen ihres Kindes beruhigte sie. Lieber Gott, sie würde das genauso vermissen wie ihr Söhnchen. Sie sah, wie Simon sein Wams auszog, und ihr Körper reagierte mit einer Gänsehaut, denn schon bald würde er nackt neben ihr im Bett liegen. Sie zog ihre Brustwarze aus dem Mund des Kindes und legte es an die andere Brust. »Simon, ich bin nicht ungehorsam, ich nehme mir nur die Freiheit, die Dinge auf meine Art zu tun.«

»Ich sehe da keinen Unterschied. Normalerweise bin ich derjenige, der die Befehle gibt. Es kann immer nur eine Person geben, die etwas zu sagen hat, sei es in der Führung eines Burgfrieds oder bei einer Armee. Einer muß bestimmen, und alle anderen gehorchen.«

»Verstehe«, entgegnete sie steif.

»Nein, das tust du nicht, Eleanor, aber eines Tages wirst du es verstehen«, versprach er ihr. »Bring das Kind jetzt hinaus und komm dann sofort zu mir.«

Sie stand auf, brachte ihren Sohn zu seinem Kindermädchen und ließ sich Zeit mit ihrer Rückkehr. Er wartete eine volle Viertelstunde und versuchte sich einzureden, daß er ganz sicher der verständnisvollste Mann auf dieser Welt war. Freilich wußte er ganz genau, wo er sie finden würde. Sie hatte sich zurückgezogen, in die Kammer, die sie als die ihre bezeichnete, in ihr Bett.

Er riß die Tür auf und kam mit großen Schritten nackt herein. Er wagte es nicht, zu sprechen, doch deutete er mit dem Daumen in die Richtung ihres gemeinsamen Schlafzimmers. Als er sah, daß sie störrisch das Gesicht verzog, riß er die Decke weg und zog sie aus dem Bett. Dann legte er ihr beide Hände auf die Schultern und schüttelte sie kräftig.

Voller Angst wimmerte sie. Er würde doch nicht absichtlich grob sein? Er schob sie auf die Tür zu. Als er sah, daß sie entschlossen blieb, sich ihm zu widersetzen, streckte er die Hand aus und gab ihr einen festen Klaps auf den Hintern. Der dünne Stoff des Nachtgewandes schützte sie nicht vor dem brennenden Kontakt mit seiner Hand, und sie tat sich selbst so leid, daß ihr die Tränen in die Augen schossen. Doch wenigstens war sie jetzt bereit, sich in ihr gemeinsames Schlafgemach schubsen zu lassen. Er schlug heftig die Tür hinter sich zu, dann standen sie sich gegenüber und starrten einander lange schweigend an. Eleanor hatte keine Lust, das Wort zu ergreifen.

Schließlich hub Simon an: »Ich war nicht ärgerlich, weil du die Initiative ergriffen hast, um ein Geschenk für Prinz Edward zu bestellen. Längst habe ich begriffen, daß du eine unabhängige Frau bist, und das gefällt mir auch. Ich könnte ein albernes, tatenloses Frauenzimmer nicht ertragen. Was mich wütend gemacht hat, waren die Kosten für dieses Geschenk. Deine Extravaganz übertrifft wirklich alles, was ich je gesehen habe. Du weißt doch, wie hoch meine Schulden sind. Ich schulde noch immer dem Papst das Geld für seinen Dispens. Ich habe ganz Leicester beliehen, um für die dummen Kriegsspiele deines Bruders auf dem Kontinent zu bezahlen. Alles, was ich von Chester übernommen habe, war verschuldet. Kenilworth ist unser einziger Besitz, der sich selbst trägt. Wenn man es tüchtig verwaltet und mit den Gewinnen sorgsam umgeht anstatt sie zu verschwenden, dann wird es sowohl uns als auch allen unseren Leuten gutgehen, und wir haben unser Auskommen. Eleanor, ich bin nicht unvernünftig. Ich übersehe deine Extravaganzen bezüglich deiner Kleidung, da eine Frau hübsche Dinge braucht, ganz besonders eine Prinzessin des Königshauses. Aber ich ziehe einen scharfen Trennungsstrich, wenn du deinem kindischen Bruder silberne Kelche schickst, die von Smaragden nur so überquellen!«

Sie öffnete den Mund, um ihm zu widersprechen, doch er war nicht zu bremsen. »Wenn du glaubst, daß Prinz Edward diesen Becher je besitzen wird, dann machst du dir nur selbst etwas vor. Henry wird ihn verpfänden, im gleichen Augenblick, wo er ihn in die Finger bekommt, und wird uns für unsere Großzügigkeit auslachen.«

»Wie kannst du es wagen, den Charakter meines Bruders mir gegenüber so in den Schmutz zu ziehen?« Sie keuchte empört auf.

»Er braucht meine Hilfe nicht, um seinen Charakter zu beschmutzen, das schafft er ganz allein. Ich fürchte, ich habe dich immer davor bewahrt zu sehen, wie sein Charakter wirklich ist, aber gütiger Gott, selbst für einen Blinden ist das offensichtlich.«

»Nun, ich gebe zu, eine Plantagenet-Eigenschaft haben wir gemeinsam – unsere schlechte Wahl des Ehepartners.«

Simon konnte nicht anders, er mußte ihre bissige Bemerkung erwidern. »Ja, ich habe es auch immer außerordentlich exzentrisch gefunden, daß du einen Mann von Mitte Vierzig geheiratet hast, als du gerade neun Jahre alt warst.«

»Oh, du Schuft. Ich wünschte, ich wäre noch immer mit ihm verheiratet!«

»Frauen«, schnaufte Simon verächtlich. »Frauen wissen einfach nicht, was, zum Teufel, sie eigentlich wollen, außer verführt zu werden.« Er zog sie derb in seine Arme, und ihr wurde klar, daß sie in Wahrheit gar keinen sanften Mann wollte. Sein wütender Ärger wurde zu wütendem Verlangen. Sein Kuß war überwältigend und hungrig, und seine Zunge schob sich tief in ihren Mund.

Heiß stieg das Verlangen in ihr auf, und dennoch protestierte sie. »Diesmal wirst du es nicht schaffen!«

»Ich will dich haben oder sterben. Und ich werde dich genau hier haben – sofort.«

Sie war machtlos gegen die fordernde Sexualität dieses Giganten. Mühelos hob er sie hoch, bis ihre Schenkel auf gleicher Höhe waren mit seinem Mund, dann ließ er sie langsam an sich herunter, Zentimeter um Zentimeter, dabei glitten seine hungrigen Lippen über ihren Körper, schmeckten und kosteten ihr sanftes Fleisch. Als seine Lippen ihren Venushügel berührten, drang er mit der Zunge in sie ein. Sie stöhnte laut auf und wünschte, dieses Glück möge nie enden. Doch weiter ließ er ihren Körper an seinem Mund vorbeigleiten, mit der Zunge streichelte er ihren Bauch, ihren Nabel und saugte an ihrer empfindsamen Brust. Er ließ ihre Füße den Boden nicht berühren, statt dessen schob er ihre Schenkel auseinander und legte sie um seine Hüften. Als sich seine Lippen über ihren schlossen, fühlte sie seine heiße, pochende Erregung, die bis zu ihrem Gesäß reichte und durch die Spalte zwischen ihren Hinterbacken hinauf; zum ersten Mal bemerkte sie, wie viele empfindsame Nervenenden sie in diesem Bereich besaß.

Sie schob ihre Zunge tief in seinen Mund und hörte, wie er aufstöhnte. »Nimm mich mit nach London, Sim«, flüsterte sie.

»Das sind die Tricks einer Dirne«, brummte er rauh. »Lust als Mittel zu benutzen, um etwas zu erreichen.«

Mit der Zungenspitze fuhr sie den Umrissen seines Mundes nach. »Wie kannst du es wagen, mit deiner Erfahrung mit Dirnen zu prahlen, während du mich liebst.« Sie biß ihn besitzergreifend in den Nacken.

»Zwar bist du kleiner, aber trotzdem viel hitziger als jedes Straßenmädchen«, gestand er ihr. »Und du tust alles, was in deiner Macht steht, um unser Liebesspiel zu verlängern. Eine Dirne benutzt ihre Tricks, um so schnell wie möglich damit fertig zu sein.«

»Wie, zum Beispiel?« schmeichelte sie und drängte ihre Brüste an ihn, so daß ihre Knospen seine Lippen berührten.

Er umfaßte ihren Hintern und legte dann einen Finger auf ihren Schließmuskel. »Wenn es bei einem Mann zu lange dauert, dann schieben sie den Finger hier herein, damit er zum Erguß kommt.«

Sie flüsterte: »Bring mich ins Bett. Du gibst mir das Gefühl, eine Dirne zu sein, wenn du es mit mir im Stehen treibst.« Simon gehorchte nur zu gern. Wenn Wut zur Lust wurde, so erhöhte es seine Erregung bis zum Siedepunkt. Er wußte, daß sein Rücken tiefe Kratzer von ihren Fingernägeln trug und daß sein Nacken und seine Schultern mit Bißspuren bedeckt waren, doch es war die Sache wert ausprobiert zu haben, wie er sie zu einem Höhepunkt der Erregung treiben konnte.

Das Tier in ihm lauerte über ihr und sprang dann wild auf sie. Er zeigte ihr so viel Lüsternheit, daß sie vor Erregung aufschrie, als er sie mit seiner pulsierenden Männlichkeit ausfüllte. Beinahe sofort erreichte sie den Höhepunkt. Sie wußte, daß er noch nicht soweit war; deshalb sah sie ihm direkt in die Augen und schob dann einen Finger in die Spalte, die er vorher erwähnt hatte.

Ein Schrei entrang sich seiner Brust, als er sich in sie ergoß, unfähig, das Spiel fortzusetzen. Sie hielt ihn so fest an sich gedrückt, daß sie jede seiner Zuckungen in ihrem Körper fühlte. »Saphiräugige Hexe«, flüsterte er, doch er war zu erschöpft, um böse auf sie zu sein.

»Schwarzäugiger Satan«, wisperte sie zurück und fühlte sich so erfahren, wie seit langem nicht mehr.

Die Botschaft, daß Simon de Montfort als einer der neun Paten des neuen Prinzen ausgewählt worden war, versetzte Eleanor in Hochstimmung. Es war ihr immer noch nicht gelungen, ihrem Mann das Versprechen abzuringen, sie mit nach London zu nehmen. Doch jetzt, wo er so hoch geehrt werden sollte, konnte er es ihr nicht länger verweigern.

Simon indessen hegte seine Zweifel. Er fühlte sich unsicher, denn alle acht anderen Paten waren seine Feinde. Er wünschte, er könnte mit Rickard de Burgh reden. Er glaubte nicht unbedingt an die Visionen des Ritters, für einen solchen Unsinn war er viel zu realistisch; doch der junge Adlige hatte ein gutes Gespür für die Stimmung bei Hofe und war in der Lage, eine Intrige aufzuspüren.

Schließlich gab er Eleanor widerstrebend die Erlaubnis, ihrem Bruder Henry zu schreiben und die Einladung anzunehmen. Als die persönliche Antwort des Königs in Kenilworth eintraf, lasen Eleanor und Simon, daß der Bischof von Winchester freundlicherweise sein Stadthaus in London den Grafen von Leicester für ihren Aufenthalt zur Verfügung stellen würde.

Brenda frisierte gerade Eleanors Haar nach der neuen Mode, sie flocht es zu einer Krone, als Simon meinte: »Meiner Ansicht nach sollten wir nicht in Winchester House wohnen. Es ist mir zuwider, eine Freundlichkeit von ihm anzunehmen.«

Brenda ließ erschrocken die Bürste fallen, entschuldigte sich und floh aus dem Zimmer.

»Siehst du, was du angerichtet hast«, meinte Eleanor vorwurfsvoll. »Die Diener wissen schon, wann du eine Szene heraufbeschwörst und laufen vor Angst davon.«

»Die sollte Angst haben?« fragte Simon ungläubig. »Sie frißt die Männer doch bei lebendigem Leibe.«

»Es besteht kein Grund zu unzüchtigen Reden«, meinte Eleanor und steckte die langen Zöpfe auf.

»Ich und unzüchtig? So etwas verabscheue ich«, beteuerte er mit Unschuldsmiene.

Sie brachte das Thema zurück auf London. »Mir wäre ein Stadthaus in der Nähe der Abtei lieber, als in Windsor zu wohnen mit der Königin und ihrer Clique.«

»Dann werde ich unseren Freund Robert, Bischof von Lincoln, bitten, ob wir bei ihm Quartier nehmen können.«

»Was, um alles in der Welt, hast du nur gegen den Bischof von Winchester? Er ist der großzügigste, gastfreundlichste Mensch unter dem Himmel. Ich erinnere mich noch gut an die Weihnachtsfeiern meiner Kindheit, die wir immer in der alten Stadt Winchester verbrachten. Er pflegte sämtliche Rechnungen zu bezahlen.«

Simon wußte, daß er Winchester nicht vor ihr schlechtmachen konnte, ohne auch Henry zu verunglimpfen, und wenn er das tat, würde sie sich voller Zorn auf die Seite ihres Bruders schlagen und ihn verteidigen. Deshalb zuckte er nur die Schultern, ihm fiel ein Vers aus der Bibel ein: »Selbst einen Dummkopf nennt man weise, solange er nicht spricht.«

Die Zeit schien zu fliegen, schnell kam der August herbei, und vor ihrer Abreise aus Kenilworth gab es noch viel zu tun. Eleanor verbrachte endlose Stunden mit ihrem Haushofmeister, sie unterrichtete ihn, die Bücher zu führen. Sie bestellte Lebensmittel für die Wochen, die sie nicht in Kenilworth sein würden, im voraus und schrieb für den Kaplan bis hin zu den Waschfrauen Listen mit Anweisungen. Zur Aufsicht der Bibliothek, die sie begonnen hatte, ernannte sie einen Franziskaner, Bruder Vincent, und sie verbrachte Tage mit Bette, Emma und Kate, um ihnen die Mahlzeiten, Kleidung, Schlafenszeiten und Spaziergänge an der frischen Luft für ihren Sohn einzuschärfen.

Gerade sah sie ihre Eintragungen in ihrem persönlichen Tagebuch durch, das nur für ihre Augen allein bestimmt war, als ihre Augen plötzlich auf ein Datum von vor zwei Monaten fielen. Schnell blätterte sie die Seiten durch auf der Suche nach einem anderen Eintrag, und als sie keinen fand, schlug sie das Buch erzürnt zu. »Ich werde ihn umbringen!« tobte sie. »Das hat er absichtlich getan!« Der Verdacht wieder schwanger zu sein, war berechtigt, und sie fühlte, wie ihre Wangen sich röteten.

Sie blickte aus dem Fenster des Caesar-Turms und sah Simon im Außenhof. Zur Hölle mit diesem lüsternen Franzosen, warum nur mußte er seine haltlose Männlichkeit auf ihre Kosten ausleben? Plötzlich entdeckte sie, daß er mit ihrer rothaarigen Dienerin

Brenda sprach. Das Mädchen legte ihm bittend eine Hand auf seine Brust, sie wirkte so hilflos vor diesem Riesen. Dann sah sie, daß Simon einen Arm um das Mädchen legte und mit ihr in der Waffenkammer verschwand. Also! Es reichte ihm nicht, seinen Samen in seine eigene Frau zu pflanzen, jetzt säte er auch noch eine Horde Bastarde, indem er mit den Dienerinnen schlief.

So hatte Simon das kecke Frauenzimmer Brenda noch nie erlebt, sie war in Tränen aufgelöst.

»Mein Herr, ich flehe Euch an, zwingt mich nicht, mit Euch in Winchesters Stadthaus zu reisen.«

Simon hatte noch viel zu tun, ehe er Kenilworth verlassen würde, deshalb war er ärgerlich auf das Mädchen. Das war doch Eleanors Aufgabengebiet, warum kam sie mit ihren nichtigen Klagen zu ihm? Als er sie dann jedoch aufmerksamer betrachtete, wurde ihm ihre ungewöhnliche Erregung klar. Er hatte ein schlechtes Gewissen, weil er immer seine Verantwortung für den gemeinen Mann betonte, und jetzt für diese Frau nicht einmal ein paar Minuten erübrigen wollte. »Ich erinnere mich daran, daß Ihr mir gegenüber den Namen Winchester schon einmal erwähntet.« Simon hatte sehr wohl das Mädchen im Gedächtnis behalten, das weggelaufen war und sich über ein Jahr lang versteckt hatte. Er stand hier vor einem Verwirrspiel, und ein Teil fehlte.

»Wenn Ihr von mir verlangt, daß ich Euch beschütze, so wäre es wohl an der Zeit, mir Euer Geheimnis zu enthüllen.«

Simons schwarze Augen blickten so durchdringend, daß Brenda fürchtete, er wüßte bereits alles. Es gab nur wenige Männer, denen sie vertraute, doch Simon de Montfort war einer von ihnen. Sie unterdrückte ein Schluchzen: »Es begann alles damit, daß ich dem Bischof meine Beichte ablegte. Er hat mich ausgehorcht über William Marshal; ein neuer Knappe wurde in den Haushalt aufgenommen, doch er war ein Mann Winchesters. In der Nacht, als der Oberhofmarschall starb, hat dieser Knappe versucht, mich vom Dach Westminsters zu stoßen. Doch statt meiner fiel er in den Tod.«

Simons Augen glänzten wie schwarzer Obsidian. »Die Hauptsache habt Ihr passenderweise ausgelassen. Warum hatte er den Auftrag, Euch zum Schweigen zu bringen?«

Was auch immer sie jetzt sagte, es würde ihren Anteil am Tod William Marshals enthüllen. De Montfort würde sie umbringen, mit einem Schlag, und dennoch hätte William Marshal überlebt, so hätte dieser Mann Eleanor nie bekommen. Ihre nächsten Worte kamen stockend: »Ich wußte, daß er ein Pulver besaß, das er in das Essen und in die Getränke des Oberhofmarschalls schütten sollte.«

Simon ballte die Hände zu Fäusten. Diese kleine Dirne war in den erfolgreichen Plan verwickelt gewesen, einen der besten Männer Englands umzubringen. Seine Wut richtete sich auf den Menschen, der dafür verantwortlich war: auf Winchester, aber auch auf den schwachen König, der es diesem Schurken ermöglicht hatte, Englands Geschicke an sich zu reißen. Die Schlampe Brenda war nur eine Schachfigur in diesem Spiel. Er dachte wieder an Eleanors Schmerz. Wie lange hatte sie das Schuldgefühl mit sich herumgetragen, weil William bei ihr im Bett gestorben war! »Ich werde der Gräfin sagen, sie soll eine andere Dienerin mit nach London nehmen. Wenn Ihr hier in Kenilworth bleibt, braucht Ihr Euch nicht zu fürchten. Niemand, der mit Winchester etwas zu tun hat, wird je seinen Fuß in dieses Gebiet setzen.« Es sei denn, er kommt in Ketten, fügte er insgeheim hinzu.

Eigenartigerweise hatte die Neuigkeit, die er von Brenda erfahren hatte, seinen Appetit geweckt, die Fehde mit dem Bischof aufzunehmen. Die Unsicherheit, ob er im Stadthaus Winchesters absteigen sollte, war verschwunden. Simon de Montfort liebte die Herausforderung. Er pfiff leise vor sich hin, als er die Stufen zum Caesar-Turm hinaufstieg, doch die Melodie erstarb auf seinen Lippen, als er erkannte, daß seine schöne Frau den ganzen Nachmittag lang offensichtlich ihre Klauen geschärft hatte. Hier wartete eine andere Herausforderung auf ihn. Er würde sie hofieren müssen, bis sie wieder guter Laune war. Er blinzelte ihr zu. »Immer wenn du willst, daß ich dich liebe, trägst du dieses aufreizende rote Gewand. Aber hättest du etwas dagegen, wenn wir zuerst essen? Ich habe schrecklichen Hunger.«

Sie hob trotzig das Kinn, und ihre Augen blitzten. »Wenn du glaubst, ich würde dir erlauben, mich anzurühren, nachdem du mit ihr zusammen warst ...«

»Mit ihr? Wen meinst du?« fragte Simon verwirrt. Dann begriff er, daß sie gesehen hatte, wie er mit Brenda abgezogen war. Er lachte laut auf. »Bei Gott, du bist eifersüchtig.«

»Eifersüchtig?« rief sie. »Eifersüchtig auf ein rotbäckiges Frauenzimmer, das die Beine für jeden Mann in Kenilworth breit macht? Weit gefehlt, aber wenn dein Schwanz das nächste Mal anschwillt, dann geh wenigstens nicht mit ihr in die Waffenkammer, wo das ganze Schloß von deiner Unzüchtigkeit erfährt.«

Er zog eine Braue hoch. »Du dummes Kind, sie hat mich gebeten, nicht mit nach London reisen zu müssen. Ich habe ihr gesagt, du würdest eine andere Dienerin mitnehmen. Du hast dich also geirrt, als du versucht hast herauszufinden, wer meine derzeitige Favoritin ist!«

Eleanor war so erleichtert, daß ihre Knie nachgaben, Simon jedoch musterte sie nachdenklich: »Weißt du, wenn du das nächste Mal versuchst, mich in dein Bett zu locken, solltest du nicht dieses rote Gewand tragen, du siehst fett darin aus.«

Eleanor brach in Tränen aus. Sofort war er voller Reue. »Liebste, was habe ich denn bloß falsch gemacht?«

»Ich glaube, ich bin wieder schwanger. Wie konntest du mir das antun, wo ich doch nach London will?«

Die Neuigkeit machte ihn glücklich. Er hob sie hoch und wirbelte sie herum. Lachend sah er in ihr Gesicht, dann jubelte er vor Freude. »Fürchtest du dich, weil alle wissen werden, daß du schon wieder mit mir geschlafen hast?«

Sie errötete und barg ihr brennendes Gesicht an seiner Schulter. »Sim, wir sind doch erst sechs Monate verheiratet, und ich bin bereits mit deinem zweiten Sohn schwanger. Ich schwöre, das hast du absichtlich getan.«

»Ich?« tat er überrascht. »Du bist ganz allein dafür verantwortlich. Erinnerst du dich noch an den Abend, als du deinen Finger in meinen ...«

»Sim!« fiel sie ihm erschrocken ins Wort. »Hör auf!«

Er küßte sie eifrig. »Warum bist du nicht glücklich? Sind dir meine Söhne nicht schön genug?«

»O doch«, antwortete sie leise, und ihr Herz machte einen kleinen Sprung bei dem Gedanken an ihr hübsches Kind im Nebenzimmer.

»Und du hast gesagt, du glaubst nur, schwanger zu sein«, rief er ihr ins Gedächtnis und reichte ihr einen Becher mit warmem, gewürztem Wein. Er zog sie auf seinen Schoß und sah ihr zu, wie sie an dem Wein nippte. Dann legte er seine Lippen an ihr Ohr und flüsterte: »Trink das Drachenblut aus. Ich möchte dich zu Bett bringen, um der Gewißheit Nachdruck zu verleihen.«

38. Kapitel

Simon erteilte dem Hauptmann der Wache in Kenilworth noch die letzten Anweisungen. Auch wenn das Schloß uneinnehmbar war, so wollte er doch während seiner Abwesenheit keine Nachlässigkeiten aufkommen lassen. Die Wachen sollten weiter auf den Wällen ihre Runden drehen, vierundzwanzig Stunden lang. Er sprach mit dem Waffenmeister und befahl ihm, dafür zu sorgen, daß die Waffen und Rüstungen immer saubergehalten und geschärft würden, und daß eine ständige Bereitschaft gewährleistet sei. Seine Ritter und Knappen waren so gründlich ausgebildet, daß man sie nicht an ihre Pflichten zu erinnern brauchte; Simon zweifelte auch nicht daran, daß ihrem Beispiel die neu dazugekommenen Männer nacheifern würden

Die Reitknechte hatten alle Pferde gestriegelt und die Stalljungen jede Pferdebox gesäubert, damit Simon vor der Abreise noch einmal die Ordnung kontrollieren konnte. Die Wagen, mit denen die Diener nach London fahren sollten, standen im Außenhof. Das Gepäck war bereitgestellt zum Verladen, und die Ritter und Knappen, die Simon und Eleanor begleiten sollten, hatten sich am Tor mit dem Fallgatter versammelt.

Eleanor sah bezaubernd aus in ihrem saphirblauen Reitkleid mit den grauen Ziegenlederhandschuhen und Stiefeln, sie winkte Simon und seinen Knappen zu. »Mein Bester, diese beiden Kisten enthalten meine persönlichen Dinge. Würdest du so freundlich sein, sie auf einen Wagen laden zu lassen, wo sie sicher untergebracht sind?«

Simon fand, daß seine Frau nie zuvor schöner ausgesehen hatte. Sein Knappe errötete bis an die Haarwurzeln, dann stieg er schnell vom Pferd, um Eleanor ihre Bitte zu erfüllen. Sie bedachte ihn mit einem bezaubernden Lächeln, als er ein Behältnis zu dem am nächsten stehenden Wagen schleppte.

Auch Simon stieg vom Pferd. Wenn Eleanor etwas wollte, zog sie alle Register, und er wußte, er würde immer ihr ergebener Sklave sein. Er sah ihr nach, als sie zum Schloß zurückging; dann bückte er sich, um die zweite Kiste hochzuheben. Gütiger Gott, die Kiste war schwer. Trotz Aufbietung aller Kräfte brauchte er beinahe eine ganze Minute, um sie hochzuheben. Wie, um alles in der Welt, hatte sein Knappe es geschafft, die erste Kiste wegzutragen? Er trug seine Last etwa fünfzig Meter, doch dann mußte er sie abstellen. Er wurde sogar rot, als er sah, wie seine Ritter ihn beobachteten. Was besaß Eleanor denn, das so schwer sein konnte? Er bückte sich und öffnete die Kiste. Sie war voller Steine! Diese Frau spielte ein gefährliches Spiel, sie wollte ihn vor den Knappen und seinem Gefolge lächerlich machen; sie wollte ihn blamieren. Aber das war ein Spiel, das sie beide spielen konnten.

Er hatte ihrer Bitte nachgegeben, sie nach London mitzunehmen, und das war nun der Dank! Sein mißtrauischer Blick wanderte zu seinen Rittern hinüber. Jemand mußte ihr doch bei diesem hinterhältigen Streich geholfen haben. Innerlich lachte er. Gütiger Himmel, es hätte jeder von ihnen sein können. Sie war unschlagbar darin, einen Mann um den kleinen Finger zu wickeln, dafür gab er selbst das beste Beispiel ab. Er kippte die Steine hinter den Pferdetrog und stellte dann die leere Kiste auf den Wagen.

Eleanor besaß ihre eigenen Wachen, die immer an ihrer Seite ritten. Die vier jungen Ritter kamen aus den Ställen und führten ihre Stute am Zügel. Ein paar Minuten später trat Eleanor aus dem Tor und wischte sich eine Träne fort. Sie winkte Bette und ihrem Kindchen noch einmal zu. Simon nahm dem Ritter die Zügel der Stute ab und befestigte sie von außen an der Stalltür. Er lächelte seine Frau an und wollte sie in den Sattel heben, doch im gleichen Augenblick stolperte er und griff instinktiv nach ihr, um sich festzuhalten. Er riß Eleanor zu Boden, sie fiel genau in einen Haufen frischen Pferdedungs, den die Stalljungen gerade zusammengefegt hatten.

»Oh«, schrie sie erbost. »Das hast du absichtlich getan!« In seinen Augen funkelte es. »Ich wußte, daß du das sagen würdest. Du bist recht durchschaubar geworden, meine Prinzessin. Wir warten auf dich, während du dich umziehst, aber du solltest dich beeilen.«

»Das werde ich dir nie verzeihen!« wütete sie.

Er grinste. »Noch ehe der Tag vorbei ist, wirst du darüber lachen. Als ich die Kiste mit den Steinen entdeckte, da habe ich mich genauso gefühlt wie du dich jetzt. Aber mittlerweile finde ich es ganz lustig.«

Eleanor merkte, wie ihre Aufregung stieg, als die Türme und Zinnen Londons in Sicht kamen. Doch als sie erst einmal durch das Stadttor geritten waren, sah sie die Stadt mit ganz anderen Augen. Die Straßen waren schmutzig und eng, die Häuser sahen aus wie Reihen verfaulter Zähne. Die Bewohner zeigten sich unwissend und linkisch, und die ganze Stadt stank. Wie konnte sich hier alles so schnell verändert haben? fragte sie sich. Dann erst wurde ihr klar, daß die Stadt schon immer so gewesen war, die Veränderung hatte in ihr selbst stattgefunden. Kenilworth stellte selbst eine Stadt dar, aber dort war alles sauber und ordentlich, außerdem waren die Einwohner zivilisiert und benahmen sich gut.

Es wunderte sie, daß man Simon de Montfort, Graf von Leicester, überall zu kennen schien. Männer winkten ihm zu, Frauen bedachten ihn mit Kußhänden, und Kinder liefen neben dem Wagen her und bettelten um Pennys. Als sie sich langsam ihren Weg bahnten, am Hoopand Grapes-Inn in Aldgate vorbei, kam der Wirt herausgelaufen und reichte ihnen Krüge mit Bier, auf seiner Schulter trug er unübersehbar das Wappen der de Montforts. Und als Eleanor nach einem Krug griff, um den Staub herunterzuspülen, applaudierte die Menge. Sie lächelte erfreut und trank dann auf das Wohl aller Umstehenden.

Winchester House war in der Tat sehr luxuriös. Der ordentlich gepflasterte Hof, die fleckenlos saubere Küche, der luxuriöse Salon und die mit Teppichen ausgelegten Schlafzimmer zeigten allen, daß keine Kosten gescheut wurden für den Unterhalt dieses Hauses. Winchesters Diener waren nicht anwesend, nur ein paar Sicherheitskräfte zum Aufpassen, deshalb richteten sich Leicesters Diener ohne zu zögern ein. Noch ehe die Sonne untergegangen war, waren alle Kisten ausgepackt, die Betten mit dem persönlichen Leinen der Gräfin bezogen und ihre Lieblingsspeisen standen auf dem Tisch.

Robert, Bischof von Lincoln, nahm Simons Einladung zum Essen an, da sein eigenes Stadthaus gleich gegenüber auf der anderen Straßenseite lag. Eleanor stellte wieder fest, daß Robert so gar nicht wie ein Mann der Kirche aussah. Er war groß und muskulös, und sie nahm an, daß Simon und Robert auch aus diesem Grund die gegenseitige Gesellschaft genossen. Sie war entschlossen, ihren Platz als Frau einzunehmen, und indem sie den Mund zu und die Ohren offenhielt, erfuhr sie sehr viel.

Die beiden Männer sprachen in nicht gerade schmeichelhaften Worten von Eleanors beiden Brüdern. Zu ihrer Überraschung würde Richard nicht in London sein zur Taufe. Wenn man dem Bischof glaubte, war Richards Gott das Geld, nach wie vor ein König Midas; alles, was er berührte, verwandelte sich in Gold, und sie erfuhr, daß er so habgierig und geizig war, daß er noch immer die erste Krone besaß, die er sich verdient hatte. Im Augenblick interessierte England ihn überhaupt nicht. Als Graf von Poitou lebte er ständig auf dem Kontinent, und bemühte sich darum, genügend Günstlinge zu finden, die ihn zum König von Rom ernennen sollten. Gerüchte liefen um, denen zufolge er einen Kreuzzug plante, denn das Heilige Land und die Nachbarländer versprachen wirkliche Reichtümer; man fand dort Schätze der ganzen Welt.

Sie war kurz davor, Richard hitzig zu verteidigen, als Simon zu Robert sagte: »Das Geld, das Ihr mir für meine Reise nach Rom so großzügig zur Verfügung gestellt habt, ist sofort in Richards Taschen gewandert. Ihr habt mir den Schleier von den Augen gezogen, an dem Tag, als Ihr mir erklärtet, daß das System der Kirche auf Bestechung beruht; aber es ist nicht sehr schön, wenn man darauf angewiesen ist, seinen eigenen Schwager zu bestechen. Ganz besonders, weil er obendrein die Ländereien der Marshals verwaltet, die eigentlich meiner Frau zugestanden hätten. Es muß ihn sehr belastet haben, denn schließlich hat er mir sogar das Geld zurückgegeben.«

Eleanor war erstaunt. Simon hatte nie zu ihr von diesen Dingen gesprochen, obwohl sie sich daran erinnerte, daß er ihr einmal gesagt hatte, er hätte die Charakterfehler ihrer Brüder immer vor ihr verborgen gehalten. Sie hatte damals natürlich geglaubt, er würde von Henry sprechen. Und als sich die Unterhaltung der beiden Männer dann auf den König ausdehnte, dachte Eleanor ein wenig schockiert, sie machen sich beide des Hochverrats schuldig.

»Ich weiß aus sehr zuverlässigen Quellen, daß Henry Verhandlungen geführt hat über die Krone von Sizilien für seinen Sohn.«

Eleanor konnte nicht mehr schweigen. Ihre Schwester Isabella war mit dem Kaiser Friedrich von Deutschland verheiratet, und dem gehörte Sizilien bereits. »Hat er mit Friedrich verhandelt, weil der keinen eigenen Erben hat?« fragte sie.

Robert hüstelte verlegen. »Nein, meine Liebe, mit dem Papst verhandelt...«

Eleanor war sprachlos. Sie sah von Robert zu Simon. »Friedrich ist der König von Sizilien. Was hat denn die Krone mit dem Papst zu tun?«

»Übereinstimmend wird behauptet, daß Henry bereit ist, einen päpstlichen Krieg zu finanzieren«, erklärte der Bischof von Lincoln ernst.

Eleanor schrak zurück. Entweder war ihr Bruder in eine häßliche, ekelhafte Intrige verstrickt oder diese Männer hier schmiedeten böse Gerüchte. Beide Alternativen entsetzten sie.

Simon lachte, und Eleanor hörte den bitteren Unterton. »Henry hat in seinem ganzen Leben noch nie etwas finanziert. Er wird das Geld aus den Juden und den Baronen herauspressen.«

In diesem selben Augenblick erschien Rickard de Burgh, und Eleanor war noch nie in ihrem Leben so froh gewesen, ihn zu sehen. Mit seinem freundlichen und ritterlichen Wesen würde er nicht dabeisitzen und zuhören, wie die beiden ihren König schlechtmachten. Eleanor stand auf. Sie wollte die Minnesänger bitten, mit ihren Lauten hereinzukommen. Wie hatte sie nur zulassen können, daß die Unterhaltung auf ein so niedriges Niveau absank? Sie lief rasch aus dem Zimmer, ihr wurde schwindlig und sie mußte sich einen Moment abstützen. Dann wurde ihr eisig kalt, als sie Sir Rickards Stimme vernahm.

»Winchester hat Euch eine Falle gestellt, ich hatte gehofft, Ihr würdet in Kenilworth bleiben, außerhalb seiner Reichweite.«

»Ich habe das schon vermutet, als wir seine großzügige Einladung erhielten, Winchester House zu benutzen«, antwortete Simon ruhig.

»Eure Feinde haben den König gegen Euch aufgebracht. Henry ist sofort zu Winchester gegangen und hat ihm von Eurem Vorschlag berichtet, Hubert de Burgh wieder in seine alten Rechte einzusetzen und Richard Marshal zum Justiziar zu machen. Richard Marshal wurde nach Irland geschickt und dort umgebracht. Winchester fürchtet Eure wachsende Macht in England. Jetzt, wo Ihr hier seid, bin ich fest davon überzeugt, daß er den König dazu überreden wird, Euch ins Exil zu verbannen.«

Eleanor überlegte, ob sie zu den Männern laufen sollte, um ihnen zu sagen, was für Dummköpfe und Lügner sie waren. Henry war ihr lieber Bruder, ihr Freund. Wie konnte Simon sich nur solche Unterstellungen anhören? Simon wußte besser als jeder andere, daß allein der König ihre heimliche Ehe in seiner eigenen Kapelle ermöglicht hatte. Henry würde niemandem erlauben, ihn gegenüber Simon de Montfort mißtrauisch zu machen.

»Wie hat man denn Henry gegen mich aufgebracht?« fragte Simon ganz ruhig.

Eleanor hielt den Atem an, damit sie die Antwort auf die Frage mitbekam, die sie sich auch schon gestellt hatte.

»Winchester hat Henry einfach erklärt, daß Ihr Euch Henry II. zum Vorbild genommen habt. Es ist kein Geheimnis, daß Ihr die Freiheit Englands genauso aufrechterhalten wollt, wie er es getan hat und daß Ihr ständig die Aufmerksamkeit auf die großartigen Gesetze richtet, die er eingeführt hat. Winchester hat Euch eigene Ambitionen auf den Thron nachgesagt. Er hat Henry eingeflüstert, daß Ihr absichtlich eine königliche Prinzessin geschwängert habt, damit Ihr in die Plantagenet-Familie einheiraten konntet.«

Eleanors Hand fuhr an ihren Hals. Simon machte keine Anstalten, diese Behauptung abzustreiten. Langsam ging sie die Stufen zu ihrer Schlafkammer hinauf, dann stand sie am Fenster und starrte blicklos hinaus. Die Geschichte von Henry II. und Eleanor von Aquitanien kam ihr in den Sinn. Henry, ein einfacher Graf, war so ehrgeizig gewesen, daß er sich die Krone Englands angeeignet hatte. Er brauchte eine königliche Partnerin, deshalb hatte er absichtlich die Königin von Frankreich geschwängert, was ihr wiederum die Möglichkeit verschaffte, einen Dispens für eine Scheidung zu erwirken und dann Henry zu heiraten.

Wie blind war sie doch gewesen! Die Umstände glichen einander so sehr, sie konnte nicht glauben, daß sie das nicht schon vorher durchschaut hatte. Simon de Montfort war seiner Sache immer schon ziemlich sicher gewesen. Er hatte sie unnachgiebig verfolgt. Er hatte sie nicht aus Liebe erwählt, sondern aus Ehrgeiz! Sie legte ihre Hand schützend auf ihren Leib als das Gefäß, das er sich ausgesucht hatte, um sein Ziel zu erreichen.

Sie mußte sofort zu Henry gehen. Nein, es herrschte Dunkelheit, London war gefährlich bei Nacht. Man würde ihr nicht erlauben, jetzt noch das Haus zu verlassen. Morgen... gleich am Morgen würde sie gehen. Nein, am Morgen fand der Kirchgang der Königin statt. Sie würde warten müssen, bis sie in der Abtei war, ehe sie den Schutz des Königs suchen könnte. Sie zog sich aus und kroch ins Bett. Heute abend, wenn Simon zu ihr käme, würde sie so tun, als schliefe sie, damit gewönne sie Zeit.

Als sie sich entfernte, behielt sie ihre Dienerinnen bei sich, damit sie nicht mit de Montfort allein wäre. Die Kleider, die sie für diesen festlichen Anlaß nach London mitgebracht hatte, zeugten von ihrem guten Geschmack. Sie wußte, daß der Hof überquellen würde von Goldstoffen und auch von Henrys unvermeidlichem Grün. Sie hatte die neue Kleidung ihres Mannes ihrer eigenen angepaßt und dabei berücksichtigt, daß er keine protzigen, bunten Farben mochte. Für die Taufe des Prinzen, bei der Simon einer der neun Taufpaten war, hatte sie ein tiefes, reiches Weinrot für ihn ausgewählt mit einem dazu passenden Umhang; den einzigen Schmuck bildete eine Spange aus Rubinen. Selbst würde sie Rosa tragen, mit Silber abgesetzt. Morgen für den Kirchgang der Königin zöge sie ein Kleid aus blasser pfirsichfarbener Seide an, die Kleidung ihres Mannes war in einem dunklen Bernsteinton gehalten.

Als Simon eintrat, war sie damit beschäftigt, ihre schwarzen Locken zu bändigen, sie wagte nicht, ihn anzusehen. Er fand, daß die Pfirsichfarbe sie wie eine exotische Blume aussehen ließ, verzaubert stand er vor ihr. Vor ihren Dienerinnen und seinem eigenen Knappen sagte er: »Du bist das atemberaubendste Geschöpf, das ich je gesehen habe.« Er senkte den Kopf, um sie zu küssen, doch sie wandte ihn schnell ab, so daß seine Lippen nur ihre Wange streiften.

»Wir müssen uns sputen. Wenn wir noch einen Platz in der Abtei bekommen wollen, müssen wir zwei Stunden vor dem König und der Königin dort sein. Du weißt doch, sie wohnen zur Zeit in Westminster, von dort aus werden sie in einer Prozession zur Messe gehen.«

»Ja, du hast recht, die Straßen sind dann überfüllt. Ich weiß, wie sehr du Befehle verabscheust, Eleanor, aber ich wünsche ausdrücklich, daß du bei den berittenen Wachen bleibst, bis ich dich höchstpersönlich aus dem Sattel hebe. Ich möchte nicht, daß dir etwas zustößt.«

Sie senkte schnell den Blick und nickte ihr Einverständnis. Er warf ihr einen Blick von der Seite zu, ihr Benehmen machte ihn stutzig. Später, als sie zwischen ihren Wachen nach Westminster ritt, sah sie die große Gestalt des Grafen von Leicester vor sich. Ob auf dem Pferd oder auf den Beinen, er war immer größer als alle anderen ringsum. Sie hörte den Jubel der Menge, doch heute erfreute er sie nicht, er ließ ihr viel eher einen Schauder über den Rücken laufen. So oft hatte sie aus Simons Mund die Worte gehört: »Man kann alles erreichen, was man wirklich will.« War sein Ehrgeiz so groß, daß er sogar die Krone Englands einbezog?

Sie war froh, daß sie ein leichtes Seidenkleid gewählt hatte. Eine schwüle Hitze lag in der Luft, und das Ganze würde sicher mit einem Gewitter enden. Sie wünschte, sie wäre nie nach London gekommen, sondern zu Hause geblieben in Kenilworth, bei ihrem Kind und in ihrer Unwissenheit. Unwissenheit war wirklich ein Segen. Sie fürchtete sich vor der Ankunft in der Abtei. Wie sollte sie nur wählen zwischen der Ergebenheit ihrem Mann und der Ergebenheit ihrem Bruder und König gegenüber?

Vor der Kirche drängte sich eine unübersehbare Menschenmenge, und die Pferde scheuten. Sie sah, wie ihr Mann vom Pferd stieg und die Zügel seinem Knappen gab, dann machte ihm die Menge Platz, und er kam auf sie zu. Er streckte ihr die Arme entgegen, und sie senkte den Blick, erlaubte ihm, sie vom Pferd zu heben. Jetzt konnte sie gar nichts mehr sehen. Sie war so klein, daß ihr Kopf nur bis zu den Schultern der meisten Menschen reichte. Doch dann hob sie erschrocken den Blick. Etwas stimmte nicht. Sie hörte, wie ihr Mann die Stimme hob, und seine Stimme klang todernst. Sie blickte zu seinem Gesicht auf, es war wie versteinert. Dann erst begriff sie, was geschehen war. Die königlichen Wachen am Eingang zur Abtei verstellten ihnen den Weg, sie weigerten sich, auf Befehl des Königs, sie hereinzulassen. Auf Befehl des Königs! Henry muß verrückt geworden sein, dachte sie. Geisteskrankheit liegt in unserer Familie!

Einen Mann wie Simon de Montfort so zu beleidigen, war eine Kränkung ohnegleichen. Sicher wußten alle, daß sein Stolz und sein Temperament keine Grenzen kannten. Mit eiserner Hand griff er nach dem Arm seiner Frau und schob sie zu den berittenen Wachen zurück. Seine Augen brannten wie schwarzes Feuer. »Eleanor, du wirst hier bei deinen Begleitern bleiben«, befahl er, dann schwang er sich in den Sattel seines Pferdes und ritt durch die Menge.

So entschlossen stürmte er durch die Gewölbe von Westminster, daß seine silbernen Sporen auf dem Marmorboden klirrten. Mit tödlicher Zielstrebigkeit nahm er Kurs auf den großen Thronsaal. Die walisischen Garden traten automatisch zurück, um ihm den Zugang zu den inneren Räumen frei zu machen, als sie sahen, wie der Kriegsherr auf sie zusteuerte. Hinter ihm her eilte Prinzessin Eleanor Plantagenet, sie versuchte, ihn einzuholen. Er hatte bereits einige Räume durchschritten, als er seine Verfolgerin bemerkte. Zornig wandte er sich um, und als er sie entdeckte, fauchte er: »Beim Blute Christi, weißt du denn nicht, daß dein Leben auf dem Spiel steht?« Grob schob er sie hinter eine der Türen, dann schritt er weiter voran.

Alles schien durcheinandergeraten zu sein, als die Günstlinge versuchten, sich ihrer Hackordnung nach einen Platz in der Prozession zu erkämpfen. Die Männer des Königs erlangten sonst immer den Sieg über die Männer der Königin, doch nicht heute, wo die Königin nach der Geburt ihres Sohnes zum ersten Mal wieder die Kirche besuchte. Die Erzbischöfe und Bischöfe standen alle hinter dem alten, gebrechlichen Erzbischof von Canterbury, die Halbbrüder des Königs stritten mit der arroganten Sippe des Thomas von Savoyen, während eine Amme mit riesigen Brüsten dafür sorgte, daß der Thronerbe ruhig blieb.

Einer nach dem anderen verstummte, als Simon de Montfort durch den Raum in die Versammlung vorstieß, wie ein Todesengel. Er wandte sich direkt an Henry, doch das Wort »Sire« brachte er nicht heraus, und wenn es ihn das Leben gekostet hätte. »Warum habt Ihr meine Anwesenheit in der Westminster Abtei verboten?«

Der Bischof von Winchester trat vor, um auf diese Herausforderung zu antworten. »Ihr seid exkommuniziert worden«, erklärte er verächtlich.

»Von wem?« brüllte de Montfort.

»Von mir«, gab Winchester donnernd zurück.

»Mit welcher Begründung?« wollte Simon wissen, nahe daran, sein Schwert zu ziehen.

»Mit der Begründung, daß Ihr Prinzessin Eleanor geschwängert und die Zustimmung für die Hochzeit erpreßt habt.« Winchesters Gesicht strahlte selbstgefällig. Er senkte die Stimme ein wenig, dann sagte er genüßlich: »Vergeßt nicht, de Montfort, es gibt zwei Sorten von Menschen – die erbärmlichen und die erbarmungslosen!«

Simon verspürte den mörderischen Drang, ihn in Stücke zu schlagen. Er blickte zu Henry und deutete dann anklagend mit dem Finger auf ihn. »Ihr habt unsere Hochzeit in Eurer eigenen Kapelle arrangiert.«

»Lügner!« schrie der König mutig wie ein Löwe, der sich in seiner eigenen Höhle befindet.

Eleanor hatte genug gehört. »Henry!« rief sie, und aller Augen richteten sich auf die wunderschöne junge Frau. Sie war königlicher als alle anderen in diesem Raum, als sie neben ihren Mann trat. Zum ersten Mal in ihrem Leben gestand sie sich Henrys Schwäche ein. Sein Mangel an Rückgrat machte sie ganz krank. »Ich war immer deine größte Bewunderin... du hast mich belogen.«

»Ehebrecherin!« schrie die Königin.

Eleanor wußte, daß sie Simon hinausschaffen mußte, ehe er seine Waffe zog und jemanden umbrachte. Simon schmeckte Angst auf seiner Zunge... Angst um seine geliebte Frau, die ihm mehr bedeutete als sein Leben. Ihr Temperament war so leidenschaftlich, sie würde im Tower von London enden, noch ehe dieser Tag vorüber war. Sie reichten einander die Hände und zogen sich gemeinsam zurück.

Vor dem Palast von Westminster umringten die Männer de Montforts schnell den Grafen und die Gräfin, dann eilten sie in gestrecktem Galopp zurück nach Winchester House. Als sie dort ankamen, stellten sie fest, daß der ganze Haushalt auf den Hof geworfen und die Türen verschlossen waren. Rickard de Burgh erwartete sie bereits. »An allen Toren der Stadt stehen Soldaten und wollen Euch verhaften. Ihr werdet der ungesetzlichen Verführung beschuldigt, meiner Herrin wird Ehebruch vorgeworfen«, erklärte er offen.

Eleanor gab bereits den Dienern Befehl, die Wagen zu beladen. »Wir kehren sofort nach Kenilworth zurück«, bestimmte sie.

Simon nahm ihre Hand und sah ihr in die glühenden Augen. »Nein, meine Liebste, für Kenilworth ist es zu spät. Man hat schon einen Haftbefehl für uns erlassen. Ich möchte nicht erleben, daß du in den Tower geworfen wirst, und mich werden sie lebend auch nie bekommen. Wir nehmen das Schiff und überqueren den Kanal.«

»Aber mein Kind...«, rief sie erschrocken.

»In Kenilworth ist es in Sicherheit.«

»Nein, nein, neiiiiin«, schluchzte sie, doch hatte er sie bereits in seine starken Arme gezogen.

»Verdammt, denk einen Augenblick nicht an deine Furcht. In diesem Leben bekommt man immer das, wovor man sich fürchtet!« Er wandte sich an de Burgh. »Schickt die Diener zum Bischof von Lincoln, auf der anderen Straßenseite, er wird sich um sie kümmern.«

Sie gingen hinunter zu den Docks des Towers, wo sie ein Schiff bestiegen, das sie zum Kontinent bringen würde, nur mit den Kleidern, die sie auf dem Leibe trugen.

39. Kapitel

Eleanor schaukelte sanft in der Hängematte, die zwischen zwei Goldregen-Bäumen aufgespannt war. Sie legte die Hand über die Augen und blickte auf das glitzernde Adriatische Meer. Hier lebte sie im Luxus, jeder Wunsch wurde ihr von einer großen Dienerschaft augenblicklich erfüllt. Auf den ersten Blick schien ihre Welt perfekt zu sein, dennoch war sie ständig in Gedanken versunken, beinahe melancholisch. Sie vermißte ihren Sohn auf beinah unerträgliche Weise.

Sie waren nach Bordeaux gesegelt, als Simon erfahren hatte, daß nicht nur Richard und Isabella in Italien waren, sondern auch Eleanors Schwester Isabella, Gemahlin des Kaisers von Deutschland. Über Land reisten sie daher von Bordeaux nach Apulien, wo sie mit offenen Armen empfangen wurden. Es war ein glückliches Familientreffen für die Brüder und Schwestern der Plantagenets. Eleanor und Isabella hatten einander seit der Kindheit nicht mehr gesehen, tagelang schwelgten sie in Erinnerungen, dachten wieder an Erlebnisse, die sie zum Lachen und zum Weinen brachten.

Voller Erschrecken sah Eleanor, wie matronenhaft ihre nur ein Jahr ältere Schwester geworden war. Sie mußte sich immer wieder ins Gedächtnis rufen, daß ihr Schwager nicht nur der Kaiser von Deutschland, sondern auch der Herrscher über Süditalien und Sizilien war. Er bestand darauf, daß sie und Simon in einem großen steinernen Palast in Brindisi wohnten, der eine herrliche Aussicht auf das Meer bot. Um sich dafür erkenntlich zu zeigen, eskortierte Simon gerne Friedrich nach Norditalien, um dort die Stadt Brescia zu belagern; Eleanor ließ er in der Obhut der beiden Isabellas .

Wieder und wieder schalt Eleanor sich dafür, daß sie unzufrieden war. Hier schien immer die Sonne, das azurblaue Meer war warm, Blumen gab es in Hülle und Fülle, und die Brise vom Meer wehte ihren Duft heran. Dennoch irritierte Eleanor dieser Überfluß. Es gab zu viel zu essen, zu viel guten Wein, zu viele Diener, Poesie und Nichtstun. Für Simon mochte die Lage nicht übel sein; er war unterwegs und tat das, was er am besten konnte, doch sie hatte zu viele leere Stunden zu füllen – Stunden, Tage, Wochen, viel zuviel Muße zum Grübeln.

Das Kind ihres Bruders Richard und Isabellas war ein Junge, der auf den Namen Henry von Almaine getauft worden war, und Eleanor hatte Freude daran, ihre Schwägerin bei seiner Versorgung zu helfen, trotz des Mißfallens der Dienerinnen, daß die königlichen Damen sich mit so etwas beschäftigten. Sie enthüllte den anderen, daß sie wieder schwanger war, und war erstaunt, daß alle sie darum zu beneiden schienen. Sie war krank vor Heimweh und sehnte sich nach ihrem Kleinen, den sie in Kenilworth zurückgelassen hatte. Endlose Briefe schrieb sie an Bette, obwohl diese gar nicht lesen konnte. Die Franziskanerbrüder lasen Bette, Kate und Emma die Briefe vor, und sie schrieben auch zurück an die Gräfin von Leicester, beantworteten all ihre Fragen und versicherten ihr, daß Jung Henry wuchs und gedieh, auch wenn seine Eltern sich gezwungenermaßen im Exil aufhielten.

Während der ersten Wochen gelang es Eleanor nicht, das Gefühl des Betrogenseins abzuschütteln. Der König hatte, zweifellos auf Veranlassung von Winchester, sie des Ehebruchs bezichtigt. Es würde doch wohl niemand glauben, daß sie eine intime Beziehung zu Simon de Montfort gehabt hatte, während William Marshal noch lebte? In Wirklichkeit war sie eine sechzehnjährige Jungfrau gewesen, keine Verführerin. Henry hatte fälschlicherweise eine Schwester angeklagt, die ihr Leben lang sein Liebling gewesen war. Doch was noch viel schlimmer wog, befände man sie für schuldig, würden ihre Kinder als Bastarde gelten.

In London hatte sie mit ihrem Mann ohne zu zögern das Exil gewählt, hatte jedoch der Tatsache gegenüber die Augen verschlossen, daß es zwischen ihnen nie wieder so sein konnte wie zuvor. Und jetzt, in dem endlosen Nichtstun, schlichen sich die Zweifel in ihr Hirn, langsam und heimtückisch, ihr Verhältnis zueinander noch einmal zu überdenken.

Sie sehnte sich danach, das Wissen, daß er sie nur aus Ehrgeiz geheiratet hatte, tief in ihrem Inneren zu begraben. Doch die Unsicherheit fand immer wieder den Weg an die Oberfläche, so daß sie sie nicht mehr beiseite schieben konnte. Im Lauf der Geschichte hatten Männer häufig Frauen als Pfand für ihren Ehrgeiz benutzt; doch wenn sie daran dachte, daß auch Simon so etwas getan haben könnte, verspürte sie einen dicken Kloß in ihrem Hals, und ihre Lippen begannen zu zittern. Er war zu einer Zeit in ihr Leben getreten, als sie allzu verletzlich und einsam gewesen war. Seine Kraft und seine Liebe, seine Wärme und sein Schutz hatten sie angezogen, hatten sie überwältigt. Sie hatte sich ihm geöffnet, wie eine Blume sich der Sonne öffnet. Daß all das ein von ihm sorgfältig ausgeklügelter Plan gewesen sein sollte, gab ihr das Gefühl, als drehe jemand ein Messer in ihrer Brust und in ihren Eingeweiden herum. Ihr Herz tat weh, und dieses neue Bewußtsein schmerzte unerträglich.

Innerlich hatte sie immer schon gewußt, daß der Name Eleanor ein Fluch war. Wie ironisch, daß sie nach ihrer Großmutter Eleanor von Aquitanien benannt worden war und dann auch noch das gleiche Schicksal erleiden mußte wie diese: mit einem ehrgeizigen Gatten, der sie nur zu dem einzigen Zweck geschwängert hatte, Erben von königlichem Blute zu erhalten. Niemand hatte sie je um ihrer selbst willen haben wollen. Sie war wertvoll nur wegen dem, was sie war, eine Plantagenet-Prinzessin, Tochter und Schwester der Könige von England. Den Oberhofmarschall von England hatte man unter Druck setzen müssen, damit er sie heiratete, und noch viel stärkerem Druck war er danach ausgesetzt gewesen, ehe er ihrem Zusammenleben zugestimmt hatte. Ihre trüben Gedanken drohten sie zu verschlingen.

Als Simon de Montfort sie so unermüdlich verfolgt hatte, hatte sie in ihrer Unschuld und Dummheit an Liebe geglaubt und daß er sie um ihrer selbst willen wollte. Jetzt waren ihre Illusionen zerbrochen. Ein leises Schluchzen entrang sich ihrer Kehle, und sie biß sich auf die Lippen, damit das Zittern endlich aufhörte. Sie preßte den Handrücken auf ihren Mund, bis sie ihre Fassung zurückerobert hatte. Ein kleiner Funken Wut rettete sie, zum Teufel mit der Romantik, sie konnte und würde auch ohne sie überleben. Liebe war ein dummes Märchen für Kinder. Von jetzt an würde sie ihre Rolle als Frau, Ehefrau und Mutter erfüllen, ohne weiterhin an irgendwelche Geheimisse zu glauben. Sie und Simon paßten wenigstens gut zusammen, besser als viele andere Männer und Frauen. Es lag jetzt an ihr, für eine gute Ehe zu sorgen. Dennoch konnte sie einen Seufzer nicht unterdrücken und auch nicht die Sehnsucht nach früher.

Ihre innere Einkehr wurde von der Rückkehr ihres Mannes und seiner Leute unterbrochen. Was hatte de Monfort nur an sich, daß er eine solche Loyalität bei seinen Männern weckte? Nicht nur waren ihm etliche aus Kenilworth gefolgt, sondern die Ränge füllten sich jeden Tag mehr. Sie fragte sich, ob Friedrich und ihr Bruder Richard wußten, wie dumm es war, de Montfort das Kommando über ihre Soldaten und ihre Gefolgsleute zu überlassen; denn für sie stand fest, wenn der Graf von Leicester weiterzog, würde sich die Hälfte ihrer Ritter und Soldaten Simon anschließen.

Als der Lärm und das Getöse der Reiter an ihr Ohr drang, nahm Eleanor verwundert zur Kenntnis, daß ihr vor Erleichterung ganz schwach zumute war. Sie hatte jeden Gedanken an Gefahr für ihren Kriegsherrn weit von sich gewiesen, doch jetzt fiel ihr deutlich ein Stein vom Herzen.

Sie blieb, wo sie war, doch das erschien ihr eine der schwersten Prüfungen, die sie sich je auferlegt hatte. Sie wollte ihm entgegenfliegen, wollte den heimkehrenden Helden ehren. Sie wollte, daß er ihr seine Arme entgegenreckte und sie dann an seine breite Brust zog, wollte das pure Verlangen aus seinen Augen strömen sehen. Doch sie hatte sich vorgenommen, kühl und abweisend zu sein, wenigstens äußerlich. Sie würde all ihre Kraft brauchen, ihre innersten Gefühle zu verbergen; wahrscheinlich liebte in jeder Beziehung der eine Partner uneingeschränkter als der andere. Doch als er dann auf sie zukam, über die Terrasse, die in den Garten führte, war ihr klar, daß der tiefer Liebende sich zweifellos mitten in der Hölle befand.

Ihr Herz flatterte, schlug ihr bis zum Hals, als er sich näherte. Sie hatte ganz vergessen, wie riesig er war, und von den Wochen unter sengender Sonne war er braun gebrannt – plötzlich lag sie in seinen Armen. Der Duft nach Leder und Pferd drang in sie wie ein Aphrodisiakum, seine tiefe Stimme sandte einen Schauder über ihren Rücken. Sein Atem auf ihrer Haut brachte ihre Sinne in Wallung. Sein Mund war so voller Hunger und sein Kuß so fordernd, daß er alle Kraft aus ihr heraussaugte und sie sich vor ihrer leidenschaftlichen Reaktion fürchtete. Doch schließlich fand sie die Kraft, sich ihm zu entziehen und ihn kühl anzulächeln.

Simon verbarg den Schmerz, den er darüber empfand. Seit Wochen hatte er sich diesen Augenblick des Wiedersehens wieder und wieder ausgemalt. Sie war viel schöner als in seiner Erinnerung, und jetzt, wo er sie berührt hatte, machte ihre Nähe ihn ganz schwindlig. Doch sie entzog ihm einen Teil von sich, den Kern ihres Seins, nach dem er sich sehnte. Sie war immer noch böse auf ihn. Er wußte, dazu hatte sie nicht nur einen Grund, sondern viele – das Exil, den Bruch mit Henry, das neue Kind, das sie unter dem Herzen trug. Seine Augen glitten besitzergreifend über ihren Körper, und sie fühlte sich wie eine Braut. Wie würde sie die Spannung ertragen können, die sich den Nachmittag über zwischen ihnen einstellen mußte, bis in den Abend hinein, wenn sie endlich schlafen gingen?

Doch sie hätte sich keine Sorgen zu machen brauchen, denn es dauerte keine Stunde, bis Friedrich und ihre Schwester sowie Richard mit Isabella sich zu ihnen gesellten. Richards Kreuzzug bildete das Hauptthema ihrer Unterhaltung. Die Männer zogen sich später zurück, doch die beiden Isabellas schienen jede Einzelheit des Plans zu kennen, den die Männer unter sich besprachen.

Eleanor lächelte, als ihr klar wurde, daß sie hier den niedrigsten Rang einnahm. Ihre Schwester Isabella war Kaiserin, ihre Schwägerin Herzogin, doch sie nur eine Gräfin. Die Plauderei der Frauen über den Kreuzzug befaßte sich mit den Reichtümern des Orients, der Seide, den Juwelen, den herrlichen Palästen mit ihren Badebecken in den Innenhöfen und Wasserspielen, den Dienern, Sklaven und Haremsdamen.

Eleanor fühlte die enorme Kluft zwischen ihr und ihren Schwestern. Sie liebte beide, doch würde sie nie so sein können wie sie. Sie beobachtete sie und lauschte ihrem Geplauder, verstand jedoch ihre Eitelkeiten nicht. Beide waren bereits jetzt so reich, daß sie sich niemals Gedanken über Kosten zu machen brauchten, weder für sich noch für ihre Kinder. Sie sah sich in dem luxuriös eingerichteten Raum um. Die beiden besaßen längst mehr Paläste, als jede von ihnen je würde bewohnen können, und in diesen Palästen gab es mehr Diener, als Beschäftigungen. Selbst dieser aus Stein erbaute Palast am Rande des Meeres besaß einen Stab von über fünfzig Bediensteten. Einige von ihnen waren hellhäutige Germanen, andere olivenhäutige Italienerinnen. Plötzlich wurde Eleanor bewußt, daß Isabella sie mitleidig taxierte, und sie begriff, daß ihr der größte Teil der Unterhaltung entgangen war.

»Es muß die Hölle sein, mit einem Mann verheiratet zu sein, der aussieht wie ein junger Gott. Friedrich hat sich seine Frauen erkoren, natürlich, aber er weiß selbst, daß die Frauen ihn auswählen, weil er so mächtig ist – deshalb stören mich diese kleinen Sünden auch nicht so sehr. Die Frauen de Montforts aber verlieben sich doch sicher alle in ihn? Ich weiß wirklich nicht, wie du das ertragen kannst, Eleanor.«

Eleanor sagte das erste, was ihr in den Sinn kam: »De Montfort hat keine Frauen.«

Ihre Schwester lachte. »Eleanor, so naiv kannst du doch gar nicht sein. Auch wenn er heute erst zurückgekehrt ist, so möchte ich doch wetten, daß er bereits jetzt ein halbes Dutzend deiner hübschen Dienerinnen ausgewählt hat, die seine Aufmerksamkeit verdienen.«

Eleanor lachte ungläubig. »Da irrst du dich aber. Ich sehe seine Treue als selbstverständlich an, und ich denke, das gleiche gilt für Isabella und meinen Bruder Richard.«

Isabella wurde über und über rot, woraus Eleanor entnahm, daß

Richard ihr untreu war. Die verdammten Männer gehörten alle ins Fegefeuer! Sie würde baldigst mit ihm darüber reden!

»Joan von Flandern ist eine nahe Freundin von mir«, vertraute Eleanors Schwester ihnen an.

»Joan von Flandern?« fragte Eleanor unschuldig.

»Du weißt schon«, Isabella senkte ihre Stimme verschwörerisch: »Simons erste Frau.«

»Du irrst dich, Bella. Ich bin Simons erste Frau.«

»Nicht, wenn ich Joan glauben kann!« Ihre Schwester kicherte.

Eleanor warf ihrer Schwägerin einen schnellen Blick zu und sah, daß sie wußte, worüber ihre Schwester sprach, auch wenn sie selbst keine Ahnung hatte. Isabella Marshal fand, daß Eleanor in ihrem Leben bereits genug Schmerz erlitten hatte, deshalb versuchte sie, Simons Rolle in der ganzen Angelegenheit herunterzuspielen. »Das war alles schon vor so langer Zeit, als er Graf von Leicester wurde und hoch verschuldet war. Ich glaube, er warb um Joan; aber sie besaß so viel Land, daß der König von Frankreich die Verbindung verbot. Das ist alles, mehr war da nicht, da bin ich sicher.«

»O nein, nein, Isabella, du weißt nicht einmal die Hälfte«, unterbrach Eleanors Schwester sie und begeisterte sich für diese brisante Gesichte. »Joan von Flandern ist die reichste Erbin auf dem ganzen Kontinent. Simon de Montfort hat sie im Sturm für sich eingenommen. Seine Werbung war von raschem Erfolg gekrönt, sie hat sich schrecklich in ihn verliebt. Umgehend haben sie geheiratet und die Ehe auch vollzogen, wenn ich Joan glauben darf. Die gesetzlichen Verträge wurden alle aufgesetzt – de Montfort sollte freie Hand über alles bekommen, über ihre Schlösser, ihr Land, ihren Reichtum. Das war der höchste Preis, der für einen Zuchthengst je bezahlt wurde!« Isabella lachte. »Als es Louis allerdings vernahm, hat er sofort eine Militäreskorte zu ihr geschickt, die sie nach Paris bringen sollte, um ihm alles zu erklären. Sie hat mir erzählt, daß sie die Heiratsurkunde und alle Verträge verbrennen mußte, um jedes Beweismittel verschwinden zu lassen; sonst hätte Louis sie in den Kerker geworfen. Doch sie bedauert es bis heute, da sie ihn noch immer unsäglich liebt.«

Eleanor hätte am liebsten laut aufgeschrien. Etwas wuchs in ihr, das nach Rache verlangte. Hätte sie doch ein Messer nehmen können, um jedes einzelne Seidenkissen in dem Raum aufzuschlitzen und dann auf ihrer Stute durch die Meeresbrandung reiten können, dann hätte sie sich sicher besser gefühlt. Doch alles, was sie tun konnte, war, nichtige Worte zu murmeln und zu lächeln, damit die beiden nicht ihr blutendes Herz erspähten.

Als die Diener zum Essen riefen, begaben sich Männer und Frauen zusammen in den Speisesaal; doch jetzt, wo der Schleier über Eleanors Augen gelüftet war, entgingen ihr nicht die einladenden Blicke der weiblichen Bediensteten, und sie beobachtete scharf die Reaktion der Männer. Wie aufmerksam die Dienerinnen doch waren, ganz besonders Simon de Montfort, dem Grafen von Leicester, gegenüber. Seine herrliche Gestalt forderte sie heraus, ihn zu umschwirren, wie die Motten das Licht.

Eleanor konnte nichts essen. In letzter Zeit hatte sie eine Vorliebe für dunkle, reife Oliven entwickelt; doch wenn sie heute abend eine davon in den Mund nähme, würde sie daran ersticken. Sie nippte an ihrem Wein anstatt zu essen, doch dann wurde ihr klar, wie töricht das war, und sie verdünnte den Inhalt ihres venezianischen Bechers mit aromatisiertem Wasser.

Simon entging Eleanors eigenartige Stimmung nicht. Wieder und wieder sah er zu ihr hin, obwohl Friedrich und Richard ihm in den Ohren lagen, an ihrem Kreuzzug teilzunehmen. Schließlich wandte er sich an seine Frau: »Du hast nichts gegessen, Eleanor, fühlst du dich nicht wohl?«

»Ich habe mich nie besser gefühlt«, fuhr sie auf und widerstand dem Wunsch, die Damastdecke vom Tisch zu ziehen und das Geschirr zu zertrümmern.

Doch der besorgte Ausdruck verschwand nicht von seinem Gesicht. »Vielleicht ist dein Magen im Augenblick ein wenig empfindlich«, murmelte er.

Sie warf ihm einen bösen Blick zu. »Ich habe mich schon gefragt, wie lange es wohl dauern würde, bis du mit deiner Überlegenheit herumprotzen würdest!« Aller Augen richteten sich auf sie, und sie wußte, daß der Teufel in ihr heute abend nach einem Weg suchte, hervorzuschießen. Der Wutausbruch seiner Schwester schien Richard zu amüsieren, doch Friedrich bemerkte von den unterschwelligen Spannungen rein gar nichts, er kam wieder auf sein Steckenpferd Kreuzzug zurück.

Simon warf seiner Frau einen warnenden Blick zu, damit sie ihre scharfe Zunge im Zaum hielte, dann lenkte er seine Aufmerksamkeit auf den Kaiser zurück. »Eine der Tatsachen, die mich davon abgehalten haben, mich dem Kreuzzug anzuschließen, ist Geld. Allerdings habe ich gerade erst über den Verkauf des Waldes von Lincoln an einen Orden verhandelt.«

Eleanor war sprachlos. Wie konnte er sich diesem verdammten Kreuzzug anschließen, ohne vorher mit ihr darüber zu sprechen? Offensichtlich zählten ihre Gefühle und Wünsche weniger als nichts!

Als die Tafel abgeräumt war, wurde starker, süßer türkischer Mokka auf dem Balkon serviert. Eleanor wollte verdammt sein, wenn sie länger Teil dieses Familienbeisammenseins abgäbe. Unverblümt erklärte sie: »Ich werde Euch in den bewährten Händen Eures Gastgebers zurücklassen. Mich müßt Ihr bitte entschuldigen!«

Die Schlafkammer war groß mit hohen Bogenfenstern, um den Wind vom Meer hereinzulassen, doch heute abend kochte Eleanors Blut, und sie fand die Nacht heiß und drückend. Sie badete und zog dann ein ägyptisches Nachtgewand aus Baumwolle über, so fein gesponnen wie ein Spinnennetz. Es bedeckte nur eine ihrer Schultern, nach der griechischen Mode, und der Saum war mit Goldfäden durchwirkt, in einem Mäandermuster. Der Marmorboden fühlte sich kühl an unter ihren nackten Füßen, und sie lehnte die Wange an eine der Säulen, die den großen luftigen Raum zierten. Wenn de Montfort zu ihr käme, würde sie ihn eisig empfangen. Sie würde nicht mit ihm reden, mit ihren Blicken würde sie ihn zum Erstarren bringen. Das Mittelmeerklima war vielleicht heiß und schwül, aber heute nacht würde er in seinem Bett frieren. Sie war entschlossen, über ihn hinwegzusehen.

Als die Zeit verging, Stunde um Stunde, gerieten ihre Gefühle in Aufruhr. Wo, zum Teufel, blieb er denn? Wie konnte sie ihn ignorieren, wenn er sich nicht einmal blicken ließ?

Die Gäste verabschiedeten sich, kurz nachdem Eleanor sich zurückgezogen hatte, dann trat Simon auf den Balkon, von dem aus man eine so herrliche Aussicht übers Meer hatte. Es war eine mondhelle Nacht, geschaffen für romantische Phantasien, und er wünschte sich, seine Geliebte wäre bei ihm für einen Spaziergang am Strand. Oder vielleicht könnte er sie sogar dazu bringen, mit ihm im Wasser zu spielen, wie damals im See von Kenilworth. Das Wasser lockte ihn, er konnte nicht widerstehen.

Im Dunkeln zog er sich aus, sein Haar band er mit einem Lederstreifen zurück, dann ging er zum Ufer hinunter. Sie mußte ihn von ihrem Zimmer aus sehen können, wenn sie sich aus dem Fenster lehnte. Sollte ihr Verlangen so groß sein wie das seine, würde sie sich ihm anschließen.

Eleanor sah ihn wirklich, doch erst, als er aus dem Wasser auftauchte. Er stand nackt am Strand und sah zu ihrem Fenster hinauf, das Mondlicht glänzte auf seinem kräftigen nassen Körper. Er war Neptun, der uralte Gott, der sich aus den Wellen erhob. Sie konnte ihre Blicke nicht von seiner geschmeidigen Erscheinung losreißen, beim besten Willen nicht. Er drehte sich im Mondlicht ein wenig, bis er ihr genau gegenüberstand, und als er dann den Kopf hob, war ihr klar, daß er sie grüßte. Ihr wurde schwach. Sein Körper sah aus, als sei er aus einem Marmorblock gemeißelt, jeden einzelnen Zentimeter, jeden Muskel und jede Sehne betrachtete sie. Auf dem schwarzen Brusthaar glänzten im Mondlicht die Wassertropfen. Die dichte Krause wuchs in einer geraden Linie hinunter über seinen flachen harten Bauch, und zwischen den Schenkeln wurde es dann noch dichter.

Die Muskeln ihrer Schenkel und ihres Bauches zogen sich zusammen, als es ihr endlich gelang, wegzusehen – sie wäre beinahe an ihrer Eifersucht erstickt. Und dann bewegte er sich, sie sah, daß seine Schritte entschlossen waren. Als er ihr Zimmer betrat, war das Eis in ihren Adern zu reiner Lava geschmolzen.

Er machte ein paar Schritte auf sie zu, blieb dann genüßlich vor ihr stehen: »Ich wünschte, du wärst zu mir gekommen. Das Klima beflügelt mich. Ich habe so viel Energie… Liebesenergie…«

»Ich wünschte, du wärst ertrunken!« fuhr sie ihn an.

Simons Blut begann zu kochen. Sie wollte also Streit. Er wußte aus Erfahrung, daß ihre Leidenschaft keine Grenzen kannte, wenn sie in dieser Stimmung war. Er würde sie beruhigen müssen, natürlich, aber ihr verbales Duell war wie ein lockendes Vorspiel, das sie beide zu Unersättlichkeit emporschleuderte; und es würde eine ganze Nacht der Verzückung nötig sein, bis ihr Appetit aufeinander gestillt war. Sein Glied richtete sich voller Erwartung auf, bis zu seinem Nabel drängte es sich. Es sah beinahe aus wie ein Rammbock.

»Du Hurenliebling!« zischte sie wutentbrannt. Diese Wildkatze gefiel ihm über die Maßen, sie würde noch mehr Krallen zeigen, ehe sie mit ihm fertig war; doch ehe er mit ihr fertig war, würde sie schnurren wie ein Kammerkätzchen, und er würde sie mit seinem Samen überflutet haben.

»Hat diese Hure einen Namen oder wirfst du mir das nur ganz allgemein vor?« stichelte er.

Sie wäre an dem Namen fast erstickt. »Du hast Joan von Flandern geheiratet. Ich war nur deine zweite Wahl, Franzose!«

»Darüber habt ihr also die ganze Zeit geklatscht.« Er war wütend auf diese beiden eifersüchtigen Frauenzimmer, die ihr das beigebracht hatten und wütend auf sich selbst, weil er es ihr verschwiegen hatte.

»Klatsch oder Wahrheit?« schrie sie ihn an.

»Das war vor uns.« Er sprach in einem endgültigen Ton, als sei die Angelegenheit damit abgeschlossen, dabei machte er einen Schritt auf sie zu.

»Rühr mich nicht an.« Sie schnaubte. »Wage es nicht, mich anzufassen.«

»Eleanor, du bist meine Frau. Ich habe dich seit Wochen nicht mehr gesehen; ich kann dich nicht lieben, ohne dich dabei anzurühren, und sei versichert, ich bin fest dazu entschlossen.« Er machte einen weiteren Schritt.

»Du tust, als hätte sich nichts verändert«, ihre Stimme schrillte. »Aber das stimmt nicht. Wir sind aus England geflohen, damit man uns nicht einsperrt und vor Gericht stellt. Die Anklage gegen mich wegen Ehebruch war falsch, aber die Anklage gegen dich, wegen Verführung, war es nicht! Ich habe leider vor lauter Blindheit nicht erkannt, daß du mich verführt und geschwängert hast, genau wie mein Großvater bei Eleanor von Aquitanien vorging. Erst jetzt habe ich begriffen, daß du es aus Ehrgeiz getan hast und nicht aus Liebe«, erklärte sie bitter.

»Ich liebe dich«, donnerte Simon. »Und ich bin sicher, daß auch du mich liebst.«

»Das ist Vergangenheit, Simon; nach allem, was ich heute abend über Joan von Flandern gehört habe, ist meine Liebe gestorben.«

»Du darfst deine Liebe nicht töten – du wirst es für den Rest deines Lebens bedauern!« Er legte seine großen Hände um ihre Taille und zog sie an seinen nackten Körper. Sie hob die Hand und schlug ihn mitten ins Gesicht. Dann zog sie sich ein wenig von ihm zurück, doch er riß sie wieder an sich, seine Finger gruben sich in ihre Schultern. Sein Mund preßte sich auf ihren, wieder einmal brandmarkte er sie als die Seine, erinnerte sie an seine gewaltigen Kräfte. Sie hob die Hände und fuhr ihm mit den Fingernägeln rücksichtslos durchs Gesicht, hinterließ blutige Spuren auf seinen Wangen.

Mit einem wilden Fluch riß er den Lederstreifen aus seinem Haar, in der Absicht, ihr damit die Hände zu fesseln und sie an eine der marmornen Säulen zu binden. Ein Bild schob sich vor sein inneres Auge, das Bild eines Mannes seiner Größe, der eine Frau fesseln mußte, um das zu bekommen, was er von ihr wollte, und dieses Bild bewirkte, daß er sich zurückhielt. Wenn er sie nicht mit der Macht seiner Verführungskunst zwingen konnte, dann hatte er kein Recht auf ihre Leidenschaft. Er warf das Band weg, legte ihr eine Hand unters Kinn, hob ihr Gesicht zu sich hoch und preßte seine Lippen auf ihren Mund. Ihre Lippen waren schmerzlich süß, und seine Zunge verschaffte sich Einlaß und umspielte die ihre. Als sie versuchte, sich ihm zu entwinden, küßte er sie nur noch leidenschaftlicher, seine Zunge suchte ihre mit der primitivsten Leidenschaft eines Mannes für eine Frau. Sie versuchte, sich gegen ihn zu wehren, ihr Körper zuckte, doch er hielt ihr Gesicht fest und fuhr fort, sie zu küssen. Das Feuer seiner Leidenschaft versengte ihre Brüste, ihre Schenkel und ihren Mund; schon sehr bald würde seine Flamme auf sie überspringen. Sie fürchtete sich nicht vor ihm, und sein Herz jubelte über ihre Unerschrockenheit. Er wollte keine Frau, die er einschüchtern konnte, sondern eine, die den gleichen Mut besaß wie er, den gleichen Willen, die gleiche Wucht und Leidenschaftlichkeit. Sie weigerte sich, die Augen zu schließen oder sich diesen verlockenden Gefühlen hinzugeben, deren Flammen bereits an ihr leckten. Sie sah den Ausdruck von Verlangen in seinen Augen, als er ihr das Nachtgewand von der Schulter schob. Es rutschte hinab und enthüllte ihre Brüste, sie sich ihm entgegendrängten, weil er ihre Handgelenke mit einer Hand hinter der Säule festhielt. Seine Lippen legten sich auf die rosigen Spitzen, und sofort richteten sich diese auf. Eleanor hoffte, daß er dadurch abgelenkt würde, daß seine Lippen nicht noch tiefer gleiten würden, zu ihrem intimsten und verletzlichsten Punkt, den er seine Rosenknospe nannte. Sie wußte, er war ein siegesgewohnter Eroberer, der sich mit Frauen auskannte. Wenn sein Mund sein Ziel erreichte, so war sie verloren in ihrer Sehnsucht.

Kämpfe! befahl sie sich, doch ihr verräterischer Körper leuchtete ihm entgegen. Er hob den Saum ihres durchsichtigen Gewandes, bis hinauf zum Nabel. Als seine Zunge in sie fuhr, nahm er ihre Bereitschaft wahr, sie brannte wie Feuer. Mit all ihrer Kraft versuchte sie, ihm ihren Körper vorzuenthalten, doch er legte einfach beide Hände um ihr Gesäß und hob sie hoch, damit seine Zunge sie noch intimer streicheln konnte.

Voller Triumph hörte er, wie sie aufstöhnte; er sah sich ihre Augen in Ekstase schließen, und dann triumphierte er noch einmal, als sie die Arme um seinen Hals schlang. »Sim, Sim«, entrang es sich ihr.

Wenn sie ihre Leidenschaft und auch ihr Verlangen nicht mehr verbergen konnte, so würde sie dafür sorgen, daß seine Begierde so groß würde, daß er um ihre Gunst winselte. Sie gebrauchte seinen gälischen Namen nur, wenn sie einander liebten, und jedesmal bekam er eine Gänsehaut. Sie hob die Arme, so daß ihre Hände mit seinem feuchten schwarzen Haar spielen konnten und fühlte, wie das Nachtgewand ihr bis zu den Schenkeln hinunterrutschte. Dann stellte sie sich auf Zehenspitzen und drängte sich so an ihn, daß sein Glied in ihrer Scheide lag. Als sich dann seine Zunge wieder in ihren Mund schob, umspielte ihre Zunge die seine und erregte ihn noch mehr. Sie würde ihn so lange quälen und reizen, bis sie seine Seele besaß.

Er legte beide Hände um ihren hübschen Hintern und trug sie zum Bett. Mit der Zungenspitze kitzelte sie ihn am Rande seines Ohrs und flüsterte: »Sim, laß mich bitte oben sein.« Ihre vielsagende Bitte erregte ihn, den Beweis dafür fühlte sie, als er sich an sie preßte. Sie hielt den Atem an, als er von ihr wegrückte und sich dann auf dem Bett ausstreckte, dann setzte sie sich über ihn. Er war überrascht, daß sie ihm dabei den Rücken zukehrte.

Eleanor lächelte verschmitzt, jetzt war sein langes, hartes Glied ihr völlig ausgeliefert. Sie beugte sich vor und drückte einen Kuß auf die Spitze, sie hörte, wie er hinter ihr krächzte: »Kathe, Kathe!«

Dann streichelte sie die Innenseite seiner Schenkel, sie wußte, daß auch ein rauher Krieger wie er an vielen Stellen sehr empfindsam war. Als sie seine Hoden in die Hand nahm und sie mit ihren schlanken Fingern sanft drückte, hörte sie sein leises Aufstöhnen und fühlte seine Hände auf ihrem Rücken. Sie nahm sein Glied und rollte es zwischen ihren Händen, langsam zuerst, dann immer schneller.

Seine Stimme brach. »Liebste, hör auf... ich werde sonst kommen.« Sie hörte auf, doch wandte sie sich jetzt zu ihm um und fuhr nochmals lächelnd mit den Fingerspitzen über die Innenseiten seiner Schenkel. »Nein, ich entscheide, wann du kommst.« Vorsichtig und zögernd erlaubte sie ihm dann, in sie einzudringen, mit ihrem heiß brennenden Körper in Kontakt zu treten. Mit Lippen und Händen hatte sie ihn so erregt, daß er jetzt keine Zurückhaltung mehr kannte. Er konnte sich in ihr nicht ruhig halten, bockte und stieß heftig zu, um diese herrlichen Folterqualen endlich zu einer Erlösung zu bringen.

Eleanor spannte ihre Muskeln an, sie hielt ihn ganz fest in ihrer honigsüßen Höhle, so daß er sich nicht mehr bewegen konnte. Er glaubte zu platzen. Dann begannen ihre Muskeln zu spielen, und er hatte noch nie zuvor in seinem Leben etwas so Wundervolles gefühlt. Seine Erregung stieg und stieg, bis das Blut in seinen Ohren rauschte und es bis in seinen Fußsohlen klopfte. Ganz plötzlich hob sie ihren Körper an, bis nur noch die Spitze seines Gliedes in ihr ruhte, dann stieß sie auf ihn hinunter. »Jetzt, Sim, jetzt!«

Sein Körper gehorchte ihrem Befehl, und mit einem lauten Schrei ergoß er sich in sie, füllte sie mit seiner Männlichkeit. Als er langsam wieder in die Wirklichkeit zurückkehrte, wartete sie dort bereits auf ihn. »Wirst du jetzt endlich zugeben, daß ich dir in allen Dingen ebenbürtig bin, Simon de Montfort?«

»Meine süßeste Geliebte, du stehst weit über mir. Ich habe dich schon vor langer Zeit auf ein Podest gestellt, lange bevor du die Meine wurdest, und ich habe seitdem zu deinen Füßen gelegen und dich angebetet.«

Seine Worte klangen so entwaffnend, daß sie sie von Herzen gern glauben wollte. »O Sim, hast du Joan von Flandern geliebt?« rief sie.

Er zog sie in seine Arme und hielt sie fest an seine starke Brust gedrückt. »Meine süße Kleine, sie ist alt und häßlich. Ich war nie in meinem Leben so erleichtert wie damals, als Louis sich einmischte, um diese Ehe zu verhindern.«

Eleanor lachte und weinte gleichzeitig. Er küßte ihr die Tränen von den Wangen und flüsterte: »Himmel, du warst heut abend entsetzlich böse auf mich.«

»Wie konnest du dich entscheiden, zu einem Kreuzzug aufzubrechen, ohne vorher meine Ansicht zu hören?« wollte sie wissen.

»Ich habe mich doch noch gar nicht entschieden, ich stehe kurz davor – aber was für eine Alternative habe ich denn?« fragte er leise.

Sie dachte einen Augenblick nach und gab sich Mühe, die Sache von seiner Warte aus zu sehen. »Nun, wenn du wirklich gehst, dann werde ich mitkommen. Ich bleibe auf keinen Fall hier.«

»Aber es ist doch so schön hier«, wandte er ein.

»Jawohl, Simon, das ist wahr, es ist schön hier. Ich werde verwöhnt und versorgt, und fühle mich undankbar, weil ich es nicht zu schätzen weiß, aber ...«

»Aber Italien ist nicht England, und Brindisi ist nicht Kenilworth, und das Mittelmeer ist nicht die Nordsee.«

»O du, du verstehst mich also wirklich!« rief sie.

Seine Lippen berührten die kleinen Löckchen an ihren Schläfen. »Natürlich verstehe ich dich, mir geht es nicht anders.«

Sie hob ihm ihre Lippen entgegen und war erschrocken über die sinnliche Reaktion, die sie darauf erhielt.

»Wenn wir einander ebenbürtig sind, dann ist es wohl jetzt an mir, dich zu lieben.«

»Du Ungeheuer! Ich kann keinen Finger mehr heben!« protesiterte sie.

»Darüber bin ich aber froh«, neckte er sie und sie wußte genau, was er damit meinte.

40. Kapitel

Simon de Montfort erhielt die beunruhigende Nachricht, daß sein Bruder Amauri, der sich im vergangenen Jahr einem Kreuzzug angeschlossen hatte, vom Sultan von Ägypten gefangengenommen worden war. Unverzüglich schloß er sich Friedrichs und Richards Kreuzzug an, und zusammen mit seiner Frau setzten sie Segel nach Akko. Zuerst hegte Eleanor große Bedenken, um die halbe Welt zu reisen und unter Barbaren zu leben und zu kämpfen. Simon lachte über ihre Unwissenheit. »Zunächst einmal reisen wir nicht um die halbe Welt, Liebste. Komm, sieh dir diese Karte an!« Er legte sorgsam einen Arm um sie und deutete dann mit einem Finger der anderen Hand auf das Pergament. »Hier ist Brindisi, gleich an der Ferse des Stiefels von Italien. Wir befinden uns am Rande der Adria und werden ganz einfach bis ans Ende des Mittelmeeres segeln – dort sind Akko und Jerusalem und Palästina. In wenigen Tagen gelangen wir dorthin. Sieh mal, hier ist der Fluß Jordan, der in das Tote Meer mündet. Alles auf dieser Seite des Flusses ist üppig und fruchtbar. Die syrische Wüste beginnt erst auf dem anderen Ufer. Es gibt eine große europäische Kolonie in der Stadt Jerusalem mit Baronen und Rittern; kaum einer von ihnen ist so gebildet wie die Sarazenenritter. Zu unserer Schande können sie alle lesen und schreiben.«

Eleanor hatte an ihren Zustand gedacht, obwohl ihre Schwangerschaft erst am Anfang stand. Wer wußte schon, wie lange sie sich im Heiligen Land aufhalten würden? »Wir werden doch nicht in einer Lehmhütte oder einem Zelt wohnen müssen, nicht wahr?« fragte sie, und ihre Frage war nur zur Hälfte spaßig gemeint.

»Die Unterkünfte der einfachsten Barone und Ritter werden dich blenden. Die Fußböden sind herrlich verziert mit Mosaikfliesen, in ihren Gärten befinden sich Badebecken und Brunnen. Warum, glaubst du, sind so viele der Menschen nie wieder nach Europa zurückgekehrt? Unsere feuchten Schlösser und unser Mangel an Sonnenschein lassen viel zu wünschen übrig.«

Über das Mittelmeer zu segeln war eine der schönsten Vergnügungen, das Eleanor je kennengelernt hatte. Die Sonne und der strahlendblaue Himmel spiegelten sich im Wasser, das Tag und Nacht so ruhig dalag wie ein Mühlenteich. Der Wind fächelte ihr warme Liebkosungen zu, und im Meer tummelten sich Delphine und schillernde fliegende Fische. Die Nächte waren wie geschaffen für Romantik, denn der prächtige Mond schien gleich über dem Rand des Meeres zu hängen, und die Sterne strahlten Diamanten gleich auf schwarzem Samt.

Trotzdem seufzte Eleanor erleichtert auf, als sie in den Hafen von Akko segelten und sie sich davon überzeugen konnte, wie zivilisiert diese Stadt aussah. Akko war eine quadratisch angelegte Siedlung, die von doppelten Mauern, zwischen denen ein breiter Graben angelegt war, geschützt wurde. Sie galt als sehr sicher und öffnete sich nur zu dem eingeschlossenen Hafen hin. Sowohl innerhalb als auch außerhalb der Stadt gab es Orangenhaine und Palmen, so weit das Auge reichte.

Friedrich, im Osten als der Heilige Römische Kaiser bekannt, wurde mit viel Pomp und Festlichkeiten begrüßt, genau wie Richard, der Bruder des Königs von England. Der Orden der Tempelritter war zu einer riesigen, wohlhabenden Organisation angewachsen und hatte sein Hauptquartier in Akko aufgeschlagen. Die Zuflucht der Pilger, ein massives Fort, lag auf einer Erhebung, die sich ins Mittelmeer schob. Hier wurden die Neuankömmlinge in einem der herrlichsten Bauwerke untergebracht, die das Christentum geschaffen hatte.

Sofort begannen die Feste und Einladungen zu üppigen Gelagen. Sobald die Neuigkeit Jerusalem erreichte, daß der Kriegsherr Simon de Montfort, Graf von Leicester, sich im Heiligen Land aufhielt, baten ganze Delegationen von Baronen, Rittern und Einwohnern um seine Führung.

Eleanor verbarg ihre Tränen und verabschiedete sich von ihrem wilden Gemahl. Obwohl sein Umhang das gleiche weiße Kreuz der Kreuzritter aufwies wie das aller anderen Männer, stach er aus der Menge hervor, als ihr großes Idol. Sie wußte, es würde nicht lange dauern, bis er sich auch hier Auszeichnungen verdiente; denn noch nie hatte er einen Zusammenstoß mit einem Feind verloren, nie hatte er eine Burg oder Stadt vergeblich belagert.

Simon führte die Kämpfe an, während Friedrich versprach, mit dem Sultan von Ägypten über die Freilassung von Amauri zu verhandeln. Es hatte einmal eine Zeit gegeben, da hatte der Kaiser einen Waffenstillstand mit dem Sultan beschlossen, doch der war schon vor über einem Jahr gebrochen worden – der Grund für diesen neuerlichen Kreuzzug.

Obwohl Eleanor ihren Bruder Richard von Herzen liebte, so besaß er doch Charakterzüge, die sie abstießen. Er verließ die Stadt mit Simon, kam jedoch beinahe sofort wieder zurück. Als sie ihn nach der Ursache befragte, entschuldigte er seinen Mangel an Unterstützung der Kämpfer damit, daß er lieber die Verbindung zwischen dem Kaiser und den Kreuzzüglern bilde. Eleanor war kein unwissendes Mädchen mehr, sie begriff sehr schnell, daß Richard nur hier war, um seinen Reichtum noch zu vermehren. Sein Geschäftssinn übertraf bei weitem seinen Kampfgeist. Er handelte mit den listigen orientalischen Händlern und Vermittlern jeglicher Nationalität. Und so wie einige dieser Leute aussahen, wäre Eleanor nicht erstaunt zu erfahren, daß es sich dabei um ihre Feinde handelte. Sie verabscheute Richard dafür, daß er seine Tage mit selbstsüchtigen Machenschaften verbrachte, während Simon täglich sein Leben riskierte. Als sie ihn in ihrer direkten Art deshalb zur Rede stellte, versuchte er abzuwiegeln.

»Kämpfen ist das, was Simon kann... es ist sein Platz, Eleanor. Kreuzzüge und Kriege kosten Geld. Zufällig bin ich talentiert, Geld herbeizuschaffen, deshalb diene ich ihm auf sehr nutzbringende Art.«

Zynisch erwiderte sie: »Eigenartig, wie sich deine eigene Schatulle füllt bis zum Überlaufen. Oh, und übrigens, wo wir schon einmal miteinander reden, ich bin schockiert von deiner Treulosigkeit Isabella gegenüber. Deine Verhältnisse mit den Dienerinnen bilden das Stadtgespräch von Akko. Und man tuschelt auch, daß du mit den eingeborenen Frauen schläfst und dir ein Sklavenmädchen hältst.«

Er sah sie voll mitleidiger Herablassung an. »Eleanor, du weißt doch sicher, daß Frauen sich einem Mann in einer Machtposition wie der meinen an den Hals werfen. Von einflußreichen Persönlichkeiten wird so etwas erwartet, und ich gebe zu, ich habe eine Schwäche für Schönheit.«

»Wie abscheulich, du streitest es also nicht einmal ab! Bedeuten dir denn die ehelichen Schwüre Isabella gegenüber gar nichts?«

»Du sprichst von Schwüren? Ich glaube, es ist die Höhe der Heuchelei, daß ausgerechnet du mir so etwas vorwirfst. Wie steht es denn mit deinen eigenen Schwüren?«

Eleanors Temperament ging mit ihr durch. »Fahre zur Hölle, Richard. Du weißt, wie lange ich Witwe war, ehe ich mich mit Simon eingelassen habe.«

»Ah ja, ganz die kleine Nonne. Nun, ich will dir etwas sagen, Männer besitzen eine andere Natur als Frauen. Einer der Vorzüge, der mich in den Orient gelockt hat, ist der, daß man hier seinen eigenen Serail haben kann. De Montfort wird da keine Ausnahme machen. Er wird hier ebenfalls seinen privaten Harem einrichten mit der Zeit... wenn er nicht schon einen besitzt.«

Sie wollte auf ihn losgehen und sagen, daß das ein Irrtum sei, doch in ihrem Inneren war sie ein wenig verzagt. Es stimmte, daß die Frauen sich den mächtigen Männern an den Hals warfen, sie hatte es mit eigenen Augen gesehen, wie die Dienerinnen Simon umschwirrten und ihm einladende Blicke zuwarfen. Eleanor biß sich auf die Lippe und änderte das Thema. »Hat Friedrich schon etwas in der Angelegenheit von Simons Bruder unternommen?«

Richard zuckte die Schultern. »Friedrich ist ein Realist. Der Sultan von Ägypten möchte den Waffenstillstand erneuern. Amauri de Montfort nimmt da nur eine untergeordnete Bedeutung ein.«

Eleanor war wie vom Blitz getroffen. »Einen Waffenstillstand? Simon wird sich an den Kopf greifen! Er riskiert jede Stunde, jeden Tag sein Leben, um Gebiete zu erobern, die der Kaiser dann zurückgibt, wenn es zu einem Waffenstillstand kommt?«

»Es steht nicht mehr zur Debatte, ob ein Waffenstillstand unterschrieben wird, sondern nur wann. Die Verhandlungen laufen schon seit zwei Wochen. Friedrich schaut noch, soviel Gold wie möglich herauszuschinden, dann wird er unterschreiben. Wir reisen morgen nach Jaffa ab, das ist näher bei Askalon, wo des Sultans Sommerpalast liegt.«

Eleanor traf ihre Entscheidung von einem Augenblick zum anderen. Sie würde sich selbst zum Sultan von Ägypten begeben und mit ihm über die Freilassung ihres Schwagers verhandeln. William Marshal hatte sie gelehrt, wie man so etwas anpackte. Sie hatte bei all seinen Gerichtsverhandlungen an seiner Seite gesessen, und er hatte sie ermuntert, ihre Intelligenz einzusetzen und ihre Erziehung. Er hatte ihr beigebracht, wie man schlau und dennoch gerecht war, und vor allem hatte er sie gelehrt, ihrem Instinkt zu vertrauen. Immerhin war sie von königlichem Geblüt, Tochter und Schwester von Königen. Und da niemand sonst die Interessen de Montforts zu vertreten schien, würde sie die Sache in ihre Hände nehmen.

Wo ein Wille war, war auch ein Weg, und Eleanor fiel es nicht schwer, ihren Schwager Kaiser Friedrich zu überreden, sie in seine Reisegesellschaft einzureihen, als er nach Jaffa segelte.

Sie hatte ihr Gesicht verschleiert und sich von Kopf bis Fuß in eine lose fallende Djellaba gehüllt, deshalb konnte sie sich ungehindert bewegen. Schnell lernte sie, daß sowohl weibliche als auch männliche Diener für eine Bestechung sehr empfänglich waren. Es gelang ihr, sich ein Zimmer in einem ruhigen Flügel des palastartigen Gebäudes zu sichern, das dem Kaiser des Heiligen Römischen

Reiches und seinen vielen Bediensteten zur Verfügung gestellt worden war und das den Tempelrittern gehörte.

Eleanor wurde ungeduldig, als ihre Pläne, mit dem Sultan zu sprechen, sich nicht so schnell verwirklichen ließen. Friedrich machte sich nicht die Mühe, ihr von seinen Verhandlungen mit Selim von Ägypten zu berichten, daher mußte sie sich mit den Auskünften ihrer Diener und Dienerinnen zufriedengeben.

Es sah aus, als könnten sich die beiden hochwohlgeborenen Führer nicht auf einen gemeinsamen Verhandlungsort einigen. Der Kaiser wollte, daß der Sultan nach Jaffa kam; doch natürlich war der viel zu schlau, ägyptischen Boden zu verlassen. Statt dessen lud er Friedrich ein, seine Gastfreundschaft in seinem byzantinischen Palast in Askalon zu genießen. Friedrich seinerseits hütete sich, den Fuß auf ägyptischen Boden zu setzen, obwohl Askalon direkt an der Grenze lag, und daher stockten die Verhandlungen.

Eleanor rang die Hände und fand Männer einigermaßen nutzlose Kreaturen. Die impulsive Gräfin von Leicester brauchte nicht lange, um eigene Entschlüsse zu fassen. Eine Entfernung von nicht einmal dreißig Meilen konnte doch leicht überwunden werden, entschied sie. Sie schickte einen getarnten Botschafter nach Askalon, der dem Sultan einen Brief überbringen sollte. Den Brief adressierte sie an Seine Höchste Hohheit, Selim, Sultan von Ägypten. Der Ton des Briefes war herrisch, von einem Mitglied eines Königshauses an ein anderes. Sie legte ihm ihre Absicht dar, mit ihm über die Freilassung von Amauri de Montfort zu verhandeln und unterschrieb den Brief mit Eleanor Plantagenet, königliche Prinzessin von England.

Innerhalb einer Woche erhielt sie als Antwort eine Einladung, die Gastfreundschaft des Sultans von Ägypten in seinem byzantinischen Palast am Mittelmeer anzunehmen. Eleanor genoß die Herausforderung, ihre Sachen zu packen und die Reise in aller Heimlichkeit vorzubereiten. Friedrich und Richard waren viel zu sehr mit ihren eigenen Interessen beschäftigt, um auf Eleanor achtzugeben, und genau so wollte sie es auch haben. Gütiger Himmel, wie leicht waren Männer hinters Licht zu führen!

Nicht ganz so einfach jedoch stand es um Simon de Montfort.

Er war ein Mann der Ehre, doch wußte er natürlich, daß andere Männer sich oft einen Dreck um Ehre scherten. Jeder, der von ihm annahm, daß er nur Muskeln und keinen Verstand besaß, machte einen schwerwiegenden Fehler mit dieser Unterschätzung. Er kannte die Schachzüge Kaiser Friedrichs, den Waffenstillstand zwischen Palästina und Ägypten wiederherzustellen. Er wollte Friedrich deswegen nicht verurteilen, denn sein Sinn für das Praktische sagte ihm, daß sie den Sultan von Ägypten nie völlig würden besiegen können. Sie konnten verlorene Gebiete zurückerobern und auch neue besetzen; doch sie vermochten keinen Feind auszulöschen, der ihnen allein zahlenmäßig überlegen war. Wenn seine Ritter heute tausend Männer in der Schlacht erlegten, so würden morgen schon zweitausend Krieger sie ersetzen, und ein reines Abschlachten war Simon zuwider.

Das Leben hatte ihn gelehrt, sich auf sich selbst zu verlassen, deshalb schickte er einen Vertrauten zum Sultan von Ägypten, der mit ihm über die Freilassung von Amauri verhandeln sollte. Im Hauptquartier der Tempelritter hatte er Männer, die von ihm bezahlt wurden; deshalb erfuhr er auf schnellstem Wege, daß Eleanor mit den Leuten des Kaisers nach Jaffa gereist war. Das jedoch beunruhigte ihn in keinster Weise, denn Jaffa lag etwa hundert Meilen näher an seinem Standort als Akko.

Und als Selim sich dann höflich, aber fest weigerte, nach Jaffa zu reisen, war Friedrich klar, daß kein Waffenstillstand unterzeichnet werden würde, solange nicht einer von ihnen bereit war nachzugeben. Er schickte einen Boten an den Kriegsherrn. Simon de Montfort würde die Reise nach Askalon riskieren müssen, um dem Löwen in seiner Höhle gegenüberzutreten.

41. Kapitel

Eleanor stand vor den Toren des prächtigsten Palastes, den sie je erblickt hatte. Er wurde schwer bewacht, und sie war froh, daß etwa ein Dutzend Diener sie begleiteten. Die Palastwache sprach natürlich kein Englisch, doch ihr Hauptmann schien keine Schwierigkeiten mit der Verständigung zu haben, und schon bald öffneten sich die Tore weit, um sie einzulassen.

Sie wurden durch einen äußeren und einen inneren Hof geführt, ehe sie ein Labyrinth betraten, das einer Honigwabe glich, bei dem ein Raum in den nächsten überging. In den marmornen Hallen des Palastes war es relativ kühl, verglichen mit den Straßen von Askalon, auf die die grelle Sonne gnadenlos herabbrannte. Die gefliesten Korridore verfügten über viele Bogengänge, von denen man einen Blick auf das azurblaue Meer und die leuchtend bunten Segel der Schiffe werfen konnte.

Eleanor übersah geflissentlich die schwarzhäutigen Wachen, die nicht mehr als einen Lendenschurz trugen oder die Palastdiener mit ihren weißen Roben und den Turbanen. Zwei ihrer Begleiter gingen vor ihr, der Rest folgte ihr; doch als dann plötzlich die Schritte hinter ihr verstummten, stellte sie erschrocken fest, daß ihr von zwölf Begleitern nur noch zwei geblieben waren. Also hatte man die anderen weggeführt. Auch wenn sie darüber erzürnt war und sofort eine Erklärung verlangte, entlockte sie den Männern nur ein Lächeln und einige unverständliche Laute.

Man brachte Eleanor in ein langes schmales Zimmer, dessen eine Seite sich zu einem Garten mit einem großen, rechteckigen Badebecken hin öffnete. Ein großer schlanker Diener in weißer Robe und Turban trat zu ihr und sprach sie in gutturalem Französisch an. »Mein Name ist Fayid. Ich werde Euch mit allem versorgen, was Euer Herz begehrt.« Fayid war schwarz und sprach mit einer hohen Fistelstimme, doch Eleanor konnte bei allem guten Willen sein Geschlecht nicht erraten. Er sah feminin aus und sprach wie eine Frau, doch besaß er keine fraulichen Formen, sein Körper war schlank und sehnig.

»Ich begehre, Sultan Selim sofort zu sprechen«, erklärte Eleanor mit königlicher Haltung.

Der Anflug eines Lächelns erschien auf Fayids Gesicht. »Alle Dinge geschehen zur angemessenen Zeit, Prinzessin. Menschen aus dem Abendland verschwenden ihr Leben in Eile.«

»Ich bin froh, daß Ihr wißt, wer ich bin«, antwortete Eleanor kühl. »Ich verlange meine Diener zurück – sagt mir, wo sie sind!«

»Sie sind genauso untergebracht wie Ihr, Prinzession. Dieser Teil des Palastes ist für die Frauen bestimmt, Männer sind hier verboten.«

»Vor jeder Tür stehen männliche Wachen«, widersprach Eleanor.

»Das sind keine Männer mehr, Prinzessin, es sind Eunuchen.« Fayid wandte sich an die beiden weiblichen Dienerinnen. »Hier entlang, meine Damen.«

»Augenblick«, hielt Eleanor ihn zurück. »Wohin wollt Ihr meine Dienerinnen bringen?«

Fayid breitete seine langen schlanken Hände aus. »Mir ist klar, daß Eure Sitten von den unsrigen abweichen, Prinzessin, aber selbst Ihr, glaube ich, wollt Eure Schlafkammer nicht mit Euren Dienerinnen teilen.«

»Ich habe nicht die Absicht, hier zu schlafen!« rief Eleanor ungehalten.

Fayid breitete die Hände noch weiter aus, seine Geste wurde von einem leichten Schulterzucken begleitet. »Dann werdet Ihr Sultan Selim nicht sehen können, denn er wird erst morgen mit Euch sprechen.«

»Warum?«

»Er hat viele Verpflichtungen, Prinzessin. Inzwischen lädt mein Herr Euch ein, die Gastfreundlichkeit seines bescheidenen Hauses zu genießen. Ihr könnt ausruhen oder das Badebecken benutzen, während ich mich um Erfrischungen kümmere.« Fayid verbeugte sich und schob Eleanors Dienerinnen vor sich aus dem Raum.

Eleanor hielt eine der beiden am Ärmel fest. Lena war eine junge Frau, die sie von Brindisi hierher begleitet hatte. »Unter keinen Umständen dürft Ihr mich hier allein lassen, Lena. Wenn Fayid zurückkommt, werde ich von ihm verlangen, daß er… daß sie Selim bittet, heute schon mit mir zu sprechen. Wenn das nicht möglich ist, dann werden wir gehen und morgen wiederkommen.«

Fayid kam leider nicht zurück, eine Menge weiblicher Dienerinnen betraten das Zimmer. Einige trugen große Becken mit Rosenwasser, um die Luft zu kühlen. Andere brachten Handtücher, Honiggetränke, Früchte und etwas, das Eleanor nie zuvor weder gesehen noch davon gehört hatte. Es sah aus wie Schnee und schmeckte nach Früchten. Sie kostete aus Neugier davon und stellte fest, daß die eisige Köstlichkeit sehr erfrischend war in einem so heißen, trockenen Klima. Eleanor konnte sich mit den Frauen nicht unterhalten, weil sie ihre Sprache nicht sprach, und nach einer Weile gab sie ihre Verständigungsversuche auf und genoß die Früchte und Süßigkeiten.

Große Kissen lagen auf dem Fußboden aus rosafarbenem Marmor, sie waren kunstvoll bestickt mit schwarzen und goldenen ägyptischen Zeichen. Eleanor gefiel die Sitte nicht, sich auf den Boden zu setzen; statt dessen wählte sie den niedrigen Diwan, über dem durchsichtiger rosafarbener Stoff hing. Ungeduldig schob sie den Stoff beiseite, setzte sich hin und wartete, während sie mit dem Fuß auf den Boden klopfte.

Die Zeit dehnte sich, jede Minute kam ihr wie eine Stunde vor. Lena machte es sich auf dem Bodenkissen bequem und war schon bald in der Hitze eingeschlummert. Eleanor legte sich auf dem Diwan zurück, doch als sie merkte, daß auch ihr die Augenlider zufallen wollten, setzte sie sich auf, schüttelte sich und ging dann hinaus in den Garten. Es war eine herrliche Oase, voll exotischer Blumen, Feigenbäumen und Dattelpalmen; sie umstanden das blaßgrüne marmorne Badebecken, auf dem lotosartige Blüten schwammen, und in der Luft hingen schwere Düfte. Das Wasser war äußerst einladend, Eleanor beugte sich vor und ließ die Hand in die Kühle gleiten, dann glitt sie nieder, zog ihre Schuhe und Strümpfe aus und ließ die Füße ins Wasser baumeln.

Sie blickte zu dem Palast hinauf, dessen Außenwände durchbrochene, verschlungene Muster aus Mosaikfliesen zeigten. Sie fand es eigenartig, daß die Wände keine Fenster besaßen, um Luft einzulassen; doch dann war sie dankbar dafür, daß niemand in den umschlossenen Garten hineinblicken und sie sehen konnte. Ihre Gedanken flogen zu einem anderen Garten, in einer anderen Zeit, und die Erinnerungen an Simon waren so deutlich, daß sie seine Hände auf ihren Brüsten zu fühlen glaubte, seinen Atem an ihrem

Hals und seine Küsse, die sich auf ewig in ihre Lippen geprägt hatten. Das frische Wasser lockte sie, und in der Hitze des Nachmittages schmolz ihr Widerstand.

Ihr Kleid, das so kühl gewesen war, als sie es heute morgen ausgewählt hatte, war jetzt viel zu eng und erstickend. Ihr seidenes Hemd, das sie darunter trug, klebte an ihrer Haut, und sie kämpfte einen verlorenen Kampf gegen sich selbst, bis sie schließlich aufgab und das störende Gewand auszog. Nackt ließ sie sich in das kühle Grün gleiten und schloß vor Wonne die Augen. Das Wasser reichte bis zu ihren Brüsten, und als sie sich dann zurücklehnte, gegen den Rand des Beckens, bewegten sich ihre Brüste auf und ab, schwammen auf dem Wasser wie zwei blasse Lotosblüten. Die Enden ihrer schwarzen Locken hingen im Wasser und legten sich auf ihre nackten Schultern. Eleanor schloß die Augen und gab sich ganz diesen Genüssen hin.

Über ihr beobachteten ein Paar durchdringender schwarzer Augen jede ihrer Bewegungen und jeden Ausdruck auf ihrem lieblichen Gesicht. Die Wand aus Mosaikfliesen erlaubte einen Ausblick über den Garten und das Badebecken, ohne daß der Beobachter gesehen werden konnte. Selim betrachtete den herrlichen Frauenkörper von oben, das blaßgrüne Wasser verhüllte nichts vor seinen Blicken. Er glaubte, noch nie in seinem Leben eine so fein gebaute Frau gesehen zu haben. Die Frauen in seinem Harem, ob sie nun hellhäutig oder dunkel waren, besaßen üppige Körper. Einige waren sogar fett, doch alle irgendwie füllig. Diese Frau jedoch war nicht größer als einige seiner Sklavenjungen von zehn oder zwölf Jahren, doch mit ihren schlanken Beinen und den hohen runden Brüsten schien ihr Körper erwachsen zu sein und mehr als verlockend. Er war erregt seit dem Augenblick, als sie ihren Rock gehoben hatte, um die Strümpfe auszuziehen. Er stellte sich vor, wie eng ihre Scheide sein müßte, und strich mit der Hand sanft über sein aufgerichtetes Glied – voller Vergnügen stellte er fest, zu welchem Grad der Erregung sie ihn bereits getrieben hatte.

Die Dinge hatten eine erfreuliche Wendung genommen. Selbstverständlich wollte er seinen Vorteil aus Friedrich, dem Heiligen Römischen Kaiser, und seiner Horde von Kreuzfahrern ziehen. Er hatte damit gerechnet, daß er teuer würde bezahlen müssen, um den Waffenstillstand zu erneuern – doch das war ein Preis, den er zu zahlen bereit war, denn er wurde von allen Seiten bedrängt, von den Syrern, den Juden und den verrückten Türken. Wenn die Kreuzfahrer nach Hause zurückkehrten oder wenigstens innerhalb der Grenzen von Palästina blieben, könnte er wieder aufatmen. Doch jetzt schien es so, als könne er seine Geisel Amauri de Montfort als Waffe benutzen, denn der Kaiser hatte Simon de Montfort zu ihm geschickt, um das Abkommen zu erneuern. Sein Lächeln wurde zu einem hämischen Grinsen, als er an die köstliche Prinzessin dachte, die ihm ins Netz gegangen war, ein unerwartetes Geschenk; doch es gehörte zur Praxis seiner Männerwelt, die Körper ihrer Frauen anzubieten, im Austausch für eine erwiesene Gunst.

Eleanor kletterte nur widerwillig aus dem Badebecken heraus und hüllte sich in ein dickes Baumwolltuch. Sie nahm ihre Kleider und rümpfte die Nase bei dem Gedanken, sie wieder anziehen zu müssen. Mit nackten Füßen ging sie ins Haus zurück, der rosafarbene Marmor unter ihren Füßen kühlte so angenehm! Erschrocken keuchte sie auf, denn Lena war nicht mehr im Zimmer, als sie zurückkam. Sie lief zur Tür, vergaß ihren entblößten Zustand und versuchte sich am Schloß. Zwei stämmige schwarze Eunuchen versperrten ihr den Weg. Sie war so wütend, daß sie sogar überlegte, ihnen die Waffen zu entreißen und sie in ihre fetten Bäuche zu rammen, doch in diesem Augenblick erschien der große schlanke Fayid mit einem Armvoll exotischer seidener Kleider.

»Ich werde sofort hier verschwinden«, rief Eleanor. »Wo ist meine Dienerin?«

Fayid verbeugte sich vor ihr. »Ganz, wie Ihr wünscht, Prinzessin. Allerdings erwartet Sultan Selim Euch.«

»Oh.« Eleanor hatte das Gefühl, daß jemand ihre Fesseln gelockert hatte und diese sich öffneten. Sie trat in das Zimmer zurück, umklammerte das Handtuch vor ihrer Brust und murmelte: »Ich muß mich anziehen.«

Fayid breitete die hübschen seidenen Kleider auf dem Diwan aus. »Vielleicht würdet Ihr lieber eines dieser Gegenstände anziehen, Prinzessin.«

Eleanor blickte von den hübschen Seidenstücken zu den Sachen, die sie zuvor ausgezogen hatte. Dann hob sie trotzig das Kinn. »Auf keinen Fall! Ich weigere mich, mich wie eine Heidin zu kleiden.«

Fayid verbeugte sich noch einmal. »Ganz, wie Ihr wünscht, Prinzessin.«

»Da könnt Ihr sicher sein!« bekräftigte sie.

Sie dachte daran, mit welcher Sorgfalt sie an diesem Morgen ihre Kleidung ausgewählt hatte für das erlauchte Treffen mit dem Sultan. Doch ihre Kleider in Grün und Weiß, den Farben des Königs von England, lagen zerknittert auf dem Boden. Sie wies verächtlich die Hilfe Fayids ab, ihr beim Ankleiden zur Hand zu gehen; dann streifte sie sich ihr Unterhemd über und zog die Strümpfe an – Kleidungsstücke, die Frauen im Osten nicht trugen. Ihr Unterkleid war blaßgrün und so fein gesponnen wie ein Schleier. Darüber zog sie die dunkelgrüne Tunika, bestickt mit kleinen weißen Schwänen, die auf ihren stolz erhobenen Köpfen goldene Krönchen trugen. Sie wünschte, sie hätte in dieser Situation auch für ihren Kopf eine goldene Krone, als sie versuchte, mit den Händen ihre Locken zu bändigen, die sich nach dem Bad jetzt noch mehr kräuselten.

Doch es gab wichtigere Dinge, auf die sie sich konzentrieren mußte. In ihrem Kopf wirbelten die Gedanken, und sie rief sich all das ins Gedächtnis, was sie Selim sagen wollte. Sie durfte sich keinesfalls wie eine Bittstellerin benehmen und betteln um die Freilassung ihres Schwagers. Sie durfte nicht wie eine schwache Frau erscheinen, die den starken Mann um eine Gunst anfleht. Sie würde mit ihm reden wie mit einem Gleichgestellten, wie ein Mitglied eines Königshauses mit einem anderen. Sie würde ihn wissen lassen, daß sie großen Einfluß auf den König von England hatte und die Macht besaß, die Handelswege zwischen den beiden Ländern zu ebnen. William Marshal hatte sie gelehrt, daß Versprechen manchmal genügten, um ein Ziel zu erreichen – diese Versprechen wurden ja nicht gleich in Stein gemeißelt. Das Wichtigste war, daß sie nicht vergaß, aus einer Position der Stärke heraus mit ihm zu verhandeln.

Als Fayid sie durch das Labyrinth der Korridore führte, fragte sich Eleanor, mit wie vielen Menschen sie es wohl zu tun bekäme. Der Sultan von Ägypten war wahrscheinlich von Ministern, Beratern, Schmeichlern und Dienern umgeben; deshalb überraschte es sie, als Fayid sie in einen Raum brachte, der vollkommen leer war, bis auf eine Gestalt, die bewegungslos auf einer etwas erhöhten Plattform saß. Strahlender Sonnenschein fiel durch ein buntes Fenster vor ihr und machte es Eleanor schwer, das Gesicht des Mannes zu erkennen, mit dem sie jetzt allein in dem großen Raum war.

Er saß nicht in einem hochlehnigen Stuhl, sondern auf einem riesigen Thron ohne Rückenlehne. Es sah aus, als sei der Thron aus massivem Gold gefertigt. In dem Saal war es ganz still, nur das Rascheln ihres Kleides hörte man und ihren Atem, der jetzt heftiger ging. Dann erhob sich die Gestalt und kam mit geschmeidigen Schritten von der Plattform herunter. Der Mann war nur etwa einen Meter fünfundsechzig groß, seine Haut und auch seine Augen hatten die Farbe alten Teakholzes. Er trug goldene Pantoffeln und einen eigenartigen Kopfschmuck mit einer geringelten Schlange. Soweit sie sehen konnte, war sein Körper haarlos; Eleanor betrachtete ihn neugierig, und ihre Augen ruhten dann auf seinem Gesicht. Es war ein schmales Gesicht mit einer Hakennase, doch besaß er wunderschöne Zähne, die weiß in seinem dunklen Gesicht leuchteten.

Eleanor hob den Arm zur Begrüßung, doch Selim nahm ihre Hand und hielt sie fest. Seine Augen sahen sie so durchdringend an, daß sie fühlte, wie eine heiße Röte in ihre Wangen stieg. Dann ging er in einem weiten Bogen um sie herum, als betrachte er eine Zuchtstute, ihre Hand hielt er dabei immer noch fest. Eleanor fühlte, wie ihr das Blut in den Kopf stieg, doch sie wußte, sie mußte kühl und abweisend bleiben, um ihre Würde nicht zu gefährden. »Erlaubt mir, daß ich mich Euch vorstelle, Sultan Selim. Ich bin Prinzessin ...«

»Ich weiß, wer Ihr seid«, unterbrach er sie. »Euer Name ist Kostbarstes Juwel.«

Eleanor war überrascht. Wie, um alles in der Welt, konnte dieser Mann wissen, daß ihr Vater sie sein kostbarstes Juwel genannt hatte? »Nein! Das ist nicht mein Name. Ich bin Prinzessin Eleanor Plantagenet«, berichtigte sie energisch.

Er lächelte sie an. »Für mich werdet Ihr Kostbarstes Juwel heißen«, meinte er. »Mein kostbarstes Juwel.«

»Nein, das ist unmöglich, Euer Hoheit, ich bin eine verheiratete Frau.« Sie fragte sich, ob er wohl auch die anderen Gerüchte über sie gehört hatte. Man hatte sie vieler Dinge bezichtigt, angefangen damit, ihren Mann umgebracht zu haben mit ihren unersättlichen sexuellen Ansprüchen, bis hin zu Ehebruch und der Geburt eines Bastards. Lieber Gott, laß mich jetzt nicht ohnmächtig werden, betete sie lautlos, als sie fühlte, wie ihr schwindlig wurde und sie schwankte. Sofort schlossen sich seine Arme um sie. Er hob sie hoch und trug sie zu einem Alkoven, wo ein Diwan stand, den sie bis jetzt nicht gesehen hatte und der vor neugierigen Blicken aus dem Raum abgeschirmt war.

»Laßt mich sofort runter, wie könnt Ihr es wagen, mich anzurühren!« rief sie erstickt. »In meinem Brief habe ich Euch deutlich erklärt, daß ich hierherkommen würde, um mit Euch über die Freilassung von Amauri de Montfort zu sprechen.«

Er lachte und sah ihr tief in die Augen. »Ich kann Euer Auftreten einfach nicht begreifen, Eure Augen leuchten wie persische Saphire! Meine anderen Frauen wagen es nicht, mir ins Gesicht zu sehen. Wenn ich ihnen die Erlaubnis gebe zu sprechen, senken sie den Blick.« Er legte sie auf den Diwan, und Eleanor versuchte sofort, wieder aufzustehen.

»Sultan, ich bin eine Prinzessin aus England und Euch gleichgestellt, nein, mein Rang ist sogar noch viel höher als der Eurige!«

Selim schienen ihre Worte wirklich zu belustigen. »Alle Frauen sind von niedrigerem Rang als Männer. Prinzessinnen kenne ich, ich habe eine in meinem Harem. Ihr werdet nicht die erste Prinzessin sein, die mein Bett mit mir teilt.«

»Das ist absurd.« Eleanor war außer sich. »Ich habe nicht die Absicht, Euer Bett mit Euch zu teilen. Wie könnt Ihr es wagen, mich zu beleidigen, indem Ihr mich mit einer Prinzessin aus der Wüste vergleicht. Ich bin eine Plantagenet, und Ihr behandelt mich wie ein Sklavenmädchen.«

Selims Blick durchbohrte sie. »Ich dachte, Ihr wärt gekommen, um mit mir zu verhandeln.«

»Das bin ich auch«, versicherte sie ihm.

»Eine Frau hat nur eines, was sie anbieten kann«, sagte er und runzelte ein wenig verwundert die Stin. »Ich bin gewillt, Euer Angebot anzunehmen, im Austausch für die Geisel.« Jetzt, wo er sie ins Bild gesetzt hatte, erwartete er ihre Zustimmung. Doch sie schien alles andere als erfreut zu sein.

»Hergekommen bin ich, um mit Euch ehrenhaft zu verhandeln. Ich wollte Euch anbieten, die Handelswege zwischen unseren Ländern zu öffnen, und Ihr verhaltet Euch, als wäre ich eine Dirne.«

»Solche Dinge liegen nicht im Ermessen einer Frau. Diese Dinge werde ich heute abend mit Eurem Gemahl besprechen.«

Sie erstarrte: »Simon de Montfort ist hier?«

Er lachte leise: »Tut doch nicht so, als wäret Ihr unwissend, Kostbarstes Juwel. Er hat Euch geschickt, als Geschenk für mich, weil er weiß, daß die Verhandlungen zwischen uns glatt laufen werden, wenn Ihr mir Freude bereitet.«

Zum ersten Mal verspürte Eleanor wirkliche Angst. Sie fürchtete sich allerdings mehr vor dem Grafen von Leicester als vor Sultan Selim. »Aber nein, Ihr irrt Euch. Mein Mann würde mich nie mit einem anderen teilen wollen. Ich muß hier verschwinden, ehe er eintrifft. Er ist ein Kriegsherr und würde nicht zögern, Euch umzubringen oder auch mich, wenn er mich hier entdeckt!«

»Ein solches Ausmaß an Leidenschaft erfreut mich. Ihr seid so dramatisch, Ihr klingt, als würdet Ihr wirklich glauben, was Ihr sagt... aber Ihr vergeßt, daß ich alles über Euch weiß. Er hat Euch bereits mit einem andern Mann geteilt. Der Oberhofmarschall von England hat Euch zur Frau genommen, als Ihr neun Jahre alt wart.« Er leckte sich über die Lippen, die plötzlich ganz trocken waren. Beim Himmel und bei den Sternen wünschte er, er hätte sie kosten können, als sie neun Jahre alt gewesen war. »Zieht Euch aus für mich, Kostbarstes Juwel. Ich möchte jetzt Euren perfekten Körper sehen, damit ich die Stunden bis zum Anbruch der Nacht genießen kann, wenn Ihr zu mir zurückkommt, um mein Lager mit mir zu teilen.«

»Ihr müßt verrückt sein!« Eleanor lief zur Tür, doch Selim war schneller. Mit groben Händen zerrte er sie zurück und warf sie auf den Diwan. »Nur weil ich Eure Leidenschaft und Euer Temperament bewundere, heißt das noch lange nicht, daß ich Euren Ungehorsam dulden werde. Wenn ich einer Frau einen Befehl gebe, dann hat sie dem Folge zu leisten.«

Eleanor hob trotzig das Kinn, und er warf sich auf sie. Seine Hände besaßen eine grausame Kraft, die er jetzt dazu benutzte, ihr die Kleider vom Leibe zu reißen. Eleanor schrie auf und kämpfte wild gegen ihn an, doch niemand hörte sie oder kam ihr zu Hilfe. Als sie versuchte, ihn zu beißen, schlug er so fest zu, daß für einen Augenblick alles um sie herum in Dunkelheit versank. Und als sie aus dieser Dunkelheit erwachte, erschauderte sie vor Abscheu über seine Hände, die über ihren nackten Körper glitten.

Er verzog das Gesicht, als er ihre Reaktion sah. »Heute abend werdet Ihr eine ägyptische Männlichkeit kennenlernen, und Ihr werdet es lieben.« Er stand auf und sah sie unter herabhängenden Lidern an. Sie sollte nicht gegen ihn ankämpfen und ihn beißen, er wollte, daß ihre enge Scheide heiß war vor Verlangen. Fayid würde wissen, welche geheimen Zutaten er den Süßigkeiten und den Homiggetränken beimischen mußte, die man ihr reichte, bevor man sie zu ihm brachte.

Eleanors Kleidung hing zerrissen um ihren zitternden Körper. Sie fragte sich, ob sie ihm anvertrauen sollte, daß sie schwanger war und ihn bitten, sie gehen zu lassen. Doch in ihrem Herzen wußte sie, daß dieser Wüstling sich dadurch nicht beeinträchtigen ließe. Eine Frau bedeutete einem Mann wie dem Sultan nicht mehr als ein warmer, williger Körper. Wenn sie sich ihm nicht hingab, war sie noch weniger als nichts, für ihn ohne jeglichen Wert.

Er ging zur Tür, und Fayid betrat den Raum. Der Diener mußte die ganze Zeit vor der Tür gewartet haben. Er brachte eine lose fallende seidene Robe für Eleanor, die keine andere Wahl hatte, als sie dankbar entgegenzunehmen. Fayid war absolut nicht überrascht, daß der Sultan die stolze Prinzessin erniedrigt hatte.

42. Kapitel

Die Stunde, zu der Selims Gast eintreffen sollte, näherte sich rasch. Während seine Sklaven ihn badeten und ankleideten, besprach der Sultan Geschäfte mit seinen Beratern und gab gleichzeitig noch die letzten Anweisungen für das Essen. Er bestimmte auch noch ein anderes Zimmer für den Kriegsherrn, eines, das über dem seinen lag und von dem er einen guten Ausblick auf den Garten und das Badebecken hatte, das zu dem Zimmer gehörte, in dem er das Kostbarste Juwel untergebracht hatte.

In diesem Augenblick klopfte es an der Tür. Der Hauptmann seiner Wachen informierte ihn, daß sein Gast angekommen war und ihm viele Geschenke mitgebracht hatte. Nicht weniger als zwanzig Kamele standen im Palasthof, beladen mit irdenen Töpfen, in denen sich kostbare Öle und seltene Gewürze aus dem Orient befanden, verbotener goldener Wein, aromatische Myrrhe und sogar Schießpulver, eine explosive Mischung aus Schwefel, Holzkohle und Salpeter.

Es war mehr, als Selim erwartet hatte, aber da das Heilige Römische Reich über sagenhaften Reichtum verfügte, fand Selim es angebracht, daß sein Vertreter ihm Dinge von großem Wert mitbrachte, zum Beweis, daß man ihm in allen Dingen gewachsen war oder ihn sogar ausstechen konnte. Denn wenn zwei Mächte miteinander verhandelten, so mußten sie einander in allem gleich sein, in Reichtum, Macht und Entschlossenheit. Es war wichtig, nicht bereits zu Anfang das Gesicht zu verlieren. Selim gab den Befehl, daß die Geisel Amauri de Montfort an dem Abendessen teilnehmen sollte.

Simon de Montfort entließ die Palastdiener, weil er seine eigenen Diener mitgebracht hatte. In Wahrheit waren die beiden seine kampferprobten Knappen Guy und Rolf. Sie gingen kein Risiko ein. Weil sie die Vorliebe für narkotische Drogen im Orient kannten, kostete Rolf das Essen und die Getränke, die man ihnen geschickt hatte, ehe er seinem Sohn Guy oder seinem Herrn Simon erlaubte, sich damit zu erfrischen.

Der Graf von Leicester badete und wählte für das Essen mit dem Sultan von Ägypten ein Gewand aus schwarzer Seide.

Eleanor konnte nicht aufhören zu zittern. Während sie in Selims Anwesenheit erfolgreich gegen ihre Tränen angekämpft hatte, bis sie glaubte, daran zu ersticken, so konnte sie jetzt, wo sie unbeobachtet war, keine Träne vergießen. Sie bekam eine Gänsehaut, als sie daran dachte, wie er sie angefaßt hatte. Nachdem sie wie ein eingesperrter Panther beinahe eine Stunde lang unruhig auf und ab gelaufen war, konnte sie es nicht mehr ertragen. Mit großen Schritten erreichte sie das Badebecken im Garten, warf die seidene Leihgabe ab und glitt ins Wasser, um ihren Körper von Selims Berührungen zu reinigen.

Als Simon aus dem vergitterten Fenster sah, wurde sein Blick von einer Bewegung tief unter ihm im Garten angezogen. Er stand da wie eine Salzsäule, als er die Gestalt seiner Frau dort unten entdeckte, die ein weißes Gewand von den Schultern streifte und dann in das Becken glitt. Seine Fäuste spannten sich, vor Wut wäre er am liebsten losgestürmt. Nie zuvor in seinem ganzen Leben hatte er einen solchen Zorn gespürt. Seine Informanten hatten ihm mitgeteilt, daß sie zum Sommerpalast gereist war, daß sie die Tore durchschritten und ihre Diener den Palast ohne sie verlassen hatten. Er war zornig über sie gewesen, weil sie sich in Angelegenheiten eingemischt hatte, die nur Männer etwas angingen. Würde sie denn nie lernen, den Platz einzunehmen, der einer Frau gebührte?

Jetzt jedoch bebte er vor Empörung. Sie hatte sich in die Macht Selims begeben, und offensichtlich genoß er jetzt die Frucht, die Simon gehörte und von der er angenommen hatte, daß sie ihm allein gehören würde, das ganze Leben lang. Seine geliebte Kathe, die er über alles geschätzt hatte, badete nackt, als sei sie allein in ihrer Abgeschiedenheit von Kenilworth!

Das war die Frau, die er über alle Hindernisse hinweg verfolgt hatte, um sie zu seiner Frau zu machen. Der König hatte wegen dieses Geschöpfs die Ehre Simon de Montforts angegriffen, wegen ihr mußte er sogar im Exil leben. Simon war nicht klar, daß es Eifersucht war, die die Flamme seiner Wut anfachte. Er wandte sich vom Fenster ab und rang um Beherrschung. Wenigstens wußte er jetzt, wo dieses treulose kleine Luder sich herumtrieb.

Ein Palastdiener meldete sich, um die drei Männer in den Raum zu führen, wo sie mit Selim speisen sollten. Als Simon dann seinem Gastgeber von Angesicht zu Angesicht gegenüberstand, stellte er fest, daß er seine noch immer zu Fäusten geballten Hände nicht lösen konnte. Er brauchte all seine Selbstkontrolle, um dem Sultan nicht die Faust in seine hübschen weißen Zähne zu schlagen. Doch sein Verstand riet ihm, die Gedanken an seine Frau beiseite zu schieben, während er sich auf die Ziele konzentrierte, die er bei Selim erreichen wollte.

Sie saßen mit untergeschlagenen Beinen auf Kissen vor niedrigen Tischen, die mit Einlegearbeiten aus Lapis Lazuli verziert waren. Das goldene Medaillon, das an einer Kette um Selims Hals hing, war wahrscheinlich mehr wert, als Simon in zehn Jahren verdienen könnte.

Selim hatte mit listigen Blicken die beiden de Montfort-Brüder eingehend beobachtet, um festzustellen, was zwischen ihnen vorging, doch der Graf von Leicester schien die Anwesenheit Amauris nicht einmal zu bemerken. Zu seiner Belustigung beobachtete Selim, wie die beiden Diener des Kriegsherrn alle Speisen und Getränke zuerst kosteten, ehe ihr Herr davon aß. Wenn sie vermuteten, daß er ihn vergiften wollte, dann hatten sie keine Ahnung davon, wie sehnlich er diesen Waffenstillstand herbeiwünschte. Er zwang sich zu einem ausdruckslosen Blick und Geduld. Von sich aus würde er das Thema nicht anschneiden, bis sie gegessen und die Mädchen bewundert hatten, die ihnen etwas vortanzten. Er war beeindruckt vom Mut des Grafen von Leicester, der nur mit zwei Dienern zu ihm gekommen war; er hatte angenommen, daß er mindestens ein Dutzend Waffenträger mitbringen würde.

Die Männer im Raum schienen wie gebannt von den kreisenden Bewegungen, die die Frauen mit ihren Hüften im Tanze vollführten. Die Zimbeln an ihren Fingern erklangen im gleichen Rhythmus, in dem das Blut in den Adern der Männer pulsierte. Ihre durchsichtigen Röcke enthüllten ihre nackten Körper, während gleichzeitig Schleier ihr Gesicht verhüllten, was sehr erregend wirkte. Als dann die Mädchen, eine nach der anderen, auf ihren Händen gingen und ihre Röcke ihnen über die Köpfe fielen, bestätigte sich das, was die Männer schon geahnt hatten. Sie trugen keine andere Kleidung unter den Röcken. Selim lächelte und wandte sich dann an seine Gäste. »Ich biete Euch eine meiner Kostbaren Juwelen an, Ihr braucht nur zu wählen.«

Simon betrachtete die Frauen eine nach der anderen, sein Blick ruhte schließlich auf der größten von ihnen. Obwohl ihr Haar golden war, war ihre Haut doch dunkel. »Diese da soll ihren Schleier abnehmen«, befahl er. Als er sah, daß sie ein hübsches Gesicht hatte, nickte er zustimmend. Auf ein Zeichen des Sultans glitt sie neben den Kriegsherrn auf den Boden.

Selim wußte, daß er die Verhandlungen über den Waffenstillstand beginnen mußte; denn instinktiv fühlte er, daß der Krieger, der ihm gegenübersaß, ihn warten lassen würde, und wenn es bis in alle Ewigkeit dauerte. »Ich biete Euch die Rückkehr Eures Bruders Amauri ohne jegliches Lösegeld an. Was bietet Ihr, wenn ich den Waffenstillstand erneuere?« fragte er listig.

Simons lautes Lachen erfüllte den Raum. »Ich biete gar nichts, und in Wirklichkeit bietet auch Ihr nichts«, erklärte er.

»Ihr betrachtet das Leben Eures Bruders als nichts?« fragte Selim.

Simon sah ihm direkt in die Augen. »Tot ist er mehr wert für mich als lebend. Er ist ein hoher Prinz im Süden von Frankreich … ich werde sein Erbe sein.«

Selim trank den Becher mit dem verbotenen Wein leer, den er hatte servieren lassen, weil seinen Gäste der Alkohol nicht verboten war. Die Verhandlungen gingen nur zähe vonstatten, Selim begriff, daß de Montfort entschlossen war, ihm Steine in den Weg zu werfen. Was auch immer er anbot, Simon lehnte ab und machte dann sofort einen Gegenvorschlag. Als Selim Kamele anbot, schüttelte de Montfort nur den Kopf und verlangte arabische Pferde. Als Selim Juwelen anbot, verlangte Simon Gold. Simon hatte eine Droge in Selims Wein schütten lassen, er brauchte seine Unterschrift unter den Vertrag, den der Kaiser aufgesetzt hatte, ehe Selim begriff, was er unterschrieben hatte.

Simons Augen wanderten zu einem der Bogenfenster, um zu sehen, ob es draußen noch hell war. Als er erkannte, daß die Dunkelheit schon voll hereingebrochen war, wußte er, daß seine Männer sich leise aus den irdenen Krügen schleichen würden, in denen sie sich bis jetzt verborgen hatten. Jetzt begann er, Selim zu bedrängen. »Unsere Bedingungen sind sehr großzügig. Wir verlangen, daß Ihr die Handelswege wieder öffnet, die die Türken versperrt haben.« Als er das Dokument hervorholte, das Friedrichs des Großen Unterschrift bereits trug, unterschrieb Selim unverzüglich. Simon hob seinen Becher.

Selim hob die Hand und ließ mehr Wein kommen. »Diese verfluchten Türken sind eine Geißel für das Land. Wenn wir uns zusammentun, könnten wir sie vielleicht in die Knie zwingen.« Selim kämpfte dagegen an, daß ihm seine Augen zufielen, doch er verlor diesen Kampf. Ganz plötzlich erfüllte ein blutrünstiger Kampfschrei die Luft, und vierzig schwarzgekleidete, messerschwingende Türken drangen auf die Männer ein. Selims schlimmste Alpträume waren Wirklichkeit geworden, sein Sommerpalast würde von diesen wahnsinnigen Osmanen zerstört werden. Er sank nach vorn, Dunkelheit umhüllte ihn.

Alle Wege in diesem wabenförmigen Palast waren vom Entsetzen der Diener erfüllt, Sklaven, spärlich bekleidete Frauen, Eunuchen und Palastwachen rannten verzweifelt durcheinander. Hysterische Schreie und Rauch verbreitete sich in den Räumen, als die Bewohner vor den schwertschwingenden Angreifern flohen.

Eleanor hörte den Aufruhr, ehe die Tür zu ihrem Gemach mit einem lauten Krachen splitterte. Ihre Schreie gingen unter in denen der anderen, als eine schwarzgekleidete Gestalt auf sie eindrang, sie mühelos über die Schulter warf und abtransportierte. Rauch drang in den Raum, doch der verdeckte nicht den Anblick der zusammengesunkenen Körper der Eunuchen, die vor ihrer Tür Wache gestanden hatten.

Alles war in Aufruhr, der Lärm ohrenbetäubend. Beißender Qualm nahm ihr den Atem, er schmerzte in Eleanors Augen, bis ihr die Tränen über das Gesicht liefen. Durch den Tränenschleier sah sie leblose Körper und Blut, doch es schien, als würde niemand kämpfen. Der Angriff hatte alle überrascht, und jeder, ob Mann oder Frau, konnte an nichts anderes denken als an Flucht.

Die Köpfe und Gesichter der Türken waren mit schwarzen Tüchern verhüllt, so daß man nur noch die wilden, schrecklichen Augen sehen konnte. Eleanor wurde von einem zum anderen gereicht, bis sie schließlich draußen ankam, im Hof des Palastes. Eine plötzliche Explosion ließ die eisernen Tore auffliegen, und sie schrie und schluchzte gleichzeitig, als eine der schwarzen Gestalten mit ihr über der Schulter durch das Inferno stob. Er reichte sie weiter an einen Mann, der auf einem Pferd saß, und als er die Arme nach oben streckte, fielen die weiten Ärmel seines Gewandes zurück, und sie entdeckte tätowierte Drachen auf seiner Haut. Ihr Herz machte einen Satz, als sie begriff, wer sie gerettet hatte. Sie wandte den Kopf, um zu sehen, wer der Mann auf dem Pferd war, der sie jetzt so fest umschlungen hielt. Sie blickte in die Augen ihres Bruders Richard. »Beim Barte des Propheten, du kleine Laus, Simon wird dich windelweich prügeln für den Ärger, den du ihm heute abend beschert hast.«

Als Simon de Montfort sich davon überzeugt hatte, daß der Sommerpalast von Askalon für den Sultan von Ägypten nie wieder benutzbar wäre, ging er in den Speisesaal zurück, auf der Suche nach Selim. Mit Guy und Rolf an seiner Seite fand er schließlich den Feind, der zusammengesunken auf einem Kissen lag und schlief. Sie trugen ihn zu dem goldenen Thron, zogen ihm die weiten Hosen aus und legten ihn dann nackt auf den Thron, wie eine Opfergabe auf einen Altar.

Simon de Montfort betrachtete alles durch den roten Nebel der Blutrünstigkeit. Langsam zog er Selim die goldene Kette vom Hals und schlang sie dann fest um seinen Hodensack. Er hatte die Absicht, ihn zu kastrieren, weil er seine Frau entehrt hatte. Diese Operation war ziemlich einfach, er hatte sie oft bei Pferden durchgeführt. Man brauchte nur den Hodensack aufzuschlitzen und die Hoden herauszuholen. Doch bei dem Gedanken an den Anblick verspürte der Graf von Leicester einen ekelerregenden Abscheu vor sich selbst. Es war nicht sein Stil, einen bewußtlosen Mann zu verunstalten, den seine Männer festhielten. Der Wunsch nach Rache an diesem elenden Wicht, der es gewagt hatte, sich an seinem Eigentum zu vergreifen, riß ihn beinahe in Stücke; doch nachdem er erst einmal gezögert hatte, nahm er Abstand von seiner Vergeltung. Sein Messer hatte eine Spur auf Selims Hodensack hinterlassen, doch kastrierte er ihn nicht. Mit einem obszönen Fluch steckte er das Messer in die Scheide und winkte seinen beiden Knappen, mit ihm diesen Palast zu verlassen, doch nicht, ehe er das goldene Medaillon in seinen Gürtel gesteckt hatte.

Eleanor erholte sich nur langsam von dem Schrecken, als sie wieder in der Sicherheit der Festung der Tempelritter in Jaffa war. Innerlich zitterte sie, wenn sie an den Augenblick dachte, in dem sie ihrem Ehemann gegenübertreten mußte. Sie dankte Gott, daß Simon sie gerettet hatte vor der Schmach, Selims Bett teilen zu müssen, doch sie wußte, daß er raste vor Zorn, weil sie sich in das Geschäft der Männer eingemischt hatte. Er war der berühmteste Krieger des ganzen Zeitalters, und sie sah seine wilden schwarzen Augen vor sich, hörte seine tiefe Stimme grollen: »Hast du nicht genug Vertrauen in mich gehabt, daß ich diesen Waffenstillstand und die Freilassung meines Bruders allein zustande bringen könnte?«

Sie schämte sich, bedauerte, was sie getan hatte, und empfand tiefe Reue. Sie mußte ihre Worte sorgsam wählen, um ihm ihr impulsives Handeln begreiflich zu machen. Diese verdammte Hitze, sie konnte sie nicht länger ertragen, und dieser verdammte Henry, er war ein so jämmerlicher Feigling, daß er sich von Winchester gängeln ließ. Sie wollte in ihrem eigenen Land leben, in ihrem Zuhause, nicht ewig von ihrem Kind getrennt sein und ihr zweites Kind im Exil zur Welt bringen müssen. Zärtlich legte sie die Hände auf ihren Leib und tat sich dabei schrecklich leid.

In den meisten Nächten konnte sie nicht schlafen. Und wenn sie dann doch in Morpheus Arme sank, wurde sie von so schrecklichen Alpträumen heimgesucht, daß sie sich allmählich davor fürchtete, ins Bett zu gehen. Sie wußte, was sie heilen könnte, sie brauchte Simon neben sich – brauchte seine starken Arme, die sich um sie legten, wenn sie aus einem schlimmen Traum erwachte. Wo war ihr großer Zauberer, der sich über sie schob und alles andere auslöschte, seine Männlichkeit, die die Leere in ihrem Innern ausfüllte?

Eleanor fror. Obwohl die Hitze brodelte, schien eine kalte Hand nach ihrem Herzen zu greifen. Ihre Dienerinnen hatten ihr gestern erzählt, daß Simon de Montfort mit seinem Bruder Amauri angekommen war. In atemloser Spannung hatte sie auf ihn gewartet, doch er war nicht bei ihr erschienen. Sie versuchte sich einzureden, daß er lange Stunden mit Friedrich gesprochen haben mußte, und als er dann immer noch nicht auftauchte, sagte sie sich, daß es nur natürlich war, wenn er einige Zeit mit seinem Bruder verbrachte. Doch als dann Mitternacht heranrückte und vorüberging, wußte sie, daß Simon sie mied.

Sie war erschöpft von dem Mangel an Schlaf, als sie sich am nächsten Morgen von ihrem einsamen Bett erhob. Sie badete, verbrachte Stunden damit, ihr hübschestes Kleid auszusuchen, und zog sich dann dreimal um, ehe sie mit ihrem Aussehen zufrieden war. Sie hatte inzwischen die Hälfte ihrer Schwangerschaft erreicht, und man konnte es ihr bereits ansehen. Sie entschloß sich, zum Mittagessen nach unten zu gehen. Appetit hatte sie keinen, aber wenigstens könnte sie ihren Mann zur Rede stellen, der sich natürlich davor hüten würde, eine Szene vor den Augen des Kaisers, Richards und Amauris zu machen.

Die blaßgelbe Farbe ihrer seidenen Robe, die in weichen Falten ihren Körper umhüllte, paßte sehr gut zu ihrer sonnengebräunten Haut und der schwarzen Wolke ihres Haars. Friedrich begrüßte sie mit offenen Armen. »Du siehst so lieblich und kühl aus wie der englische Frühling, meine Schöne. Ich schwöre, du wirst immer hübscher, je öfter ich dich sehe.«

Am anderen Ende des großen Saales entdeckte Eleanor ihren Bruder Richard, der sich mit einem hochgewachsenen Mann unterhielt, das konnte nur Amauri de Montfort sein. Zwischen diesen beiden Männern entdeckte sie eine verschleierte Frau. Ihr stockte der Atem. Dieser verdammte Richard, jetzt brachte er seine Konkubinen sogar mit in den Speisesaal! Sie atmete erleichtert auf, als sie feststellte, daß Simon noch nicht da war.

Als sie zu Amauri de Montfort trat, zog er galant ihre Hand an die Lippen. Offensichtlich war er aus dem gleichen Holz geschnitzt wie ihr Ehemann, obwohl er ein wenig älter war und bei weitem nicht so gut aussah wie Simon. Seine dunklen Augen blitzten schelmisch auf, als er in gutturalem Englisch meinte: »Ihr könnt nur die berüchtigte Eleanor sein.«

»Berüchtigt, das trifft zu«, ertönte eine harte, unversöhnliche Stimme hinter ihr. Sie wirbelte herum und sah in ein Gesicht, das wie aus Granit gemeißelt schien. Er stand vor ihr, seine schwarzen Augen blickten auf sie hinunter. Er mußte sich zusammenreißen, um sie nicht zu schütteln. Schnell trat er einen Schritt zurück, dann verbeugte er sich höflich den anderen gegenüber. »Entschuldigt mich«, brachte er hervor, dann verließ er den Saal.

Gütiger Gott, er hat allen klargemacht, daß er es nicht ertragen kann, mich zu sehen, dachte Eleanor mit blutübergossener Miene. Sie warf ihrem Bruder und der verschleierten Frau einen verächtlichen Blick zu. »Wie kannst du nur?« fuhr sie ihn an.

»Sie gehört nicht mir«, verteidigte er sich.

Eleanor nahm ihre ganze Würde zusammen und schritt hinaus.

Am Abend versuchte sie, etwas zu essen, brachte jedoch keinen Bissen herunter. Sie nahm eine Dattel in die Hand, doch dann grauste es sie, weil sie so klebrig war. Als nächstes schälte sie eine Orange, doch der Geruch war so stark, daß ihre Nasenflügel sich zusammenzogen, sie würde sie nicht essen können. Zu guter Letzt goß sie sich einen Becher Wein ein und nippte daran, um ihre Nerven zu beruhigen. Am liebsten hätte sie laut aufgeschrien. Ein Sturm braute sich über den de Montforts zusammen, und sie würde keine Ruhe haben, bevor dieser Sturm sich nicht entladen hatte.

Als Simon dann endlich kam, war Eleanor bereits bei ihrem dritten Becher Wein angelangt, und ihre Stimmung hatte sich genauso zugespitzt wie die seine. Sofort übernahm sie die Initiative. »Ich bin in meinem ganzen Leben noch nie so erniedrigt worden! Du hast nicht einmal den Anstand besessen, mich deinem Bruder vorzustellen«, keifte sie.

»Du wagst es, von Anstand zu sprechen?«

»Jawohl, das wage ich. Ich habe mich in meinem ganzen Leben noch nie unanständig benommen«, erklärte sie voller Stolz.

»Und nackt im Badebecken des Sultans zu plätschern ist deine Vorstellung von Anstand?« donnerte er.

»Ich habe nur seine ekelhaften Berührungen von mir abgewaschen!« rief sie. In dem Augenblick, als ihr diese Worte entfuhren, hätte sie sich am liebsten die Zunge abgebissen. Sie wußte, daß sie jetzt seine Vermutungen bestätigt hatte, Selim sei ihr zu nahe getreten. Den ganzen Tag hatte sie sich die Worte zurechtgelegt, die sie sagen wollte, und sich entschieden, ihn anzulügen, ihm zu schwören, daß der Sultan sich geweigert hatte, sie zu empfangen. Jetzt war die Katze aus dem Sack, und sie konnte nichts ungeschehen machen.

»Du wirst nach Brindisi zurückkehren und dort bleiben, bis das Kind geboren ist«, erklärte er tonlos. »Friedrich, Richard und mein Bruder werden auf dem gleichen Schiff mit dir segeln und deine Sicherheit gewährleisten.«

Sie hob trotzig das Kinn. »Und warum kehrst du nicht nach Brindisi zurück, wo der Kreuzzug doch offensichtlich zu Ende ist?« wollte sie wissen.

»Was gibt Euch das Recht, von mir Erklärungen zu verlangen, Madame?« schrie er sie an.

»Ich bin deine Frau«, schrie sie zurück, und ihre Augen blitzten.

»Zu schade, daß dir dieser kleine Umstand entfallen ist, als du zu dem Sultan von Ägypten eiltest.«

»Ich bin zu ihm gegangen als ein Mitglied eines Königshauses zu einem anderen, um über die Freilassung deines Bruders mit ihm zu verhandeln«, verteidigte sie sich matt.

»Besitzt Ihr so wenig Vertrauen zu meinen Fähigkeiten, Madame?«

»Gütiger Himmel, du warst doch weg und hast gekämpft, während Richard damit beschäftigt war, Unmengen von Geld anzuhäufen mit seinen endlosen Geschäften. Und Friedrich hat hinter deinem Rücken über einen Waffenstillstand verhandelt. Ich war der Meinung, daß sich niemand um die Interessen der de

Montforts kümmerte, deshalb habe ich das schließlich übernommen.«

Er sah sie ungläubig an. Sie war äußerlich so ein Püppchen, und er bemerkte, daß ihre Schwangerschaft sich zu zeigen begann. »Setz dich«, befahl er. »Und ich werde versuchen, dir etwas in dein weibliches Gehirn einzutrichtern.« Seine Stimme war so leise gewesen, daß Eleanor klugerweise auf Widerstand verzichtete. Sie setzte sich auf den Diwan und zog die Beine unter sich.

»Ich bin mir der Tatsache bewußt, daß du eine Prinzessin bist; aber selbst wenn du eine Königin wärst oder eine Kaiserin, so würde dennoch ich Herr in meinem eigenen Hause sein. Solange ich lebe und atme, besteht keine Notwendigkeit, daß du es auf dich nimmst, die Interessen der de Montforts zu vertreten.«

Eleanor biß sich auf die Lippen, als er mit seinen Erläuterungen fortfuhr.

»Ganz im Gegensatz zu dem, was du zu denken scheinst, bin ich kein Dummkopf. Ich habe dafür gesorgt, daß ich ständig über jede einzelne Bewegung Friedrichs unterrichtet wurde.« Dann fügte er hinzu: »Und auch über die deinen. Ich bin ein Mann, Eleanor, kein Wetterhahn wie dein Bruder Henry, unbeständig, unfertig und nicht vertrauenswürdig.«

Sie stand auf und legte beide Hände an seine Brust.

»Sim, bitte ...«

Er fühlte ihre Wärme durch seine Tunika und trat schnell einen Schritt zurück, ehe er verloren war. »Und bilde dir nicht ein, du könntest mich mit Kosenamen verführen«, bellte er. Seine Abweisung hatte sie erschüttert. »Es muß schon sehr viel Zucker zu der Arznei gegeben werden, wenn ein anderer Mann sie gekostet hat.«

Ihr Schmerz verwandelte sich in Wut bei dieser unerhörten Anschuldigung. »Mach, daß du rauskommst. Ich hasse dich!«

Er ignorierte ihren Ausbruch, ging zum Fenster und starrte blicklos in die Dunkelheit. »Die Tempelritter und Einwohner von Jerusalem haben den Kaiser gebeten, mich zum Gouverneur von Palästina einzusetzen.«

Eleanors Herz sank. Sie wollte ihn bitten, dieses Angebot abzulehnen, doch natürlich würde ihm das den Reichtum verschaffen, den er nie gehabt hatte.

»Ich denke über das Angebot nach, aber sei versichert, Eleanor, es wird meine Entscheidung sein, nicht deine. Morgen packst du deine Habe für die Reise nach Brindisi. Du kannst alle Diener mitnehmen. Es wird noch eine Frau mit dir reisen.«

In Eleanors Kopf wirbelten die Gedanken. »Diese verhüllte Kreatur, die ich im Speisesaal gesehen habe? Richard hat geschworen, daß sie nicht ihm gehört. Sag mir nicht, daß sie etwas mit deinem Bruder zu tun hat«, fuhr sie ihn an.

Simon wandte den Kopf vom Fenster und sah sie an, er beobachtete ihre Reaktion auf seine nächsten Worte. »Sie gehört mir. Ich habe sie aus Selims Harem ausgewählt, Eleanor.«

Einen Augenblick lang wankte sie, als hätte er ihr einen tödlichen Stoß versetzt. Dann fletschte sie die Zähne. »Nenn mich nicht Eleanor!« zischte sie. »Der Name legt einen Fluch auf mich, genau wie bei meiner Großmutter! Ist jetzt der Abschnitt meines Lebens gekommen, wo du mich einsperrst und dir eine Konkubine nimmst, wie dein großer Held Henry II.« Sie stürmte auf ihn zu und grub ihm ihre Nägel ins Gesicht.

Er starrte sie an, als sei sie verrückt. Er liebte und schätzte sie, hatte ihr sein Herz und seine Seele geschenkt. Doch jetzt tat sich ein breiter Abgrund zwischen ihnen auf: »Ihr seid hysterisch, Madame, reißt Euch zusammen!«

43. Kapitel

Simon und Eleanor gingen einander aus dem Weg, bis ihre Abreisestunde schlug. Simon kam mit den anderen an Bord des Schiffes, und als er sich vergewissert hatte, daß sie angemessen untergebracht war, verabschiedete er sich von ihr in Anwesenheit aller anderen.

Auf ihrer Reise sah sie das Mädchen mit den goldenen Haaren gelegentlich, aber für sie existierte dieser Eindringling nicht. Nach der Ankunft in Brindisi zog sie sich in den Palast am Meer zurück und war dankbar über die Abgeschiedenheit, wo es weder Sarazenen noch Türken und Gott sei Dank auch keine Ehetyrannen gab, die sie mit vorwurfsvollen Blicken bedachten und ihr befahlen, was sie zu tun hatte.

Als die Zeit der Geburt näher rückte, versuchte sie sich einzureden, wie sehr sie Simon de Montfort haßte. Er war schuld an all ihren Qualen. Sie sagte sich, daß sie ihn nie hätte heiraten dürfen und es auch keinesfalls getan hätte, hätte er sie nicht verführt und geschwängert. Ihre Schwester Isabella hatte dafür gesorgt, daß Simons Sklavenmädchen eine Suite von Zimmern zur Verfügung gestellt bekam, und auch wenn das Mädchen keinen Schleier mehr und orientalische Kleider trug, wußte doch jeder, wer sie war, und Eleanor schämte sich deswegen in Grund und Boden.

Als Ergebnis davon zog sie sich völlig zurück, sie hatte das Gefühl, daß ihre Schwangerschaft sie unförmig und unattraktiv machte. Im letzten Monat brach sie ständig in Tränen aus, zuerst nur dann, wenn sie allein war, doch dann auch vor den Dienerinnen, und schließlich sogar vor den beiden Isabellas, die sich immer mehr Sorgen um sie machten. Sie litt unter mehreren Anfällen falscher Wehen, und schließlich verbannte ihre Schwester sie ins Bett und befahl ihr liegenzubleiben.

Als Simon de Montfort nach Brindisi zurückkehrte, fürchtete man um Eleanors Leben. Ihre wunderschönen Augen lagen in tiefen Höhlen, und trotz ihres Leibesumfangs war sie schrecklich abgemagert.

Der Kriegsherr hatte nie in seinem Leben Angst verspürt, doch jetzt erfuhr er, was Angst war, als er in Eleanors Zimmer trat und neben ihrem Bett niederkniete. Als er ihre Hand in seine nahm, merkte er, daß sie vor Fieber brannte.

Eleanor öffnete die schweren Lider. »Sim? Sim, bist du es wirklich? Ich sehe dich schon seit Tagen, aber es war nur Einbildung.«

Seine Lippen berührten ihre Augenbrauen. Er schluckte ein paarmal, ehe er durch den dicken Kloß in seinem Hals sprechen konnte. »Ich bin hier. Liebste, ich hätte dich nie wegschicken dürfen.«

»Ich habe mich selbst krank gemacht, weil ich dich gehaßt habe. Ich hasse mich selbst«, flüsterte sie heiser.

Er fragte sich, ob es das Fieber war, das sie diese Worte aussprechen ließ.

»Isabella wollte, daß ich beichte, aber ich brauche keinen verdammten Priester, sondern dich. Wirst du mich anhören?« bat sie.

Simon konnte es nicht ertragen, seine wunderschöne, stolze, leidenschaftliche Prinzessin gebrochen zu sehen. Er schloß die Augen und betete. Sie mußte sich mit einer orientalischen Krankheit angesteckt haben, oder vielleicht war die Krankheit das Ergebnis von Komplikationen durch das Kind, das er ihr eingepflanzt hatte. Auf jeden Fall hatte er sich diesen Jammer zuzuschreiben!

»Sim, das Schuldgefühl frißt mich bei lebendigem Leibe auf. Wirst du mir vergeben?« flüsterte sie.

»Dir vergeben? Mein Liebling, du bist es, die mir vergeben muß.« Wie schlecht hatte er sie behandelt nach dem Zwischenfall mit dem Sultan von Ägypten. Als ob es wichtig wäre, was eine Frau tat, solange man sie liebte.

»Du hattest recht. Ich hätte nie in den Sommerpalast gehen dürfen. Er glaubte, daß ich gekommen wäre, um ihm meinen Körper anzubieten, als Austausch für Amauri. Er war so unwissend und dumm, daß er glaubte, eine Frau hätte nichts anderes zu bieten... als besäße sie sonst keinen Wert.«

»Du bist unvergleichlich«, murmelte Simon, und seine Wangen waren naß von Tränen.

»Du mußt mir glauben, wenn ich dir sage, daß er mich nicht entehrt hat!«

»Ich glaube dir, Kathe«, erklärte Simon mit fester Stimme. Er legte sich neben sie und zog sie zärtlich in seine Arme. Sie schloß die Augen und gab sich ganz diesem vollkommenen Schutz hin, den sie in Simon de Montforts Nähe immer empfand. Er erstarrte, weil er fürchtete, daß sie in seinen Armen ihren letzten Atemzug tun würde. Dann aber wurde ihm ganz flau vor Erleichterung, als er feststellte, daß sie nur schlief. Wie ein Schutzengel wachte er über sie, jeden ihrer Atemzüge beobachtete er, jedes Flackern ihrer

Augenlider über den schmalen, eingefallenen Wangen, jeden Herzschlag der Frau, die für ihn alles bedeutete.

Nach zwei Stunden Ruhe wachte Eleanor schreiend auf, sie lag in den Wehen. Der Graf von Leicester hätte lieber zehn Schlachten geschlagen, als sein geliebtes, kostbarstes Juwel so leiden zu sehen. Sie war die tapferste Frau, die er je gesehen hatte. Ehrfurcht erfüllte ihn vor dem Mut und dem Leid einer Frau, die ihrem Mann einen Sohn schenkte. Und als Eleanor ihn dann endlich über den kleinen dunklen Kopf in ihren Armen anlächelte und hauchte: »Wir werden ihn Simon nennen«, war der Kriegsherr geschlagen. Alle hörten, wie er schluchzte, und die Helferinnen im Raum warfen einander erstaunte Blicke zu, weil ein solcher Riese von Mann weinen konnte.

In den nächsten Tagen gewann Eleanor bald ihre alte Kraft wieder, Simon verbrachte viel Zeit an ihrem Bett. Ihre Augen folgten ihm, wenn er auf und ab wanderte, als wäre sie hungrig nach seinem Anblick. Die Sonne hatte ihn tief gebräunt, und Eleanor konnte es an dem Verhalten ihrer Dienerinnen ablesen, daß er die Herzen aller Frauen höher schlagen ließ. Während er in der Ferne weilte, hatte Eleanor nicht mehr daran gedacht, daß das Mädchen aus dem Palast des Sultans noch existierte, sie hatte nicht einmal nach ihrem Namen gefragt. Doch jetzt, wo er sich wieder mit ihr unter einem Dach aufhielt, drängte sich ihre Anwesenheit in Eleanors Gedanken. Immer, wenn sie Anlauf nahm, ihn danach zu fragen, blieben ihr die Worte im Hals stecken.

Er beugte sich gerade über die Wiege, als sie sagte: »Ich habe dich noch gar nicht nach dem Grund gefragt, warum du hergekommen bist.«

Er richtete sich auf und zog den durchsichtigen Vorhang über die Wiege zurecht. Dann zuckte er ein wenig die Schultern, als spräche er mit sich selbst. »Der Waffenstillstand hat sich verzögert. Mir schien es ein guter Anlaß, zurückzukehren und einige Dinge mit Friedrich zu klären.« Er sah sie an, kam dann zum Bett herüber und nahm ihre Hand. »Um die Wahrheit zu sagen, Eleanor, du allein warst es, die mich zurückgebracht hat. Die Dinge zwischen uns haben nicht gestimmt, als du abgereist bist. Ich konnte mich auf nichts mehr konzentrieren. Und ich wußte, daß der Zeitpunkt der

Geburt näher rückte, und zudem kam mir die Erleuchtung, daß ich überhaupt nicht Gouverneur von Palästina sein will.«

Eleanor schloß die Augen und dankte dem Himmel. Sie hatte sich bis zu diesem Augenblick nicht klargemacht, wie sehr sie es ihrem Mann verübelte, daß er diesen lukrativen Posten denn in Erwägung zog. Sie fühlte seine Finger auf ihren Wangen. Simon freute sich von Herzen, daß die tiefen Schatten unter ihren wunderschönen Augen verschwunden waren. Selbst in diesem zärtlichen Moment brachte sie es nicht fertig, ihn nach der Frau zu fragen. Wahrscheinlich war es das beste, die Angelegenheit auf sich beruhen zu lassen.

Er zog sie in seine Arme und legte leicht seine Lippen auf ihre. Sofort begann das Feuer zwischen ihnen zu knistern, und ehe er sich zurückzog, hatten sich ihre Zungen wieder und wieder vereint. Eleanor legte sich in die Kissen zurück, zufrieden und glücklich, daß er sie liebte und anbetete, mehr als alle goldhaarigen Frauen der Welt. Ein kleiner Seufzer entrang sich ihrem Mund. Er hatte sie noch immer nicht als ihm gleichgestellt akzeptiert, und vielleicht würde es auch nie dazu kommen. Sie wollte sich mit dem zufriedengeben, was sie hatte, wenigstens für den Augenblick. Ihre Zeit zusammen würde vielleicht sehr kurz sein, sie brachte nicht den Mut auf zu fragen, wann er nach Palästina zurückkehren würde. Sie schloß die Augen, um sich auszuruhen und die Ereignisse ihren Lauf nehmen zu lassen.

Als Simon leise das Zimmer verließ, hatte er die gleichen Gedanken wie Eleanor. Beide fragten sich, ob es wohl möglich wäre, die Nacht in den Armen des anderen zu verbringen. Am späten Nachmittag erwachte Eleanor mit einem Ruck aus einem sehr erholsamen Schlummer. Sie wußte, daß etwas nicht stimmte. Ihre Augen flogen zu der Wiege, doch eine Dienerin wachte über ihren Sohn. Dann drang das Geschrei in ihr Bewußtsein, das sie aus dem Schlaf geholt hatte. Obwohl sie die Worte nicht verstehen konnte, erkannte sie die tiefe und volltönende Stimme ihres Mannes. Er tobte weiter, sie hörte Flüche und dann das unmißverständliche Geräusch splitternden Holzes, als würde er ein Möbelstück durch den Raum schleudern.

Sie griff nach einem dünnen Morgenmantel, den sie über ihr seidenes Nachthemd warf, dann lief sie auf nackten Füßen hinaus, um der Ursache des Lärms nachzugehen. Wie die meisten großen Männer war auch Simon de Montfort eine recht ausgeglichene Natur, und es mußte schon einiges geschehen, ehe er so in Wut geriet. Eleanor lief die Treppe hinunter bis in die Eingangshalle, dort entdeckte sie niemand anderen als ihren lieben Freund, Sir Rickard de Burgh, der einen großen Becher gekühlten Weines in einem Zug leerte, während Simon mit einem Pergament herumwedelte, als sei es ein Befehl geradewegs aus der Hölle.

»Rickard, was, um Himmels willen, ist los?« rief sie.

Simon wirbelte herum, bereit, seine Erbitterung auf ein anderes Ziel zu richten. »Was fällt dir ein herumzugeistern? Du gehörst ins Bett«, wütete er. Er stopfte das Pergament in sein Wams, mit zwei großen Schritten war er bei ihr, hob sie hoch, um sie in ihre Schlafkammer zurückzutragen. Er wandte sich an de Burgh: »Kein Wort davon zu Eleanor!«

»Simon, du mußt es mir sagen«, drängte sie, als er sie die Treppe hinauftrug.

Beinahe grob legte er sie ab. »Ich werde es nicht zulassen, daß dieser schwachsinnige, nutzlose Narr dich aufregt.«

Sie wußte, daß er nicht von dem freundlichen, untadeligen Ritter sprach, der unten auf ihn wartete. Es konnte nur der König sein, der ihn so erzürnte.

»Richard hat dir eine Botschaft von Henry gebracht.«

Er sah sie erstaunt an. »Woher weißt du das?«

»Hokus Pokus Fidibus«, flüsterte sie.

»Daran ist absolut nichts Komisches, Eleanor.« Er fletschte die Zähne. »Du hast mir einmal gesagt, daß es in eurer Familie Schwachsinn gegeben hat, und bei Gott, nie zuvor hast du wahrere Worte ausgesprochen. Der Mann besitzt die absolute Frechheit, die offene Unverschämtheit, mich um Hilfe anzugehen.« Er zog den Brief aus seinem Wams und warf ihn aufs Bett. »Er schreibt mir, als hätten wir uns als die besten Freunde getrennt. Wir sind ins Exil gegangen, aus Furcht vor einer Gefangennahme. Die Anklagen gegen mich lauteten Verführung und Hochverrat, und selbst wenn mein Stolz es zulassen würde, diese Beleidigungen herunterzuschlucken, so werde ich ihm doch niemals vergeben, daß er dich des Ehebruchs bezichtigt und deinen Namen für immer beschmutzt hat. Wenn er glaubt, daß er all das mit einem Federstrich ungeschehen machen kann, dann hat er einen Verstand wie ein verfaultes Ei.«

Eleanor wurde ganz still, sie wagte kaum zu atmen. Hier war ihre Chance, die Heimat wiederzusehen, wenn sie es nur schaffte, Simon dafür zu gewinnen. Sie warf ihm einen schnellen Blick von der Seite zu. Gütiger Himmel, vielleicht gab es doch eine Möglichkeit, Simon de Montfort umzustimmen. Wenn sie hingegen eine Lektion gelernt hatte seit ihrer Verbindung mit diesem Mann, so betraf sie seine Entschlußkraft und Verantwortung. Sie würde ihn nicht mit den Tücken einer Frau umstimmen können. Er kannte sich mit Frauen aus, hatte genug Erfahrungen mit ihnen, verflixt noch mal, dachte sie.

Er war in einer gefährlichen Stimmung, und wenn sie ihn jetzt ausfragte, würde er ihr vorwerfen, sich in die Angelegenheiten der Männer zu mischen. Sie öffnete den Mund, um etwas zu sagen, überlegte es sich dann aber anders und schloß ihn wieder. Niemand vermochte ihn zu manipulieren, dafür besaß er einen viel zu integren Charakter.

Er sah auf sie hinunter. »Nun? Hast du nichts dazu zu sagen? Es ist verdammt eigenartig, daß du mir nicht sagst, was ich zu tun habe.«

»Ich habe volles Vertrauen in Eure Fähigkeit, es mit dem König von England aufzunehmen, mein Herr«, erwiderte sie leise.

»Nun, das wird auch höchste Zeit!« Sie sah, daß er sich bereits ein wenig beruhigte.

Am nächsten Tag verbrachte sie den Nachmittag in der Säulenhalle, von der aus man den herrlichen Meerblick hatte. Sie wußte, daß Simon und Rickard sich offen über die Angelegenheiten Englands unterhielten, daß sie ihre Ideen austauschten, und wünschte sich von ganzem Herzen, ihnen zuhören zu können. Gelegentlich kam einer von ihnen heraus, um nach ihr zu sehen. Wenn sie sie doch nur um ihre Meinung fragen würden zu dem, was sie miteinander besprachen. Bei Simon hielt sie sich weise zurück, aber mit Rickard konnte sie über all das sprechen, was sie beschäftigte in Kopf und Herz, ohne ihn zu verärgern. Er zog die Brauen zusammen und blickte über das glitzernde Wasser. »Das Klima hier ist angenehm, vermutlich werdet Ihr es nie mehr gegen das feuchte, kühle Wetter Englands eintauschen wollen«, meinte er.

»Rickard, ich würde fast alles darum geben, nach Kenilworth zurückzukehren«, erklärte sie leidenschaftlich.

»Alles?« fragte er.

»Ich sagte, fast alles. Das einzige, was ich nicht tun würde, wäre, Simon zu bitten, die Beleidigungen herunterzuschlucken und vor Henry die Knie zu beugen. Das wäre undenkbar für einen Mann mit Simons aufbrausendem Stolz.«

Rickard de Burgh, der Eleanor immer noch treu ergeben war, sagte ihr nicht alles, was er de Montfort gesagt hatte, obwohl er wußte, daß ihr Urteil dem Kriegsherrn wichtig war. Der Brief vom König war nicht sein einziges Mitbringsel. Er hatte noch einen Brief von seinem Onkel Hubert de Burgh dabei, der nach wie vor im Exil in Wales lebte. In diesem Brief bot ihm Hubert die Unterstützung aller Männer der Cinque Ports an, falls Simon ihm behilflich wäre, das Pardon des Königs zu erlangen und seine ausgedehnten Ländereien zurückzubekommen. Rickard überbrachte Simon auch eine mündliche Botschaft seines Vaters in Irland, Falcon de Burgh. Der herrschte über ein Gebiet, das sich über ganz Connaught erstreckte, vom Fluß Shannon an, und er war in der Lage, über Nacht fünfhundert Mann aufzustellen.

Seine letzte Botschaft war eine Überraschung. Sie kam von Roger Bigod, dem Grafen von Norfolk und Neffen des verstorbenen William Marshal. Darin bekannte Bigod offen, daß William Marshals Brüder, die ihm auf den Posten des Oberhofmarschalls von England gefolgt waren, alle ermordet worden waren. Belastende Briefe waren nach Irland gedrungen, in denen die Gegner der Marshals aufgefordert wurden, sie umzubringen. Und auch wenn diese Briefe nicht das Siegel des Königs trugen, so nahm Bigod doch an, daß sie vom Kreis um Winchester stammten. Wenn Simon zurückkehrte, so würde Bigod ihm zur Seite stehen, um den Sturz

Peter des Roches und seines Sohnes Peter des Rivaux herbeizuführen. Bigod hatte den Ehrgeiz, Englands nächster Oberhofmarschall zu werden, und er ließ daran auch keinen Zweifel.

Eleanor war überrascht, daß Rickard ihr einen Brief ihrer Mutter mitgebracht hatte, immerhin war es die erste mütterliche Nachricht seit Eleanors Kindheit. Sie war jedoch nicht überrascht, herauszufinden, daß ihre Mutter ihr nur deshalb geschrieben hatte, weil sie etwas wollte. Ganz plötzlich wurde alles ganz deutlich. Die Fragen, die sie Simon so gern gestellt hätte, wurden nun endlich beantwortet.

Hugh de Lusignan, Graf de La Marche, den ihre Mutter geheiratet hatte, kaum daß König John in seinem Grab lag, befand sich in offenem Konflikt mit Louis von Frankreich. Ihre Mutter hatte um die Unterstützung ihres Sohnes Henry in einem umfassenden Krieg gegen Frankreich gebeten. Hugh de Lusignan war der höchste Adlige in Poitevin, und als Louis das Land Poitou seinem Bruder Alphonse überschrieben hatte, waren Isabella und Hugh in Aufruhr geraten. Sie betrachteten Poitou als ihr Land, ihre Mutter trug sogar oft eine Krone. Sie hatte ihrem Sohn, dem König von England, praktisch befohlen, ihr zu Hilfe zu kommen: Es sei seine Pflicht, ihre Interessen zu vertreten und nur er könnte das Land für ihre Söhne zurückgewinnen, die schließlich Henrys Halbbrüder waren. In ihrem Brief an Eleanor drängte sie diese, Henry an seine Verantwortung für seine Brüder zu gemahnen, die immerhin auch ihre Brüder seien.

Jetzt war es an Eleanor, aufzubegehren, sie wedelte mit dem knisternden Pergament, während sie ihrem Ehemann in deutlichen Worten sagte, was sie von ihrer Mutter hielt. »Was mich am meisten erstaunt, ist ihre große Liebe zu diesen drei erbärmlichen Kreaturen, die sie de Lusignan geboren hat. Sie hat sich den Teufel um ihre Plantagenet-Kinder geschert, geliebt hat sie uns nie! Und jetzt versucht sie, uns zu manipulieren und uns zu Gunsten ihrer Lieblinge auszubeuten. Allein der Gedanke, daß William de Lusignan mein Halbbruder ist, weckt in mir den Wunsch, eine Peitsche zu erheben!«

Simon lauschte ihrer Tirade mit gerunzelter Stirn. Offensichtlich wollte sie auf keinen Fall, daß er nach England zurückkehrte, um Henry beizustehen. »Wenn doch nur Henry deinen Verstand besäße. Aber leider beherrscht seine Mutter ihn immer noch, so weit sogar, daß er alles tut, worum sie ihn bittet. Er reicht mir in aller Harmlosigkeit seine Hand, nachdem er mich in nicht wiedergutzumachender Weise verraten hat.«

»Nun, du kannst ihm sagen, er soll zur Hölle fahren, und ich werde meiner Mutter das gleiche schreiben!«

»Langsam, Liebste, langsam.« Simon nahm ihr den Brief aus der Hand und zog sie in seine Arme. »Verschwende nicht all deine Leidenschaft und all dein Feuer an sie, spar dir das lieber für mich auf.«

»Oh, ich wünschte, hier gäbe es einen Kamin. Ich würde diese infamen Briefe verbrennen.«

Er legte einen Finger unter ihr Kinn und hob es hoch. Seine Augen glänzten voller Verlangen, als er in ihr liebliches Gesicht blickte, das jetzt vor Wut gerötet war. »Ich träume immer von einem Feuer. Wenn wir wieder in einem kälteren Klima sind, werde ich als erstes ein gemütliches Feuer in unserer Schlafkammer anzünden. Dann packe ich dich auf den Teppich vor dem Kamin und werde dich lieben. Ich sehne mich danach, den Schein des Feuers auf deiner Haut zu sehen. Ich liebe es, dich an den Stellen zu küssen, die das Feuer gewärmt hat. Nichts kommt der Liebe zu einer Frau gleich vor einem knisternden Kamin!«

Er fühlte die Hitze in seinen Lenden und preßte sie an sich, damit sie seine harte Erregung spürte.

»Mmm Simon, das klingt himmlisch, aber wir werden nicht nach Kenilworth reisen.«

Zu sich selbst sagte er: Doch, das werden wir, mein Schatz. Das ist es doch, was du dir am meisten auf dieser Welt wünschst. Aber laut sagte er: »Komm ins Bett, ich zeige dir die nächsten Stunden schöne Sachen.«

»Simon, zuerst mußt du mir sagen, was du Henry geantwortet hast.«

»Auf keinen Fall«, knurrte er, während seine Finger sich am Verschluß ihres Kleides zu schaffen machten und es ihr über die Schultern glitt. Es war besser, sie in Unwissenheit über seine Pläne zu lassen. Sie würde seine Absichten nur mißverstehen, und jetzt, wo der Bruch zwischen ihnen gekittet war, hatte er nicht die Absicht, ihn wieder aufzureißen.

»Ich werde mich dir nicht hingeben, ehe du es mir sagst«, schwor sie.

»Ha! Du willst nicht mein Weib sein?« rief er, und seine Hände glitten über ihren nackten Rücken, bis unter ihr Gesäß. Dann hob er sie hoch, so daß ihr Gesicht seinem gegenüberlag. »Ich wette, ich brauche nur drei Küsse, um deinen Widerstand zu brechen.«

Doch in Wirklichkeit schaffte er es mit einem.

44. Kapitel

Der Graf von Leicester stimmte zu, nach England zurückzukehren und ein Heer für Henry aufzustellen, unter der Bedingung, daß es ihm erlaubt würde, den Ratsversammlungen des Königs beizuwohnen und eine Stimme in der Regierung zu erhalten. Doch all das verbarg er vor seiner Frau.

Ein Satz in Henrys Brief war ihm ins Auge gefallen. Wieder und wieder hatte sich dieser Satz in Simons Gedanken geschlichen, und wahrscheinlich hatte er ihm auch den Anstoß gegeben, nach England zurückzukehren. Henry hatte ihn gebeten, »um Englands willen«. Simon schüttelte bedauernd den Kopf. England wurde durch Unrecht zerstört, er hätte schon lange dagegen aufbegehren müssen, was »um Englands willen« geschah. Was hatte ihn nur davon abgehalten? Er wußte es, in seinem Herzen und auch in seinem Verstand: Eleanor.

Er war in der Lage, die Dinge bis zu ihrem Ende durchzudenken, ehe er handelte. Man konnte einen König nicht von seinem Thron werfen, ohne gleichzeitig einen Bürgerkrieg anzuzetteln. Wo würde Eleanors Loyalität liegen? Er wußte, wenn Henry wegen etwas, das Simon begonnen hatte, sein Leben verlor, würde Eleanor ihn auf ewig hassen. Henry war schwach. Eleanor war immer stärker gewesen als er, so stark, daß sie sich stets auf Henrys Seite geschlagen hatte.

De Montfort kannte sich selbst sehr gut. Er tat nichts halb. Der Schritt, den er jetzt vorhatte, war unwiderruflich. Wenn er erst einmal damit begänne, die Gerechtigkeit in England wiederherzustellen, so gäbe es kein Zurück, bis er seine Aufgabe erfüllt hätte, ob sie nun ein Jahr dauerte oder sein ganzes Leben. Er zweifelte keinen Augenblick an seinen Fähigkeiten, er würde es schaffen oder sterben, aber er hegte Zweifel an Eleanors Einstellung – war sie eine Plantagenet oder eine de Montfort? Welche Seite würde sie wählen?

Er verspürte eine tiefe Sehnsucht danach, daß sie ihm uneingeschränkt vertraute. Er würde über ihre Zukunft entscheiden, und sie mußte ihn so sehr lieben, daß sie jegliche seiner Entscheidungen akzeptierte. Entweder vertraute man einander oder nicht, Liebe war bedingungslos oder sie war keine! Er traf seinen Entschluß trotz des vollen Bewußtseins, daß damit – falls er zu guter Letzt doch noch Englands Regent würde – der endgültige Beweis für seine Verbindung mit ihr aus purem Ehrgeiz erbracht wäre.

Erst als sowohl die Schiffe als auch seine Männer bereit waren, eröffnete er ihr die morgige Trennung. Sie nahm gerade ein kühles, entspannendes Bad, als er die Tür aufriß und ihre Dienerinnen mit ungeduldigen Worten hinausschickte. Offensichtlich war er in Eile, und sie nahm an, daß er etwas Privates mit ihr besprechen wollte.

»Simon, was auch immer es ist, hättest du nicht warten können, bis ich fertig bin?«

Er trat vor sie, seine Augen ruhten liebevoll auf ihr, und er ließ keinen Zweifel daran, was er von ihr wollte. Unverhülltes Verlangen auf seinem Gesicht ließ sie erröten. Umgehend entkleidete er sich; mit einer solchen Entschlossenheit warf er seine Kleider beiseite, daß sie schon glaubte, er wolle zu ihr in die Wanne steigen. Doch als er nackt vor ihr stand, streckte er seine kräftigen Arme aus und hob sie heraus. »Ich will dich jetzt, in dieser Minute«, verkündete er.

»Mein Herr, Eure Eile ist unziemlich«, protestierte sie, als er ihre noch nassen Brüste an seinen Oberkörper drückte.

»Ich mag es unziemlich, schön unanständig und ruchlos.« Seine Lippen waren heiß und fordernd, als er sie voller Leidenschaft auf ihre preßte. Zwischen seinen stürmischen Küssen flüsterte er: »Ich mag es auch rückhaltlos, ohne Widerstand, ungehindert, ungetüm und unerhört.«

Eleanor stockte der Atem, als sich seine Lippen über ihrer Brust schlossen und seine Zunge sanft darüber rieb. Wie Feuer floß es durch ihren Körper. Seit sie das Baby bekommen hatte, war seine Liebe immer sanft gewesen, doch heute abend schien er an alles andere als an Sanftheit interessiert. Er liebte sie, als sei es das erste Mal – oder das letzte.

Sie preßte ihre Lippen an seinen Hals und zeichnete mit der Zungenspitze eine Spur zu seinem Ohr. »Warum bist du so gehetzt«, schnurrte sie.

»Wir haben nur Zeit bis zur Morgendämmerung«, antwortete er mit rauher Stimme und beschied ihr damit, daß er nach einer Nacht der Leidenschaft verschwinden würde, sobald sie erschöpft die Augen schloß. Er hatte absichtlich ihr Verlangen geweckt, ehe er ihr gestand, sie zu verlassen. Ihre Scheide war noch feucht von dem Bad, er war bereits mit einem Teil seines Glieds in sie eingedrungen und drängte sie jetzt, ihre Schenkel um ihn zu schlingen, damit er noch tiefer gleiten konnte.

Sie stöhnte auf und zwang ihn, sich zurückzuziehen. »Du wirst in der Morgendämmerung abreisen? Das heißt, du hast dich schon seit Tagen darauf vorbereitet und es mir verschwiegen!«

Mit beiden Händen schob er ihre Schenkel auseinander und drang wieder in sie ein. »Ich liebe es im Stehen.« Auch sie liebte es, und jetzt bewegte sie keuchend die Hüften so, daß sie ihn ganz in sich aufnehmen konnte. Als sie wieder zu Atem gekommen war, sagte sie: »Ich habe hundert Fragen, wirst du sie mir beantworten?«

Er stieß heftig in sie hinein. »Nein.«

Sie drängte ihn hinaus. »Ja!«

Mit beiden Händen umschloß er ihren Hintern und zog sie auf sich hinunter, so daß er wieder ganz in ihr war. »Keine Fragen. Vertrau mir nur.«

Wieder zog sie sich zurück. »Nein!« rief sie.

Er stieß sie hinunter und hob sich ihrem Körper gleichzeitig entgegen. »Ja!« Sein Wort war endgültig. Deshalb war sie geboren, dafür war ihr Körper geschaffen worden. Sie konnte nicht mehr sprechen, nicht mehr denken, sie konnte nur noch schmecken und riechen und fühlen.

Wenn er sie zwischen den einzelnen Phasen ihres Liebesspieles in seinen Armen hielt, flüsterte er ihr zärtliche Worte ins Ohr, die sie ganz nachgiebig machten, dennoch versuchte sie, ihm Informationen zu entlocken. Er legte ihr einen Finger auf die Lippen, um sie zum Schweigen zu bringen. »Meine innigst Geliebte, ein für allemal, wirst du mir vertrauen, daß ich das tue, was für uns am besten und richtig ist?«

Sie seufzte und küßte seine Fingerspitzen, schmeckte sich selbst. Sicher hatte er recht. Es war besser zurückzureisen und Gouverneur von Palästina zu werden, damit ihre finanziellen Angelegenheiten aufhörten, eine Last für ihn zu sein. De Montfort hatte jetzt zwei Söhne, um die er sich sorgen mußte, und Eleanor wußte, daß sie selbst zu Extravaganz neigte. Ein Lächeln lag auf ihren Lippen, als sie sich daran erinnerte, wie sie die zahllosen Küchenutensilien aus Kupfer für Kenilworth bestellt hatte.

Er küßte ihre Mundwinkel. »Hast du gerade an etwas Schlimmes gedacht?«

»Mein Lächeln war ein Schuldbekenntnis all der Dinge, die ich für mich selbst gekauft habe«, gestand sie ihm.

»Du sollst dich nie schuldig fühlen, meine Liebste. Es ist gut, daß du die Dinge kaufst, die du haben möchtest, denn von mir bekommst du reichlich wenig Geschenke und zudem noch selten«, meinte er voller Reue und betastete den goldenen Armreif, den er ihr geschenkt hatte, nachdem sie einander zum ersten Mal geliebt hatten.

Sie errötete, als sie daran dachte. »Gütiger Himmel, Sim, als ich dich zum ersten Mal nackt sah, mit diesem schwarzen Lederschutz um dein Glied – es ist ein Wunder, daß ich damals nicht ohnmächtig geworden bin.«

Er flüsterte: »Das war es also, was dich in Versuchung geführt hat. Ich dachte, es sei das erhebende Gefühl bei den wilden Ponys gewesen.«

»Ich gestehe, es war eine Mischung aus beidem. Du warst wie ein wilder Hengst – groß, dunkel, stark und ungestüm. Ich wußte, ich mußte diese Erfahrung machen oder ich würde es für den Rest meines Lebens bedauern.«

Nach einer Weile des Schweigens fragte er leise: »Hast du es bedauert, Eleanor?«

»Ich habe nur eines bedauert, nämlich, daß nicht du es warst, den ich geheiratet habe mit neun Jahren. Wie anders wäre unser Leben dann verlaufen. Es hätte keinen beschämenden Skandal gegeben und auch kein Exil.« Sie verfiel wieder ins Grübeln, und dafür hatte Simon die beste Lösung. Er zog sie über sich, und ihre sanften Brüste rieben gegen sein Vlies. Sie öffnete ihre Schenkel seiner fordernden Männlichkeit und gab sich ihm ganz hin.

»Ah, Liebste, du vertraust mir deinen Körper so vollkommen an, wirst du auch dein Leben in meine Hände legen?« bat er.

»Sim, Sim, ich vertraue dir, ich unterwerfe mich deinem Willen, deinen Entscheidungen, wie auch immer sie ausfallen mögen.«

Er küßte sie voller Verlangen. Er hatte gehört, daß sie ihm alles versprach, was er von ihr gewollt hatte, doch derzeit befand sie sich in den Fängen ihrer Sinnlichkeit, und er war noch nüchtern genug, um sich zu fragen, ob sie ihre Worte wohl im kalten Licht des Morgens bereute.

Ihre Lippen waren geschwollen von seinen Küssen, ihre Brüste schmerzten von seinen Berührungen, und ihre Rosenknospe war überempfindlich, doch als die Nachtstunden dahineilten, klammerte sie sich voller Verzweiflung an ihn.

»Du wirst nach mir schicken, sobald wie möglich? Sobald Simon alt genug ist zu reisen? Ohne dich fühle ich mich nicht sicher, nicht vollkommen und nicht lebendig.« Würde sie so weit gehen, ihm zu gestehen, daß er ihr mehr bedeutete als ihr Leben?

Seine Liebe hätte sie schon vor Stunden erschöpfen sollen, doch plötzlich verspürte sie erneut das Bedürfnis, ihn zu lieben. Ihre Lippen glitten über seinen Körper, suchten seine Intimität. Sie badete ihn mit ihren Tränen und leckte die Tränen dann ab, fühlte, wie sein Glied erhärtete und sich dann aufrichtete, wie es ihren Mund ausfüllte.

»Meine Liebste, meine Qual.« Er stöhnte, und sie war zufrieden, hatte gar nicht bemerkt, daß er ihr keinerlei Zusage gemacht hatte.

Als Eleanor die Augen öffnete, drang schwaches Licht durch das Fenster. Sie war matt und erschöpft, von einem zu ausgedehnten Liebesspiel. Sie räkelte sich in den Kissen und wollte ihren Körper an den ihres Geliebten schmiegen. Erschrocken stellte sie fest, daß sie allein war. Schon jetzt sehnte sie sich nach ihm. Kummer erfüllte sie, und am liebsten wäre sie auf den Hof hinausgelaufen und hätte sich nackt in seine Arme geworfen. Unbedingt wollte sie ihre sanften Brüste und ihre weichen Schenkel an seine harte Rüstung pressen, die nicht viel härter war als der herrliche Körper.

Sie lief zum Fenster und schob die Gardine beiseite, öffnete schon den Mund, um seinen geliebten Namen zu rufen, und dann sah sie sie. Ein unhörbarer Schrei entrang sich ihren Lippen, denn dort, auf einem schneeweißen Roß neben de Monfort saß die goldhaarige Schönheit, die Eleanor ganz vergessen hatte. Sie sah, wie Simon dem Mädchen die Kapuze ihres blaßblauen Umhangs über den Kopf zog, ehe sie vom Hof ritten, Seite an Seite. Die Pferdehufe der Krieger hinter ihnen donnerten über das Pflaster, bis Eleanor fürchtete, ihre Ohren würden bersten.

Sie hatten einander die ganze Nacht über in den Armen gehalten. Er hatte von ihr verlangt, sie solle ihm vertrauen, und sie hatte ihm dieses Vertrauen in Blindheit geschworen. Jetzt betrog er sie! All die Stunden, die er mit ihr zusammengewesen war, hatte er diesen Betrug geplant. Für einen Moment hatte der Anblick dieser Frau alle vernünftigen Gedanken ausgelöscht, doch dann begann sie langsam zu begreifen, daß irgend etwas nicht stimmte. Sicher würde er mit seinen Leuten von Brindisi aus segeln, wenn er nach Palästina zurückkehren wollte, auf keinen Fall würde er über Land reisen.

Sie warf einen Morgenmantel über und lief mit nackten Füßen und wehendem Haar aus ihrem Zimmer, dann die lange Treppe hinunter auf die Balustrade und in den Hof. Der letzte Gepäckwagen rumpelte gerade durch das Tor. Mit wildem Blick bedeutete sie dem Wagenlenker, anzuhalten. »Was ist Euer Ziel?« rief sie und plötzlich wußte sie es, auch ohne daß der Mann den Mund öffnete.

Der Mann hielt den Wagen an, grinste fröhlich und rief: »Wir reisen nach Hause!«

Eleanor stolperte, als hätte man ihr einen Hieb versetzt. Der Schreck war so groß, daß sie weder hören noch sehen konnte, was um sie herum vorging – es war, als stünde sie abseits und würde sich selbst erkennen. Der Schrei, der sich ihr entrang, war der Schrei einer verwundeten Wölfin. Sie dachte an ihr Kind und hatte das Gefühl, von allen verlassen zu sein. Sie sah sich selbst, wie sie in ihr Zimmer zurücklief, hörte sich fluchen und rasen, hörte die Verwünschungen, die sie auf den Kopf de Montforts herabbeschwor. Sie riß ihren Morgenmantel in Stücke, dann nahm sie sich das Bettzeug vor, in dem sie einander geliebt hatten. Schließlich warf sie sich auf den Boden und schluchzte sich das Herz aus dem Leib.

Es mußte Stunden später sein, als eine kühle, spöttische Stimme fragte: »Bist du jetzt fertig?« Es war ihre eigene Stimme. »Hör auf mit deinen kindischen Ausbrüchen, Eleanor, plane deine Rache.« Als sie versuchte, ihre Gefühle zu ordnen, wurde ihr klar, daß sie seine Heimreise ertragen könnte, wenn er die Entscheidung mit ihr besprochen hätte. Er war nicht besser, als Selim es gewesen war, auch er benutzte eine Frau nur mit einem einzigen Ziel, nämlich ihre Intelligenz zu betäuben. Sie war ehrlich genug, vor sich selbst zuzugeben, daß sie sogar das hätte akzeptieren können. In Zukunft jedoch würde sie ihm zu verstehen geben, daß ihre Beziehung zueinander sehr stürmisch würde, wenn er sich nicht dazu durchringen könnte, sie als ihm gleichgestellt zu behandeln. Was sie am meisten getroffen hatte, war das blonde Sklavenmädchen. Eleanor wußte, sie beanspruchte ihn ganz, wenn sie zusammen waren, keine andere Frau konnte ihn so befriedigen wie sie. Sie kannte ihre Macht über ihn und fürchtete sich auch nicht davor, daß er mit einer Dirne seine körperlichen Gelüste befriedigte. Doch die Tatsache, daß er dieses Mädchen mit heimgenommen hatte anstatt ihrer, schrie nach Rache.

45. Kapitel

Der König begrüßte Simon zurück in seiner Herde, mit der gleichen Freude wie der biblische Vater, der das gemästete Kalb für seinen Sohn geschlachtet hatte. Die Barone weigerten sich standhaft, in Poitou zu kämpfen, und wie üblich, so stand Henry auch jetzt wieder ohne einen Groschen da; die Barone wußten, daß er versuchen würde, das Geld für diesen Feldzug ihnen zu entwinden.

Henry sah in de Montfort seine einzige Rettung, und den Savoyern und auch den Gebrüdern Lusignan, die Simon haßten, gab er deutlich zu verstehen, daß es für sie besser war, dem Kriegsherrn zusammen mit ihnen im Rat herzlich zu begegnen. Simon gelang es, Henry zu beweisen, daß er nur deshalb nie Geld besaß, weil es unterschlagen wurde.

Winchester und de Montfort waren einander in Anwesenheit des Königs gegenübergetreten, und Simon hatte damit gedroht, eisenhart gegenüber denjenigen aufzutreten, die England ausplünderten. Unter dem Druck Simons hatte Henry keine andere Wahl, als eine Untersuchung gegen den Bischof einzuleiten. Der König bat Peter des Roches um eine Abrechnung aller Mittel, die durch seine Hände gegangen waren, in all den vielen Ämtern, die er innehatte. Winchester wußte, daß dies sein Ende bedeutete. Selbst wenn nur ein winziger Teil seiner Machenschaften ans Licht käme, würde er des Hochverrates angeklagt werden.

Verzweifelt wandte sich Winchester an die Ratsversammlung. »Warum laßt Ihr zu, daß dieser Mann seinen Willen durchsetzt?« fragte er sie. »Wenn man jetzt meine Geschäfte untersucht, wer wird dann der nächste sein?«

Simon de Montfort fixierte jedes einzelne Mitglied des Rates mit seinen brennenden schwarzen Augen und wiederholte dann Winchesters eigene Worte. »Es gibt zwei Gruppen von Menschen, die erbärmlichen und die erbarmungslosen. Ich habe keinen Zweifel daran, zu welcher dieser Gruppen Ihr gehört.« Er hatte sich entschieden; da Henry ein Marionettenkönig war, würde es jetzt de Montfort sein, der die Fäden hinter den Kulissen zog.

Die Abrechnung der Gelder war nicht Winchesters einzige Sorge. Rickard de Burgh hatte einen schnellen Ritt nach Irland eingelegt und eine Kopie des belastenden Briefes mitgebracht, in dem der Tod des letzten verstorbenen Oberhofmarschalls angeordnet worden war. Da Henry begriff, daß man ihn hierfür verantwortlich machen könnte, und da er ein ewiger Feigling war, deutete er auf den Mann, der sein privates Siegel in Verwahrung gehabt hatte. Als der Befehl zur Verhaftung des Bischofs erging, war dieser bereits außer Landes – doch man erwischte seinen Sohn Peter des Rivaux und warf ihn in den Tower.

Simon de Montfort wußte, daß es jetzt an der Zeit war, den König zu drängen, Hubert de Burgh wieder in seine alten Befugnisse einzusetzen. Die Barone und die Bürger Englands waren aufgebracht über das Unrecht, das den verdienstvollen englischen Heerführern von Henrys schillerndem Hofstaat angetan worden war. Simon schreckte davor zurück, jemanden zu erpressen; statt dessen überzeugte er den König davon, daß die Waffenträger der Cinque Ports zum Kampf in Frankreich zu bewegen sein würden, wenn er Hubert begnadigte.

Simon konnte kaum glauben, wieviel er in so kurzer Zeit erreicht hatte. Die Menschen, die Henry feindselig gegenübergestanden hatten, wandten sich jetzt an den Grafen von Leicester und baten ihn um seine Führung. Sie schienen seine Fähigkeiten und Siege als Soldat zu bewundern. Er war ein Mann, der sich nicht davor fürchtete, sich dem König zu widersetzen. Im Namen der Gerechtigkeit war er immer bereit, ein Risiko einzugehen, und mehr und mehr Männer sammelten sich um ihn. Mit anscheinender Leichtigkeit hatte er das Ruder übernommen.

Eleanor war entschlossen, noch im gleichen Monat nach England aufzubrechen. Sie stillte ihren Sohn Simon, wann immer er Anzeichen von Hunger zeigte, und brachte so die Kindermädchen gegen sich auf. Jeden Morgen ritt sie aus, nachmittags machte sie lange Spaziergänge am Strand, und allmählich strotzte sie vor Gesundheit. Ohne zu zögern bat sie ihren Schwager Friedrich um ein Schiff, das sie heimbringen sollte. Sie traf sich mit dem Kapitän zum Studium der Karten und Berechnungen, bis er die schnellste Route ausgetüftelt hatte und bis zum Bristol-Kanal in den Severn hineinsegeln würde – von dort aus war es nur noch ein Katzensprung zu ihrem geliebten Kenilworth!

Ihre Tage waren angefüllt mit Aktivitäten, doch die Nächte schleppten sich einsam dahin, in denen sie ihre Rache schmiedete. Ihre Vorstellungskraft arbeitete auf Hochtouren und zeigte ihr de Montfort mit seinem Sklavenmädchen. Sie schwor sich, wenn sie diese namenlose Kreatur in Kenilworth vorfand, würde sie sie umbringen und dann mit dem Messer auf de Montfort losgehen! Nein, besser noch, da er sie nur aus Ehrgeiz geheiratet hatte, würde sie die Ehe annullieren lassen. Halb England glaubte ohnehin, daß diese Verbindung ungültig war. Sie würde sicher keinerlei Schwierigkeiten haben, Henry ihren Willen aufzuzwingen, wenn sie nur entschlossen genug vorging. Hatte de Montfort ihr nicht Kenilworth geschenkt? Sie lächelte grausam. Wenn er den Fuß auf den Boden von Kenilworth setzte, würde sie ihn von den Wachen hinauswerfen lassen. Sie würde die Hunde auf ihn hetzen!

Eleanor malte sich in Gedanken diese Szene immer weiter aus, damit sie die dunklen Stunden der Nacht zwischen vier Uhr und der Morgendämmerung überlebte, wo sie manchmal glaubte, sie müsse vergehen, wenn sie nicht bald seine starken Arme um sich fühlte.

Widerwillig stimmten die Barone und der Landadel zu, in Frankreich zu kämpfen; doch sie erklärten de Montfort offen, daß ihr Treueid ihm galt und nicht Henry und den Halbbrüdern, die die lüsterne Königin Isabella hervorgebracht hatte. Die meisten von ihnen zögerten, das Leben ihrer Ritter und Soldaten auf französischem Boden aufs Spiel zu setzen, und boten nur eine geringe Anzahl Kämpfer an. Als Ausgleich dafür waren sie jedoch bereit, Geld zur Verfügung zu stellen.

Unermüdlich bereiste Simon jeden Landstrich, selbst nach Irland und Wales ritt er, um genügend Männer und Geld für den neusten Feldzug des Königs zusammenzutrommeln. Er hatte sich Henry verpflichtet, im Gegenzug für eine Stimme in der Ratsversammlung und eine führende Position im Lande. Seine unerschütterliche Loyalität ließ ihn seinen Teil der Vereinbarung einhalten, da der König ebenfalls Wort zu halten schien.

Roger Bigod wurde zum neuen Oberhofmarschall von England eingesetzt, und er unterstützte Simon in seinen Bemühungen. Alles in allem gab der König über hunderttausend Kronen aus, um das Heer auszurüsten, um das seine Mutter ihn gebeten hatte. Mit der Hälfte des Geldes wurden Söldner gekauft, denn die Barone rückten nur wenige ihrer Kämpfer heraus.

Simon de Montfort warnte Henry vor Frankreichs Schlagkraft. Er hatte über die Hälfte seines Lebens als Soldat in diesem Land verbracht und hatte Louis von Frankreich noch nie unterschätzt. Er gab dem König seinen besten Rat, was bedeutete, das In-See-Stechen der Männer so lange aufzuschieben, bis sie noch mehr Krieger rekrutiert hätten. Henry blieb jedoch taub, er wies Simon darauf hin, daß er ja nur seiner Mutter in Poitou beistehen wolle. Ihr Mann, der Graf de La Marche, hatte die Provinzen des Südens und des Westens vereint, und alle Barone der Gascogne hatten sich der Rebellion gegen Louis angeschlossen. Henry drängte ihn zu schnellem Handeln, mit der Bemerkung, daß England diesen Krieg ja nicht allein würde gewinnen müssen.

Der Feldzug erwies sich als verheerender Fehlschlag. Als Hugh de La Marche sich der übermächtigen französischen Armee gegenübersah, war er überzeugt, verloren zu sein und begann einen Friedensvertrag auszuhandeln. König Henry fand sich schließlich in der unangenehmen Lage, mit absolut leeren Händen nach Hause zurückzukehren, ohne einen Gegenwert für all das Gold, das er verschwendet hatte. Der Zorn seiner Halbbrüder, in deren Augen er versagt hatte, war nichts, verglichen mit der gefährlichen Stimmung unter den Baronen. Sie hatten endgültig genug. Das Parlament wurde für den nächsten Monat einberufen, und ein gesammelter Ruf durchdrang das Land: »Wir haben jetzt eine Armee, wir haben jetzt einen Führer, auf in den Kampf!«

Simon de Montfort wußte, was kommen würde. Er war entschlossen, sein geliebtes Kenilworth zu erreichen, die Männer dort zu bewaffnen und das Schloß zu sichern, ehe die ernsten Schwierigkeiten begannen. Er nahm zwanzig seiner Ritter mit, die verheiratet waren und deren Frauen jetzt in Kenilworth lebten. Sie brauchten nur zwei Tage für die Reise von London bis zum Avon.

Es war Frühling, und die Schönheit der Landschaft weckte in Simon den Wunsch, Eleanor könne die Hügel sehen, auf denen Lämmer weideten, sie könne den Duft der Heublumen einatmen und das Salz der Seeluft schmecken, die in jedes Tal hineinwehte, sie könne die Tropfen des frischen Frühlingsregens auf ihrer Haut fühlen. Er hegte eine tiefe und dauerhafte Liebe zu England und seinen Bewohnern. Er fühlte sich gut, weil er wußte, daß das, was er tat, richtig war. Die kurze Zeitspanne, die jetzt vor ihm lag, konnte schrecklich werden, und er war froh, Eleanor in Sicherheit zu wissen, doch auf Dauer würde er England den Engländern zurückerobern. Er würde die Gerechtigkeit wiederherstellen und lächelte über seinen beinahe fanatischen Entschluß, dem Volk eine bessere Regierung zu verschaffen.

Am späten Nachmittag hoben sich die Silhouetten des Grafen von Leicester und seiner Männer gegen den Himmel ab, als sie auf den Damm von Kenilworth zugaloppierten. Ein lauter Schrei ertönte von den Mauern, als man den Grafen erkannte. Sobald Eleanor den Lärm hörte, richteten sich die Härchen in ihrem Nacken auf. Das Freudengeheul konnte nur einem Mann gelten, Simon de Montfort.

Sie war hinausgeritten, um die Frühjahrsbestellung auf den Feldern zu überwachen, und trug noch immer den roten Wollumhang aus Wales. Jetzt faßte sie ihre Reitpeitsche und lief so schnell sie konnte zu dem zweistöckigen Torhaus von Kenilworth, ihr Umhang und ihr Haar wehten im Wind. Sie rannte die Treppe des Torhauses hinauf und stand dann der Wache gegenüber. »Zieht das Fallgatter nicht hoch!« befahl sie.

»Aber es ist der Kriegsherr persönlich«, widersprach der Mann und grinste dabei von einem Ohr zum anderen.

»Ich weiß verdammt gut, wer das ist. Oder habe ich etwa keine Augen im Kopf? Ich verbiete Euch, ihn einzulassen!«

Der Mann starrte sie verständnislos an. »Herrin... ich wage es nicht, dem Herrn den Zugang zu seinem eigenen Schloß zu verwehren.«

Sie schlug dem Mann mit der Peitsche ins Gesicht. »Es ist mein Schloß, ich bin hier der Herr, ich, Eleanor Plantagenet!«

Die Reiter hatten mittlerweile vor dem Fallgatter angehalten und blickten zum Torhaus hinauf. Die tiefe Stimme des Grafen ertönte. »Eleanor, gütiger Gott, was tust du hier?«

Ihr Umhang wehte im Wind, und das Haar flog ihr ins Gesicht, als wäre das Teil der Konfrontation. »Ich verteidige mein Schloß gegen einen verräterischen, lügnerischen und lüsternen Franzosen!« gellte sie.

Simon legte die Hand über die Augen, um zu sehen, welcher seiner Männer an dem Fallgatter stand. »Jock, zieh das Fallgatter hoch, Mann, wir sind gerade hundert Meilen weit geritten«; er klang mehr als ungeduldig.

Als Jock seine Hand nach dem Rad ausstreckte, schlug Eleanor nochmals zu. »Ihr werdet meine Befehle befolgen, sonst sterbt Ihr!« schwor sie.

Simon blickte zu ihr auf. Stolz, wie ein wildes junges Tier stand sie dort oben, so unerreichbar wie der Mond. Seine tiefe Stimme jagte ihr immer einen Schauder über den Rücken. Jetzt zwang sie ihren ganzen Willen in den Blick, mit dem sie ihn bedachte. »Verschwindet.«

Was war nur in sie gefahren? »Dieses Mal... dieses Mal werde ich dich wirklich Mores lehren, Eleanor«, drohte er.

»Wachen zu mir!« rief sie, und die Soldaten, die auf der äußeren Mauer Wache standen, kamen zu ihr, weil sie es nicht wagten, Eleanor Plantagenet den Gehorsam zu verweigern. »Macht Eure Langbögen bereit«, befahl sie. Wieder gehorchten sie, wenn jetzt auch langsamer, und sie holten die Pfeile aus den Köchern.

Die Krieger erhielten ihren Schießbefehl, blickten in das dunkle Gesicht von Simon de Montfort unter ihnen und wagten diesmal nicht, Eleanor Plantagenet zu gehorchen.

Gütiger Himmel, dachte de Montfort, wenn diese andere Eleanor, ihre Großmutter, Henry den Zweiten damals so in Rage gebracht hatte, war es kein Wunder, daß er sie eingesperrt hatte.

Eleanor kehrte den Wachen den Rücken, sie war entschlossen, ihren Willen durchzusetzen. Sie lief zu den Kriegern der inneren Mauer und befahl: »Sperrt diese Männer ein, sie weigern sich, mir zu gehorchen.« Als die Wachen an ihr vorbei zum Torhaus rückten, eilte Eleanor hinunter in die große Halle. Sie kam vorbei an einer brutzelnden Wildschweinkeule, die immer auf dem Feuer bereitgehalten wurde, als Symbol der Gastfreundschaft von Kenilworth. Die Leute im Schloß sammelten sich gerade zum Abendessen, und die Tische füllten sich.

Mit stolz erhobenem Kopf ging sie zu ihrem Platz auf dem Podium und setzte sich, ihre Blicke richteten sich auf den Eingang. Das Blut rauschte in ihren Ohren, kleine Teufelchen tanzten in ihren Augen und ließen sie in einem tiefen Saphirton leuchten. Nur sehr selten hatte sie sich geschlagen gegeben, erst im alleräußersten Notfall. Sie hatte keine Zweifel, daß Simon eindringen würde. Keine Mauer hatte ihm je auf Dauer widerstanden, es gab also auch keine Hoffnung darauf, daß seine eigenen seinem Ansturm standhielten. Aber sie würde nicht weichen vor ihm. »Mein Wille ist deinem ebenbürtig«, sagte sie laut, und alle Blicke richteten sich auf sie. Sie hatte genug Mut, sich jeder Konfrontation zu stellen – er hatte sie gut unterrichtet.

In der Anzahl der Menschen lag ihre Sicherheit. Simon würde es nicht wagen, ihr hier in der großen Halle etwas zuleide zu tun. Am Eingang blieb er stehen, als wolle er seinen Auftritt dramatisch unterstreichen und füllte beinahe den ganzen Türrahmen aus. Er trug seine Lederkleidung, war schmutzig und verschwitzt von dem langen Ritt. Er lenkte seine Schritte in die Mitte der Halle und machte vor ihr halt. Auch wenn sie auf dem Podium saß, so waren ihre Augen doch auf gleicher Höhe.

»Ich warte auf eine Erklärung, Frau!« erschallte seine Stimme.

Langsam und anmaßend musterte sie ihn. »Ich gebe nicht jedermann Erklärungen, und dir schon gar nicht!« sagte sie voller Verachtung.

Nie hatte es jemand gewagt, in einer so unverschämten Weise mit ihm zu sprechen. Er legte eine Hand auf den Tisch und sprang dann darüber. Schnell stand Eleanor auf, um zu fliehen, doch schon hatte er sie gepackt und schüttelte sie wie eine Puppe. Sie wußte, daß sie ihn zu dieser Gewalttätigkeit herausgefordert hatte, doch konnte sie sich nicht zurückhalten. In dem Augenblick, als er aufhörte, sie zu schütteln, spitzte sie die Lippen und spuckte ihn an.

Einen Augenblick lang blinzelte er ungläubig, dann warf er sie wie einen Sack Getreide über die Schulter und trug sie in ihre Schlafkammer. Er sagte kein einziges Wort, und sein grimmiges Schweigen verriet ihr, daß sie jetzt die Schläge zu erwarten hatte, mit denen er ihr immer gedroht hatte. Es war vergebens, sich gegen ihn zu wehren, eisenhart umklammerte sie seinen Arm, also suchte sie nach Worten, mit denen sie ihn treffen konnte. Als er die Treppe hinaufstampfte, glaubte sie, daß sein Herz und das ihre im gleichen Takt schlugen.

In Simons Kopf wirbelten die Gedanken. Das bekomme ich also dafür, daß ich sie so sehr liebe, dachte er. Wenn ein Mann aus Liebe heiratet, so glaubt seine Frau, sie könne ihn an seinem Schwanz herumführen. In seinem Kopf suchte er nach einem Grund für ihr Benehmen. Er konnte es sich nicht anders zusammenreimen, als daß er ihrem Bruder Henry seinen Willen aufgezwungen hatte. Sie war intelligent genug, um genau wie er zu begreifen, wo das alles enden würde, und Blut war immer noch dicker als Wasser. Als er schließlich mit ihr auf dem Rücken das große Bett erreicht hatte, war er zu dem Schluß gekommen, daß sie zwischen dem König und ihm gewählt hatte. Der Schmerz in seinem Herzen verlangte nach einem Ventil. Seine Gründe lagen auf einer viel breiteren Ebene als ihre, und er konnte ja ihre so viel näher liegende Erbitterung nicht ahnen!

Er legte sie über sein Knie, in der Absicht, ihr etwa ein halbes Dutzend Schläge zu verabreichen, doch bereits nach dem ersten Schlag schrie sie markerschütternd auf; er konnte es ohnehin nicht ertragen, ihren lieblichen Körper zu verunstalten. Ihr Gesicht hielt er nach unten, während er sein Hirn nach einer anderen Bestrafung durchwühlte. Auch wenn er schrecklich böse auf sie war, so vermochte er ihr gegenüber doch keinesfalls gewalttätig zu werden und ihr körperliche Schmerzen zuzufügen.

Sie zappelte wild auf seinem Schoß hin und her und wollte ihn beißen, doch seine Lederkleidung verhinderte das. »Pfui! Du stinkst nach Stall und Schweiß.«

Er ignorierte diese Beleidigung und schob sie grob von seinem Knie herunter. »Du wirst mir jetzt erklären, warum du die Tore vor dem Herrn und Meister dieses Besitzes geschlossen hast.«

Mit erhobenem Kinn und tränenglänzenden Augen trotzte sie: »Kenilworth gehört mir, jeder einzelne Stein davon. Du hast es mir gegeben.«

»Aye, was für ein Esel ich doch gewesen bin. Die Steine Kenilworths und der Mörtel mögen vielleicht dir gehören, aber ich bin Herr und Meister jedes einzelnen Mannes und jeder Frau, die hier leben, bis hin zum niedrigsten Küchenhelfer«, grollte er.

Sie reckte sich stolz. »Du magst mein Herr sein, aber mein Meister bist du nicht. Und du wirst auch nicht mehr lange mein Herr sein. Ich werde Henry bitten, unsere Ehe für ungültig zu erklären. Der König und der Erzbischof von Canterbury stehen in dieser Angelegenheit auf meiner Seite.«

»Du nichtsnutziges kleines Luder! Ich habe für diese Ehe teuer bezahlt, und weder Gott noch der Teufel können sie mir nehmen. Ich habe deinen Bruder bestochen, selbst den heillosen Papst habe ich bestochen und mich einer ganzen Nation entgegengestellt, die gegen unsere Heirat war; ich habe deinetwegen sogar das Exil erduldet. Ich habe den König dazu gebracht, mir Kenilworth zu überlassen und habe dir dann das einzig Wertvolle geschenkt, was ich je besaß in meinem Leben. Du kannst also sicher sein, Eleanor, daß ich dich ordnungsgemäß gekauft und für dich bezahlt habe.«

Sie wollte wieder ihre Macht über ihn fühlen, verspürte den Drang, seine Lust zu wecken. Er sollte sie nehmen, jetzt sofort, noch schmutzig von seiner Reise. Die Erinnerung an andere Frauen sollte für immer seine Gedanken verlassen. »Ich werde nie wieder das Bett mit dir teilen!« forderte sie ihn heraus.

Seine Augen verfinsterten sich, seine Brauen waren rabenschwarz. Ein Gefühl der Panik stieg in ihr auf. Eigentlich hätte er sie jetzt schon in seine Arme reißen und ihr seinen Stempel aufdrücken sollen. »So sei es denn!« sagte er kalt. »Aber eines mußt du wissen, Frauenzimmer. Du wirst dich benehmen, wie es einer

Gräfin von Leicester gebührt, und mit mir in der großen Halle speisen, vor allen unseren Leuten. Und wenn du mit mir sprichst, werden deine Worte süßer sein als Honig. Du wirst deine Blicke senken, damit man nicht deinen aufsässigen Blick in deinen Augen sieht, und du wirst vor allem zeigen, daß du deinen Platz als Frau kennst.« Er griff nach ihrer Reitpeitsche und steckte sie unter seinen Gürtel. Leise fügte er noch hinzu: »Du wirst dich fügen, Eleanor!«

»Träum weiter, Franzose«, zischte sie, doch wartete sie, bis er den Raum verlassen hatte, ehe sie in ihr Bad stieg. Sie war viel zu ungeduldig, ihre Dienerinnen zu rufen. Entschlossen nahm sie sich vor, ihn mit ihrer Schönheit zu überwältigen, was nur mit einem Traumgewand möglich war. Ungeduldig suchte sie anschließend unter den Kleidern in ihrer Garderobe, bis sie das Passende gefunden hatte. Es war aus einem Stoff gemacht, den sie aus dem Orient mitgebracht hatte. Wenn das Licht aus einem ganz bestimmten Winkel darauf fiel, schimmerte es grün, wenn sie sich bewegte, veränderte sich der Widerschein und es erschien nachtblau. Das Dekolleté war so weit ausgeschnitten, daß man ihre Brüste sehen konnte, die sich gegen den dünnen Stoff drängten. Sie schlang einen goldenen Gürtel um ihre Taille, verkreuzte ihn im Rücken, führte ihn um ihre Hüften wieder nach vorn und schloß die Spange so, daß sie provozierend genau über ihrem Venushügel lag. Es war ein Dirnentrick, den sie bei Hofe gelernt hatte, aber für Männeraugen sehr wirksam.

Sie öffnete ihre Schmuckschatulle und holte die Kette mit den persischen Saphiren heraus, die William Marshal ihr geschenkt hatte. Wenn es de Montforts Stolz verletzte, daß er ihr noch keine Juwelen geschenkt hatte, dann war das nur gut so. Anstatt die Kette um ihren Hals zu tragen, band sie diese um ihre Stirn und befestigte den Verschluß in ihrem schwarzen, seidigen Haar.

Als sie angekleidet war, verließ sie das Schlafgemach und wartete auf ihn im Kinderzimmer. Auf keinen Fall wollte sie allein mit ihm sein, wenn er sich in ihrem Gemach ankleidete. Ihre Blicke würden ihm verraten, wie schwach sie wurde beim Anblick seines Körpers.

Und als er dann ins Kinderzimmer kam, war sein Gesicht verschlossen und verriet nichts von seinen Gedanken. Wie herrlich sie aussieht, dachte er voller Befriedigung, und was für wundervolle Söhne sie mir geschenkt hat.

Ihr Herz frohlockte, als sie sah, wie ähnlich ihr erstgeborener Sohn seinem Vater war. Er plapperte munter drauflos, und Kate gelang es gerade noch, ihn seiner Mutter aus den Armen zu nehmen, ehe er nach den Juwelen auf ihrer Stirn grabschen konnte.

»Ich sehe, er hat einige deiner packenden Eigenschaften geerbt«, meinte Simon spöttisch.

Eine verletzende Antwort lag ihr auf den Lippen, doch bei de Montforts Blick hielt sie sich zurück. Gekonnt unterwürfig senkte sie den Blick und schlüpfte an ihm vorbei aus dem Raum. Mit schnellen Schritten ging sie vor ihm her, und sie fühlte seine Blicke förmlich auf ihren hübschen, sich wiegenden Hüften.

Für einen Mann, der normalerweise nur Schwarz trug, sah Simon heute abend ungewöhnlich elegant aus in einem blauen Samtwams mit dazu passender Hose. Weder der Geruch nach Pferd noch nach Schweiß war geblieben, er duftete eindeutig nach Sandelholz. Ehe sie die Halle betraten, legte er ihre Hand auf seinen Arm, und sie ergab sich demütig in ihr Schicksal.

Mittlerweile wimmelte es in der großen Halle von Menschen, und alle jubelten beim Anblick ihres Herrn. Eleanor schnaubte, niemand hatte gejubelt, als sie zurückgekommen war. Aber de Montfort hatte so seine eigene Art, mit dem Volk umzugehen, er kannte sogar die Namen der einzelnen Diener. Als sie an ihrem Platz angekommen waren, rückte er ihr höflich den Stuhl zurecht, damit sie sich setzen konnte. Absichtlich trat sie ihm auf den Fuß und sorgte dafür, daß der Absatz ihres Schuhs sich tief in das weiche Wildleder seiner Stiefel bohrte. Dabei klimperte sie zauberhaft mit den Augendeckeln. »Oh, vergebt mir, mein Herr«, hauchte sie leise.

Er tat so, als habe er überhaupt nichts gemerkt und nahm seinen Platz an ihrer Seite ein. Als die ersten Speisen serviert wurden, wartete er höflich, bis sie sich bediente, doch da sie sich nichts nahm, füllte er seinen Teller. Beim Fleischgang machte sie wieder keine

Anstalten, sich etwas zu nehmen, und er knirschte: »Du wirst essen.«

Hilflos blickte sie von dem Wild zu dem Lamm und dann zum Rindfleisch: »Ihr werdet für mich wählen müssen, mein Herr, die Entscheidung ist zu schwierig für den Verstand einer Frau«, meinte sie übertrieben freundlich.

Simon durchschaute ohne große Mühe ihr Weibchenspiel; er füllte ihren Teller reichlich mit dem schmackhaften Fleisch und sah ihr dann zu, als sie mit einer italienischen Gabel ein Stück Fleisch an ihre rosigen Lippen führte. »Sag mir, warum der Entschluß, ohne mein Wissen oder meine Zustimmung nach England zurückzukehren, nicht zu schwierig für deinen Verstand war.«

»Du Rabenaas! Ich glaubte, du seist in Palästina.«

Seine Hand schoß vor und umfaßte schmerzhaft die ihre. »Leise, Frauenzimmer, ich warne dich.«

Sie senkte den Blick und flüsterte schmeichelnd: »Als ich erfuhr, daß du nach England zurückgekehrt warst, mein Herr, da glaubte ich, mein Platz als deine Frau sollte an deiner Seite sein... wie es sich für eine pflichtbewußte Gemahlin gehört.«

Simon hob den Becher und ließ ihn sich mit Bier füllen. »Danke, Thomas. Würdest du so freundlich sein und der Gräfin Wein einschenken?«

»Oh, danke, mein Herr, Ihr seid zu freundlich«, bedankte sie sich überschwenglich.

Er trank seinen Becher schnell leer und sah dann Eleanor zu, die nur an ihrem Wein nippte. Plötzlich glitt ihr das Gefäß aus der Hand, und der Inhalt ergoß sich über de Montforts blaue Samthose. Der dunkelrote Wein sah aus wie Blut, Simons Beherrschung erhielt einen Riß.

»Mein liebster Herr, vergebt mir«, bat sie voller Reue. Ihre Blicke huschten zu den roten Flecken. »Ich hoffe, Ihr wurdet nicht verwundet in dem letzten, entsetzlichen Krieg, den Ihr verloren habt?« fragte sie besorgt.

Simon biß die Zähne zusammen. »Ich habe in diesem Krieg den unzuverlässigen Plantagenets Treue geschworen, entgegen meiner besseren Einsicht.«

Eleanor lächelte ein grausames Lächeln.

»Beim nächsten Krieg werde ich auf der anderen Seite stehen«, schwor er; nun war ihm die Befriedigung vergönnt, daß das Lächeln auf ihrem Gesicht gefror.

Sie holte tief Luft, dann troff ihre Stimme vor Sarkasmus, doch noch immer bemühte sie sich um einen zuckrigen Ton: »Ach, bitte, mein Herr, Ihr dürft mich nicht in eine Entscheidung von solchem Ausmaß hineinziehen, sie beansprucht meinen kleinen Verstand allzusehr.« Sie legte ihm ihr Händchen auf den Oberschenkel. »Mein Platz als Frau ist in den Wirtschaftsräumen.«

»In der Schlafkammer«, korrigierte er mit lüsternem Blick.

Ihre Mundwinkel zogen sich triumphierend hoch zu einem geheimnisvollen Lächeln, sie hob die Gabel an die Lippen und knabberte an einem Stück Fleisch. »Ah, mein bester Herr, ich bin heute abend indisponiert.« Sie lächelte entschuldigend. »Meine weiblichen Tage, Ihr versteht sicher?«

Er wußte, daß sie ihn absichtlich provozierte. Sie spielte ihr Spiel recht gut, doch war er kein Dummkopf, und hier konnten auch zwei mitmachen. Auch wenn er keine Dirne gewollt oder gehabt hatte, seit er mit Eleanor zusammen war, so zuckte er jetzt doch nachlässig mit der Schulter: »Dann werde ich mir für die nächsten Tage eine andere Gespielin nehmen.«

»Sohn einer Hure!« Sie stieß mit der Gabel nach seiner Hand. Er sprang von seinem Stuhl auf, der mit lautem Krachen hinter ihm zu Boden fiel. »Das reicht!« Er wagte nicht, sie zu berühren. »Wachen!« Zwei Ritter, die in der Halle Dienst taten, traten sofort vor, mehr als gewillt, de Montfort zu gehorchen. Sie stimmten überein, wenn dies ihre Frau gewesen wäre, hätten sie ihr ihre Ungehorsamkeit schon vor Jahren ausgeprügelt. »Du hast immer gesagt, daß der Name Eleanor wie ein Fluch auf dir lag. Du hast dich geirrt, er hat wie ein Fluch auf mir gelegen. Wir werden versuchen, die gleiche Medizin anzuwenden wie bei deiner Großmutter.« Er wandte sich an die Wachen. »Sperrt sie im Nordturm ein. Eine Woche bei Wasser und Brot sollte sie zur Vernunft bringen.«

Eleanor war entsetzt, das hatte sie nicht beabsichtigt. Eigentlich hätte er sie aus der Halle tragen sollen, in ihr herrliches Bett und dort sollte das Spiel von Herrschaft und Unterwerfung weitergehen, bis zu seinem natürlichen Ende. Er mußte diese blonde Sklavendirne in der Nähe haben. Niemals würde sie ihm diese Erniedrigung durchgehen lassen.

46. Kapitel

Jeden Tag kam ein anderer Graf oder Baron nach Kenilworth, um Leicester seine Unterstützung zuzusichern. Gloucester kam, dann Bigod, der neu ernannte Oberhofmarschall und Graf von Norfolk. Der nächste Tag brachte de Lacy und den Grafen von Lincoln, und ihnen auf den Fersen folgte der Bischof von Ely und John de Vescy von Schloß Alnwick in Northumberland.

Sie arbeiteten Pläne aus für die Sitzung des Parlaments, der sie beiwohnen würden, und schworen einander Zusammenhalt gegen den König, der England an die Verwandten seiner Frau und an seine Halbbrüder verschachert hatte. Am Ende der Woche ritt Rickard de Burgh in den Schloßhof, mit unterschriebenen Bürgschaften von seinem Onkel Hubert, John de Warenne, dem Grafen von Surrey und Roger de Leyburn, Englands Majordomus.

Simon und Rickard machten einen Spaziergang im Hof, als die Dämmerung anbrach. De Montforts Gewissen plagte ihn wegen der harten Vorgehensweise gegenüber seiner Frau. Jetzt mußte er sein Verhalten de Burgh gestehen, der ihr immer sehr zugetan gewesen war.

Simon biß sich auf die Lippe. »Eleanor ist hier«, begann er vorsichtig.

De Burgh warf ihm einen Seitenblick zu; Simon konnte nicht nach ihr geschickt haben, wegen der Gefahren, die auf sie alle zukamen. »Sie ist ohne Eure Erlaubnis gekommen«, meinte er dann, weil er sie so gut kannte.

»Ich habe sie im Nordturm eingesperrt«, erklärte Simon grimmig.

Rickard de Burgh erstarrte. »Ihr haltet sie doch nicht etwa gefangen?« Vielleicht hatte er falsch gehört.

»Bei Gott, ich werde sie zähmen. Sie hat sich in den Kopf gesetzt, unsere Ehe für ungültig erklären zu lassen.«

Eleanor sah von oben auf die beiden Männer hinunter. Diese Woche im Turm hatte ihren Entschluß noch bestärkt. Sie kritzelte eine Notiz auf ein Stück Pergament, wickelte es um einen Briefbeschwerer aus Messing und warf ihn dann in den Hof hinunter. Simon bückte sich danach in der Hoffnung, daß sie nachgeben würde. Die Worte, die sie geschrieben hatte, trafen ihn mitten ins Herz. Er las:

> Schicke mir Rickard de Burgh, damit er mir mein Bett wärmt, dann werde ich mit Freuden für immer hierbleiben. Sieben Tage ohne Liebe machen einen Menschen schwermütig.

»Beim Blute des Herrn«, fluchte de Montfort. Er reichte de Burgh die Notiz. »Wart Ihr beide Liebende?« wollte er wissen. Er hatte das Gefühl, jemand hätte ihm ein Messer ins Herz gerammt.

»Nein, Simon, so etwas müßt Ihr doch gar nicht fragen«, antwortete Rickard de Burgh ruhig. Er schüttelte den Kopf und meinte dann, halb zu sich selbst: »Ich nehme an, eine Frau fühlt irgendwie, wenn ein Mann sie liebt.«

Simon de Montfort hatte schon immer gewußt, daß Rickard Eleanor liebte. Ihre Eroberungen waren zahllos, die Hälfte der Männer Englands sehnte sich nach ihr, und er mußte zugeben, daß auch er dazugehörte. »Entschuldigt mich, mein Freund, es gibt da etwas, worum ich mich sofort kümmern muß.« Simon trug den Schlüssel zum Nordturm seit sieben Tagen bei sich, immer in der Hoffnung auf ein Zeichen von Eleanor. Ganz plötzlich wurde ihm klar, daß sie sich niemals zum Einlenken bereit fände, und gerade das war es, was er an ihr so bewunderte. Er wollte kein Frauenzimmer ohne Saft und Kraft, das ohne zu mucksen seine Befehle befolgte. Er brauchte eine Frau mit dem Feuer der Leidenschaft im Blute. Er schätzte ihre Intelligenz. Aber es war ein Spiel der Geschlechter, das sie ausfochten, wobei er verlangte, daß sie ihren Platz als Frau annahm.

Er lief die steinernen Stufen des Nordturms hinauf und drehte den Schlüssel im Schloß. Sie stand vor ihm, bereit, auf ihn loszugehen. Er lachte über diese streitbare Ameise. »Du solltest dich schämen, Eleanor. Es war gemein, dem Jungen so etwas anzutun, wo du doch weißt, daß er dich liebt.«

Wie konnte er es wagen, vor ihr zu stehen und zu lachen, nachdem er sie eine Woche lang eingesperrt hatte. »Du findest das wahrscheinlich zum Umfallen komisch, de Montfort, aber ich kann darüber nicht lachen«, fuhr sie ihn an.

Er hatte in dieser Zeit mehr gelernt als sie: Mit dieser Gefangensetzung hatte er sie in ihrer Entschlossenheit nur noch bestärkt. Er lachte triumphierend und genoß den Gedanken, sie mit seinen Berührungen, seiner Nähe neu zu erobern. Mit ausgestrecktem Arm nahm er sich das, was er wollte, er hob sie hoch. »Ich bin der glücklichste Mann der Welt. Deine Wut macht dich nicht nur wunderschön, sie weckt auch deine Leidenschaft.« Er schloß die Arme um sie und ließ sie dann langsam an seinem Körper hinuntergleiten.

Eleanor hatte sich geschworen, daß sie ihn diesmal um Vergebung betteln lassen wollte; doch beim Barte des Mars, er war der große Kriegsherr, er würde niemals um etwas betteln. Er würde sich das nehmen, was er wollte und wann er es wollte. Seine offene Schmeichelei ihrer Leidenschaftlichkeit zeigte durchaus ihre Wirkung. Er wollte einen Kuß, also nahm er sich einen, und verwandelte ihn in einen dreisten Akt der Verführung, mit seinen fordernden Lippen und seinen verdammt attraktiven Händen. Eleanor wußte, daß sie im nächsten Augenblick in seinen Armen vergehen würde, sie würde schmelzen wie Lava, und daß er eine solche Macht über sie besaß, machte sie noch wütender. Ehe er sie lieben würde, mußt sie unbedingt noch mit ihm über diese Frau sprechen.

Sie riß sich aus seinen Armen und lief vor ihm davon, brachte genügend Abstand zwischen sie, so daß sie wieder klar denken konnte. Das Bett bildete die gewünschte Schranke. »Und was ist mit ihr?« erkundigte sie sich bissig.

»Mit ihr?« Er schien überhaupt nicht zu verstehen, was sie meinte.

»Deine Hure mit dem hellen Haar.«

Simon brauchte keine Huren. In der Tat war er Eleanor nie untreu gewesen, nicht einmal in Gedanken. Nach Eleanors explosiver Sinnlichkeit wäre jede andere Frau für ihn ein Abstieg gewesen. »Drücke dich bitte deutlich aus, Eleanor, von wem sprichst du?«

»Verdammt, gibt es denn so viele davon?« Ihre Augen glänzten von ungeweinten Tränen.

»Meine Kleine, es gibt überhaupt niemanden«, schwor er ihr.

»Du lügst! Als du mich in Brindisi zurückgelassen hast, habe ich mit eigenen Augen gesehen, daß du mit der Frau aus Selims Harem davongeritten bist.«

Simon warf plötzlich den Kopf zurück und sein lautes Lachen erfüllte den Raum im Turm. »Bist du etwa eifersüchtig? Ist es das, worum es hier geht? Eifersucht?«

»Du brauchst gar nicht so zufrieden mit dir zu sein«, brachte sie zwischen zusammengebissenen Zähnen hervor.

Er machte einen Schritt auf sie zu, doch sie zog sich zurück, weigerte sich, ihn näher kommen zu lassen. »Ich habe sie nach Brindisi geschickt, weil ich erfahren hatte, daß Italien ihre Heimat war.«

Eleanors Augen blitzten. »Und du erwartest von mir, daß ich das glaube? Italienische Frauen haben schwarzes Haar!«

Simon war sowohl belustigt als auch zufrieden über ihren Besitzanspruch. »Nicht alle, Eleanor. In Norditalien gibt es viele Menschen mit hellem Haar. Als du uns in Brindisi zusammen gesehen hast, war ich gerade dabei, sie nach Hause zu geleiten.«

Eleanor wurde ganz schwindlig vor Erleichterung, doch so einfach sollte er nicht davonkommen. Sie sah sich in dem ungastlich eingerichteten Raum um. »Ich habe mich irgendwie an diesen Nordturm gewöhnt. Er bietet die Ausicht auf die Berge anstatt auf den Damm. Vielleicht will ich gar nicht in den Caesar-Turm zurückkehren.«

Im nächsten Augenblick schon war er um das Bett gesprungen und zog sie in seine Arme. »Das wirst du ... und zwar umgehend.«

»Laß mich runter. Verdammt noch mal! Was haben diese großen Männer nur an sich, ständig wollen sie die Frauen herumtragen. Ich habe zwei Beine.«

»Ich weiß«, antwortete er und warf ihr einen lüsternen Blick zu. »Ich habe sie gesehen.«

»Wenn du glaubst, ich werde in den Caesar-Turm zurückkehren, nur damit du meine Beine betrachten kannst, dann täuschst du dich sehr. Für einen Mann, der besessen ist, für die Rechte des gemeinen Mannes zu kämpfen – und für die der Frau –, hast du dich völlig danebenbenommen, indem du mich hier ohne jegliche Gerichtsverhandlung einsperrtest«, machte sie ihm deutlich.

»Die Verhandlung werde ich jetzt nachholen.« Er knabberte an ihrem Ohrläppchen. »Du bist die erste, die mir erklären wird, warum dich die Rechte des gemeinen Mannes nicht betreffen.« Er hatte seine Hand bereits unter ihren Rock geschoben, sie glitt über ihre Schenkel nach oben, als gehöre jeder einzelne Zentimeter ihres Körpers ihm.

»Schmeicheleien werden dich nicht weiterbringen.« Störrisch preßte sie ihre Schenkel zusammen, um zu verhindern, daß er sein Ziel widerstandslos erreichte. »Wenn du gekommen bist, um einen Waffenstillstand zu schließen, dann werde ich mir gern deine Vorschläge anhören. Aber denke daran – ich werde keinen Fuß aus diesem Zimmer setzen, ehe ich nicht dein festes Versprechen habe, daß ich in allen Dingen meine eigenen Entscheidungen treffen kann.«

»Das sollst du haben. Und da du sowieso keinen Fuß aus diesem Zimmer setzen willst, werde ich dich gleich hier lieben.« Er hatte ihr bereits die Strümpfe und die Strumpfbänder ausgezogen.

Ihr Protest würde ihr überhaupt nichts nützen, und gerade deswegen lief ihr ein wohliger Schauder durch den Körper. Sein Mutwillen war ansteckend, und sie jubelte insgeheim, daß das Mädchen aus Selims Harem in Italien untergebracht war.

Simon hatte es nicht genossen, sich eine ganze Woche von ihr fernzuhalten, wo er doch nur die Treppe zu ihrem Turm hätte hinaufzuklettern und die Tür aufzuschließen brauchen. Jetzt würde er sich für die erzwungene Abstinenz schadlos halten. Ungeduldig entkleidete er sie und legte sie dann auf das Bett. Er breitete die Fülle ihres Haars auf dem Kissen aus – wie wundervoll, sie so zu sehen.

»Da ich dir sowieso schon das meiste durchgehen lasse, sagst du mir besser ganz genau, was du willst, Kathe.«

»Sim, Sim, du bist ein Verführer«, warf sie ihm vor und lachte; doch wenn er geglaubt hatte, sie sei zu schüchtern, ihm deutlich zu machen, wie sie es wünschte, ging er in dieser Annahme völlig fehl.

Als er dann all ihre Forderungen erfüllt hatte, stellte er seine eigenen, nur damit das Gleichgewicht gewahrt blieb. Verwundert klammerte sie sich an ihn. Ihre Vereinigung in diesem hohen Turm war überwältigend gewesen, und sie wußte, daß auch Simon das gefühlt hatte, denn er flüsterte: »Kenilworth hat über hundert Zimmer, und ich habe beschlossen, dich in jedem einzelnen davon zu lieben; gleich heute nacht fangen wir damit an, im Caesar-Turm.«

Sie schlug nach ihm. »Du bist unersättlich. Ich will den Rest des Abends mit meinen Kindern verbringen, von denen du mich eine ganze Woche lang getrennt hast.« Sie setzte sich auf und griff nach ihrem Kleid.

Er kniete hinter ihr und beugte sich hinab, um sie in den Nacken zu küssen. Er wußte, was er ihr zu sagen hatte, würde sie erneut aufbringen; deshalb streichelte er sie, um sie zu besänftigen. »Du mußt dich beeilen, wenn du Zeit für die Kinder haben willst. Die Hälfte der Barone Englands sind nach Kenilworth gekommen. Wenn du heute abend mit mir speist, dann verspreche ich dir, daß es nicht wieder zum Krieg kommen wird.«

»Oh, Schande über dich! Warum hast du mir das nicht eher gesagt?« rief sie und bearbeitete ihn mit Fäusten. »Was sollen diese Leute von mir als Hausfrau denken? Hast du ihnen schon deine Bibliothek gezeigt, die Bücher von Aristoteles, die ich beschafft habe? Haben die Köche auch Safran in den Reis getan? Ich bete zu Gott, daß du ihnen nicht diesen nach Eisen schmeckenden englischen Wein angeboten hast.«

Simon verlor keine Zeit, er trug sie zu ihrem Caesar-Turm, nachdem er sie erfolgreich abgelenkt hatte. Doch ganz plötzlich hielt sie in ihrer Fragerei inne und wurde ganz still. Ihre Augen weiteten sich, als sie begriff, was in der Luft lag. »Simon, was ist geschehen? Warum sind sie alle hier?« Ihre Stimme klang rauh vor Furcht.

Er legte seine Lippen auf ihre. »Zerbrich dir nicht dein hübsches Köpfchen über diese Dinge.«

»Simon, laß das sein. Versuche nicht, mich gönnerhaft abzufertigen. Ich möchte deine Gefährtin sein, nicht nur dein Spielzeug.«

Er sah in ihr hübsches Gesicht, ihre Blicke trafen sich und hielten einander gefangen. »Ich werde dir alles erzählen... heute abend im Bett.« Er stellte sie auf ihre Füße. »Die Diener sollen ein Feuer in diesem Raum anzünden. Ich habe Dinge versprochen, die ich einhalten möchte.«

Ein Schauder durchlief sie, als eine heiße Sehnsucht sich von ihrem Bauch aus in ihrem ganzen Körper ausbreitete. Als er ging, hörte sie noch, wie er leise vor sich hin lachte. »Eifersüchtig, du lieber Gott!«

Noch lange nachdem er gegangen war, starrte Eleanor auf die geschlossene Tür. Er war äußerlich der herrlichste Mann, den sie je gesehen hatte. Natürlich sehnte sich jede Frau, der er je begegnet war, danach, mit diesem Kriegsgott der Liebe zu frönen. Jetzt erst dämmerte ihr, was wahre Eifersucht bedeuten konnte: Es war, als würde man von den brennenden Feuern der Hölle verschlungen.

Sie warf einen Blick auf ihr Spiegelbild und war entsetzt. Ihre Dienerinnen wurden zitiert und sie begann, Befehle auszuteilen wie ein General; dann schickte sie nach ihren Kindern, damit sie die Freude hatte, sie vor dem Schlafengehen zu baden, ehe sie selbst in die Wanne stieg. Sofort als sie angekleidet war, ging sie in die Küche und die Molkerei, gab klare und deutliche Anweisungen wegen des Essens und des Weines, der serviert werden sollte. Sie sprach mit der Haushälterin, die für das Leinen zuständig war, um ihr einzuschärfen, daß alle Gästezimmer mit frischer Wäsche, Kerzen und Erfrischungen versorgt wurden. Sie befahl ihren walisischen Minnesängern, während des Mahles zu spielen und suchte sogar die Balladen aus, die gesungen werden sollten. Ein halbes Dutzend Pagen schickte sie mit Botschaften aus, eine an Jack im Badehaus, damit er genügend heißes Wasser rund um die Uhr vorrätig hielt. Sie machte Hicke den Schneider darauf aufmerksam, daß die Gäste vielleicht seine Dienste für kleinere Reparaturen an ihrer Garderobe brauchten. Den Priester der Kapelle erreichte eine Botschaft, die ihm sagte, daß er die heiligen Tore nach dem letzten Abendgebet nicht verschließen sollte. Sie nahm an, daß Simon mit dem Stallknecht gesprochen hatte, damit er genügend Pferde zur Jagd bereithielt – doch auf alle Fälle schickte sie einen Knappen zu ihm, um ihn noch einmal daran zu erinnern. Dann ließ sie den Falkner die Vögel auf halbe Ration setzen, damit sie hungrig genug für die Jagd waren. Sie stand einen Augenblick ganz still und zählte an ihren Fingern ab, was noch zu tun war; dann benachrichtigte sie die Brauerei, damit dort die Bereitstellung von Bier für diese Woche verdoppelt würde.

Ohne größere Mühe gelang es ihr auch, zeitig genug im Speisesaal zu sein, um dort die Edelleute zu begrüßen, die zum Essen eintrafen. Sie sah wunderbar feminin aus in ihrem pfirsichfarbenen Samtkleid, besetzt mit zarten Schwanenfedern. Eleanor wußte um die Macht der Farben. Wenn sie andere Frauen übertreffen wollte, so trug sie Rot oder andere leuchtende Farben; wollte sie ihre Autorität unterstreichen, wählte sie Schwarz, in jedem Fall Dunkel. Heute abend brauchte sie das Schmelzen der Männerherzen, deshalb trug sie eine Pastellfarbe.

Simon de Montforts Herz schwoll an vor Stolz, als er neben seine wundervolle Frau trat, um die Gäste zu begrüßen. Sie hatte so eine Art, einen Mann anzusehen, daß er sich seiner Männlichkeit voll bewußt wurde. In jedem Ritter weckte sie den Wunsch, sie beschützen zu wollen, und alle beneideten de Montfort um diese Rolle. Sie bezauberte jeden Mann mit ihrem Lächeln, das nur für ihn allein gedacht schien, und ihre geflüsterten Fragen nach seinem Wohlbefinden und seinen Wünschen unterstrich seine Bedeutung ganz besonders.

Sie bewegte sich anmutig von einer Gruppe zur nächsten, und wenn es unter den Männern noch einige gab, die nicht zu den Anhängern de Montforts gehörten, so wurden sie es im Laufe des Abends.

Es war spät, als Eleanor und Simon die Stufen zu ihrem uneinnehmbaren Caesar-Turm hinaufstiegen. »Danke, Eleanor«, sagte er leise. »Du besitzt eine magische Kraft. Die ganze letzte Woche kam mir die Halle wie ein Irrenhaus vor. Das Fleisch war zäh, die Hunde geiferten, die Männer betranken sich. Streitereien brachen aus, und keiner konnte sich mit dem anderen einigen.«

Eleanor zuckte die Schultern, sie freute sich über sein Lob. »Es war einfach meine Anwesenheit nötig.«

Simon öffnete den Verschluß ihres Kleides, dann zog er sich schnell aus, legte sich aufs Bett und verschränkte die Arme hinter dem Kopf. Eleanor entkleidete sich ebenfalls und setzte sich dann in ihrem durchsichtigen Hemd, um ihr Haar zu bürsten.

»Mach das doch später. Warum willst du deine Kräfte vergeuden, wenn es doch schon bald wieder ganz zerzaust ist.«

»Später? Oh, du meinst, nachdem wir miteinander geredet haben?«

Simon stöhnte. Sie legte die Elfenbeinbürste weg und hob das Bein, um ihr Strumpfband zu lösen.

»Ich bin kein Schoßhund, der seine Belohnung bekommt, nachdem ich das erfüllt habe, was meine Herrin von mir verlangt«, erklärte er ihr.

»Bist du nicht?« schnurrte sie und hob das Bein noch höher, weiterhin mit ihrem Strumpf tändelnd.

»Gib es zu, dein Verlangen ist beinahe so groß wie das meine.« Er richtete sich auf.

Noch viel größer, gestand sie sich selbst. Deshalb sollte er auch reden, ehe er sie liebte, denn sonst war sie verloren.

Seine Augen folgten jeder ihrer Bewegungen, als nun der andere Strumpf dran war; mit offenem Mund starrte er sie an, als sie das Hemd über den Kopf zog und sich ihm ihre Brüste darboten. Sie hüpften auf und ab, als sie auf das Bett zukam, doch dann wandte sie sich wieder ab und griff nochmals nach der Bürste. Sie ging zum Feuer hinüber. »Ich höre«, sagte sie und begann, die schwarzen Locken zwischen ihren Schenkeln zu bürsten.

Er konnte nicht mehr klar denken. »Himmel, hör auf damit, sonst werde ich noch die ganzen Laken schmutzig machen.«

Sie schürzte provokativ die Lippen. »Es wäre besser, wenn du ein wenig mehr Widerstandskraft bötest, wenn du schon mit mir spielen willst.«

Er stand auf, hob sie in seine Arme und streckte sich dann mit ihr vor dem Feuer aus. Sie löste sich aus seiner Umarmung, kniete sich vor ihn und lachte, doch noch ehe sie ihm entkommen konnte, war er schon hinter ihr und schloß die Arme um sie. Mit gespreizten Knien zog er sie fest an seinen Unterleib. Sie fühlte seine schweren Hoden, die sich gegen ihre Hinterbacken drängten und seine Erektion, die gegen ihren Rücken stieß. Lockend rieb sie sich an ihm, und er legte die Hände unter ihre Brüste und hob sie gegen das Feuer. »Ich liebe es, deine Körperteile zu wärmen, ehe ich sie koste.« Er hielt ihre Brüste so, bis er sich fast die Finger verbrannte, dann spreizte er ihre Schenkel, um auch ihren Venushügel zu wärmen.

Eleanor stöhnte leise auf. »Sim, Sim, du hast versprochen, mit mir zu reden.« Doch in diesem Augenblick stand ihre Rosenknospe in Flammen, und sie wußte, daß sie jetzt nicht reden wollte.

»Kathe, ich verspreche es, ja freilich, mein Herz, aber laß mich das hier zuerst tun. Ich schwöre dir, mein Kopf ist ganz leer, alles Blut ist in meinen Penis geflossen.«

»Sei's drum«, gab sie nach. »Aber jetzt werde ich auch dich für einen Augenblick ans Feuer halten.« Sie stöhnte auf, als ihre Hand sich um sein Glied schloß. Am liebsten hätte sie vor Erregung aufgeschrien, und als er sie dann auf das Wolfsfell gleiten ließ, das vor dem Feuer lag und tief in sie eindrang, schrie sie wirklich. Auch er röchelte vor Lust, als sich ihre brennenden Körper vereinten. Beiden schwanden die Sinne, als sie gemeinsam den Höhepunkt der Erfüllung erreichten. Eleanors Augenlider schlossen sich, und sie fühlte, wie sie ins Paradies entschwebte.

Simon betrachtete den Schein des Feuers auf ihrem herrlichen Körper und wähnte sich dem Himmel so nahe wie irgend möglich. Lange Zeit blieb er in ihr. Und als er sich dann endlich zurückzog, reagierte sie nicht, nicht einmal das übliche Protestgemurmel gab sie von sich. Hatte er sie umgebracht? Tat sie so, als schliefe sie? Er setzte sich auf, doch sie lag auf ihrem Rücken ausgestreckt und rührte sich nicht. Er senkte den Kopf, um die perlenden Tropfen von der Innenseite ihrer Schenkel zu lecken, und sie rief: »Simon de Montfort, die Dinge, die du mit mir tust, sind viel zu intim. Gibt es denn nichts, was du ausläßt?«

»Das würde ich sehr, sehr schade finden.« Somit bewies er ihr wiederum seinen völlig amoralischen Standpunkt.

Er trug sie zu ihrem großen Bett. Rittlings setzte er sich über sie, so daß sein Glied zwischen ihren Brüsten ruhte. Sie hob den Kopf, um seine Spitze zu küssen und lachte dann, als es sich jedesmal bewegte, wenn ihre Lippen oder ihre Zunge es berührte. »Simon, hör auf. Leg dich neben mich und nimm mich in deine Arme.« Er gehorchte sofort. Die stille Zeit, nachdem sie einander geliebt hatten, war ihnen sehr kostbar. Sie lag mit der Wange an seinem Herzen und preßte ihre Lippen auf diese Stelle; das Glück überflutete sie wie damals in ihrer ersten Liebesnacht in Kenilworth.

Ganz plötzlich spürten sie, daß sie nicht mehr allein waren.

»Ich habe gehört, wie Mama gelacht hat«, piepste eine Kinderstimme.

»Ah, du möchtest also bei dem Spaß dabeisein«, sagte Simon. »Nun komm schon, ich weiß, wie verlockend ein so großes Bett ist.«

»Simon, ich bin nackt«, flüsterte Eleanor.

»Mmm.« Er schien nachzudenken. »Das Problem läßt sich leicht lösen«, meinte er dann und zog seinem Sohn das Nachtgewand aus. »Um in diesem Bett zu schlafen, muß man nackt sein.«

Henry kicherte, als Simon ihn in die Federn hob und er sich dann zwischen die nackten Körper seiner Mutter und seines Vaters kuschelte.

»Du darfst mich nicht kitzeln.« Er lachte.

»Das werde ich auch nicht«, versprach sein Vater mit ernster Miene. »Es sei denn, du fängst damit an.«

»Bring ihm nicht bei, sich unschicklich zu benehmen, Simon«, ermahnte Eleanor ihn.

Simon dröhnte: »Hör nur, wer da spricht! Ich will dir die Geschichte erzählen, wie deine Mutter im See gebadet hatte, ohne jegliche Kleidung, am hellichten Tag«, wandte er sich an Henry.

In diesem Augenblick ließ sich der Säugling vernehmen. »Das ist Simon«, erklärte ihr Sohn ihnen.

Eleanor warf ihrem Mann einen hilflosen Blick zu. »Geh und hol ihn«, meinte er. »Wir wollen alle zusammensein.«

Eleanor schlüpfte in das Kinderzimmer, sie machte sich gar nicht lange die Mühe, nach einer Hülle zu greifen. Kate drehte sich gerade verschlafen im Bett herum. »Ist schon in Ordnung, Kate, ich nehme ihn.« Mit dem kleinen Bündel im Arm, kletterte sie in das warme Bett zurück.

»Gib ihn mir«, bat Simon.

»Nein, du grober Klotz, du wirst dich im Schlaf herumrollen und ihn erdrücken.« Sie lachte.

»Ehe ich mit dir fertig bin, werden wir dieses ganze Bett mit Nachwuchs gefüllt haben«, versprach Simon. Er griff nach ihrer Hand und verschränkte seine Finger mit ihren.

»Bist du jetzt bereit, mit mir zu reden?« fragte Eleanor.

Simon seufzte. »Wenn die Gedanken einer Frau bei der Politik sind, wird sie so richtig penetrant.« Er drückte ihre Hand noch einmal und fühlte sich zufriedener als jeder andere Mann auf Erden. »Ich habe zugestimmt, Henry zu helfen, unter der Bedingung, daß von jetzt an in der Regierung meine Stimme etwas gilt. Ich war bisher sehr nachlässig in meinen Pflichten, mein Schatz. Es gab mehr als nur eine Vermutung, daß Winchester deinen Mann William hat umbringen lassen, und natürlich war der Bischof auch für unser Exil verantwortlich. Henry hat schließlich meinem Drängen nachgegeben, alle zwielichtigen Geschäfte untersuchen zu lassen, und natürlich ist Winchester sofort aus dem Land geflohen.«

»Aber William ist in seinem Bett gestorben, gleich nachdem Richard und seine Schwester Isabella geheiratet hatten. Willst du damit sagen, daß er vergiftet wurde?« Eleanor hatte sich diese Frage schon oft gestellt.

»Ich fürchte, ja, meine Süße. Seine Brüder mußten alle das gleiche Schicksal erleiden.«

»Wie konnte Henry einer solchen Bösartigkeit gegenüber nur so blind sein?« rief sie.

»Das frage ich mich auch«, pflichtete er ihr bei. »Du wirst dich freuen zu hören, daß ich Rickard für seine Treue belohnen konnte. Ich habe Hubert de Burgh wieder in seine alten Rechte eingesetzt. Henry hat ihn rehabilitiert.«

Eleanor drückte Simons Hand. »Du hast deine Zeit gut genutzt, wie es scheint. Ich bin so dankbar, daß du nicht mehr in Frankreich zu kämpfen brauchst. Gott sei Dank wurde der Waffenstillstand unterzeichnet.«

Er brachte es nicht übers Herz, ihr zu sagen, daß der schlimmere Kampf noch vor ihnen lag.

Sie lachte über einen lustigen Gedanken, der ihr gekommen war. »Ich muß schon sagen, ihr seid mir ein ungleiches Paar! Ein feuriges Schlachtroß wie du, das sich zusammen mit Henry in die Macht teilt.«

Ein unmöglicher Gedanke, sagte sich Simon schweigend. Sie würde schon sehr bald erfahren, daß er auserwählt war, die Opposition gegen die Krone anzuführen. Er wollte noch ein paar Tage des Glücks genießen, ehe sie herausfand, daß ein scharfer Strich gezogen war zwischen den Plantagenets auf der einen und den Anhängern de Montforts auf der anderen Seite.

Eleanor schlummerte ein, doch irgend etwas Namenloses in ihrem Unterbewußtsein nagte an ihr. Sie schob es resolut beiseite, um diesen kostbaren Augenblick auf der großen Schlafstatt zu genießen, mit all ihren Männern. Ihr Glück war vollkommen an der Seite des Mannes, der sie über alles liebte, und sie waren zusammen in Kenilworth, wo die Welt draußen sie nicht erreichen konnte.

47. Kapitel

Erst Tage später, als ihre Gäste alle abgereist und Simon zum Hocktide Parlament geritten war, wurde Eleanor klar, daß er ihr nie den Grund für die Anwesenheit all der Barone in Kenilworth genannt hatte. Doch als sie darüber nachdachte, reimte sie sich die Ereignisse zusammen – höchstwahrscheinlich heckten sie ein Komplott aus. Nur ganz nebenbei hatte sie wahrgenommen, daß Simon

Kenilworth schwer bewaffnet verlassen hatte. Jetzt erkannte sie, daß das nicht nur zu ihrer Beruhigung erfolgt war. Er hatte Kenilworth gegen einen Feind schützen wollen, und wer anders konnte dieser Feind sein als der König von England?

Der Tag war trübe und bedrückend. Dunkle Schatten schienen überall zu lauern, besonders aber in Eleanors Gedanken, und sie wünschte verzweifelt, sie hätte Simon begleitet. Wenn es Schwierigkeiten gab zwischen ihrem Bruder und ihrem Mann, dann war sie die einzige, die sie lösen konnte. Sie fand keine Ruhe, gereizt wie eine Tigerin lief sie auf und ab.

Später am Tag kam ein Haushofmeister von Montforts Besitzungen in Leicester nach Kenilworth. Er war überaus betrübt, daß er den Grafen nicht mehr antraf.

»Die Dinge stehen offensichtlich nicht zum besten in Leicester«, wandte Eleanor sich an den Mann. »Ihr müßt Euch mir anvertrauen. Der Kriegsherr überträgt mir die Verantwortung, wenn er abwesend ist. Ich halte sogar mit ihm zusammen Gericht in Kenilworth und fälle auch Urteile.«

Der Haushofmeister, der ein hochrotes Gesicht hatte vor Ärger und Verlegenheit, daß er einer Frau schmutzige Einzelheiten erklären sollte, platzte schließlich mit dem heraus, was geschehen war. »William von Valence, meine Herrin, glaubt, daß er über dem Gesetz stehe. Er und seine Begleiter haben in Leicester halt gemacht nach einem Jagdausflug, und Erfrischungen verlangt. Als wir ihnen Bier servierten, betrachteten sie das als eine Beleidigung, drangen mit Gewalt in die Keller ein und zerstörten die Weinfässer. Sie waren betrunken und wußten nicht mehr, was sie taten ...« Der Mann hielt inne und zögerte, auch noch den Rest zu erzählen.

»Die Savoyer werden von allen gehaßt und zwar, weil sie von Natur aus räuberisch sind. Ich weiß, daß William ein besonderer Günstling des Königs ist, aber das gibt ihm nicht das Recht, sich so abscheulich aufzuführen.«

Der Mann taute allmählich auf und erzählte noch die schrecklichen Einzelheiten. »Als die Bediensteten versuchten, die Zerstörung des Anwesens zu verhindern, brach ein Kampf aus, und zwei unserer Leute wurden getötet. Die Gegner ließen keine Nachsicht walten, sie machten sich daran, die Mägde zu vergewaltigen und zerhackten alle Fässer im Keller mit ihren Äxten.«

Eleanors Hand fuhr an ihren Hals. Wenn Simon das zu Ohren käme, würde er William von Valence umbringen. O Gott, warum nur mußte es immer wieder Mord und Totschlag geben?

Der Mann wußte, was er zu tun hatte. »Ich werde meinem Herrn Bericht erstatten müssen, meine Pflicht zwingt mich dazu.«

Eleanor holte tief Luft. »Ich werde mit Euch reiten.« Sobald sie diese Worte ausgesprochen hatte, wußte sie, daß sie bis jetzt nach einem Anlaß gesucht hatte, Simon zu folgen.

Doch warum, um Himmels willen, mußte der Grund dafür noch mehr Blutvergießen sein und noch mehr Haß zwischen den Plantagenets und den de Montforts?

Als Eleanor in Oxford einritt, mochte sie kaum glauben, was sie sah. Die Stadt bot den Anblick eines bewaffneten Lagers vor dem Kampf. Die Straßen wurden von Rittern in Kettenpanzern bewacht, die Gasthäuser quollen über von Waffenträgern mit Langbögen. Vom Schloß Oxford bis zur Banbury Road waren Zelte errichtet worden, in denen Männer kampierten.

In seiner blinden Arroganz war Henry wirklich mit der Absicht vor das Parlament getreten, ein Drittel allen Besitzes im Königreich für sich zu fordern. Doch als die Barone in vollen Waffen im Parlament erschienen, hatte er entsetzt innegehalten. Auf der einen Seite standen der König, seine drei Halbbrüder, John Mansel und die Savoyer, die jetzt die Pairs anführten. Ihnen gegenüber gruppierten sich Barone, angeführt von Simon de Montfort und Roger Bigod, dem Oberhofmarschall von England.

De Montfort verlor keine Zeit, er trug die Forderungen der Barone vor. Sie wollten mehr als leere Versprechen des Königs, die er sofort wieder brach, wenn er Oxford verließ. Sie waren nicht mehr bereit, ihr Land in unsinnig kostspielige Kriege verwickelt zu sehen. Die Verwaltung mußte von Grund auf reformiert werden. Die Posten des Justiziars, des Schatzmeisters und des Kanzlers sollten mit rechtschaffenen englischen Adligen besetzt werden. Es war eine Herausforderung, gefährlich wie ein Schwerthieb, und so endete der erste Tag im Parlament.

Eleanor ließ sich vorsichtshalber von einer Eskorte begleiten, um nicht Simons Zorn auf sich zu ziehen; doch als er sie im Beaumont-Palast erblickte, wo er sein Oberkommando aufgeschlagen hatte, konnte er seine Verstimmung nicht vor ihr verbergen. Mit zornweißem Gesicht nahm er ihren Arm und führte sie in sein Zimmer, wo sie vor neugierigen Blicken und Ohren geschützt waren. »Gütiger Gott, Eleanor, konntest du nicht wenigstens einmal in deinem Leben dort bleiben, wo ich dir alles gerichtet habe?«

Sie wehrte sich gegen ihn. »Ich liebe Kenilworth so sehr – glaubst du etwa, ich hätte mich dieser weiten Reise unterzogen, wenn der Anlaß nicht wichtig gewesen wäre? Du edler Recke, ich habe dabei doch nur an deine eigenen Interessen gedacht!«

Ein Anflug von Furcht glomm in seinen Augen auf. »Was ist geschehen?«

»Dein Haushofmeister aus Leicester ist mit furchtbaren Nachrichten gekommen. Wie es scheint, hat William von Valence mit einer Jagdgesellschaft in Leicester Rast gemacht. Als man ihm nicht überreichliche Gastfreundschaft erwies, sind Feindseligkeiten ausgebrochen, und zwei Leute wurden getötet.«

»Diese Ratte hat heute im Parlament gesessen und die Barone verhöhnt.«

»Simon«, ermahnte sie ihn.

Er sah sie an und wollte sich schon entschuldigen, als ihm ein Gedanke kam. Er zog die Brauen zusammen. »Der Haushofmeister ist hergekommen, um mir diese Dinge zu berichten, aber warum bist du hier, Eleanor?« wollte er wissen. Noch ehe sie antworten konnte, sprach er schon weiter. »Du behauptest, in meinem Interesse zu handeln, aber wir beide wissen es besser, nicht wahr, Eleanor? Du hast Angst um deinen Bruder, gib es zu!«

Verärgert zeigte sie ihm den Rücken. Sie ging zum Tisch hinüber und goß sich aus dem Krug etwas zu trinken ein. Es war kein Wein, sondern Bier, und sie schob den Becher von sich. »Ich ... ich will nur nicht, daß es zwischen euch beiden Mißtöne gibt.«

»Es wird viel mehr geben als Mißtöne. Du bist doch sicher nicht gekommen, um meine Interessen zu schützen. Inzwischen solltest du wissen, daß so etwas nicht nötig ist«, fuhr er sie an. Er war wütend, weil sie der einzige Mensch auf der Welt war, der in ihm das Gefühl weckte, sich verteidigen zu müssen. Warum, um Himmels willen, war sie gekommen und mischte sich in diesen Konflikt ein? Allein war er resolut, sich seiner Sache so sicher. Doch wenn sie auftauchte, regierte sein Herz über seinen Verstand, und er fürchtete sich davor, sie zu verlieren. Sie war ein schwer faßbares Wesen. Er sagte sich, daß eine zur Gänze durchschaubare Gefährtin sein Interesse gar nicht wert wäre, doch das half ihm jetzt nicht weiter.

Wie oft hatte er sie schon darum gebeten, ihm zu vertrauen! Sie war eine Plantagenet, und aus der Sicht der Plantagenets stand er kurz davor, dieses Vertrauen zu hintergehen...

Alles lief wie am Schnürchen, solange sie in Sicherheit war, sich um ihre Kinder kümmerte und nichts von dem schmutzigen Geschäft der Politik wußte. Doch wenn sie sich an die Front drängte, wandelte sich in seinen Gedanken alles zu einem undurchsichtigen Nebel.

Eleanor ließ die Schultern sinken. Sie hatte gewußt, daß er wütend sein würde – doch hatte sie darauf vertraut, daß er sie willkommen heißen würde, nachdem er erst einmal mit ihr geschimpft hatte. Jetzt war klar, daß sie kein erfreutes Aufleuchten in seinen Augen sehen würde. Im Gegenteil, was sie darin las, war offene Ablehnung. »Ich bin müde... und ich brauche ein Bad«, sagte sie unglücklich.

»Ich werde den Haushofmeister des Palastes bitten, dir ein Zimmer herzurichten.«

Eleanor biß sich auf die Lippen. Er wollte ein separates Zimmer für sie haben. Einen verrückten Augenblick lang schoß es ihr durch den Sinn, ins Schloß von Oxford zu flüchten und den König um Annullierung ihrer Ehe zu bitten, doch dann besann sie sich, daß ihre Ehe mit Simon de Montfort das Kostbarste war, was sie auf dieser Welt besaß. »Ich werde morgen nach Hause zurückkehren«, erklärte sie leise. Sie ging hinaus, und er machte keine Anstalten, sie zurückzuhalten.

Im Schloß von Oxford wurde Henry von der Königin bedrängt, von den Savoyern und von seinen Halbbrüdern. Sie bestanden darauf, daß er den Baronen und dem verräterischen de Montfort gegenüber eine feste Hand zeigte. Doch Henry steckte tief in Schulden, und die hatte er hauptsächlich diesen Verwandten zu verdanken, die ihn zu immer rücksichtsloseren Ausgaben veranlaßten. Er hatte schon die Klöster und die Juden unter Druck gesetzt, hatte sie ausgepreßt bis aufs Blut, und jetzt blieb ihm nur noch das Parlament und eine direkte Steuer.

Am zweiten Tag des Zusammentretens des Parlaments legten die Barone die Provisionen vor, die der König unterzeichnen sollte. Sie verlangten einen ständigen Rat, der in alle Angelegenheiten Einblick und auch das Recht des Widerspruches haben sollte. Zusätzlich dazu sollte die Krone die Aufsicht über alle königlichen Besitzungen führen.

William von Valence sprang auf, noch ehe sie zum nächsten Punkt übergehen konnten. »Ich werde meine Schlösser nie aufgeben… ich bin der Onkel der Königin von England!« schrie er voller Hochmut.

William de Lusignan stimmte mit ein. »Mein Bruder, der König von England, hat mir Chepstowe und Pembroke überschrieben. Ihr sprecht mit einem Mitglied der königlichen Familie, de Montfort!«

Simon genoß diese Konfrontation. »Nicht ein einziger Tropfen königlichen Blutes fließt in Euren Adern. Ihr mögt die gleiche Mutter haben wie der König von England, aber ich erinnere Euch daran, daß sich auch in ihren Adern kein Tropfen königlichen Blutes befindet.« Dann richtete er seine schwarzen Augen eindringlich auf William de Valence. »Wir beide haben noch eine persönliche Rechnung zu begleichen.«

Die beiden Williams tobten vor Wut. »Verräter!« schrien sie und zogen ihre Schwerter. Doch de Montfort war ihnen bereits zuvorgekommen.

Der Hüne rückte auf Valence und Lusignan vor. »Eines ist sicher: Entweder gebt Ihr die Schlösser zurück, oder Ihr verliert Eure Köpfe.«

Valence gab nach, doch William de Lusignan wandte sich mit hochrotem Gesicht an Henry.

Roger Bigod, der Oberhofmarschall, hüstelte. »Es gibt noch eine andere Lösung.« Er hielt einen Augenblick inne, dann sprach er weiter. »Exil für die Lusignans.«

Der König und seine Männer erstarrten, und von den Seiten der Barone kam ein zustimmendes Gemurmel. Henry war zu schwach und zu hilflos, um sich gegen einen so starken Druck zu behaupten. Zögernd und verbittert unterschrieb er die Provisionen von Oxford, dann wandte er sich mit anklagendem Blick an de Montfort. »Ich hätte nie geglaubt, daß ich den Tag erlebe, wo ich Euch fürchten muß, mehr als jeden anderen Mann.«

»Ihr sollt mich nicht fürchten, Henry. Mein einziger Wunsch ist es, England vor dem Ruin zu bewahren und vor der Zerstörung, die Eure schlechten Berater Euch eingeredet haben.«

Die Barone waren zufrieden, daß ihre Rechte als Pairs des Königreiches aufrechterhalten blieben. Simon de Montfort wollte noch einen Schritt weiter gehen. Er erklärte, daß die Magna Charta die Klausel enthielt, die Rechte der Pairs auch auf ihre Untergebenen auszudehnen. Der gemeine Mann mußte geschützt werden. Er argumentierte, daß der König der Diener des Volkes zu sein hatte, nicht sein Herr.

Nicht alle Barone stimmten ihm zu, de Montfort mußte sich zunächst einmal begnügen. Er hatte die Führung übernommen und Henry erlaubt, den Schein der Königswürde zu wahren.

Simon kehrte nach Kenilworth zurück, in dem Bewußtsein, daß das Schicksal ihm eine Frist vergönnt hatte. Seine Ehe war noch immer intakt, doch wußte er, daß dies die Ruhe vor dem Sturm bedeutete. Wenn der verheerende Umsturz kam, würde er ihn und Eleanor auseinanderreißen?

Die Barone, die Henrys zweite Natur der Heuchelei und Lügen kannten, hielten ihre Ritter und ihre Waffenträger in Bereitschaft. Unter der Führung von Simon de Montfort hatten sie die größte Armee der englischen Geschichte zusammengerufen.

Während Simon und seine Männer mit donnernden Hufen über den Damm auf das Fallgatter von Kenilworth zugaloppierten, suchte er mit den Augen die Mauern und das Torhaus ab. Er sah nur die Wachen und fühlte einen Anflug von Enttäuschung, daß Eleanor ihn nicht mit offenen Armen willkommen hieß. Beim letzten Mal hatte sie ihn mit der Peitsche und dem Langbogen begrüßt, aber wenigstens hatte sie sich blicken lassen.

Innerhalb des uneinnehmbaren Forts wurde er jedoch von allen, einschließlich Eleanors, so warm begrüßt, daß sich seine Laune wieder hob.

Die Tage vergingen, und Simon beobachtete die geliebte Gattin. In seinen Augen war sie schöner denn je zuvor – sie lachte öfter, ihre Augen strahlten heller, ihre Kleider waren hübscher, ihre Bewegungen anmutiger, und dennoch schien es ihm, als sei sie ein wenig kühl und ablehnend. Oh, natürlich war sie leidenschaftlich, wann immer er es wollte, aber in seinem Inneren fühlte er eine Kluft. Er wollte mehr. Und fragte sich, ob es so etwas wie eine Seelenverwandtschaft gäbe, wie die Dichter sie priesen oder ob er nur liebeskrank war. War er eifersüchtig auf die Zuneigung, die sie ihrem Bruder gegenüber hegte? Nein, Eifersucht war es nicht, entschied er. Es war eher ein Bedürfnis, daß sie sich ihm vollständig hingab, bedingungslos und ohne Fragen. Wenn sie ihm ihr Vertrauen schenkte, wäre sein Glück vollkommen.

In dieser Nacht lag sie, nach einem wilden Liebesspiel, auf ihm und schlief. Verwundert betrachtete er sie. Wie klein und sanft ihre Glieder waren. Der Kontrast zu seinem eigenen Körper überraschte ihn wie so oft. Wo er riesig war, war sie winzig, wo er dunkel, war sie hell. Er besaß Haare, sie Glätte, er war rauh, sie zart. Mit den Fingerspitzen strich er über ihre Wange, über die kleinen blauen Adern in ihren Augenlidern. Er zog ihre Hand an seine Lippen und bewunderte die perfekten rosigen Ovale ihrer Fingernägel. Warum nur waren Mann und Frau so unterschiedlich geschaffen? In diesem Augenblick erschien es ihm völlig unmöglich, daß seine mächtige Gestalt sich mit einer so zierlichen Frau vereinigen konnte. Wie, um alles in der Welt, hatte ein solches Figürchen ihm zwei kräftige Söhne gebären können?

Verlangen stieg in ihm auf, heiß und wild, doch gleichzeitig war sein Bedürfnis, sie zu beschützen, größer als seine Lust. Er liebte diese Frau von ganzem Herzen und von ganzer Seele. Wenn einer von ihnen den anderen mehr lieben mußte, dann fiel Gott sei Dank ihm dieses Los zu.

Die Ruhe dauerte viele Monate lang, dann ritt an einem stürmischen Herbsttag Rickard die Burgh in den Hof, auf einem erschöpften Pferd.

Simon reichte seinem Leutnant einen Krug mit heißem, gebutterten Bier und bereitete sich innerlich auf das Schlimmste vor.

»Henry hat eine Liste von Anklagen gegen Euch aufgestellt. Er hat einen Botschafter zum Papst geschickt, der ihm die Absolution erteilen soll, damit er den Eid für ungültig erklären kann, den er auf die Provisionen von Oxford geschworen hat; außerdem hat er proklamiert, daß er die königliche Macht wieder allein ausübt.«

Simon starrte blicklos in die Ferne. »Das ist also der Anfang«, meinte er nach einer Weile.

»Henry hat eine große Truppe von Söldnern herangeschafft, und ganz London ist so gegen ihn aufgebracht, daß er sich zu seiner Sicherheit in den Tower zurückziehen mußte.«

»Er besitzt den Verstand eines Pinkelsteins«, meinte Simon traurig, »und benimmt sich wie ein Kind, das mit einem Spielzeugschwert wedelt.« Er trank seinen Becher aus, wischte sich über den Mund und erklärte dann leise: »Ich werde einen Kriegsrat einberufen.«

Er schickte Botschafter nach Oxford, Gloucester, Norfolk, Chester, Derby, Surrey, Northumberland, an die Marcher Lords und die Cinque Ports. Doch es galt noch jemanden zu informieren, und das schob er so lange hinaus wie nur möglich. Schweren Herzens ritt er allein in die Hügel. Er liebte dieses Land, er liebte ganz England und bedauerte zutiefst, daß es jetzt einen Bürgerkrieg geben würde. Er würde nicht nur das Land entzweien, Familien auseinanderreißen, sondern vielleicht sogar seine eigene.

De Montfort war schon viel zu weit gegangen, um noch einen Kompromiß schließen zu können. Der einzig gangbare Weg war die strenge Anlehnung an die Klauseln der Magna Charta. Es durfte keine Verschwendung nationalen Reichtums oder Landes oder der Erbinnen an Fremde und an königliche Verwandte vom Kontinent mehr geben. Auch mit den illegalen Steuern sollte es ein Ende haben.

Erst als das letzte Tageslicht des kühlen Nachmittags erloschen war, lenkte er sein Pferd nach Kenilworth zurück. Ihm war nicht kalt, doch als er über den vom Wind umtosten Damm ritt, zog er seinen roten wollenen Umhang eng um sich. Die Lichter von Kenilworth hießen ihn willkommen, aber die kummervolle Zukunft verhinderte, daß er in der Wärme seines Heimes Trost fühlte.

Eleanor war in dem Sonnenzimmer, umgeben von ihren Dienerinnen, doch als sie ihn eintreten sah, erinnerte sie die Frauen schnell daran, den Kindern ihr Essen zu geben. Die Zofen zogen sich taktvoll zurück und erlaubten der Gräfin, mit dem Grafen allein zu sein.

Er schluckte, dann deutete er auf den Stuhl neben dem Kamin. »Eleanor, wir haben etwas zu besprechen.«

Ihre Augen hingen an seinem ernsten Gesicht, als sie sich setzte. Angst stieg in ihr auf, und die kleinen Härchen in ihrem Nacken sträubten sich. Immer, wenn es in ihrem Leben eine Krise gegeben hatte, war Rickard de Burgh erschienen.

Simon kam zu dem Schluß, daß er das, was geschehen war, nicht in leichte Worte fassen konnte. Jetzt war der Augenblick der Wahrheit gekommen. Er versuchte, seiner Furcht Herr zu werden, denn hatte er nicht immer behauptet, daß man das im Leben erhielt, wovor man sich fürchtete? »Eleanor, wir sind zwei sehr starke Persönlichkeiten, und Gott weiß, daß wir immer wieder unsere Zusammenstöße hatten, seit wir uns entschlossen haben, alle Konventionen beiseite zu schieben und zu heiraten. Wir sind beide Experten in dem Spiel zwischen Mann und Frau, in dem du immer wieder meine Autorität in Frage stellst und ich mich bemühe, dich an deinen Platz als Frau zu verweisen. Ich denke, du bist intelligent genug, dieses Spiel zu durchschauen. Wir wissen beide, daß du mir in allem gleichgestellt bist.«

Ihre Augen weiteten sich. Tief in ihrem Inneren hatte sie immer ihre Übereinstimmung vermutet, aber sie hätte nie geglaubt, daß er es offen zugeben würde.

Er trat noch einen Schritt näher und warf ungeduldig den lästigen roten Umhang von seinen Schultern. »Körperlich sind wir eins. Du hast mir deinen Körper immer unterworfen. Aber jetzt brauche ich noch mehr von dir. Heute wird es sich herausstellen, auf die eine oder die andere Art. Ich möchte deine vollkommene Bestätigung, verlange von dir Loyalität, Freundschaft und Ehrlichkeit. Ich bitte dich um ein Bündnis der Ritterlichkeit mir gegenüber für das, was ich tun muß.«

Seine Worte überwältigten sie. Sie zeigten ihr überdeutlich, daß dieser herrliche Mann, der von ihr nicht die Erlaubnis brauchte, um seine Vorhaben auszuführen, sie um ihre Zustimmung bat, ihre Verpflichtung ihm gegenüber, nicht nur als eine Plantagenet, sondern als seine Frau, als eine ihm Gleichgestellte. Wenn sie nicht zusammenstanden, körperlich und seelisch, konnte er nicht anders als nur mit halbem Herzen vorwärtsschreiten. Aber er würde seinen Weg gehen, unter allen Umständen.

Sie erhob sich und trat vor ihn. Es war typisch für ihn, von ihr zu verlangen, sich ihm ohne eine Frage zu verpflichten, ohne Erklärung dessen, was er zu tun gedachte. Sie sah ihn als das, was er war, und dazu gehörte auch der Ehrgeiz, zu einen großen Teil sogar. In diesem letzten Jahr war sie den Ereignissen gegenüber nicht blind und taub gewesen. Sie wußte, daß er die Barone in die Opposition zur Krone geführt hatte, wußte, daß er sich gegen die Plantagenets verschworen hatte.

Jetzt war die Zeit gekommen, wo sie ihren Bruder Henry mit offenen Augen betrachten mußte, wo sie zugeben mußte, daß er schwach und kindisch war. Jetzt lag es auf der Hand, daß er im Zentrum all dessen stand, was in England nicht stimmte. Simon bat sie, zu wählen, doch in Wirklichkeit hatte sie gar keine Wahl zwischen richtig und falsch, gut und böse, Gerechtigkeit und Unrecht. Für England war Simon de Montfort ein Symbol, für die Barone war er ein Instrument, doch für sie war er alles: ihr Atem, ihr Blut, ihre Kraft, ihr Leben, ihre Liebe... in Ewigkeit. Er war das herrliche Vorbild der Mannesehre, an dem sich ihre Söhne hoffentlich messen würden. Dieser Mann hatte sie genommen und hatte sie die Bedeutung der Liebe einer Frau und nicht der eines Kindes gelehrt; jetzt stellte er ihr frei, ihm die Treue zu schwören, wie jedem seiner Gefolgsleute und fühlte sich geehrt. Es war ihre freie Entscheidung, ihm ihr Leben zu Füßen zu legen und ihm bis ans Ende der Welt zu folgen.

Sie trat noch einen Schritt näher und hob die Hand. Einen grausamen Augenblick lang glaubte er, sie wolle ihn schlagen, doch dann sank sie vor ihm auf die Knie und umfaßte sein Handgelenk. »Ich bin deine Frau, mein Herr von Leicester.«

Tränen standen in seinen schwarzen Augen, als er sie zu sich hochzog. Er schloß sie fest in seine Arme. »Ich fürchte, es gibt einen Krieg, meine Geliebte, aber ich schwöre dir, daß Henry nichts zustoßen wird. Ich habe eine unterschriebene Zusicherung von allen Baronen, daß Prinz Edward zum König erzogen werden soll. Wir werden dafür sorgen, daß er der beste König wird, den England je gehabt hat. Eleanor, Gott sei Dank hast du verstanden, daß mein Ehrgeiz nicht persönlich auf die Krone abzielt, sondern auf das Wohl Englands.«

Sie wunderte sich nicht darüber, daß er keinen Deut am Ausgang des Krieges zweifelte. Der Gedanke zu versagen, kam ihm gar nicht in den Sinn. Lächelnd berührte sie sein Gesicht. Die Bartstoppeln kitzelten ihre Finger. »Du hast mir einmal gesagt: ›Schaue nie zurück, die Vergangenheit ist vorüber. Schaue immer nach vorn und umarme die Zukunft!‹«

Er zog ihre Hand an seine Lippen und küßte die Stelle in der Innenfläche ihrer Hand, wo Lebens- und Herzlinie zusammentrafen. »Du bist die einzige Plantagenet, die das Zeug zum König hat.«

Der verhärmte Ausdruck verließ sein Gesicht, und unsägliche Zärtlichkeit trat an seine Stelle. Seine Augen hielten ihre hübschen saphirblauen gefangen, diese Frau bedeutete ihm mehr als sein Leben. Wahrscheinlich bedeutete sie ihm sogar mehr als die Rettung Englands, doch dank ihres Großmuts brauchte er keine Wahl zu treffen. »Ich schwöre dir, dieses neue Band zwischen uns soll niemals zerstört werden. Du wirst in allem, was ich tue, eine gleichberechtigte Stimme haben. Ich schwöre dir, dich zu beschützen, ich schwöre dir meine Liebe, mein Leben.« Er fühlte sich wie ein Gott. Das war es, was er sich schon immer von ihr gewünscht hatte. Eine völlige Loyalität ihm gegenüber. Dieses Band war stärker als alles Körperliche. Es war eine tiefe, mystische Erfahrung, die seine Sinne bis zum Überschäumen erfüllte, und dennoch machte sie ihn auf eigenartige Weise demütig. Schnell besiegelte er ihren Schwur mit einem liebevollen Kuß, dann ging er aus dem Zimmer, erneut bestätigt und gestärkt.

Rickard de Burgh kam in das Sonnenzimmer. Eleanor stand am Fenster, im Schatten. »Gibt es denn gar keinen anderen Ausweg?« fragte sie leise.

Er schüttelte den Kopf. »Ein Krieg ist unvermeidlich. Ich nehme an, er hat Euch nicht gesagt, daß Henry eine endlose Liste von Anklagen gegen ihn aufgestellt hat und daß er Rom gebeten hat, ihn von seinem Eid zu entbinden?«

Eleanor schüttelte den Kopf, dann zündete sie die Kerzen an. »Oh, Rickard, er weiß gar nicht, was Angst eigentlich ist. Er ist sich seiner selbst so sicher.«

»Ihr habt recht, was seine Selbstsicherheit anbelangt, aber er weiß, was Angst ist... um Euretwillen kennt er sie.«

Sie bedachte ihn mit einem bezaubernden Lächeln. »Gerechtigkeit ist seine Leidenschaft... und es ist die meine.«

»Fürchtet Euch nicht, Eleanor. Die Jugend ist bei den Baronen vorherrschend. Junge Männer finden ihn unwiderstehlich. Er besitzt eine magnetische Anziehungskraft und weckt ihren Idealismus.«

Ein Blick der Liebe und des Verständnisses lag in ihren Augen. »Die Wahl zwischen einem Ritter in glänzender Rüstung und einem schwachen König fällt nicht schwer.«

»Erinnert Ihr Euch noch an den Tag vor langer Zeit, als Henrys Braut aus Frankreich landete? Ich hatte ein Vision an jenem Tag, daß der Mob von London ihr Boot mit Steinen bewarf und sie mit bösen Schimpfnamen bedachte. Vor ein paar Tagen ist das wirklich geschehen. Sie wird mehr gehaßt als jede andere Königin in der Geschichte Englands.«

Eleanor erschauderte. Sie konnte es nicht ertragen, wenn eine Frau leiden mußte, doch diese Person hatte ihre Leiden selbst heraufbeschworen. Sie hatte die Londoner abgelehnt, lange bevor diese ihre Gefühle erwiderten.

»Wieviel Zeit habe ich noch, ehe er fort muß?«

»Zwei Tage vielleicht. Ihr kennt doch seine Gründlichkeit. Alles ist schon bereit.«

»Dann laßt uns zur Tafel gehen. Ich möchte die Zeit, die noch bleibt, an seiner Seite verbringen.«

48. Kapitel

Simon de Montfort ritt eine schnelle Attacke. Seine Streitkräfte und die der Barone brachen über Oxford herein und wandten sich dann nach Westen, um die Herrschaft über den Severn und Südwales zu erlangen. Bristol und Gloucester öffneten sofort die Stadttore für sie. Hereford, das als royalistisch bekannt war, wurde geplündert und die Magnaten von Hereford ins Gefängnis geworfen. Allen, die den König unterstützten, wurden die Felder angezündet und ihr Vieh beschlagnahmt, um de Montforts Armee zu ernähren.

Simon verschwendete keine Zeit damit, Schlösser und Burgen zu erobern. Er wußte, daß London eingenommen werden mußte und dann die Cinque Ports, denn das bedeutete den Zugang zum Meer. In Panik versuchte Henry, eine friedliche Lösung herbeizuführen; er schickte nach seinem Bruder Richard, der jetzt König der Römer war, um ihn für die Verhandlungen zu gewinnen. Richard Plantagenet und seine Männer hielten empört auf Oxford zu, aber sie kamen zu spät. De Montfort hatte den Baronen keine Pause gegönnt. Richard ritt weiter nach Reading, doch wieder hatte er das Nachsehen. Er wurde nur noch des Staubs ansichtig, den de Montforts Heer aufwirbelte.

De Montfort mied London und marschierte statt dessen direkt nach Kent, das als Bastion des Königs galt. Der Graf hatte klug überlegt, denn die Männer von Kent hießen ihn und seine Armee willkommen, und die Barone der Cinque Ports eilten an seine Seite, genau wie Hubert de Burgh es vorausgesagt hatte. Simon besaß damit die Kontrolle über den englischen Kanal.

Viele der Anhänger des Königs flohen auf den Kontinent. Der Mob von London stellte sich offen gegen Henry III., und die königliche Familie wagte es nicht, den Tower zu verlassen. Simon de

Montfort, weise und schnell entschlossen, brauchte nur drei Tage, um eine provisorische Regierung einzusetzen. Er ernannte einen neuen Justiziar und nahm das große Siegel in seine Obhut. Ausländische Besitzer von Schlössern wurden aufgefordert, diese zu räumen.

Der Papst verlor keine Zeit, er sprach den Bann über Simon de Montfort aus. Eine Gesandtschaft wurde aus Rom geschickt, um den Grafen von Leicester zu exkommunizieren und die Taten der Barone zu verurteilen. Simon erwartete die Delegation in Dover und warf die päpstliche Bulle ins Meer.

Schließlich bot Louis von Frankreich an, zwischen Henry und seinem Volk zu vermitteln. Nach langem Besinnen stimmte Simon zu, denn es war ihm nicht entgangen, daß sich einige der jüngeren Männer von ihm losgesagt hatten, um eine eigene Interessengruppe um Henrys jungen Sohn, Prinz Edward, zu bilden.

Simon de Montfort nutzte diese Frist für einen Blitzbesuch in Kenilworth. Eigentlich war es ihm gleichgültig, wie König Louis von Frankreich entscheiden würde. Wenn der Beschluß günstig war für de Montfort und die Barone, dann würde er das Ende des Krieges bedeuten; doch wenn dieses Verdikt Henry begünstigte, dann würde das ganze Land von einem Krieg heimgesucht werden.

Als die Entscheidung gefallen war, war England und ganz besonders London wie vor den Kopf geschlagen. Louis unterstützte Henry in allen Punkten. Er erklärte die Provisionen von Oxford für null und nichtig und empfahl dem König von England, so zu regieren, wie er es für angebracht hielt, und auch seine eigenen Minister zu ernennen.

Simon de Montfort war nicht bereit, Louis' Schiedsspruch hinzunehmen. Er wußte, daß diese diplomatische Niederlage der Barone sie wieder vereinen würde. Die Stadt London ließ sich von Frankreich nichts vorschreiben, und die Cinque Ports griffen bei dieser Entscheidung sofort zu den Waffen.

Als Simon nach Kenilworth kam, hatte man Eleanor schon berichtet, daß er eine Wunde am Bein davongetragen hatte. Der Kriegsherr hatte schon etliche Verletzungen erlitten, er maß ihnen nicht mehr Bedeutung bei als einem Kratzer. Eleanors Besorgnis legte sich ein wenig, als sie sah, daß die Blessur ihn in keiner Weise behinderte; doch als er sofort damit begann, sie zu entkleiden, protestierte sie heftig und erklärte ihm, daß ein solch zügelloses Benehmen überhaupt nicht in Frage käme.

»Gütiger Gott, Eleanor, ich tauge noch immer dazu, mit meiner Frau zu schlafen!« brüllte er.

Sie schickte seine Knappen nach heißem Wasser für ein Bad. »Wenn du gebadest hast und ich die Wunde versorgt habe, werde ich entscheiden, ob du dich in sexuelle Abenteuer stürzen kannst«, erklärte sie nachdrücklich.

Mit gespreizten Beinen stand er im Zimmer, bis die Wanne gefüllt und seine Dienerschaft verschwunden war. Dann sah Eleanor, wie er in sich zusammensank, und sofort war sie zur Stelle. »Du hast nur vor den Leuten so getan, als wärst du im Vollbesitz deiner Kräfte«, schalt sie ihn. »Setz dich, ich werde dich entkleiden.«

Simon war im stillen belustigt. Sie schien keine Ahnung zu haben, wie lächerlich es war für einen Mann von einem Meter fünfundneunzig, sich auf eine Frau zu stützen, die selbst in hochbesohlten Schuhen ihm nicht einmal unter die Achsel reichte.

Seine Knappen hatten seine Rüstung mitgenommen, Eleanor half ihm jetzt aus seiner gepolsterten Hose und der wollenen Tunika. Mit den Augen suchte sie auf seinem nackten Oberkörper nach weiteren Wunden, und um ganz sicherzugehen, strich sie mit den Fingern über das dichte krause Haar auf seiner Brust.

»Ach, das fühlt sich wundervoll an«, flüsterte er rauh und fragte sich, ob seine Stimme wohl gequält genug klang, als litte er unerträgliche Schmerzen.

Ihre Blicke trafen sich. »Du mußt dich ausruhen, Simon. Versprichst du mir das?« drang sie in ihn.

»Ich werde morgen den ganzen Tag liegenbleiben«, hauchte er mit letzter Kraft. Sein Gesicht verbarg sorgfältig seine hinterlistigen Absichten. Er hatte wirklich weiche Knie, aber es war ihre Nähe, die das bewirkte. Jedesmal, wenn sie sich über ihn beugte, um ihm zu helfen, gelangen ihm verführerische Einblicke in ihren Ausschnitt, und seine Finger prickelten, weil er so gern ihre herrlichen Brüste berührt hätte. Ein wundervoller Duft stieg in seine Nase; es war überflüssig, ihn zu identifizieren, für ihn duftete es nach Frau. Sie duftete und schmeckte immer wie eine Kreatur aus einem exotischen Paradies. Manchmal glaubte er, die Götter hätten sie ihm geschickt. Er verzerrte das Gesicht bei der Abnahme seines Schwertes; dann ließ er sich auf das Bett sinken und von ihr die Stiefel ausziehen, den Gürtel öffnen und die Hosen hinunterstreifen. Aufmerksam beobachtete er sie dabei unter gesenkten Augenlidern. Sie hatte ganz vergessen, daß er immer den schwarzen Lederschutz trug, mit dem er seine Genitalien schützte, wenn er im Sattel saß.

Er sah, wie sich ihre Augen weiteten und alle Farbe aus ihren Wangen wich vor Verlangen. Mit ihrer rosigen Zungenspitze leckte sie sich über die Lippen, und er mußte sich zurückhalten, um nicht sogleich über sie herzufallen. »Es tut mir leid, mein Schatz, ich dachte wirklich, ich sei stark genug, dich zu lieben«, ächzte er.

Sie riß ihre Blicke von dem schwarzen Lederschutz los und sah ihn an. Ihre Augen leuchteten vor Freude.

»Du warst doch jetzt sicher auch gar nicht bereit für ein Intermezzo im Bett, nicht wahr?« fragte er.

»Nein, nein, natürlich nicht«, versicherte sie ihm schnell.

Er warf den Kopf zurück und lachte laut auf. »Lügnerin! Du hast dir ja nicht einmal meine Wunde angesehen. Du kannst deine Blicke nicht von meinem Glied losreißen.« Er jubelte vor Vergnügen.

»Satansbraten!«

Er hob sie hoch und setzte sie in die Wanne.

»Du Schuft! Du... du Franzose!«

»Ich kann mir keine Methode vorstellen, dich schneller aus deinen Kleidern zu bekommen«, meinte er mit einem anzüglichen Blick.

Sie tat so, als sei sie wütend, doch dankte dem Himmel, daß die Wunde nicht größer war, und freute sich auf eine zärtliche Nacht in dem großen Bett.

Rasch kletterte sie aus der Wanne, und Simon badete, während Eleanor ihre nassen Kleider auszog und sich eifrig abtrocknete.

»Das hättest du nicht tun sollen«, maulte er. »Ich mag es, wenn du naß und glitschig bist.«

»Du magst mich, wenn ich warm vom Feuer bin, du magst mich unter dir, über dir ... gestehe die Wahrheit, du würdest mich noch mögen, wenn ich auf meinem verdammten Kopf stehen würde.« Sie lachte.

Sofort nachdem er sich tüchtig abgeschrubbt hatte, war er auch schon aus dem Wasser heraus. Er wehrte sich dagegen, daß sie seine Wunde versorgte, denn das bedeutete nur einen weiteren Aufschub. Er goß ihr einen Becher Wein ein, nahm sie in seine Arme und stellte sie auf das Bett. Er hielt ihr den Becher an die Lippen. »Trink einen großen Schluck von dem Drachenblut, Liebste«, befahl er.

»Ich hoffe, du weißt, was dich erwartet, wenn ich den ganzen Becher leertrinke«, warnte sie ihn.

»Unersättlich?« flüsterte er voller Hoffnung.

Über den Rand des Bechers trafen sich ihre Blicke, ihre Augen leuchteten wie Edelsteine, und kleine Teufelchen tanzten darin. Als sie den Becher leergetrunken hatte, warf sie ihn über ihre Schulter und schmiegte sich an ihn. Ihre Lippen fanden einander, sie schlang die Beine um seinen starken Körper, und zusammen glitten sie nieder, um sich in den nächsten Stunden nicht mehr zu trennen. Sie wußten beide, daß er nicht lange bleiben konnte. Die Barone hatten sich für einen Krieg auf der ganzen Linie entschieden, und Eleanor wußte, wenn ihr Mann sie wieder verließ, würde er in vielen Schlachten kämpfen müssen.

Die wunderschöne dunkle Prinzessin zitterte unter ihrem durchsichtigen Hemd, als sie in die Abgeschiedenheit ihrer Schlafkammer trat. Ihr stockte der Atem, als sie ihren Geliebten nackt auf dem Bett entdeckte. Hätte sie noch einen Schritt getan, das Rascheln ihres Gewandes hätte ihn geweckt, denn er hatte den leichten Schlaf des Feldsoldaten – er schlief sofort ein und wachte auch sofort auf, um sich jeder Herausforderung zu stellen.

Sie blieb unter der Türwölbung stehen und ließ ihre Blicke voller Bewunderung über seinen herrlichen Körper gleiten. Er lag auf dem Rücken, mit einem Arm über dem Kopf. Seine Schultern waren so breit, daß er den größten Teil des Bettes für sich beanspruchte. Sein Nacken war muskulös, und um sein kantiges Kinn lag ein blauer Schatten, auch wenn er sich heute schon rasiert hatte. Das Licht des Feuers ließ seine tiefgebräunte Haut noch dunkler erscheinen, es hob jeden einzelnen Muskel und jede Sehne seines kraftvollen Körpers hervor.

Die Mundwinkel hatten sich zu einem leichten Lächeln hochgezogen. Das Feuer war ein Zugeständnis an sie, es ermöglichte ihr, auf wärmende Kleidung zu verzichten. Sein zerzaustes Haar auf dem Kissen war so schwarz wie die Katze der Hexe, dunkler noch als seine magnetischen Augen, die eine Frau zu jeder Sünde verleiten konnten.

Er war viel mehr für sie als nur Geliebter, er war ihre Kraft und Schwäche, ihre Weisheit und Dummheit. Er war ihr Held... ihr Gott, das würde sie ihm nie sagen, dem eingebildeten Tyrannen! Sie lächelte, als sie daran dachte, und ihre saphirblauen Augen hefteten sich auf seine Schenkel und auf das, was sich zwischen ihnen verbarg. Wie unschuldig und harmlos es in der Ruhestellung aussah, doch man durfte sich keiner Täuschung hingeben; es war eine Waffe, die er voller Erfahrung einzusetzen wußte. Sie erschauderte, doch die Kälte war nicht schuld daran.

Er war ein Mann, wie es ihn nur einmal gab, er hob sich nicht nur durch seine Gestalt von den anderen Männern ab. Die meisten Menschen in England sahen in ihm einen göttergleichen Helden – sowohl die Barone als auch das andere Volk. Eine Sekunde lang verspürte sie einen angstvollen Stich in ihrem Herzen. Bald würde er in eine neue Schlacht ziehen. Aber natürlich würde er als Sieger daraus hervorgehen. Ihr Zagen schwand, es war unmöglich, an ihm zu zweifeln. Dennoch mußte sie vorsichtig sein, um ihn nicht aufzuwecken, denn wenn sie das tat und er entdeckte, daß sie in seiner Nähe war, würde er seine herrliche Kraft dazu benutzen, ihrem Körper Glück zu schenken.

Er würde über ihre Proteste lachen, daß er sich schonen sollte für den Kampf. Er war ein Kriegsherr... ein Held! Er hatte über ihre Proteste gelacht, seit sie einander zum erstenmal erblickt hatten. Oh, und wie sehr hatte sie protestiert! Er hatte sich mit dem Schicksal selbst verbündet, um sie zu seiner Geliebten zu machen. Wann hatte das eigentlich alles begonnen? Sie schloß die Augen, und ihre Gedanken bekamen Flügel.

»Komm und leg dich zu mir.«

Eleanor riß die Augen auf. Wie lange war er schon wach und hatte sie bei ihren Tagträumen beobachtet? »Sim, nein. Wir haben die ganze Nacht nichts anderes getan. Und ich sage jetzt nicht aus Spaß nein!«

»Kathe, bitte, meine Liebste, komm und leg dich zu mir.«

Sie hatte gelernt, ihm in allen Dingen zu gehorchen, streckte ihren reizenden Körper neben dem seinen aus, und er strich ihr übers Haar. »Ich muß schon in einer Stunde weg«, sagte er leise. »Und diesmal wird der Kampf nicht eher aufhören, bis sie alle meine Gefangenen sind. Ich werde die absolute Kapitulation verlangen. Die königliche Fahne wird eingeholt werden.«

»Ich weiß das, Sim.« Sie seufzte. »Wir sind gleichberechtigte Partner in alldem.«

»Ich möchte, daß alle staatlichen Dokumente deine Unterschrift tragen.«

Sie schloß die Augen und hob ihm ihre Lippen entgegen. Sein Kuß war so zärtlich, daß es sie mit Andacht erfüllte. »Wenn du zurückkehrst, wirst du König sein ...«

Er hielt sie an sein Herz gedrückt. »... und du immer des Königs kostbarstes Juwel!«

Anmerkung der Autorin

Nach der Schlacht von Lewis regierte Simon de Montfort England über zwei Jahre lang. Während dieser Zeit verwirklichte er seinen Traum, gemeine Männer im Parlament sitzen zu sehen. Aus jeder Stadt und aus jedem Bezirk hatte er loyale Bürger bestimmt, die mit den Pairs, den Baronen, den Bischöfen und den Rittern zusammensitzen sollten, um die Geschicke des Reiches zu lenken.

Die Geschichte von Simon und Eleanor ist eine der großen Liebesgeschichten des dreizehnten Jahrhunderts. Sie durften sich an fünf Söhnen und zuletzt einer Tochter erfreuen.

Nach der Schlacht von Lewis schrieb man Gedichte zu Ehren Simon de Montforts.

> Graf Simons Treue und wackerer Sinn hat Englands Frieden gesichert.
> Er vernichtet die Rebellen, beruhigt das Reich und gibt zagenden Herzen neue Kraft.
> Und wie hat er die Stolzen bezwungen? Ich denke nicht durch Schmeichelei ...
> Doch durch den roten Saft, den er im trotzigen Kampf der Schlachten vergießt.
> Er fühlte, daß er für die Wahrheit kämpfen mußte oder die Wahrheit war trügerisch ...
> Für dieses Ziel gab er mutig seine Hand und ging den steinigen Weg.
> Lest, lest, Ihr Männer von England, vom Kampf um Lewis mein Lied;
> Denn aufgrund dieser Schlacht habt Ihr überlebt bis zum heutigen Tag.